IMPRESSUM

Herstellung und Verlag:
Books on Demand Norderstedt
© copyright Bernd Harms
Alle Rechte vorbehalten
Erstausgabe 2012
E-Mail- Management: harmsjulia@yhoo.com
ISBN: 9783844806861

BERND HARMS

HOHER BESUCH IN LW

ROMAN

VORWORT
Aufruf zur Mitarbeit an meine tapferen und nervenstarken LESER:

Ihre Mitarbeit ist sehr gefragt, denn dieser Text trägt bislang nur meine eigenen Fingerabdrücke. Er ist unberührt und unschuldig und die Weisheit eines Lektors hat ihn noch nicht erleuchtet. Er wird sich lebensfroh durchschlagen und irgendwann erwachsen daherkommen. Nachdem nun das Literarische geklärt ist, komme ich zum technischen Teil.
In bemerkenswerter Vielzahl zeigen sich die Unebenheiten meiner Orthografie und Interpunktion, die eigenwillig und fröhlich durch den Text marodieren und ihre Regeln aus informellen Instruktion beziehen. Die geheimnisvolle Festlegung der Interpunktion unterwarf sich mehr einer grafischen und gestalterischen Notwendigkeit, die den Gesetzen vom Goldenen Schnitt entspringt, aber sich den grammatischen Geboten leider mit Chuzpe entzieht.
Ein Korrektor bemerkte nach einer blitzschnellen diagonalen Prüfung von vierzig Sekunden, dabei mein Manuskript wie eine gut gefüllte Babywindel weit von sich haltend, dass er sich nach seiner überschlägigen Hochrechnung mit gutem Gewissen auf insgesamt fünfhundert Übertretungen in der Rechtschreibung verbindlich festlegen könne. Das orthografische Missverhältnis sei zugleich auch exemplarisch für den seltsamen Text, denn der würde mit der überforderten Grammatik geradezu kollaborieren und sich devot anbiedern. Der Korrektor entfernte sich eilig und rief mir mit staunenswerter Häme zum Abschied zu:

„Beim Schreiben muss man auf alles gefasst sein und das bringen Sie einfach nicht. Versuchen Sie es doch einmal mit Gartenarbeit und einem soliden Gemüseanbau, vielleicht biologisch, wenn es nicht zu anspruchsvoll für Sie ist."

In letzter Not ist nun meine Leserschar für einen Korrekturwettstreit angesprochen. Angehörige jener bewundernswerten grammatikfesten Bildungsschicht, die der jeweiligen aktuellen Rechtschreibung treu ergeben ist. Zum Sieger wird derjenige erklärt, der die meisten Übertretungen der aktuellen Rechtschreibung und Interpunktion in meinem Text ermittelt. Ihm winkt kein pekuniärer Preis, aber eine Greencard für LW mit einer maßgefertigten Traumrolle für seine Person, die ich in meiner nächsten Arbeit als dankbares literarisches Vermächtnis hineinschreiben werde. Auf Wusch darf er auch mit einem weißen Kittel in der Gynäkologie oder als Einreiter auf dem Gestüt Söderbaum wirken.

Zum Schluss zitiere ich die einprägsame und biblisch einfache Weisheit meines Lehrers:

„Das Beste ist es gar keine Fehler zu machen."

WIDMUNG

FÜR KNITTELCHEN
MEIN LIEB UND MEIN HERZ

„ Warum schreibst Du immer nur JamJam * und nicht endlich einmal von herzflimmernder Leidenschaft, bittersüß und schmerzensschön ?"

* QUELLE
Als Rezensent verwendete sie vorwiegend ein internes Familienvokabular mit einer eigens für meine Arbeiten entwickelten dreistufigen Klassifizierung, deren geheimnisvolle Bedeutung durch Mimik, Timbre und beliebtes Hinzufügen weiterer Vokale wiederum oft einer völligen Umkehr ausgesetzt ist.

JamJam = So unnötig wie ein Kropf, JämJäm = noch schlimmer kann es nicht kommen, JoemJam= abstoßend, bei gleichzeitig hoher Tonlage und unter Anwendung vorwiegend gutturaler Laute rochiert die Benotung jedoch flugs in die Note wunderbar.

INHALTSVERZEICHNIS

DIE 43 MOSAIKEN DES ROMANS *HOHER BESUCH IN LW*

17
Prolog
PASTOR FREIHERR GEDULD VON SÖDERBAUM
TANZT DEN TANGO MARIE MAGDALENA

38
Personenbeschreibung
SIEGFRIED, DER BUTTERMACHER 1
„ ICH KANN ZIEGEN MELKEN"

50
Personenbeschreibung
STORM, DER BUTTERMACHER 2
„DAS LAUB FÄLLT HIN, DAS HERZ VERGISST"

65
Personenbeschreibung
WILHELM, DER BUTTERMACHER 3
„ OH, DAS TUT GUT „

78
Personenbeschreibung
GEDULD FREIHERR VON SÖDERBAUM UND DIE
SCHWARZE HENKERSKEULE

120
HIS HOPE WERE DASHED WHEN HIS REQUEST WAS
REDUSED ODER ENDLICH KANN ICH IM BETT
WIEDER VOM BLATT SPIELEN..

130
PLEASE COULD YOU TELL ME THE PRICE OF THE ELEKTRIC COOKER ODER
MONA LISA MACHT EINE LANDPARTIE

139
KALTE PFINGSTKRALLE ODER NEUER KOSAKENWINTER

154
STÖRT DICH DAS HUHN, SO VERZEHRE ES ALS XINXIN

160
WIR ARBEITEN VIEL, OBWOHL DER WEIN SEHR BILLIG IST
ODER AUF DER SUCHE NACH DEM URKNALL DER KUNST

169
„ GUTE NACHT, SCHWESTER SIEGFRIED "

184
LÖWÖBÖHÖ ODER LEMBECK-WEICHE ODER LW

195
CAPTAIN HAYWORD LACHARM

207
„ ÄLG IS OVER"

224
„ JEDER BRAND HAT SEINE RAUCHSÄULE "

228
FERKELCHEN ÜBER DEM FEUER

237
KOSMOS UND HUMOS

247
DER UNTERGANG DER GNEISENAU

254
MAGIC GLOMY SOUL

260
" MEIN LIEBER SOHN TI T T E, ES GEHT HIER NICHT UMS MÄUSEMELKEN"

275
DIE ENDLLICH ERSEHNTE UND UNGLAUBLICHE AUFERSTEHUNG UNSERES KAISERS WILHELM AUS DORN, IN BEGLEITUNG SEINES TREUEN KANZLERS UND SEINES ALLIIERTEN AUS RUSSLAND. GESPONSERT VON WILHELM I. , VIEHHÄNDLER AUS LW

285
PORNO FÜR ALLE

293
HIERMIT ERKLÄRE ICH, DASS DIE BEILIEGENDEN GELDSCHEINE IN KEINER WEISE MARKIERT UND DIE SERIENNUMMERN NICHT NOTIERT WURDEN
ERKLÄRUNG DES PRÄSIDENTEN DER EUPÄISCHEN ZENTRALBANK

298
66 JAHRE SCHLEUDERHONIG ZWISCHEN DEN MEEREN

303
„SPEIHKINDER, GEDEIHKINDER"

319
GRUPPE 66 / GRUBE 66 / GROUP 66

330
„HAPPY BIRTHSDAY, UKUL"

336
KETEL KETTELSENS TRAUM

344
THE EXI BROTHERS WILLI WILD + ERWIN THE EGG

352
DER TOD EINES SPIELERS

360
FRIGGE SPIELT BAKKARA UND LEIDER AUCH SKAT

374
„WO FINDEN WIR DEN PIANISTEN?"

401
DAS SPIEL IST AUS

409
BUSCHMANNS BEIN LEUCHTET

417
DAS ANGLER SATTELSCHWEIN UND DIE BUNTE BENTHEIMER SAU

426
BEQUEME KAISERKRÖNUNG AUF DER THRON-DUBLETTE

433
EIER-AUGSTEIN UND DER PULITZER-PREIS

450
„ WO IST MEIN RAUCHZEUG ?"

455
ROSEMARIES DIRTY DANCING

464
„EINE BOHNE IST EINE BOHNE UND EINE ERBSE IST EINE ERBSE "

479
„ ICH WAR IN EINEM WUNDERSAMEN PARADIES"

487
„NACH DIESER UHR KANN MAN SEIN HERZ STELLEN"

499
EPILOG
„ICH HABE IN STALINS WASCHBECKEN GEPINKELT."

PROLOG

PASTOR GEDULD FREIHERR VON SÖDERBAUM TANZT DEN TANGO MARIA MAGDALENA

Am Tag, an dem der Dom auf Buschmanns-Berg geweiht werden sollte und der Gärtner ein mächtiges Mammutskelett neben der Hauskirche ausgrub, bestieg Pastor Söderbaum einen der drei Türme seines Domes, um Gott die knappe Mitteilung zu machen , dass er sich nach dem Mittagsessen das Leben nehmen würde. In einem selbstvergessenen, grübelnden Ton und der Andeutung einer widerständigen Geste fügte er entschlossen und trotzig hinzu, dass es jedoch frühestens nach dem Soufflé und dem unverzichtbaren Dessert, der köstlichen creme a la Nesselrode, geschehen solle. Die Festlegung für den genauen Termin seines Ablebens schien er noch nicht endgültig getroffen zu haben, denn in einem leisen Nachsatz räumte in einer verschwommenen Formulierung ein, dass er seine endgültige Entscheidung möglicherweise auf den frühen Nachmittag verschieben müsse. Es wird keineswegs vor dreizehn Uhr sein, bedeutete er abschließend in einer unwilligen und keinen Widerspruch duldenden Bestimmtheit, als würde er einen unangenehmen Zahnarzttermin verschieben. Söderbaum beließ es bei diesem knappen und wenig präzisem Bescheid, obwohl er in prekären Situationen lange Sätze bevorzugte, die sich manchmal auch unbedacht selbst ins Wort fielen oder er am Ende gar generös widersprachen. Er kannte die Wirkung seiner rhetorischen Finessen, die

obendrein für seine ratlosen Zuhörer gelegentlich wenig hilfreich waren und er fügte in sibyllinischer Unbestimmtheit unerschrocken weitere Improvisationen hinzu: "Die Wahrheit ist eine verlogene Dame, leider." Eine schlaksige Bemerkung, die alles bislang Gesagte wieder auf die Stunde Null zurückführte und die Verwirrung seiner Zuhörer neuerlich stimulierte. Offenbar unbeeindruckt von der dramatischen Ankündigung seines kurz bevorstehenden Todes, schweifte Söderbaums ruhiger Blick mit Wohlgefallen von der Höhe des Turmes in das weit schwingende Land.
Tief unten in den dunklen Gräben leuchteten Butterblumen und in den Dünen trieb der Wind die langen gelben Halme des Strandhafers in ruhigen Wellen vor sich her. Söderbaum blickte hinunter auf den Strand mit seinem flimmernden Gleichklang von gelb und beige. In dem ausgeblichenem Sand bemerkte er einen roten Fleck, der wie eine zuckende Flamme zum Wasser hin irrlichterte. Es war eine blonde Frau in einem feuerroten Badeanzug. Sie lief durch die Dünen und stürzte sich in die anrollenden Wellen. Mit kräftigen Bewegungen schwamm sie ins Meer hinaus. Dieses Bild traf ihn wie ein jeher Schmerz. Nach Jahren erinnerte er sich plötzlich wieder an Lena und an die erste Begegnung mit ihr. In den letzten Semesterferien seines Studiums hatte er eine Fahrt durch Nordafrika gemacht. Ein Urlaub auf seinem Motorrad und jeden Tag fuhr er in einen neuen Sonnenaufgang hinein. In einem Wüstenkaff musste er sein Motorrad reparieren. Es war auf einem weiten Platz, wo früher der Henker auf seine Delinquenten gewartet hatte und der nun bis auf zwei dürre Ziegen und einem dösenden alten Mann in lähmender Eintönigkeit verlassen da lag, während Sand in trägen Windhosen über

den Platz wanderte. Am Boden glänzten leere Dosen von Planters Meyer Bier. Als er die Maschine endlich wieder starten konnte, war der Vergaser sofort in Flammen aufgegangen. In diesen dramatischen Sekunden kam Lena in sein Leben gebrettert. Sie fuhr einen gelben indischen Mahindra Jeep mit dem sie aus der schmalen Gasse neben der Moschee ungeheuer lautstark auf den Platz gerast kam. Geistesgegenwärtig hielt sie neben dem brennenden Motorrad, zerrte einen Feuerlöscher unter ihrem Sitz hervor und löschte beherzt die Flammen. Lena trug einen leuchtend roten Seidenoverall und spitze Schuhe mit goldenen Knöchelriemchen. Sie war selbst für Blonde auffällig blond. Später bemerkte er ihre Angewohnheit häufig Sätze in beunruhigender Weise verrinnen zu lassen, um sich dann vollends in Gedanken zu verlieren. Es war ihre herausfordernde Zurückhaltung , zugleich ihr Unernst und dennoch eine merkwürdige Wehrlosigkeit , der er erlag und die sein Herz sofort entflammen ließ. Von nun an blieben sie auf ihrer Reise zusammen und landeten schließlich für einige Wochen in Tanger. Sie wohnten in einer ruhigen Straße im Hotel Dromedar, das einst eine berüchtigte Herberge für Karawanen gewesen war. Dromedare gab es in dieser Straße nicht mehr, aber eine dunkle Tätowierstube und den Laden Tango Paris, wo der dickleibige Manuel unzählige Tangoplatten aus seiner Plattensammlung verkaufte. Bei Söderbaums ersten Besuch im Plattenladen sagte Manuel: „ Ich komme aus Gibraltar, was streng genommen nicht in Paris liegt, aber ein Tango ist etwas, was größer und dramatischer ist, als eine geografische Unbestimmtheit und alles Andere im Leben. Der Tango erzählt in tausend Variationen immer nur eine Geschichte. Die von herzflimmernder Leidenschaft und die vom frühem Tod, schmerzensschön und bittersüß. Meine Obsession zum Tango wurde von meiner ersten Liebe erweckt. Das Mädchen kam aus einem verrufenen Heim. Sie wurde die Mutter meiner Zwillinge und wird inzwischen in aller Welt als Tangogöttin gefeiert. Unsere Liebe war leider bald wieder perdu, zumindest von ihrer Seite aus, aber meine lodert immer noch lichterloh und ich verzehre mich unentwegt nach ihr, jede Sekunde meines Lebens, jede." Nach seiner heiter vorgetragenen Kurzvita gockelte er mit kleinen Balzschritten durch seinen Laden, wiegte seinen schweren Körper nach einer imaginärer Musik und bewegte seinen Kopf ruckartig im Tangotakt, dazu fletschte er seine Zähne wie ein wütend angreifender Hund. Mit den Bewegungen und Gesten eines professionellen Tangotänzers, demonstrierte er die Schönheit dieses Tanzes in seiner sich enthüllenden Sinnlichkeit.

Er schien dem Diesseits schwelgerisch entrückt und sein Gesicht war von überirdischem Glück verklärt. Völlig außer Atem rief er:"Unsere Körper waren verschmolzen zu ewiger Liebe und jeder wollte dem anderen ein Leben lang der nächste bleiben. Sie war voll und üppig, wie die Huris im Paradies."

Wenn er seine Lieblingshure in Cadiz besuchte, hüteten seine stillen und verhuschten Zwillingstöchter den Laden. Durch eine seltene Krankheit, die nach Manuel verschnörkelten Andeutungen durch Exkremente der grünen Sandflöhe ausgelöst sein sollte, waren sie schon früh kahlköpfig geworden und ihre schönen Gesichter blieben durch ein weit ins Gesicht gerücktes Seidentuch verborgen. Als Söderbaum einmal am späten Abend den Laden betrat, hatten die Zwillinge ihre Köpfe auf ihre Unterarme gelegt und waren eingeschlafen. Ihre seidenen

Kopftücher waren zierlich verrutscht und Söderbaum bemerkte die seltene Zierde eines fein ziselierten rosa Tattoos, das in einer kunstvoll gezeichneten Bordüre um ihre nackten Köpfe herumführte. Sie zeigten in winzig verschnörkelten Zeichen die Noten des Tangos >Maria-Magdalene<, den Manuel einst bei der ersten Begegnung mit seiner Frau getanzt hatte und der alsbald auch von Lena und Söderbaum zum Favoriten ihrer Tangoleidenschaft erhoben wurde. Der Abendhimmel über der Wüste war zu dieser Stunde sanft vergilbt und die schlafenden Mädchen lächelten schön und unschuldig wie blonde Engel auf alten Lackbildern vom Flohmarkt in Paris.

Die Nächte verbrachten Lena und Söderbaum in einem verbotenen Zockersalon, der sich in einem eleganten Belle-Epoque Haus über dem Lesben-Klub von Cap Billy verbarg. Söderbaum war ein ungestümer und charismatischer Spieler, der zuverlässig vom Glück begleitet wurde und mit dessen hilfreicher Zuwendung gewann er regelmäßig das Geld für ihren aufwendigen Lebensstil. Wenn er doch einmal in die Bredouille kam oder plötzlich einen ungewöhnlich hohen Einsatz setzen wollte, huschte Lena in den Lesben-Klub und borgte sich Geld von Cap Billy, die undurchsichtige Geschäfte mit Diamanten betrieb und immer mondäne gekleidet war. Sie schminkte sich täglich zwei Stunden lang und in ihrem wunderschönen Lesbianchic sah sie aus wie eine edle Praline in einer kostbaren Verpackung. Ihre Unterlippe und ihre Ohren waren mit wertvollen Piercingbrillanten geschmückt. Schon seit der ersten Begegnung hatte sie sich ungestüm in Lena verliebt, die sich bald auch zu Cap Billy hingezogen fühlte. Manchmal, am Ende der Nacht, tanzten die beiden Frauen einen letzten Tango miteinander und Cap Billy flüsterte: „ Für immer und ewig hast du mein Herz. Dein schöner Prinz wird weiterziehen, aber ich werde dann immer noch für dich da sein." Einen winzigen Augenblick huschte ihre Zunge in Lenas Ohr.

Jeden Tag holten Lena und Söderbaum eine neue Tangoplatte aus Manuels Laden, die sie wenig später im Innenhof des Hotels abspielten, um leidenschaftlich miteinander zu tanzen und ihr letzter Tanz vor dem Schlafengehen war immer Maria Magdalena. Über seinen angeblich dirty Tanzstil hatte Lena einmal lakonisch bemerkt, dass er für einen zukünftigen Theologen beachtliches Talent habe, aber man müsse leider davon ausgehen, dass er bei seinem hautengen Tanzstil schon beiläufig einige Damen geschwängert habe.

Ihre Tangozeit endete mit der Ankunft einer Jazzband aus Corpus Christi. Die unrasierten Amerikaner, die besser spielten als sie aussahen, hielten sich meist am Springbrunnen im schattigen Innenhof auf. Sie tranken Unmengen von dem süßen Algierwein und jeden Abend aßen sie eine stark gewürzte Fischsuppe mit klebrigem Rosinenbrot und zuckersüßen schwarzen Datteln, die ein Schwarm bunter Fliegen umschwirrte.

Auf dem Wasser des Springbrunnens schwammen Blumen, deren Blüten sich tagsüber versteckten. Lena hatte sie sofort kennerisch als Victoria amazonica bestimmt und flüsternd mit raunender Stimme bemerkt, diese schöne Blume sei eine schüchterne Verwandte der Seerose und würde nur dann blühen, wenn alle Menschen schliefen und weit fern von ihr seien.

In einer unerträglich schwülen Nacht war die fröhliche Lena abrupt in eine weinerliche Lebensbeichte gefallen. Schließlich verlor sie sich in einer umständlichen Geschichte von einem erektionsschwachen Geliebten und

einer Ehe mit einem brasilianischen Kaffeehändler, die kaum die Hochzeitfeierlichkeiten überstanden habe. „Schließlich habe ich ihn Ende des rauschenden Festes in mörderischer Wut in einen eiskalten Bergsee gestoßen, um ihn zu killen." Söderbaum hörte immer noch ihr monotones Lamento:" Ich habe dies getan, ich habe das getan oder ich habe dies nicht getan und das nicht getan," aber er war müde genug gewesen, um ein geduldiger Zuhörer zu sein, und manchmal war er bei ihrer Suade auch kurz eingenickt. Aus dem Innenhof hörten sie im Background als müdes Delirium den konfusen Jazz der betrunkenen Amerikaner. Eine Musik, die wie flügellahme Falter herumtaumelte, um sich schließlich im endlosen Nachthimmel über der Wüste zu verirren.
Als Lenas Trübsinn sich endlich erschöpfte, erzählte Söderbaum ihr die Geschichte von dem eifersüchtigen Ehemann und dem liebestollen Kater, der ihm nach einem verstohlenen Besuch bei einer Dame mit giftigem Fauchen und Knurren durch den nächtlichen Park verfolgt hatte. Wenig später gesellte sich auch noch der Ehemann mit einer Schrotflinte hinzu, während die Angebetete nackt vor dem Fenster ihres Schlafzimmers stand und den Park mit hysterischen Schreien erfüllte. Mit einer nicht endenden kreischenden Stimme, nach der wohlbekannten Zockerregel, mehr ist mehr und nie zu viel, rief sie unermüdlich:" Haltet den Dieb, haltet diesen Drecksack." Unvermittelt kehrte Lenas gute Laune zurück und am Ende lachten sie Tränen. Bevor sie in dieser Nacht einschlief, sagte sie in betont sorgloser Beiläufigkeit und in trauriger Sanftmut: „Hoffentlich sterbe ich nicht, wenn du gehst."
Nach einem Telefonat mit seinem Vater, der ihm tief bekümmert den plötzlichen Tod seiner Großmutter mit-

teilte, musste er sofort zurück nach Deutschland. An den Abschied von Lena hatte er nur noch vage in Erinnerung, denn sie verbrachten die letzte Nacht vor seiner Abreise in seltsam bitterer Ausgelassenheit in Cap Billys Klub, wo sie heftig und unbeherrscht tranken und wild tanzten. Als Söderbaum am frühen Morgen in das Taxi zum Hafen einstieg, standen Lena und Billy unter einer hohen Platane und stützten sich gegenseitig, wie Kinder bei einem plötzlich aufkommenden Sturm. Ihre Kleider waren aus luftigem Crépe Georgette mit weiten Chiffontüchern in changierenden Farben. Die wehenden Tücher und das Schattenspiel der Blätter vor der blitzend aufgehenden Sonne ließ um die Frauen herum Flammen aufzucken, als ständen sie auf einem lichterloh brennenden Scheiterhaufen. Mit komisch flackernder Stimme und unnatürlich gespreizter Feierlichkeit hatte Lena ihn in sprödem Timbre theatralisch zugerufen:
„Wenn es in deinem Leben wieder einmal brennt, werde ich da sein, mit oder ohne Feuerlöscher." Sie war noch einmal ganz nahe an ihn herangetreten und mit einer scheuen Geste hatte sie seine Hand auf ihr Herz gelegt.„ Es flattert so wild, als wolle es aus meiner Brust springen." Sie zitterte erbärmlich und er war so konfus, dass er die Fahrertür des Taxis öffnete, um dort einzusteigen. Anfänglich hatte er versucht, mit ihr zu telefonieren, aber sie war nicht mehr zu erreichen und Cap Billys Telefon war gleich nach seiner Abreise abgemeldet worden.
 Irgendwann kam von Lena eine Postkarte, die unvollständig adressiert und schon einige Monate unterwegs gewesen war, übersät mit kaum leserlichen Nachsendebemerkungen von Postämtern aus aller Welt. Auf ihren langen Weg musste die Karte auch noch in Tropenregen

geraten sein, denn ein Teil vom Text war bis zur Unleserlichkeit auf dem Papier verlaufen. Die Vorderseite der Karte war jedoch unversehrt geblieben und zeigte das Foto einer endlosen Karawane in der Wüste, die sich auf eine Oase zu bewegte. Zwischen dem ersten Kamel und der fernen Oase war ein flüchtig hingeworfener Gruß von Cap Billy, dem sie noch einen kurzen Satz hinzugefügt hatte.> Lena spricht viel von Dir, mein Prinz, zu viel<. Es ist wie ein Gruß aus einem anderen Leben, hatte Söderbaum damals abwehrend und schulterzuckend gedacht und seither nie wieder einen Tango getanzt.

Die Geschehnisse um ihn herum ließen ihn wieder in die Gegenwart zurückkehren. Er blickte über den weiten Parkplatz vor dem Dom und meinte am Ende des Platzes im Schatten der Bäumen einen gelben Mahindra-Jeep zu sehen. Die blonde Frau in dem roten Badeanzug war inzwischen in ein olivfarbenes Boot geklettert. Es war weit draußen vor der Küste an einer Boje vertäut. Sie legte ihren Badeanzug ab und hüpfte mit weit schwingenden Armen ziemlich aufwendig im Boot herum. Ihre schweren Brüste wippten in satten Bewegungen und in der harmonischer Gleichmäßigkeit der heranrollenden Wellen. Söderbaum blickte auf seine Uhr und befand erleichtert, dass immer noch genug Zeit verblieb, das Leben zu feiern und auf Gottes Antwort nach der Ankündigung seines Todes zu warten, sofern er ihm eine verbindliche Botschaft zukommen lassen wollte. Manchmal muss man sich nur trollen und das Leben eine Weile sich selbst überlassen. Immerhin war ich in meiner Rolle als Bauherr eines Domes und dessen Finanzier sehr erfolgreich, wenngleich auch in Begleitung heftiger Turbulenzen und merkwürdiger Zufälle, die sich wiederum zu kapitalen Selbstläufern entwickelten. Am

Ende ist jedenfalls für die Beteiligten alles vehement aus dem Ruder gelaufen. Ich hätte lieber auf die Spitzen meiner eigenen Schuhe schauen sollen und das Leben weiterhin mit meinen gefürchteten Sonntagspredigen und meiner berühmten Pferdezucht zu erfüllen.

Über der glänzenden Kuppel des Doms parkte eine Herde kleiner Wolken, um bald gemächlich zum Meer zu driften. Sie hatten die Form von gut gemästeten Gänsen, die betulich den Himmel abgrasten. Weit hinter den Dünen stürzten sich Möwen wie weiße Blitze ins Wasser. Söderbaum machte sich auf den Weg zum Festzelt. Er freute sich auf das bevorstehende Feinschmecker Menu, das er liebevoll und umsichtig zusammen gestellt hatte und das nun von auserwählten Köchen aus Hamburg bereitet wurde.

Wahrscheinlich beginne ich mit neun Limfjord Austern und trinke dazu ein wenig von dem spritzigen und sehr anständigen Trittenheimer Altärchen.

Mit vorgeschnellten Lippen machte er ein kleines Schmatzgeräusch, das seine aufwallende Vorfreude nicht zu unterdrücken vermochte. Er sah in die gefiederten Blätter der Esche und pfiff die ersten sechzehn Takte aus Beethovens Es-Dur-Konzert, das er am Ende mit unangebrachten jauchzenden Jubelschleifen verzierte. Mit dem Blick einer besorgten Mutter bemerkte er eine dunkle Wetterwand hinter den Kirchtürmen ferner Dörfer aufsteigen. Sie kam überraschend schnell von Schweden über dem gekräuselten Wasser herangezogen. Söderbaum sah gut aus mit seinem melierten Haar und der vifen Eleganz seines dunkelblauen Zweireihers. In der Innentasche der Jacke hatte er Storms alte Alibikarte aus dem einst vorgegebenen Spanierurlaub gefunden, die mit seiner Hilfe erfolgreich durch das Dorf kursiert war.

Sie trug einen flüchtigen Gruß mit der unerschrocken verlogene Bemerkung: „Wir arbeiten viel, obwohl der Wein in Spanien sehr billig ist."
Nach dem Abstieg vom Westturm des Domes erreichte Söderbaum endlich das Festzelt, das aus der Ferne wie ein schneeweißer maurischer Märchenpalast aus dem Morgenland oder wie ein gewaltiges Kreuzfahrerkastell erschien. Erwartungsvoll und immer schneller werdend betrat er das Zelt. In diesem Augenblick wurde die Eis Theke mit den Austern und dem Champagner vor ihm aufgebaut. Ah bon, ich bin der erste Gast und komme zum perfekten Timing meiner Henkersmahlzeit, seltsam dass ich so ein Glückspilz bin. Lächelnd bog er sich weit nach vorn, um die Austern kennerisch zu begutachten und ihnen die erste Begegnung mit ihm zu erleichtern. Als er sich aufrichtete, stand plötzlich Lena, wie aus dem Boden gewachsen neben ihm. Sie umarmten sich wortlos und Söderbaum sah durch den weit geöffneten Eingang nach draußen. Er war ergriffen und konnte nur schwer seine Fassung bewahren. Unter einer hingetuschten und fein gegliederten Zirrokumulus zog ein riesiger Vogelschwarm zur Insel Fünen. Mit unentschlossen wechselnden Figuren, beherrschen die Vögel den Himmel. Von einer geheimnisvollen Choreografie geführt, veränderten sie jedoch plötzlich in ungewöhnlicher Hast ihre ungeordnete Flugformation und zeichneten den Buchstaben > V < in das Blau der Unendlichkeit. Das Zeichen für den Sieg schien nun den Himmel bis zum Horizont einzunehmen. Die Vögel verharrten seltsam reglos in der so hastig eingenommenen Figur, um sich im Wind zu wiegen und im Meer zu spiegeln.
Söderbaum erkannte in der von ihnen gezeichneten Form sofort das Zeichen für Viktoria. Er bezog es auf sich und

sah darin eine wunderbare Caprice seines Schicksals. Eine Metapher, die Gott ihm durch das Himmelsbild der Vögel mitteilen ließ. Eine große Last fiel von seinem Herzen, denn er glaubte in diesem Himmelsorakel die dringend erwartete Botschaft Gottes empfangen zu haben. Gott hat mir verziehen. Er will, dass ich ein neues Leben beginne, und endlich von jeglicher Schuld befreit fühle. Die Gedanken daran haben mein Gewissen in den letzten Jahren geradezu stranguliert und meine Erinnerungslücken waren zudem wenig hilfreiche Trostspender.

Nach einem begehrlichen Blick auf einen feinen Kräutersalat mit violetten La-Ratte Kartoffeln, übermannte ihn die soeben erfahrene Großherzigkeit Gottes mit der Gnade einer Erleuchtung. Er geriet in einen Freudenrausch, der ihn fast das Bewusstsein raubte und mit überfallartiger Heftigkeit zog er Lena fest an sich. Ihrem Haar entstieg der berauschende Duft des schon vergessenen orientalischen Vanilleparfüms, das jene ferne Zeit plötzlich wieder auferstehen ließ. Während Lena sich immer noch wie eine Verzweifelte an ihm klammerte, wurde Söderbaum durch die eilig auftragenden Kellner abgelenkt und betrachtete über Lenas linke Schulter hinweg einen vielversprechenden Glattbutt in Badoit-Gelee. Aus dem hinteren Teil des Zeltes kamen verführerische Düfte von exotischen Gewürzen, die in aller Welt unverkennbar die guten Küchen erfüllen.

Wie ein Schweißhund die Fährte eines waidwunden Wildes aufnimmt, witterte Söderbaum die wunderbaren Aromen einer a point gegarten Taubenbrust im Salzbett und zwischen der feinen Variante der gefüllten Calamaretti und einer Ahnung von Thunfischbacke mit Erbsencreme, drängte sich der Hongkong-Gai-Lam mit

Sojasud unverschämt nach vorn, ohne jedoch den soliden Sizilianischen Salat von Fenchel und Orangenfilets völlig unterdrücken zu können. „Du bist immer noch die Versuchung von damals, die schönste Botin aus dem Paradies meiner Erinnerungen und mein Schutzengel der mich wieder einmal zum richtigen Timing gerettet hat," flüsterte Söderbaum zärtlich. Danach veränderte er abrupt seine Stimme und begab sich in seinen geübten Kanzelton für hohe kirchliche Festtage. Immer noch abgelenkt von Lenas Vanilleparfün und den Gerüchen der kulinarischen Hochzeit um ihn herum, bemerkte er gedankenverloren: „Vielleicht sollten wir uns zunächst nach einem günstigen Tisch umsehen, nicht zu fern von der Küche, aber auch nicht zu nahe an deren Unruhe, vielleicht ein intimer kleiner Katzentisch für uns allein."

Als sie sich durch das festlich geschmückte Zelt bewegten, setzte sich gerade der Pianist an den weißen Flügel. Er trug eine signalrote Hose mit weißen Biesen und erschien den Betrachtern wie ein General in seiner weißen Paradeuniform. Sein Haar war jedoch wirr zerzaust, wie die Federn eines Spatzes, der aus dem Nest gefallen war. So wurde die hohe militärische Einstufung schnell zunichte gemacht und nur noch mit der ornithologischen Einstufung einer niederen Vogelart versehen. Schon bevor er auf dem Klavierstuhl saß, begann er mit der linken Hand auf unsichtbaren Tasten, die sich demnach in Höhe seiner Schultern befinden mussten, lautlose Melodien zu spielen. Auf dem Weg zum Instrument waren seine Hände zu Krallen geformt, die darauf aus waren eine Beute zu ergreifen. Wie ein Spukgebilde donnerte plötzlich Musik aus dem Nichts heraus. Der Pianist spielte eine schlicht fließende Sonate, hin-

getupft mit luftigen kleinen Pausen und streifte dann ein wenig Mozart mit weit geschwungenen Legatopassagen, ganz einfache Melodien, die direkt ins Herz gingen. Dann führte er die Melodie in eine schleppende Verzögerung, wobei er Mozart verließ und die Musik nach einem kurzen Es-Dur Wirbel in einen eckigen und getragenen Rhythmus drängte. Nach einer dreifachen Oktave, die endlich den übermütig dahineilenden Tönen Einhalt gebot, gelangte er mit einer gewissen theatralischen Eleganz in den kunstvoll vorbereiteten Rhythmus eines Tangos.
Söderbaum nahm Lenas Hände und sie sahen sich an. Lenas Gesicht mit grünen Augen und vollen Lippen war immer noch mädchenhaft weich. Nur ihre Augenlider waren wie von einem zu großzügig dekorierter Schal einer Gardine leicht nach unten gezogen, der ihren Augen eine neue Form verlieh und den Schmelz ihres Blickes mit einem beunruhigen Touch von Sünde und Geheimnis bereicherte. Am Ringfinger ihrer rechten Hand trug sie einen Ring aus Platin mit einem großen Brillanten, der bei jeder Bewegungen ihrer Hand helle Blitze aufzucken ließ. Ihre Stimme hatte sich nicht verändert, aber sie ließ die Sätze nicht mehr verrinnen und verlor sich beim Sprechen nicht mehr in plötzlicher Verstummung. Die Wehrlosigkeit von damals war einer leichtfüßigen Melancholie gewichen, dennoch schien sie gelassen und sicher geworden zu sein.

„ In den Zeitungen und im Fernsehen habe ich das unglaubliche Ereignis, dass diesen Ort vor einigen Jahren so überraschend heimsuchte, jeden Tag mitverfolgt. Sobald es um das Geheimnis der verschwundenen Millionen ging, kamst du sofort vordergründig ins Spiel. Irgendwie habe ich den Verdacht, dass du Cap Billy als versierte

Händlerin damals mit ins Boot genommen hast. In einem in Bruchstücken mitgehörten Telefongespräch hat sie deinen Namen erwähnt. Jedenfalls haben sich bald darauf bedeutende Diamantenhändler aller Schattierungen und Moral in unserem gemeinsamen Geschäft gegenseitig die Türklinke in die Hand gegeben. Zudem hatte Cap Billy ein schlechtes Gewissen und konnte mir in jener Zeit kaum in die Augen sehen, aber sie hat ihr offenbar gefährliches Wissen bewahrt, vielleicht um uns und dich zu schützen.

Sie ist damals häufig nach Kuba geflogen, denn dort arbeitet der beste Edelsteinschleifer der Welt, der auch zuvor bei schwierigen Schliffen wiederholt für uns gearbeitet hat. Er lebt dort weit ab vom Schuss mit zwanzig Katzen und ist absolut diskret. Die Geschichte der verschwundenen Millionen, die man dir angelastet hat und dennoch nie beweisen konnte, ist rätselhaft und ungewöhnlich und auch die seltsam abgezirkelten Umständen, die dazu führten. Andererseits hattest du auch in Tanger schon einen atemberaubenden Umgang mit Geld, das dir in den brenzlichen Situationen immer wie eine hörige Geliebte zu Füssen lag und sich von dir bereitwillig und hingebungsvoll bezirzen ließ."

Neben ihrem Tisch war eine Spanische Wand aufgebaut, die als Sichtblende den Küchentrakt vom Festzelt trennte und mit einer umlaufenden Bordüre aus leicht verwelkten Herbstzeitlosen geschmückt war. Söderbaum betrachte die Blumen so intensiv, als wolle er eine neue sensationelle botanische Bestimmung vornehmen. Dann wandte er sich Lena zu und in übertriebener Beiläufigkeit bemerkte er:

„Nach einem Unfall hatte ich eine schwere Kopfverletzung und war für einige Monate in der Zentralklinik für seelische Erkrankungen, übrigens eine sehr angenehme Klapse, die ich nur empfehlen kann. Das Erinnerungsvermögen an die Ereignisse und die dubiosen Umstände sind bei mir bis heute vollständig gelöscht. Ich weiß nicht einmal mehr, wer und was mir damals so übel mitgespielt hat und für verdächtige Geldtransaktionen jeglicher Art war ich in meinem weggetretenen Zustand nicht fähig. Der Polizei habe ich jedoch meine Bereitwilligkeit zur Aufhellung der Umstände erklärt. Seither bin ich in ständiger Betreuung eines Psychiaters, der intensiv daran arbeitet, meine versunkenen Erinnerungen aus dem schwarzen See des Vergessens zu fischen. Die Wahrheit, wie immer sie ist, könnte mir sehr nützlich sein und meinen Seelenfrieden wieder ins Lot bringen. Vielleicht wird sich meine Erinnerung einmal von der Stelle bewegen, um zu mir überzulaufen und wieder ganz zu mir zu gehören. Die Wahrheit und die Erinnerung sind ohnehin fragile Geschöpfe, die unentwegt um ihr Überleben kämpfen. Lüge und Wahrheit dagegen sind eineiige Zwillinge. Sie sind sich nicht hold, bespitzeln sich unentwegt und müssen dennoch in untrennbarer Symbiose ihr Leben miteinander verbringen. Manchmal sind es die kleine Lügen, die eine Wahrheit schmücken und nicht umgekehrt. Wir bewegen uns auf dünnem Eis und jeder schleppt eine dunkle Spur hinter sich her. Leider muss man seine Niederlagen akzeptieren und darf seine Schwächen nicht immerzu streicheln, aber man soll auch nicht gleich beim ersten Niederschlag sein Handtuch in den Ring werfen. Gelegentlich versuchen wir uns zu ändern, aber man muss sich selber immer gründlich misstrauen. Gott ist nicht für alles zuständig, wir haben seine Güte und manchmal leider auch sein Schweigen. Das Leben ist jedenfalls eine lange Reise und unser Gepäck

wird immer schwerer. Selbst in einer Welt, die uns sicher und geregelt erscheint, kann man überall von einer verirrten Kugel getroffen werden."
Söderbaum verwandte nun unbekümmert die italienische Gestik seines Vorfahrens, wobei er beide Hände weit von sich streckte und Handflächen so hielt, als würde er etwas auffangen wollen. Diese wortlose Gestik sollte mehr oder weniger besagen, sich doch nun lieber der angenehmen Gegenwart zuzuwenden und das Vergangene auf die hinteren Plätze zu verweisen. Seiner undeutlich gemurmelten Erklärung konnte man bei einigem Wohlwollen entnehmen, dass im Übrigen auch ein gedeckter Tisch eine Herausforderung für Leib und Seele sei und im Augenblick die größere Beachtung verdiene. In diesem Augenblick geschah das zweite Wunder, denn plötzlich begann der Pianist den Tango Maria Magdalena zu spielen.
  Er spielte virtuos und mitreißend, von vibrierender Leidenschaft und bebender Hingabe. Er beherrschte den Tango mit der raffinierten Technik des Innehaltens und den plötzlichen Attacken im Zusammenspiel mit den kurzen Moll-Akkorden. Der Tango Maria Magdalena war für Lena und Söderbaum wie ein fruchtbarer Regen nach brennender Dürre. Er war der Schlüssel zu ihrer Vergangenheit, um wieder das Tor zum Hotel Dromedar aufzustoßen zu können und wie durch ein Vergrößerungsglas die ferne Zeit zu betrachten. Söderbaum erhob sich etwas zögerlich. Er nahm Lenas Hand und führte sie hinter die spanische Wand. Wortlos begannen sie zu tanzen. Der Pianist saß in einer Position, von der aus er den Raum hinter der Spanischen Wand einsehen konnte. Die Tanzenden beflügelten ihn. Sein Spiel war nun von farbiger Sinnlichkeit und blitzend wie ein Feuerwerk. In

der engen Berührung und der Verschmelzung ihrer Körper erwachte wieder die Vertrautheit von einst und der Rhythmus führte Lena und Söderbaum in einen verwegenen Tanz hinein. Der Pianist geriet in einen Taumel der Begeisterung und verlor sich fast im Klangrausch, als würde er die Tanzenden auch noch mit der Seele des Tangos beschenken wollen. Er spielte halsbrecherische Passagen mit dem fließenden Klang von Sehnsucht und Zärtlichkeit, von Vergänglichkeit und Trauer, mit einem wehmütigen Hauch von der Flüchtigkeit der Gefühle.

Wenig später schon folgte in ekstatischen Wiederholungen ein erotisch peitschendes Fortissimo von bebender Sinnlichkeit, das am Ende in ein zerbrechliches Pianissimo fiel und die Tanzenden mit süßem Schmelz flüsternd und sehnsüchtig umwarb. Sie waren in den Zauber einer längst vergangenen Zeit zurückgekehrt. Als die Musik verklang, gingen sie zum Tisch zurück. Mit einem Lächeln und einer kleinen Bewegung seiner Hand, bedankte Söderbaum sich bei dem Pianisten, der sich geradezu ehrfürchtig vor ihm verbeugte. Zu Lena gewandt sagte Söderbaum: „ Der Tango ist wenig alltagstauglich und nicht für das Tageslicht bestimmt, denn dann ist er zu hell ausgeleuchtet, um sich sündhaft entfalten zu können. Ich bin völlig aus der Übung und muss erst wieder laufen lernen, um Tür für Tür öffnen zu können. Du scheinst noch in häufiger Übung zu sein. Selbst Manuel tanzte nicht besser und leidenschaftlicher als du, allerdings war er mehr ein vorzüglicher Theoretiker. Beim Tanzen erinnerte ich mich plötzlich an unsere erste Begegnung, bei der du mein Motorrad und mich so couragiert vor den Flammen errettest hast. Ich möchte mich nachträglich noch einmal herzlich bedanken. Ich habe die Maschine bei meiner Abreise

übrigens einer Firma am Hafen in Verwahrung gegeben und nie abgeholt. Sie wird sich irgendwo in Afrika herumtreiben oder inzwischen als Feuerteufel ihr Leben beendet haben."
Unter der hohen Kuppel des Festzeltes schwebten verirrte Schmetterlinge um grüne Ballons herum, die wie christliche Kreuze geformt waren. An der höchsten Verstrebung des Festzeltes baumelte ein welker roter Ballon, der die Luft verloren hatte und seine ursprüngliche Figur nicht mehr preisgab. Söderbaum sah in der verbliebenen Form einen fettleibigen Kardinal, der auf dem Weg zum Himmel in seiner scharlachroten Robe einen guten Startplatz eingenommen hatte. Vom Strand her hörte man die gleichmäßigen Geräusche der aufschlagenden Wellen und die Stimmen von Kindern, die in den Dünen spielten.
„ Seit unserem Abschied ist viel Zeit vergangen und die Jahre sind dahingeflossen. Manchmal habe ich an dich gedacht und manchmal auch nicht, aber die Erinnerung an unsere ungestüme Zeit hat mich immer begleitet. Damals sind wir das Leben ziemlich gierig angegangen. Es ist ein unwahrscheinlicher und unglaublicher Zufall, dass bei einer Begegnung nach so langer Zeit unser Tanz uns empfangen hat und die Bilder unserer gemeinsamen Vergangenheit so plötzlich wieder gegenwärtig werden konnten.
Wenn ich dich anschaue, bist du über alle Jahre hinweg unverändert und genau so schön, wie ich dich in meiner Fantasiewelt immer wieder gesehen habe. Es geht immer noch ein Leuchten von dir aus. Du bist wie damals und fasst dich noch genau so an, wie in jenen Tagen, wo wir zusammen auf der Überholspur unterwegs waren. Deine handliche und hinreißend biegsame Figur hat mich gleich

wieder mit aphrodisischem Strom überflutet und es war so verheißungsvoll wie der Eintritt im Paradies."
Lena sagte:" Du bist immer noch wie einst in der Wüste, wo du mich zu deinem Wüstenliebchen ernannt hast, ansonsten hattest du genug mit dir selbst zu tun. Eigentlich brauchst du als Einzelgänger mit gelegentlichem weiblichen Familienanhang nichts und niemanden für das was du tust, denn du suchst Gott nur in deiner eigenen Welt. Und nun zu meiner handlichen Figur. Ich habe immer noch den schönsten Hintern der Welt, der auch damals deine hohe Beachtung erwarb und den du schon bei der ersten näheren Begegnung glühend und überschwänglich gepriesen und besungen hast. Inzwischen ist der viel Besungene zudem noch mit atemraubenden brasilianischen Strapsen erotisch nachgerüstet."
„Das war die beste Meldung des Tages und sie hat mich sehr beruhigt, aber alles zu seiner Zeit, denn zuerst muss ich mein volles Programm mit den bevorstehenden Pflichten und Freuden etwas koordinieren. Im Augenblick warte ich zur Einstimmung auf das große Festmahl. Ich hoffe, dass man uns endlich die Amuse-bouche serviert, die nach den glaubwürdigen Angaben des Küchenmeisters kleine Gourmetbomben sein sollen," sagte Söderbaum und ließ seinen Blick suchend durch das Festzelt schweifen. Ungeduldig und mit ungewöhnlichem Gebärdenreichtum hob er seine Hände und bewegte sie drehend und weit schwingend hin und her, als wolle er mit einem übergroßem Lasso ein ganzes Rudel Kellner einfangen. Was inzwischen auch immer geschehen ist, dachte Söderbaum, meine Aktionen sind ziemlich aus dem Ruder gelaufen und haben mich häufig in eine schwere Bredouillen gebracht. Nun steht endlich der Bauerndom, den meine Vorfahren schon vor acht-

hundert Jahren errichten wollten und mir leider eine weitere Last aufgebürdet hat. Das Werk ist nun vollendet und ich habe dem lieben Gott ein neues Wohnzimmer mit Meeresblick gebaut und die Baukosten cash down hingeblättert, daran gibt es nichts zu diddeln und zu daddeln. Zudem habe ich mit meinem Dom nun die entsprechenden Räume für die Laufkundschaft aus Skandinavien, die ich mit meinen Predigten endlich glücklich machen kann. Das Geld war vom Himmel gefallen und ich habe es vermutlich nur aufgehoben und im Namen des Herrn gewinnbringend für viele arme und verlorene Seelen investiert."
Söderbaum erhob sich halb aus seinem Stuhl und bewegte seine Hände weiträumig wie ein Flaggenmaat auf einem sinkenden Schiff, der verzweifelt zur sofortigen Hilfe aufruft. Grantig und ungehalten sagte er: „ Ich bin am Verdursten und nur noch kurz davor die Bude in die Luft zu sprengen."
Er war wütend und sprach mit nahezu geschlossenen Lippen, als müsse er beim Sprechen mit seiner Zunge eine schlecht sitzende Zahnprothese festhalten.

PERSONENBESCHREIBUNG
SIEGFRIED – BUTTERMACHER 1

> ICH KANN ZIEGEN MELKEN <

Siegfried ist in allem wie sein Vater und nicht nur in seiner Hautfarbe, meinten die Leute im Dorf und begannen nach dieser Feststellung ausnahmslos freundlich zu lächeln. Diese nahezu übereinstimmende Reaktion der Menschen, die seinen Vater meist schon seit vielen Jahren kannten, machte Siegfried stolz, denn er hatte ihn immer sehr bewundert und versuchte seinem Vater gleich zu sein. Die Bemerkungen der Menschen und ihr amüsiertes Lachen hatte ihn oft verunsichert. Er wusste ihre Reaktionen nicht zu deuten und war aus mancherlei Gründen beunruhigt. Es war ihm jedoch bewusst, dass er den Erwartungen so schnell nicht würde genügen können, denn das Bild seines Vaters bei den Menschen in LW war geradezu übermächtig.
Sein Vater bekam in den Zeitungen die größte Todesanzeige, die man jemals im Dorf gesehen hatte. Wer die Anzeige sah, musste annehmen, dass alle Bewohner des Dorfes gemeinsam verschieden waren, zumal seine unzähligen angeblichen Vornamen allein schon viel Platz in der Anzeige einnahmen. Er neigte, tot oder lebendig, in jeder Beziehung zur Überdosis und war zeitlebens ein unverbesserlicher Womanizer. Siegfried war Sölles Sohn. Ein dunkelhäutiger Doktor der Medizin, dessen Wiege in LW gestanden hatte. Eine Laune der Natur hatte die Hellhäutigkeit seiner Mutter unterschlagen, denn er war von Geburt an unverzüglich in das tiefschwarze Erbteil

seines Vaters gefallen, aber er bekam somit auch ungefragt dessen blendendes Aussehen und das großes Vermögen. Zu seinem 2o. Geburtstag hatte er von seinem Vater ein schwarzes Porsche Cabriolet mit der Bemerkung geschenkt bekommen: „Denn die Männer in unserer Familie entstammen der dunklen Seite des Mondes und müssen daher immer in der Lage sein, bei Bedarf schnellstens ins Licht zu brettern." Diese Anmerkung war eine verblümte Umschreibung, die auf eine ständige Bereitschaft zur Flucht hinweisen sollte. Siegfried glaubte jedoch, er habe den Porsche nur deswegen geschenkt bekommen, damit sein Vater endlich sein Zitat von der dunklen Seite des Mondes eindrucksvoll und teuer an den Mann bringen konnte.

Sein Vater war im Mai 1945 als ein blutjunger Offizier der britischen Armee an der Spitze einer Panzereinheit in Kiel eingefahren, wo er als erste nichtkriegerische Handlung Sölle aus einem rauchenden Kellerloch zog. Der schwarze Eroberer befreite die junge Frau aus dem brennenden Gefängnis, wo sie in letzter Sekunde der berüchtigten Todeszelle der Nazis entronnen war. Ihr Gesicht war rußschwarz gefärbt und von starrer Bewegungslosigkeit. Sie hatte dem britischen Offizier mit merkwürdig pathetischer Stimme und in einem narkotisch trägen Balladenton erklärt: „ Ich kann Ziegen melken,"
Schon in dieser Sekunde und aus dem Stand heraus, beschloss Siegfrieds späterer Vater die kahl geschorene Frau ein Leben lang zu lieben, an ihrer Seite ein aufopferungsvolles Leben zu führen und ihr weitgehend die Treue zu halten. Den letzten spontanen Vorsatz sollte er jedoch später für zu nebensächlich halten, um die einst so voreilig zur Verfügung gestellte Bedeutung allzu eng zu handhaben. Siegfried mochte sich bei seinen Freunden

gern über seinen Vater auslassen und fühlte sich immer eng zu ihm hingezogen.

„Von meiner Mutter Sölle habe ich meine Gelassenheit, dazu meine unwiderstehlichen blauen Augen, klar wie ein Bergkristall und geschmückt mit dem sinnlichen Blau eines jungfräulich reinen Aquamarin. Das muss man sich nur einmal vorstellen, von Kopf bis Fuß ein rabenschwarzes kleines Negerlein und als seltene ambivalente Ingredienz meine sensationellen blauen Augen. Meine Mutter hat mir außerdem ihr Talent für die plattdeutsche Sprache und die unerschütterliche Liebe zu den Indianern vererbt, der sie einst so hingebungsvoll zum Opfer gefallen ist. Anfänglich ist mein Vater als geheimnisvoller schwarzer Indianerhäuptling voller Federpracht in einer beeindruckenden One man show durch das Dorf gegockelt und hat Sölles Herz zum Beben gebracht. Manchmal ist er bei nächtlichen Blitzbesuchen in seinem Panzer vorgefahren, dessen Turm mit wehendem Federschmuck und einer Sammlung bunter Totempfähle dekoriert war. Er hat das Ungetüm am Wasser abgestellt, wo es wie ein gestrandeter Wal den Strand beherrschte. Mit seinen Indianerauftritten muss er ziemlich herumgesülzt haben und er behauptete, dass er tapfer und einsam die territorialen Jagdgründe seines Stammes bewache, die auf der anderen Seite des großen Wassers ihre Fortsetzung nehmen würden. Mein Vater war ein hochbegabter Mime und besaß die Chuzpe des Mutigen, der auf die unerschrockenen Einfälle seiner Spontanität baute und nur die Schwäche seines Gedächtnis fürchtete.

„ Im Kampf starb ich 100 bis 120 Tode für meine rothäutigen Brüder und das sind per saldo etwa zwei bis vier Abgänge pro Monat. Der chronische Lügner hat sich in keiner Abteilung mengenmäßig festgelegt, denn er war sich der Defizite seiner mathematischen Schwächen immer bewusst und er fürchtete nichts mehr als unwiderlegbare konkrete Zahlenreihen. Bei großen geschäftlichen Transaktionen verließ er sich auf den Hinterhalt seiner hellwachen und nie versiegenden Improvisationsgabe und auf seine fürchterliche Eloquenz. Das Schlitzohr hat alle Welt, besonders die weibliche Abteilung mit seiner gut geölten Unwiderstehlichkeit umgehend und nachhaltig kirre gemacht und bei Bedarf auch überraschend schnell in sein Bett geredet. Als gelegentlicher Sektierer und Laienprediger bestieg er oft eine Kanzel und wurde nie müde, die reine Liebe zu preisen. Der Hochsitz in der Kirche bescherte dem Jäger den besten Ansitz mit dem Blick auf den jeweilen Besatz von Damen, die ohnehin in erstarrter Bewunderung zu ihm aufblickten. Nachdem er sich festgelegt hatte, wusste er sich alsbald mit sanften Blickzuwendungen auf seine erwählte Beute einzuschießen und den sicheren Blattschuss für die erste Begegnung vorzubereiten. In aufgeregten Situationen machte ihn nur seine Stimme häufig einen Strich durch die Rechnung. Er geriet in eine vorschnelle Triumphphase, die seine Stimme unkontrolliert hochtouren ließ und sein Timbre plötzlich mit der Last einer Disharmonie befrachtete. Seine Stimme klang dann plötzlich wie die eines Kater beim Ficken. Nach jeder mühseligen Beendigung seiner meist undurchsichtigen und vielfach verwickelten Frauengeschichten, die seinen Andeutungen nach erst in der Trennung ihren Brand gefährlichen Höhepunkt entwickelten, wusste er sich durch unmäßig kostbare Geschenke aus den Klammern einer Schuld zu befreien und konnte bei den verlassenen Schönen sogar am Ende noch Pluspunkte für die Zukunft deponieren.

Bei seinen Freunden in einem vornehmen Londoner Klub bemerkte er abschließend:
„ Die weiße Frau bringt Unglück."
Dennoch liebte er Sölle und erklärte mit unverhohlener Rührung und in seltener Ehrlichkeit: „Sie ist der Fels in den wilden Stürmen meines Lebens." Verlegen fügte er einmal gerührt hinzu:„Sie ist mein Lieb und mein Herz."
Bei der letzten Begegnung mit meinem Vater, der in einer teuren Privatklinik in London lag, wo man nicht verwundert gewesen wäre, wenn die Königin herself die Klistiere verabreicht hätte, hatte sein Zustand Siegfried tief beunruhigt.
Sein Vater war von der Krankheit gezeichnet und plauderte dennoch fröhlich und unbekümmert über die Bibliothek vom Trinity College, die er der Bibliothek vom Clare College deutlich vorzog, obwohl sie leider nicht von Sir Christopher Wren erbaut worden sei. Er hörte rund um die Uhr Honky-Tonk-Musik, womit ihn sein Freund, der Manager von dem Label Johns Musikchor ständig versorgte. Als er im Sterben lag, wiederholte er betont, dass der nahende Tod seiner unermüdlichen Lebensfreude im Augenblick leider sehr ungelegen käme.
„ That is very inconvenient today." Dem geschockten Pfarrer erklärte er: „ Ich möchte nicht in den Himmel, obwohl man dort voraussichtlich solide und gut gelüftete Unterkünfte vorfindet, aber in der Hölle sind die interessanteren Leute. Die Mädchen dort haben kleine vorwitzige Hände und nicht diese zickigen Engelsflügel, die nun wirklich nicht sexy sind und nur unnötig Staub aufwirbeln." Sobald ein Professor in sein Zimmer trat, referierte der Schwerkranke über die berühmten Bogenpinkler seines Regiments und trank erstklassigen Champagner aus einem wertvollen Ping-Mog-Humpen.

Er hatte es immer schon geliebt, sophistische Weisheiten mit eigenen Erkenntnisse zu mixen und seine Zuhörer damit in eine erschreckte Unsicherheit zu führen oder in ein unablässiges Erstaunen zu versetzen. Seine Gedanken überholten ihn links und rechts, aber er war fähig, seine Sprachtechnik entsprechend zu justieren.„ Wenn dich der Tod greifen kann, wird er es mit persönlichem Vergnügen tun und sich kaum davon abbringen lassen. So läuft das mit dem Tod, dem alten Halunken," beliebte er seine nahe Zukunft fröhlich und vornehm näselnd dem Krankenhauspersonal mitzuteilen.

„ Da lohnt sich nicht einmal mehr ängstlich die Decke über den Kopf zu ziehen, denn der Tod ist eine sture Wahrheit und selbst mit meinen besten Lügen nicht auszutricksen. Demnach ist Kleinmütigkeit im Augenblick nicht gefragt, denn die hilft nicht ins Leben zurück, aber schneller in den Tode hinein. Rechtschaffen ungern möchte ich am liebsten überhaupt nicht sterben, war wiederum das Resümee eines dichtenden Freundes, der damit aber auch nicht dauernd durchgekommen ist. Versenk mich im Meer, etwa zwölf Faden tief, aber nicht gerade dort, wo die Fischfabriken heimlich ihre Abwässer entsorgen. Mehr in den Dünen, dort wo gern die verstohlenen Spiele stattfinden und die nackten Schönen sich danach angeregt in den Wellen tummeln."

Als die Schwestern schließlich nur noch auf Zehenspitzen sein Zimmer betraten, rief der scheinbar im Koma liegende empört: „Ihr seid nur so still, damit ihr hört, wenn er sich plattflüssig anschleicht und mich ausknipst."

Sein Abschied von dieser Welt war mit höchster optischer Kennerschaft gemessen, geradezu sensationell.

Von der phonetischen Seite dagegen brachte er nicht mehr ein, als ein anerkennenden und wohlgeratenen Seufzer, den er in den letzten Sekunden seines Lebens der bildschönen Lernschwester mit vorgeschnellten Kusslippen auf ihre nackten Brüste hauchte. Sein linkes Auge hielt er zugekniffen, um nicht vom Seitenlicht geblendet zu werden und zugleich ungehindert in ihr gut ausgeleuchtetes Volldekollete sehen zu können.

Sie hatte ihm in heimlicher Vereinbarung gerade ein verbotenes Lebersandwich mit Mayo gebracht und sich in unschuldigem Eifer weit nach vorn gebeugt, um ihn aufzurichten und sein Kissen höher zu legen. Diese jähe und hilfreiche Bewegung der jungen Schönen ließen ihre vorwitzigen Äpfelchen in ganzer Pracht ins Freie schnellen, um dann durch die Bewegung ihres Körpers in unbeschreiblicher Sanftheit sein Gesicht zu streicheln. Als die junge Frau die zarte Attacke ihrer Brüste bemerkte, war sie anfänglich erschrocken, aber die Verbindung eines rasch verfliegenden Schamgefühls mit der Erwartung, etwas Verbotenes, zugleich aber auch Gutes zu tun, festigte ihren Entschluss, es bei dem Geschenk der Zufälligkeit zu belassen und sich ihrer guten Tat zu erfreuen. Mit einem nun auch noch aufkommenden Gefühl von Mitleid und einer plötzlich erwachten mütterlichen Zuneigung, beugte sie sich noch tiefer nach vorn und mit sanften Bewegungen glitten ihre Brüste wie die Zunge eines neugierigen Kätzchens über sein Gesicht und machten ihm das Geschenk einer unendlichen Zärtlichkeit, die er in seinem Leben noch nie erfahren hatte. Wie beim Hören eines leisen Spiels aus Zauberklängen wurde er in ein wundersames Glücksgefühl versetzt und er spürte eine funkelnde Freude, die durch den herrlichen Duft der indischen Röstleber mit Mayo noch eine sinn-

liche Steigerung fand. In diesem Augenblick der höchsten Glückseligkeit fiel er so schnell in den Tod, wie eine Schuhschachtel vom Kleiderschrank.
Sein Grab fand er auf dem kleinen Friedhof der unbekannten Seeleute in LW. Siegfried fertigte ein Holzkreuz aus einer Planke des Schiffes >Kehr wieder<, das in den letzten Kriegstagen auf eine britische Mine gelaufenen war. Er schmückte das Holzkreuz mit bunten Bändern und es stand nun zwischen den verwitterten Kreuzen der namenlosen Seeleute wie ein aufgeplusterter Papagei. Siegfrieds Vater hatte schon einige Wochen vor seinem Tod die Abläufe seiner Beerdigung festgelegt.
„Und keine Bibelsprüche, schon gar nicht aus der schlampigen Bibelübersetzung Luthers. Eine Trommel muss her, die so laut geschlagen werden soll, dass alle bösen Geister und eifersüchtigen Ehemänner vertrieben werden. Der große Medizinmann Söderbaum wird schon die richtigen Worte für mich finden und meine Seele gestärkt und hoffnungsvoll in die Ewigkeit schicken, wo ich hoffentlich nicht so lange ausharren muss. Wenn er mir doch ein heimliches Vaterunser mit auf den Weg geben will, so soll er es leise gegen den Wind murmeln, damit niemand es hört und annehmen könnte, ich hätte zum Schluss doch noch klein beigegeben, wovon ich ehrlich gesagt nicht weit entfernt war."
Siegfried sagte seinen Freunden: „Ich habe meinem Vater später neben dem Holzkreuz einen farbigen Totempfahl auf sein Grab gestellt, dem ich goldene Flügel und eine Krone aus Federschmuck gegeben habe. Als gut gekennzeichneter Indianerhäuptling kann mein Vater nun beruhigt in den Himmel einfliegen und dort die Weisheiten unseres Stammes verbreiten, aber ich gehe mehr davon aus, dass er sich an die Engel ranschmeißen wird. Der

Totempfahl soll jedenfalls das Geheimnis seines Lebens und dessen bunte Vielfalt zum Ausdruck bringen.

Den Totempfahl hat ein grimmig dreinblickender Indianerhäuptling, der mein Vater an seinem letzten Tag besuchte, wortlos auf sein Bett gelegt. Er kam in voller Kriegsbemalung und malte mit seinen rot gefärbten Händen große Figuren in die Luft, dann hat mit lautem Genuss das Mittagsessen meines Vaters eingenommen und die zähe Ochsenbrust reklamiert. Danach verließ er rückwärts gehend das Zimmer, wobei er gierig auf die Röstleber mit Mayo blickte, die gerade von der schönen Lehrschwester ins Krankenzimmer geschmuggelt wurde. Als der Indianer die Tür schloss, roch es im Zimmer nach Tigerscheiße und mein Vater ließ sofort die Fenster öffnen und sagte ungeniert: „Auch große Häuptling sollte gelegentlich einmal unter die Dusche gehen, seine Mokassins wechseln und seinen Wigwam durchlüften."

Mein Vater wollte neben den namenlosen Seeleuten ruhen, um diesen armen Menschen seine Zuneigung und Loyalität über sein Leben hinaus zu bekunden. Zudem wären Seeleute viel rumgekommen und hätten sicher gute Geschichten zu erzählen.

Siegfried sagte einmal zu Storm:

„Die Männer unserer Familie waren leider immer heißblütiger und seltsamer als ihnen guttat, aber sie waren dennoch fähig durch schlechte Zeiten hindurch ihr Leben zu kontrollieren. Sie verstanden es offenbar auch auf angenehme Weise zu sterben. Allerdings fehlt mir darin noch die Übung und ich konnte noch keine einschlägigen Erfahrungen sammeln. Ich werde mich auch nicht sonderlich darum reißen."

Siegfried blickte dabei auf den dunklen Wald, über dem ein unordentlich gefächerter Zirrokumulus schwebte. In

dem dunklen Tannengehölz hinter dem Fluss nisteten seit Menschengedenken wunderschöne weiße Wildtauben, die so fruchtbar sein mussten, dass Legionen von gierigen Habichten, Falken, Uhus und Käuze sie nicht hatten ausrotten können. Der Waldboden war an vielen Plätzen mit einer dichten Decke ihrer Federn bedeckt, die bei jedem Schritt zu schweben und wirbeln begannen. Das Gehölz war Siegfried sehr vertraut, denn in einer Jagdhütte hatte er mit seiner ersten Liebe viele heimliche Stunden verbracht. Immer wenn er später das Gehölz betrat, öffneten seine Erinnerungen die Fenster zu jener Zeit. „ Sie hat mich verlassen, um einen Franzosen mit einer wuchtigen Schildpattbrille und drei dicklichen Kindern zu nehmen. Sie wohnt nun in einem großen Haus mit mausgrauen Fensterläden und spricht immer noch ein kümmerliches Französisch. Ich war damals etwas zu jung für sie, aber immerhin stand ich schon drei Jahre vor meiner Volljährigkeit, sie aber war mehr auf die sichere Rente eines Staatsbeamten in Brüssel aus. Jedenfalls ist es immer noch ein trauriges Kapitel in der unendlichen Geschichte meiner Liebeskummer, obwohl andererseits meine erste Liebe sehr lehrreich war und ich schon sehr früh waghalsige Spiele für Fortgeschrittene erlebte, denn sie hat ihre Erfahrungen hemmungslos eingesetzt. Nach ihren Angaben muss ich sehr gelehrig gewesen sein, denn sie hat mir häufig vorzügliche Noten ins Ohr gehechelt."
Aus den geöffneten Fenstern der Deutschen Eiche kam Musik und die lauten Geräusche einer angeregten Gesellschaft. Die Hochzeitsfeierlichkeiten der gut betuchten Witwe Elsi mit einem windigen Futterkalkvertreter aus Husum gingen schon in den vierten Tag. Hinter vorgehaltener Hand hatte er überall herumerzählt, dass

Friedhöfe für ihn immer die erfolgreichsten Kontaktstätten gewesen waren.

„ Meine Requisiten sind eine dezente Krawatte, eine Gießkanne und ein leidender Blick zu Boden und flugs ist schon eine fangfrische Witwe und Trösterin am Haken."

Bei der späteren Hochzeitsreise nach Büsum brannte der frisch Getraute mit einer rothaarigen Friseuse aus Wuzum durch. Sie roch sehr aufregend, trug drei schwere Goldketten um ihre Taille und sächselte charmant. Sie fuhren in ihr Sommerhaus bei Bautzen, dessen Interieur im Wesentlichen aus einem spanischen Himmelbett, zwei polnischen Kühlschränken, einer Waschmaschine und drei gestohlenen Kinderfahrrädern mit roten Rennsätteln bestand.

Die Unersättliche legte sofort nach dem Betreten ihres Hauses die drei Goldketten und ihre sämtlichen Kleidungsstücke ab und warf den Vertreter für Futterkalk kurzerhand auf das Himmelbett. Nun begann eine ungestüme Hochleistungsrammelei, die sich drei Tage und drei Nächte hinzog. Er stand brav seinen Mann und brachte es anfänglich ganz gut hin, aber bald schon kippte seine Kondition und er war so malade, dass er kaum noch aufstehen konnte. Als sie einmal ein rasches Wannenbad nahm, zog er sich mühselig an und flüchtete aus dem Haus.

Er wankte zur Straße und wurde als Anhalter von einem Milchtransporter mitgenommen. Dem Fahrer erzählte er, dass er sich in Leipzig einen Job suchen wollte.

„ Als was willst du arbeiten, " sagte der Fahrer.

„Ich muss unbedingt mal wieder etwas im Stehen machen", sagte der Vertreter für Futterkalk und schlief

ein. Als er einmal aufwachte, verkündete er mit schläfriger Stimme:
„ Wir haben Stutenmond."

DAS LAUB FÄLLT HIN, DASS HERZ VERGISST.

Es gab das eigentliche uralte Lehmbeck-Weiche und das zum Meer hin gelegene Riken Lehmbeck, was in hochdeutscher Übersetzung nichts anderes als das Lehmbeck der Reichen bedeutete und der architektonische Edelstein des Dorfes war. Es bestand aus elf Häusern der Jahrhundertwende, die alle wie aufgereihte Perlen am Meer standen und die seit ihrer Erbauung die Sommerhäuser reicher Hamburger Kaufleute und Reeder waren. Dieser Teil des Dorfes wurde geprägt vom prächtigen Anwesen des Konsuls Storm, das aus einem Belle-Epoque Haus inmitten einer riesigen Parkanlage bestand. Es wirkte wie ein französisches Sommerschlösschen, bekränzt von alten Baumbeständen, Rasenflächen mit Blumenrabatten, dazu verwilderte Irrgärten mit einem kleinen See und einer Insel, zu der eine weiße Bogenbrücke führte. Das große Haus wurde von dem Konsul Storm und dessen Enkelsohn bewohnt, der seine Eltern früh durch einen Flugzeugabsturz in Brasilien verloren hatte. Später sollte Storm den Besitz seines Großvater erben, um als weiteren Nachlass auch noch einen Teil seiner Gewohnheiten und Begabungen zu übernehmen, die der junge Storm mit Erleichterung und Beunruhigung auch schon früh bei sich entdeckte.
Er hatte den Charakter seines Großvaters mit auf seinen Weg bekommen, der seinen aufkommenden Zorn behutsam in Obhut nahm und ihn kontrolliert durch schwierige

Gefühlswelten führte. Frigge, Söderbaums Tochter, hatte ihm später gestanden:
" Zuerst waren es deine blauen Augen mit der unwiderstehlichen Bernsteinbordüre um die Pupillen herum. Da ist man als Frau geliefert und steht hilflos im Bann deines wohlgeschmückten Blickes, wie ein armes Mäuschen vor der Schlange. Inzwischen fand ich aber noch einige weitere empfehlenswerte Attribute bei dir, auf die ich als bessere Tochter öffentlich nicht weiter eingehen möchte. Immerhin bin ich eine Pastorentochter und verfüge von Natur aus über einen soliden Fundus unmoralischer Ausstattungen, die sich deinen Erfahrungen nur zu gern fügt."
„ Das ist stark auf den Punkt gebracht," sagte Storm.
Sein Großvater, der Konsul, hatte einst in warmen Sommernächten diskrete Gelage in seinem Park gefeiert, wobei ihm die jeweilig akute Sommerliebste ihre anmutige und willige Gesellschaft leistete. Als Bühne seiner Inszenierungen bevorzugte er den kleinen Pavillon auf der winzigen Insel im See, die man nur über die weiße Brücke erreichen konnte. Noch heute erzählten die älteren Leute im Dorf hinter vorgehaltener Hand Geschichten, die sich um seine intimen Feste rankten und demnach gelegentlich bacchantische Formen angenommen haben sollten.
Sie wurden im Laufe der Jahre immer üppiger ausgeschmückt, sodass sie nur knapp an einer Orgie vorbeigeführten. Der alte Herr Konsul Storm hatte seine fein gesponnenen twiligthours immer routiniert und gewieft vorbereitet und in perfekter Choreografie ablaufen lassen. Seine erstklassigen amourösen Erfolge waren darum im Wesentlichen nur noch das erfolgreiche logistische Endprodukt der kunstvoll präparierten Abläufe gewesen. Der

wohlverdiente Lohn seiner dekorativen und leichthändigen Inszenierungen, bescherte ihm am Ende immer die angestrebte Eroberung. Zwischen blitzenden Christallkelchen und duftenden englischen Rosen, Silberplatten mit delikaten Kanapees, auserwählten Delikatessen und dekorativen Petit fours flackerten unzählige Wachskerzen in langarmigen Leuchtern. Dazu knallten in immer kürzeren Abständen und in übermütiger Verheißung die Korken der Champagnerflaschen. Aus versteckten Lautsprechern erklang Musik, die aus einer anderen Welt zu kommen schien und sich geheimnisvoll in den lispelnden Blättern der Bäume verlor, aber manchmal auch vom Sommerwind ins Dorf getragen wurde. In schwülen Nächten, wenn der Wind nur zaghaft in den Kronen der Bäume zu raunen wagte und den See mit sanften Kräuselwellen bedeckte, erhellten oft stille Blitze eines dekorativen Wetterleuchtens den dunklen Park. Der alte Konsul erzählte galante und wundersame Geschichten, die den keuschen Ohren eines jugendlichen Zuhörers jedoch nicht zuträglich gewesen wären. Wenn die Nachtkühle sich aus dem Wasser erhob und der Nebel aus den Wiesen stieg, war das Nachtgeschäft von Storms Großvater bestens gelaufen. Die Schöne war überwältigt von der schmeichelnden Sommernacht und besiegt von dem Ungestüm des routinierten Eroberers, die ihre Glut so vehement zu schüren verstanden hatte. Nun war die Ernte nur noch einzufahren und der Konsul zog die Schöne über die weiße Brücke und blumengesäumten Wege zum großen Finale durch den stillen Park ins Haus. Er hielt sie in der Art einer gelinden und zärtlich angewandten polizeigriffartigen Umarmung und führte die Willenlose in einer mehr oder weniger freiwilligen Schwitzkastentechnik, die keinen Fluchtweg mehr offen ließ, durch die duftenden Naturrequisiten in das stille Haus. Die Festung war sturmreif geschossen und die Kapitulation sollte nun endlich stürmisch besiegelt werden. Die von den Arrangements narkotisierte Frau ergriff jedoch auch nie das Verlangen, sich der Freiheit zu bemächtigen. Sie hatte sich wohlig ergeben und war zu allem bereit.

Der alte Gentleman liebte es am >day after< mit Geschenken und Gesten seine nächtliche Gefährtin zu verwöhnen und zeigte eine entwaffnende Großzügigkeit. Als seine sich nackt auf dem Bett rekelnde Schöne aus unerklärlichen Gründen das schwere Los gefangener Singvögel in ihren erbärmlichen Käfigen beklagte und ihr Blick sich dabei traurig im Sternenhimmel über dem Meer verlor, erklärte er spontan und in generöse Bestimmtheit:

„ Mein schönes Herz, ich bringe dir alle Singvögel, die ich in den Zoohandlungen Hamburgs auftreiben lassen kann. Wir werden sie aus ihren engen Gefängnissen befreien und du als ihre Fürsprecherin und Erretterin, darfst ihnen in meinem Park die Freiheit schenken."

Gerade in diesem Augenblick hatte eine frühe Amsel ihr schmelzendes Morgenlied gesungen und die Schöne war nach der Erschöpfung der nächtlichen Lust in eine stille Melancholie gefallen, die sich dem bislang gut abgelaufenen Wunschprogramm des Konsuls unnötig in den Weg stellte. Er hatte alle Hände voll zu tun gehabt, den Wagen wieder in die richtige Spur zu bringen.

Kaum eine Woche später standen 139 Käfige mit erwartungsvoll zwitschernden Singvögeln unter der Blutbuche im Park. Sie waren mit luftigen Schleifen geschmückt, die sich immerzu im Wind bewegten und die erschreckten Vögel panisch gegen die Gitter ihres Käfigs flattern ließen.

Die Sommerliebste des Konsuls öffnete gerührt die vielen kleinen Türchen und die Vögel flogen aufgeregt zwitschernd in die dichte Krone der Blutbuche. In dieser Nacht vermochte der Konsul der schäumenden Dankbarkeit der leidenschaftlichen Frau kaum standhalten zu können. Bei der ersten Morgenröte wurden die arglosen Vögel jedoch von einer Horde hungriger Wanderfalken geschlagen und der kühle Morgenwind trieb Wolken von aufgeplusterten Federn in den Himmel. Tote Vögel lagen mit ausgebreiteten Flügeln im Gras und auf der Buchsbaumhecke. Ihre blutige Flügel erzitterten im Wind, als wären sie auf dem Flug in das strahlende Blau der Freiheit. Als die Schöne am Mittag Schlaf blinzelnd den Park betrat, waren alle verräterischen Spuren des Massakers gründlich entfernt worden und die räuberischen Falken zu neuen Untaten nach Schweden weitergezogen.

„ Nun sind die kleinen Vögel endlich wieder in die Freiheit geflogen," hatte sie freudig gerufen und dabei ihre Arme wie ein kleines Kind jubelnd in den Himmel gereckt.

„Sie haben sich inzwischen sicher schon ihre behaglichen Nester gebaut und werden bald den Park mit ihrem lieblichen Gesang erfüllen," war die beruhigende, jedoch vorschnelle Antwort des Konsuls gewesen. Danach entfernte er sich hastig mit weiträumigen Schritten, sodass die Blätter am Boden kräftig aufflogen und der Davoneilende eine wirbelnde Schleppe durch das Gras zu ziehen schien. Schwärme von Schmetterlingen, die auf den Blüten der Eisenkraut-Minze und Zitronen-Estragon saßen und gemächlich mit ihren Flügeln pumpten, flogen aufgeschreckt pfeilschnell nach oben. Dösende Laub-

frösche sprangen entsetzt von den Blättern der Wasserrosen und platschten laut ins Wasser. Storm hatte noch nie so große Schritte gesehen, aber er kannte die auslösende Ursache dieser raumgreifenden Beinarbeit, die sein Großvater bis zur Freitreppe zu seiner Verwunderung noch einmal zu steigern vermochte.
„Beim Lügen, wenn es nun einmal nicht anders geht, musst du dich wie ein Blitz in Siebenmeilenstiefeln entfernen. Selbst eine große Lüge ist dann ziemlich verdattert und kann dir so schnell nicht folgen. Sie bleibt immer weiter zurück und wird unterwegs elendig verkümmern. Niemand wird ihr darum gewahr werden," hatte ihm sein Großvater einst bei einer ausgedehnten Weinprobe des Merlotweins Chateau Petrus konspirativ anvertraut, wobei er mit gespielter Durchtriebenheit sein rechtes Auge zukniff und eitel über seinen vornehmen grauen Schnurrbart strich. Inzwischen war sein Großvater mit dem gewaltigen Paradeschritt eines staatswichtigen Defilees die Freitreppe hochgeeilt und ins Haus gestürzt, um schnell wie ein Geist darin zu verschwinden. Die Sommerschöne hatte ihm entgeistert und verwirrt nachgeblickt. Die üppige junge Frau trug ein Negligé aus Chiffon. Der lüsterne Sommerwind modellierte gierig ihren Körper mit dem hauchdünnen Stoff und pries ihre Figur. In angeborener Begabung und wie von einer fremden Kraft geführt, umkreiste Storm sie.
Als er vor ihr stehen blieb, bot sich ihm bei jedem Windstoß ihren nahezu unbedeckter Busen dar. Sie bemerkte sofort seine Aufgeregtheit und wie zufällig begann sie in lasziver und atemberaubender Langsamkeit ihre Glieder zu strecken und zu dehnen, als müsse sie eine plötzliche, aufkommende Müdigkeit verdrängen. Durch die schnellen und tänzerischen Dehnübungen glitten ihre

Brüste nun vollends ins Freie und gerieten in die rhythmischen Bewegung ihres Körpers. Sie hatte ihren Mund leicht geöffnet und ihre Zunge beleckte ihre Oberlippe, dabei sah sie Storm unablässig in die Augen. Hinter der Hecke aus Liguster und Georgine hörten sie ein Gespräch zwischen einer lettischen Küchenhilfe und Eier-Augstein, der seinen Eierhandel gern mit langatmigen Ausführungen von fragmentarischer Rätselhaftigkeit bereicherte. Er hatte seinen Fuß auf die Sonnenuhr gestellt und sagte: „ Ich komme aus einer Stadt mit elf Brunnen und darum kenne ich mich auch so gut in der Wasserwirtschaft aus, verstehst du?Verstehst du mich wirklich, denn in der Welt geht es bald nur noch um Wasser, natürlich in bester deutscher Trinkqualität."
Durch die Lücken in der Hecke sah man das Meer mit den gleißenden Wellenkämmen, die im Morgenlicht noch einmal aufblitzten, bevor sie auf dem Strand in einem wilden Funkenflug zerschellten. Während ihrer spontanen Gymnastik sah Großvaters Sommerschöne immer wieder suchend in die Krone der Blutbuche nach den von ihr befreiten Vögeln aus.
„Die freigelassenen Vögel werden hier im Park schnell heimisch werden und haben sich sicher nur zu einem kurzen Orientierungsflug ins Dorf begeben," hatte Storm der jungen Schönen hilfreich und chevaleresk zugeflüstert und in seiner Verstörtheit ziemlich unnötig auf den blitzenden goldenen Hahn der Dorfkirche gezeigt. Plötzlich wurde ihm seine Lüge bewusst. Mit Riesenschritten entfernte er sich von der Schönen und lief immer schneller werdend, durch den verwilderten Teil des Parks, durch die Wiese mit den Gänsedisteln und dem hohen Gras, das noch nie gemäht worden war.

Jahre später erzählte Storm seiner Freundin Frigge, dass sein Großvater sein geliebtes Haus bald darauf für lange Zeit verlassen habe und erst im hohen Alter dorthin zurückgekehrt sei.

„ Es war bald nach dem plötzlichen Tod Sarahs, die er sehr geliebt haben muss, ich übrigens auch. Seine Abreise war offenbar nicht geplant, er ist vielmehr einer spontanen Eingebung gefolgt. Es war ein herrlicher Tag. Mein Großvater hat aus dem Fenster seiner Bibliothek auf die Wiesen geschaut, wo Störche sich mit erhabenen Schritten im Gras bewegten oder in den Gräben herumstakten und die Lerchen in allen Tönen die Lust des Sommers ins Dorf trugen.

Er ließ die gescheckte Rose vor den Tilbury spannen, legte eine Kiste seiner feinsten Zigarren neben sich auf den Sitz und lenkte die Kutsche behutsam um seinen Mercedes herum. Abwesend summte er das Lied von der drallen russischen Köchin und ihrer köstlichen Okroschka, die der undeutlich gesungene Refrain nach eine angesäuerte Suppe mit klein geschnittenem Gemüse, Rauchfleisch und Kümmelessig sein musste. Auf dem Bernsteinweg knallte er gelegentlich unlustig mit der Peitsche und die Kutsche rollte gemächlich durch die Wiesen auf das Dorf zu. Hinter blühenden Knicks erhoben sich die spitzen Kirchtürme der fernen Dörfer und rote Mohnblüten leuchteten am Wiesenrain. Mein Großvater sagte kein Wort zu mir. Er lenkte die Kutsche zum Bahnhof und blickte nicht mehr zurück.

Zwei Jahre später sah er sein Haus noch einmal vom Zug aus. Es war in der Zeit meiner ersten Semesterferien und ich begleitete ihn zu einem Schachturnier nach Tondern, wo er für einen Großmeister aus Litauen eine harte Nuss werden sollte.

Wenn der Zug den kleinen Bahnhof von Lehmbeck-Weiche verlässt, muss man sich beeilen, um unser Haus noch einmal sehen zu können. Man darf diesen kurzen Augenblick nicht mit dem Verstauen seines Gepäcks vertun oder aus dem gegenüber liegenden Fenster mit seinem Blick zu lange beim Meer verweilen, denn dann wäre der richtige Zeitpunkt schon verpasst. Zuerst kommt der Friedhof mit dem auffälligen Mausoleum der Familie Söderbaum und dem Grab der Blanche von Erlangen mit dem schönen Engel aus schneeweißem Lasermarmor, aber dann gleiten schon die kargen Salzwiesen am Abteilfenster vorbei. Bevor man sich versieht, erscheint zwischen den dunklen Baumkronen der Blutbuchen das große Schieferdach unseres Hauses. Wenn der Zug dann über den Damm mit dem hohen Farnkraut rollt, sieht man weit hinter dem Fluss, eingerahmt von der knorrigen Liebesbuche mit den vielen eingeschnitzten Herzen und den uralten, dunkel aufragenden Steineichen, noch einmal unseren Park mit der strahlend weißen Bogenbrücke, die aus dieser Perspektive in den blassen Horizont des Himmels zu führen scheint.
Mein Großvater stand am Fenster des Abteils und blickte wie erstarrt zu seinem Haus, dass sich im milden Licht der Sonne von seiner schönsten Seite darbot. Er umklammerte plötzlich die obere Stange des Gepäcknetzes und zog sich schließlich wie an einem Turnreck daran empor, um den Blick auf sein Haus bis zum letzten Augenblick ausdehnen zu können. Nun baumelte er wie ein Gehängter vor dem Abteilfenster, hinter dem die letzten Wiesen mit den dunklen Gräben und den stämmigen Erlen vorüber glitten. Sein Körper schwankte so gleichmäßig wie das Pendel unserer Dielenuhr, und

manchmal zappelte er mit seinen Beinen, als könne er die Anstrengung seiner Arme dadurch lindern. Sein Gesicht hatte unter der körperlichen Anspannung die tiefrote Farbe seines Chateau Pontensac grand cru angenommen und sein Körper schien um ein Meter gestreckt zu sein. Als der Wald mit den glänzenden Stämmen der hohen Buchen den Blick über die Wiesen endgültig versperrte, ließ er sich ächzend und schwer in die weichen Polster fallen und lehnte sich laut atmend zurück.
„Ich muss mich nun mental auf das bevorstehende Schachspiel vorbereiten," bemerkte er dann in angestrengter Gleichgültigkeit und schloss schnell die Augen. Auf unserer Rückfahrt passierten wir wieder das Dorf. Der schöne Sommertag war umgekippt und der Regen hatte einen grauen Schleier über das Land gelegt. Mein Großvater sah abwesend auf zwei glänzende Rappen, die den Zug im schnellen Galopp eine kleine Strecke lang begleiteten. Als in der Ferne sein Haus schemenhaft vorbei glitt, sagte er: "Die Söderbaum haben Nachwuchs bekommen, eine Tochter, die Frigge heißen soll. Sie ist ein Sonntagskind und man darf darum einiges von ihr erwarten, zumal man mich zum Taufpaten erkoren hat." Er lächelte stolz, als hätte er soeben von eignen Vaterfreuden berichtet. Vielleicht hat er damals schon eine seiner seherischen Vorahnungen gehabt und dein Erscheinen auf dieser Welt vorausschauend mit mir in Verbindung gebracht. In Hamburg wurden wir von seinem Chauffeur abgeholt. Mein Großvater war wieder in aufgeräumter Stimmung und saß gut gelaunt im Fond der großen Limousine. Er referierte freizügig über die Kunst des Schachtspiels, das er in seinem Resümee als wenig königlich, vielmehr als äußerst hinterlistig bezeichnete.

„ Auf dem Schachbrett zeigt sich das sonst so edle Pferd als eine hakenschlagende Wildsau. Auch die angeblich edle Dame ist in jeder Beziehung lebensgefährlich und in jeder Stellung mit großer Vorsicht zu genießen. Sie ist blindwütig davon erfüllt, den feindlichen König unter allen Umständen zu meucheln, der ihrem eigenen Ehegespons in puncto Einfältigkeit und Impotenz in nichts nachsteht, denn die Hoheiten können ohne Hilfe gerade einmal einen Schritt nach vorn, zur Seite oder nach hinten dappeln. Als er wieder das Lied von der säuerlichen Suppe anstimmten wollte, sagte ich schnell zu ihm: " Bei unser Rückfahrt aus Tondern war unser Haus zum Glück hinter dem Regen verborgen. Du musstest dich nicht wieder in den Hochsitz hangel und die schwierige Nummer mit dem Strangulieren abziehen."

Er betrachtete mit Unmut die Blasen in seiner Handfläche und sagte: „Meine Übungen waren wenig elegant, aber bei der guten Landluft sicherlich ein nützliches Muskeltraining."

Er sah nach draußen und malte ein hässliches Gesicht auf die beschlagene Scheibe, das eine große Ähnlichkeit mit dem viel gesuchten Ingwertäter hatte, der zuletzt in Kopenhagen gesehen worden war.

„ Der letzte Sommer mit Fräulein Sarah hat damals durch das Unglück ein schreckliches Ende gefunden. Er ist unwiderruflich vergangen, aber mir dennoch immer unendlich nahe und gegenwärtig."

Mein Großvater verlangsamte seinen Vortrag, als würde ihm das Sprechen plötzlich schwer fallen und er darum eine Atempause einlegen müsse.

„Die Zeit mit ihr habe ich in übermütiger Freude erlebt und durfte noch einmal wie ein Leutnant der blauen Dragoner durch das Leben galoppieren. Nach ihrem Tod

war das Haus voller Stimmen, die unsägliche Erinnerungen erweckten, aber sie leben dort nun besser ohne mich und ich musste Reißaus nehmen. Ich habe leider immer noch ein Topgedächtnis, das keine Gnade kennt und die Bilder aus jener Zeit unvergilbt parat hält."
Nach einer Pause räusperte er sich in einer Weise, als müsse er seinen Hals von einer Fischgräte befreien und bemerkte in leiser Selbstverlorenheit:
„ Jedenfalls treten sie nicht mehr über meine Ufer," womit er auf die überflutende Kraft seiner Erinnerungen hinweisen wollte. Er räusperte sich wiederum heftig und als Zuhörer musste man die Befürchtung haben, dass die Gräte sich endgültig im Kehlkopf verankert hatte und man in naher Zukunft auf bedeutende Schwierigkeiten gefasst sein musste. Er zog plötzlich wie wild an seiner Zigarre und nahm ungewöhnlich laut sprechend, nahezu schreiend, das unverfängliche Schachthema wieder auf. Als wir vor seinem Haus an der Elbe ausstiegen, sagte er unvermittelt; „ Es ist nun bald an der Zeit, dass ich dir mein Anwesen in Lehmbeck-Weiche und auch noch ein paar andere Dinge überschreibe, denn ich bin nun Zähne knirschend dazu gezwungen, auf manche Freuden des Lebens zu verzichten. Leider gibt es keine Carte blanche für eine nie versiegende Lebensfreude oder Manneskraft, aber in manchen Bereichen bist du ein begabter und würdiger Nachfolger. Die Sommerschönen werden auch dir die Tür einrennen und das Haus mit dem Park wieder mit wohlbekannten Turbulenzen beleben. Wenn du zum heißblütigen Zweig der Familie gehörst oder du hast nur fünf Tropfen von meinem Blut in deinen Adern, wirst du dein blaues Wunder und prächtige Konfusionen erleben, um die ich dich wirklich nicht beneide."

Er machte ein schnäuzendes Geräusch in Verbindung mit einem deutlich zur Schau gestellten Wohlbehagen und meinte: „Ich bin in jeder Hinsicht aus dem Schneider und darf endlich unschuldig und reinen Herzens die soliden Tugenden des Alters genießen, denn Gott schenkte mir endlich die Gnade der Impotenz. Aber du ..." Er ließ den Satz unvollendet, um seine Ankündigung noch bedrohlicher erscheinen zu lassen. Offensichtlich sollte es besagen, dass er mir mit seinem Haus besonders gern die Turbulenzen seines Lebens zu treuen Händen übergeben werde. Anfänglich zeigte er ein liebevoll abbittendes Lächeln, das er jedoch nicht lange einzuhalten vermochte und fiel dann ungeniert in ein lautes schadenfrohes, meckerndes Lachen, womit er sich offenbar zugleich genussvoll der quälenden Fischgräte entledigte.

Als wir durch den Park zu unserem Haus gingen, warf er achtlos seine Funken sprühende Zigarre in einen Haufen quittengelber Blätter, die schnell Feuer fingen und den Park mit ätzendem Rauch erfüllten. Hinter den dunklen Bäumen glänzte die Elbe und über dem Wasser lag das Licht eines verglimmenden Abendrots. Unvermittelt habe ich mir eine Last von meinem Herz genommen und meinem Großvater endlich mein Geheimnis preisgegeben:

„Ich habe Fräulein Sarah in jenem letzten Mekrelensommer geliebt und werde sie bis zum Ende meines Lebens lieben."

In betonter Sachlichkeit sagte mein Großvater: „ Das war bereits bekannt, aber keiner von uns erfuhr dadurch eine Benachteiligung, denn Fräulein Sarah hatte ein großes Herz und ausreichend Platz für uns zwei. Für den letzten Absatz deines Bekenntnisses gibt es die tröstliche Erkenntnis eines freundlichen Dichters, der da meint: Das Laub fällt hin, das Herz vergisst."

Mein Großvater hat in ungewöhnlicher Behutsamkeit einen Arm um meine Schulter gelegt und mich zärtlich an sich gezogen, eine Geste, die mich beglückte, aber auch Unaussprechliches bei mir hervorrief.

Mit einem Fuß stocherte er in dem brennenden Laubhaufen herum, als wäre er auf der Suche nach einem brauchbaren Fundstück.

„Ich muss dir auch etwas beichten. Als es mit euch damals begann, bin ich für einige Tage nach Hamburg gefahren, um euch ein ungetrübtes Glück zu schenken. Gelegentlich haben mich aber auch rachsüchtige Gefühle bewegt und ich erwogt, dich in ein fernes Internat nach Schottland zu schicken, weit weg von Lehmbeck-Weiche und hinein in die unwegsamen Berge. Das wäre eine sehr elegante und hilfreiche Lösung gewesen, aber ich wollte nicht auch noch Fräulein Sarah unglücklich machen. Wir haben es in friedlicher Koexistenz gut miteinander hingebracht, mussten uns nicht duellieren und jeder hatte seine Zeit und sein Glück mit ihr."

Ein hellerleuchtete Passagierdampfer fuhr auf der Elbe vorbei und eine schlafmützige Band spielte >Arabien Disko<. Mein Großvater sah starr auf den alten Dampfer, als hätte er Zwiesprache mit ihm aufgenommen und würde nun dringend eine Antwort erwarten. Der weite Himmel über der Elbe wurde durch Vogelschwärme belebt und nun begann wieder eine seiner unvermeidlichen ornithologischen Fragestunden, die darauf hinausliefen, die Vogelarten an ihren Flugformen zu erkennen. Ich bin in schneller Bereitwilligkeit darauf eingegangen, um uns auf ein anderes Thema zu bringen.

„Dort links, bei der eiligen Gruppe, die gleich aus dem Bild fliegt, kann man den Rottenflug der Wildenten sehen und weiter rechts über der Pappelreihe erkennt man den Frontflug der Austernfischer. Die Schatten über der untergehenden Sonne neben dem Bananendampfer sind Kraniche in einem exakten Keilflug. Über dem Schornstein der alten Schule kann man gerade noch den Staffelflug der Wildgänse bewundern und ganz leise ihre eintönigen zweisilbigen Gagag Lautkontakte hören, aber in den Charts würden sie mit ihrem trostlosen Gesang nicht weit kommen. Soviel zur abendlichen Flugshow, die ihr Programm gelegentlich erweitern sollte."

„Ich fand deinen Vortrag sehr anregend und lehrreich, aber ich würde von dir auch gern einmal auf Seeadler oder ähnliche Großflügler hingewiesen werden und nicht immer nur auf das hinreichend bekannte gemeine Wassergeflügel," sagte mein Großvater missmutig und stapfte müde ins Haus.

PERSONENBESCHREIBUNG
WILHELM – BUTTERMACHER 3

OH, DAS TUT GUT

Wilhelms erste große Liebe hatte ihn an einem schönen Frühlingstag einst wortlos verlassen.
Er war damals 16, ein Alter, wo man sich schon verliebt, wenn eine Frau auf Anhieb nicht wegguckt. Sie war viel älter als er und hatte eine kleine Tochter, die in einer dänischen Kleinstadt bei einer Frau mit großen Hüten und farbigen Beintattoos lebte. Wilhelms Freundin wohnte allein in ihrem kleinen Strohdachhaus am Moor. An einem Sonntag im März verschwand sie kurz vor dem Essen, nachdem sie zuvor noch den Tisch gedeckt und Pförtchen gebacken hatte. An einem Tag im Mai, als die Kastanien in voller Blüte standen, tauchte sie mit einem Korb voller exotischer Früchte wieder auf. Plötzlich stand sie vor ihm in der Küche. Sie trug einen Strohhut mit einer rote Schleife und lächelte ihn an. Wilhelm verhielt sich wie, wenn sie gerade erst gegangen wäre und begann sofort lautstark mit seinen Vorhaltungen.
„Als du weg bist von mir, bin ich dir bis zum Bahnhof nachgelaufen, aber du warst wie vom Erdboden verschluckt. Am Abend befürchtete ich, dass du dich im Moor verlaufen hättest und habe deine Strohscheune angezündet, damit du den Weg zurück zu mir findest."
Er hatte gerade die Nester ihrer japanischen Zwerghühner ausgenommen und bewarf seine Geliebte nun wütend mit den winzigen, bunt gesprenkelten Eiern. Wilhelm rief zornig:

„ Du bist einfach weggelaufen. Ich will das nicht" und begann sich mit den handlichen Wurfgeschossen auf sie einzuschießen. Als er mit einem rot grünen Ei ihre Stirn traf, nahm sie wortlos ihren am Boden abgestellten Korb mit den exotischen Früchten auf und verließ ihn wieder, wobei sie ohne Eile vorsichtig, als bewege sie sich auf einer glatten Eisscholle, die zerborstenen Eier mit ihrem klebrigen Inhalt vorsichtig umging. Den Sommer darauf hatte er am Fluss herumgelungert und Grashalme gekaut. Manchmal schwamm er weit ins Meer hinaus. Einmal sah er hoch über sich einen Mann, der auf dem Rest eines Sessel saß und an einem Fallschirm hing. Er war einer aufgeplusterten weißen Wolke entschwebt und landete neben ihm im Wasser. Er sah Wilhelm an und sagte gut gelaunt: „ Bist du auch auf einem defekten Schleudersitz angereist ? Meiner hat sich leider nicht in allen Teilen von mir trennen wollen." Wenig später wurden beide von einem Rettungshubschrauber aufgefischt und mit einer Seilwinde aus dem Wasser gezogen. Bei der nächsten Kastanienblüte am Pfingstmontag machte Wilhelm sich einen Fertigpudding mit violetter Soße, die noch schlechter schmeckte als sie aussah.
Über dem Moor kreisten Habichte und vom Dorf her kam der süße Duft der blühenden Bauerngärten. Von irgendwo hörte er einen sehnsüchtigen und melancholischen Gesang einer Frau, der sich langsam im endlos Himmel verlor.
 Er dachte an seinen Vater, der mit seinem Stückgutfrachter die Häfen Afrikas abklapperte und an seine Mutter, die in seiner frühen Erinnerung so blond wie ein Engel gewesen war. Auf der Suche nach ihrer Stimme war es ihm jedoch nie gelungen, sich ihrer zu erinnern. Manchmal geriet eine Rohrammer in die hohe Tonlage

seiner Mutter. Wenn der Vogel aber weiter flog, entschwand das Bilde seiner Mutter wieder so rasch, wie es angeflogen gekommen war. Seine Mutter hatte indisch mit ihm gesprochen und sie hatten mehr Gewürze als Fliegen in der Küche gehabt.

Doch meist kreisten seine Gedanken um seine Freundin, die nur noch in den Zeiten in ihr Haus kam, wenn er im Internat war. In einem praktischen Schnelldurchlauf hatte sie ihm gezeigt, wie Liebe funktioniert und wie schön es war, die Nähe des anderen zu spüren. Draußen im Moor war eine verzauberte Stille und es war Süße in der Luft, aber sein Herz war schwer und er verbrachte seine Zeit nur noch mit sehnsüchtigem Warten auf ihre Rückkehr.

In törichter Unwissenheit leerte er eines Tages eine Flasche mit süßem Eierlikör der Marke,, Lily grüßt euch alle," der aus der Schwarzbrennerei von Eieraugstein stammt und seit kurzem das vorherige Brennereiprodukt „ Auf die Liebe „ abgelöst hatte. Er galt als hochprozentiger Fusel der gehobenen Sorte, der aber weit mehr durch seine fantasievolle Namensgebung glänzen konnte. Wilhelm hatte sich das verbotene Produkt besorgt und sofort darüber her gemacht. Er setzte die Flasche beim Trinken nur dann ab, wenn er atmen oder husten musste. Danach nahm er einen Kälberstrick und wankte ins Moor. Er erhängte sich an einem knorrigen Baum ohne Blätter, aber mit vielen Blüten, die wie unnatürlich eingefärbte Zahnputzbecher aussahen und nach Mundwasser rochen. Inmitten dieser dentalen Ausstattung baumelte er nun leicht schwankend im milden Abendrot und seine Todessehnsucht schien sich endlich erfüllt zu haben. Alsbald aber erfolgte eine jähe Unterbrechung seiner bereits angetretenen Reise ins Jenseits, denn der Ast, den er zum Galgen erkoren hatte, brach ab und Wilhelm landete bäuchlings in einem Gewirr von Zweigen, um sofort in einen tiefen Schlaf zu fallen. Aber auch die Zweige waren seinem Gewicht nicht lange gewachsen und mussten ihn bald wieder aus ihrer Geborgenheit entlassen. Er fiel der Schwerkraft folgend weiter nach unten und die begonnene Strangulierung, schien sich endlich zu vollenden. Friedlich baumelte er nun zwischen den bunten Zahnputzbechern und bewegte sich als schwingender Schatten vor dem leuchtenden Streifen des Horizonts. Ohne viel Aufhebens folgte alsbald die nächste dramatische Unbilligkeit, die dem Strangulierten einer harten Kaltwasserprüfung aussetzte. Mit einem gellenden Peitschenknall riss der Strick und Wilhelm fiel in den Bürgermeister Brodersen Graben, der unter den Anglern eine Berühmtheit durch den Reichtum großer Hechte erlangt hatte. Diese edlen Raubfische zogen sich seit Menschengedenken zum Laichen in diesen brackigen Graben zurück, um dann oft durch brutale Fischstecher ein blutiges Ende zu finden. Wilhelm erwachte aus seiner gnädigen Ohnmacht, aber er war orientierungslos und wähnte sich in jenen Winter zurück, wo er mehrfach im Eis eingebrochen war und nur durch glückliche Umstände gerettet wurde. Sein Körper lag nun im kalten Wasser, aber sein Kopf war aufgerichtet und seine Stirn war mit einem Kranz Sumpfdotterblumen geschmückt, was ihn wie damals unter den Eis, in den Zustand eines klaustrophobisches Grauens versetzte. Er schlug mit seinen Händen wild um sich und ergriff dabei zufällig den rauen Schwanz einer gemächlich wiederkäuenden schwarzbunten Kuh, die nun entsetzt aufsprang und Wilhelm dadurch mit heftigem Schwung auf die Wiese beförderte.

Mühselig erhob er sich und torkelte ins Dorf zurück. Der lange Strick um seinen Hals schlängelte sich hinter ihm durch die Wiese und folgte ihm gehorsam wie eine anhängliche Hausschlange.
Wilhelm wurde später ein erfolgreicher Maler und nach seiner Erbschaft der Begründer der legendären Künstlergruppe > Die Buttermacher <. Im Frühjahr wanderte er durch Wiesen und Wälder, um mit unendlicher Geduld Blütenstaub zu sammeln und in kleinen Flakons zu bewahren. In seinem Atelier fertigte er mithilfe der natürlichen Farbpigmente Spinnennetz feine Gebilde auf weißem Untergrund. Es gelang ihm mit einer denkbar einfachen, aber überzeugenden Erklärung die Vorteile seines Berufes zu definieren:
" Im Frühjahr bin ich an der frischen Luft und später im Atelier hat man nichts anderes zu tun, als mit dem Hintern auf seinen Stuhl aufzupassen und Blütenstaub auf feuchtes Papier zu pusten. Seit seiner Rettung aus Seenot trug er vorwiegend orangefarbene Overalls, die er im Tausch eines seiner Kunstwerke von den Marinefliegern erhielt.
Er hatte ungebärdige Locken, die sich in einem unnachahmlichen Strahlenkranz massiver Wirbel als explosive Büschel um seinen Kopf legten und bei günstigem Lichteinfall von hinten zu einem schlecht frisierten Heiligenschein erstrahlten. Selbst der Dorfcoiffeur Edmund Stramm hatte es schon vor Jahren aufgegeben, aus Wilhelms Haarchaos eine zivile Fasson zu kreieren. „Damit musst du leben Wilhelm, ich kann leider nichts mehr für dich tun. Ich möchte nicht noch mehr Scheren durch deinen Germanenzausel ruinieren und meine weit über die Dorfgrenze gerühmte Reputation aufs Spiel setzen. Die Borsten auf deinem Kopf sind eine

Zumutung für mich als Haarkünstler, wie könnte es bei dir auch anders sein. Für eine Rasur kannst du meinetwegen weiterhin zu mir kommen, damit du nicht vollständig verwilderst." Vor Beginn der Rasur gab es seither einen kurzen stereotypen Dialog:
„ Besondere Wünsche, Wilhelm?"
„Ich bin mit zwei Ohren gekommen und möchte mit zwei Ohren diesen Schlachthof auch wieder verlassen."
„Auch noch Ansprüche stellen," sagte dann Edmund Stramm und begann das Rasiermesser unternehmungslustig an einem Lederstreifen neben dem Spiegel zu wetzen. Wilhelm war ruhig und stark und besaß die Fähigkeit zu einem jähen Gefühlsausbruch. Wenn man dann jemand den Rat gegeben hätte, sich ihm in den Weg zu stellen, wäre es eine schlechte Empfehlung gewesen. In einem Film über rüde Wikinger, die mit ihre Harpune linkshändig fünf Feinde durchbohren und rechtshändig einige erstklassige Beutefrauen ergreifen, hätte er auch ohne Maskenbildner eine viel beachtete Hauptrolle spielen können. Bei Frauen hatte er leichtes Spiel und man konnte zu der Annahme gelangen, dass schon seine bloße körperliche Anwesenheit den moralischen Boden unter ihren Füssen ins Wanken bringen konnte. Seine geordnete Logistik mit zuverlässig eingehaltenen Orts- und Zeiteinteilungen, in Verbindung mit einer routinierten Bedenkenlosigkeit, ermöglichte ihm einige friedliche und ergiebige Parallelbeziehungen langfristig zu erhalten und dennoch seine Glaubwürdigkeit zu festigen. Er behauptete in unverfrorener Unaufrichtigkeit, dass er niemals Lügen bei seinen Frauen verbreitet habe: „Denn ich habe ihnen zumindest nie den zärtlichen Respekt versagt, den ein Mann einer Frau nur erweisen kann."

Seit zwei Sommern führte er wiederum zwei gut geregelte Beziehungen in sicherer zeitlicher und räumlicher Abstimmung zueinander, aber in herausfordernder Gleichzeitigkeit. Lisa, die Melkerin, traf er am frühen Morgen und Kate, die Professorin aus Hamburg am späten Abend. Kate war von merkwürdig pathetischer Schönheit und von aufregend unschuldig wirkender Frivolität. Beruflich erforschte sie Himmel und Sterne, privat dagegen erforschte sie mit lüsterner Bestimmtheit sehr irdische Bereiche. Zu Siegfried sagte Wilhelm später einmal:

„ Lisa war mein Wiesenliebchen, das sich mir immer taufrisch und morgenschön zeigte und Kate war mein Sternenliebchen, die sich das Geheimnis der Nacht bewahrte. Lisa arbeitete bei Söderbaum auf dem Gut. Über Nacht ist die Ungetreue mit einem Zoologen nach Meekatharra gegangen. Er ist bekannt geworden durch aufregend zoologische Werke über Kängurus. Lisa wird die Viecher wahrscheinlich melken müssen und ihr Forscher wird jeden ihrer Handgriffe wissenschaftlich dokumentieren, sofern sie ihn nicht zu sehr davon ablenkt. Lisa und ich sind in der Früh mit dem Traktor durch den Morgennebel zu ihren Kühen gefahren. Unsere Unterhaltung war karg, aber sie hatte einen prächtigen Hintern und blonde Haarbüschel an den Beinen, die im ersten Sonnenstrahl wie ein Leopardenfell glänzten. Vor dem Melken haben wir die leeren Milchkannen zu einer uneinsehbaren Festung in Hufeisenform auf der Wiese aufgereiht. Danach hat Lisa eine Decke und ihren gelben Regenmantel auf den Boden ausgebreitet und sich selbst dazu. Als endlich die Sonne hinter dem Dorf aufging und die jubilierenden Lerchen in den Himmel stiegen,

rief die sonst so Schweigsame immer wieder enthusiastisch: „Oh, das tut gut."
In unendlichen Variationen entrückter Seufzer und hoher, spitzer Schreie lobpreiste sie die Liebe und das unendliche Wohlgefühl ihres Körpers und ihrer Seele. Aus den leeren Milchkannen kam der Widerhall ihrer erregten Bekundungen und steigerte sich von Kanne zu Kanne, die nun wie Orgelpfeifen von den rauschenden Akkord der Liebe zu tönen begannen. Die leeren Kannen modulierten die leidenschaftlichen Schreie der Lust zu vielfachen Echos, die aus den metallenen Klangkörpern aufgeregt zu den Lerchen emporstiegen und von ihnen jubilierend erwidert wurden. Als die Kühe endlich ihren Unwillen über ihre schmerzenden Euter in den Morgen hinausbrüllten, haben wir sie rasch gemolken und sie danach wieder ins Gras gescheucht. Nach dem Melken gab es sogleich ein Dakapo der wilden Spiele und bald schallten ihre lauten Schreie wieder über das taufrische Gras und leidenschaftlicher ist der jungfräuliche Tag in den üppig blühenden Wiesen zwischen Treene und Eider nie empfangen worden. Die mit der frischen Milch gefüllten Kannen, aus der schon der sahnige Inhalt über den Rand schäumte, konnten ihre Rufe nun nicht mehr wie Orgelpfeifen aufnehmen und warfen sie nur grollend und hart zurück. Wie eine polternde Kegelkugel auf ihrer Bahn, rollten ihre lauten und ungehemmten Bekenntnisse der Lust durch die Niederung, bis sie endlich in die dunklen Gräben fielen, wo schon im ersten Morgenlicht die Butterblumen ihre leuchtende Schönheit verbreiteten. Verschlafene Schmetterlinge und vorwitzige Schwalben umspielten uns und Lisas zärtliche Hände rochen nach tranigem Melkfett, während ihrem Haar der Duft der Moschus-Malve und der Adonisröschen, mit einer

winzigen Spur von wilder Minze entstieg. Niemand störte uns, nur seine Impotenz, der goldene Hahn auf der Kirchturmspitze blickte neidisch und mit bösen Augen von seinem voyeuristischen Hochsitz auf uns herab. Die Lerchen jedoch führten die polternden und misslichen Echos aus den Kannen in ein aufbrausendes Crescendo, das jubelnd in den blauen Himmel stieg.

„ Eine beneidenswert nette und scharfe landwirtschaftliche Nummer," hatte Siegfried später ziemlich neidisch bemerkt. Die Geschichte mit seinem Abendliebchen behielt Wilhelm jedoch für sich. Pastor Söderbaum hatte Wilhelm eines Tages gebeten, einer Dame aus Hamburg, einer Astrologin, die Dorfkirche mit dem schön geschnitzten Kirchengestühl und der kostbaren Innenausführung des Bildschnitzers Hans von Brunswick zu zeigen. Vor dem herrlichen Lettner zwischen Chor und Mittelschiff, dessen siebzehn Reliefs seit mehr als hundert Jahren die Westempore schmückten, hielt Wilhelm der Dame einen fantasievollen und freizügigen Vortrag über die Holzschnitzkunst der einst hier gestandenen Kirche zum Vindzier, wobei er sich unbekümmert mit den Jahreszahlen oder gar Jahrhunderten vertat. Die schöne und stille Dame aus Hamburg erwies sich nach Beendigung seiner langatmigen Ausführungen als Expertin für Holzskulpturen aus der Zeit der Gottorper Herzöge, sodass Wilhelm sich seines nachlässigen und ungenauen Vortrages zu schämen begann, während sie sich höflich bemühte, ihrer aufkommenden Heiterkeit Herr zu werden. Vor der lieblichen Madonna der Torfgräber verhielten sie lange Zeit in wortloser Bewunderung. Die Skulptur war von unfassbarer Lebendigkeit und wie eine Schwester der lebensfrohen Reglindis oder der wunderschönen Uta von Naumburg von den

Stifterfiguren des Naumburger Doms. Als sie noch näher an die Skulptur herantraten, trafen sich ihre Hände. In einer jäh aufflammenden Leidenschaft küssten sie sich. Nach dem Verlassen der Kirche hielt eine frühe Dämmerung das Dorf umfangen und die Sonne machte sich auf, hinter den immer dunkler werdenden Grabsteinen zu versinken. Ein dünner Eiswolkenschleier hatte dem Himmel die seltene Erscheinung eines Halos beschert, der einen leuchtenden Strahlenkranz mit einem kreisrunden Hof in blassen Pastellfarben um die versinkende Sonne webte.

Schnell wurde es dunkel und die beiden Verliebten sanken wie von einem unkeuschen Zauber geführt, selbstvergessen auf ein mit Krähenbeeren umrandetes Moosstück, das Pastor Söderbaum einst eigenhändig angelegt hatte, um der Heldenverehrung der toten Krieger des Dorfes eine gebührende Ehrenfläche zu schenken. Die schöne Sternenfrau und Wilhelm vollzogen auf dem weichen Lager wortlos einen wilden Akt des Beischlafs. Über ihren Köpfen erhob sich die schwarze Gedenksäule mit den vierundvierzig in Gold geprägten Namen der im Krieg gefallenen Männer des Dorfes und der elf einsamen Vermissten, die ihren Angehörigen nicht einmal den winzigen Trost eines Grabes hinterlassen durften. Links begrenzte der aufwendige Grabstein der Luise Duggen das Ehrenfeld. Ihr eheliche Untreue hatte immer die größte Hingabe zur Zeit der Heuernte gefunden und ihren Freundinnen erklärte sie ihre schnelle Bereitwilligkeit zu einem Seitensprung mit der entwaffnenden und fröhlichen Bekundung: „ Ich bin auf dem Lande aufgewachsen und ging schon als Kind so gern im Heu." Auf der rechten Seite des Liebeslagers erhob sich der stolz aufragende Grabstein des hochbegabten Voyeurs

Erwin Rosigkeit, der schon zu Lebzeiten den Namen >der Seher< im Dorf bekam und sich vorwiegend in der Nähe der Frauenumkleideräume am Sportplatz aufgehalten hatte. Endlich durfte seine unruhige Seele das gnädig herangezoomte Objekt seiner Begierde und seiner zu Lebzeiten verbotenen Freude nun von einem todsicheren Logenplatz aus betrachten. In ungehemmter Erregung, die durch die herrliche Himmelserscheinung noch geschürt wurde, streckte die Sternenkundlerin ihre weit gespreizten Beine wie Kerzen in den festlich geschmückten Himmel. Mit ihrem linken Bein zeigte sie auf die Sternenbilder >Kastor und Pollux <, während sie mit ihrem rechten Bein den >Schnellen Schützen< anvisierte. Unbewusst war sie damit in eine suchende Sextantenstellung geraten, dem ehrwürdigen astronomischen Instrument der lebensrettenden Ortsbestimmung durch Winkelmessung, die seit Bestehen der christlichen Seefahrt eine unerlässliche Rolle gespielt hatte. Als ihre Erregung heftig eskalierte, flatterte ihr linkes Bein vom >Großen Hund< zum >Eridanus< und ihr rechtes Bein von der >Jungfrau< zum >Steinbock<, während ihr auf den Boden gepresster Körper in weichen Stößen einem unbekannten Mittelpunkt des Sternenhimmels zustrebte. Dabei hob sie sich dem >Kleinen Bären< entgegen und erwiderte feinfühlig Wilhelms kräftige Bewegungen. Endlich schien sie nach altbewährter und gieriger Suche den geheimen Ort ihres unsäglichen Vergnügens gefunden zu haben und tat es den stillen Bewohnern des Friedhofes in einer lebendigen und kaum verschlüsselten Hinweisung kund.

Es war am Anfang ein sanfter Singsang, der dem religiösen Chor frommer Schwestern entnommen schien, bald aber durch spitze Synkopen eine weitere Steigerung erfuhr, um endlich in einer heftigen Nasenatmung hechelnd zu enden.

Etwas außer Atem sagte sie: „Der Himmel mit den leuchtenden Sternen ist Gott heute besonders gut gelungen," und Siegfried war von der Klarheit ihrer Stimme überrascht. Ihr Gesicht erschien im kalten Licht des durch die Blätter fallenden Lichts wie eine schöne Schwester der Naumburger Frauen.

Wenige Minuten nach ihrem Quickie betraten die beiden schnellen Sünder die Deutsche Eiche, wo sie sich in fremdelndem Abstand und befangen am Tisch gegenüber saßen und kaum anzublicken wagten. Bald berührten sich jedoch ihre Hände und sie verbrachten den Abend in einer stillen, nachträglichen Zärtlichkeit. Manchmal trafen sich ihre Blicke in einem spiegelnden Glashafen, der mit dem Inhalt von faltigen Gurken hinter Schwaden von Dillkraut die elegische Stimmung süßsaurer Vergänglichkeit verbreitete. Im Fernsehen lief ein langatmiger Film, der die Geschichte der zweitausendjährigen Eibe vom Bärgründletal erzählte. Die Moderatorin sah dabei geringschätzig in die weit ausladenden Zweige des Baumes, als wären es klebrige Knöterichgewächse. „ Der Redwoodbaum General Shermann in dem Sequoi-Park hat es immerhin schon auf dreitausendsechshundert Jahre gebracht," sagte sie rechthaberisch und warf triumphierende Blicke in die Kamera, als hätte sie damals eigenhändig den kaum lebensfähigen, zarten Setzling gepflanzt. Danach senkte sie ihre Stimme geheimnisvoll und flüsterte mit der giftigen Beigabe eines unnötigen Zischens:„ Stumm steht der einsame Riese und der Vogel schweigt."

An der Theke lärmte Egon herum, der bei jeder Prügelei dabei war und mehr Narben als sein Vater hatte, der einmal in die Häckselmaschine gefallen war. Als die beiden Verliebten die Deutsche Eiche verließen, überflutete Mondlicht das Dorf und die Wiesen. Es tauchte alles in silberne Beschaulichkeit und schenkte dem Hahn auf dem Kirchturm und Wilhelms widerborstigem Haarschopf einen unangebrachten Heiligenschein.

„Ich heiße übrigens Kate," sagte die schöne Sternenkundlerin und blickte verlegen zu Boden. Wilhelm nahm ihre Hand und beide wünschten, dass dieser Augenblick nicht so schnell vergehen möge.

Als Wilhelm ihrem Wagen mit den hellen Rücklichtern nachblickte und die ätzenden Auspuffgase einatmete, hüstelte er unentwegt und flüsterte röchelnd:„ Ich heiße übrigens Wilhelm, hier im Dorf auch Wilhelm 2 genannt."

PERSONENBESCHREIBUNG
GEDULD FREIHERR VON SÖDERBAUM UND DIE SCHWARZE HENKERSKEULE.

Söderbaum glaubte gelegentlich an das Gute im Menschen.
Er war darin jedoch nicht festgelegt und von Beständigkeit und bei aktuellen Enttäuschungen lag seine immer wieder neu aufflammende Menschenliebe schnell wieder gestrauchelt am Boden. In solchen Augenblicken wurde er vom Zorn gepackt. Er stapfte wütend durch seine Bibliothek, um seine Gutgläubigkeit in diszipliniert Lautstärke zu bejammern und die Menschen allesamt in die Hölle zu wünschen, wobei er sich gelegentlich mit einschloss. Er pflegte dann schon einmal einen Weisen zu zitieren und rief: „Fürchte deinen nächsten wie dich selbst."
Söderbaum war jedoch wenig anhaltend und beständig im Zorn und nach heilsamen Selbstgesprächen fand er bald wieder zu seiner Gelassenheit zurück, um am Ende ein Resümee für sich zu ziehen. Wir Menschen turnen immerzu in einer Trugkulisse herum und jeder pflegt nachhaltig sein Ego. Keiner ist so wie er sagt oder tut, was er zu tun scheint. Etwas weinerlich fügte er Selbstvorwürfe hinzu: Wie konnte ich nur, wie konnte ich nur, alles war Lug und Trug und ich habe mich verhalten wie ein heuriger Hase, ärgerlich.
Sein superber Rotwein war immer ein Meister der raschen Beschwichtigung und bald schon summte er ein isländisches Reiterlied, das ihn von Melodie her überforderte, aber dessen Text sich vielversprechend und

weitschweifig über edle Pferde, Fischdelikatessen und korpulente Damen ausließ. Neidisch erinnerte sich Söderbaum an den Wortreichtum der Isländer, die er etymologisch ein wenig zu nahe an die Eskimos einordnete, aber er war immerhin in der Lage den brennenden Berg Eyjafjallajökull richtig auszusprechen. Die Isländer versorgen die Welt mit Dichtkunst, worin in harter Tag- und Nacharbeit ihre endlosen epischen Balladen in vierzeiligen Strophen aus End- und Stabreimen stricken, um sie anschließend zu exportieren. Söderbaum mochte die urweltlichen Isländischen Pferde nicht sonderlich, obwohl sie rund um den Globus eine verschworene Fangemeinde hatten. Er bewunderte die Pferde jedoch ihrer zähen Ausdauer wegen, aber ihre eigenwillige Gangart war ihm zuwider, denn in ihrem wenig eleganten Passgang schnüren sie ab wie räuberische Füchse. In einer Art, als hätten sie einen gestohlenen und immer noch zappelnden Gänserich im Maul. Jedenfalls wurde man in jedem Fall seekrank auf ihren Rücken. Im Vergleich zu meinen edlen Arabern sehen sie zudem ziemlich liliputanisch und unansehnlich aus, aber immerhin sind sie hart und ausdauernd wie kein anderer Gaul auf dieser Welt, bestenfalls noch die die Panje aus Russland.

Die Isländer haben nur eine Pferderasse, aber sie verfügen dafür über unvergleichlich vielfältige Wortschätze. Für die Darstellung guter Menschen können sie aus dem Vollen schöpfen und elf verschiedene Ausdrücke für eine einzige Beurteilung anwenden.

In unserem Dorf dagegen wären drei schon zu viel, denn die wären meist schon gelogen oder verfälscht, bevor sie ausgesprochen waren. Für den Schnee haben die Isländer gleich ein volles Dutzend verschiedener Namen, deren

Bedeutung ein Fremder nicht einmal erahnen kann. Bei einem eventuellen juristischen Gefecht tun sich bei der vorgegebenen unbestimmten Elferwahl verschiedener Ausdrücke wunderbare Möglichkeiten auf. Man ist nach allen Seiten offen und elffach abgesichert und kann mühelos von einer schweren Beleidigung in ein Loblied rochieren. Vor Gericht ist diese Vieldeutigkeit jedenfalls ein Paradies mit tausend Notausgängen, denn man hat bei Bedarf immer eine harmlose Bedeutung parat und alles passt dann wieder so gut wie handgemachte polnische Reitstiefel. Ein wortkarger Isländer, der mit wertvollen urzeitlichen Knochendolchen über Land zog und damit verbotenen Handel betrieb, hatte Söderbaum berichtet, dass seine Brüder am südlichen Grüngürtel des Landes neuerlich frostharte Pferde züchten würden, wobei der Isländer mit dem russischen Panjepferd gekreuzt würde. Sie schienen aber ziemlich rigide mit ihrer Neuzucht und deren Endauswahl umzugehen, denn der Reitereskimo und Knochendolchräuber hatte am Ende seines Berichts ungerührt und entschlossen geäußert: „ Wir reiten sie soweit sie können und wenn sie schlappmachen, verspeisen wir sie, wobei er mit seiner Zunge genussvoll seine Oberlippe beleckte und der lahm gerittenen Fleischspeise offenbar gourmetmäßig einen hohen Rang beimaß.

Söderbaum erinnerte sich in kritischen Gefühlslagen, wenn seine Menschenliebe einmal perdu war, alsbald auch seiner eigenen Schwächen und seiner umfangreichen Sündenkartei von einst, die er leider nie aus seinem Gedächtnis zu löschen vermochte. Er dachte, irgendwann lebt sich jeder durch die einzelnen Lebensalter und jeder möchte bei seinen Rückerinnerungen geradewegs im Boden versinken, besonders unsereins mit dem fotografischen Gedächtnis. Er amüsierte sich dennoch über das Theater des Lebens, auch wenn er einst die Sünde etwas mehr als die Religion geliebt hatte. Wenn er mit Menschen haderte, erinnerte er sich bald wieder der eigenen Fehler aus seiner bewegten Vergangenheit und sein Zorn verklang schneller als der Schrei einer Möwe im Sturm. Man muss lernen mit seinen Sünden zu leben, denn sie sind unsterblich und auch für alle Schätze dieser Welt nicht mehr rückgängig zu machen. Letztlich gehört die Sünde zu uns wie unser Steiß oder unser linkes Ohr und am Ende macht sie uns aus. Zudem hätten wir ohne sie keinen geeigneten Maßstab für die Beurteilung unserer guten Seiten. Als bei der Beerdigung der schönen Sünderin, die im Dorf spöttisch schwarze Marie genannt wurde, nur sieben Trauergäste zum Grab gekommen waren, die sich unter feinem Nieselregen nur kurz vor der Grube verbeugten und hastig dunkle Erde auf den Sarg warfen, wurde Söderbaum von heftigem Zorn gepackt. Er dachte, wenn alle ihre Liebhaber und die, die es gern gewesen wären, die schöne Sünderin auf ihrem letzten Weg begleitet hätten, wären auf dem Friedhof mehr Menschen als Grabsteine gewesen. Bis weit zur Dorfstraße hin hätte ihr Trauerzug gereicht und zum Leidmahl in der Deutschen-Eiche wäre selbst der große Saal aus den Fugen geraten. Bei meiner nächsten Predigt werde ich meiner bigotten Klientel tüchtig einen überbraten. An diesen Vorsatz erinnerte er sich bei seiner nächsten Sonntagspredigt. Er widmete sie der Verblichenen in einer so löblichen Form, als wolle er sie demnächst für eine Seligsprechung vorschlagen und zeichnete ein engelgleiches Bild von Maria, die seinen Ausführungen nach einst auch als Engel ins Dorf eingeschwebt sei. „Sie

kam aus dem fernen Märchenland, >One Thousand and One Night< , eine schöne Scheherazade, die sich bei uns, also bei den kaltherzigen Heiden verlief. Kaum jemand von euch hat ihr Respekt oder gar christliche Nächstenliebe entgegen gebracht, denn ihr habt nicht den einsamen Menschen in ihr gesehen, sondern euch nur an ihren Schwächen gelabt.
Maria hat nur einen Stehplatz im Dorf gehabt, der euch eigentlich gebührte, denn als meine Familie schon mindestens fünfhundert Jahre auf unserem Familiensitz lebte, seid ihr erst weit später so peu a peu als Migranten aus eurer Pampa hier eingetrudelt und an meiner Familie gemessen, seit ihr bis heute noch nicht einmal eingebürgert. Maria kam allein und ohne Familie zu uns und nicht einer ihrer Toten ruht auf unserem Gottesacker. Sie war dennoch eine Frau, die das Leben verzweifelt liebte, sich mit ihrem Schicksal zu versöhnen versuchte und auch in ihrer Traurigkeit an unserem Gott nie zweifelte. Also lernt von ihr und wünscht euch weniger, dann habt ihr mehr, zudem werden mehr Tränen über erhörte Gebete vergossen, als über die Unerhörten. Mit einem Gebet riskiert man de facto ohnehin nicht viel, aber man muss Gott immer sein unschuldiges und mitfühlendes Herz vorweisen, dann erhört er eure Gebete mit Kusshand und verzeiht euch eure Sünden. Das gilt besonders für die Menschen in LW, die allzu oft einen Deal mit dem lieben Gott machen möchten, aber keine Gegenleistung erbringen wollen. Bedenket nur immer, die Bibel ist wahr und die Hölle ist heiß." Söderbaum veränderte nun seine Stimme. Mit timbrierendem Bass und in der rechthaberischen Art eines Sparkassenrendanten, der seinen Kreditnehmern gallig die unumstößliche Regeln von Zinsen und Rendite darbringt, rief er: „ Glück darf man

nur langfristig sehen, denn ein Heut ist besser als zehn gestern und unsere Sorgen begleiten uns so folgsam, wie uns unsere treue Kuh zum Metzger folgt."
Söderbaum wiederholte seine wenig tiefgründigen Erkenntnisse in verschiedenen Stimmlagen und begleitete sie mit leichten Drohgebärden. Am Ende seiner Predigt ließ er die unter seiner Kanzel versammelte Gemeinde zur Befriedigung seiner Rachegelüste den schwierigen Kanon >Wir folgen Gott< singen. Vor Beginn der hohen Kunst des Chorgesangs versah er die Sänger mit dem mahnenden Hinweis: „ Wir wollen nun beim Gesang alle an die arme Maria denken und an eine Begegnungen mit ihr, an die sich jeder von uns nun warmherzig erinnern soll. Die linke Sitzreihe, die mittlere und die rechte bilden einen eigenen Chor, wie es beim Kettengesang in unserer Kirche seit jeher üblich ist. Ich gebe dem jeweiligen Chor ein Zeichen für den geordneten Einsatz und freue mich auf euren schönen Psalmgesang. Am Ende treffen wir uns glücklich vereint beim Schlussakkord."
Die Orgel erklang mild und war allen Sängern wohlgesonnen. Lächelnd hob Söderbaum seine rechte Hand und gebot mit dem gebührenden Abstand die Aufmerksamkeit für den unterschiedlichen Einsatz. Doch schnell schon blickte er drohend von der hohen Kanzel auf das sich anbahnende Desaster hinunter und genoss das perfide geplante Produkt seiner zynischen Rache. Meine Aufgabe wird sie füsilieren, ihnen die christliche und gesangliche Schwäche ihrer apokalyptisch vorgebrachten Tonfolgen um die Ohren schlagen und ihr kaltes Herz erweichen. Sie haben Maria alle um ihr freies Leben glühend beneidet und auch um den Mut, ihre Freiheit unverhohlen zu genießen. Bei frühen Ausritten hatte er

Maria häufig von der hohen Steilküste oder vom Leuchtturm aus gesehen, wenn sie gemächlich hinter den Dünen am Flutsaum entlang wanderte. Am Totensonntag ließ sie Papierschiffe ins Meer hinaus schwimmen, damit die Seelen ihrer4 Verstorbenen bei gutem Wetter und günstigen Wind bedächtig ins Jenseits schaukeln konnten. Mit einem angeschwemmten Bambusstab malte sie danach Figuren in den feuchten Sand, die aussahen wie freundliche Fabelwesen aus einem Kinderbuch.

„ Wenn jemand gerade gestorben ist, geht die Seele noch einmal zum Körper zurück. Sie küsst ihn und bedankt sich für das schöne Leben, das sie hier gemeinsam haben durften," hatte sie Söderbaum einmal erzählt, als sie am Grab eines namenlosen Seefahrers stand und seinen Grabstein mit beißendem Essigwasser von Moosen und Flechten befreite.

Ihre Männer kamen oft wie aus heiterem Himmel und verschwanden genau so geheimnisvoll wieder. Für manche im Dorf war sie nichts weiter als ein schönes Flittchen. Der Tierarzt aus der Nachbargemeinde, ein mächtiger Quartalstrinker, hatte im Vollrausch einmal eine indiskrete Feststellung getroffen und sie im Wirtshaus hinausposaunt:

„ Maria und ihre Vagina sind nicht zu zähmen, selbst von mir nicht, dem anerkannten Besamer der Gemeinde."
Danach klang seine Stimme viel leiser und er sagte: „ Ich liebe sie mehr als alles andere in meinem Leben, aber wenn ich einmal dachte ihr Herz gewonnen zu haben, rutschte es mir immer wieder wie ein Aal aus meinen Händen. Wenn man Marie zwei Mal nachschaut, ist sie bereits drei Mal wieder über alle Berge."

Bei ihrer Beerdigung hatte der Tierarzt an ihrem Grab hemmungslos geweint und sein tränenfeuchtes Gesicht

war rotfleckig und verquollen. Als er Erde mit seinen Händen auf ihren Sarg warf, weinte er so bitterlich wie ein verlassenes Kind und zwei seiner Saufkumpanen hatten ihn liebevoll stützend zum Stammtisch in die Deutsche Eiche geführt.
Maria gab bei Angriffen auf ihre Moral immer nur kurze drastische Antworten.
„ Na, wenn schon, aber unter manchen gestärkten Kittelschürzen hier im Dorf gibt es noch wesentlich größere Überraschungen als mich, jedenfalls wurde mir davon in allen Einzelheiten berichtet, dass sich mir sogar meine schwarzen Haare sträubten. Ich suche mit jedem neuen Mann immer nur meine erste Liebe. Er ist einst bei schönsten Wetter ins Meer hinausgefahren, aber er kam nie zurück und auch sein Boot tauchte nicht wieder auf. Es hieß immer schon, dass der See ungetreue Menschen verschlingen und nichts mehr hergeben würde, nicht einmal mehr eine gute Erinnerung. Immer wenn Söderbaum die schöne, lüsterne Einzelgängerin am Strand sah, folgte seine Fantasie einem bestimmtes Muster. Das ist hoffentlich nicht mein wirkliches Ich, vielmehr ein ungezügeltes oder informelles Begehren in meinem ansonsten doch recht anständigen und geordneten Unterbewusstsein. Jedenfalls geht die Versuchung mit uns Menschen oft quälend einher und insofern lebt man immerzu in einem Circulus vitiosus, einem Teufelskreis. Ohne meine meist eiserne Kontrolle und der natürlichen pastoralen Zurückhaltung, hätte die dunkle Seite meiner Seele manchmal gern gesündigt und wäre gierig und ekstatisch in dem wilden Wasserfall von Marias Haaren versunken. Er erinnerte sich oft an einen frühen Sommertag, wo die Lerchen in steilen Spiralen in den Himmel stiegen und Störche hoch oben unter feder-

leichten Zirruswolken weite Kreise um das Dorf zogen. In den Hecken blühte der Jasmin und Maria war vom Strand gekommen und quer über die Wiesen zum Dorf gegangen. Im Vorübergehen hatte sie Söderbaums Schimmelstute gestreichelt und in einer seltsamen Sprache sanft mit ihr geflüstert. In ihrer glamouröse Erscheinung war sie wie eine Orchidee, die inmitten bescheidener Wiesenblumen ihre üppige und ungewöhnliche Pracht entfaltete. Unbefangen hatte sie sich zu ihm in den blühenden Klee gesetzt. Die Aufmerksamkeit der Beiden wurde zunächst auf einen Hasen gelenkt, der seine opulente Fruchtbarkeit stolz zur Schau stellte und eine abgehetzte und verstörte Junghäsin ungestüm und ausdauernd berammelte. In Ufernähe schwammen Möwen auf dem Wasser und ließen sich von sanften Wellen in den Schlaf wiegen. Aus dem nahen Gehölz rief der Kuckuck und ein warmer Sommerwind ließ Maria und Söderbaum in dem betörenden Duft der Jasminblüten versinken. Später auf dem Heimritt dachte Söderbaum, das war keine Sünde, wir waren lediglich glückliche Opfer einer unaufhaltsamen Gesetzmäßigkeit. Niemand kann den hilfreichen und übermächtigen Verführung eines lockenden Sommertages widerstehen, da ist man geliefert ob man will oder nicht. Maria hatte ihm zum Abschied höflich die Hand gereicht und mit der Stimme einer tröstenden Mutter in ungespielter Unschuld gesagt: „ Es war der Sommer und der Duft der Jasminblüten."
Sie hatte dabei entschuldigend auf das Blütenmeer des Jasminstrauchs geblickt und mit ihrer ein wenig gehobenen Nase noch einmal den betörenden Duft aufgenommen. Mit schwingendem Rock war sie endlich leichtfüßig über die Wiesen zum Dorf gegangen.

Ich stehe hier vor meiner Gemeinde und denke an diesen wilden Morgen im Klee, den ich trotz aller Schuld nicht aus meinem Gedächtnis streichen möchte. Maria war das Geschenk eines herrlichen Sommermorgens und Gott hat darum verständnisvoll weggeschaut. Dennoch sind solche Gedanken für einen Pastor in der Kirche, wo unsereins Gott immer gefährlich nahe ist und man dort besser nicht auffällig werden sollte, natürlich unangebracht und unbillig. Ich habe den Menschen auch so schon häufig genug Anlass zum Tratschen gegeben, was meinen Kollegen aus den nahen Gemeinden dazu veranlasste, mich albern als Desperado-Prediger zu bezeichnen und zugleich meine Predigen neidisch als circensischen Kanzelkunst abzutun. Wir können die Vergangenheit ohnehin nicht mehr rückgängig machen und auch nicht die Augenblicke, wo wir schuldig geworden sind, aber wir lernen damit zu leben. Aus blauem Himmel kommt leider manchmal von irgendwo eine Unwucht in unser Leben, die sich ausbreitet wie eine Fleckenpest. Sie führt uns unaufhaltsam von einer Versuchung zur anderen und will unsere Unschuld kirre machen. Wenn das Bollwerk unserer Tugend nur einmal nicht standhält, dann haben wir schon den Salat.

Seine Gemeinde sah derweil ihren in Frömmigkeit versunkenen Pastor und freuten sich über sein sanftes und unschuldiges Lächeln, während Söderbaums Erinnerungen sich immer wieder in jenen fernen Sommermorgen verhakten. Er dachte an Maria und still für sich rezitierte er einen Reim, den er nicht in der Schule gelernt hatte. „Und willst du Schöne wieder mit mir kosen, wie im Zigeunerkraut am dritten Mai. ..."

Inzwischen hatte die Sängergemeinde den Kanon überraschend sicher geführt, aber schon wenige Takte später eierte sie hilflos und verirrt durch unterschiedliche Tonlagen, Tempi und Texte. Die musikalische Trennung der drei Chöre war offenbar nicht länger lebensfähig und führte schnell zu einem bemerkenswerten Absturz. Manche der gesanglich schwächelnden Mitglieder gaben frühzeitig auf, desertierten in eine andere Gruppe oder verloren vollständig ihre Orientierung, während andere in stumme Lippenbewegungen flohen. Die Zersetzung des musikalischen Ablaufs nahm ihren Gang, denn inzwischen waren die drei Chöre auch untereinander heftig zerstritten. Selbst die erfahrene und gutwillige Orgel, die anfänglich den Sängern unbeirrbar den richtigen Weg gezeigt hatte und stark und beherzt vorausschritt, war nun heillos überfordert, denn die Zerschlagung der entmachteten Chöre nahm ihren unaufhaltsamen Fortgang. Im linken Sektor, unter dem Glasfenster mit der Sünderin in dem nur nachlässig angelegten Busentuch, flackerte noch einmal eine unerwartete einsame Tonfolge auf, die aber mangels Gefolgschaft schnell wieder ihren Geist aufgab. Nur noch ein letztes Mal erklang in der hinteren Reihe, unter dem Gemälde eines wasserköpfigen Griesgrams, der vor zehn Generationen einmal ein gefürchteter Pastor gewesen sein soll, der Versuch einer tapferen Wiederbelebung des schon gescheiterten Gesangs. Eine brüchige alte Stimme machte sich zornig über das Lied her. Ein Hustenanfall, der schnell in einen unleidigen Rachen- und gleich darauf in einen gurgelnden Bronchialanfall fiel, steuerte den beherzt begonnenen Rettungsversuch des desaströsen Chorgesangs erlösend in ein hustenreiches Ende. Nun wurde es still in der Kirche, denn auch der Organist musste sich die Sinnlosigkeit seiner wiederholten Rettungsversuche endlich eingestehen und beendete entnervt seine musikalische

Führung. Sein Instrument gab am Ende einen zu Herzen gehenden klagenden Ton von sich, der wie die einsame Stimme eines kranken Vogels klang. Bis auf die eingespielte Garde der längst weggetretenen chronischen Schläfer, breitete sich in der Gemeinde eine angemessene, aber optisch auch stark überspielte Zerknirschung aus.
Wie allgemein schon befürchtet, brach sogleich Söderbaums Donnerwetter über die Gemeinde ein.
„ Das war mehr als kümmerlich. Ich habe keine Ahnung, was in euren Köpfen und Herzen vorgeht und will besser auch nicht darüber nachdenken. Man muss daraus schließen, dass ihr Gott euren Dank verweigert, denn immerhin ist sein schönstes Geschenk unsere Stimme. Leider wird sie von euch nur dann eingesetzt, wenn ihr über die anderen Menschen herziehen könnt. Ihr sollt euch ein gutes Beispiel bei den Karthäusermönchen holen. Sie stehen mitten in der Nacht auf, um miteinander wunderschöne Lobgesänge zu singen, aber sie reden nicht miteinander und jeder kennt seinen Text von vorn bis hinten aus dem ff. Ich schäme mich für euch und ich sehe in der Verweigerung zum Gesang auch einen Affront gegen mich persönlich. Ich weiß, dass die ungeheuerlichen Ereignisse viel Verwirrung in unser Dorf und in die Welt gebracht haben. Auch mich hat es hart getroffen, denn ich war längst von den Medizinern abgeschrieben und manche hielten mich für tot. Heute kann ich euch endgültig beruhigen und verbindlich mitteilen, dass die Meldung von meinem Tot zu jedem Zeitpunkt weitgehend übertrieben war." Söderbaum machte nun eine lange Pause und schien nachzudenken. Manches Mitglied seiner Gemeinde wurde unruhig und begann sich   Sorgen um sein pünktliches Mittagsmahl zu

machen. Mit unerwartet sanfter Stimme sagte Söderbaum dann: „Nun wollen wir alle für Maria beten, die anders als wir lebte, aber fromm und reinen Herzens so viel Sonnenschein in unser Dorf brachte und nun so früh von uns gegangen ist. Jeden Tag war sie auf dem Friedhof. Sie hat die einsamen Gräber der unbekannten Seeleute geschmückt und den Toten gedacht, die das Meer schon seit Jahrhunderten immer wieder auf unseren Strand trägt. Pfingstsonntag, der von mir ab sofort zum Gedenktag für diese armen Seelen gemacht wird, hat Maria große Sträuße von Wiesenblumen und glänzende Muscheln auf die einsamen Gräber gelegt. Maria hat in unserem Dorf keine Liebe erfahren, aber Barmherzigkeit und Liebe geschenkt und Gott möge euch endlich die Augen des Herzens öffnen." Söderbaum blickte von Reihe zu Reihe, um nur bei den einschlägigen Sündern länger zu verweilen. Keiner von ihnen widerstand seinem Blick. Sie saßen betreten auf dem harten Kirchengestühl und schauten schnell unter sich.

Die Gefühle der Dorfleute für die Familie Söderbaum waren ambivalent und pendelten in einer weiten Spanne zwischen Furcht und Anbetung. Zur ständigen Belebung und Erweiterung dieses unerschöpflichen Themas, wurden vom Personal immer wieder Geschichten aus dem Herrenhaus ins Dorf getragen. Sie warfen neue Geheimnisse und Rätsel auf und boten in jeder Version einen endlosen Unterhaltungswert. Niemand der Dörfler mochte den latenten Verdacht aussprechen, dass ihr Pastor vielleicht auch nicht frei von Sünde sei und ganz gewiss nicht seine Tochter Frigge oder seine Frau Sara, die ihn eines Tages ohne vorherige Ankündigung plötzlich verlassen hatte. Bei einem ihrer morgendlichen Ausritte hatte sie ihr Pferd an das Wartehäuschen der Bushaltestelle gebunden und war spontan in den gerade anrollenden Bus nach Hamburg gestiegen. Einige Stunden später rief sie Söderbaum an und erklärte ihm, dass sie sich nur in dieser Weise von ihm habe absetzen können: „Denn anders wäre ich deiner satanischen Anziehung und Überredungskunst nicht entkommen. Mir ist die Dorfstraße in diesem Moment so klein und verlassen vorgekommen. Ich habe nur Pferdeäpfel und plattgetretene Kaugummis gesehen, aber keine Menschenseele. Die Luft roch nach ranziger Butter und schlecht gelüfteten Räumen. Big Frida, mein Friesenklopper, war noch schlechter drauf als ich. Die Stute hat ausdauernd und gleichermaßen lustlos gefurzt und dabei ziemlich herumgezickt. Im Übrigen war an dem gerade vorfahrenden Bus ein Plakat mit einer Frau unter Palmen, die interessiert in die Ferne blickte und einen schlecht sitzenden senffarbenen Badeanzug trug. An den Oberschenkeln und den Oberarmen hatte die junge Frau schon deutliche Ansätze einer weit fortgeschrittenen Orangenhaut, was mich bitter an mein Spiegelbild erinnerte. Blitzartig und voller Entsetzen sah ich in mindestens tausendfacher Vergrößerung jede Falte in meinem Gesicht und sonst wo. In den letzten Monaten fand ich mein Leben ohnehin fad und langweilig, obwohl du regelmäßig zuverlässig für Unruhe und Kurzweil gesorgt hast. Du kennst dieses Gefühl von Angst und innerer Leere nicht. Man blickt plötzlich immerzu auf seine Hände und alles was man tut, hat man zuvor schon tausend Mal besser gemacht. Jedenfalls war der Bus die schnellste Möglichkeit, mich von hier zu entfernen. Bei dir läuft alles anders, denn du hast überall deine Händel, deine Neugierde, deine Arabergäule und deine Gemeinde, die

dich hinreichend erfüllt und meist auch noch in allen Lagen Vergnügen bereitet. Du hast das Leben nie geschwänzt und bist immer voll ans Limit gegangen. Die Art deiner Lebensführung hat mich fasziniert, gleichermaßen hinreichend beunruhigt und dennoch habe ich es glühend bewundert. Ich gehe für eine Weile zu Irene nach Florenz und will in ein eigenes Leben starten und auf die Tube drücken. Irene ist eine charismatische Frau und zusammen mit einer saftigen Geldspritze von mir werden wir den Kunsthandel aufmischen. Ich liebe dich und Frigge und ganz besonders meine Pferde, aber leider kann man mit einem Hintern nicht zugleich auf zwei Gäulen reiten. Jedenfalls will ich mein Leben nicht länger neben dir aussitzen."
Söderbaum empfand die Flucht seiner Frau als ein aufreizendes Unrecht und war tief getroffen. Seine Tochter Frigge schien weniger überrascht und meinte nur: „ Das lag schon lange in der Luft, obwohl ihr kein Zores hattet. Im Augenblick ist sie im Sturm der Menopause, aber unterwegs wird sie Stück für Stück ihrer Last abwerfen und danach kommt es dann wieder zur glücklichen Familienzusammenführung."
Seine Frau kam in nächster Zeit sporadisch für einige Tage immer wieder nach Haus und machte mit Frigge fröhliche Reiterausflüge mit Einlagen von ausgelassenen und wilden Parforceritten. Nach wie vor schlief sie bei ihren Besuchen im gemeinsamen Schlafzimmer. Söderbaums wiederholten Versuche eine Diskussion zu beginnen und sie zur Rückkehr zu bewegen, parierte sie mit eleganten Ausweichmanövern und ließ sich nicht darauf ein. „Ich bin zu müde und mir tut vom Reiten der Hintern weh. Mach mit mir, was du willst, aber weck mich dabei nicht auf."

Bei ihren Abreisen nahm sie nach und nach ihre gesamte Abendgarderobe mit, ein Umstand der Söderbaum in eine unbestimmte Unruhe versetzte. Bei ihren kurzen Besuchen in LW nahm sie Sonntags an den Gottesdiensten teil und setzte sich ungerührt in die Familienloge. Die Kirchenbesucher verdrehten sich die Hälse und vergaßen zu beten. Beim späteren Mittagsmahl gab es von ihr die übliche Manöverkritik über den gerade verflossenen Gottesdienst. Mit liebenswürdiger Süffisanz und spöttischer Herausforderung formulierte sie ihre Eindrücke. Früher war das oftmals der Beginn jener Kräche gewesen, die gewohnheitsmäßig später zu Dorfgesprächen wurden.

„ Deine Predigt war erste Sahne und Gottvater persönlich hat wieder deine Stimmbänder angeschlagen. Die ständig wachsende Schar deiner Groupies war hingerissen von dir. Bei dem Empfang der Hostie haben sie hingebungsvoll ihren Mund aufgerissen, sehnsüchtig ihre Zunge herausgestreckt und dich in ihr Herz gucken lassen. Es war wie bei einer Reihenuntersuchung im Gesundheitsamt, dort geht es allerdings mehr um Seuchen und Ansteckungsgefahr, als um innere Erbauung. Es hat sich auch der Vergleich mit einem überfüllten Vogelnest aufgedrängt, wo die arme Vogelmutter pausenlos fette Würmer in die unendlich weit aufgerissenen Schnäbel ihrer Plagen hineinstopfen muss."

Söderbaum bemerkte dazu: „ In einer Hinsicht kann ich dich beruhigen, die dentale Ausstattung meiner Gemeinde hat sich bei meiner Klientel mit der Ankunft unseres neuen Zahnarztes ungemein verbessert."

„ Das ist gut, denn du und Gott sehen alles," sagte seine Frau.

Bei ihren letzten Abreisen war sie auffällig sorgsam geschminkt und hatte ihre Augen mit künstlichen Wimpern versehen, was Söderbaum zu einer giftigen Bemerkung veranlasste:
„ Angemalte ziehen immer in den Krieg, das kennt man schon lange von den Watussis."
Sie schien mehr erheitert als verärgert zu sein und bemerkte beiläufig: „ Irene und ich wollen lediglich die Konkurrenz massakrieren, vor allem die mit den großen Namen und den falschen Expertisen. Außerdem möchte ich einen winzigen Teil von der Erbschaft meines Vaters einmal sinnvoll ausgeben können. In meinem neuen Job ist mit der ortsüblichen Trudschenmode wenig zu punkten, besonders nicht bei den einschlägigen italienischen Herren." Beim Abschied vor der großen Freitreppe im Park sagte Söderbaum:
" Wenn du deinen Fuß einmal vom Gas genommen hast, sollten wir unbedingt wieder nach Mykonos fahren. Dort gibt es uralte, geheimnisvolle Ölbäume, Sehnsucht erweckende Blumendüfte und fröhliche Esel, die sich dem Duft der Sehnsucht widersetzen und mit ihrem Eigengeruch ungeniert ihre persönliche Note hinzufügen. Ich erinnere mich auch an die weichen Matratzen, die wir wieder stürmisch bewegen sollten und an den unendlich blauen Himmel, fast so blau wie deine Augen, die nun allerdings von tiefem Abschiedsschmerz überschattet sind."
Seine Frau trug etwas wehendes um die Schulter und ein Kleid aus feiner cremefarbener Seidenspitze. Sie warf ihre Tasche durch das geöffnete Fenster auf den Beifahrersitz und stieg hastig ins Auto, als sei sie auf der Flucht. Das Lächeln schien ihr schwer zu fallen und es wirkte angestrengt und künstlich. Sie startete den Motor

und sagte mit seltsam lauter Stimme: „ Ich liebe dich, mein Liebster, ich liebe dich über alles und stehe noch immer an der Spitze deiner Groupiegemeinde. Wenn ich einmal zurückkomme, muss du in deiner Kirche die Gloriosaglocke läuten lassen und einen Dankesgottesdienst abhalten, wobei die Möwen in den Dünen wie Nachtigallen für uns singen sollen und danach ist dein Projekt Mykonos umgehend fällig, besonders der Matratzentest."

Sie bretterte mit dem Wagen durch den Park und zog eine wild flatternde Fahne aus Staub und Blättern hinter sich her. Söderbaum ging betroffen, aber auch hoffnungsvoll ins Haus zurück. Er hatte Tränen in ihren Augen gesehen und dachte, da tut sich bald was, das Gröbste hab ich hinter mir. Er verbrachte nun manche Abende mit seinem Freund, dem alten Senator Storm, der mit seinem Enkel in einem großen Haus am Meer wohnte. An einem weinseligen Abend stellte Söderbaum zufrieden fest: „Unsere Familie lebt seit vielen Generationen friedlich mit allen Menschen im Dorf zusammen. Wir haben für sie gesorgt und keiner von ihnen musste jemals Not leiden. Die begabten Kinder schickten wir seit jeher in die höhere Schule, Universität oder in eine andere Ausbildung. Auch wir Kinder vom Herrenhaus haben ohne Privilegien die Dorfschule besucht und unsere Schulfreunde sind im Herrenhaus ein- und ausgegangen, als wären sie dort zu Haus. Bei der Kartoffelernte haben wir alle mühsam die Kartoffeln hinter der unerbittlich wiederkehrenden Maschine aufgehoben oder gemeinsam mit vielen Helfern die Kornernte eingebracht. Wir waren wie alle anderen Kinder und darum gab es im Dorf auch für uns kein böses Auge, wie der Neid schon in der Bibel genannt wird, denn wir gehörten immer eng

zur Dorfgemeinschaft und sind ein Stück von ihr. Wir fühlten uns alle sicher und geborgen in gemeinsamer Obhut."
Söderbaum zeigte sich liberal und großzügig im Umgang mit anderen Menschen, aber er scheute auch keine Mittel, um seine Kirche Sonntags bis zum letzten Platz zu füllen. Wenn eines seiner Schäflein, das in Lohn und Arbeit bei ihm stand, den Gottesdienst schwänzte, kam schon bald eine unerbittliche Abmahnung ins Haus des armen Sünders geflattert. Sie enthielt den kargen, aber folgenschweren Hinweis, dass unter diesen Umständen das Weihnachtsgeld und künftige Beihilfen oder Deputate nicht mehr gezahlt werden könnten. >Es tut mir persönlich sehr leid, besonders um die Gretel und Oma Gertrud.<
Unter dem Druck des Pastors und der Familie, wagte die verirrte Seele, die sich für einen Sonntag leichtfertig vom Christentum losgesagt hatte, nie wieder einer christlichen Erbauung fern zu bleiben, um forthin weitere empfindliche Strafandrohungen zu vermeiden und auch den eigenen Familienfrieden zu erhalten.

Die Familie Söderbaum betrieb seit Jahrhunderten die größte Landwirtschaft weit und breit und war der größte Arbeitgeber und Steuerzahler der Gemeinde. Neben der Landwirtschaft und dem Gestüt, gab es eine Ziegelei und fischreiche Seen inmitten ihrer eigenen Wälder. Großzügig ausgelegt reichten die Länderei der Familie von Meer zu Meer. Inmitten dieser Besitzungen lag der imposante Familiensitz, dessen Mittelpunkt das Herrenhaus mit seinem uralten Park war. Er war umsäumt und sicher behütet von malerischen Nebengebäuden. Der Pferdestall und die Reithalle lagen weiter zurück zum alten Buchenwald hin. Er war das bauliche Juwel der gesamten Besitzung und Söderbaums liebster Aufenthalt. Es war ein langgestreckter Bau aus Rotsandstein. Die geräumigen Einzelboxen im Inneren des Stallgebäudes waren durch Marmorsäulen voneinander getrennt, die sich unter der hohen Decke in kunstvollen Arkaden vereinten. Über den Eingängen der Ställe hingen auf Marmorplatten gemalte Reiterstandbilder, ganz in der Manier der heraldisch höfischen Malerei. Die Abtrennungen zwischen den Boxen bestanden aus kunstvoll verschnörkelten Ranken und Blüten aus Schmiedeeisen und blankem Messing. Am Ende des langen Stallgangs befand sich eine Marmortränke, über der sich eine hohe Skulptur aus rotem Marmor erhob. Es war ein sich aufbäumender Araberhengst mit einer nackten kriegerischen Amazone in natürlicher Lebensgröße. Die Nackte hatte sich halb aus einem Sattel erhoben und zeigte einen ballonrunden Hintern von erstaunlicher Fülle. In ihren Händen hielt sie einen straff gespannten Bogen und der angelegte Pfeil zeigte bedrohlich auf den Betrachter im Stallgang. Das ungewöhnliche Interieur und eine kostbare Deckenmalerei war die Auslösung für einen ständigen Streit mit der Behörde des Denkmalschutzes, die mehrfach versucht hatte, die intensive Nutzung als Gestüt zu unterbinden, um das edle und kostbare Gesamtkunstwerk besser schützen zu können. Die Arkaden zierten Marmorreliefs mit aufregenden Szenen aus dem Palio, einem Pferderennen, das seit dem 13. Jahrhundert bis heute alljährlich in Siena abgehalten wird. Für enge Freude machte Söderbaum gelegentlich eine Führung durch den Pferdestall und erklärte ihnen, wie dieses edle italienisches Bauwerk in den hohen Norden geraten war.,, Nichts bringt die Sienesen für Reit-

leidenschaft mehr zum Ausdruck, als ihre Malerei. Ein Vorfahr von mir, ein reicher wie auch windiger Edelmann aus Siena, hat dieses Gestüt und den linken Anbau des Herrenhauses zu Beginn des 18. Jahrhunderts errichten lassen, um sich der damals noch seltenen Zucht der edlen Araber zu widmen. Die Handwerker und das Material ließ er aus Florenz kommen. Zwischen seinen unzähligen Liebeshändel und kriegerischen Randalen, weswegen er auch in überstürzter Eile Siena verlassen musste, hat er eine Urahnin von mir geehelicht, um sie unverzüglich und entschlossen unglücklich zu machen.
Jedenfalls ist er hier im Norden, in sicherem Abstand zu seinen Feinden, ansässig geworden, um sich alsbald neue Feinde zu machen. Nur durch sein ungewöhnliches Glück und seinen frühen Tod, er wurde von einem Blitz erschlagen, als er Attacke gegen ein Gewitter ritt, ist das Anwesen wieder in Besitz der Söderbaum gelangt und hat die Jahrhunderte vergessen und abseits der kriegerischen Ziele überlebt. Das Gestüt geriet im Laufe der letzten Jahrhunderte immer wieder in wirtschaftliche Bedrängnis und in Gefahr drohender Zwangsversteigerungen, die aber stets wieder unter dramatischen und nicht immer unblutigen Umständen listig oder kämpferisch abgewendet wurden. Ich habe den Besitz früh von meinem Vater bekommen, der es sich in den Kopf gesetzt hatte, seine Tage in Italien zu beschließen, täglich die Oper zu besuchen und besonders die Sängerinnen glücklich zu machen. Dieser Aufgabe muss er mit teutonischer Gründlichkeit nachgekommen sein, denn die weibliche Bestückung der Oper erhob ihn alsbald zum geriatrischen Sexsymbol. Später wechselte er in ein anderes Fach und es stellte sich heraus, dass er mit einer schönen Kuchenbäckerin aus Lucca zusammen

lebte, die er bei einer Abendmesse in der Kirche San Giusto zu beeindrucken verstand. Es bleibt jedoch rätselhaft, welche frommen oder unfrommen Wünsche ihn genau zum richtigen Timing in eine katholische Messe geführt haben könnten, die er in der Regel immer weiträumig mied. Für den Rest seines Lebens lebte er jedenfalls bei dieser schönen und sinnlichen Frau und kehrte nur gelegentlich für kurze Besuche ins Gutshaus zurück. Manchmal saß er dann viele Stunden auf dem Hochsitz in dem Gehölz mit den fünfhundertjährigen Eichen, wo er schon als Kind sein Baumhaus gehabt hatte. Er blickte ruhig in den Himmel, ins Dorf oder über das Meer und aß wundervolles italienisches Gebäck, das seine Frau ihn in kleinen gelackten Holzkästen mit auf die Reise gegeben hatte. Er trank einen bekömmlichen Sommerwein aus dem Piemont und lauschte dem Rauschen des Windes in den Zweigen der uralten Eichen. In dunklen Herbsttagen machte er lange Ausritte an den Gräben und Hecken entlang und behauptete nach seiner Rückkehr, dass die kleinen gedrungenen Weiden im Nebel zu wandern begännen und man sollte den knorrigen und unwirschen Gesellen besser aus dem Weg gehen. „Sie stolpern wie Trunkenbolde auf dem Weg von der Kneipe nach Haus und schubsen Pferd und Reiter in die Gräben." Oft schlief der alte Söderbaum auf einem Feldbett im Pferdestall. Schon beim frühen Sonnenaufgang ging er behutsam durch den Stallgang und erfreute sich am Anblick der friedlich schlafenden Pferde und der hurtigen Schwalben, die an der Decke in ihren angeklebten Nestern nisteten und ihn mit ihren kleinen stechenden Augen misstrauisch ansahen. Im Dorf krähten die Hähne und im frühen Morgenglanz jubilierten die Amseln. Söderbaums Vater spürte, wie das Glück ihn mit wunder-

samer Leichtigkeit erfüllte und er fühlte sich leicht wie ein Vogel, als könne er mit den Schwalben alsbald in den unendlich blauen Himmel fliegen. In diesem zerbrechlichen Augenblick kam einmal der Stallmeister, der neuerdings auch noch schielte was das Zeug hielt, in den Stallgang gepoltert und brüllte:
„ Wüstenprinzessin ist rossig und muss gleich zum Hengst."
Plötzlich war das Glück des Augenblicks zerronnen. Die Pferde erhoben sich erschreckt, scharten unwillig mit den Hufen und der Morgenfrieden war jäh zerstört. Der alte Söderbaum verließ wütend den Stall und raunzte dem verdutzten Stallmeister ärgerlich zu:
"Warum besteigst du die Stute nicht gleich selber und machst soviel Aufhebens davon."

Der gelegentliche Jähzorn der Söderbaums war ein hinderliches wie todsicheres Erbteil des berühmten Vorfahren Buschmann, des heroischen Urvaters der Familie. Ein mutiger Krieger mit einer legendären Waffe, die von seinen flüchtenden Feinden entsetzt als Schwarze Henkerskeule bezeichnet wurde und später eine Seligsprechung über sich ergehen lassen musste.
Wenn Söderbaums Stimme einmal in die Tonlage seines strengen Kanzeltons abdriftete, vermochte er ohne Anstrengung die Orgel zu übertönen und Schutt und Asche auf seine Gemeinde zu schleudern. Seine Strafpredigten waren für seine Gemeinde anstrengend und zeitraubend, denn er konnte penetrant bei einem Thema beharren und es umständlich und weitschweifig ausleuchten, was er ausdauernd und in langwieriger Gründlichkeit vollzog.
„ Ich bin nicht euer Tauf- und Beerdigungshansel und will in meiner Kirche auch nicht gegen leere Wände

predigen. Ich will Gottes Wort zu euch tragen und euch immer wieder auffordern, danach zu leben und zu handeln. Wenn es in eurem Leben einmal nicht weitergeht, schaut nur auf die zehn Gebote oder auf die Bergpredigt, denn dort findet ihr für alle Fällen in übersichtlicher Kurzform den Weg, der euch aus dem Dickicht herausführen wird. Eines Tages hat ohnehin alles ein Ende und ich kenne niemanden, der mit dem Leben davongekommen ist. Man kann den Tod nie begreifen, solange er nicht an der eigenen Tür klopft. Immerhin kann man sich schon zu seinen Lebzeiten mit einem gehäuften Korb guter Taten ein solides Konto für ein sicheres Entre in die Himmelspforte anlegen. Was dir einst in jungen Jahren von Gott gegeben wurde, nimmt dir das Alter raffgierig wieder ab und am Ende stehst du abgewirtschaftet, elendig und ohne Kreditkarte vor den himmlischen Richtern."

Söderbaum war ein viel bewunderter Pastor, dessen Ruf auch sein riskanter Lebensstil nicht zu schmälern vermochte. Nach einer gut gelaunten Sonntagspredigt waren die Besucher in unbilliger Eile zu ihren Mittagstafeln geeilt und er wähnte sich allein in der vermeintlich leeren Kirche. Er hatte jedoch die schiefe Dörte übersehen, die immer noch in der vierten Reihe hinter der Säule verweilte, ein Platz im toten Sichtwinkel zum Altar, der für gewöhnlich von fanatischen Genussschläfern eingenommen wurde. Schon wenig später erzählte Dörte ihr Erlebnis in der Kirche im Dorf herum, wobei ihre persönlichen Zugaben und Ausschmückungen sich zunehmend vermehrten und einen verwegenen Inhalt annahmen.
Nach ihrer Darstellung habe der Pastor seinen Talar abgelegt und sei plötzlich vom Altar aus auf seinen Händen

durch den Mittelgang gegangen, wobei unzählige Geldstücke auf den Boden gefallen und mit dem Klang silberner Glocken auf den Kirchenboden geprasselt wären. Er watschelte wie eine gemästete Weihnachtsgans und habe dazu mit angestrengter und verknödelter Stimme undeutlich ein Lied gesungen, das mehr aus dem Nachtprogramm gewesen sei und durchaus nicht wie ein christlicher Psalm geklungen habe. Nachdem der Pastor wiederum die schiefe Dörte bemerkte, musste sie ihn angesehen haben, als hätte er gerade ihr Lieblingshuhn überfahren. Ihr Gesicht war wie ein vollgeschissener Ententeich mit Flecken übersät. Söderbaum trug Strümpfe mit einer changierenden Blumenstickerei, die durch die umgedrehte Erdenschwere mit den gerafften Hosenbeinen der heimlichen Betrachterin nun in ganzer Schönheit dargeboten wurde. Die Strümpfe waren ein Geschenk eines schottischen Cousins, der auch den passenden Rock mitgeschickt hatte. Mit der ausdrücklichen Bitte, er möge doch mit dem Anlegen dieser volkstümlichen Kleidung seine Familie in Schottland ehren und sie zum nächsten Gottesdienst auf der Kanzel der Dorfkirche tragen. In der bekannten Hinterlist seiner Inselverwandten wurde zum Schluss des Schreibens noch einmal an die traditionelle Zusammengehörigkeit der Familien appelliert und besonders an deren enge Verbundenheit zur schottischen Linie. Söderbaum ließ sich durch die Anwesenheit der Zuschauerin in seiner sportlichen Ambition, seine Kirche auf den Händen zu durchqueren, nicht beirren. Im Vorbeiwatscheln fragte er außer Atem:„Wie komme ich hier zum Ausgang, bitte?" Später erzählte die schiefe Dörte ihren Freundinnen: „ Sein Gesicht war so rot wie unsere orientalischen Prachtkissen auf Wilhelms Schlafsofa." Als Söderbaum endlich den

Ausgang der Kirche erreicht hatte, habe er mit Furcht erregender Stimme gerufen:
„ Geh, leg dein Bußgewand an und ziehe deine Schuhe aus." Danach habe er sich wieder in die natürliche Lage begeben, die Kirche verlassen und die schwere Tür donnernd hinter sich zugeschlagen.

Es war verbrieft, dass die Familie Söderbaum seit jeher der Baukunst zugetan war und keine Gelegenheit ausließ, ihre vermeintliche Hochbegabung waghalsig auszuleben. Der neu gebaute Dom, den der gegenwärtige Söderbaum hatte bauen lassen, war jedoch der absolute Höhepunkt in der Tradition der Familie, wenngleich die Finanzierung der gewaltigen Baukosten einen Sack voller Verdächtigungen und Mutmaßungen in die Welt setzte.

Das Herrenhaus der Familie Söderbaum war in einigen Abschnitten noch älter als die uralte Dorfkirche, die nach den Ausführungen des Pastors vor Hunderten von Jahren von einer Horde Halbchristen und Vollheiden erbaut worden sei.

Das Gut lag unweit des Dorfes und war immer schon durch einen unterirdischen Gang mit der Kirche verbunden, der einerseits der Baulust der Familie und andererseits ihrer Neigung zur Bequemlichkeit entsprungen war. Er endete nach einigen Stufen nach oben in der Familienloge. Wenn einer der Männer aus der Familie nicht gerade den theologischen Weg eingeschlagen hatte, was mehr oder weniger als ein kaum verzeihlicher Unfall angesehen wurde, waren die Mitglieder der Söderbaum Familie sehr bedacht darauf gewesen, die Kirche möglichst wenig von innen zu sehen. Bei unvermeidlichen Kirchenbesuchen wollte man schnell wieder durch den Tunnel Reißaus nehmen können, um sich alsbald angenehmen Dingen hinzugeben. Das Herrenhaus und seine umliegenden Gebäude wurden immer wieder im Lauf der Jahrhunderte von Brandschatzungen und Feuerbrünsten heimgesucht, die schwere Verwüstungen hinterließen. Der Aufbau und die Restaurierungen ließen nie lange auf sich warten und wurden jeweils nach dem augenblicklichen persönlichen und finanziellem Befinden flugs in hastiger Eile in Angriff genommen oder im Strudel einer ausufernden Bauleidenschaft zusätzlich freizügig erweitert oder nach Beliebigkeit verändert. Die aktuelle finanzielle Ausstattung des jeweiligen Bauherrn schlug sich sichtbar darin nieder und manche Bauabschnitte hinterließen Beispiele von ärmlicher Kargheit, während andere in prächtiger Ausstattung glänzten, die wiederum gleich wieder unübersehbar den Eindruck von grenzenloser Verschwendungssucht hinterließen. Es gab aber auch Anzeichen dafür, dass während einer laufenden Bauphase die pekuniären Verhältnisse einer plötzlichen Veränderung ausgesetzt gewesen sein mussten, denn ein karg begonnener Bau eskalierte manchmal in weiteren Bauabschnitten in eine überschäumende Prunkausstattung von goldenen Säulen oder schneeweißem Lasermarmor aus Griechenland. Dennoch wurden die anfänglich verwendeten Holzsäulen aus kerzengerade gewachsenen Eichenstämmen eines begonnenen Bauabschnittes nicht beseitigt und verblieben der Nachkommenschaft als Hinweise und Mahnsäulen für das unberechenbare Glück oder die rasche Veränderung der weltlichen Werte und einer stets gefährdeten Wohlhabenheit.

Das Geschlecht der Söderbaum war so alt wie die Zeit. Jedenfalls älter als das Dorf Lembeck-Weiche und kaum weniger jünger als die Hünengräber aus der späten Steinzeit, die in ihrer Anordnung in geheimnisvollem Gleichmaß einen perfekten Kreis um das Herrenhaus herum bildeten. Das berühmte historische Exemplar und Urvater der Familie findet sich in den anschaulichen Aufzeichnungen des Brav Tungy Thaare, der sich auch mit unendlicher Ausführlichkeit über gelungene Hexenverbrennungen ausließ. Ein fröhliches Feuerfario, deren verschiedenen entsetzlichen Phasen er detailliert wie eine lustvolle Grillparty sachlich und mitleidlos zu schildern vermochte.
In der frühen Familiengeschichte gab es demnach den berühmten Urahnen Buschmann, der in einer Ambivalenz von Tapferkeit, Ingrimm und in einem Anfall von unsagbarem körperlichen Schmerz, den Hof und die Ländereien mit der natürlichen Waffe seines linken Beines erkämpfte. Dieses Bein wurde ihm bei der Verteidigung seines Königs, des weltlichen und geistlichen Herrn, den er auf einer wüsten Sauhatz begleitete, durch einen Schwerthieb des Anführers einer marodierenden Wikingergruppe mit einem Hieb vom Körper getrennt. Buschmann hob das Bein mühsam auf, umschnürte den Stumpf, dem ein sprudelnder Blutstrom entsprang, mit einem Ledergurt und erklomm zornig sein ungestümes Pferd, das den Namen Neer trug. Sein unbändiger Schmerz und die Wut über den Verlust seines so unersetzlichen Gliedmaßes steigerte ihn in eine Raserei, deren Wirkung in die Geschichte der nordelbischen Kriegs- und Ritterkunst für immer eingehen sollte. Der Berserker schwang sein abgeschlagenes Bein wie eine brachiale Keule und erschlug im ersten Angriff den An-

führer und seine zwei Hauptleute. Als die nun führerlosen Soldaten und Schnapphähne einen rasenden und blutverschmierten Unhold mit seiner schwarz behaarten und blutigen Extremität herumwüten sahen, wurden sie von panischem Schrecken ergriffen und flohen entsetzt in alle Himmelsrichtungen oder ertranken bei der gerade aufkommen Springflut in den reißenden Prielen des tückischen Wattenmeeres. Die Fliehenden, die meinten eine Begegnung mit dem Leibhaftigen gehabt zu haben, riefen angsterfüllt: „ Die schwarze Henkerskeule aus der Hölle."
Nachdem er so in Fahrt geraten war, erschlug Buchmann noch drei herrenlose Gäule und säbelte einen jungfräulichen Birkenhain nieder, um endlich in eine Ohnmacht zu fallen, was seiner Raserei ein gnädiges Ende setzte. Nach seiner überraschend schnellen Genesung wurde er vom König mit dem Dorf Lehmbeck-Weiche und den umliegenden Ländereien und Wäldern königlich belohnt. Das Dorf bestand aus zehn Häusern und zwei ansehnlichen Witwen, die seinem Werben und Drängen nicht lange zu trotzen wagten, zumal sie bei seinen Besuchen einige bedrohliche und plumpe Figuren aus einem baldurianischen Boultanz über sich ergehen lassen mussten, der alsbald ausreichend Angst bei ihnen verbreitete und unübersehbare Verheerung anrichtete. Es war sein spezieller hinkender und stürzender Balztanz, der etliches Mobiliar zerstörte und die Standfestigkeit der Hauswände aus Lehm in Frage stellte. Später schenkte ihm der dankbare König ein schön verziertes Holzbein mit Lederschnüren und weiterhin eine mit goldenen Münzen gefüllte Truhe. Der hohe Herr machte ihm aber auch die unbedingte Auflage, eine Kirche auf dem Platz seiner Rettung zu errichten, zu Ehren Gottes im Himmel

und zum Dank für die Errettung seines hohen und spendablen Herrn. Das Kampffeld war auf einem Plateau, wo im Sommer der Wind den Sand kräuselte und in den Salzwiesen hinter den mageren Kieferwäldern die Kaninchen und Raben den Winter hungrig unter sich aufteilten.
Der Hügel, der die herrliche Kathedrale des Dankes einmal aufnehmen sollte, bildete ein natürliches Quadrat mit vier gleichmäßigen Seiten und war vom Grundriss her der ideale Platz für den Bau eines mächtigen erhabenen Gotteshauses. Der windumtoste Hügel war mit Besenheide, Stechginster und Dünenrosen bewachsen und die Schatten der Wolken rasten wie dunkle Schiffe darüber hinweg. Das Plateau bekam den wohlgefälligen Namen Buschmanns Bein, der Jahrhunderte später auch von den amtlichen Kartografen übernommen wurde. Buschmann machte sich nach nur wenigen Wochen der Genesung mit christlichem Eifer an das gottesfürchtige Werk. Er ließ vier große Findlinge herankarren, die zunächst den Grundriss und die Dimension des gewaltigen Bauwerks in optischer Eindringlichkeit demonstrieren sollten. Die Findlinge wurden an den Ecken des zukünftigen Gotteshauses abgelegt, um eine räumliche Vorstellung von den zu erwartenden Dimension zu bekommen. Nun hatte er eine Vorlage für seine Fantasie, die von den vier wuchtigen Steinen noch bedeutend beflügelt wurde. Die gewaltigen Ausmaße des Gotteshauses versetzten ihn in einen Rausch der Begeisterung, dem er kaum noch Herr zu werden vermochte. Nach einigen Tagen aber erlosch das Feuer. Die Wucht der bevorstehenden Aufgabe lähmte ihn zusehends und er befand, dass die unermessliche Bautätigkeit zu viel seiner noch verbliebenen Kraft in Anspruch nehmen würde. Buschmann traf darum die

vorsorgliche Entscheidung, seine Bautätigkeit für den Augenblick ruhen zu lassen, um seiner Gesundheit ein Opfer zu bringen. Vielmehr wollte er sich vorerst der Viehzucht widmen, um mit den beiden ererbten und plötzlich aufblühenden Witwen einen erholsamen Sommer verbringen. An schönen Sonnentagen ritt er zu seiner Baustelle und ließ sich schwerfällig und umständlich auf einen der vier Steine nieder. Er blickte in die dämmrigen Wälder oder auf das Meer, wo wilde Wogenkämme in der gleißenden Sonne aufblitzten und funkelnde Wasserschwaden und weißer Wellenschaum vom Seewind als feiner Nebel ins Land getragen wurde. Zur Essenszeit stippte er sein Brot in einen Topf mit Gänseschmalz und trank Unmengen vom gegorenen Honigsaft. Geruhsam beobachtete er Schwärme von Krähen und Möwen, die den Holzpflügen der Bauern laut kreischend folgten und in den frischen Furchen glänzende Würmer und Engerlinge verschlangen. Er vermisste die wilden Sauhatzen und ließ seinen Blick immer noch wie ein Jäger unentwegt schweifen, hielt sich dabei nie lange bei einem Punkt auf und verzettelte sich nicht, indem sein Blick bei keinem Gegenstand lange verblieb.

An einem warmen Tag, als schwere Hummeln den langstieligen Mohn mit ihrem Gewicht zu Boden drückten und die Schafe friedlich in den Salzwiesen grasten, schwängerte er grob und laut ächzend die Frau seines Jägers, die unvorsichtig nahe an ihn herangekommen war. Sie war an diesem Tag mehr auf Möweneier aus gewesen und hatte es nicht vermocht, sich seiner gewalttätigen Werbung zu widersetzen. Mit schönen und gleichmütigen Augen hatte sie ihn dabei angesehen, jedoch gehorsam und mit aufkommender Lust seine heftigen Bewegungen einfühlsam und biegsam wie eine Weidengerte erwidert. Dennoch nahm sie die sich im Wind wiegenden Schmetterlinge wahr und weiter zurück die Silberfunken der brechenden Wellen. Buschmann enthüllte ihre Brüste, um sie mit seinen wasserhellen Augen mitleidlos zu begutachten. Mit müder Freundlichkeit und einem Anflug von Anerkennung bemerkte er schließlich:„ Du bist mager, aber zum Glück nicht überall, wenn du morgen noch einmal kommst, kannst du dir eine fette Sau von meiner Hausweide treiben," und er hatte dabei zugleich grob und dreist ihren Hintern befummelt.

Buschmanns Interesse an dem phänomenalen Bauvorhaben erlosch jedoch so schnell, wie es entflammt war. Der König war weit weg und das Gold aus seiner Belohnung war seiner Ansicht nach für einen Kirchenbau ohnehin zu knapp bemessen. Er machte sich bald weit mehr Gedanken über sein in der Ferne bestattetes Bein, das mit einer Wagenstafette nach Russland gebracht worden war, wo die Mutter des von ihm geretteten Königs lebte. In Sankt Petersburg war es schließlich mit großer kirchlicher Zeremonie und mit allen militärischen Ehren beigesetzt worden, nachdem es zuvor noch eine orthodoxe Seligsprechung über sich ergehen lassen musste. Buschmanns Bein war offenbar immer noch die Furcht einflößende Henkerskeule, denn die Popen, die es auf dem Transport nach Russland begleiteten, hatten es in eine mit Ketten gesicherten eisernen Kriegskasse gesperrt, zu der sie einen gehörigen Abstand hielten. Buschmann forderte das Bein von der Kirche zurück und behauptete wütend, dass es ihm gestohlen worden sei. Nach der Seligsprechung war es laut der hinterlistigen Argumentation der Popen allen irdischen Ansprüchen entzogen und sollte angeblich schon zur rechten Seite Gottes ruhen, womit es nun zu dessen persönlichem Besitz erhoben sei. Buschmann machte sich alsbald Gedanken über die pragmatische Seite seiner Auferstehung, die alle Pfaffen den Leuten immerzu so hoch und heilig versprachen und dachte, ich hoffe auf eine schnelle Auferstehung, aber wenn ich aus der Ewigkeit zurückkehre, muss zuerst mein Bein her. Er hegte die Befürchtung, dass sein Bein in Russland zu abseitig und entfernt bewahrt sei, um am jüngsten Tag zur Auferstehung aller Toten rechtzeitig am Dorffriedhof zu Lehmbeck-Weiche eintreffen zu können.

„Es besteht darum die große Gefahr, dass ich auch in meinem nächsten Leben auf einem einzigen Bein herumhinken muss, weil ein eingesperrtes Einzelbein die riesige Entfernung von Russland hierher nicht schnell genug zurücklegen kann. Für diesen Fall werde ich der Dankeskirche, die dank meiner Nachkommenschaft bis dahin sicher schon prächtig dastehen wird, einen roten Hahn aufsetzen und den Rest bis zur Grundmauer schleifen, denn selbst meine christlichen Tugenden und meine Friedfertigkeit haben ihre Grenzen."

Er blickte in das mahnende Gewitterblau des Himmels und brüllte in jähem Zorn;

„Dann gibt es nur noch Feuer und Schwert, eine Sprache, in der unsere Familie zu sprechen versteht und die Schyspfaffen dann auch plötzlich verstehen werden."

Nach einem schmerzhaften Brand in seinem Beinstumpf musste er leider das für ihn so ergiebige Zeitliche segnen, ohne zuvor den Rücktransport seines Beines organisiert zu haben, und so machte er sich schließlich einbeinig und hinkend und hüpfend auf den langen Weg in die Ewigkeit. Durch seinen Tod konnte er sich noch halbwegs ehrenhaft aus dem Gelübde zum Bau einer Dankeskirche entfernen und musste die wundervolle Aufgabe somit schweren Herzens seiner Nachkommenschaft überlassen. Sein Sohn übernahm dieses Vermächtnis und neben dem gesamten Besitz, erbte er auch noch die vier hitzigen Töchter der Dorfwitwen, die mehr oder weniger seine Halbschwestern waren. Er beschäftigte sich täglich mit ihnen und war mit dieser Pflicht reichlich ausgelastet. Er brachte somit auch keinen neuen Schwung in die stagnierte Bautätigkeit, obwohl er sich anfänglich nachdenklich und angestrengt mit der Bauplanung auseinander setzte. Er verbrachte sein Leben in einem heiteren alkoholischen Delirium und wusste auch andere weltliche Freuden unbekümmert auszuleben. Nach langer Überlegung ließ er drei gewaltige Findlinge von einem Hünengrab zur Baustelle bringen, um eine bildliche Vorstellung von der Grundform des Kirchenschiffes zu gewinnen. Für die prächtige Ausstattung und als Ersatz für das zukünftige kostbare Interieur des Gotteshauses, behalf er sich während der Planungsphase unbekümmert mit Heuhaufen, Ginsterstauden und geheimnisvollem Strandgut aus zuvor nie gesehenen exotischen Früchten, die von den Stürmen auf den Strand geworfen waren. Die mehr als dürftigen Attrappen vermochten seine Fantasie dennoch ungemein zu befruchten und boten als vieldeutige Hilfsmittel seiner visuellen Vorstellung überzeugende Vorlagen, um das Innere seiner Kathedrale in unvorstellbarer Herrlichkeit und Schönheit vor seinen Augen erstehen zu lassen. Die fiktiven Artrappen für eine reich beschnitzte Bestuhlung aus Eichenholz waren unansehnliche Holzfässer, die das Interieur aus dem Fundus des Strandgutes wertvoll ergänzten. Den letzten Sommer seines Lebens verbrachte er in einem glücklichen schöpferischen Rausch und in beständiger Trunkenheit, die ihn wie einen blinden Bären unsicher und schwankend zwischen den Utensilien seiner Fantasie herumtapsen ließ. Bei Beginn der Herbststürme verschied er nach dem Genuss einer fetten Hammelkeule. Er verstarb schwer schnaufend auf seiner ersten Magd, die sich nach seinem letzten Seufzer rasch ankleidete und erst dann das Ungemach laut schreiend im Haus verbreitete. Die Bilanz der Bautätigkeit von mehreren Generation der Familie Söderbaum war mehr als spärlich.

Nach der Anlieferung von insgesamt sieben großen Findlingen aus den Mühen von zwei Generationen, kam schon hundert Jahre später ein weiterer Stein hinzu, der ohne das Zutun der Familie Söderbaum von einem unvergleichlichen Wolkenbruch, der sogar Niederschlag in den Aufzeichnungen der Kirchenbücher hinterließ, aus dem tiefen Erdreich gespült worden war. In den folgenden 180 Jahren wurde die Baustelle nachhaltig übersehen und durch das Fehlen günstiger wetterseitiger Fügung, gab es leider auch keine weiteren mühelosen Geschenke der Natur. Der Familie war die Luft ausgegangen, sodass die Bautätigkeit am herrlichen Bauerndom völlig zum Erliegen gekommen war. Das Flurstück Buschmanns Bein diente nun vielmehr den Vitalienbrüdern als Unterschlupf nach erfolgreichen Raubzügen und es hieß, dass sie dort ihre reiche Beute versteckt hielten.

Eine strenge Abmahnung durch den Kurfürsten Friedrich dem Siegreichen an das Geschlecht Söderbaum wurde mit wortreichen Beschwichtigungen und detaillierten Baubeschreibungen listig abgeblockt und mit einem prallen Sack voller Versprechungen wiederum auf den Nimmerleinstag verschoben. Die Schelte des hohen

Herren stimulierte die neu erwachende Baulust jedoch ungemein und bescherte der Bautätigkeit eine hohe Belebung in der theoretischen Gestaltung. Es begannen seitens der Familie Söderbaum wieder regelmäßige Besuche des Bauplatzes mit spontaner Begeisterung für die monumentalen Ecksteine, die ihnen ihre Vorfahren bereits vorgelegt hatten. Alsbald wendeten sie sich aber wieder den Freuden der Hirschjagd zu und überließen Buschmanns Berg den wilden Winterstürmen. Einige abgelegte Steine zeigten zwei Jahrhunderte später Spuren eines Steinmeißels, die eine unangebrachte Bordüre von vollschlanken und unbekleideten bacchantischen Damen erkennen ließ. Sie hatten sich allesamt auf einen am Boden liegenden einbeinigen Herrn kapriziert, der alle Drei wohlig von sich gestreckt hatte und nur noch auf angenehme Kunstfertigkeit der Damen aus war. Der Bestand der Steine verringerte sich im folgenden Jahrhundert auf achtundzwanzig, denn zwei der besonders symmetrisch geformten Steinkolosse wurden dem aus den Fugen geratenen Familiengrab der Söderbaum zugeführt. Ein Priester, der dem Geschlecht der Söderbaum überraschend und verbiestert entsprang, baute in frommer Begeisterung und mit geringer handwerklicher Übung eine unsäglich schief verlaufene Mauer, die von Scham getrieben schnell wieder im aufgeweichten Erdreich versank, zum Segen und Ansehen des Erbauers und seiner Familie blieb sie seither für immer unsichtbar. Die späteren Historiker, die dem tapferen Geschlecht Söderbaum von Herzen geneigt waren, kamen nicht um eine Rüge umhin. Sie wiesen nachtragend und unerbittlich auf die baufreie und nutzlose Vergänglichkeit der Jahrhunderte hin, denn nach ihrer Meinung zeigten die geballten Aktivitäten und Anstrengungen aus 824 Jahren ein beschämend unzureichendes Gesamtergebnis, zumal durch das Gesetz der Schwerkraft und Unbilligkeiten der Natur inzwischen bereits wieder elf Steine im Erdreich versunken waren.

Der administrativen Seite der uralten Familienverpflichtung war der jeweilige Familienvorstand immer nachgekommen. Jede Generation hatte die praktische Bautätigkeit vernachlässigt, war aber bei der Obrigkeit immer auf dem neusten Stand und penetrant bemüht gewesen, die ehrenvolle Option für die Nachwelt zu erhalten, um dann den schwarzen Peter listig in die nachfolgende Generation zu schieben. Die Baurechte wurden darum über wechselnde Zeiten und Obrigkeiten von dem jeweiligen Familienvorstand neu erkämpft, dokumentiert und beurkundet, allein schon, um sich mit der Obrigkeit anlegen zu können. Auch Pastor Geduld Freiherr von Söderbaum erstritt über das Verwaltungsgericht in Schleswig bravourös die Gültigkeit der historischen Baurechte seines Vorfahren Buschmann.

Er überwand diplomatisch die massiven Einwände verschiedener Administrationen und Verwaltungen und kämpfte gegen die Landschaftsschutzbehörde, das Bau- und Wasseramt, die Nordelbische Diözese und gegen das Verteidigungsministerium, welches die Einflugschneise der Marineflieger in Jagel durch die zu erwartenden drei hohen Türme in Gefahr sah. Nach dem Sieg über eine Kompanie gegnerischer Anwälte, Verwaltungsjuristen und Gutachter des Militärs, legte Söderbaum sofort einen Bauantrag vor, der erst mit Hilfe und Nachdruck eines weiteren Urteils des höchsten Verwaltungsgerichtshofes die Genehmigung erzwang.

Der Dom des Dankes wurde von der in Lehmbeck-Weiche agierenden Künstlergruppe > Die Buttermacher<

unter Mitwirkung einer türkischen Architektengruppe entworfen, die aber eigentlich mehr auf den Bau von Moscheen spezialisiert war und sich für orientalisch verzierte Fenster stark machte. Söderbaum hatte sich als Grundriss für ein gleichschenkliges Dreieck mit drei Türmen entschieden, die durch drei geometrische Grundformen, Dreieck, Kreis und Quadrat auf ihre Eigenständigkeit pochten. Jeder der drei Buttermacher durfte unabgesprochen seinen eigenen Turm gestalten. Sie entwickelten ihre eigenen Entwürfe, die sich am Ende dennoch zu einer schönen Harmonie verbanden und selbst die orientalischen Fenster liebevoll aufnahmen.
In der Mitte des gewaltigen dreieckigen Daches sollte sich ein zweihundert Meter hoher Stahlmast erheben, um mit dreizigtausend farbigen Birnen zu einem Marienbild von schönster Lieblichkeit zu erstrahlen. Sie sollte die Menschen aller Konfession vereinen und sie gemeinsam zu Gott führen. Auf dem höchsten Punkt des Mastes würde ein blitzender Rotor im ständigen Ostwind den Strom für die bunten Birnen erzeugen und zudem im strahlenden Sonnenschein oder im stillen Mondlicht dem Marienbild einen ewigen Heiligenschein verleihen. Pastor Söderbaum wurde nie müde zu betonen: „Der Dom musst endlich gebaut werden, denn nun stehe nur noch ich für meinen tapferen Vorfahren im Wort. Ich möchte unbedingt vermeiden, dass Buschmanns spontane und ehrenvolle Zusage, sich in meiner kurzen Erdenzeit wiederum nicht erfüllt. Von dem überschüssigen Strom aus der Windmaschine des Doms kann ich noch genügend Watt für den teuren Strom meiner Ziegelei, den Melkmaschinen und den Jauchepumpen günstig abzwacken und meine Betriebskosten mit Hilfe der fast schon in den Himmel reichenden Propeller erheblich

reduzieren. Ich stehe unter Bau und Erfolgszwang, denn ein Abkömmling des von Buschmann geretteten Königs, der in Paris erfolgreich Kunststoffpelze für die Modeindustrie herstellt, die übrigens nach den Angaben meiner Tochter Frigge entsetzlich haaren sollen, hat mir in einem formvollendeten Brief die Pistole auf die Brust gesetzt. Er erwartet nun von mir die verbindliche Erfüllung des von Buschmann abgegeben Versprechens."
Söderbaum meinte abschließend achselzuckend: „Es ist jedenfalls zu bedauern, dass dem Ingrimm Buschmann damals die Sicherung durchgebrannt ist und seine unschuldige Nachkommenschaft, die nach meiner Ansicht die längst verjährten Aussetzer eines Raufbolds mit einer aufwendigen und unchristlichen Hypothek zu sühnen hat."Seine Frau meinte beruhigend und mit überzeugender Pragmatik: „Wenn du einmal tot bist, möchte unsere Nachkommenschaft vielleicht auch einmal beim Kirchenbau brillieren und deshalb solltest du ihnen schon aus Anstand die Bautätigkeit überlassen."
Mit dem exaltierten Kanzelton für eine Predigt zum Christfest und dabei seine Ungeduld nur mühsam zurückhaltend meinte Söderbaum: „Ich bin noch nicht tot, soviel zu diesem Thema. Im Übrigen sind nicht allein die Kartoffeldiebe die Versinnbildlichung des Bösen, vielmehr jene Leute, die sich leichthin einer überlieferten Pflicht und einer traditionellen und ehrwürdigen Familienloyalität entziehen, denn schließlich sind wir nicht im Bordell aufgewachsen. Mit der liederlichen peu à peu Bauauffassung etlicher Vorfahren kann man sich nicht immerzu durch die Jahrhunderte zappen und aller Pflichten entziehen. Die Kathedrale muss her, so oder so. Manche Leute geben scheinbar schneller auf, als ein galoppierender Gaul einen fahren lässt. Jede Generation

macht ihre eignen Fehler, damit die nächste sie wesentlich wirkungsvoller und brillanter wiederholen kann, aber das muss endlich ein Ende haben."

Er blickte auf das Kornfeld, wo der Wind in sanften Wellen mit den Ähren spielte und der Himmel sich vertrauensvoll auf zwei windschiefen Eichen ausruhte.

Am frühen Abend, als der Geruch von Bratkartoffeln und Räucherspeck aus dem geöffneten Küchenfenster der Häuser zog, ging Söderbaum durch die Dorfstraße und trieb hungrig quickende Schweine um die Kirche herum. Er rauchte eine seiner erlesenen Cohiba Morning Zigarren, die seine Frau als Tropenschnucken zu bezeichnen pflegte. Die Zigarre hatte die Größe einer anspruchsvollen Altarkerze, die gern als Dank für Lebensrettung geopfert wurden und an der Söderbaum nun heftig herumkaute, als sei es eine von ihm bevorzugte süßsauer eingelegte Dillgurke. Manchmal versetzte er den Schweinen einen gutmütigen Gertenschlag auf ihr dralles Hinterteil und bekam als Antwort ein zufriedenes Grunzen zurück.

In der Hand ohne Gerte trug er fünf Hühnerkrallen, die in eine Silberfolie gewickelt waren. Söderbaum war mit seinen Gedanken bei dem Projekt des Kirchenbaues, das eine Manie bei ihm zu werden drohte und ihn alsbald wieder aus dem Häuschen geraten ließ:

„Die Dankeskirche muss her und ich will das endlich mit allen Mitteln durchziehen. Die vielen fucking Heiden und Halbchristen unter meinen Vorfahren haben in dieser Hinsicht die letzten achthundert Jahre völlig verpennt oder scheinheilig auf die hohe Bank gelegt. Nun sehe ich mich gezwungen, auch die Mächte anderer Konfessionen oder Naturglauben zu nutzen und deren Kräfte für mein dringliches Projekt in Anspruch zu nehmen, denn der

Zweck heiligt alle Mittel. Zunächst beginne ich mit einem Voodoozauber, dem ich einiges zutraue. Auf diesem Gebiet habe ich in meinem Melker Bum Bismarck 6 einen vorzüglichen Berater und werde mich Punkt für Punkt an die von ihm angeratene Choreografie halten, denn er ist immerhin der Sohn des berühmten Zauberers und Trinkers Bismarck 5, der mit legendären Erfolgsgeschichten weltweit aufwarten kann und in Afrika sehr verehrt wird. Er hat seinem Sohn per I-Mail die Lizenz für meine Beratung gegeben und angewiesen, dass ich zunächst im Gefolge einer Schweineherde das Flurstück >Buschmanns Bein< mehrfach umrunden solle, als sei es der Berg Kailash, wo immer der sich augenblicklich erheben mag. Bei dem Umzug mit Schweinen soll ich beide Arme weit nach oben strecken und mit den Hühnerkrallen starke Kratzbewegungen simulieren, um die Götter der unterschiedlichen Konfessionsbranchen gewaltig unter Druck zu setzen und Angst einzujagen, was von der Logik Angesicht der scharfen Krallen kaum zu widerlegen ist. Bum Bismarck bestimmte unnachgiebig, ich müsse ziemlich fordernd auftreten und dabei meine Wünsche lauthals herausschreien. Seine Instruktion ist einleuchtend, aber die Aufgabe wird in der praktischen Ausführung schwierig sein. Wie soll ich mit meiner Zigarre im Mund die Schreivorstellung bewerkstelligen, denn zum Wegwerfen ist auch die selbst unverzollte Zigarre noch zu teuer und wenn ich sie ablege, ist sie hin und schmeckt wie eingeschlafene Füße. Als er das Dorf verlassen hatte, setzten die Schweine sofort alles daran, einen Rübenacker zu plündern. Offensichtlich hatte es unter ihnen zuvor eine telepathische Übereinkunft gegeben, denn sie galoppierten in Sekundenschnelle plötzlich wie abgesprochen in den

Acker hinein und begannen emsig und unaufhaltsam das Werk einer totalen Vernichtung. Es ist heute leider nicht der geeignete Tag zur Erledigung eines Voodoos und ich werde die Aktion etwas aufschieben müssen", dachte Söderbaum erleichtert.

Er setzte sich auf einen summenden Bienenkorb und beobachtete interessiert, wie seine Schweine tiefe Löcher in den Acker wühlten und sich fröhlich schmatzend an den Rüben gütlich taten. Söderbaum dachte, man kann auch im Sitzen mit Hühnerkrallen am Himmel herumkratzen könnte und man müsse bei wirklichen Qualitätsvoodoos besser noch eigene Zulagen einbringen. Er stieß in gleichmäßigen Atemzügen ein Geschwader exakt geformter Rauchringe in den Himmel und zerteilte sie behutsam mit den Hühnerkrallen, wo er ein fein zisleiertes Gittermuster in das Abendrot zeichnete. Mit pianissimo süßer Stimme summte er das Lied von den heimattreuen und emsig fliegenden Kobolden, die im Dorf seit jeher als Unterirdische ihr Unwesen im Moor trieben und den Menschen mit ihrem Schabernack und ihrer Heimtücke gelegentlich ziemlich zusetzten. Als er aufblickte, kreisten fünf Seeadler über dem Moor, die ihn zu beobachten schienen.

HIS HOPE WERE DASHED WHEN HIS REQUEST WAS REFUSED
ODER
ENDLICH KANN ICH IM BETT WIEDER VOM BLATT SPIELEN

In Lehmbeck-Weiche ging das Leben seinen beschaulichen Lauf und dümpelte wie schon seit Jahrhunderten gemächlich vor sich hin, eingebettet von Ebbe und Flut und umspielt vom ewigen Wind.
Das war die Ruhe vor dem Sturm und niemand konnte ahnen, dass ausgerechnet Lehmbeck-Weiche alsbald in das Epizentrum eines monumentales Ereignisses rücken und weltweit eine dramatische Bedeutung bekommen würde. Zunächst gab es für die Öffentlichkeit diffuse Meldungen, die als Hirngespinste abgetan wurden und der Welt der Fantasie zu entspringen schienen. Aus den Schwachstellen in Regierungskreisen gelangten jedoch bald einige Tatsachen an die Öffentlichkeit, die sich in kleinen Quanten wie Läuse vermehrten, um endlich ungefiltert von der Presse verbreitet zu werden. Stündlich gab es neue Meldungen von erschreckenden Ereignissen, die sich bald geradezu verselbstständigten und weitere nach sich zogen. Es begann mit einigen seltsamen und wahnwitzigen Meldungen, die auf verschiedenen Wegen an die Regierungen der westlichen Welt herangetragen wurden. Alle Länder waren durch eine Gruppe von Erpressern unter Druck geraten, die behaupteten im Besitz von Atombomben zu sein. Sie teilten den Empfängern in beunruhigender Sachlichkeit mit, dass bei Nichterfüllung ihrer Forderungen die Bomben alsbald ihrer ursprüng-

liche gedachten Bestimmung zugeführt werden würden. Erst Monate später wurden die Zusammenhänge von den Geheimdiensten weitgehend aufgeklärt und gemeinsam neue Sicherheitssysteme entwickelt. Es hatte sich später herausgestellt, dass die Erpresser aus einem dunklen Triumvirat bestanden, worin jeder der drei Mitglieder seinen Ruf mit immer neuen Handlungen und in bitterer Ausgelassenheit täglich neu bestätigte. Sie bewiesen ihre Unfähigkeit Mitleid zu empfinden oder Reue zu zeigen und schienen die Grausamkeiten ihrer Bedrohungen zu genießen. Das Kollegium verbreitete alsbald Angst und Schrecken und wurde weltweit gefürchtet und gehasst. Die vorzüglich funktionierende Companie der Erpresser waren drei Männer unterschiedlicher Herkunft, Nationalität und Vergangenheit, die nach der erfolgreichen Durchführung ihres gemeinsamen Coups die Zweckgemeinschaft sofort wieder auflösen wollten. Die Mitglieder der Gruppe waren ein General der einstigen Sowjetunion, ein italienischer Pate und ein Drogenbaron aus Kolumbien. Jeder von ihnen verfügte über eine vorzügliche und äußerst schlagkräftige Organisation. Zu ihrer Mannschaft gehörten Wissenschaftler, Staatssekretäre, Soldaten, Berufskiller, ein Außenminister, hohe Polizeioffiziere und einige der schönsten Callgirls der Welt.
Die drei Bosse hatten sich zum größten Coup aller Zeiten zusammen getan. Auf Grund ihrer Erfahrungen und ihrer qualifizierten Mitarbeiter, waren sie fähig, die Aktion wie ein militärischer Generalstab zu planen und mit einer ausgefeilten Logistik auch das Produkt ihrer Planung präzise auszuführen.
Der General lebte in Kasachstan, wo er sich seit dem Ende der Sowjetunion einer neuen Freiheit und un-

kontrollierbaren Macht erfreute, die er für seine weitsichtigen Pläne zu nutzen verstand. Noch aus der Zeit als hoher Sowjetoffizier konnte er sich in den Besitz von Atomsprengköpfen bringen, die er in der turbulenten Zeit der Auflösung der Sowjetmacht in einem abseits gelegenen Munitionsbunker auf einem seiner Grundstücke einlagern ließ. Nach und nach vervollständigte er sein Waffenarsenal und verfügte am Ende über elf A-Bomben mit begrenztem Wirkungsbereich und über eine Anzahl moderner konventioneller Waffen. Später kamen noch Kampfhubschrauber, Flugzeuge verschiedener Typen und im Laufe der Zeit insgesamt vierundzwanzig Boden-Luft-Raketen der veralteten amerikanischen Stinger und der russischen Strela hinzu. Der General konnte in einer umsichtiger Strategie und mit unbarmherziger Brutalität das Wissen um den brisanten Besitz zu seinem alleinigen Geheimnis machen. Er hatte alle Areale und die Zugangsstraßen zu seinen geheimen Waffendepots in seinen Besitz gebracht und ließ sie streng bewachen. Die Zugänge zu dem geheimen Waffenlager mit dem mörderischen Inhalt waren hinter Erdaufschüttungen und unter dem Schutz hinterhältiger Sprengstoffminen verborgen. Die Pioniere, die er einst zu dieser diffizilen Arbeit zur Sicherung seiner Schätze abkommandiert hatte, ließ er nach Beendigung der Arbeit auf ein Schiff bringen, das schließlich für immer im Kaspischen Meer verschollen blieb. Er verfügte über einen Stab hochbezahlter Fachleute, die seine Brutalität fürchteten, aber seine Großzügigkeit genossen und ihm aus Angst oder Dankbarkeit hündisch ergeben waren. Der General hatte einen hohen Verbrauch an Wodka aus Polen, Jünglingen aus Asien und Beluga-Kaviar vom Kura-Fluss.

Sein europäischer Partner war ein aus den USA abgeschobener Pate der Mafia, der im Laufe seiner langjährigen Karriere zweihundertsieben Menschen ermorden ließ und dennoch nie ein Gefängnis von innen gesehen hatte. Er lebte in einem bescheidenen Anwesen in Apulien, wo er sich wie ein armer Ziegenhirte in einem aus Feldsteinen eingerahmten Sickerbrunnen wusch und auf jeglichen Luxus verzichtete. Er züchtete Ziegen und besuchte täglich die armselige Dorfkirche, die sich an einem Felsenhang unter rotem Efeu verbarg. Bei der jährlichen Totenmesse für seine Mutter weinte er bitterlich und musste von seinen Leibwächtern zum Auto geführt werden. Erst nach stundenlangen Telefonaten mit seiner Tochter in Seattle fand er seine Fassung wieder. Mit ihrem Trost und von zärtlichen Bekundungen ihrer Liebe überschüttet, ging er endlich zurück zu seiner Hütte. Auf steinigen Hängen über dem Meer tummelte sich seine muntere Ziegenherde, die ihn nach seiner Rückkehr wie übermütige Kinder umringte und die er alle zärtlich bei ihrem Namen rief. Von seiner Berghütte aus organisierte er umsichtig und erfolgreich einen weltweiten Drogenhandel, den er mit Hilfe von Regierungsmitgliedern, Polizeioffizieren und Zolldienststellen kontinuierlich sicherte und vergrößerte. Er ließ Kindergärten, Schulen und Krankenhäuser bauen und wurde von den Menschen seiner Heimat wie ein Heiliger verehrt.

Der dritte im Bunde des Triumvirats der dunklen Allianz war ein gebildeter Drogenbaron, der sein Leben als ewigen Kampf gegen die USA begriff. In seinen Kreisen galt er als reichster Mann der Welt. Er hatte mehr als tausend Schulen und Jugendzentren für die Armen in verschiedenen Ländern erbauen lassen und erfreute sich hoher Verehrung im Volk.

Er las die deutschen Klassiker und besaß eine umfangreiche Kunstsammlung aus ersteigerten und gestohlenen Exponaten, die in klimatisierten, aus Felsen gesprengten Sälen ausgestellt waren. Nur er allein hatte Zugang zu diesen Räumen und kein anderer Mensch hatte jemals seine Kunstschätze im Gesamten zu Gesicht bekommen. Der Skulpturensaal seines privaten Kunstmuseum war mystischen illuminiert und erfüllt von Elegie und unentrinnbarer Vergänglichkeit. Er entwarf schwarze Flugkörper, die mit moderner Waffenelektronik ausgestattet wurden und unentwegt das weite Umfeld seines abgesicherten Hauptquartiers von größer Höhe aus kontrollierten. Sie umkreisten wie stumme Totenvögel die Berge oder warfen im gleißenden Licht der Sonne mythische Schatten auf das Land. Die lautlosen Flugkörper verbreiteten panische Furcht bei den indianischen Bewohnern der armseligen Dörfer und wenn ein dunkler Schatten sie berührte, bekreuzigten sie sich. Er ließ sich regelmäßig Jungfrauen aus den USA zuführen, die er mit der sterilen Nüchternheit eines Gynäkologen ihrer Unschuld beraubte, um sie danach desinteressiert seinen Leuten zur beliebigen Verwendung zu überlassen.

Die drei unterschiedlichen Partner, die nach dem erfolgreichen Ablauf ihrer gemeinsamen Aktion heftig miteinander rivalisierten, wurden von einer unstillbaren und pathologischen Besessenheit nach Macht getrieben. Jeder von ihnen verfolgte mit hämischer Belustigung den Plan, ihre Partner nach erfolgreichem Ende der gemeinsamen Aktion umgehend zu eliminieren. Für das bevorstehende gemeinsame Unternehmen fanden sie jedoch eine Arbeitsteilung, die den jeweiligen Möglichkeiten und Talenten am meisten entsprach und ihre Zweckgemeinschaft schließlich mit unaufhaltsamem Erfolg versah.

Der General lieferte die Sprengköpfe, die mit neuer Technik und einer modernen Fernzündung umgerüstet waren. Er organisierte den Transport der Waffen zu einem der Schiffe des Paten aus Apulien. Mit einer Kolonne aus Armeelastwagen, die unter dem sicheren Schutz seiner alten sowjetischen Militärkumpanen standen, wurde die brisante Ladung zum Schwarzen Meer nach Batumi gebracht. Die großzügig honorierten Waffenbrüder des Generals glaubten später an einer groß angelegten Schiebung von Kaviar aus Aserbaidschan und Handfeuerwaffen aus Russland teilgenommen zu haben. In einem Hafenbecken für Zementverladung wurde die Ladung der Lastwagen auf die unter schwedischer Flagge laufende >Gotic Revial< gehievt. Die Fracht war als Maschinen für Kunstfaserherstellung deklariert und mit dem Bestimmungsland Mexiko versehen. Von hier aus führte der Drogenbaron die weitere Regie und die Sprengköpfe gelangten auf verschlungenen Wegen von Mexiko aus in verschiedene Großstätte der USA und Europas. Eine dieser handlichen Bomben wurde in dem Mausoleum einer berühmten Familie auf dem Jüdischen Friedhof von East Ham in London deponiert. Andere Sprengköpfe fanden ihren Platz an weiteren exponierten Orten, die originell und durchaus fantasievoll ausgesucht worden waren. In Deutschland hinterlegte man eine Bombe in einer frisch betonierten Grundmauersicherung des Kölner Doms und eine weitere hinter den dick isolierten Schallwänden des Tonstudios der Firma K-Rekords in Seattle. An der Ostküste der USA wurde eine Rucksackbombe in einem Gerichtsgebäude deponiert, wozu man in einem kleinen Waschraum eigens eine Zwischendecke einziehen ließ. Ein unverzeihlich gourmetfeindliches Versteck für einen weiteren Sprengkopf wählte man inmitten eines ergiebigen Trüffelwäldchens unweit eines Rokokoschlosses, das sich inzwischen als Luxusbordell mit einem sehr jungen Damenteam bei den Herren der Großindustrie und des Italienischen Diplomatischen Korps großer Beliebtheit erfreute. Weitere Ablagen waren die Abfallhalde einer Fabrik für Heißdampf Frisierhauben und die Tiefgarage eines Bankhauses in Frankfurt.

Fünf Spezialisten aus einem geheimen Stab des liquidierten Warschauer Paktes hatten zuvor die Zünder codiert und sie für eine Fernzündung vorbereitet. Bald danach verlor sich der Weg dieser Männer in einer stillgelegten Kohlenzeche in England, die die sterblichen Überreste bis in alle Ewigkeit aufnahm. Nach präziser Beendigung der perfekten Vorbereitungen wurde allen europäischen Regierungen, sowie den Regierungen in USA und Russland mitgeteilt, dass die wirtschaftliche Vereinigung >Mona Lisa< eine Anzahl Atomsprengköpfe an verschiedenen zentralen Plätzen der Welt platziert habe. Man wäre jedoch kurzfristig zu einer Verhandlung bereit und würde gegen eine entsprechende Vergütung die Bomben ihrer vorgesehenen Verwendung wieder entziehen. Bei einer Einigung würde man zudem die Standorte der Bomben sowie die Codierung der Zünder preisgeben. Für die präzisen Hinweise der jeweiligen Platzierung wäre lediglich eine Gebühr in Naturalien und Bargeld fällig. Von einem Wert, der soeben gerade von den Staaten der Europäischen Union für die Sicherung der internationalen Finanzkrise aufgebracht worden sei. Die Zahlung sollte im Wesentlichen in Gold, Platin, Rohdiamanten, aber auch in Bargeld der Währungen Euro und Dollar erfolgen. Weiterhin beanspruche man das Abbild einer geheimnisvollen Dame,

deren Namen man in großer Verehrung und Bewunderung zur Namenspatronin ihrer Firma erkoren habe. Das Bildnis des Leonardo da Vinci „Mona Lisa,, im Louvre sei ohnehin von 1911 bis 1914 aushäusig gewesen und die schöne Gioconda würde gern wieder einmal einen Ausflug machen. Man solle die Forderung im Gesamten als ein knapp kalkuliertes und freundschaftliches Sonderangebot betrachten, das schließlich im Sinne aller Beteiligten der Weltrettung diene.
>...denn Sie können bestimmt ermessen, dass wir immense Vorleistungen erbringen mussten und Sie nun aber glücklicherweise vor großem Schaden bewahren können. <
Sollte man jedoch die bescheidenen Forderungen nicht akzeptabel finden oder gar sachliche Zweifel an der Existenz der Sprengkörper haben, so würde man die Ernsthaftigkeit ihres Vorhabens zunächst durch eine harmlose Demonstration in der Wüste Sahara unter Beweis stellen. In einer nachfolgenden Ergänzung wurden in endloser Ausführlichkeit Anleitungen für einen sicheren Kunsttransport dargebracht. Man müsse bei diesem einmaligen Exponat große Vorsicht walten lassen und solle sich der Transportbehälter einer Firma in Belgien bedienen, die besonders solide und stoßfeste Behälter zu fertigen verstünde. Am Ende der Forderung erging noch eine prägnante Bemerkung, die offenbar der Beruhigung der Empfänger dienen sollte. Die Erpresser erklärten mit kategorischer Bestimmtheit, dass sie keinerlei terroristische Ziele verfolgten und nach Erfüllung ihrer Forderungen die Angelegenheit für immer als beendet ansehen würden.
> ...denn wir sind andererseits solide und zuverlässige Geschäftsleute und werden nach der unumstößlichen

kaufmännischen Regel von Treu und Glauben alle Zusagen und Vereinbarungen unbedingt einhalten, was wir von Ihnen gleichermaßen erwarten und voraussetzen...<
Es folgte ein Satz in englischer und deutscher Sprache, der von den Erpressern zum Erkennungscode und Identitätsnachweis für ihre nächste Mitteilung bestimmt wurde. In seiner vermeintlichen Harmlosigkeit schien er dennoch eine unterschwellige Drohung verbreiten zu wollen.
> Seine Hoffnung wurde zunichte, als man seine Bitte ablehnte <
> His hopes were dashed when his request was refused <

Diese Formulierung sollte man in den vier nachfolgend aufgeführten Tageszeitungen als verbindliche Bestätigung für eine Einwilligung des Deals veröffentlichen. Die Faxmitteilung war aus dem Büro eines Kunsthändlers gekommen, der später als Wasserleiche aus einem kleinen schwedischen Hafen gefischt wurde. Er trug eine solide goldene Krone und gewaltige gelbe Schwimmflossen mit roten Punkten. Er galt als berüchtigter Trinker aus Malmö und war Vorstand einer aktiven Science-Fiction-Vereinigung, die in der Vergangenheit schon wiederholt durch wunderliche Aktionen aufgefallen war. Die Sicherheitsbehörden nahmen daher an, dass der Nichtschwimmer sich mit einer spektakulären Selbsttötung aus dieser Welt verabschiedet habe und legte die Faxmitteilung amüsiert und kopfschüttelnd ad acta. Bald kamen die obligatorischen Trittbrettfahrer mit den üblichen Psycho-Remakes. Ein alternder Erotomane und Schriftsteller behauptete in einem Fernsehauftritt, dass er auf Grund einer latenten Impotenz eine zwölfjährige Schreibblockade gehabt

habe. Die Atomstrahlung verborgener Bomben in seiner Nähe habe ihn jedoch geheilt und eine wundervolle Neubelebung seiner Manneskraft herbei geführt. Er hatte einen in der Krone und rief:
„Bei mir läuft es mit den Frauen wie in besten Zeiten und meine zwölfjährige Schreibblockade geht mir damit verglichen am Arsch vorbei. Ich bin jedenfalls wieder der gesuchte Ladykracher von einst und im Bett wie neu geboren. Endlich kann ich in fremden Betten wieder zügig und ausdauernd vom Blatt spielen."

PLEASE COULD YOU TELL ME THE PRICE OF THE ELEKTRIC COOKER ?
ODER
MONA LISA MACHT EINEN LANDAUSFLUG

Schon sieben Tage später explodierte in der Nähe der Oase In-Salah, inmitten der Sahara, ein atomarer Sprengkörper, den man im Jargon der Experten etwas geringschätzig als eine Rucksackbombe bezeichnet würde. Die Bombe war durch ein unbemanntes Flugobjekt zum Zielort geführt und in einer Höhe von etwa dreihundert Metern zur Entzündung gebracht worden. Die Explosion schleuderte gewaltige Sandmengen in eine Höhe von dreizehntausend Metern, wo sie einen Höhensturm verursachte. Er fand nur einen Tag später in der Poebene, im Berner Oberland und im nördlichen Teil Bayerns einen sandigen und stark verstrahlten Niederschlag. Die Altstadt von Augsburg und das Land um sie herum war mit einer dünnen Sandschicht aus der Sahara bedeckt, die sich in winzig gekräuselten Wellen bis kurz vor München ausdehnte. Vom Flugzeug aus gesehen war die Fugger-Stadt eine Sandinsel inmitten eines grünen Meeres. Kurz danach traf bei der Stadtverwaltung von Tacoma eine E-Mail von einem Eisbrecher in der Lawtew-See ein, die in lakonischer Kürze darauf hinwies, dass auch in ihrer schönen Stadt eine Bombe deponiert sei. Man möge sich schon auf eine Detonation einstellen, aber zuvor eine weitere Ankündigung abwarten. Die Meldung wurde mit dem vereinbarten Erkennungssatz eingeleitet und hielt am Ende eine neue Erkennung in deutsch und englisch bereit:

VIELLEICHT HÄTTEST DU LUST, DEINEN ONKEL SAM ZU BESUCHEN?
YOU MIGHT LIKE TO VISIT YOUR UNCLE SAM?

Der Funker des Eisbrechers war nach seiner E-Mail aus hoher See nicht mehr auffindbar und tauchte auch später nie wieder auf. Der litauische Kapitän gab zu Protokoll: „Der Funker war leider oft betrunken und wird über Bord gegangen sein. Vielleicht haben ihn die herumstreunenden Eisbären gefressen, denn wir fanden auf einer Eisscholle seinen linken Schuh, seine Meerschaumpfeife und eine Klarsichtfolie mit herrlichen Aufnahmen einer sehr schönen Dame aus Lifi Mahuida, mit der er sehr liiert gewesen sein will."
Nur einen Tag später kam aus der leerstehenden Wohnung eines Hochhauses in Tacoma eine Faxmitteilung an den Gouverneur des Staates Washington in Olympia, die sich mit der vorgegebenen Erkennung vorstellte und wiederum einen aktuellen Code am Schluss des Schreibens setzte:

ICH HABE KEINESWEGS DIE ABSICHT, SIE ZU ENTLASSEN
I HAVE NO INTENTION OF DISMISSING YOU

Die Mitteilung enthielt detaillierte Angaben über das Versteck jener schon angekündigten Bombe in Tacoma und wurde ergänzt durch eine genaue Ortsbeschreibung und weitere detaillierte Anweisungen für eine Entschärfung, die auch einen entsprechenden Code enthielt. Die fetttriefende Bombe war in der Räucherkammer einer Fischräucherei versteckt und mit schmackhaften Filetstücken der Bonitos getarnt. Der Absender versäumte nicht in launiger Weise darauf hinzuweisen, dass die leicht strahlenden Delikatessen immer noch einer strengen Gourmetprüfung standhalten würden und fügte zudem ein Rezept für eine geeignete Soße bei. Bevor eine Truppe internationaler Spezialisten sich der Entschärfung annahmen, wurden weite Teile des Staates Washington in hektischer Eile evakuiert. Selbst die Bewohner von Vancouver flüchteten in den Norden, wo sie in Lagerhallen und Schulen eine vorläufige Notunterkunft fanden. Eine endlose Kolonne aus Wohnmobilen wälzte sich in Richtung Alaska. Viele Autofahrer fuhren in die Wälder und stellten ihre Wagen zu einer schon bei den frühen Pionieren bewährten Schutzburg zusammen und machten am Abend eine wilde Party. Die Erpresser zeigten mit ihren Demonstrationen eine gefährliche und unüberwindliche Stärke und zwangen die Regierungen endlich zur bedingungslosen Kapitulation. Fassungslos mussten die Staatsführer nun in allen Punkten auf die Bedingungen der Erpresser eingehen und zu Kreuze kriechen. Man tagte für eine Woche in Paris, um die Modalitäten untereinander abzustimmen und begann wie Teppichhändler miteinander zu feilschen. Der französische Präsident gab am Ende der Verhandlungen im Namen aller Regierungen die gemeinsame Entscheidung bekannt und stellte wütend fest, dass man leider gezwungen sei, den Forderungen der Banditen voll nachzukommen.

„Wir wollen unsere schöne Welt retten und erhalten. Zudem ist der Gesamtwert der Forderungen kaum höher als unsere gemeinsamen Rettungsleistungen für Griechenland, Italien, Spanien, Portugal, Irland und den USA und ein Teil der Bankenstützung. Diese Zahlungen sind mehr oder weniger für die Katz und darum können wir auch einmal an uns denken und die Rettung unserer schönen Welt. Angesichts einer Bedrohung dieses Ausmaßes haben wir unsere Lebensrettung immer noch günstig eingekauft und der Aufwand ist so gesehen kaum von Bedeutung. Er warf wütende Blicke in die Kamera, als stehe er kurz davor, den Engländern den Krieg zu erklären, denn die hatten zunächst kaltschnäuzig erklärt, dass ihr Land frei von feindlichen Atomwaffen sei und sie somit auch frei von jeder Verpflichtung. Die präzise formulierten Forderungen der Erpresser mit weiteren Anweisungen ließen sie den Regierungen in einer E-Mail zukommen. Sie kam von einem Computer aus einer Tintenfabrik in La Rochelle und begann wieder mit der obligatorischen vorgegebenen Parole. Sie beschrieb in sachlicher Kurzform die Höhe der Forderung, die aus der Übergabe von Edelmetallbarren, Rohdiamanten und Bargeld in verschiedenen Währungen bestand. Die europäischen Abgaben und die geheimnisvoll lächelnden Leinwanddame aus Paris, sollten Pfingstsonntag auf dem Militärflugplatz von Jagel in Germany, in eine vollgetankte Transportmaschine der Bundeswehr verladen werden. Die Abgabe der Ölstaaten dagegen, müsse auf dem neuen US-Stützpunkt bei Bagdad in eine Transportmaschine deponiert sein, um auf Abruf sofort starten zu können. Die neu vorgegebene Parole ließ ein leichtes Bedauern über den baldigen Abbruch ihrer Beziehungen spüren und lautete:

ICH MÖCHTE GERN PILOT WERDEN, ABER ES GEHT AUS PERSÖNLICHEN GRÜNDEN NICHT.
I WOULD LIKE TO BE A PILOT, BUT MY HEALTH IS NOT GOOD ENNOUGH.

Die Ziele der bereitgestellten Maschinen sollten in Verbindung mit dem zuvor aufgeführten Erkennungshinweis dem FBI-Direktor direkt zugehen, seine streng geheime Handynummer sei ihnen übrigens bekannt. Nach dem ungestörten Ablauf der Transaktion würde man die Standorte der versteckten Atomsprengkörper und entsprechende Anleitungen zur Entschärfung dem FBI-Leader unverzüglich zugehen lassen.
> Allerdings benötigen wir noch einen kleinen zeitlichen Sicherheitsabstand, was Ihnen bestimmt einleuchten wird. <
Die finale Meldung mit den Angaben der Standorte weiterer bereits installierter Bomben werde dann mit der nachfolgenden Parole bestätigt.:

KÖNNEN SIE MIR BITTE DIE PREISE FÜR IHRE ELEKTROHERDE MITTEILEN?
PLEASE COULD YOU TELL THE PRICES OF YOUR ELECTRIC COOKERS?

Zur Erhaltung einer zukünftigen Sicherheitsparität müsse man leider in zwei Hauptstädten mit Regierungssitzen vorläufig ein friendly Bombendepot aktiv als Schläfer belassen. „Denn nach unseren Erfahrungen sind Politiker allseits Erdenbürger von sehr labiler Glaubwürdigkeit."
Der in Tacoma entschärfte nukleare Sprengkopf war eindeutig russischer Herkunft und bei allen betroffenen Regierungen gab es unisono den Verdacht, dass Russland mit dieser gewinnbringenden Methode seine leeren Kassen zu füllen gedachte. Dieser Verdacht wurde jedoch weitgehend zerstreut und fand auch keine weitere Nahrung mehr, nachdem eine Gruppe internationaler Spezialisten eine Bombe im Zentrum Moskaus aus-

machte. Die Entschärfung war mit höchsten Schwierigkeiten verbunden und stand auf Messers Schneide. Moskau war nicht weit davon entfernt gewesen, vollständig von der Landkarte radiert zu werden. Die Russen erklärten später mit ungewöhnlicher Offenheit, dass ihre Bestände seinerzeit leider um eine noch unbestimmte Anzahl dezimiert worden seien. Die Anzahl und der derzeitige Verbleib wäre nicht mehr nachvollziehbar und aufzuklären. Ein plötzlich verstorbener General, einst der Chef der gesamten russischen Waffenbestände, habe während der Zeit der Auflösung der Sowjetunion einen internationalen Waffenhandel in großem Umfang betrieben. Es sei ihm offenbar möglich gewesen, auch aus den mehrfach gesicherten und streng bewachten Depots im Süden des Landes einen Posten Nuklearwaffen in seinen Besitz zu bringen. Die Spuren sind in Georgien versickert, was wir sehr bedauern.

Auf der Siegesfeier zum achten Mai bemerkte der deutlich angetrunkene russische Botschafter, der gerade in enger Tuchfühlung mit einer rothaarigen amerikanischen Diplomatengattin tanzte:

„Wir haben bei unserem Abzug leider hier und da ein kleines Bömbchen vergessen. Aber im Vergleich mit den herrlichen Damen unseres Gastlandes, sind die nuklearen Verluststücke in ihrer Sprengkraft bestenfalls harmlose Sylvesterkracher, die man geradewegs vergessen kann. Mir persönlich gehen jedenfalls die Bomben am Arsch vorbei, zumal ich gerade im Augenblick einer wunderbaren Beschäftigung nachgehe."

Er machte sich etwas kleiner, indem er seinen Oberkörper nach vorn beugte und legte theatralisch seine Arme um sie, wodurch er ihre Brüste weitgehend in seine Gewalt bekam. Leise flüsterte er ihr ins Ohr: „Ihre beiden wundervollen Superbomben und ihre anderen sehr persönlichen Accessoires lassen meine Sinne explodieren. Wir sollten uns in einem Arbeitszimmer einmal unter vier Augen unterhalten, denn ich habe noch einige Überraschungen für Sie bereit."

Er tanzte mit ihr in eine dunkle Fensternische und ließ seine Hand im geordneten Angriff und mit sanftem Druck ihren Rücken hinabgleiten, von wo sie alsbald tiefer glitt und der Dame ihrer Mimik nach großes Behagen und heftige Vorfreude bereitete.

Die Politiker der betroffenen Staaten trafen sich noch einmal in Brüssel und feilschten um die Aufteilung und Quoten der gewaltigen Werte, die von den Erpressern eingefordert worden waren. Das übliche Schönwettergetue fiel schnell einer brutalen und lautstarken Verhandlung zum Opfer, als befände man sich auf dem Dithmarscher Viehmarkt. Die viel besungene brüderliche Gemeinschaft der europäischen Staaten geriet alsbald in Gefahr und zeigte schnell ihr wahres Gesicht. Jeder war nur noch um sein eigenes Wohl besorgt und Europa fiel zusehens in ein längst vergangenes chauvinistisches Denken zurück. Scharfe Klingen wurden gekreuzt und die vermeintliche europäische Solidarität portionsweise zerschreddert. Die habgierigen Franzosen trickstern mit bauernschlauer List und die Engländer versteckten ihre traditionelle Frankophobie und verbündeten sich mit den Franzosen gegen alle anderen, als würden sie wieder mit ihnen in einen Krieg ziehen. Sie einigten sich auf das Motto:

>Germans to the cash front<, womit die in den Jahren zuvor geübte einfältige Zahlungswilligkeit der Deutschen wieder angesprochen war und eine neue Abzocke eingeleitet werden sollte. Die Russen verweigerten anfäng-

lich jegliche Zahlung mit dem schlüssigen Argument, dass sie durch den Verlust einiger Atomwaffen schon eine unersetzliche Schädigung erfahren hätten. Am Ende einigte man sich auf eine weltweite solidarische Weltrettungssteuer, für die man jedoch zunächst einmal in Vorlage treten müsse.

Die Landeszentralbank in Hamburg wurde damit beauftragt, die Bereitstellung des europäischen Anteils zu organisieren und auch die >Mona Lisa< mit den günstigen Maßen einer kleinen Kühlschranktür fand in einem belgischen Metalltransporter einen sicheren Platz, um sich schnellstens von Paris nach Hamburg auf den Weg zu machen. Am Pfingstsonntag sollte der große Transport von Hamburg zum Flugplatz Jagel bei Schleswig durchgeführt werden. Die Angelegenheit war vollständig geheim geblieben und wurde weiterhin als top secret behandelt. Die Einzelheiten kannten in Deutschland nur vier Regierungsmitglieder, die alle auf höchste Geheimhaltung eingeschworen waren.

Eine Anzahl von Begleitfahrzeugen und einige Helikopter mit Spezialisten der GSG9 mit einem weiteren Kommando der KSK Elitetruppe aus Calw würden den Transport sichern.

Als später die Aktion der Übergabe abgelaufen war, entschieden sich die Erpresser für eine formvollendete Danksagung an die Regierungen, an das Personal des Transports und besonders an die Buttermacher für die Rückgabe der Mona Lisa. Ein kleiner Teil der Ladung blieb für immer verschwunden. Er hatte aus Bargeld in Höhe von siebenhundertvier Millionen Euro und einer großen Anzahl ungeschliffener Diamanten bestanden, deren Wert mit neunhundertfünfzig Millionen festgelegt war. Die verlegen lächelnde Mona Lisa gelangte nach ihrem kurzen Intermezzo in Lehmbeck-Weiche und ihrer abendlichen Backgroundrolle im Portal der Dorfkirche alsbald zum ungeduldig wartenden Empfänger. Die letzte Botschaft der Erpresser lautete:

WIR MÖCHTEN IHNEN FÜR DIE EINHALTUNG DER VERBARUNGEN UND FÜR DEN SORGSAMEN UMGANG MIT DER GÖTTLICHEN MONA LISA UNSEREN HERZLICHEN DANK AUSSPRECHEN. GOTT MIT IHNEN !

Sie kam aus einem Büro im Vatikan und war später allen Zweiflern, Andersgläubigen und Atheisten Wasser auf ihren Mühlen und nährte den Verdacht, dass die Katholiken wieder einmal mit der Angst der Menschen ihre Kasse füllten, um die Tradition einer modernen und ertragreichen Inquisition mit neuen Mitteln erfolgreich fortzusetzen. Der Vatikan schwieg beleidigt dazu, was wiederum als eine gebräuchliche Tradition der klerikalen Diplomatie analysiert wurde, aber den Verdacht keineswegs aus der Welt zu schaffen vermochte. Ein Kardinal, der als Sprecher des Vatikans galt, gab der Presse nur vage heuristische Auskünfte, die den gebräuchlichen diplomatischen Daumenregeln entsprechen und zusätzlich noch mit Gebeten versehen wurde. Er lächelte dabei was das Zeug hielt und blickte in den Himmel über Rom, wo der warme Abendwind drei anmutige und dekorative Wolken in Form des christlichen Kreuzsymbols flüchtig in dreifacher Ausfertigung hingetuscht hatte.

KALTE PFINGSTKRALLE ODER EIN NEUER KOSAKENWINTER

Am Pfingstsonntag um neun Uhr verließ ein Autokonvoi das Gelände der Landeszentralbank in Hamburg und nahm den direkten Weg zum Zubringer der Autobahn Hamburg-Flensburg. Der Konvoi bestand aus elf Mercedes-Benz G-Modellen, drei Mercedes-Benz Unimogs und vierunddreißig BMW-Motorräder der begleitenden Polizeikräfte. Die Ampel an der dafür vorgesehenen Wegstrecke waren permanent auf grün geschaltet, sodass die Kolonne in enger Geschlossenheit und mit hohem Tempo die Autobahn ungehindert erreichte. Siebzehn Motorräder führten als Tete die Kolonne an, während siebzehn weitere Maschinen den Autos folgten. Alle Fahrer standen in Verbindung mit dem Einsatzleiter, der im ersten Wagen als Zentrale fungierte. Er stand wiederum in ständiger Verbindung zu der Einsatzzentrale auf dem Flugplatz Jagel, dem Ziel des Konvois. Der Autobahnabschnitt zwischen Hamburg und Schleswig war kurzfristig für den allgemeinen Verkehr gesperrt und sämtliche Zufahrten durch querstehende Polizeiwagen blockiert. Als der Konvoi die A 7 erreicht hatte, stiegen neun Bell-UH-1D-Kampfhubschrauber auf und gruppierten sich in niedriger Flughöhe und eng beieinander fliegend über der Kolonne. Sie bildeten einen undurchdringlichen Ringwall, sodass der Luftraum gegen eventuelle Angriffe abgesichert war. Schnelle Kampfflugzeuge bildeten einen wesentlich weiteren Sicherheitsring und kontrollierten den Luftraum zwischen Hamburg, Schleswig und Flensburg. Der größte Teil der Geld- und Wertladung war in

fünf Mercedes-Benz Unimogs geladen und in der sicheren Mitte der Wagenkolonne platziert.
Der Transportbehälter mit der geheimnisvoll lächelnden Dame aus dem Louvre wurden von anderen Metallkisten schützen eingerahmt und befand sich in dem Unimog, der von dem Unteroffizier T. Duggen gefahren wurde. Auf den Krädern und in verschiedenen Fahrzeugen befanden sich die Männer der Spezialeinsatzkommandos SEK und GSG 9, während die zwölf besten Männer vom KSK, des Bundeswehrkommandos Spezialkräfte Elitekämpfer aus Calw, die schon in Afghanistan und anderen Brennpunkten im Einsatz gewesen waren, ihre kommandoeigenen Mercedes-Benz Geländewagen fuhren und über ein eigenes Arsenal von Ausrüstung und hochmoderner Waffen verfügten. Alle für den Begleitschutz ausgewählten Männer hatten vor dem Einsatz ein gemeinsames Spezialtraining absolviert. Sie waren ohnehin von Haus aus vorzüglich ausgebildet und hätten eine angreifende Armee kurzfristig zum Stillstand bringen können. An diesem schönen Frühlingstag gab es keine angreifenden Heere und die Kolonne bewegte sich zügig und geordnet im vorgesehenen Zeitplan auf ihr Ziel zu. Genau zu diesem Zeitpunkt befanden sich der deutsche Bundeskanzler und der russische Präsident am Quai der Torpedoversuchsanstalt in Eckernförde und bestiegen einen Hubschrauber.
Sie hatten das gemeinsame Projekt eines neuen U-Boots besichtigt, das nach Fertigstellung für Russland der Beginn zu einem Einstieg in die NATO werden sollte. Die Staatsmänner setzten sich auf die schusssicheren Sitze und kurz darauf erhob sich die Maschine, um sie zum Flugplatz nach Jagel zu bringen. Die Maschine der beiden Staatsmänner wurde von vier gepanzerten Hub-

schraubern flankiert, während zwei Kampfflugzeuge den höheren Luftraum absicherten. Auf einer Rollbahn in Jagel stand die startbereite Maschine des Kanzlers, der die beiden Staatsmänner unverzüglich nach Hannover zu einem privaten Essen mit ihren Frauen bringen sollte. Es war ein warmer Frühlingstag und strahlender Ginster säumte die Wege neben den blitzenden Gräben. Das Weiß der zarten Gänseblümchen und der gelbe Löwenzahn webten einen schönen Teppich in dem aufsprießenden Grün der Wiesen, die von gemächlich grasenden Kühen und Schafen belebt wurden. Von oben aus genossen die beiden Staatsmänner den Blick auf eine helle Patchwork Landschaft mit dem Bild einer friedlichen und heiteren Welt, die sie versonnen und mit stillem Lächeln aufnahmen und zu genießen schienen. Von den Kirchtürmen läuteten die Glocken und die Dörfler wandelten in kleinen Gruppen zum Gottesdienst. Hinter den Wiesen und dem gelben Streifen des Wassersaums stürzten sich strahlend weiße Möwen durch das gleißende Sonnenlicht ins Meer. Vor den Häusern blühten leuchtende Margeriten und Störche segelten in ermüdend ruhigen Kreisen über dem Moor und verschwanden schließlich hinter der lispelnden Pappelallee am Fluss, der an seinem üppigen Schilfgürtel zu ersticken drohte. Am Horizont, dort wo der Himmel seinen Anfang nahm, zeigte sich jedoch verhängnisvoll eine Färbung in der welken Farbe von Herbstzeitlosen. Alsbald nahm der ferne Himmel die schmutzige Farbe einer wüst verbrannten Buttermilchsuppe an, um das Unheil eines schnellen Wetterumsturzes anzukündigen. Aus dem Horizont stieg schnell ein bedrohlicher roter Schleier auf, der mit dunklen Flecken überzogen war. Sie wirkten anfänglich wie maligne Melanome auf einer rosig zarten

Haut und wurden plötzlich zu hoch aufgetürmten Wolkenmassen, die in dunkler Wut rasend schnell dem Festland zustürmten. Es war wie ein böser Zauber, der nun auf das festlich gestimmte Land einbrach und das kleine Glück der Menschen jäh störte. Kein Meteorologe hatte den gewaltigen Wetterumsturz vorausgesagt oder aus der Datenflut der Wettersatelliten auch nur den kleinsten Indiz einer Veränderung des herrlichen Frühlingstages erkennen können. Später hieß es dann in schmerzlicher Selbsterkenntnis und mit lakonischen Spott: „Täter weiterhin unbekannt."
Als alles vorbei war, entschuldigte sich ein bedeutender Wetterkundler mit verschwenderischem Einsatz überflüssiger Gesten und einer im Gegensatz dazu stehenden laxen Bemerkung: „Wir besitzen leider immer noch nicht das Buch der letzten Erkenntnis, das wir bei Bedarf eben einmal aufschlagen könnten. Wir werden vielmehr immer wieder links und rechts von der Natur überholt. Unsere Prognosen sind im hohen Maße alltagstauglich, aber die Sturzgeburt eines Unwetters können wir leider auch nicht voraussehen." Der heranrasende Sturm war am Anfang seines Wirkens ein übermütiger und verspielter Sommerwirbel gewesen. Sehsüchtig dem blauen Himmel über dem Indischen Ozean entsprungen und von den Meteorologen bewundernd und einhellig mit dem edlen Namen >Queen of India< versehen. Bald aber zeigte die verkappte kriegerische Herrscherin ihr wahres Gesicht und schlug eine Schneise der Verwüstung um den halben Erdball. In der klirrenden Kälte Alaskas bekam die heißblütige Dame einen unerwarteten Kälteschock und wehrte sich mit wütendem Drive. Mit der neuen meteorologischen Namensgebung >King Kong < erfuhr die

Queen eine primitive, animalische Zurückstufung und damit zugleich eine ungewollte Geschlechtsumwandlung. Die plumpe Bezeichnung lässt den Rückschluss zu, dass die >Queen of India< ihre warmschwülstige und leidenschaftliche Fraulichkeit endgültig aufgegeben hatte, um sich neuerlich für eine rüde maskuline Lebensform zu entscheiden. Mit der aktuellen Namensgebung > Ivan die Schreckliche< jagte die Queen schließlich unheilvoll über das weite russische Land gen Westen, um glücklicherweise kurz vor Lettland und Litauen mit einer rasanten Rechtskurve zur Ostsee zu rasen. Dort gewann sie plötzlich an Höhe und hüpfte schließlich wie ein liebeskranker Grashüpfer mit einem gewaltigen Sprung in die stratosphärische Unendlichkeit. Seither galt sie als verschollen und schien als Unruhestifterin endgültig erledigt zu sein. Von den internationalen Wetterstationen kam zudem das beruhigende und entwarnende Statement, dass sich die Queen in der Weite des Meeres übernommen und totgelaufen habe. Ein berühmter Meteorologe aus Krakau mit einem borstigen Haarschopf und einem schlecht gefertigten Glasauge erklärte im Fernsehen seine ausführliche und ermüdende Lifttheorie, die kein Mensch mehr hören wollte, obwohl er sie durch flinke vertikale Bewegungen seines natürlichen Auges anschaulich und übereifrig unterstützte. Sein Kunstauge dagegen fixierte währenddes teilnahmslos einen imaginären Punkt oberhalb der Kameralinse, was seiner persönlichen Glaubwürdigkeit und somit auch der seiner Theorie einen sauberen Blattschuss versetzte.
Ausgeruht und mit neuem Tatendrang ließ sich die Queen of India urplötzlich und heimtückisch wie ein Stein vom Himmel fallen, um in ihrer gefürchteten Fasson, gut ausgeruht und stark erhitzt, an ihrer irdischen

Vergangenheit wieder anzuknüpfen. Auf ihrem Weg nach unten kollidierte die Streitlustige mit eisigen Winddriften aus Grönland und bekam dadurch monumentale Impulse. Die eisige Luft ließ die samtschwarzen Regenwolken, die nun bevorzugten neuen Gewänder der Queen, bis weit unter den Gefrierpunkt abkühlen und verhalf ihr dadurch zu einer heftigen Liebesglut mit ungeheuren Turbulenzen. Der Chefmeteorologe vom Deutschen Wetterdienst hatte im Fernsehen noch am Morgen das liebliche Pfingstwetter und dessen sichere Beständigkeit gepriesen. In unzureichender Atemtechnik und in harmloser und schüchterner Vieldeutigkeit beschied er in einem knappen Resümee die bevorstehenden Freuden des Pfingstwetters: „Junges Vögelein, weiches Schnäbelein."
Als die wüste Wetterkatastrophe die Küstenlinie von Schleswig-Holstein überschritt und überraschend ins Land einbrach, begann das Werk einer nachhaltigen Verwüstung. Im langjährigen Verzeichnis der nordelbischen Wetterdokumentation bekam der Sturm die Bezeichnung Kosakenwinter, wobei er gleichsam mit der üblen Besetzung Holsteins durch Bernadottes Heer erinnern sollte, das auf seinem Weg nach Paris einen zufälligen und folgenschweren Haken nach Norden geschlagen hatte.
In dem jährlich erscheinenden Bauernkalender, der besonders nördlich der Eider seine Fangemeinde hatte, sollte das Unwetter als >Kalte Pfingstkralle< für Generationen unliebsam in Erinnerung bleiben. Unmittelbar nach dem Überschreiten der Küste, begann ein kreischendes Desaster. Strohdächer, Hühnerställe, Wochenendhäuser und Interieurs von Ausflugslokalen wurden hochgehoben und wie schwerelos über das Land

getrieben. Wenig später hatte das Unwetter die eilige Autokolonne erreicht. Der Fahrzeugkonvoi verlangsamte seine Geschwindigkeit, aber die Hubschrauber vermochten sich den anstürmenden Windböen kaum noch zu erwehren. Sie gerieten in unkontrollierbare Schaukelbewegungen oder sackten in gefährliche Luftlöcher. Die Piloten ließen ihre Fluggeräte aufsteigen und gingen auf Sicherheitsabstand zu den anderen Begleitmaschinen. Die Männer auf den Motorrädern beugten sich nun weit nach vorn, um dem Gegenwind nur eine geringe Angriffsfläche zu bieten.

Unzählige Seevögel suchten Schutz unter Land und verbargen sich im Schilfdickicht der Flüsse oder in den engen Prielen der Salzwiesen, während Pulks vagabundierender Krähen sich in hohen Ackerfurchen verkrochen. Schafe kullerten wie Schneebälle von den Deichen und verirrte Osterlämmer suchten jämmerlich blökend ihre Mütter. Sturmböen schlugen breite Schneisen in die Buchenwälder der Geest und zu dem schaurigen Heulen des Windes kam das dumpfe und seltsam jammervolle Geräusch umstürzender Bäume. Neben der Fahrzeugkolonne, die ihr Tempo nun stark vermindern musste, wurde in einer tief liegenden Wiese ein Wellblechschuppen von einer Windhose wie durch einen Lastenaufzug steil in die Luft geschleudert, wo er sich blitzschnell auflöste und einzelne Teile wie rotierende Windflügel in den Himmel wirbelten. Zerrissene pechschwarze Wolken griffen mit weit gestreckten Fingern ins Land. Eine gespenstische Dämmerung senkte sich auf die Erde und machte alle Umrisse zu unwirklichen Schemen, als würde man sich bereits in der Vorkammer zur Hölle befinden. Der Wind nahm eine schreckliche Lautstärke an. Die Fahrzeuge des Konvois fuhren mit aufgeblendetem Licht und nach den ersten harten Hagelschlägen, die wie Steine auf das Autoblech schlugen, musste die Kolonne die Geschwindigkeit wiederum drosseln. Vorsichtig lenkten die Fahrer ihre Fahrzeuge über die Autobahnbrücke des Nord-Ostseekanals bei Büdelsdorf, unter der gerade eine bunt beflackte Würstchenbude mit einer weißen Gischtspur hinter sich das Wasser durchpflügte. Der Wind fing sich in der hohen Brückenbeplankung und entlockte den Metallgittern ein dissonantes Orgelspiel. Bei der Autobahnausfahrt Owschlag verließ der Konvoi wie vorgesehen die Autobahn und nahm über eine kleine asphaltierte Landstraße den Weg zum Flugplatz Jagel, der sich weit voraus für einen winzigen Augenblick mit einer grell beleuchteten Rollbahn zeigte. Hagelwände trieben über das Land und hinter schützenden Knicks stand dicht gedrängt das Rehwild. Unvermittelt begann ein Schneemassaker, das der Wettergott ziemlich gedankenlos von der Leine gelassen haben musste. Aus den weit geöffneten Himmelsluken stürzten nun lawinenartige Schneemassen auf die Erde. Sie legten das Land in eine Finsternis, die auch von den starken Scheinwerfern der Fahrzeuge nur wenige Meter durchdrungen werden konnte. Die Windschutzscheiben der Autos wirkten für die Fahrer wie defekte Bildschirme, deren Bilder von zuckenden Störungen zerhakt wurden. Die Hubschrauber taumelten nun hilflos inmitten tobender Undurchdringlichkeit und die Piloten setzten ihre Maschinen nahezu blind auf die Wiesen. Die Männer auf den Krädern blieben auf der Straße zurück oder schlitterten entnervt in die Straßengräben. Der Einsatzleiter befahl allen Fahrern in der Kolonne zur bedingungslosen Weiterfahrt. „Die Fahrzeuge sind nicht mit Winterreifen ausgerüstet. Sie

müssen eng auffahren und unbedingt in Bewegung bleiben. Die Verbindung zum vorausfahrenden Fahrzeug darf unter keinen Umständen verloren gehen. Die verbleibende Fahrstrecke zum Flugplatz beträgt kaum noch sechs Kilometer, die auch unter diesen Schlechtwetterbedingungen sicher und im vorgegebenen Zeitplan zu bewältigen sein dürften."
Wie eine glutäugige Riesenschlange schlich sich der Konvoi durch die flimmernde Dunkelheit und strebte im Schneckentempo dem Ziel zu. Eine Rotte Wildschweine überquerte die Straße. Der voraushetzende Keiler trug einen großen Zweig mit grünen Blättern in seinen Fängen. Mit wildem Karacho verschwanden die weiß gepuderten Schwarzröcke in der undurchdringlichen Schneefinsternis der anderen Straßenseite. Wenig später traf in der Einsatzzentrale Jagel die ruhig und in lakonischer Prägnanz vorgetragene Meldung des Piloten, der den Kanzler und den hohen russischen Staatsgast an Bord hatte, bei der Einsatzzentrale in Jagel ein.
Er nannte seinen Namen, seinen Rang, die Flugnummer und den Zielort seines Fluges.
„Auf Grund des plötzlichen Wettereinbruchs mit gefährlichen Sturmböen und der schlechten Sicht musste ich den Flug abbrechen und konnte unbeschadet landen. Wir befinden uns neben dem Klärwerk des Dorfes Lehmbeck-Weiche. Ein zuvor von mir gesichteter Militärkonvoi fuhr Richtung Jagel und müsste umgehend unseren derzeitigen Standort passieren. Wie Ihnen sicher schon bekannt ist, haben wir den Bundeskanzler, seinen Staatsgast, den russischen Präsidenten und zwei Sicherheitsbeamte an Bord. Bitte veranlassen Sie einen sofortigen Weitertransport, der auf Grund der Bedeutung der Passagiere von vorrangiger Dringlichkeit ist."

Der Chef der Einsatzzentrale verfügte unmittelbar nach Eingang der Meldung seine schnelle Entscheidung.
„Die beiden Sicherheitsbeamten müssen Ihre Passagiere sofort zur Straße führen. Der von Ihnen gesichtete Konvoi wird in etwa fünf Minuten das Straßenstück am Klärwerk passieren. Die Fahrzeuge können auf Grund des heftigen Schneefalls nicht anhalten und werden Schritttempo fahren. Das fünfte Fahrzeug von vorn wird ihre beiden Passagiere aufnehmen. Die begleitenden Sicherheitsbeamten sollen links und rechts der Straße ihre Taschenlampen schwenken und damit ihren Standort markieren. Das entsprechende Fahrzeug wird zur besseren Erkennung einen starken Suchscheinwerfer auf dem Dach der Fahrerkabine einschalten. Wiederholen Sie meine Anweisung in Kurzform und brechen Sie unverzüglich auf."
Der Kanzler, sein Gast und die zwei Sicherheitsbeamten und verließen sofort den Helikopter und machten sich zur Straße auf, während die zwei Piloten in der Maschine zurück blieben. Die Wiese lag in einer Mulde, wo der Sturm seine Kraft nicht voll entfalten konnte. Die Gruppe wurde von einem Sicherheitsbeamten angeführt, während ein weiterer das Ende absicherte. Beide benutzten starke Handscheinwerfer und führten das Licht auf den Boden, um den Männern, die einander im Gänsemarsch folgten, das beschwerliche Gehen zu erleichtern. Sie wurden wiederholt von heftigen Windstößen zurück geworfen und duckten sich weit nach vorn. Der Kanzler trug einen leichten Mantel, der sich aufbauschte und wie das Segel eines schlecht im Wind liegenden Segelschiffes knallende Geräusche verursachte. Der schwierigste Abschnitt war die Durchquerung einer Reihe leerer Rübenmieten von Johannes Humpelgreve, der für seine Vor-

ratsdepots jedes Jahr tiefe Festungsgräben anlegte und zum Frühjahr nicht wieder zuschüttete. Sein Acker hatte mehr tiefe Trichter als ein hart umkämpftes und unter Trommelfeuer der Artillerie gelegenes Schlachtfeld. Die Männer gelangten an den Lattenzaun einer Pferdekoppel, an dem sie sich vorsichtig rutschend entlang hangelten. Am Ende des Zauns begann die steile Böschung zur Straße, an der sie immer wieder abrutschten, um endlich die letzten Meter auf allen Vieren zur Straße zu gelangen. Erschöpft und frierend standen sie am Straßenrand und warteten auf ihre Mitfahrgelegenheit. An diesem Abschnitt war die Kraft des Windes gebrochen, denn er war durch eine zur Windseite gelegenen dichte Tannenschonung geschützt und weitgehend schneefrei geblieben. Aus Richtung des Windes drang Hundegebell und das klägliche Brüllen verlaufener Kühe. Einer der Sicherheitsbeamten hatte sich höflich, jedoch als ziemlich wirkungsloser Windschutz vor den beiden Staatsmännern aufgebaut, während der andere auf der gegenüberliegenden Straßenseite seinen Platz eingenommen hatte. Schnee jagte in waagerechten Streifen durch den Lichtstrahl ihrer Lampen. Der Kanzler sagte: „Andererseits haben wir Glück gehabt, denn den Hintern können wir uns hier jedenfalls nicht verbrennen."
Der russische Präsident hatte seine Hände tief in die Hosentaschen gesteckt und sagte verächtlich."Das ist wie in Sibirien, ich hätte mir lieber einen neuen Wintermantel kaufen sollen und nicht die neue Wohnung, die meine Frau unbedingt haben wollte."
„Politiker können auch einmal Fehler machen."
„Selten," sagte der Russe. „Für heute haben wir unseren Fehler schon gemacht. Wir hätten lieber in unserem netten U-Boot auf dem Grund des Meeres warten sollen,

bis der Schlamassel vorüber ist." Nach einer kurzen Pause fügte er hinzu: „Pfingsten das liebliche Fest war gekommen. Für heute gesehen eine Falschmeldung des von mir so verehrten Herrn Goethe, der das Pfingstwetter von einst so hoffnungsvoll und schwelgerisch beschreibt."

Mit einer generösen Handbewegung unterbrach ihn der Kanzler und zeigte in die Unwirklichkeit des Schneetreibens. Mit unbekümmerter Stimme und ungebrochener guter Laune meinte er: „Das schöne Pfingstwetter ist nicht weg, es hält sich im Augenblick nur woanders auf."

„Es sollte sich dringend bald wieder zeigen und wir dürfen nicht zu lange im Schnee stecken bleiben, denn sonst werden mich meine Freunde schnellstens für mausetot erklären und alsbald meinen Nachfolger ausrufen." Der Kanzler sagte: „Bei meinen Parteifreunden geht das wesentlich schneller, denn die teilen schon seit Jahren mein Fell unter sich auf."

Dann lauschten sie den vielen Stimmen des Windes und starrten angestrengt nach links. Plötzlich sahen sie die diffuse Lichterkette herannahender Autos und hörten das knarrende Geräusch von Reifen auf gefrorenem Schnee. Die Sicherheitsbeamten links und rechts der Straße schwenkten ihre Lampen in weiten kreisenden Bewegungen. Aus dem ersten Wagen sprang ein Mann in einem gefleckten Kampfanzug heraus und lief auf sie zu. Er salutierte lässig und rief: „ Wenn der fünfte Wagen auf unserer Höhe ist, wird Ihnen die Beifahrertür geöffnet und Sie können problemlos einsteigen. Der Fahrer hat zur vorzeitigen Erkennung die Warnblinkanlage und die großen Suchscheinwerfer eingeschaltet. Leider müssen wir bei dieser Wetterlage die Autos in Bewegung halten, um die enge Geschlossenheit des Konvois nicht abreißen zu lassen."

Die ersten Fahrzeuge des Konvois bewegten sich in scheinbarem Zeitlupentempo an den Wartenden vorbei, die hinter den schnell schlagenden Scheibenwischern flüchtig die nahe zur Windschutzscheibe hin gebeugten Gesichter der Fahrer sahen. Am fünften Wagen blinkte eine grelle Warnanlage und neben dem Suchscheinwerfer rotierte zusätzlich eine rote Lampe auf dem Dach. Zwei Männer in grünen Kampfanzügen glitten behände aus dem Wagen und einer hielt im Laufen die Beifahrertür weit geöffnet. Die wartenden Staatsmänner setzten sich sofort in Bewegung. Der russische Präsident lief kurz neben dem Wagen her und gelangte ohne Hilfe des Beamten in das Fahrzeug. Der deutsche Kanzler folgte unmittelbar und der Sicherheitsbeamte unterstütze ihn beim Einsteigen, schob den heraushängenden Mantel rasch in den Wagen und schlug die Beifahrertür heftig zu. Er nahm sein Handy und meldete die geordnete Ausführung seines Befehls an die Einsatzzentrale. Die beiden Sicherheitsbeamte aus dem Hubschrauber liefen links und rechts neben dem Wagen her. Als jedoch in einem Waldstück mit hohen Fichten die Straße stellenweise schneefrei wurde, fuhr der Konvoi wesentlich schneller. Die beiden Männer konnten nicht mehr folgen und mussten unschlüssig zurück bleiben. Der Fahrer des Fahrzeuges, Unteroffizier T. Duggen von dem KSK-Kommando in Calw, hatte die prominenten Hitch-hiker neben sich nicht erkannt. Er musste sich intensiv auf die Fahrbahn konzentrieren, sodass er die neuen Fahrgäste nicht einmal für einen winzigen Augenblick in Augenschein nehmen konnte. Er hatte sie jedoch beim Einsteigen, ohne dabei seinen Blick von der Fahrbahn zu

wenden, mit einem flüchtige gemurmelten „ Hallo,“ empfangen. Unvermittelt sagte er: „ Dieses Scheißwetter kommt aus Russland.“
„Und die liebe Sonne kommt immer aus Amerika,“ sagte der russische Präsident und seine hämische Belustigung klang herausfordernd und ungehalten.
„Die Schuldzuweisung für das Wetter haben wir somit zum Glück schon zu Anfang auf den Punkt gebracht und zu aller Zufriedenheit geklärt,“ sagte der Kanzler vermittelnd und mit entwaffnender Freundlichkeit. Die Kühlerhaube vor ihnen war mit hohem Schnee bedeckt, auf dem ein Zweig mit dreizehn weißen Kirschblüten lag. Sie trotzten in ihrer frostweißen Erstarrung dem Sturm und schmückten das Auto mit der vergänglichen Unschuld einer Hochzeitskutsche. Der Kanzler warf einen Blick auf den Fahrer. „Gemütlich warm haben Sie es hier,“ sagte er gut gelaunt und rekelte sich behaglich in seinem Sitz, als wolle er dort für den Rest seines Lebend verharren. „Es wäre nett, wenn die Herren mir gestatten würden zu rauchen. Ich hätte da eine feine Zigarre anzubieten, echte Schmuggelware aus Cuba und darum einigermaßen bezahlbar,“ sagte der Kanzler und griff in die Innentasche seines Mantels.
Fern der gemütlichen Herrenrunde und noch weit hinter den Schneemassen, begann sich bereits eine neue Dimension der Katastrophe zu entwickeln, die alsbald noch eine beeindruckende Steigerung des schon vorhandenen Chaos zu entwickeln vermochte. Mit einer unvergleichlichen und erstklassigen choreografischen Feinjustierung fügte sich der Zusammenklang aller Dinge alsbald zu einem folgenschweren Unglück und monumentalen Ereignis. Der gut funktionierende Zufall ließ

nun endlich seine fetteste Sau raus, die sich alsbald grunzend vor Wohlbehagen im Chaos zu suhlen begann.

STÖRT DICH DAS HUHN, SO VERZEHRE ES ALS XINXIN

Nachdem das Unglück mit Sturm, Hagel und Zwergkürbis großen Schneeflocken seine Fallen gelegt hatte, erfolgte die grandiose Erweiterung in Form eines abstürzenden Flugzeuges. Der Fregattenkapitän Ferdi Capriati von dem Marinegeschwader 2 in Jagel, flog eine Jagdmaschine, die sich der Küste in hoher Geschwindigkeit näherte. Er kam vom NATO-Schießen in Norwegen und hatte die vor sich auftürmende Wetterfront ignoriert. Er war ihr nicht ausgewichen und hatte die Maschine lediglich höher gezogen. Als er von einem riesigen Wetterkessel eingefangen wurde, der ihm nicht das geringste Mauseloch zum Entweichen bot, versagte zudem das Navigationssystem und der Funkkontakt zum Flugplatz. Er zog die Maschine noch einmal höher und geriet flugs in ein fliegendes Eisschollenfeld, das er bislang nur von Hörensagen kannte. In seinem bisherigen Fliegerleben hatte er fünf brisante Schleudersitzabgänge weitgehend unbeschadet überstanden, was in der üblichen Bewertung des menschlichen Lebens drei satte Punkte über der Unsterblichkeit liegt. Die schnell wechselnden Vorzeichen von Leben und Tod hatten sein Herz gegen Kleinmut seither unempfänglich gemacht. Bei den europäischen Fliegern galt er als der Karajan des Schleudersitzes und wurde mit dem Namen Sir Adventure Schreckensteiner in den fliegerischen Hochadel erhoben.
Der Pilot sang nun eine cante jondo, ein Flamencolied, das er manchmal mit kurzem Händeklatschen und dem Stampfen seiner Füße begleitete. Er hielt sich in der vor-

geschriebenen Disharmonie und an der quälenden Verwendung ein und derselben Note, die er jedoch in eine rhythmische Großoffensive jagte. Das Flugzeug entschloss sich plötzlich zu einer Reihe ungewöhnlicher Sonderbewegungen, die manch bekannte Kunstflugfiguren überboten und beschwingte tänzerische Sequenzen hinzufügten. In seinem privaten Leben war Ferdi der Leidenschaft der Kalligrafie verfallen und übertrug nun die Leichtigkeit der tänzerischen Bögen und Schwünge und die unvermittelten Zwischensprünge der Maschine als geheimnisvolle Chiffren in sein kalligrafisches Gedächtnis. Vor seinen Augen entstanden seltsame Schriften und Zeichen, die er alsbald mit Gänsekielen auf feinen, handgeschöpften Bögen nachzuvollziehen gedachte. Er bemühte in geübter Weise seine meditativen Kräfte und konzentrierte sich zur Ablenkung auf die handgeschriebenen Rezepte seiner Großmutter, die jene seltenen und wundersamen links gedrehten Kielschwünge in schwarzem Skriptol enthielten. Er plante, die alten Blätter zusätzlich mit eigen kalligrafischen Künsten zu bereichern, um sie am Ende zu einem schönen Buch zu fügen. Seine Großmutter hatte in Brasilien gelebt und köstliche Pastetchen aus Bohnenmehl und Rindfleisch gemacht, die >accarat< oder > acaca < hießen. Seine Mutter hatte auch oft versucht, diese feinen Pasteten zu bereiten, aber ihr fehlte die unbekümmerte Hand der guten Köchin und das Gelingen blieb mehr der Laune des Herdes überlassen.

Ihre > Accarat-Pastete< wurde in der Familie darum bald nach dem Glücksspiel > Bakkarat < umbenannt, denn die mühseligen Ergebnisse der mütterlichen Kochkunst waren so unterschiedlich wie die trügerischen Karten in einem waghalsigen Glücksspiel.

„ Nimm eine schwarze Köchin, keine junge mit spitzen Brüsten. Sie denkt an den Mann und nicht an Koriander. Sie muss so alt sein, dass sie keine Kinder mehr gebären kann."
Diesen Rat zur wohlgesetzten Küche hatte jemand mit der Signatur M.H. seiner Großmutter auf einen Zettel geschrieben, der einmal rosa gewesen sein mochte und in seiner fleckigen Vergilbtheit einen wehmütigen Hauch der Vergänglichkeit in die Küche getragen hatte. Ein anderes Kochrezept war mit der Zeichnung eines schwarzen Huhns und einem Untertext versehen:
„Stört dich das Huhn, so verzehre es als Xin-Xin."
Aus dem weiteren Text ging hervor, dass es im eigenen Blut gekocht wurde, dem ein wenig Pfefferessig zugegeben war.
An der rasenden Maschine lösten sich nun wichtige Teile und huschten wie blitzende Satellitenschwärme an der Kanzel vorbei. Danach verschwand in stiller Unmerklichkeit die linke Tragfläche und sie wurde sofort von einer wogenden Schneewolke vereinnahmt. Die Maschine rollte sich wütend auf die Seite, um in umlaufenden Bohrbewegungen gegen den Uhrzeigersinn ihren Weg tapfer fortzusetzen. Ferdi behielt die Kontenance und seine Gedanken schweiften unentschlossen zu seiner Frau und zu seiner Geliebten, wobei er eine sofortige Entscheidung geübt vermied. Er hatte sich offenbar noch nicht festgelegt, welchen der beiden Damen er seinen letzten Gruß widmen sollte. Er erinnerte sich der sibyllinischen und beunruhigenden fernmündlichen Drohung seiner Freundin, die sie in vorwurfsvoller Betonung durch den Hörer geflüstert hatte:
„Du hast mich schon seit Tagen nicht mehr besucht, aber eine schöne Blume braucht täglich Wasser."

Ein beachtlicher Kabelbrand, der eine libidinöse Liaison mit einer lecken Brennstoffleitung einzugehen versprach, zwang den Piloten nun zu einer blitzschnellen Reaktion. In seiner durchtrainierten Geistesgegenwart versuchte er die Maschine, die wie ein strahlender Fackelzug durch den aufgewühlten Winterhimmel zog, in eine enge Kurve zum Meer hin zu zwingen. Die Maschine folgte jedoch nur noch den Gesetzen der unüberwindbaren Schwerkraft. Der Pilot erinnerte sich wichtiger und ständig wiederholter Vorgaben aus der Zeit seiner Flugausbildung, die auch von Köchen bei Konfrontation mit brennenden Bratpfannen oder verglühenden Butterkuchen blitzschnell beherzigt werden.
„Wenn es in der Küche zu heiß wird, muss du rasch nach draußen eilen."
Als er das Kanzeldach steil in den Himmel schoss, folgte der Pilot auf dem Schleudersitz dieser Bewegung und wiederholte seinen für solche Anlässe obligatorischen Selbstvorwurf: „Wäre ich nur ein Dorfpfäfflein geworden." Seine sichere Begabung für das richtige Timing hatte ihn genau 0,3 Sekunden vor der umfangreichen Auflösung der Maschine zum Verlassen seines Arbeitsplatzes aufgefordert. Das Flugzeug explodierte und wurde zu einem eindrucksvollen Feuerball, der sich in den Schneewolken vielfach in einem herrlichen Koschenillerot widerspiegelte. Der vehemente Schwung hatte den Piloten ausreichend weit vom brennenden Epizentrum des Unglücks entfernt und ihn zudem in eine günstige und nahezu sichere Beobachtungsperspektive beordert. Nachdem er eine kurze Ohnmacht überstanden hatte, dachte er mit tiefem Bedauern an den delikaten Posten seiner verbotenen Beiladung von 190 Kg zart geräuchertem Wildlachs, die sich soeben der merkantilen

Hoffnung seines angestrengten Budgets brennend entzogen hatte und nun zu einem 100 prozentigen Verlustgeschäft geworden war. Der Feuerball verwandelte sich in die auflösende Figur eines wütenden Drachen, und am Ende eskalierte die sterbende Maschine noch einmal zu einer schrecklichen Stalinorgel, um endlich hinter dichten Schneevorhängen zu verstummen.

Da habe ich doch die richtige Sau geschlachtet, dachte Ferdi zufrieden und fiel bald darauf in das weiche Polster einer Schneewehe auf dem Friedhof von Lehmbeck-Weiche. Es war die Grabstätte der Familie Tölkhahn, die auch schon zu Lebzeiten unangemeldete Besucher mit großer Gastfreundschaft aufgenommen hatte. Ferdi befreite sich aus den Gurten. Er spürte plötzlich, dass sein Oberlippenbart in einen Schwelbrand geraten war und warf sich geistesgegenwärtig kopfüber in die Schneewehe, womit er den Brand flugs löschte und zugleich die leichten Verbrennungen an der Nasenwurzel mit einer lindernden Kühlung versah. Er rappelte sich auf und nach beschwerlichem Gleiten und Rutschen konnte er den Dorffriedhof unbeschadet verlassen, um wenig später aus der wohlriechenden und gut gewärmten Backstube des Bäckermeisters Brauer ein Telefongespräch zu führen. Der Bäckermeister servierte ihm einen Kaffee mit einem heißen Gerlinde-Hefekuchen und bei seinem Telefongespräch gab Ferdi dem Backkünstler in Form einer heftigen Taubstummensprache seine Begeisterung für die heiße und knackige Gerlinde immer wieder kund. Bei seiner dienstlichen telefonischen Rückmeldung mit dem Hinweis auf den Totalverlust der Maschine, bekundete der Flugplatzkommandant, Admiral Dobois, tröstlich:
„Wo gehobelt wird, da fallen Späne und damit wollen wir die Schuldfrage auf sich beruhen lassen. Jedenfalls

schicke ich Ihnen gleich den Arzt ins Haus, damit haben wir der Vorschrift genüge getan." Nach einer höflichen Pause fragte er mit großem Interesse: „Sind Sie übrigens mit oder ohne Fallschirm gesprungen?"
Als Ferdi zum Schluss etwas weinerlich bemerkte, dass der rechte Abschnitt seines Schnurrbarts einem Funkenflug zum Opfer gefallen sei, kondolierte der Admiral in sehr einfühlsamer Weise:
„ Lieber Ferdi, der Verlust Ihrer beeindruckenden Gesichtszierde geht mir wirklich sehr nahe. Sie haben sie fürs Vaterland geopfert und das erfüllt uns alle mit Stolz. Solche schweren Opfer sind leider das hohe Berufsrisiko aller Marineflieger und wir wollen Ihren Kummer ab sofort gemeinsam tragen. Nun aber endlich home to mummy. Das Administrative mit Ihrem sicherlich beeindruckenden Absturzbericht, auf den ich mich schon sehr freue, erledigen wir morgen gemeinsam. Also Ferdi, noch einmal Grüße von Haus zu Haus. Allzeit ein fröhliches Liebes- und Familienleben und ein erfolgreiches Schneeschippen. Sincerely."

WIR ARBEITEN VIEL, OBWOHL DER WEIN SEHR BILLIG IST
ODER
AUF DER SUCHE NACH DEM URKNALL DER KUNST

Gerade in jenen Sekunden, als Ferdis Flugzeug seinen Geist aufgab und sich in Einzelteile zerlegte, passierte die Autokolonne die Kiesgrube Wilhelmsthal mit der Befestigungsanlage aus dem zweiten Weltkrieg. Das Desaster begann mit dem Einschlag der glühenden Antriebsdüse in die dichte Kiefernschonung neben der Straße, wobei sie wie ein Ultra-Jahrhundertblitzschlag rigoros vierhundert Bäume abfackelte. Der Brand verbreitete einen beißenden Rauch und rundum aufflackernde Feuer verwandelten das Umfeld um Wilhelmsthal in ein Stück Weltuntergang. Eine wild rotierende Tragfläche traf den ersten Wagen des Konvois. Sie zerschmetterte die Kühlerhaube und Teile des Motors, wobei das glühende Lenkgetriebe unversehrt herausgeschält wurde und sich nach einem rasenden Flug in den Stamm einer zweihundert Meter entfernten Buche bohrte. Das getroffenen Fahrzeug machte einen blitzschnellen Schlenker nach links und rutschte in schnellen Kreiselbewegungen auf eine Moorwiese unterhalb der Straße, um schließlich von einer Schneewehe sanft abgefangen zu werden. Das scharfkantige Kabinendach des Flugzeuges, das mit einem mörderischen Elipsendrall auf dem Boden landete, zerfetzte die Vorderachse des zweiten Wagens, der nun tief nach vorn gebeugt mit großem Schwung von der Straße geriet und wie sein Vorgänger in der schützenden Schneewehe seine Fahrt sanft beendete. Ein weiteres Fahrzeug kollidierte mit

einer glühenden Treibstoffleitung, die wie ein präzise geschossener Pfeil den Tank durchschlug und den Dieselkraftstoff in Brand setzte. Das Feuer entwickele einen tiefschwarzen Rauch, der sich in übelriechenden Schwaden über das apokalyptische Geschehen legte. Eine zweistufige Killerrakete, die von Haus aus zur Ortung und umfassenden Vernichtung von U-Booten vorgesehen war, flog auf einen Posten von hundertjährigen Werteichenstämme, die auf dem abgestellten Anhänger einer exklusiven Sargfabrik gestapelt waren. Die trockenen Stämme wurden zu lodernden Geschossen, die nach der Zündung der zweiten Sprengstufe der Rakete wild wirbelnd in den Konvoi einfielen. Die Fahrzeuge verkeilten sich ineinander und ein gepanzerter Kastenwagen wurde in einem eiligen Arbeitsgang in ein offenes, jedoch formal gut gelungenes Pick up Auto verwandelte. Andere brennende Eichenstämme ließen ringsum die Gehölze und das weit verbreite Brombeerdickicht in Flammen aufgehen. Später einmal sollte es als eine glückliche Fügung angesehen werden, dass in dieser Hölle kein Mensch zu Schaden gekommen war, wenn man einmal von diversen Prellungen und einem unkomplizierten Jochbeinbruch absehen wollte.
Der Wagen des Unteroffiziers Duggen mit den beiden hohen Staatsmännern blieb völlig unversehrt. Der unverwüstliche Dieselmotor lief leise und zuverlässig und das Heizgebläse der Klimaanlage blies eine wohltuende Wärme in die Fahrerkabine. Der ungestörte und gut gewärmte Aufenthalt stand im krassen Gegensatz zu ungewöhnlichen Geschehnissen, die sich vor den Augen der Insassen darboten.

Keiner von ihnen sagte etwas und sie verhielten sich so, als würden sie aus einer sicheren Raumkapsel in eine weit entfernte fremde Welten blicken. Erstarrt sahen sie in das Inferno von Feuer, Rauch und Schneesturm. Die vorangegangenen absonderlichen Wetterverhältnisse mit dem plötzlichen und fulminanten Wintereinbruch, hatte sie zuvor schon in eine unwirkliche Scheinwelt geführt und sie glaubten zu halluzinieren. Der Kanzler zog abwesend an seiner Zigarre und stieß den Rauch mit vorgewölbten Lippen gegen die Windschutzscheibe. In dem Schneehaufen auf ihrer Kühlerhaube erschien plötzlich ein Pappschild mit der Aufschrift >Vorsicht Holzeinschlag<, das der Wind aber alsbald wieder weiter trug. Der Schnee wurde von den vielen zuckenden Flammen blutrot gefärbt und die großen Schneeflocken bekamen den magischen Schimmer exotischer Früchte. Die schweigsamen Insassen glaubten inmitten des Szenarios eines Weltunterganges zu sein, zumal der Sturm heulend und pfeifend eine höllische Musik dazu spielte. Unteroffizier Duggen hatte wiederholt den Drang verspürt, das Fahrzeug zu verlassen, aber der Befehl der Einsatzleitung war unmissverständlich gewesen und hatte gelautet:
„Was immer auch geschieht, Sie dürfen das Fahrzeug nicht verlassen, denn nur so sind Sie umfassend geschützt." Diese unbedingte Weisung hatte er seinen Mitfahrern mitgeteilt und bemerkt, dass die Retter jeden Moment eintreffen würden. Er fügte hinzu: "Meiner Ansicht nach sind wir zufällig in den nahen Bereich eines Flugzeugabsturzes gekommen, denn ich habe neben der Straße die Reste einer Turbine gesehen."Duggens Naturell verlangte nach Aktivitäten, aber er fügte sich der unbedingten Anordnung und stierte wütend in die üppige Schneepracht hinaus. Immer wieder versuchte er in

Sprechkontakt mit dem Einsatzleiter zu gelangen, aber die Anlage war tot. Er lehnte sich zurück. Die ungewöhnlichen Geschehnisse um ihn herum machten ihn keine Angst, aber er war dennoch beunruhigt, weil nichts davon eingeplant gewesen war. T. Duggen schloss die Augen und dachte an seine Katze Rosi, die zu jeder Zeit in beängstigender Weise seine Gedanken zu lesen vermochte und seine Gefühle und Stimmungen in geradezu synchroner Übereinstimmung mit ihm teilte. Wenn einmal die gefürchtete Duggenwut in ihm aufstieg, begann auch sie zu fauchen oder wie eine Schlange zu zischen, um bald darauf ungebärdig Löcher in den Teppich zu kratzen. Duggens Zorn war dann immer schnell wieder gewichen, denn Rosis Verhalten amüsierte ihn und er mochte sie nicht länger in dem Zustand der Aufgeregtheit belassen. Bald schon saß sie wieder auf seinem Schoß und schnurrte wie die gut geölte uralte Singer-Nähmaschine seiner Großmutter. Mehr Zeit zum Träumen blieb T. Duggen nicht, denn er wurde nun wieder aktiv in die Geschehnisse einbezogen. Sein Wagen geriet plötzlich in ein zunächst kaum wahrnehmbares Gleiten und kam erst quer zur Straße stehend wieder zum Stillstand. In dieser Lage verhielt er zu einer kurzen Verschnaufpause, um sich dann aber den Gesetzen der Schwerkraft zu beugen. Die nächste Bewegung des Wagens war wie ein schüchternes Andante, glitt aber schnell in ein munteres Andantino. Nun aber verließ der Wagen seine zuvor gezeigte Zurückhaltung und es kam endlich wieder Schwung in den erstarrten Zeitablauf. Die Abwärtsbewegung in die zur Straße tiefer gelegene Kiesgrube war nun unaufhaltsam und das Fahrzeug schlitterte mit wachsender Beschleunigung die steile Einfahrt zur stillgelegten Kiesgrube hinunter, die einst für die schweren Sandtransporter der Autobahngesellschaft angelegt worden war. Nach einer rasanten Schussfahrt und sich dabei immer wieder um die eigene Achse drehend, kam der Wagen endlich zum Stehen. Auf leisen Sohlen war er unbemerkt aus dem Epizentrum des Unglücks gerutscht und hatte sich auf französisch aus dem Konvoi entfernt, wobei die Spuren der unerwünschten Abfahrt alsbald wieder von neuem Schnee bedeckt wurden. Nun folgten weitere gut gefügte Einlagen des Schicksals, das sich wiederum in wunderbarem Timing und mit süffisantem Vergnügen ins Spiel brachte. Der Wagen verhielt endlich auf dem Dach einer unterirdischen Vorratskammer, den die Künstlergruppe >Die Buttermacher< in langer heimlicher Arbeit dort eingerichtet hatte.

Sie lag im äußeren Bereich einer im zweiten Weltkrieg errichteten Bunkeranlage, die einmal für die Abwehr einer eventuellen Invasion der Alliierten gebaut worden war. Nach dem Krieg wurden alle Eingänge von den Engländern gesprengt und zugeschüttet. Die Buttermacher hatten einen versteckten Eingang zum Bunker im Käsereifekeller der Meierei entdeckt, kurz nachdem Wilhelm das Gebäude geerbt hatte. Die Künstler waren am Osterfest in ihr unterirdisches Studio eingezogen. Neben der Vorratskammer hatten sie weitere Räume, auch den sehr geräumigen Führerbunker in Besitz genommen, um sich in neunundneunzig Tagen ihren schwärmerischen Traum von der kreativen Erdhöhle und dem verborgenen Studiorefugium zu erfüllen.
„Endlich können wir fern aller Menschen, Dorfbewohner, Damen und anderen Banalitäten mit der Suche nach dem Urknall der Kunst beginnen," war ihr künst-

lerisches Credo gewesen. Die Dörfler hatten später schon, wenige Tage nach ihrer vermeintlichen Abreise, schöne Postkarten aus dem zuvor überall angekündigten Spanienurlaub bekommen, die den fernen Aufenthalt bestätigten und in ihrem schlichten Text ein glaubwürdiges Alibi abgaben. Die Urlaubsgrüße waren von leicht verständlichem Inhalt und überzeugender Kürze.
„Wir arbeiten viel, obwohl der Wein sehr billig ist," war der Bestseller unter ihnen geworden.
Das Dach der Vorratskammer bestand aus dünnen Aluminiumplatten, die mit einer dicken Schicht Sand zur Isolierung und Tarnung bedeckt waren. Ihre großzügig ausgelegte Statik war für ein schwer beladenem Auto und der zusätzlichen Zuladung der beiden Staatsmänner weit überschritten und geriet nach dieser unvorhergesehenen Bewährungsprobe unmittelbar ins Wanken. Der Motor lief immer noch in vertrauenserweckender Gleichmäßigkeit, aber die Scheibenwischer hatten sich auf Grund einer Vereisung von der Frontscheibe abgehoben und zeigten bedeutungsvoll in den Himmel, als möchten sie sich dort irgendwie nützlich machen. T. Duggen und die Passagiere meinten in einem sicheren Iglu zu sein, aber nach der beruhigenden Stille erklang unter dem Wagen plötzlich das alarmierende Geräusch von brechendem Eis. Der Wagen begann zu vibrieren und zu zittern. Aus dem bedrohlichen Knistern wuchs ein Bersten und Krachen, das mit einem peitschenden Knall abrupt endete. Der Wagen wurde nun mit mächtiger Kraft nach hinten gerissen und stürzte mit dem Heck voran in eine tiefe Grube. Der Schnee war von der Windschutzscheibe geglitten und die neue Perspektive schenkte den Insassen noch einmal den Blick in eine tosende und flackernde Winterpracht, um sich dann in einem konturenlosen

Nirgendwo zu verlieren. Nach einer stillen Pause begann die Fortsetzung des Absturzes, der mit einem überaus heftigem und lautstarken Aufschlag auf dem Boden des Getränkelagers der unterirdischen Bewohner endete. Mit zarten Silberklängen eines gläsernen chinesischen Windspiels, das die Chinesenmenschen gemeinhin in das glückselige Jahr des Schweines geleitet, fielen nun in unregelmäßiger Folge Aluminiumleisten auf die Glas- und Blechteile des Wagens. Die ausreichend drangsalierten Fahrgäste wurden immer noch von ihren Sicherheitsgurten in ihre Sitze gepresst und befanden sich nun in der klassischen Haltung halb liegender Astronauten, die angestrengt auf den Count down warteten und erwartungsvoll in das angestrebte Ziel des ewigen Firmaments blickten. Die drei Männer waren in eine Folge unterschiedlicher Abläufe geraten, die sie nicht miteinander in Verbindung bringen konnten und die sie nun in einer Art stiller Ergebenheit aussaßen. Sie sprachen nicht miteinander und unter ihnen entstand ein beziehungsloses Schweigen. Es war still und dunkel um sie herum, aber der Motor lief immer noch in beruhigender Regelmäßigkeit, während draußen der Wind heulte. Leise rieselte Schnee und Sand auf die Windschutzscheibe.

T. Duggen war verwirrt und er versuchte der befremdlichen Situation Herr zu werden. Sein Vater würde nun bemerken: "In brenzlichen Situationen muss du nur sitzen bleiben und nur solange warten, bis deine Nummer gezogen wird."

T. Duggen zwang sich zu dem Versuch einer disziplinierten Rettungsaktion. Er legte einen Geländegang ein und gab behutsam Gas. Sein halbherziger Rettungsversuch bewirkte lediglich, dass der Motor wütend aufheulte und die Reifen mit starken Schleif-

geräuschen durchdrehten. Der Wagen begann sich nun unbändig zu schütteln, als würde ein Flugzeug gerade die Schallmauer durchbrechen. Die starke Vibration übertrug sich auf die Insassen, die sie nun mit heftigen Kopfnicken immerzu bestätigen mussten.
Der Reservetank der abgestürzten Kampfmaschine war wenig zuvor in die Sandböschung oberhalb des Autos eingeschlagen. Ein schwelender Kabelbrand, der aus Mangel an Sauerstoff wiederholt zu ersticken drohte, erreichte endlich den Tank mit seiner brisanten Treibstofffüllung. Mit einer akustisch harmlosen, aber von ihrer Wirkung her überaus effektiven Explosion, wurde oberhalb des Autos eine dicke Scheibe der Sandböschung abgetrennt. Sie stürzte auf das Fahrzeug, das auf dem Heck stehend durch die Wucht der Explosion wieder seine natürliche Lage einnahm und mit einem heftigen Aufprall auf seinen vier Rädern zu stehen kam. Die himmelwärts blickenden Insassen waren der heftigen Bewegung unvorbereitet ausgesetzt und fielen mit ungeheurer Wucht in die alte Sitzposition zurück. Als der Wagen seine waagerechte Position wieder eingenommen hatte, rutschten siebentausend Kubikmeter Sand und Schnee in die Grube. Sie war nun bis zum oberen Rand aufgefüllt und dem Erdboden wieder gleichgemacht. Danach lag die Kiesgrube Wilhelmsthal unverändert und scheinheilig im flackernden Licht der vielen Brände und auch die Verkürzung der Böschung konnte keine Rückschlüsse abgeben oder den Verdacht einer Veränderung erregen. Die von der Straße nach unten führende Rutschspur der Räder war durch die Folgen der Explosion mit einer dünnen Sandschicht bedeckt. Schnell legte der Schnee einen Schleier der Unberührtheit über den versunkenen

Wagen und die Kiesgrube zeigte sich verschlagen in jungfräulicher Harmlosigkeit.

Im Wagen roch es plötzlich nach Muskat, Hirschhornsalz, Pottasche und anderen Gewürzen, die T. Duggen für seine häufigen Experimente am Herd immer mit sich führte. Die Backhilfen und Gewürze hatten sich im Inneren der Fahrerkabine gleichmäßig verteilt und im Wagen roch es, wie auf einem orientalischen Gewürzmarkt. Im Augenblick war er durch die Wirkung des Sturzes verwirrt und der Wirklichkeit entfremdet. Der Duft der Gewürze ließ ihn alles um sich herum vergessen und plötzlich intensiv an seine asiatische Freundin denken, die ihn so oft mit ihren Küchenkünsten verwöhnt hatte. Als Meisterköchin hatte sie sich bei den Magischen Knöpfen erwiesen, einer Pastete aus vier Sorten Fleisch und vier Sorten Fisch. Ihr großes Geheimnis war die Anwendung unzähliger scharfer Gewürze, die schon beim Aussprechen ihrer exotischen Namen die Augen tränen ließen. Sie sind unbeschreiblich, dachte er, scharf, geheimnisvoll und unergründlich, als kämen sie begleitet von Lotusblumen aus dem Garten Eden, der nach ihren Erzählungen ohnehin nur eine Dependance des chinesischen Himmels sei. Sie hatte dazu noch abschätzig bemerkt:

„ Euer Garten Eden und das Paradies ist im Vergleich zu dem Angeboten unserer Religion bestenfalls eine Studentenbude mit einem kleinen Zwiebelgärtchen und mit unordentlich gestapelten Bierkisten hinter dem Haus."

GUTE NACHT, SCHWESTER SIEGFRIED.

Eine geniale Logistik des Schicksals und die Folge kopfloser Aktivitäten des Zufalls, unter dessen Regie das Auto von der Straße geschlittert und in die Grube gefallen war, hatten still und unauffällig ihr zerstörerisches Werk vollzogen. Keiner der Männer aus dem Konvoi hatte die Umstände des plötzlichen Verschwindens eines der Fahrzeuge wahrgenommen.

Es war der Beginn eines Geheimnisses, an dem die Welt wenig später herumrätselte und alsbald mit dem Wirken überirdischer Mächte verband. Die Männer aus den anderen Fahrzeugen waren hinreichend abgelenkt und damit beschäftigt gewesen, der Katastrophe und dem allgemeinen Tohuwabohu Herr zu werden oder ihren eigenen Blessuren den Vorrang zu geben.

Unteroffizier Duggen und seine beiden hochrangigen Mitfahrer befanden sich nach den zuvor erlebten Foltereinlagen nun endlich in einer stillen und friedlichen Welt, die für das überirdische Chaos nicht mehr zugänglich war. Eine dicke Sandschicht zwischen dem Auto und der Außenwelt beschütze sie nun vor neuen Unbilligkeiten, die sich wenig zuvor so sadistisch über sie hergemacht hatten. Während T. Duggen sich mit weit geöffneten Augen in einer abstrakten Welt aufhielt und der Gegenwart im Augenblick keinen Wert beimaß, waren seine Beifahrer in eine friedliche Ohnmacht gefallen. Sie wurde die Ursache einer mehrtägigen Bewusstseinstrübung, die einige Einschränkungen brachte und den beiden Männern eine reduzierte, aber durchaus erträgliche Lebensweise bescherte. Die Funktionen ihres Langzeitgedächtnisses und die einiger ihrer Hirnabschnitte waren zunächst stark beeinträchtigt. Bestimmte Abläufe der zuvor erlebten Ereignisse waren in einem diffusen Erinnerungsnebel versunken, aber die Gegenwart hob sich aus dem Nebel heraus und nahm bald wieder vertraute Formen an. Unteroffizier Duggen war nur kurz weggetreten und verhielt sich dennoch abwartend, als hätte er einen Autopiloten eingeschaltet und sich damit aus der Verantwortung geschlichen. Er glitt in immer neue traumhafte Zustände und glaubte, in einer Wagenwaschanlage zu sein. Ungeduldig erwartete er den aufregenden Heißwachsvorgang mit den winkenden und zuckenden Polierfahnen um die Wagenfenster herum. Wenig später meinte er wiederum himmlische Klänge zu hören, die jedoch nur durch die herabfallenden Metallstreben der Dachkonstruktion ausgelöst geworden waren. Seine aufgeregte und pulsierende Fantasie ließ ihm die nette Idee zukommen, dass er sich endlich in dem oft erträumten Zustand befand, sich mittels leichter Armbewegungen nun fliegend fortbewegen zu können. Als er seine Arme wie Flügel weit dehnte, wurde er durch eine reale Bewegung des Autos plötzlich in die Wirklichkeit zurückgeholt. Sein durchtrainierter Körper und eine Entschlossenheit in jeder Situation über sich selber zu verfügen, führten ihn schnell wieder in den Zustand einer nur noch leicht eingeschränkten Handlungsfähigkeit. Ein Zustand jedoch, den seine beiden Fahrgäste bei weitem noch nicht erreicht hatten. Die beiden Männer befanden sich immer noch in einer angenehmen Versunkenheit, worin ihre reale Wahrnehmungen wie ein Schwarm schlafender Fisch herumschwamm.

Die gewaltige Sandmenge, die nun auf dem Heck des Wagens einen ungeheuren Druck ausübte, setzte das Fahrzeug am Ende dieser Amokfahrt noch einmal in Bewegung. Es wurde unaufhaltsam geschoben und machte dann unversehens einen mächtigen Sprung nach vorn. Mit bärenstarker Kraft hob das schwere Fahrzeug die massive Metalltür zwischen dem Vorratslager und dem Atelier der Buttermacher aus den Angeln und schleuderte sie durch das Atelier. Die Tür schlug das Bild der schmachtenden Lisette von der Staffelei und legte sie in wütender Gier auf dem Küchentisch flach. Mit der letzten Aktivität des Autos fanden die Widrigkeiten einer abenteuerlichen Dienstfahrt ein Ende und man erreichte endlich einen sicheren Standplatz. Unteroffizier Duggen hatte sich bei der neuen Bewegung auf Grund seiner Spezialausbildung instinktiv eingerollt und war dabei mit seinen oberen Vorderzähnen heftig auf den Schalthebel geprallt. Er verlor bei seinen Abwehrreaktion einen seiner beiden seltsam fluoreszierenden Eckzähne, die ihm vor Jahren von einem windigen dänischen Zahnarzt, der einen langen Zopf mit eingeflochtenen bunten Bändern trug, als teures dentales Highlight angedreht worden war. Der Zahnmediziner hatte mit beredtem Eifer erklärt, dass seine beiden Eckzähne nach der Behandlung, auf Grund einer speziellen Goldplatinlegierung mit seltenen Farbeinlagen, unzerstörbar seien und durch seine immense Strahlkraft in der Damenwelt hohe Beachtung fänden, vorwiegend natürlich in lichtarmen Räumen. Diese hoffnungsvolle Voraussage bewahrheitete sich für T. Duggen schnell, denn bei einem Geheimeinsatz in der sogenannten Legion Somali feierte sein innenbeleuchteter Mund große Erfolge bei den dunkelhäutigen Damen jeder Altersstufe. In einem bestimmten Lichteinfallwinkel wechselte der Zahn unentwegt seine Farbe und wurde von den einheimischen Damen als Glücksbringer und selig machender Voodoozauber angesehen. Die vielen Schönen wollten das glitzernde Wunder seiner teuren dentalen Ausstattung unbedingt mit ihren Körpern berühren, um durch die Kraft des leuchtenden Zaubers gute Karten bei ihren Liebesgöttern zu erwirken. Entschlossen traten sie ganz nahe an Unteroffizier Duggen heran, legten ihre Arme um seinen Hals und zogen den anfänglich Sträubenden weit zu sich herunter, bis seine Lippen ihre nackten Brüste berührten, und er damit endlich den ersehnten, wunderbaren Zauber in ihre Seelen und Brüste senkte. Bei jungen und reinlichen Damen, die leider alle ein entsetzliches Einheitsparfüm aus den Blüten der Schweinedisteln benutzten, beugte er sich schnell dem Zwang der Berührung und verfeinerte seine Technik als Medium in gerade noch zulässiger Weise, indem er die keusche Lippenliebkosung mit der dezenten Technik eines leichten Saugens an der Brustwarze verband. Manchmal entschied er sich spontan die jungen Schönen zusätzlich mit einer leichten Kreiselbewegung seiner Zunge zu beschenken, um damit seine Voodoos zusätzlich dauerhaft einzumassieren. Die so befeuerte Probandin geriet schnell in eine hechelnde Atmung und schenkte den um sie herum gescharrten Groupies eine aufwallende Gemeinschaftserregung. Seine viel beachtete und immer routinierter dargebrachte Voodoo-Dienstleistung, die er inzwischen mit unverhohlener Begeisterung ausübte, machte ihn auch bei der Truppe berühmt. Seine Magie schenkte ihm alsbald den einprägsamen Namen Titte Duggen, den Kameraden und Vorgesetzte gleichermaßen neidvoll wie auch belustigt aussprachen. Der Stern

brachte eine vorzügliche Fotoserie und so war Titte auch außerhalb der Truppe eine speziellen Berühmtheit und unbedingter Fachmann für hautnahe Voodoos im oberen Bereich der Damen.
Nach dem Sturz in die unterirdische Künstlerklause der Buttermacher und dem Verlust einer seiner leuchtenden Eckzähne, behauptete er, ohne seinen fluoreszierenden Zahn weitgehend impotent geworden zu sein und zudem eine gelegentliche kleintropfige Inkontinenz bekommen zu haben. „Jedenfalls ist mein Sex-Appeal dahin oder bestenfalls gehälftet." Anschließend hatte er seine Zuhörerschaft mit seinen Lateinkenntnissen in Erstaunen versetzt, denn er zitierte eine Weisheit, die er in einem satten Septimenakkord wohlklingend, aber in unnötiger Lautstärke vorbrachte: „ Sic transit gloria mundi."

Als der Wagen mit T. Duggen und den beiden Staatsmännern in das Atelier der Künstler einbrach, saß die dreiköpfige Künstlergruppe an der legendären und vielseitig bestückten Cake-Wilson-Bar. In einer nächtlichen Aktion hatten sie das unverzichtbare Möbelstück aus dem Meiereistudio durch den langen Hauptgang in ihr unterirdisches Interimsstudio geschafft. Die Festungsanlage war eine aufwendige Bunkerkette, die bis an das Dorf heranführte und nur noch durch einen geheimen Einstig im einstigen Käsereifekeller der Meierei zu begehen war. Es gab innerhalb der Befestigungsanlage einen aufwendig gebauten und völlig unversehrt gebliebenen, geradezu luxuriösen Führerbunker, den sich die Künstler als Schlafraum und Fundus für die geplanten Kunstobjekte neben dem Studio eingerichtet hatten.
Die drei Künstler hielten sich schon einige Stunden auf, um angeregt und in bester Laune das Pfingstfest zu feiern

und sie waren nur wenig davon entfernt, ins unkontrollierte Sturztrinken zu geraten. Die schon leicht ramponierten Männer an der Bar wurden durch den lauten Knall der umstürzenden Tür ihres Vorratslagers kaum erschreckt, denn sie waren angenehm narkotisiert und konnten der abrupten Unterbrechung ihrer Pfingstfeier anfänglich nur eine komische Seite abgewinnen. Für den spektakulären Auftritt des im riesigen Atelier ausrollenden Wagens zeigten sie eine spontane Begeisterung. Es war rundum ein dekoratives Ereignis, denn an beiden Seiten des Wagens rieselte Sand und Schnee auf den Boden. Die Scheinwerfer strahlten hell und vom Dach zuckten rote Lichtblitze in den Raum. Alles zusammen wirkte wie das elegante Ambiente eines internationalen Autosalons, wo die extravagante Präsentation eines neuen Modells eine weltweite Aufmerksamkeit auf sich zu ziehen versuchte.

„Eine wunderbare Pfingst-Performance, wer von euch hat arrangiert," flüsterte Storm beeindruckt. Der Dieselmotor hatte seine Geräusche verändert, denn der Auspuff war mit Sand verstopft und der Motor begann zu gurgeln, wie dass ablaufenden Wasser in einer alten Hotelbadewanne. Als Titte Duggen den Motor ausschaltete, hörten die Männer an der Bar nur noch das zarte Rieseln des strömendem Sandes und das Ticken des alten Wandchronometers, der zuvor seit Menschengedenken seinen zuverlässigen Dienst in dem Dorfkrug >Deutsche Eiche< versehen hatte. Nur beim Überziehen der gesetzlichen Sperrstunde musste er zur Lüge greifen und die bereits mehrfach angezeigte und ausgiebig genutzte letzte Stunde unwillig repetieren, denn der Gastwirt stellte bei Aussicht auf ein gutes Geschäft stets entschlossen den Stundenzeiger zurück.

Der Präsident und der Kanzler waren in den Fußraum des Wagens gerutscht und ihre Rücken wurden von der Oberkante der Sitzfläche abgestützt. Ihre Köpfe waren nach vorn gefallen und ihr Kinn berührte ihre Brust. Mit ihren Schultern stützten sie sich gegenseitig ab und ihre Beine waren stark angewinkelt, sodass sie in eine schützende Embryolage geraten waren.
Sie hatten andererseits die Position von zwei zufrieden hingerekelten und sanft eingeschlafenen Zechern unter einem Wirtshaustisch eingenommen. Plötzlich rief Siegfried entsetzt:
„Der Wagen kam aus unserem Getränkelager, jemand will unser Bier klauen."
Die Warnung stieß bei seinen Mitbewohnern auf wenig Interesse. Denn mit T. Duggen kam alsbald ein weiteres Element der Ablenkung und Überraschung ins Bild, das die interessierte Aufmerksamkeit weit mehr auf sich zog, als Siegfrieds schrille Warnung vor Dieben. T. Duggen kroch geschickt aus dem Fenster der Fahrertür und sprang leichtfüßig auf den Boden. Er schüttelte mit raschen Bewegungen Sand von sich ab und fixierte angestrengt die drei Männer an der Cake-Wilson-Bar. Mehr zu sich selbst bemerkte er leise: „Was ist mit mir nur passiert und wo bin ich?" Als sich wenig tat und die Männer sich nur fremdelnd gegenüber standen, streckte er seinen Körper und machte verlegen einige sportliche Ausfallschritte, die er in einer schwierigen, aber elegant anzusehenden Sprungschiebung enden ließ. Eine vorzügliche und fast tänzerische Übung, die bei den drei Buttermachern sofort gut ankam und hinreichend Bewunderung fand. T. Duggens Wahrnehmungen und Reaktionen schienen wieder zurück gekommen zu sein. Sein Gesicht erhellte sich und er rief:

„Ich kenne euch doch, ihr seid die wilden Maler aus der Meierei in Lehmbeck-Weiche und nennt euch >Die Buttermacher <."

„So ist es," sagte Wilhelm, „aber wir wollten nicht gestört werden und haben uns hierher zurückgezogen, um nur noch für die Kunst zu leben. Darum solltest du deinen Hintern bewegen und dein Auto satteln und schnellstens die Fliege machen. Wir bitten um sofortigen Abflug." T. Duggen geriet unvermittelt in den gefürchteten Duggen Zorn:

„Ich habe den Schock meines Lebens und werde von euch Arschlöchern auch noch angemacht. Ihr kennt mich doch, ich bin T. Duggen, Tag Duggen aus eurem Dorf ist mein Onkel. Jedes Jahr habe ich meine Sommerferien oder Urlaube bei ihm verbracht."

Wilhelm sagte: „Nun haben wir auch noch diese Duggen Pest in unserem Nest. Schlimmer konnte es nun wirklich nicht mehr kommen und mit unserem himmlischen Frieden ist es nun leider vorbei. Nun meine Fragen mit der Bitte einer schnellen Beantwortung. Erstens, was führt dich zu uns und zweitens, was hast du auf dem Herzen und drittens, wie schnell kannst du unseren Kreativsalon wieder verlassen.?"

Siegfried rief mit hämischer Belustigung: „Denn unser Dorf soll schöner werden."

„Draußen, vor eurer Haustür, ist die Hölle los. Mit Schneesturm, Feuer und Explosionen. Jedenfalls ist mein Wagen bei dem fürchterlichen Kuddelmuddel und aus mir unbekannten Gründen rückwärts in eure meschugge Künstlerklause gebombt. Mehr weiß ich nicht, denn mein Film ist gerissen."

„Das ist an sich der normale Zustand der Duggen, was dich darum nicht weiter beunruhigen sollte," sagte Storm.

Duggen war inzwischen näher an die Bar herangetreten und betrachtete neugierig ein Bild auf Wilhelms Staffelei. In rauer Direktheit bemerkte er:
„Das Gemälde ist eine echte Sauerei." Wilhelm fühlte sich zu einer umfänglichen Erklärung veranlasst:
„Eine beeindruckende, prägnante und kurz gefasste Rezension, voll auf den Punkt gebracht, das lob ich mir. Davon können Kritiker sich etwas abschneiden. Aber zu deiner Beruhigung, das Bild ist lediglich eine handwerkliche Pflichtübung for myself. Beim Fotorealismus kann man sich nicht geradewegs so weglinken, wie zum Beispiel die Informellen mit ihrem wichtigtuerischen Strichklecksstrich-Zufälligkeitsgeseiche, die mit einer Hand einen Pinsel halten und sich mit der anderen den Hintern kratzen und dabei aus dem Fenster gucken. Bei mir kommt nur solides auf die Staffelei."
Das großflächige Ölbild auf der hell ausgeleuchteten Staffelei zeigte in der Mitte ein Waschbecken mit einer romantischen Girlande aus roten Rosen und kreisrunden grünen Blättern, wie sie die Natur in dieser Strahlkraft an sich nur bei den wilden südamerikanischen Stachelbeeren hergibt. Im Becken lag eine glimmende Zigarette. Ein golden gleißender Urinstrahl traf genau ins dunkle Abflussloch. Den original Penis des Kunstpinklers sah man nicht, nur seinen stark vergrößerten Schatten, der auf die Wand neben dem Becken fiel, wo er durch den seitlichen Lichteinfall so krumm und spitz wie ein Kosakensäbel ausgefallen war. An seinem weit abgespreizten kleinen Finger trug der unsichtbare Urinierer einen wuchtigen Goldring. Er zeigte auf seiner glänzenden Platte einen Äskulapstab und darunter eine winzige, dennoch gut lesbare Schriftgravur.>Zur Erinnerung an unsere gemeinsame und glücklich verlaufene Gallenblasen-

operation. Deine dich ewig liebende Chirurgin, Fachärztin der Urologie<. Die Zimmertür neben dem Waschbecken war weit geöffnet. Man erkannte einen eleganten Hotelgang mit nummerierten Zimmertüren. In der hellen Türöffnung des gegenüber liegenden Zimmers stand eine blonde Frau in einem kurzen schwarzen Abendkleid, das mit glänzenden Goldfischen bestickt war. Sie blickte mit amüsierter Gelassenheit auf den Mann am Becken und aß ungerührt ein Sandwich, das mit Käse, Gurken und Salat belegt war. Auf ihrem tiefen Decolleté lag ein lindgrünes Salatblatt in harmonischer Herzform und oberhalb der Taille klebte eine Gurkenscheibe, die wie eine Schnecke eine glänzende Kriechspur auf dem Stoff hinterlassen hatte. An der Wand neben der Dame hing eine Kopie von Eugen-Luis Lamis >Ankunft der Königin Viktoria im Schloss Eu.< Wilhelm bewegte sich träge zur Staffelei und bedeckte das Bild mit einem dunklen Tuch.
„Meine Kunst ist nichts für Dilettanten. Im Übrigen solltest du längst die Flatter gemacht haben, denn du bist unerwünscht. Du und dein Auto haben Hausfriedensbruch in besonders schwerer und unentschuldbarer Weise begangen und außerdem meine Kunst beleidigt. Wenn du in fünf Minuten noch hier bist, gibt's außerdem voll einen auf die Schnauze."
T. Duggen bekam ein rotes Gesicht. Er stellte sich in einer stabilen Kampfposition vor Wilhelm auf und rief laut: „Wer einen auf die Schnauze bekommt, bestimme ganz allein ich, du Pinkelmaler."
Blitzartig schien ihm etwas einzufallen und er sah sich suchend um. „Ich habe ja noch die beiden Hitchhiker an Bord," rief er in immer noch wütender Lautstärke.„Ich glaube, es sind zwei Typen vom Personenschutz, wenn sie inzwischen nicht wieder stiften gegangen sind. Der

Faden ist immer noch gerissen und ich hänge mit meinem Gedächtnis noch voll in der Luft." Er drehte sich hastig zum Auto um und stieß bei dieser jähen Bewegung gegen die Staffelei. Wilhelm sagte: „Na klar, diese Einlage darf natürlich nicht fehlen. Die Duggen sind bei fremden Leuten immer schon gegen die Schränke gerannt. Dafür können sie nichts, denn das liegt in ihren Genen, wo sich so einige Dreher eingeschlichen haben. Nun ist offenbar der Sani gefragt und ich werde mir deine Mitbringsel, sofern noch vorhanden, einmal ansehen. Immerhin war ich einige Jahre in der Klapse, als Arzt wohlgemerkt und habe einige Erfahrungen mit labyrinthischen Gehirnen von Sturzopfern aus jeglicher Höhe."

T. Duggen setzte sich plötzlich auf einen Stuhl und stützte mit beiden Händen seinen Kopf ab, der weit nach vorn geneigt war. Mit einem sanften Lächeln, als würde er sich plötzlich an seinen ersten Kuss mit Elfriede auf dem Heuboden von Tag Duggen erinnern und mit verhaltener und unwirklicher Stimme, die eine große Überraschung verkünden wollte, sagte er: „Ich soll euch von Herrn Mosebach grüßen."

Mit einem glücklichen Gesicht schloss er die Augen und rutschte in vorsichtigem Zeitlupentempo seitwärts vom Stuhl. Seine Atmung war tief und gleichmäßig, als wäre er in einen erholsamen Heilschlaf gefallen.

„Ein großer Abgang und Herr Mosebach scheint mir ein sehr höflicher Mann zu sein," sagte Wilhelm. Siegfried untersuchte T. Duggen. „Leichte Gehirnerschütterung in unbekannter Stärke, abzüglich der alltäglichen Duggensymbole ist er somit mehr als gesund. Weiß der Teufel, welche Eskapaden Duggen mit dem Auto angestellt hat. Wir werden kurzfristig ein Krankenrevier im zweiten Führerbunker einrichten müssen und ich bin nur froh,

dass ich mich für meine hypochondrischen Künstlerkollegen schon vorsorglich mit dem Inhalt einer größeren Apotheke eingedeckt habe."
Die beiden Männer im Auto waren immer noch ohnmächtig. Als die Künstler den Präsidenten hochhoben, öffnete er seine Augen. Sein umnebelter Blick schien ohne Wahrnehmungen zu sein, als schaute er auf die blinde Stelle eines Spiegels. Während der Kanzler beim Transport zur Couch leise seufzte, aber krampfhaft seine Zigarre festhielt, die immer noch glühte und angenehm roch. Er hielt sie wie eine Kerze mit der Glut nach oben und war offenbar während der vielen erlebnisreichen Aktionen erfolgreich darauf bedacht gewesen, sie unbedingt vor Verlust oder Beschädigung zu schützen. Sein Unterbewusstsein hatte einen Schutzinstinkt für Zigarren programmiert, denn selbst im weggetretenen Zustand hielt er sie wie eine kleine Lanze wischen Daumen und Zeigefinger. Als Wilhelm dem Kanzler nach kurzem Gezerre die Zigarre endlich entwunden hatte, öffnete er kurz und unwillig seine Augen. Es war ein sonderbar abwesender Blick, als würde er schweben und sich dabei sehr wohl fühlen. Er war jedoch gleich wieder weg, aber immer noch auf Zigarrenschutz programmiert, denn seine rechte Hand begann behutsam tastend nach seiner Zigarre zu suchen. Beide Männer hatten sich in einem synchronen Ablauf des Geschehens die Stirn leicht aufgeschlagen und auf die Unterlippe gebissen, die nun bei beiden geschwollen war. Die Wunden an der Stirn stellten sich als leichte Prellung und oberflächliche Platzwunden heraus, die anfänglich übertrieben stark bluteten. Siegfried desinfizierte die Wunden und legte den beiden leichte Kopfverbände an. Er diagnostizierte ihre Krankheit als leichte oder mittlere Gehirn-

erschütterung, wobei er T. Duggen bei seiner Pauschaldiagnose mit einbezog. Siegfried hatte die beiden prominenten Männer nicht erkannt, denn die geschwollenen Münder mit den aufgeplatzten Lippen und das Blut auf Stirn und Gesichter hatten sie für den Augenblick verändert und unkenntlich gemacht, was durch die später angelegten Stirnverbände noch unterstützt wurde. Die Künstler brachten die drei Männer in den Führerbunker und legten sie auf drei Feldbetten, die sie für ihren kreativen Mittagsschlaf dort aufgebaut hatten. Sie zogen den Männern die Oberbekleidung aus, betteten sie auf die Seite und deckten sie mit Wolldecken zu. Siegfried sagte:
„Ich werde die Nachtschwester für die drei Herrschaften spielen, so kann ich fast sicher sein, dass sie womöglich nicht heimlich abnippeln. Sie müssten eigentlich für weitere Untersuchungen ins Krankenhaus, aber der Transport über schmale Treppen und durch die verwinkelten Gänge zur Meierei ist nicht zu verantworten. Ich habe sie gründlich untersucht und keine inneren Verletzungen feststellen können. Meine Taschenlampen-Pupillenreflex-Untersuchung ist nicht gerade der letzte Schrei auf dem Gebiet der Neurologie, aber als altgedienter Rettungsarzt habe ich immer noch reichlich Erfahrungen, um mit großer Wahrscheinlichkeit einen Toten von einem Lebenden unterscheiden zu können. Ich glaube nicht, dass dergleichen Bagatellen mich sonderlich überfordern, denn schon als Student bin ich mit dem Rettungshubschrauber herumgebrettert und habe vorwiegend die armen verunglückten Motorradfahrer versorgt, um sie anschließend auf den Dächern der nächsten Krankenhäuser abzulegen. Die Abschiebung unserer ungebetenen Gäste muss nach meinem ärztlichen Gutachten

auf morgen verschoben werden. Bei Sturzopfern gibt es nach meinen Erfahrungen verblüffend schnelle Umschwünge zum Guten, nur dürfen sie mich nicht mit einer Phase von Erbrechen traktieren. Häufig stellt sich eine Gedächtnislücke ein, sodass die Opfer sich an die Zeit vor dem Unfall nicht mehr zu erinnern vermögen. Manchmal dauert sie nur Bruchteile von Sekunden, aber die Erinnerungslücke kann gelegentlich auch einige Tage oder gar länger andauern, dann befänden sie sich aber schon im Bereich einer unleidigen Gehirnprellung. Bei unseren ungeladenen Gästen diagnostiziere ich eine leichte Commotio cerebri, die nach zwölf Stunden Bettruhe weitgehend ausgestanden sein dürfte und danach können wir die Burschen schnellstens wieder nach draußen befördern. Wenn meine medizinischen Kenntnisse nicht ausreichen sollten, werde ich Oma Jakubowski telefonisch konsultieren. Sie ist ein medizinisches Naturtalent und hat bei mir durch Handauflegen und Hinzugabe von polnischen Flüchen mindestens zehn Warzen verschwinden lassen. Sie fordert kein Honorar in klingender Münze, aber wenn man ihre Dienste einmal in Anspruch nimmt, muss man anschließend als Honorar ihren Schweinestall ausmisten. Die Nazis sollen sie eingesperrt haben, weil sie mit den Schweinen polnisch sprach. Jedenfalls haben wir uns scheinbar immer noch nicht tief genug eingegraben und sollten uns spätestens morgen der Männer und besonders der Duggen Pest entledigen. Immerhin ein Mann, der mit dem unanständigen Namen Titte Duggen in die Militärgeschichte eingegangen ist, wie man einst in allen Zeitungen lesen konnte. Morgen wird endgültig Tabula rasa gemacht, denn unsere lebenswichtige künstlerische Mission hat absolute Priorität." Wilhelm umkreiste nun mit unsicheren Schritten die Betten der Kranken, als wäre er ein Fotograf auf der Suche nach dem besten Bildausschnitt. Dann sah er nachdenklich auf die bunten Lichterketten, die er dort in einer geheimnisvollen Anordnung installiert hatte.

„Der Raum ist plötzlich voller Fragen," flüsterte er.

„Eine interessante Botschaft, darauf müssen wir einen trinken," sagte Storm und ging gemächlich ins Atelier zurück. Siegfried setzte sich auf einen der Stühle neben den Pritschen und beobachtete die schlafenden Patienten.

„Gute Nacht, Schwester Siegfried," sagte Wilhelm als er den Raum verließ.

LÖWÖBÖHÖ, LEHMBECK-WEICHE ODER LW

Bevor Lembeck-Weiche von der internationalen Presse das bequeme Kürzel LW erhielt, wurde der Name des Dorfes von den Kommentatoren der Fernsehsender unterschiedlicher Sprachräume in grenzenloser Vielseitigkeit gebeugt und mit der jeweiligen ethnografischen Eigenwilligkeit unbekümmert bereichert, verstümmelt oder vernichtet.
Die bildschöne junge Fernsehmoderatorin der Polen fügte beim Aussprechen des Namens mit kussspitzem Mund zärtliche Schleifchen hinzu und nannte das Dorf Lehmbeckli-Weichewski, während ein schwarzgekleideter japanischer Sprecher mit traditioneller Einstellung zur Mortalität einen schwarzen Schleier auf das Dorf warf und in tödlicher Verunstaltung die Namensgebung Lemlem-Leiche in die Nachrichten einbrachte. Ein türkischer Witzbold übertrieb seine sprachliche Lust und schüttelte Unmengen der Buchstaben Ö und Ü aus dem mit Vokalen gehäuften Füllhorn des Bosporus auf LW. Er befrachtete den Ortsnamen so reichlich mit wohltönenden Selbstlauten, dass man das kleine Dorf aus dem Holsteinischen nun in den wilden Bergschluchten von Erzürum vermuten musste. Für die Zuschauer des Senders Hüüriyöt verbarg sich Lehmbeck-Weiche uneinnehmbar hinter der üppigen Tarnbezeichnung Löböwöhüü, wo lediglich die Anzahl der Silben mit dem Original übereinstimmte. Die deutsche Presse hatte naturgemäß kaum Schwierigkeiten den Dorfnamen richtig zu artikulieren. Selbst die mit ungebräuchlicher Namensgebung versehenen Flurstücke, die schon in der

ganz frühen Flurbereinigung unter Widukind ihren Ursprung gefunden hatten, wurden korrekt bezeichnet. Nur >Der Spiegel<, der für seine allseits bewunderte Rechtschreibung und Dokumentation immer eine glückliche Hand bewies, fand keine Einigung mit dem Flurstück Besenlinde und gab einer eignen Wortkreation den nachlässigen und unverständlichen Vorzug. Der Redakteur belegte das Flurstück mit der phonetischen Zwillingsdoublette Blasenlindung. Einer der Wissenschaft der Urologie entnommenen Bezeichnung für das Heilmittel eines Nachtropfleidens der von Prostata geplagten Männer, das paradoxerweise ausgerechnet aus dem reichlich fließenden Babyurin gewonnen wird.

Das von den Dörflern gemiedene daneben liegende Flurstück Ortrudensenke war ein schäbiger Unkrautsacker mit einer Sammlung seltener und längst ungebräuchlicher amerikanischer White-Wall-Tires unterschiedlicher Herkunft, Dimensionen und Abnutzung. Etwas weiter zurück stand eine ordentlich aufgeschichtete Pyramide aus Gurkeneimern, die mit kaum noch lesbaren Etiketten auf die geschälte, süßsaure und warzige Kukumber Delikatesse hinwiesen. Umrahmt von zwölf ausgeraubten Hünengräbern der frühen Steinzeit, bot das Flurstück nur noch das trostlose Bild einer schäbigen Verunstaltung.

Der einprägsame altdeutsche Eigenname Ortrudensenke wurde dennoch von der F.A.Z. nur phonetisch richtig interpretiert und mit der neuen Namensgebung Ortsschenke hoffnungsvoll belebt.

LW schien zu einem Goldgräberort geworden zu sein, der offenbar durch das Auffinden einer meterdicken Goldader den Blickpunkt der Welt auf sich gerichtet hatte. Die dörfliche Silhouette wuchs zu einer bizarren Skyline, denn hohe Antennenmasten mit vielen bunten

Puddingschüsseln strebten ringsum in die Luft und brachten optisch eine missliche Störung in die Weite der Landschaft unter ihrem endlosen Himmel. Bald entwickelte sich eine ständige Hubschrauberbrücke zwischen dem Marineflugplatz Jagel und der Wiese neben der nie fertiggestellten Gänserupf-Anlage von Falkenhagen, die von den Einheimischen zum Gänseairport erklärt wurde. Die riesigen Rotoren der Maschinen wirbelten bei Starts und Landungen dichte Sandschwaden auf, die als dickbäuchige Windhosen durch die Dorfstraße torkelten und die prächtigen Bauerngärten gründlich einstaubten.

Den Militärfliegern von den Flugplätzen Jagel und Eggebek wurde absolutes Flugverbot auferlegt, um den Aufklärungsflugzeugen ungestörte Suchabläufe bei ihren ständigen Tiefflügen zu ermöglichen. Die Zugangsstraßen zum Dorf bekamen Straßensperren und ein Kordon von Beamten in blauen Wettermänteln umfing das Dorf mit einem undurchdringlichen Festungswall. Opa Johansen etablierte sich schnell entschlossen als fliegender Händler und bot von seinem Fahrradanhänger Kaffee und Würstchen zu Puffpreisen an. Er behauptete, er habe vor Erteilung seiner Verkaufslizenz einen Eid auf absolute Verschwiegenheit ablegen müssen, den er aus Gründen der Dringlichkeit in einer fernmündlichen Zeremonie vor dem Innenminister persönlich abgelegt habe.

„Ich gehöre nun zu einem der wichtigsten Geheimnisträger im Land." Ungefragt und mit raunenden Stimme eines Mahners und Deuters fügte er hinzu: „Eines will ich euch, ohne meinen Eid zu beschädigen, heute schon vertraulich und in geraffter Form andeuten." Er machte eine lange Pause und schloss seine Augen. Leise flüsterte

er dann: „In der Zukunft unseres Dorfes ist es so dunkel wie in einem Kuhbauch."
Tag Duggen schoss in der Darstellung seiner Verantwortung für das Dorf den Vogel ab und neigte wie immer zum Überspielen. Er war bis an die Zähne bewaffnet und trug schwer an vier Jagdflinten und seinem vollgestopften Munitionsgürtel. „In Zeiten der Not muss ich als Kreisjägermeister ein gutes Beispiel geben und werde meine Heimat bis zum letzten Schuss verteidigen," rief Tag Duggen den begeisterten Dorfbewohnern zu. Durch das Zielfernrohr seines Gewehres überprüfte er wiederholt die Vorgärten und Dächer der Scheunen und schien bereit zu sein, alles vor seiner Flinte gnadenlos zu füsilieren.
Das neue Herz von LW schlug im großen Tanzsaal der Deutschen Eiche. Auch die zwei weiteren Säle und sämtliche Gästezimmer waren vom Innenministerium in Berlin auf unbestimmte Zeit angemietet. Nur der kleine Vorraum mit den gelbblättrigen Palmen und einer eilends aufgebauten Nottheke aus zusammen gestellten Küchentischen blieb den Gästen aus dem Dorf vorbehalten.
Im großen Saal arbeitete unter der persönlichen Federführung des Bundesinnenministers ein hochkarätiges internationales Gremium, das mit sichtbarer Hektik agierte. Man stand ratlos vor der Unverständlichkeit, bislang keinerlei brauchbare Hinweise oder irgendwelche Spuren für die Auffindung der beiden Staatsmänner bekommen zu haben. Selbst die sieben routinierten BKA-Spezialisten zum Erstellen von Täterprofilen, die oft zu fantasievollen Prognosen neigten und gern ein wenig flunkerten, warfen bald die Flinte ins Korn.
Zum Stab der Sonderkommission gehörten der GBA-Minister, der BKA-Chef, der BND-Chef, der Kanzler-

amtschef, der Chef der russischen SWR und zwei Verbindungsmänner vom CIA und der FBI.
Als Kenner und Insider der dörflichen Interna wurde häufig Polizeimeister Robert Tscherkis aus LW hinzugezogen. Selbst in diesem hochrangigen Kreis wusste er mit seinem sicheren und kompetenten Auftreten zu beeindrucken. Seine Berichte über die Menschen in LW und deren Lebensumstände mit ihren oft vielschichtigen Beziehungen zueinander, waren klare und distanzierte Betrachtungen, die zugleich jede Form einer Denunzierung oder voreiligen Verdächtigung vermieden. Durch schnelle und intensive Nachforschungen der Beamten, waren die Bewohner von LW ohnehin zu gläsernen Menschen geworden und es fanden sich überraschende Einsichten und Erkenntnisse über ungewöhnliche Neigungen und Gewohnheiten. Unter den Casanovas der männlichen Dorfbewohner wurde der Platzhirsch als ein aktives Mitglied der Schwulenbewegung in Hamburg erkannt, während im gleichen Dosier ein Großteil der Duggen als regelmäßige und spendierfreudige Besucher des Etablissements >Oben ohne, unten nichts < enttarnt wurden. Ein Mitarbeiterstab erstklassiger Spurenfachleute, Funkdienstexperten und Elektroniker der Kommission für Identifizierung, die IDKO, zudem Psychologen aus Pullach und Wiesbaden lebten in verschiedenen modernen Arbeits- und Wohncontainer, die auf dem Dorfplatz und den Wiesen rund um die Deutsche Eiche aufgestellt worden waren. Hinzu kamen die mobilen Einsatzkommandos MEK, des BKA und etwa einhundert GSG-9 Männer, die das Dorf und die Stäbe schützten und für weitere Aufgaben ständig bereit standen. Sie verfügten über sechs eigene Hubschrauber, die auf dem Schulhof parkten und rund um die

Uhr einsatzbereit waren. Eine andere Einsatztruppe bestand aus Männern der KSK, des Kommandos Spezialkräfte aus Calw, die der Militärführung und dem Verteidigungsminister unterstanden. Sie galten als die am besten ausgebildete Einsatztruppe der Welt und wohnten etwas abseits der Dorfstraße in einem großen Wohncontainer. In ihrer Zurückgezogenheit waren sie unsichtbar wie Geister und man bekam sie kaum zu Gesicht. Die Direktleitung nach Berlin, Pullach und zur Stabsstelle der Interpol in der BKA-Zentrale in Wiesbaden, wo im großen Computersaal aus 154 BKA-Karteien, 4,2 Millionen Kriminalakten, 45000 Interpol Fahndungen, 3,4 Millionen Sachfahndungsausschreibungen und eine gewaltige Sammlung von Fingerabdrücken, die wöchentlich um 5000 anwuchs, wurde unentwegt beansprucht. Die Datei der Fingerabdrücke fand prominente Erweiterung durch die des russischen Präsidenten, des deutschen Kanzlers und des Unteroffiziers T. Duggen. Als Mann mit übertriebenem Reinigungsbedürfnis hatte er seinen Spind vor dem Einsatz erstklassig aufgeräumt und danach seine kleine private Hausbar wieder sorgfältig eingeräumt. Er hinterließ dabei eine Traumsammlung kompletter Fingerabdrücke, die man sogar unpräpariert auf den Gläsern und Flaschen ausmachen konnte. In verschiedenen Beurteilungen seiner Vorgesetzten wurde er als ein Ausbund von Fleiß und Zuverlässigkeit bezeichnet und als eine Persönlichkeit, die sich in ihren Handlungen immer als absolut berechenbar erwiesen hatte. Aus den Recherchen und Gesprächen mit seinen Angehörigen, Kameraden, Vorgesetzten und Schulfreunden, erstellten die Fachleute ein umfassendes Psychogramm, das sich seine Persönlichkeit vornahm und punktgenau seine psychische Veranlagung darlegte.

Es wies eine geradezu literarische Qualität auf und unter Verzicht des üblichen psychologischen Kauderwelsch, war das Gutachten von erfreulicher Übersicht und klarer Verständlichkeit, was auch umgehend vom Innenminister bemerkt wurde. In einer klaren Forderung hatte er seine Vorstellung zuvor kurz dargelegt.

„Ich will kein neunmalkluges Gutachten zum Beeindrucken von gut zahlenden Privatpatienten, sondern eine knappe und verständliche Beurteilung mit Hinweisen auf Macken, Auffälligkeiten oder möglichen Aussetzern. Ich hoffe auf besondere Fingerzeige in Hinblick einer versteckten Labilität, die bekannterweise in Grenzsituation rasch besondere Formen annehmen kann oder flugs in ein kapitales Fehlverhalten gleitet, wie schon der Lateiner in unserem Fall klug vorausblickend mit labilis, also gleitend, bezeichnet. Ein seltsamer Zufall, wenn es dann einer ist, bleibt dennoch, dass der Fahrer Duggen ausgerechnet dieser Gegend entstammt und sich in LW so gut auskennt, wie in seiner eigenen Hosentasche. Unter den hiesigen Ureinwohnern wandelt man ohnehin wie in einem dunklen Wald voller Rätsel. Unser psychologisches Rateteam muss sich in LW weit mehr nach den Gezeiten und der Windstärke richten, denn die herkömmlichen Modelle der Seelendoktoren versagen hier vollends. Nur mit völlig neuen Methoden wird man die Blackbox der menschliche Seele der Einheimischen knacken können, denn die Einwohner dieses Dorfes leben meinen Beobachtungen nach in einem geheimnisvollen Kokon und bevorzugen im Umgang miteinander allgemein unbekannte und entschleunigte Rituale. Mit Hilfe Ihres Gutachtens will ich die hiesigen Zustände, Ereignisse und Gewohnheiten endlich erfassen können, um ein Modell für unser weiteres Vorgehen zu erarbeiten."

In T. Duggens Personalunterlagen fanden sich nur Hinweise einer überzeugenden physiologischen und psychischen Stabilität. Die Angelegenheit in Somali, die ihn den Zusatznamen Titte bei der Bundeswehr und in einigen Zeitungen eingebracht hatte, wurde leichthin beiseite geschoben und als spaßige Einlage für seine Kameraden bewertet. Im neu erstellten Gutachten überboten sich die Psychologen in den Erkenntnissen über seinen vorzüglichen Seelenzustand.

„Duggen ist fest eingebunden in seinen soliden charakterlichen Eigenschaften, die lediglich durch erbtümlich latent transzendierende Kräfte minimaler Belastung ausgesetzt sind. Ein plötzlicher Akt spontaner Gewaltanwendung würde jedoch dieser ausgeglichenen und in sich ruhenden Persönlichkeit konträr entgegen stehen. Sie ist mit einem adaptiven System ausgestattet, also der Fähigkeit zu einer schematischen Weiterorientierung mit einer universalen selbstschöpferischen Dynamik. Sein Vater dagegen zeigt deutliche Symptome einer narzisstischen Persönlichkeitsstörung und hat den Sinn für angemessene Proportionen im zwischenmenschlichen Umgang vollends verloren, was bei seinem Sohn keineswegs der Fall ist und unter keinen Umständen auf ihn übertragen werden sollte."

Die Psychologen wiesen jedoch beunruhigt auf die Möglichkeit einer eventuellen Kopfverletzung hin, die Duggen sich im Chaos des Flugzeugabsturzes zugezogen haben könnte. „Eine eventuelle Kopf- oder Hirnverletzung könnte dagegen durchaus eine hirnorganische Persönlichkeitsveränderung nach sich gezogen und Duggen unmittelbar in einen unkontrollierbaren psychotischen Zustand versetzt haben, der sich jeglicher Kontrolle und Vorausberechenbarkeit entzieht und völlig eigene Wege geht."

„ Besonders für einem listigen Fuchs und Gefolgsmann freudianischer Neurosentherapie," fügte ein Kollege aus der Arbeitsmedizin wenige Stunden später leise hinzu. Bei dem heftigen Umtrunk in ihrem Wohncontainer stellte das angenehm betrunkene Konsilium der Seelenärzte fest, dass niemand auf dieser Welt, und sie selber gleich gar nicht, die Tiefgründigkeit der Menschen ausloten könnte. Sie gelangten einmütig zu der Erkenntnis, dass jeder Mensch, besonders aber die anwesenden Psychologen mit oder ohne Kopfverletzung, sich die gewaltige Wertladung im Auto unter den Nagel gerissen hätte, jedenfalls bei einer sich so glücklich bietenden Gelegenheit. Und notfalls, um die gewünschte Bereicherung nicht zu gefährden und die Sache schnellstens auf den Punkt zu bringen, hätte man die prominenten Beifahrer neutralisieren können.

„Mit dem Wagenheber einen gut gesetzten und weitgehend schmerlosen Kanickelfangschlag auf die Rübe und dann ab in den tiefen Graben mit ihnen," rief begeistert ein älterer Professor und Autor eines Standardwerkes aller europäischen Hochschulen mit dem Titel:
>ETHIK UND MORAL. DER LEICHTE VERZICHT AUF DAS FREMDE ICH.<
„Die zur letzten Ruhe gebrachten Seelen der hohen Herren könnten dann endlich auf eine Wanderung ins Jenseits gehen und unterwegs in Nobiskrug schon einmal tüchtig ausschlafen. Bis dahin wäre unsereins schon über alle Berge. Wenn der Gesetzgeber mich doch am Arsch bekommen hätte, könnte ich als gesuchter Gerichtsgutachter gleich mit einem ganzen Sack voller Argumenten

aus meiner versauten Säuglingszeit aufwarten und nach meinem Freispruch das Geld verjubeln. Ab in die Südsee zu den geilen Hula-Hula-Weibern, denn ohne Täter keine Strafe."
Sein Kollege, ein berühmter Privatdozent aus Wien, war schon ziemlich weggetreten und sang mit unangenehmer schmalziger Stimme „Wir wollen niemals auseinander gehen," wobei er umständlich die gemeinsam genutzte Wasserpfeife bestückte. Er hatte einen reichlichen Drogenkonsum und betrieb als Hobby die Herstellung von Speiseölen aus Hanfstroh, das er an Frittenbuden vertreiben ließ. Seine solide aufgezogene Hanfölfabrikation hatte lediglich eine Alibifunktion, um sich auf leichte Weise Drogen für seine ewige Lampe, wie er seine Wasserpfeife bezeichnete, günstig zu beschaffen und um weiterhin einen gut zahlenden treuen Kundenkreis beliefern zu können. Wiederholt fiel sein Kopf auf die Tischplatte und er brabbelte Unverständliches. In lichten Momenten versuchte er seine verschüttete Spätlese von der Tischplatte zu lecken. Nach einer Weile hob er noch einmal seinen Kopf und bekannte mit verknüppelter Zunge:
„Ich habe Sehnsucht nach meiner geliebten Nymphomanin. Im letzten Sommer durfte ich im Lister Hafen ihre nähere Bekanntschaft machen. Sie hat als erfolgreiche Werbedame für die süperben Rasierklingen >Lisamoa Bartschnell< werbemäßig agiert und allerorts Probeklingen verteilt. Am Lister Hafen trug sie ein Nichts von einem Stringtanga, der sich vollständig zwischen ihren beiden wundervollen Arschbacken verkrochen hatte. Übrigens ein Krachhintern, der meine sämtlichen Sinne in brisante Alarmstufen versetzte und mich in aufregender Weise wieder daran erinnerte,

immer noch am Leben zu sein. Sie rief über die besoffenen Krabbenfischer und den versammelten angesäuseltem Sylter Herrschaften an den sauteuren Fischbuden hinweg:
„ Rasiert wird mit der scharfen Klinge."
Dazu machte sie neckische Tanzschritte in ihren hochhackigen bis zu den Oberschenkeln reichenden fickmichschnell Stiefeln.

CAPTAIN HAYWARD LACHARM

Am Morgen nach dem Unglück schwanden die dunklen Wolken und ein unschuldiger Himmel stieg aus dem Meer. Der Sturm > Queen of India < war schon wieder zu neuen Taten auf dem Weg nach Schottland. Die Sonne kroch frisch gewaschen aus den gekräuselten Wellen und griff wütend nach dem Schnee. Nachdem der Winter nun seine schweren Tore schnell wieder schloss, kamen schon die heiteren Vorboten des Sommers leichtfüßig aus dem weiten Horizont des Meeres getänzelt. Sie tanzten mit etwas steifen Sprüngen ins Land, wo sie auf den letzten Schneeflecken manchmal ins Schlingern geriet und dabei zu Purzelbäumen neigten.

Die erste Meldung von dem spurlosen Verschwinden der beiden Staatsmänner war so ungeheuerlich, dass man sie in manchen Redaktionen amüsiert als Ente einstufte und dem Wahrheitsgehalt der Fantasie zuordnete. Nachdem der Innenminister jedoch die Meldung wenig später in einer Fernsehansprache bestätigte, rückte das stille Dorf Lehmbeck-Weiche aus dem Stand in das glühende Interesse der Weltöffentlichkeit. Die Medien überschlugen sich und in weltweiter Übereinstimmung wurde der geheimnisvolle Vorgang als ein monumentales Ereignis bezeichnet. Die seltsamen Zufälligkeiten und das unerklärliche Geheimnis um das spurlose Verschwinden der beiden Staatsmänner bot wilden Hypothesen und Mutmaßungen unentwegt neue Nahrung. Die seltsamsten Reaktionen kamen üblicherweise von Trittbrettfahrern und Spinnern. Eine fanatische Christensekte aus München sagte den Tod der Staatsmänner voraus und weissagte eine Auferstehung der beiden zum Oktoberfest des Jahres 2052. Von den bayerischen Ministern und einigen ihrer folgsamen Journalisten wurde das Verschwinden des Kanzlers als ein cleveres Manöver der Bundesregierung für die kurz bevorstehende Bundestagswahl ausgemacht. Die aktuelle Prognose der Wahlforscher, worin dem Kanzler unisono eine vernichtende Niederlage prognostiziert worden war, fiel wie ein Kartenhaus in sich zusammen. Die Kurve der Beliebtheit schnellte plötzlich steil nach oben und die von Mitleid genährte Gunst der Wähler, ließ die Chancen des Kanzlers aus den tiefen Zahlen einer unvermeidlichen Niederlage zu einem umwerfenden Erfolg hochschnellen. Mit dem schnellen und genialen Slogan: „Deutschland und der Kanzler sollen leben," schütteten seine Wahlmanager Öl in das schon fast erloschene Feuer der Begeisterung. Damit suggerierte die Partei den Wählern, dass eine Stimme gegen den Kanzler zugleich eine Stimme gegen sein Leben sei.

In den Kirchen rund um die Erde beteten die Menschen für die Errettung der beiden Staatsmänner und Deutschland geriet in einen Kanzlerrausch. Im Parteipräsidium hieß es hinter vorgehaltener Hand, der Kanzler dürfe um Gottes und der Partei Willen unter keinen Umständen vor dem Wahlsonntag wieder auftauchen. In einem geheimen Kampfpapier wurde festgelegt, dass der Kanzler bei zu frühzeitigem Auftauchen sofort unter Verschluss gehalten werde müsse. Auch der kritische Chef des Magazins > Der Spiegel < mutierte unversehens zu einem treuen Anhänger des Kanzlers. Seine Aufsätze gerieten nun häufig in die Nähe von schmachtenden Liebeserklärungen, die es zudem auch noch mit Pferden hatte und im Satzgefüge ziemlich verdreht daherkam.

„Das das verloren geglaubte zurückbringt, der uns solche schwere Prüfung auferlegt. Aber wer sitzt nun in der Kutsche und wer kutschiert? Denn die Pferde traben immer weiter. Unsere Hoffnung macht Sprünge wie ein durchgehendes Pferd. Wir wollen wie einst Johannes der Täufer auch unseren Herrn Kanzler zurückgewinnen, damit er unsere Steige weiterhin richtig schultert."
Nur wenige Tage zuvor hatte >Der Spiegel< die Steige mit all den Fehlern und Versäumnissen der Regierung vollgepackt, aber die entflammte Seele des Chefredakteurs trug endlich ihren ersten Sieg über seine intellektuelle Häme davon, die sich offenbar plötzlich in gnädiger Altersfreundlichkeit einer milden Kapitulation beugte. Viele Nationen fühlten sich nun in gemeinsamer Hoffnung brüderlich zusammengehörig. Die Deutschen und die Russen verbanden sich im Herzen zu einer solidarischen Familiengemeinschaft, umschlungen von warmer und hilfreicher Menschenliebe. Der Mann im Elysee zeigte mit erstklassiger Schauspielkunst einen würdigen Akt des Gedenkens und der Hoffnung, die in der ganzen Welt Ströme von Tränen auslöste. Unter den Blicken von mehr als hundert Fernsehkameras umkreiste er die Deutsche Botschaft in Paris und wählte als Fortbewegung zunächst den getragenen Schleppschritt, was in etwa der üblichen Fortbewegung von Sargträgern entsprach. Wie ein geübter Diamantensucher hielt er dabei seinen Kopf gesenkt, um ziemlich starr das Straßenpflaster zu fixieren. In seiner rechten Hand trug er eine karmesinrote Rose der Sorte >Duschki rubra<, die jedoch leider von vielen Rosenzüchtern unter den Fernsehzuschauern mit der Rose >Frau Karl Duschki 1929 < verwechselt wurde. Die englische Königin, die mit vier Corgies vor dem Fernsehschirm saß, war heilfroh, dass

niemand aus ihrer Familie das Fernsehbild belebte. Auch sie als große Rosenkennerin fällte zu Beginn der Sendung ein glattes Fehlurteil, als sie die Rose der Sorte > Tudor Rot < zuordnete. Nachdenklich stülpte sie ihre Oberlippe über ihre Unterlippe, wobei sich ihre Nase leicht senkte und ihrem Gesicht die Mimik einer schwierigen Übung der Logopädie aufzwang. Mit weiten Augen blickte sie gedankenvoll über die Gläser ihrer Lesebrille und fand endlich den wirklichen Namen der königlichen Blume, die in der Hand des langsam schreitenden Gebäudeumrunders schon leicht verwelkt ihr Köpfchen senkte. „Captain Hayward Lacharm," flüsterte die Königin erleichtert. Es fiel ihr ein Stein vom Herzen, dass ihr der Name der wunderbaren Teehybride endlich wieder eingefallen war. Danach drehte sie ihren Rücken demonstrativ dem Fernsehbild zu und blätterte interessiert im Harrods Katalog mit den glänzenden Abbildungen von Schlafkörben für Haustiere und den ganzseitig abgebildeten Halsbändern für Hunde, wo das Silberglöckchenmodell >Ring for you< ihre Begeisterung immer wieder neu zu entfachen verstand. Mit ihrer freien Hand kraulte sie im steten Wechsel einen ihrer Hunde, warf noch einen letzten Blick auf den Fernsehschirm und sah missbilligend auf den präsidialen Dauerwalker. Sie schien sich nun einer erneuten logopädischen Übung widmen zu wollen, die ihrer Mimik nach einem hohen Schwierigkeitsgrad entspringen musste. Sie stülpte ihre Lippen angestrengt nach außen und näherte sich damit der sogenannten Kirgisischen Übung, die unter allen Umständen den oft peinlichen Zischlauten den Kampf angesagt hatte. Mit strengem Blick taxierte sie noch einmal den Franzosen und bemerkte mit der geschulten Stimme einer Schauspielerin: „Cheapjack," wobei sie ihre nach vorn geschwellten Lippen harmonisch kräuselte und damit ihrer gelegentlichen phonetischen Konsonantenschwäche klug zuvorkam. Nach einer erneuten Umrundung der Botschaft durch den französischen Präsidenten kam bei den ersten Zuschauern Ungeduld auf und sie gerieten in die ängstliche Befürchtung, dass er wiederum das Entree zur deutschen Botschaft verpasst haben könnte. Im Wasser der Seine spiegelte sich das Licht eines verklingenden Frühlingstages, der sich mit seltsamen Glanz auf Paris gesenkt hatte. Eine unsichtbares Amselpärchen sang für mehr als zwei Milliarden Fernsehzuschauer ihr sehnsuchtsvolles Abendlied, während im aufflackernden Licht der ersten Lampen der Präsident nach seiner dritten Umrundung endlich auf den Eingang der Botschaft zusteuerte. Mit einer entwaffnenden gallischen Geste setzte er seine preziösen Schritte am Ende seines Auftritts in ein langsames bodenadhäsives Adagio, was seine Füße in ein tänzerisches Gleiten versetzte. Über den Dächern glühte schon ein schüchternes Abendrot und in diesem unwirklichen Gegenlicht hinterließ der Franzose die Silhouette eines indisponierten und leicht alkoholisierten ältlichen Tänzers, der durch ein deutlich sichtbares Schlurfen inzwischen jede tänzerische Leichtigkeit verloren hatte. Scheinbar stimuliert durch die vielen Fernsehkameras, wählte er plötzlich einen verhaltenen deutschen Militärstechschritt, der bei großen Paraden seit jeher eine unnachahmliche Wirkung bei den Menschen hinterläßt. Seine spontane Hinwendung zur preußischen Tradition, die er damit so eindrucksvoll zu ehren verstand, wurde weltweit mit atemloser Bewunderung aufgenommen. Seine Presseabteilung hatte in der schon zuvor verteilten Informationsmappe darauf hingewiesen, dass der

spontane Paradeakt im Vergleich mit dem etwas rührseligen Händchenhalten seines Vorgängers mit dem damaligen deutschen Kanzler, weit höher einzuordnen sei. In der schneidigen Darstellung der stolzesten deutschen Fortbewegung bot der französische Präsident den ergriffenen Zuschauern die Möglichkeit, die unterschiedliche Länge seiner schwarzen Socken deutlich ausmachen zu können. Es zeigte den aufmerksamen Betrachtern weiterhin, dass seine Waden etwas dürftig geraten waren und sein rechtes Hosenbein eine unnötige Überlänge aufwies. Die unzureichende Hosenpassform und die geringe Ausbildung seiner schwächlichen Wadenmuskeln konnte der ergreifenden Feierlichkeit und dem Ambiente der hohen Stunde keinen Abbruch tun, wenngleich die Schritte des Präsidenten immer mürrischer gerieten. Mit seinem Auftritt brachte er den Hauch einer senilen Ahnung und eine Spur unaufhaltsamer menschlicher Vergänglichkeit in das feierliche Bild des etwas zu frühzeitigen Gedenkens. Eine Welle frankophiler Begeisterung schwappte nun nach Deutschland über, um hier unbändige Formen anzunehmen. Selbst in den deutschen Bordellen waren die Französinnen nun ständig ausgebucht und konnten der Begeisterung ihrer Freier kaum nachkommen. Die Trikolore nahm Einzug in den deutschen Einzelhandel und schmückte Käse, Kartoffeln, öffentliche Toiletten und die Schreibtische der Sachbearbeiter für die Harz IV Kunden. Udo Lindenberg ging wieder einmal auf Trittbrettposition und nödelte ausgeleiert:„Trikolor mit Rosendekor."
Weit später nach der vollzogenen Wahl brachte Naumann eine Zusammenfassung der vergangenen Ereignisse: „Dieses Beispiel von geheimnisvoller Zufälligkeit und

Wunder belegt wieder einmal, dass die hohe Kunst des machtvollen Aussitzens eines Kanzlers, das schon sein Vorgänger zum perfekten Instrument seines Regierens machte, eine vom Himmel gesponserte Form des deutschen Regierens ist."

In einer Verlautbarung des Innenministers an die Presse wurde die Höhe der verschwundenen Geldsumme und der Wert der Diamanten völlig unterschlagen und blieb für die Öffentlichkeit zunächst ein Geheimnis. In der ersten Meldung des Innenministers hieß es lediglich:

„Durch den Absturz der Maschine ist ein erheblicher Sachschaden in der Fahrzeugkolonne entstanden. Die Geld- und Wertladung ist bislang noch nicht ganz vollständig geborgen und sichergestellt worden. Unter den Männern des Begleitschutzes sind glücklicherweise keine Menschenleben oder größere Verletzungen zu beklagen. Nach dem plötzlichen Wettersturz und der dadurch verursachten Notlandung ihres Hubschraubers, sind der russische Präsident und der deutsche Kanzler in ein Fahrzeug eines gut bewachten Autokonvois zugestiegen. Der Fahrer des Fahrzeuges war der Unteroffizier Duggen, der sich allem Anschein nach das Chaos infolge des Flugzeugabsturzes zunutze machte, um die beiden Staatsmänner zu entführen und die wertvolle Landung an sich zu bringen. Duggen ist Soldat in einer Eliteeinheit und ein sportlich durchtrainierter Mann, der eine solche Tat durchaus hätte durchführen können. Es ist auszuschließen, dass Duggen mit den Erpressern und Empfängern der Wertladung gemeinsame Sache macht. Es gibt an Hand von Reifenspuren eindeutige Beweise, dass er mit dem Fahrzeug das Dorf Lehmbeck-Weiche erreichte, aber im Ort verliert sich leider sein weiterer

Weg und wir haben keine Hinweise über einen Verbleib der beiden Verschollenen."

Als der Schnee endlich geschmolzen war, lag die Kiesgrube wieder unverändert und harmlos in der warmen Frühlingssonne. In der zum Dorf führenden Verlängerung des Bernsteinweges und auf den angrenzenden Wiesen und Feldern fanden sich plötzlich tief eingegrabene Reifenspuren eines Unimogs, die zum abgebrannten Trabergestüt wiesen und im Lehmboden klare Abdrücke hinterlassen hatten. Die Spuren entsprachen den Profilen der in der Bundeswehr üblichen Reifenbestückung. Die Lösung des Rätsels erwies sich später als sehr simpel und war ein neuerlicher Hinweis auf die dominierenden menschlichen Bedürfnisse. Ein amerikanischer Urologe aus Kaiserslautern, der einst sein Studium durch Autodiebstähle finanziert hatte, erinnerte sich wieder seiner Fertigkeit und stahl einen Unimog aus dem Fuhrpark der Forstverwaltung Johanniskreuz, um sich von dort aus auf eine achthundert Kilometer lange Autofahrt nach Lehmbeck-Weiche zu begeben. Kurz vor dem Ausbruch des Unwetters erreichte er schließlich das Dorf. Das Ziel seiner nordwärts eilenden Sehnsucht war die viel geliebte Altenpflegerin Elvira, die sich der mütterlichen Zuneigung der alten Damen erfreute und die Fantasie der alten Männer mit wilden Träumen beschenkte. Ihre wunderbare harmonische Körperfülle, ihre unbändigen schwarzen Locken und ihre kecke Stubsnase versprachen eine rasche und fröhliche Bereitwilligkeit zu wohlbekannten Spielen, die sie auch bei jeder sich bietenden Gelegenheit ungehemmt und ausdauernd gestaltete. Gleich nach dem Servieren eines festlichen Grießbreis und einem gefährlich aussehenden Tomatenauflauf mit weichen Klößen, die bei den zahnlosen und

kauunwilligen Sonderfällen auf Grund ihrer Lutschfähigkeit immer hohe Anerkennung fanden, hatte sie sich davongemacht und war in aufregender Verheißung zu ihrem Ami in den Wagen gestiegen. Er hatte es sehr eilig und musste nach seinem Zeitplan schon wieder auf dem Rückweg nach Kaiserslautern sein, wo sein Stammhalter am nächsten Tage in einer kleinen Waldkapelle im Pfälzer Wald getauft werden sollte. Unmittelbar nach dem Einsteigen in sein Auto, begannen ungestüme Körperkontakte, die im Hof des abgebrannten Gestüts eine ergiebige und leidenschaftliche Fortsetzung fanden. Auf der übermütigen Rückfahrt zum Altersheim hatte der Urologe seinem schnellen Herzliebchen einige übermütige und verwegene Fahrmanöver vorgeführt. Manchmal lenkte er das Auto vom Weg ab und ließ es wild schlingernd und mit Karacho über Felder und weiche Wiesen schlittern. Auf dem späteren Rückweg zur Autobahn malten die Reifen seines Autos übermütige Schleifen und Kurven in die junge Wintersaat. Sie radierten tiefe Spuren in den Boden und schleuderten die ersten sanften und hilflosen Gänseblümchen in den erwachenden Frühlingshimmel. Die Fahnder gingen davon aus, dass Duggen in dem fliehenden Fahrzeug immer wieder Schneewehen auf der Straße umfahren habe und dann wieder zur Straße zurück gekehrt sei. Kein Zeuge schien die wilde Flucht bemerkt zu haben. Wenige Tage später meldete sich eine alte Dame, die sich jedoch als total Nachtblind und in ihren Aussagen als schwankend und diffus erwies und zudem eine seltene Schwäche bei Erkennung von Formen und Farben zeigte.
Sie kam von einem Besuch aus Braunschweig, wo sie eine Ausstellung gestohlener Kirchenfenster besucht hatte. Am Viernheimer Kreuz, etwa gegen 4.30 Uhr,

wurde sie von einem stark verschmutzten Unimog überholt, der auf die Autobahn nach Kaiserslautern abgefahren sei. Die Polizei zeigte der Zeugin später verschiedene Fahrzeugtypen in grüner Militärlackierung, die sie allesamt mit großer Bestimmtheit als Unimog identifizierte und ein gelber Dienstwagen der Post wurde wenig später ebenso der gesuchten Automarke zugeordnet. Danach wurde sie mit angestrengter Freundlichkeit von der Polizei verabschiedet. Bei ihrer Abfahrt streifte sie zwei Dienstwagen und touchierte mehrere Kräder, um sich abschließend fröhlich winkend auf Fahrerflucht zu begeben. Reporter der Bildzeitung besuchten die alte Dame und berichteten am nächsten Tag, dass eine nahezu blinde Dame das Tatfahrzeug identifiziert habe und in der Nacht zuvor in den Besitz eines krakeligen Autogramms des Kanzlers gelangt sei. Der arme Kerl habe nach ihren Aussagen vier goldene Handschellen getragen und flehendliche Blicke in den Himmel geworfen. Titte Duggen wurde in dem Bericht zu einem tollwütigen Unhold gemacht, der immerzu mit den Zähnen fletschte und in einem unmenschlich hohen Bogen aus dem Schiebedach uriniert habe. Für ein Interview vor der Kamera hatte die alte Dame ihr Haar hellblau einfärben lassen und teure Ohrringe angelegt. Sie trug ein Tuch von Hermes und rief am Ende des Gesprächs indigniert: „Dieses Wildschwein hat einen widerlichen gelben Regenbogen in die unschuldige Landschaft gebrunst."

Spezialisten des BKA und die russischen Spezialisten vom SWR suchten gemeinsam fieberhaft nach weiteren Hinweisen. Die Fluchtstrecke bis zum Dorf konnte man auf Grund der vorliegenden Fakten sicher rekapitulieren, zumal zum Zeitpunkt des Flugzeugabsturzes die Straßenabschnitte zur Autobahn und in Gegenrichtung zum Flugplatz durch umgestürzte Bäume und einen querstehenden dänischen Kühllastwagen unpassierbar gewesen waren. Die Polizeibeamten der Konvoibegleitung hatten nach dem Wettersturz ihre Kräder an der Straße stehen lassen und waren dem Konvoi später eilig zu Fuß gefolgt. Sie konnten alle bestätigen, dass ihnen kein Fahrzeug entgegen gekommen war und eine Rückkehr zur Autobahn nicht stattgefunden haben könnte. Die Feldwege zum Dorf waren zum Zeitpunkt des Unwetters unbefahrbar und einzig der Bernsteinweg, der durch dichte Hecken und niedere Tannen Schonungen gut geschützt lag und in die Dorfstraße mündete, war als Fluchtweg geblieben. Einer der Fahrer aus dem Konvoi meinte gesehen zu haben, dass ein Unimog an der Abfahrt zur Kiesgrube ein Wendemanöver ausgeführt und den Bernsteinweg Richtung Dorf eingeschlagen habe. Nun geriet Titte Duggen in eine Schlüsselrolle und wurde zum meist gesuchten Verbrecher der Welt, auf dessen Ergreifung man fünf Millionen Euro aussetzte. Alsbald wurden seine Somali Aktionen bekannt und in den Zeitschriften tauchten Fotos aus jener Zeit auf, die ihn schüchtern lächelnd in Aktion zeigten. Die gesamte Weltpresse griff seinen pikanten Spitznahmen begehrlich auf und verzichtete seither auf die Hinzufügung seines Nachnamens. Im englischen Sprachraum wurde er auch als Tit-Creep bezeichnet, in der Anglistik ein Synonym für einen Menschen, der sich nach einer mehr zufälligen kriminellen Nutznießung schnellstens wieder abzusetzen vermag. In einer gruseligen und unheimlichen Version, die auch dunkle blutrünstige Elemente enthielt, hieß er neuerlich Sergeant Tit. Der in der ersten Hektik geäußerte Verdacht, den Absturz des Flugzeuges als einen minutiös geplanten Anschlag auf den Konvoi zu betrachten, wurde nach der technischen Untersuchung und der Anhörung des Piloten in keiner Weise bestätigt. Ferdi meinte abschließend: „Meine Maschine und ich waren nur noch ein Spielball der wilden Queen of India, die uns ganz schön an die Kandare genommen hatte. Ich wundere mich immer noch, dass ich bei den wüsten Aufwinden inzwischen schon wieder auf der Erde angekommen und rechtzeitig zum Pfingstfest bei meiner Familie eingetrudelt bin. Unterwegs war ich darauf eingestellt, noch eine ganze Weile in den höheren Gefilden des Himmels herumeiern zu müssen."

Die Absturzursache fand man präzise in dem Versagen der gesamten Elektronik, sodass dem Verdacht auf eine Verschwörung der Boden endgültig entzogen wurde. Eine gefällige Erklärung kam von dem Leiter des russischen SWR, der Nachfolgeorganisation des KGB. Er hatte bei Falkenhagen kräftig gebechert und bemerkte schlüssig und gut gelaunt: „Die gesuchten Staatsmänner haben sich zusammen mit Sergeant Tit weggezappt und nun lediglich ihre Fernbedienung verloren."

Das war eine stimmige und prägnante Erklärung, aber sie blieb in der Praxis nach allen Seiten offen. Eine weitere Erklärung hatte er nicht. Er war dagegen unentwegt am Reden, aber ließ zugleich sämtliche Gegenfragen auf sich beruhen. Bevor Falkenhagen ihm die Treppe zu seinem Zimmer hochschob, verkündete der Russe noch:

„Es gibt viele Wege, die ins Verderben führen. Der Mensch kennt sie alle und wir Russen kennen noch einige mehr."

ÄLG IS OVER

Das gesamte Ergebnis der internationalen Fahndung kam einer absoluten Niederlage der Staatsgewalt gleich. Der Chef des BKA bekannte im kleinen Kreis anwesender Abteilungs-Präsidenten:
„Wir wissen immer noch nichts oder noch etwas weniger und davon wiederum nicht einmal eine Andeutung. Ich muss davon ausgehen, dass die Fakten von den hiesigen Kühen gefressen wurden. Wir befinden uns in einem Bermudadreieck von unbekanntem Ausmaß und einer nicht auslotbaren Tiefe. Ich bin nahe daran, mich mit den besagten Watt Yetis zu beschäftigen, die der alte Saufrüssel aus dem Dorf im Fernsehen heraufbeschworen hat. Mit seinem Auftritt ist der Schmierenkomödiant auf Anhieb zum Star geworden. Nun hat die Schnapsnase auch noch ein Spendenkonto für seinen Verein >Rettet die Wattyetis< ins Leben gerufen. Ich bin nahe daran mich dieser Bewegung anzuschließen und die weitere Fahndung der allwissenden Presse und dem lieben Gott zu überlassen, der allen Tätern dieser Welt angeblich am Ende ihres Lebens ohnehin einen überbrät. Nach einer schnell durchgeführten Umfrage glauben nun schon 64 % aller Bundesbürger an die Existenz eines Watt-Yetis, der eine Art Salzwasser-Rübezahl sein soll und an dessen Täterschaft kaum noch gezweifelt wird. Viele Menschen kommen nun von weit her und bringen Schüsseln mit schmackhafter Nahrung zum Watt, um diese Wasseraffen gütig zu stimmen. Wir sollten unsere wissenschaftlichen Methoden dringend aufgeben und es mit Bleigießen versuchen oder die hiesigen Regen Muhmen befragen, die zudem sehr ansehnliche Weibsbilder sind."

Der Chef blickte dabei aus dem Fenster ins Freie, wo Falkenhagen seine Lieblingsgänse fütterte und einen Hund mit leichten Fußtritten traktierte. Der graue Horizont hinter den aufgeregt schnatternden Gänsen lag in unwirklicher Ferne und ein wilder Haufen kreischender Möwen verfolgte einen Fischkutter, der immer kleiner wurde und schließlich in der diesigen Endlosigkeit hinter den Sandbänken seinen Blicken entschwand.
Zum Abschluss der Sitzung sagte der Chef des BKA in dezenter Befehlsform: „In unserer beschissenen Situation müssen wir jeder Meldung dennoch sofort nachgehen, auch wenn sich zuvor schon weitgehend andeutete, dass es depperte Hirngespinste der einheimischen Urbevölkerung sind, die sich sichtbar an dem Wirrwarr ergötzen." Alsbald geriet er wieder in seinen Offizierskasinoton und bemerkte ablenkend:
„Nun wollen wir aber gemeinsam dejeunieren, damit unsere schwache Hoffnungen wieder zu Kräften kommt."

Obwohl LW weiterhin in dem Zustand einer polizeilichen Quarantäne verharrte und man glauben konnte, dass bei dem gewaltigen Fahndungsaufwand selbst ein Maulwurf unter der Erde nicht unentdeckt bleiben könnte, verliefen sämtliche Hinweise und Spuren weiterhin im Sande. Auch die Räume der Meierei hatten einer Untersuchung standgehalten. Das Atelier, die ehemalige Milchanlieferung mit der Rampe zur Dorfstraße hin, war überladen mit vielen skurrilen Kunstobjekten der Buttermacher und wurde von den Fahndern mit belustigtem Staunen wahrgenommen. Den einzig noch bestehenden Eingang zu dem unterirdischen Bunkerkomplex, der sich hinter der fleckigen Zinnwand und dem rostigen Butterrührwerk verbarg, war unentdeckt geblieben. Die gewellte Zinnwand, die fest an der Wand installiert schien, hatte zur aktiven Zeit der Meierei der Kühlung der pasteurisierten Milch gedient. Sie war an der Rillenwand herunter geflossen, um dann abgekühlt in einer Rinne am Boden aufgefangen zu werden. Eine einfache technische Einrichtung, die bei allen Meiereien üblich gewesen war und zu keiner weiteren Nachforschung inspirierte. Aus aller Welt kamen täglich mehr als zweitausend Beobachtungen von Zeugen, die seltsame Dinge zu berichten wussten. In wichtigtuerischen oder verqueren Aussagen teilten sie den Behörden mit, das Fahrzeug mit den drei vermissten Männern gesehen zu haben. Einige hatten den russischen Präsidenten erkannt, der durch eine sehr höfliche Fahrweise aufgefallen sei. Duggens verschiedene Rollen und Verkleidungen wurden besonders ausführlich geschildert. Er solle meist schöne Kleider und einen Strohhut mit bunten Bändern getragen haben. Eine wohlhabende Dame aus der Schweiz hatte in einem seiner Kleidungsstücke ihr vor Jahren verlorenes Kopftuch erkannt. „Ein Geschenk meines inzwischen verstorbenen Mannes. Es ist mit Wildbeerenmotiven bestickt und ein absolutes Unikat von unschätzbarem persönlichen Wert." Sie erhob Strafanzeige gegen Titte Duggen und verlangte, dass man das Tuch als ihr Eigentum anerkenne und sich sofort weltweit danach auf die Suche danach zu begeben habe. Ein Huthändler aus Mailand meinte wiederum als Tittes Kopfbedeckung einen grauen Borsalino mit schwarzem Seidenband aus seiner Kollektion ausgemacht zu haben. Er berichtete von einem Stau auf der Autobahn kurz vor Wien. „Der Wagen stand neben mir und ich hätte den Hut mit meiner linken Hand bequem greifen können." Der Hinweis eines trunksüchtigen Schrankenwärters und Taubenzüchters beinhaltete einen goldenen Helm, der ein überirdisches Licht verbreitet habe. Ein dänischer Colonel, dessen Bart mit Resten seiner letzten zehn warmen Mahlzeiten anschaulich bekleckert war, berichtete vor einer Fernsehkamera von fliegenden Militärautos, die den kleinen Belt überflogen hätten. „Ein militärisch sehr geordneter und exakter Formationsflug, der mich beeindruckte und ein Beweis für den militärischen Erfindergsgeist ist." Er nahm dabei Haltung an und bis auf seine Kleckserei im Bart machte er nun eine ansehnliche Figur. Der BBC Moderator blieb angenehm zurückhaltend, aber seinem Gesichtsausdruck nach zu urteilen, hielt er die Beobachtung der fliegenden Autostaffel jedoch für highly exaggerated und fixierte angewidert den verkrusteten Bart des Colonels. Eine der neu eingehenden Meldungen ließ die Maschinerie der Fahndung sofort hochtourig anlaufen. Die Meldung wurde von einem österreichischen Zollbeamten zögernd und schamhaft bestätigt. Ein Militärunimog war an der Grenzkontrolle Kufstein gesichtet worden. Das Fahrzeug hatte einen Anhänger mit einer Panzerabwehrkanone mitgeführt und war trotz der militärischen Bestückung unbehelligt in das Alpenland eingefahren. Die Zollbeamten beider Seiten hatten auf Grund einer gemeinsamen Geburtstagsfeier ihren Dienst nur beiläufig wahrgenommen und waren angenehm angesäuselt zu amüsierten Komplizen geworden. Sie bewunderten das Flugabwehrschütz gemeinsam vom Fenster des Dienstgebäudes aus und legten schließlich eine gute schauspielerische Einlage hin, wobei sie mit weit von sich gestreckten Armen ein angreifendes Flugzeug mimten und den Inhalt ihrer Weingläser verschütteten. Die weiteren Nachforschungen ergaben, dass ein liebeskranker Hauptmann eine dringende Dienstfahrt nach Ebbs in Tirol vorgegeben hatte, um endlich die Person seiner unstillbaren Leidenschaft aufzusuchen. Die Erkorene war eine minderjährige Reitschülerin von williger Frühreife und einem Lot einschlägiger Erfahrungen. Der Leiter des privaten Gestüts, der in Wien ein berühmter Oralchirurg war, erwischte die beiden in der Reithalle, die bei seinem Eintritt festlich erleuchtet war. Die beiden Liebenden und Pferdefreunde ritten gemeinsam auf einem atemberaubenden schönen Haflingerhengst. Er hatte eine weiße Mähne und der lange weiße Schweif schleifte wie eine Brautschleppe über dem Boden. Der schöne Hengst umrundete im leichten Galopp die Halle. Er war erregt und schien zu spüren, was auf seinem Rücken geschah. Er schnaubte und hatte sein langes Rohr ausgefahren. Die beiden Reiter waren unbekleidet und zeigten eine kühne Passage aus der hohen Schule der Liebe, die schon bei den wilden Tataren gebräuchlich gewesen war und mit dem Namen > Die Figur mit den drei Rücken< in der Aufreihung der Liebesstellungen für Reiter früh Zugang gefunden hatte. Aus den Lautsprechern kamen die Klänge festlicher Intraden mit Feldkornetten und Heerpauken. Die beiden Reiter, die sich auf dem Pferderücken verlustierten, um zugleich die hohe Schule der Reiterei und der Liebe so lustvoll und elementar auszuüben und zu verbinden verstanden, waren eindeutig nicht der Kanzler, der Präsident oder T. Duggen. Die schöne Lolita bewegte sich wie eine Tänzerin im Rhythmus des Galopps und stieß dazu unverbrauchte melodische Lustschreie aus, die wiederum die Musik belebten. Die Recherchen der auf Hochtouren laufenden Fahndung brachten immer neue Einblicke in die menschliche Abgründigkeit und zeigten den Beamten wiederum, dass nahezu allen Menschen die schwere Last verborgener Begierden auferlegt war, die glücklicherweise auch oft mit dem köstlichen Lohn der Erfüllung einher gingen und damit hinreichend belohnt wurde. Die Nachforschungen brachten viele Geheimnisse an den Tag, nur die vermissten Politiker nicht. Eine der großen Villen am Meer gehörte einer Frau aus Hamburg, die seit zwei Jahren verschollen war und dadurch das Interesse der Beamten auf sich zog. Sie hatten sich inzwischen der Fälle aller vermissten Personen angenommen, die bislang keine Aufklärung gefunden hatten. Die Frau hieß Iris Nissen und entstammte einer angesehenen Familie aus Hamburg, die kurz nach der Jahrhundertwende eine dieser sieben Villen am Meer gebaut hatte. Sie war immer nur für kurze Stippvisiten in ihr Haus zurückgekehrt, um bald wieder weiter zu ziehen. Sie musste das Familienflittchen gewesen sein und war schon in früher Jugendblüte aus einem Internat in der Schweiz ausgebüxt, um mit einer hinreißenden Tangokapelle durch die Welt zu ziehen. Ihre Begabung zum Ausgleich ließ es zu, dass sie ihre Gunst wechselseitig unter den Mitgliedern des Orchesters verteilte, ohne der Musik eifersüchtige Misstöne aufzuzwingen oder sie der übermütigen und fordernden Sinnlichkeit des Tangos zu berauben. Nach dem Musikintermezzo hatte sie bei einem Waffenhändler in Tanger gelebt, der jedoch in Paris von fünfundzwanzig Kugeln an der Bar des Hotels Georg V. hingestreckt wurde. Später war sie mit einem berühmten Toreador liiert, bis der genau platzierte Stoß eines Stierhorns sein Beinkleid und die darunter befindliche ansehnliche männliche Ausstattung als blutige Trophäe auf seine Spitzen nahm. Der weitere Weg ihrer berauschten Lebensfreude verlief weitgehend im Dunkeln und nur

vage und lückenhafte Kenntnisse ihrer Vita erhellten hier und da die schwachen Spuren ihres ungestümen Lebens. Zwei nahe Verwandte, eine Cousine und ein älterer Cousin, bewohnten und behüteten nun ihr Haus. Auch sie konnten mit ihren diffusen und verschwommenen Erinnerungen kaum etwas Aufklärendes beitragen und verloren sich in Andeutungen. Die Cousine erwähnten ein Kloster, einen reichen Reeder aus New-York und manchmal verirrten sie sich in ein anderes Thema und brachten die hohen Grabkosten vom Friedhof Montparnasse ins Spiel. Am Ende der Befragung sagte sie mit zärtlicher Stimme:
„Ich habe sie immer beneidet und war glühend in sie verliebt, was immer sie auch anstellte. Einmal machten wir zusammen eine Schiffsreise nach Ägypten. Meine Cousine war eine Schönheit und hatte links und rechts zwei aufregende Grübchen am Po. Wir wohnten in einer Luxuskabine, aber meistens haben wir zusammen in einem Bett geschlafen, denn ich neigte zur Seekrankheit. Manchmal sprach Iris von ihren vielen Männern und bemerkte leichthin: „Ich habe sie nur über mich hinwegfliegen lassen und ihnen nie mein Herz geöffnet, wir dagegen sind uns viel näher." Mehr erfuhren die Beamten nicht von der Cousine der Vermissten. Sie kicherte am Ende des Gesprächs unvermutet und sagte etwas Unverständliches, aber ihre Stimme war plötzlich von lebendiger Sinnlichkeit und ihr Gesicht war das eines jungen Mädchens. Ihr wesentlich älterer Cousin, ein pensionierter Oberstaatsanwalt, schöpfte seine Erinnerungen an die schöne Verwandte aus einer offenbar schmerzhafteren Begegnung mit ihr, die er in einem überlauten Anklägerton den befragenden Beamten kundtat. Er wählte das Perfekt als Form des Verbums und

brüllte: „Sie hat gebissen." Nach einem längeren Blick in die Efeuwand schien er sich der damaligen Schmerzen wieder anschaulicher erinnern zu können. Er wählte nun aber die Form des klaren Präteritums und rief: „Sie biss." In seinen Gedanken geriet der alte Herr wieder auf alte Abwege und dachte mit Vergnügen an die untere Hälfte seiner Cousine, die er als weniger bissig in Erinnerung behalten hatte und die ihm nun nach vielen Jahren noch einmal das seltene Geschenk einer komfortablen Erektion bescherte. Er sah sie vor sich, wie sie nackt am Fenster eines Pariser Hotels stand und sich dann weit in den Regen hinausbeugte. Sie sang >Salamander küsst den grünen Wind< und sah dabei auf eine weit ausladende Kastanie, die sich mit unzähligen Blütenkerzen geschmückt hatte. Sie bewegte ihren Körper und ihre beiden aufregenden Grübchen schienen nach einer lasziven Melodie miteinander tanzen zu wollen, ohne sich näher zu kommen oder berühren zu können. Iris war damals so jung gewesen, dass sie seine Tochter hätte sein können. Auf einem der beiden Betten lag ihr hastig hingeworfenes malvenfarbenes Abendkleid und ein Champagnerglas. Über dem Wasser der Seine schwebte immer noch ein schwirrender Hauch eines hitzigen Sommertages und auf den Bänken am Fluss saßen Liebespaare. Der alte Herr Oberstaatsanwalt resümiert, wenn ich die Tage in Paris einmal aus meinem Leben herausnehme, verbleibt eigentlich nur noch ein Haufen von Hühnerdieben, Schnellfahrern, dämlichen Wechselreitern und ein voller Sack mit egomanischen Juristen. Ich hätte damals für immer bei Iris in Paris bleiben sollen und meine Hose nie wieder anziehen dürfen.

Die Nachforschungen nach den verschiedenen Vermissten erbrachten keine neuen Ergebnisse, die den

Fahndern dienlich sein konnten. Am Ende beschäftigte man sich mit dem Fall der Helena Duggen, deren Leben noch undurchsichtiger war, als alle anderen Fälle zusammen. Sie wohnte in einem Haus des Familienanwesens. Helena hatte einige Jahre in Lecce gelebt. Sie parfümierte ihren Hals und war eine vorzügliche Pianistin. Eines Tages war sie plötzlich in Begleitung ihres Mannes Benito nach Lehmbeck-Weiche zurückgekehrt. Er fuhr bald regelmäßig mit den Fischern zum Fang aus und wurde schnell in deren Gemeinschaft aufgenommen, denn er war ein guter Arbeiter und handfester Trinker.

An einem schönen Septembertag, als der milde Herbstwind lange Silberfäden des Altweibersommers über die Wiesen trug, traf er Iris am Strand und sie nahm ihn mit in ihr Haus. Kurz vor Weihnachten verschwand er plötzlich ohne Abschied und sein von innen blutverschmierter Wagen wurde später in Tondern gefunden, wo wenige Tage zuvor auch Iris gesehen worden war. Man konnte sich gut an sie erinnern, denn in einem Handarbeitsgeschäft hatte sie sechs Paar Handschuhe gekauft, die alle mit Mohnblüten bestickt waren und in einem Geschäft mit Trödel aus Übersee erstand sie einen schönen chinesischen Dildo aus Elfenbein. Recherchen hatten ergeben, dass Helena in der Schweiz über gewaltige Konten verfügte. Ihr Mann Benito hatte vor Jahren große Summen für sie angelegt und regelmäßig flossen weitere Geldsummen auf ihr Konto, auch noch nach dem spurlosen Verschwinden ihres Mannes. Er war ein bedeutender Mafiosoboss gewesen und die italienische Polizei ging davon aus, dass er seine Geschäfte von Deutschland aus führte. Nach seinem Tod geriet Helena

Duggen ins Visier der internationalen Polizei. Man glaubte, dass Helen die Rolle ihres Mannes übernommen hatte und darin unauffällig zu agieren verstand. Sie verließ ihr Haus nicht oft und verbrachte viele Stunden am Klavier. Ihr Telefon und ihr Handy wurden abgehört, aber sie unterhielt sich meistens nur mit Rosenzüchtern aus aller Welt. In den Gesprächen erwähnte sie exotische Namen von Rosen oder sprach über die schöne Zeit der Hauptblüte und über die Preise von seltenen Rosenstauden, wobei manchmal ganze Zahlenreihen erwähnt wurden. Die Fachleute des BKA vermuteten, dass sie sich Codes bediente, aber sie waren nicht fähig diese zu entschlüsseln, zumal ihre Telefonpartner nicht auszumachen waren und ständig wechselten.
Helenas leicht verstimmter Flügel stand inmitten der geräumigen Diele, die fast groß wie ein Konzertsaal war. Bevor sie zu spielen begann, blickte sie gewöhnlich an die dunkle Decke und seufzte, um sich dann aber ihrem Spiel zuzuwenden. Bald tanzten ihre zierlichen Etüden wie übermütige Engel durch ihr Haus oder purzelten durch ihren Rosengarten. Häufig stand ihr kleiner Lieblingsneffe Budde neben dem Klavier und kaute begeistert an seinen Nägeln. Er liebte die ungewöhnlichen Allüren seiner Tante, die von den Menschen im Dorf mehr bewundert, als verstanden wurde. Budde war ein stiller Junge, dessen rhetorische Möglichkeiten verkümmert schienen und der mit dieser Dürftigkeit den ansonsten herausragenden Fähigkeit der Duggen weit nachhinkte.
Nach dem Verklingen der letzten Akkorde zog Freude in Helenes Herz ein und sie war heiter und glücklich. Mehr zu sich selbst sagte sie: „Benito war die schönste Caprice meines Körpers, aber leider eine sehr flatterhafte, die sich oft davon schwang und nun nie wieder zurückkehren

wird. Sie legte ihren Arm um Buddes Schultern und beugte sich nieder zu ihm. Leise flüsterte sie ihm ins Ohr: „Nur die Klugen behalten die Wahrheit für sich."
Der Junge nahm verwirrt ihr Parfüm wahr und war kurz davor einem schon lange aufgestauten Redeschwall die Schleusen zu öffnen. Er beherzigte aber sofort den soeben gehörten Rat seiner schönen und geheimnisvoll duftenden Tante und beschloss mindestens bis zum Erntedankfest weiterhin entschlossen zu schweigen.
„Nun gehen wir in den Stall und wollen den eitlen Puter füttern, damit er bald in seinem eigenen Fett zu brutzeln vermag. Der eitle Vogelmann ist die lauteste Zierde eines jeden Hofes und am Ende doch nur noch ein stiller Festbraten. Ich mag keine übertriebene Eitelkeit und keine Untreue, die mir schon einmal das Herz gebrochen hat. Benito und Iris mögen nun auch im Himmel glücklich vereint sein, jedenfalls sind sie weit weg von mir."
In der Gruppe der BKA-Beamten hatte Tante Helena schnell eine geschlossene Front von glühenden Verehrern gefunden, die bald in ihrer Nähe behutsam Nachsicht übten und allesamt, bis auf den schwulen Norbert, ihre üppige Figur mit kaum verhüllter Begehrlichkeit bewunderten.
Ihr größter Verehrer war der amerikanische Koordinator des FBI, Franky Marathon Olympia. Er hatte seinen markanten Namen ehrlich verdient, denn er pflegte seine Verhöre mit unüberwindlicher Logik zu führen und brachte es mit seiner sturen Beharrlichkeit und Ausdauer eines Marathonläufers zu hohen Erfolgsquoten. Er galt weltweit als Spezialist für das organisierte Verbrechen und man hatte ihn nun auf Helena angesetzt. Inzwischen war er über beide Ohren in sie verliebt und mit fliegenden Fahnen zu ihr übergelaufen. Ihr zweiter Ver-

ehrer, der auch in Liebe zu ihr entbrannt war, kam aus dem deutschen Lager und war BKA Abteilungsleiter Olaf Stecher, auch Rosenstecher genannt, der in Fachkreisen als ein anerkannter Rosenzüchter galt. Schon bei seiner ersten Begegnung mit Helene hatten sie den ganzen Nachmittag über Rosen verplaudert und danach gemeinsam ihren Rosengarten besichtigt. Nachher setzten sie sich in die Küche, von wo aus sie die blühende Pracht durch das geöffnete Fenster bewundern konnten. Helena brachte eine Flasche Barbaresco von 1986. Ein Wein, der Olaf beflügelte und in einen Zustand von haltloser Begeisterung versetzte. Bald schallte Olafs tiefe Stimme mit seinen Rosenbekenntnisse durch das ganze Haus.

„Die Rosen in all ihrer Herrlichkeit werden niemals vergehen. Und wenn auch die Erde einst in Asche und Strahlenschwaden versinkt, werden sie bald wieder geduldig und liebreizend die ausgebrannten Ruinen und ihre Portale mit wohlriechender Schönheit bekränzen. In der harten Welt werden sich jedoch zum Überleben nur die Starken behaupten. Ich tippe hier besonders auf die grellrote Commandant Beaurepaire und auf die wildwuchernde Anne of Geiersstein, deren betörende fleischfarbene Blüten in jedem Jahr in ihren Hagebutten reichlich Nachkommenschaft hinterlassen."

Helena sagte: „Olaf, sie dürfen aber die Lebenskraft der dunkelorangen Papa Hillindon nicht unterschätzen und schon gar nicht die der zierlichen Sarah von Fleet. Eine Rose, die sich in den Winterstürmen so gescheit abzuducken versteht und den kalten Ostwinden ein Schnippchen schlägt. Sie verbirgt sich oft bei der Rose Reverent H. de Ombrain, der seiner grazilen Geliebten hinter seinen breiten Schultern zärtlichen Schutz gewährt. Die Farben ihrer nächsten Blüte verraten später untrüglich, dass sie es heimlich miteinander getrieben haben. Ewig und unbesiegbar ist auch unser schönstes Familienmitglied, die Saufduggenrose, die ich aus Rachsucht gegen meine Familie ihren garstigen Namen gegeben habe. Sie ist aus der Yellow Button gezogen und zusammen mit der Saufdrossel Madame Piewre OG 7, haben sie eine undurchdringliche Wand aus Schlingen und Dornen gewebt, die auch einer wilden Mammutherde trotzen würde. Eine Saufbagage von dorniger Ewigkeit, aber züchterisch so unbedeutend wie ein totes Gabelhuhn. Ich hoffe jedenfalls, Olaf, dass sie mich spätestens zu meinem nächsten Frühlingsfest besuchen kommen. Ich werde Ihnen mein schönstes Gästezimmer richten lassen und wir wollen herrliche Tage miteinander verbringen. Meine Veranstaltung ist in einigen Teilen vom Fest der Chinesen abgekupfert, das sie Chunjie nennen. Jedenfalls halten die Chinesen den Atem an, allein schon wenn sie von ihrem Fest sprechen. Am Ende kommen wir noch einmal zur Sache, damit es nicht immerzu zwischen uns steht. Mein verschwundener Mann hatte mehr Feinde als man zählen kann. Seine wahre Identität habe ich erst sehr spät erfahren und Sie werden ohnehin schon mehr wissen, als ich Ihnen sagen könnte. Von dem vielen Geld auf einigen Schweizer Banken habe ich erst vor einigen Wochen von einem seiner Anwälte aus Genf erfahren, der mir dringend geraten hat, das Geld dort noch einige Zeit zu belassen. Ansonsten soll ich mich still wie ein totes Mäuschen verhalten, was ich mit Hilfe meiner Rosen und der schönen Gespräche mit Ihnen auch gut durchstehen werde, denn ich fühle mich wohl und sicher in Ihrer Nähe. Sie sollten mich häufig besuchen, denn ich bin froh, einen so starken Beschützer bei mir zu haben."

Helene holte noch eine weitere Flasche und bald lustwandelten sie Arm in Arm durch ihren großen Bauerngarten zur Geißblattlaube aus weißen, gelben und purpurfarbenen Blüten, die betörend dufteten und von Schmetterlingen und dicken Hummeln umschwärmt wurden. Helena sagte:
„Die Blütenröhren sind so lang, dass nur Insekten mitlangen Rüsseln an den Nektar gelangen. Der Kolibrischmetterling zeigt hier eine atemberaubende Artistik. Er kann wie ein Helikopter in der Luft verhalten, um mit seinem Rüssel am Nektar zu naschen. Die dicken und räuberischen Hummeln bedienen sich dagegen einer rohen Methode. Sie beißen ein Loch in den Blütenhals, holen sich kurzerhand den süßen Blütensaft heraus und machen dazu Geräusche wie übertourige Brummkreisel. Die Natur ist absolut pragmatisch und lügt nie. Sie zeigt uns bereitwillig die Möglichkeiten zu überleben, die wir für unser mühevolles Dasein weit mehr übernehmen sollten."
Später klingelte ihr Handy und sie sprach mit ihrer Patentochter, die ihr Jurastudium unterbrochen hatte und nun durch die USA tingelte. Sie rief aufgeregt:
„Hallo Helen, ich rufe aus Branson in Missouri an. Ich trete als Vorsängerin bei einer Hillbilly-Show auf. Johnny Cash singt gerade >Ring of Fire<. Kannst du ihn hören? Ich muss mich eilen, denn gleich ist mein Auftritt. Ich bekomme übrigens ein Baby."
„Das freut mich sehr, aber es ist auch ein kleines Naturwunder. Vor einigen Wochen hast du mir ein unentwegtes männerfeindliches Suffragettenlied ins Telefon gesungen."

„Da hatte ich gerade eine lesbische Phase, aber die Bettgeschichten waren mir zu gewöhnungsbedürftig und ich ging lieber zurück zu den Männern."
„Ist der werdende Vater der schüchterne und tugendsame Mann, der immer still in deinem Zimmer sitzt und an einer wissenschaftliche Arbeit schreibt. Es ging wohl um Wassertiere oder Einblütler?"
„Ich weiß bis heute noch nicht, wie das passieren konnte, denn wir haben das Schlafzimmer nie betreten."
„Vielleicht seid ihr zwischendurch einmal in die Küche gegangen," sagte Helena.
Einige Tage später kam noch einmal Bewegung in die Arbeit der Fahnder, die durch ein finnisches Fernsehinterview ausgelöst worden war. Die anfänglich präzise Schilderung eines Samen, der von einem finnischen Reporter befragt wurde, hatte die Fahnder noch einmal hellhörig gemacht. Der angesäuselter Same, der sich gerade noch im Stadium einer erträglichen Trunkenheit befand, aber dessen Rausch leider schon kurz vor dem Abkippen war, erklärte, dass er die gesuchten Herrschaften unmissverständlich in Lappland in dem Lokal Älg o Älg bei einer Rippenspeerorgie gesehen zu haben.
„Sie haben gefressen wie eine Rotte Wildsäue und die begeisterten Gäste des Lokals sind auf ihre Stühle gestiegen und haben die drei Fresssäcke, die offenbar den hauseigenen Rekord mit hohem Abstand gebrochen hatten, mit standing Ovationen geehrt. Beim Abschied ließen sie einen Berg abgenagter Knochen auf dem Tisch und dem Boden zurück und beglichen ihre Zeche mit glitzernden Goldstücken. Einer von ihnen hat eine aufregende Strickjacke und eine Big Ben Hose getragen."
Arm in Arm und in erkennbar harmonischer Eintracht, sollen die drei Vermissten nach ihrer beeindruckenden

Gourmandise den Kampfplatz verlassen haben und in ihren Wagen gestiegen sein. Auf dem Dach des Autos wollte der Same Kisten mit spitzblätterigen Gemüsesetzlingen ausgemacht haben.

„Sie hatten die zarten Pflänzlein noch nicht einmal zugedeckt und sie waren erfroren und ziemlich ramponiert. Sie wachsen bei uns nicht im Freien, dann schon eher hinter dem Ofen, denn die Sonne hält sich nur kurz bei uns auf und treibt sich lieber in Italien herum, wie unsereins auch."

Der Moderator ergänzte später wichtigtuerisch und in übertrieben schulmeisterlicher Betonung: „Wie ich inzwischen aus eigenen Quellen erfuhr, trugen die drei Männer die farbenprächtige Tracht der Jäger und Renntierzüchter mit dem typisch rundgeschnittenen kurzen Rock, dem Gathi, und dem breiten Ledergürtel mit bunten Bändern und üppiger Seidenstickerei."

Der Same stieß dem Moderator wütend einen Finger in den Bauch und sagte:

„Sie sprechen den Namen des Kleidungsstückes mit völlig falscher Betonung aus. Das ist für uns Samen eine Beleidigung und sie sollten sich besser schnell vom Acker machen. Es muss Gathi heißen und nicht Gathi und schon gar nicht Gathi, denn wir sprechen in unserem Land kein Chinesisch."

Der Same ließ den Moderator nicht mehr zu Wort kommen und behauptete nun, dass der Lappenkönig und Viehzüchter Anders Blind aus Arjeplog, Herrscher über Lappen und Samen, den drei gesuchten Männern unbegrenztes Asyl eingeräumt habe. Er beschrieb auch in umständlicher Langsamkeit und mit einer Folge von gemütlichen Rülpsern das augenblickliche Asyl der drei Flüchtlinge.

„Sie bewohnen eine feste Steinhütte auf dem Rücken der Tundra, wo nur für wenige Augenblicke Tag ist und unsere Sterne ewig in edler Blässe am Himmel stehen."
In der weiteren Schilderung des inzwischen sturzbetrunkenen Samen, würden die ausgewachsenen Elchbestände des Landes neuerlich jede Nacht neugierig an dem Haus der drei Fremden vorbeiziehen.
„Die edlen Tiere drücken sanft mit ihren Schnauzen, die seitlich mit klirrenden Eiszapfen behangen sind und bei jeder Bewegung ihrer Köpfe wie Weihnachtsglocken erklingen, leise gegen die Scheiben der Hütte, um rasch einen neugierigen Blick auf die fremden Besucher zu werfen. Danach ziehen sie sich zufrieden schnaubend in die Tundra zurück und scharren mit ihren breiten Paddelhufen delikate Essmoose unter dem hohen Schnee hervor, die sie dann genüsslich schmatzend verzehren".
Der Same stand inzwischen wackelig und stark schwankend vor der Kamera. Er blickte in die kalte Pracht des Himmels, der immer wieder von leuchtenden Sternschnuppen belebt wurde.
Mit feierlichem Ernst und in Verbindung mit einer unübersehbaren Neigung zur Fallsucht, die er durch rasche Ausfallschritte einigermaßen in den Griff bekam, sagte er: „Der Älg ist ein heiliges Tier, und wir dürfen uns nicht länger ruhestörend damit beschäftigen. Denn die Tiere und das Land der Tundra leben von der dunklen Stille fern aller Menschen."
Mit energischen und unmissverständlichen Handbewegungen bedeutete er unwirsch und schon leicht in Wut geratend, die Elchfrage endlich wieder in eine innerlappische Hoheit zurückzuführen. Unhöflich laut werdend bekräftigte er abschließend kategorisch:
„Älg is over."

JEDER BRAND HAT SEINE RAUCHSÄULE

Die zweistöckigen Wohncontainer hinter der Turnhalle auf dem Schulhof waren das Domizil der ärztlichen Bereitschaft und der GSG-9 Männer. Sie hatten einen eigenen Fuhrpark aus verschiedenen Mercedes-Fahrzeugen und BMW-Motorrädern, außerdem konnten sie rund um die Uhr über drei Hubschrauber verfügen. Etwas weiter zurück, hinter der Maulbeerhecke am Friedhof, parkten zwei weitere abflugbereite Rettungshubschrauber neben zwei perfekt eingerichteten mobilen Operationscontainern, die in ihrer technischen Ausstattung das übliche Know how eines guten Kreiskrankenhauses weit übertrafen. In einem Kühlwagen lagerten vielerlei Medikamente und ausreichend Blutkonserven für die vermissten Staatsmänner. Von der Blutgruppe des T. Duggen waren jedoch nur zwei Liter gebunkert, was den tiefenpsychologischen Schluss zuließ, dass seine Rückkehr als Lebender weder erwünscht, noch erwartet wurde. Die vier Chirurgen im oberen Containerraum, die alle ein erstklassiges internationales Renommee genossen, hatten sich zu einem verbissenen Kartenspiel gefunden und setzten alles daran, Haus und Hof zu verpokern. Sie saßen in lindgrünen Unterhemden um den Tisch herum und rauchten pechschwarze Havannas. Der Leibarzt des Kanzlers und Erfinder einer mörderischen Joggingstrecke am Wannsee, hatte unter den anwesenden Professoren unaufgefordert die Rolle des Sprechers übernommen und sich bei seinen Kollegen schnell nachdrücklich unbeliebt gemacht. Wie sein großes französisches Vorbild wäre er brennend gern mit höfischer Würde um die leeren OP-Tisch geschritten, um den abwesenden Kanzler mit vorauseilender Ehrfurcht einen privaten Ehrenservice zu erweisen. Mit bissigen Bemerkungen monierte er das unangebrachte Kartenspiel seiner Kollegen und appellierte an den Ernst der Stunde, an das Standesbewusstsein und an die dringend geforderte akademische Würde. Ein älterer Professor aus München bemerkte leichthin, ohne dabei von seinen Karten aufzuschauen:

„Die Lage ist sehr ernst, aber nicht hoffnungslos, denn mir fehlt zu einem perfekten Blatt lediglich noch eine fulminante und willfährige Dame, die ich von Herzen gern zum Entsetzen meiner Kumpels mit dem weiteren Sortiment meiner Siegerkarten blank auf den Tisch werfen würde. Wir sollten uns im Augenblick aber weit mehr auf mein vis a vis konzentrieren, denn diesem Messerhelden aus Heidelberg traue ich keinen Wimpernschlag lang über den Weg. Dieser Bursche ist beim Kartentricksen noch schneller als beim Ausstellen seiner unverschämt hohen Privatrechnungen, die er am Ende seiner vergeblichen Bemühungen, zusammen mit dem Totenschein den Hinterbliebenen seiner Patienten zukommen lässt. Und wo wir justament bei der Arbeitsteilung angelangt sind, darf ich Sie daran erinnern, dass Ihre Zuständigkeit mehr bei einer hundsgemeinen Erkältung liegt, die ohnehin schon jede ärztliche Kunst überfordert. Gott sei Dank bekommt man mit ihrer freundlichen Hilfe zumindest eine Menge Krankenscheine auf den Tisch und somit schlagen sich die Sauviren auf unsere Seite. Mit aktiver Hilfe dieses Kleinviehs darf die Gattin ihren Porsche regelmäßig erneuern und wir können unsere gut getarnte Nebenmaid mit funkelnden Preziosen bei scharfer Laune halten. Ihr notwendiges Handwerkszeug wie Beinwickel, Senfkörner oder die durchschlagenden Folia Sennae, können Sie übrigens beim hiesigen Krauder aufbessern. Man findet sie in den Regalen zwischen den Fahrradpumpen und Damenbinden. Zum Schluss gebe ich Ihnen persönlich einen ausnahmsweise honorarfreien Einblick in eine wichtige medizinische Weisheit, indem ich Sie auf den unerlässlichen Rentnerschlaf hinweisen möchte. Er ist ein Allheilmittel und wichtig bis zum letzten Atemzug, denn die Schönheit des Alters mit seinen unerschöpflichen Freuden ist nicht mehr fern. Ein ganzer Sack voll mit attraktiven Hinfälligkeiten erwarten uns, um uns bis zum Ende der Mühsal anhänglich zu begleiten. Danach hinterlassen wir unserer mehr oder weniger treuen Ehegefährtin Haus und Hof und die Armen bleiben allein mit ihrem unbeugsamen Witwenbuckel. Sollten die Staatsmänner bei uns auftauchen und eine Erkältung eingefangen haben, die durch unser flinkes Skalpell nicht zu heilen ist, ist endlich Ihre Kapazität gefragt. Die Ausgabe der Wärmflaschen wird unsere Chefnurse während Ihrer Abwesenheit übernehmen. Das ist die schöne Blonde, deren frechen Möpse Sie schon seit Tagen mit Ihren Augen verschlingen. Scharfe Messer und scharfe Nursen gehörten immer schon zum Interieur meiner OP-Räume. Und nun meine Herren, erhöhe ich auf zehn braune Lappen. Ich musste dafür bei einem verhunzten Appendizitis zum Messer greifen, wobei ich ziemlich rumgemurkst habe und der Simulant auf dem OP-Tisch mir am Ende fast noch abgenibbelt wäre. Nun aber genug von unseren üblichen Berufsfreuden. Auf geht's, Buam, der Pott ist mir so gut wie sicher und jeder kluge Mann würde sofort die Waffen strecken. Das war mein letzter freundschaftlicher Vorschlag, denn ich möchte euch vor einem schrecklichen Desaster bewahren."

Er warf ein Bündel Geldscheine auf den Tisch und blies den Rauch seiner Zigarre unternehmungslustig in die Runde.
„Jeder Brand hat seine Rauchsäule," rief er vergnügt und streckte seine Beine weit unter den Tisch.

FERKELCHEN ÜBER DEM FEUER

Die beiden Staatsmänner und T. Duggen schliefen ohne Unterbrechung dreizehn Stunden. Siegfried hatte sie nach ihrem Aufwachen versorgt und einen belanglosen und etwas verwirrten small Talk mit ihnen gehalten. Er zeigte ihnen die Toilette und das Bad und die beiden Gäste schienen unter dem Eindruck zu stehen, auf einer Tauchfahrt in einem U-Boot zu sein, das nach ihren vagen Andeutungen in Eckernförde zur Jungfernfahrt ausgelaufen war. T. Duggen stand schnell wieder auf der Matte, aber er faselte ständig von einer Königstochter in Thailand, der er nach der Ankunft im Hafen unbedingt eine sehr persönliche Nachricht zukommen lassen wolle. Er verließ als erster den Führerbunker und ließ sich von Wilhelm die Kombüse zeigen, wo er sich sofort am schmutzigen Geschirr zu schaffen machte.

Siegfried wusste, dass für die drei Männer im Augenblick ein Teil ihrer Erinnerungen vollends gelöscht sein könnte, aber in der Regel in kleinen Schüben wieder zurückkehren würde. In ihrem derzeitigen Zustand konnten sie sich jedoch an den Unfall und dessen Umstände nicht erinnern. Nach Siegfrieds Diagnose waren bestimmte Funktionen der Nervenzellen gestört, ohne dass ein bleibender Schaden im Gehirn entstehen würde. Einen Schädelbruch oder eine Gehirnprellung schloss er aus, denn es fanden sich dafür keine typischen Anzeichen oder entsprechende Komplikationen, die als Symptome in der Regel unübersehbar gewesen wären. Die Verunglückten litten unter Kopfschmerzen, Schwindelgefühl, Erinnerungsverlusten und Konzentrationsschwächen und Siegfried ging davon aus, dass er am

Abend zuvor die Schmerz- und Schlafmittel zu üppig bemessen hatte. Die Männer sahen in Siegfried den Schiffsarzt und sprachen ihn auch so an. Als er ihnen die Binden an den Köpfen erneuerte, erkannte er plötzlich die beiden Staatsmänner. Nach der ersten Schrecksekunde siegte jedoch seine gediegene Gelassenheit und die pittoreske Situation begann ihn sofort zu amüsieren. Eine Weile blieb er unschlüssig in der Abwägung zwischen seiner Verantwortung als Arzt und seiner Profession als Künstler. Entschlossen befand er, der Kunst den Vorzug zu geben und das unterirdische Paradies der Kranken wegen nicht vorzeitig zu verlassen. In wenigen Tagen sind sie wieder voll im Bild und bis dahin sollten wir sie wieder ausgewildert haben. Als Kranke haben sie hier einen First Class Bildungs- und Genesungsaufenthalt mit einer hautnahen und honorarfreien Chefarztbetreuung rund um die Uhr. Ein Transport und die sofortige abrupte Veränderung ihrer Umgebung, würde ihre Heilung belasten und sie unter Umständen in neue Konfusionen stürzen. Bei uns dagegen sind sie kaum gefordert und im ruhigen Geschehen unseres Tagesablaufs integriert und bei uns werden sie auch keineswegs von der Sonne geblendet. Wir müssen unser künstlerisches Vorhaben unter allen Umständen weiterführen. Meine Kumpels werden die Begegnung mit der Prominenz überleben und außerdem ist ihre Anwesenheit wichtig für eine voranschreitende Rekonvaleszenz der Patienten. Meine beiden Mitstreiter werden zwanglos mit unserem Besuch umgehen und ihren rhetorischen Glanz zum Nutzen der Kranken aufblitzen lassen.

Zum Mittagessen verließen die beiden Staatsmänner gemeinsam den Führerbunker. Als sie das riesige Atelier betraten betrachteten sie erstaunt die ungewöhnliche Einrichtung. Sie waren von den vielen Gemälden und bizarren Objekten überrascht und verwirrt. Die fremde Umgebung und die fremden Menschen um sie herum, überforderten sie und man konnte bemerken, wie sie sich angestrengt bemühten, die vielen neuen Eindrücke und Wahrnehmungen einzuordnen. Storm saß am Tisch und begrüßte die beiden Männer freundlich. Er hatte sie sofort erkannt, aber er ließ sich nichts anmerken. Er lächelte und suchte einen kurzen Blickkontakt mit Siegfried. Auf dem Tisch stand eine große Pfanne mit Bratkartoffeln und daneben eine weitere Pfanne mit Rühreiern. Es roch appetitlich nach geräuchertem Speck und gebratenen Zwiebeln. Um die Pfannen herum waren sechs Gedecke aufgelegt und in der Küche nebenan unterhielten sich Duggen und Wilhelm. Die beiden Staatsmänner waren sorgfältig rasiert und rochen heftig nach >Soir de Paris<, das Wilhelm zusammen mit einem größeren Posten silberner Masken, blonder Haarteile und festlicher Abendroben aus dem Fundus eines bankrotten Kostümverleihers ersteigert hatte. Der russische Präsident trug ein T-Shirt von Storm, das mit einer Bordüre aus internationalen Flaggen bestickt war. Der Kanzler dagegen trug eine Jacke von Wilhelm, die als Kunstobjekt von Laura de Rucksick kreiert worden war. Es war Wilhelms Lieblingsjacke, die er einst von Laura im Tausch gegen eines seiner großformatigen Wolkenbilder bekommen hatte. Wilhelm und Laura waren damals kurz durch eine leidenschaftliche Liaison verbunden, die bald wie ein rauschendes Feuerwerk verglühte und am Ende eines heißen Sommers vollends erlosch. Laura war eine eigenwillige Künstlerin mit einer ungemeinen handwerklichen Begabung. Sie fertigte in geheimnisvollen Techniken wundersame Textilobjekte,

die von wichtigen Galerien und Museen ausgestellt wurden. Der Kanzler trug ihre Jacke mit dem sicheren Selbstverständnis eines Models. Sie war mit bunten Bändern und Federn geschmückt und die bequeme und großzügige Glockenform schien ihm zu behagen. Die beiden Staatsmänner setzen sich an den Tisch und füllten nach kurzem Zögern ihre Teller.
„Guten Appetit, allerseits," sagte der russische Präsident gut gelaunt.
„Der Kanzler macht Hausbesuche," flüsterte Storm Siegfried ins Ohr.
Dabei zuckte er mit den Schultern, um damit kund zu tun, dass er ein wenig ratlos sei, jedenfalls zum gegenwärtigen Zeitpunkt. Kaum verständlich und mit leicht bebender Stimme fügte er leise hinzu: „Da hat Titte Duggen uns aber zwei große Kuckuckseier ins Nest gelegt. Es sieht so aus, als würden wir demnächst ohne Umwege nach Sibirien verreisen müssen und wie man manchmal gehört hat, kann man sich dort auf manches gefasst machen. Ich denke nur an die Hammerzehen von Wilhelm I." Siegfried flüsterte: „Die dortigen Eisprinzessinnen sind für einen unverbindlichen Quickie auch leider ungeeignet, denn ihre Männer nähen sie zum Schutz gegen Fremde in unzugängliche Pelze ein. Erst zum Frühjahr werden die Nähte wieder aufgetrennt, um die Damen nach sehr gründlicher Reinigung wieder gebrauchsfertig zu machen."
Storm flüsterte hoffnungsvoll: „Ich glaube, wir müssen uns keine Sorgen machen, denn unsere Besucher sind nie im Leben die Originale. Das war schon immer so, dass hochgestellte Politiker in einigen Auftritten von zweitklassigen Schauspielern gedoubelt werden, die sich damit ein gutes Zubrot verdienen. Der angebliche russische

Präsident spricht ein akzentfreies Deutsch. Zudem ist das Haar des Kanzlers schlecht eingefärbt und er scheint eine Neigung zum leutseligen Stottern zu haben. Die beiden Männer sind nichts als Schmierenkomödianten und bestenfalls schlechte Kopien der Originale."
Als Storm sich erhob, um einen Nachschlag zu holen, bemerkte der Kanzler freundlich:
„Es schmeckt vorzüglich und ist auch sehr reichlich. Vielleicht können Sie uns ein Bier bringen, wenn Sie es an Bord auftreiben können, es kann notfalls auch aus der Dose sein."
„Vielleicht ein Radeberger"? Sagte der russische Präsident hoffnungsvoll und in einem geradezu bittenden Tonfall. „Wir sind manchmal an Sonntagen von Dresden nach Radeberg gefahren und haben in der Brauerei ein ganzes Fass Bier gekauft und auf der nächsten Wiese gnadenlos vernichtet. Ich hatte eine sehr schöne Zeit in Deutschland."
Storm flüsterte: „Der Lügenbeutel überspielt vollständig. Ich bin jedenfalls nun endgültig und unwiderruflich überzeugt, dass beide schlechte Kopien sind."
Storm brachte Bier und Gläser und die vier Männer stießen freundlich miteinander an.
„Wie tief liegt unser Boot im Augenblick?" fragte der Kanzler interessiert, ohne dabei sein genüssliches Kauen zu unterbrechen. „Im Augenblick sind es etwa 5000 Fuß," sagte Storm in kurzer militärischer Prägnanz. „Wir begeben uns aber in wenigen Minuten in gemäßigte Sinkfahrt auf 10 000 Fuß," ergänzte Siegfried.
Dann schwiegen alle und konzentrierten sich neugierig auf das Gespräch in der Küche zwischen Wilhelm und T. Duggen, der inzwischen in einen anklagenden Monolog geraten war.

„In dieser Küche stinkt es wie in dem Abtritt eines billigen Hafenpuffs. Wie können erwachsene Menschen eine anständige Küche nur so verkommen und verwahrlosen lassen. Aber was kann man von Künstlern schon erwarten, die ihre Modelle ins Waschbecken pinkeln lassen oder mir nichts, dir nichts hemmungslos auf dem Küchentisch bedienen."
Er geriet nun wieder schneller in die gefürchtete Duggen-Wut: „Aus eurem Küchenabfluss stinkt es wie aus dem Rachen eines Aasgeiers." Danach folgte in üblicher Duggen-Logik der Abgesang auf die unüberbietbare Tüchtigkeit aller Duggenabkömmlinge.
„Ihr habt eine ehrliche Kombüse vergewaltigt und liederlich herunter gewirtschaftet. Ich, T. Duggen, werde hart arbeiten müssen, um euren Chaos wieder in die Reihe zu bringen."
Plötzlich überschlug sich seine Stimme und er brüllte in einem schneidigen und keinen Widerspruch duldenden Kasernenhofton: „Ab sofort hat hier jedermann Küchenverbot und das ist ein absoluter Befehl."
Wilhelm begann Titte mit leiser Stimme zu besänftigen: „Natürlich bist du ab sofort alleiniger Herr in unserer Küche. Das kann ich dir nun schon und ohne Rücksprache mit meinen Freunden so gut wie fest zusagen. Ich werde mich für dich verwenden und dein Anliegen sehr wahrscheinlich durchsetzen können. Das ist mehr oder weniger nur noch eine Formsache. Obwohl uns die Arbeit in diesem wichtigen Wirtschaftsraum immer eine notwendige Ablenkung schenkte. Leider verfügen wir nicht über deine Kompetenz und darum ist hier in letzter Zeit einiges verkehrt gelaufen. Niemand wird dir zukünftig deinen neuen Aufgabenbereich in der Küche streitig machen dürfen."

Es trat eine längere Pause ein und in der Küche wurde es still. Dann sagte Wilhelm mit einer falsch klingenden Schwurstimme, wobei seine Zuhörer im Nebenraum den Eindruck gewannen, dass er wahrscheinlich eine Hand zum feierlichen Schwur erhoben hatte: „Ich verbürge mich persönlich und ohne wenn und aber für deine alleinige Küchenleitung."
Siegfried sagte zu Storm: „Nun haben wir endlich einen Dummen gefunden. Die Küchenarbeit war doch für jeden von uns ein Albtraum und früher oder später wären wir wahrscheinlich verhungert oder an Lebensmittelvergiftung gestorben."
Der Kanzler lachte und blinzelte Siegfried kumpelhaft zu. Nun hörten sie, dass in der Küche Flaschen geöffnet wurden und die beiden Männer miteinander anstießen.
„Übrigens haben wir ein riesiges Vorratslager mit feinsten Delikatessen, die ich nach meiner Erbschaft meinen Kumpels spendiert habe. Unsere Tiefkühltruhen sind bis zum Rand gefüllt und ich werde dir nachher alles offiziell übergeben. Da kann sich ein Gourmetkoch deiner gehobenen Klasse so richtig austoben und jeder von uns wird deine Leistung zu würdigen wissen, denn aus der Familie der Duggen sind meines Wissens immer schon große Köche hervorgegangen."
Die beiden Männer tranken sehr schnell und nach dem Öffnen einer weiteren Flasche erzählte Titte Duggen die verworrene Geschichte seiner Liebe, die ihn mit einer offenbar hochgestellten Dame aus Asien verband. Sie musste nach seinen Angaben auf Geheiß ihrer Eltern ein Pflichtjahr mit niederen Arbeiten in Deutschland absolvieren. „Im Augenblick arbeitet sie in einer Putzkolonne in Stuttgart, um das Leben auch einmal aus einer niederen sozialen Perspektive kennen zu lernen," wie

Titte eilfertig erklärend hinzufügte. „Ihre Eltern sind dem dortigen Königshaus verwandtschaftlich sehr eng verbunden. Mehr darf ich dazu nicht sagen, denn sie soll inkognito bleiben. Leider muss meine Kirschblüte bis zu ihrer Eheschließung aus religiösen Gründen Jungfrau bleiben. Vorige Woche habe ich ihr einen Heiratsantrag gemacht. Sie war natürlich sehr geehrt eine Duggen zu werden, aber sie wollte als gute Tochter meinen Antrag erst einmal mit ihren Eltern besprechen, bevor sie mir ihr Jawort gibt. Das Geld für das Flugticket musste ich ihr aufdrängen, denn ich fühle mich nun schon als ihr Ehemann und will ab sofort voll für sie aufkommen. Wir sind die ganze Zeit wie Bruder und Schwester miteinander umgegangen und haben uns nicht berührt. Sie hat bestenfalls versehentlich meinen Oberschenkel mit ihrer Hand gestreift und auch ich musste leider ihre vornehme Herkunft akzeptieren und meiner Begierde ständig einen starken Riegel vorschieben. Wir haben uns jedoch häufig über Sex unterhalten und manchmal hat sie zur besseren Veranschaulichung Zeichnungen angefertigt und sie mir gezeigt. Auf ihnen waren verschiedene Liebesstellungen in allen Einzelheiten skizziert und mit ihren Namen bezeichnet, denn Sex ist in ihrem Land für die gemeine Bevölkerung ein Nationalsport, wie bei uns der Fußballsport. Die Menschen dort geben den Liebesstellungen schöne Namen und kennen keinerlei Prüderie. Unten ihnen gibt es >Ferkelchen über dem Feuer<, >Die Haustür steht offen<, >Das Bäumchen im Sturm< oder >Tigerritt<. Als sie mir >Eine Nonne kehrt heim< aufzeichnete, hat sie das perspektivisch nicht richtig hinbekommen und ich durfte zur besseren Veranschaulichung einmal kurz ihre Brüste berühren. Dabei ist mir fast die Sicherung durchgebrannt und alle meine Stecker rausgeflogen."

„Das kann man vertreten, aber immerhin hast dich wie ein erstklassiger Gentleman verhalten und als anständiger Mann und guter Deutscher, der einer Dame aus höchsten Kreisen den nötigen Respekt entgegen gebracht hat," sagte Siegfried mit einfühlsamer Stimme aus Beipflichtung und Bewunderung.

„Ich habe den aufgezwungenen Verzicht und meine quälende Entsagung selbstverständlich akzeptiert, aber in ihrer Nähe war ich immer scharf wie eine kaukasische Streitaxt und habe mir in meiner Not manchmal sogar die Lippen blutig gebissen. Bei unserer großen Liebe und nach meinem offiziellen Eheversprechen, hätte sie schon einmal eine Ausnahme machen dürfen," sagte Titten abschließend weinerlich und in erschöpfter Ratlosigkeit.

Nun wurde es still in der Küche und man vernahm nur noch das geruhsame Ticken einer der alten Wanduhr.

Nach einer langen Pause flüsterte Titte:

„Sie hat mich nie erhört," und er schien seiner Stimme nach den Tränen nahe zu sein..

Voller Mitleid und mit warmherziger Anteilnahme sagte Wilhelm:

„Das war aber sehr unbehilflich von ihr, denn du wolltest doch eigentlich nur ihr Döschen öffnen."

KOSMOS UND HUMUS

Nachdem Gottes Finger wieder einmal auf die Kiesgrube Wilhelmsthal gezeigt hatte, wie schon drei Menschenalter zuvor beim ominösen Kuhschwanzmord, waren die Besitzverhältnisse des Areals gerade neu vollzogen worden und in die Obhut von Wilhelm gelangt.
Der obskure Mord geistert nur in fernen Erinnerungen einiger alten Menschen herum. Das Mordopfer war eine elegante Dame, die mit einer weißen Fantasieuniform bekleidet gewesen war. Sie hatte kostbaren Schmuck getragen, der nach einigen Jahren dem Staat zugefallen war und bei einer späteren Versteigerung ein Vermögen erbrachte. Der Polizei war es nie gelungen die Identität des Opfers festzustellen und den Mord zu klären. Während einer Treibjagd hatte einer der Treiber am Abend zuvor eine vierspännige, elegante Kutsche gesehen. Die vier prächtigen Schimmel hätten auf der nahen Salzwiese zufrieden gegrast und ein kleiner Hund mit flacher Nase und weit hervorstehenden Augen sei fröhlich im Gras herumgewieselt. Die weiteren Aussagen des Treibers waren widersprüchlich und gaben nichts her, denn er war wenig später volltrunken ins Brombeerdickicht gestolpert und dort eingeschlafen. Das Mordwerkzeug, ein seltsames Korpus delikti, nämlich ein getrockneter, stahlharter und blond behaarter Kuhschwanz, wurde seither als viel beachtetes Ausstellungsstück in einer Vitrine des Kriminalmuseums in Hamburg gezeigt, wo im Laufe der Jahre Generationen von Motten Löcher hinein gefressen hatten und der nun in räudiger Schäbigkeit die Vitrine verunstaltete. Das Geheimnis um den Mord wurde nie gelüftet und die tote Dame konnte auch Jahre später nicht

identifiziert werden, obwohl auch die Polizei der skandinavischen Länder damit befasst gewesen war. In keinem Land gab es eine Vermisstenanzeige, als wäre die schöne Dame vom Himmel gefallen. Man brachte jedoch in Erfahrung, dass getrocknete Kuhschwänze von Viehtreibern in Litauen zum Viehauftrieb verwendet wurden, was jedoch letztlich auch auf keine Spur des Mörders führte.

Wilhelm, der im Dorf auch Wilhelm II genannt wurde, hatte die Kiesgrube, von der einst Unmengen Sand für den Bau der Autobahn geliefert wurden, von seinem Onkel, dem erfolgreichen Viehhändler Wilhelm I geerbt, der ihm zudem seinen gesamten Nachlass vermachte. Dazu gehörte sein bequemes Wohnhaus, das Gebäude der stillgelegten Meierei und Felder und Wiesen mit weiträumigen Bunkeranlagen aus dem zweiten Weltkrieg. Als Fettmacher kamen noch einige ansehnliche Sparkonten und zwei ergiebige Nummernkonten in der Schweiz hinzu, die Wilhelm über Nacht zu einem reichen Mann machten. Sein großzügiger Erbonkel hatte schon zu Lebzeiten als erfolgreicher Viehhändler, genialer Skatspieler und begnadeter Trinker einen legendären Ruf, der weit über die Dorfgrenze hinaus reichte. Seine Leberbeschwerden brachte er gern mit seinen Hammerzehen in Verbindung, die nach wüsten Erfrierungen im Russlandfeldzug seltsame Krallenformen angenommen hatten. Der Dorfarzt Dr. Marsch wollte sich jedoch Wilhelms wortreicher Selbstdiagnose nicht in allen Punkten anschließen, wenngleich er Wilhelms Ausführungen Bewunderung und Anerkennung zollte.

„Ich schätze deinen lehrreichen Vortrag, aber er entspricht leider nicht in allen Punkten den Tatsachen der heutigen medizinischen Erkenntnisse und auch nicht

meiner Diagnose. Vor einigen Jahren war deine Leber noch so groß wie ein Bierfass und eine anständige Fettleber, aber längst hat ein rapider Schrumpfungsprozess begonnen und nur bei Verzicht auf Alkohol kann sich die Leber vielleicht noch regenerieren. Das ist eine Sache und deine armen erfrorenen Zehen sind eine andere Sache, die mehr einem frostschweren Abschnitt deines Lebens entstammen. Also nun endlich Schluss mit der Sauferei, sonst ist spätestens zum Erntedankfest sense, denn dein Vorsprung im Saufen langt schon für fünf stabile Säuferleben."
Wilhelm schien von den Ausführungen des Arztes wenig beeindruckt zu sein und bezog sich ungerührt auf seine bislang noch unerschlossenen körperlichen Reserven, die er offenbar als persönliche Geheimwaffe ersatzweise einzusetzen gedachte.
„Dann trinke ich eben für den Rest meines glücklichen Lebens auf die Milz. Das ist auch ein sicherer Weg für eine ausreichende Entgiftung, den ihr Ärzte nur zu gern verschweigt, um ihn für euch selber zu reservieren."
Theoretisch gesehen war es ein kluger physiologischer Schachzug, der leider nur einer pragmatischen Zirrholikerhoffnung entstammte und am falschen Timing scheiterte. Schon die letzten Jahre hatte seine Milz bewundernswerte Schwerarbeit geleistet und befand sich nun in der Endphase einer galoppierenden Selbstauflösung. Das so hart traktierte Organ hatte die Farbe einer überjährigen und zu warm gelagerten Himbeermarmelade angenommen, wie der Pathologe nach Wilhelms Ableben in seinem Bericht an Dr. Marsch fröhlich und in verschwenderischer Farblehre feststellte.
Wilhelm I war Zeit seines Lebens ein glühender Anhänger des längst vergangenen deutschen Kaiserhauses

gewesen. Sein Wohnhaus war überladen mit Bildern und Devotionalien des letzten deutschen Kaisers, der zu Wilhelms Bedauern leider nach Holland gereist war.
„Majestät wollte sich verständlicherweise von den meuternden Matrosen nicht massakrieren oder in einem Käfig ausstellen lassen. Er hat es auf sich genommen nach Doorn in Holland zu reisen, um sich für sein geliebtes Volk zu erhalten. Das war ein Notfall und manchmal muss man seine Entscheidungen der Vernunft unterordnen, denn in seinem tapferen Herzen hätte Majestät, Wilhelm II. , lieber mit offenem Visier gekämpft und zur Waffe gegriffen.
Wilhelm I starb an seinem Stammtisch in der Deutschen Eiche, wo er den größten Teil seines Lebens verbracht hatte. Wie an jedem anderen Morgen auch, frühstückte er mit seinem Freund, dem Gastwirt Falkenhagen, was beide gern mit einer reichlichen Cognacvorgabe einzustimmen pflegten. Wenn einmal ein früher Gast störend die Gaststube betrat, wurde er von den beiden Zechern barsch an Falkenhagens Gattin verwiesen.
„Wir sind leider eine geschlossene Gesellschaft und du musst dich mit deinen arg frühen Wünschen an Käte wenden, die heute Tresendienst macht."
„Wo ist sie denn?"
„Sie wird wie jede rechtschaffene Frau um diese Tageszeit in ihrer Kittelschürze stecken," pflegte Falkenhagen dann unwirsch zu antworten. Der Gast blieb meist ratlos und unentschieden am Tresen stehen und blickte verärgert auf das gut lesbare alte Saufregister, das pompös gerahmt neben den eingelegten Gurken und dem Glashafen mit den Soleiern hing. Es war die Liste aller Trunkenbolde, die die Gastwirte einst von der Hardesvogtei ausgehändigt bekommen hatten, mit der strengen

Auflage, den hier aufgeführten durstigen Menschen unter allen Umständen den Ausschank von Alkohol zu verweigern.

An Wilhelm I Todestag lag drückende Hitze über dem Dorf und eine schwarze Gewitterwand stand über dem Meer. Die beiden Zecher sahen mit heiterer Gelassenheit in den bunten Bauerngarten, wo sich unter dem blauen Rittersporn eine zerstrittene Spatzenfamilie wütend und lautstark an die Federn ging. Wilhelm wischte sich mit einem schneeweißen Taschentuch den Schweiß von der Stirn, legte seine Brille behutsam auf einen Bierdeckel und machte sich auf zu sterben. Mit einer kraftlosen Bewegung seiner rechten Hand versuchte er sein gefülltes Cognacglas zu ergreifen. Er schob die Teller mit dem geräucherten Schinken und dem Dosenpresskopf aus Falkenhagens gehüteten Privatbeständen eilig beiseite und nahm mit einer zittrigen, dennoch zielstrebigen Bewegung sein Glas in die Hand. Der blaukreuzlerische Tod ließ jedoch seinen letzten irdischen Schluck missgünstig auf den Tisch rinnen. Mit einem kaum hörbaren Seufzer und einem ruhigen und wissenden >sollte-leider-nicht-mehr-seinBlick< sah er Falkenhagen noch einmal an und versuchte zu lächeln. Der letzte Blick drang Falkenhagen in die Tiefe des Herzens und wenn er später immer wieder an Wilhelm dachte, sah er dieses milde Lächeln, dass nun immer in seiner Erinnerung verwahrt war. Mit einer leisen Geste bedeutete Wilhelm. dass er nun wohl ohne eine letzte Wegzehrung in das Himmelreich fahren müsse. Er ließ sein Glas fallen und bevor es auf dem Boden zersprang, war Wilhelm I. nicht mehr in dieser Welt.

Am Abend, als der Wind sich heulend im Kamin fing und dunkle Wolkenfetzen durch den Himmel hetzten, meinte Falkenhagen an seiner Trauer zu ersticken. Er dachte, ein schlimmer Tag für meinen Freund Wilhelm und ein schlimmer Tag für mich. Unser wunderbares Leben hat sich nun für immer von uns abgewandt. Er sah das Bild vor sich, wie er am nächsten Tag die leere Gaststube betreten würde, ohne dass Wilhelm bereits gut gelaunt unternehmungslustig am Tisch saß, wie es seit vielen Jahren seine schöne Gewohnheit gewesen war. Als seine Frau das Licht hinter dem Tresen ausschaltete und mit schweren Schritten die Treppe zum Schlafzimmer hoch stapfte, blieb Falkenhagen allein in der dunklen Gaststube zurück. Er legte seinen Kopf auf die Tischplatte sinken und weinte verzweifelt, als wäre er von Gott verlassen..
Einige Monate später bekam Wilhelm II das Vermächtnis seines Onkels Wilhelm I. Er erbte auch die stillgelegte Meierei, die an der Dorfstraße inmitten des Dorfes lag und von sechs uralten Eichen beschirmt wurde. Aus dem großen ebenerdigen Raum, der ehemaligen Milchanlieferung für die Bauern, wurde ein riesiges Atelier, das Wilhelm aufwendig ausbauen ließ. Er, Storm und Siegfried fanden sich nun zur Künstlergruppe >Die Buttermacher< zusammen. Später entdeckten sie im Keller hinter einer gewellten Zinkwand einen geheimen Eingang zu der weit um das Dorf herumlaufenden unterirdischen Bunkerkette. Die Zinkwand stand auf kleinen Walzen und man konnte die Wand nach der Entriegelung einer mechanischen Sperre beiseite rollen und an der Rückseite in gleicher Weise wieder verschließen.
Die Buttermacher rüsteten sich eines Tages mit Taschenlampen aus und besichtigten die unterirdische Festung

aus dem Dritten Reich. Obwohl die Briten sämtliche Zugänge und Notausstiege gesprengt hatten, war die Anlage im Inneren völlig unversehrt und vorzüglich erhalten. Neben den vorgelagerten Festungsanlagen auf der Insel Sylt und an der Westküste Jütlands entlang, hätte die Anlage in Lehmbeck-Weiche als weiterer Nordwall eine Invasion der Alliierten verhindern sollen. Es war eine gigantische Kasematte, die im Laufe des zweiten Weltkrieges in praktischer Eigendynamik eine ständige Veränderung im Innenausbau erfuhr und für eine militärische Bautruppe zu einer lebensrettenden und hilfreichen Baustelle wurde. Die langwierige Bautätigkeit hielt die Männer von der Front fern und schützte sie vor Hungersnöten. Sie bestand aus älteren Handwerkern, die Ruhm, Ehre und enge Feindberührung mieden, wie der Teufel das Weihwasser. Die Anlage wurde aufwendig verschönt und bekam in ihren Wohnbereichen bald das Ambiente eines gediegenen Landhauses, zumal es immer wieder hieß, das der Führer hier demnächst sein Domizil aufschlagen würde. Ein geradezu luxuriös ausgestatteter Raum, den die Handwerker selbst bewohnten, bekam die Bezeichnung >Führerbunker<. Es gab eine komplizierte, aber wirkungsvolle Belüftungstechnik für die Küche und einige Duschen und Toiletten, die ein Obergefreiter aus Berlin ausgeklügelt hatte. Die Abwässer wurden über eine natürliche Schräge durch Keramikrohre in das tiefer gelegene Moor geführt. Das Trinkwasser wurde mit einer elektrischen Pumpe aus einem eigens angelegten Brunnen innerhalb der Anlage aus dem Grundwasser gefördert, während der Strom über eine Trafostation aus der Meierei kam. Die unterirdischen Gänge hatten eine immer noch funktionierende elektrische Beleuchtung. Auch alle weiteren Installationen waren nach den vielen

Jahren in bestem Zustand und mit geringem Aufwand zu aktivieren gewesen. Der breite unterirdische Hauptgang führte ins Dorf und endete im Hügel oberhalb der Schule. Zwischen bizarr geformten Betontrümmern und einem Gewirr von rostigen Moniereisen waren nach der Sprengung kleine Ausgucks auf die Schule und auf einige Bereiche im Dorf entstanden. Auf der rechten Seite sah man die Kirche und den Friedhof mit dem weinenden Engel auf dem Grab der Blanch von Erlangen, der aus der tiefen Perspektive neben dem Kirchturm über dem Dorf zu schweben schien. Nach der Besichtigung gerieten die Buttermacher in einen Rausch der Begeisterung und entschlossen sich nach entsprechenden Vorbereitungen etliche Wochen in diesem unterirdischen Refugium zu verbringen und einen gemeinsamen Schaffensdrang auszuleben. Wilhelm rief in emphatischer Schwülstigkeit:
„Unsere Fantasie wird weite Flügel bekommen. Wir können uns ungestört gegenseitig schöpferisch zuarbeiten und mit der Suche nach dem Urknall der Kunst beginnen. Kommen wir also ins Geschäft"?
„ Klaro, wenn Frigge mich ziehen lässt," sagte Storm. Er wirkte abwesend und ließ gedankenvoll Erde von seiner Hand auf den Boden rinnen. Leise flüsterte er: „ Kosmos und Humus."
Sie kamen überein, ihre Kunst dem Kaiser Wilhelm II. zu widmen, dessen größter Fan der Viehhändler Wilhelm gewesen war und der seinen Neffen immer dazu angehalten hatte, ihren gemeinen Namensvetter in Ehren zu halten und dem Kaiser einmal mit einem besonderen Kunstwerk zu gedenken. Die Buttermacher kamen überein, einen Doppelthron zu gestalten und ihn mit lebensgroßen Figuren des Kaisers und des Viehhändlers

Wilhelm I zu besetzen, um dieses Kunstwerk zum festlichen Finale ihres heimlichen unterirdischen Aufenthalts der staunenden Welt zu schenken. Die heimliche Performance sollte vor dem Portal der zu diesem Zweck reich illuminierten Kirche sein. Eine vorgegebene Reise nach Spanien würde ihrer Abwesenheit ein glaubwürdiges Alibi verschaffen. Ein Freund in La Caruna würde vorbereitete Postkarten der drei Künstler sporadisch an einige Leute im Dorf senden. Als die drei Buttermacher nach der Besichtigung der Tunnelanlage in ihr Atelier zurückkehrten, raunte Wilhelm mit feierlicher Nachhaltigkeit und übertriebenem Ernst:
„ Bei unserem neuen Projekt sind wir als Künstler und gleichermaßen als Handwerker gefordert. Die Vorbereitungen werden uns monatelang rund um die Uhr bei höchster Geheimhaltung in Anspruch nehmen. Es wird kein Sommer für Games."
An diesem Abend gab es ein fröhliches Besäufnis. Schwarzes Marie kam zu Besuch und brachte Salomon mit. Sie ging täglich in die Kirche und himmelte Pastor Söderbaum an und ihre Nähe befruchtete seine Fantasie. Sie erweckte angenehme und ausgefallene Wünsche, die den Pastor jedoch mehr amüsierten, als beunruhigten.
Salomon kam aus Schottland und befand sich wieder auf einer seiner privaten Schachtourneen, wo immer um hohen Einsatz gespielt wurde. Ein reisender und zockender Großmeister, der bei seiner Klientel im Blitzschach zuverlässig seinen Lebensunterhalt verdiente. Nach einem Anruf von ihm war Marie nach Rendsburg gefahren, um ihn abzuholen. Vor dem Krankenhaus hatte er seinen Hund an eine Linde gebunden und wurde schon 20 Minuten später operiert. Nachdem er im Aufwachraum aus der Narkose erwachte, war er aus dem Fenster

geklettert und hatte sich erschöpft ins Gras gelegt. Erst nach zwei Stunden machte Marie ihn ausfindig. Er war in einer Spelunke in der Nähe des Bordells, wo er die Puschenmafia der Stadt bei 17 + 4 schon ziemlich abgezockt hatte, während sein Hund sich an einem frischen Markknochen lautstark gütlich tat. Am Abend bei den Buttermachern trug Schwarzes Marie einen engen Pulli und einen winzigen, hochglänzenden Lacklederrock. Bei der Begrüßung sagte Wilhelm anerkennend zu ihr: „Wenn ich dich so anschaue, muss ich sofort an einen geladenen und entsicherten Trommelrevolver denken." Sie stellte sich auf die Zehenspitzen und gab ihm einen verwischten Kuss. Dann betrachteten sie alle vom Fenster aus die alte Baumallee, die nur vom Fluss unterbrochen, sich am anderen Ufer unbeirrt fortsetzte, um sich dann in weiter Ferne zwischen den Wiesen zu verlieren.
„Pastor Söderbaum behauptet, dass die Allee ohne Unterbrechung über Japan nach Feuerland führt," sagte Marie.
„Der Umweg über Japan ist etwas umständlich, aber alte Alleen haben ihren eignen Kopf. Söderbaums Vorstellung ist zumindest eine solide Mutmaßung und darum auch fast glaubwürdig." Die Sonne ging unter. Im letzten Abendlicht tanzten Mückenschwärme und Fledermäuse huschten durch die schnell aufkommende Dämmerung. Als er ausreichend betrunken war, sah Salomon Schwarzes Marie unverwandt in die Augen. Er trug ein purpurrotes Halstuch und hatte auch sonst alles, was man braucht, um eine Frau zu verführen.

DER UNTERGANG DER GNEISENAU

In der täglichen Frühbesprechung des BKA im großen Tanzsaal der Deutschen Eiche, die wie auch in der Zentrale in Wiesbaden einfach nur Lage genannt und dort wie hier in hierarchischer
Ordnung abgehalten wurde, traf eine hoffnungsvolle Meldung ein. Sie löste ungeheuere Aktivitäten aus und veranlasste einen Großteil der NATO-Flotte und der russischen Ostseeflotte zum sofortigen Auslaufen. Die Meldung besagte, dass aus dem leicht verkommenen Kieshafen des Betonwerkes Nordton die motorisierte Sandschute >Gneisenau< verschwunden war. Ein vorsintflutliches Ladegerät für schweres Stückgut, das durch zwei riesige Handkurbeln betätigt werden konnte und am Kai des Werkgeländes seit neunzig Jahren seinen Standplatz hatte, war für die Verladung eines schweren Gegenstands benutzt worden. Die Trossen am Ladebaum hingen ungesichert am Lademast herunter. Sie pendelten im Wind und waren den Anzeichen nach für eine Verladung von schweren Gegenständen in Gebrauch genommen worden. Die unbefugten Benutzer hatten sich nicht die Mühe gemacht, den Kran nach dem Gebrauch wieder in einen geordneten Zustand zu versetzen. Die Fahnder nahmen an, dass die Benutzer des Krans in großer Eile gewesen waren und sich nun mit der Schute auf der Flucht befänden. Die Gneisenau war zum Zeitpunkt des Diebstahls mit Kies beladen und keineswegs seetüchtig gewesen. Sie fuhr zusammen mit der Schute >Scharnhorst< täglich mehrfach die kurze Strecke zwischen Struves Kiesweiher und der Sandlöschanlage

der Firma Nordton. Sie nahmen gewöhnlich die Route von etwa zwei Seemeilen im Windschatten der Küste und schon bei mittlerem Wellengang wurden die Fahrten aus Gründen der Sicherheit eingestellt. Nach Eintreffen der Meldung begann eine verbissene, wie auch hoffnungsvolle Suchaktion, als ob ein Dutzend Admiräle desertiert wäre und sich zugleich die Heuer der Seelords unter den Nagel gerissen hätte. Im Marinehafen Kiel lief die halbe deutsche Flotte aus und in Wilhelmshafen ein weiteres Viertel. Das noch ausstehende letzte Viertel der deutschen Flotte war zum Überholen in der Werft oder in den USA, um dort Radarraketen und Ersatzteile zu bunkern.

Vom Fliegerhort Nordholz starteten Flugzeuge des Aufklärungstyps >Breguet Atlantique<, die dort ihr Gnadenbrot bekamen. Pulks von Helikoptern kreisten wie Vogelschwärme über die Küstenabschnitte der leicht aufgewühlten See. Auf und über der Ostsee war reger Betrieb und mehr Schiffsverkehr und Flugverkehr wie Pfingstsamstags Autoverkehr auf den Autobahnen rund um Stuttgart. Ein leicht weggetretener Ökologe in grünen Latzhosen und in einen unendlich langen lila Strickschal gewickelt, stellte nach Beendigung der Suchaktion in einem Fernsehstudio eine ökonomische Kostenrechnung der gesamten Suchaktion nach der Gneisenau auf. Er kam in der Zusammenstellung der Kosten auf die exakte Summe von 441 Millionen Euro, wobei zwei schwere Havarien innerhalb der Flotte in seiner Rechnung nicht aufgenommen waren.

In seinem Resümee bekundete der Naturfreund beleidigt Und mit lautem Zorn, dass man mit dieser verschwenderischen Summe die seit der jüngsten Steinzeit nahezu ausgestorbene Fauna und Flora bei den gesamten

Ostseestaaten wieder heimisch gemacht haben könnte, wobei neuerlich sogar schon die Biberus nagens und sogar die Carniculus campi simplex den unbedingten Schutz der Menschen bedürften.

„Die Tiere würden endlich wieder ihre wunderbaren Holzobjekte fertigen, animalische Kunstwerke ohne diese üblen chemischen Kleber," rief er am Ende laut und emphatisch ins Mikrofon. Kundige Zuschauer gingen weitgehend davon aus, dass er als Meister der Holzbearbeitung die Biber und weniger die Hasen gemeint haben müsse, denn die waren in der Kunst des Holzschnitzens bislang kaum in Erscheinung getreten.

Die Schiffsverbände formierten sich zur Suchaktion, die nach deutsch-russischer Logistik und Strategie agierten und das Meer und den Küstenbereich auf ihren Seekarten in filigrane Zonen und Planquadrate aufteilten. Die gewaltige Schiffsbewegung geriet zu der größten maritimen Suchaktion aller Zeiten, die anfänglich auch mit einigen Erfolgen aufwarten konnte. Die Besatzungen fischten eine Anzahl ungewöhnlicher Gegenstände aus dem Meer. Man fand ein verlassenes russisches Vorpostenboot mit einer gewaltigen Zuladung unverzollter Zigaretten und Spirituosen. Hinzu kamen 52 Schlauchboote, eine Palette mit weißen Fahrrädern aus Finnland und ein schönes Rettungsboot aus Mahagoni, das vor mehr als zwanzig Jahren vom mittleren Amazonas über die Meere getrieben kam. Im Skagerrak dümpelte ein eleganter Bridgedeck Cruiser, der vor dreißig Jahren vom Eigner und seiner Besatzung am Kap Horn in Seenot geraten war. Im Salon hingen extravagante Abendkleider, die nach Moder und Lavendel rochen. Ein ziemlich ramponierter Chapeauclaque rollte mit jeder Welle durch die Kabine und schien sich dabei chevaleresk vor den

Abendkleidern zu verneigen. Vor der schwedischen Küste trieb eine weibliche Wasserleiche, die noch im Tod ihr ertrunkenes Hündchen an sich gepresst hielt. Beide trugen eine goldene Halskette mit schillerndem Email überzogenen und mit vierblättrigen Kleeblattanhängern, die den beiden armen Ertrunkenen offensichtlich das zugeschriebene Glück des vierblätterigen Klees im entscheidenden Augenblick versagte hatte.

Die Kiesschute war inzwischen schon zur Insel Bornholm gelangt, was selbst unter dem Schutz einer ruhigen See eine sehr gute nautische Leistung gewesen wäre. Der Schiffsrumpf lag schon tief im Wasser und die Bordkante befand sich nur noch eine Handbreit über der Wasseroberfläche. Ein Friseurgehilfe und ein polnischer Dozent für Hydraulik hatten die Gneisenau geentert und mit zwei gestohlenen Luxusautos beladen, um sie nach Polen zu bringen. Die beiden Limousinen waren von ihnen mit dem altertümlichen Handkran auf die Sandladung gehievt und in verwegener Schieflage dort abgestellt worden. Kurz vor Bornholm hatte der stuckerig laufende Dieselmotor seinen Geist aufgegeben. Die beiden Piraten fanden im Kühlfach eines der Fahrzeuge eine Auswahl feiner alkoholischer Getränke. Diese Überraschung verbesserte sofort ihre Stimmung und ließ sie in einen Freudentaumel geraten, der wiederum nach schnellem Alkoholgenuss alsbald in einen ansehnlichen Rausch eskalierte. Die Navigation des Schiffes überließen sie fortan dem Wind und ihrem Vertrauen zu Gott, der ihr Leben immer schon gnädig gelenkt hatte. Die überladene Schute trieb vor dem Wind und kreiste immerzu langsam um ihre eignen Achse. Die beiden Männer setzten sich in den Fond eines Autos, stellten die Sitze und Rückenlehnen weit zurück und machten sich beglückt über die alkoholischen Vorräte her. Der Hydraulikfachmann betätigte die Standheizung und entschlüsselte die Chiffren zur Bedienung des Sound Systems. Aus den neunzehn Lautsprechern der Anlage kamen die heiteren Klänge des Forellenquintetts, was sie als leidenschaftliche Bach- und Süßwasserangler besonders erfreute. Das Auto war angenehm erwärmt und der Hydraulikfachmann bemerkte mit vibrierender Stimme und dem Gesichtsausdruck eines Menschen, der sein Glück nicht zu fassen vermochte: „ Mehr können wir Menschen auf Erden nicht erwarten, selbst nicht im Himmel und auch nicht die etwas ehrlichere Ausgaben eines Homo Sapiens, die dort natürlich ein besseres Entre und mehr Vorteile genießen als unserein."

„ Komplett," sagte der Friseur in bereitwilliger Freundlichkeit. Später sangen sie sporadisch das polnische Kinderlied von der goldenen Gans, die zum Fliegen zu schwer und zum Braten zu zäh gewesen war. Der Friseur und Spezialist für die in ländlichen Bezirken bevorzugte Flachdauerwelle, erläuterte seinem polnischen Freund die Wichtigkeit seines Berufes und ganz besonders der Gestaltung einer schwungvollen Stirnhaarwelle.

„Es gibt kein Leben und kein Sterben ohne Dauerwellen. Ich arbeite im zweiten Job für eine Bestattungsfirma in Neumünster und mein Leichendesign hat eine gewisse Exklusivität und Berühmtheit erlangt. Die lieben Omas, suchen sich vor ihrem Ableben ihr letztes Outfit bei mir aus und legen ihre Frisur für ihre letzte Reise fest. Als Reisefrisur für ihre große Himmelsfahrt ist das Modell Greta Garbo der absolute Renner, der eine angeklatschte dunkel getönte Stirnlocke als Blickfang hat. Noch zu ihren Lebzeiten muss ich ihnen im Probelauf schon vorab ihre Wunschfrisur legen, die dann in gemeinschaftlicher

Abstimmung mit den anderen Bewohnerinnen der Senioren-Residenz erst zur letzten Vollendung gelangt."
Vor ihrer Windschutzscheibe tauchte von oben kommend plötzlich ein Mann in einem gelben Overall auf, der an einem Seil hing und zugleich glitten fünf Froschmänner über die kaum noch sichtbare Bordwand und enterten das Schiff. Sie sprangen auf die die Sandladung, um in größter Eile die Türen und Kofferraumdeckel der beiden gestohlenen Wagen zu öffnen und nach Menschen abzusuchen, während vier weitere Froschmänner das Ruderhaus der Schute und den Stauraum des Vorschiffes durchsuchten. Der immer noch am Seil hängende Mann rief freundlich:
„Beeilung meine Herren, Sie müssen ihren Musiksalon leider verlassen, denn Ihr Schiff will sich gerade etliche Etagen tiefer begeben."
Die beiden Männer wurden nun unsanft nach draußen gezerrt, als Ladung in ein aufgespanntes Netz gelegt und in großer Eile nach oben gehievt. Als sie unter dem Hubschrauber baumelten und noch einmal auf das Meer blickten, war ihr Schiff bereits gesunken. Auf dem Wasser schwammen noch einige Froschmänner, die sich aber mit kräftigen Schwimmzügen aus dem brodelnden Sog des sinkenden Schiffes entfernten und auf eine grüne Barkasse zuhielten. Als das Rettungsnetz mit den zwei Männern auf dem Vordeck eines Zerstörers abgelegt wurde und ausgeklinkt war, machte der Hubschrauber einen Satz nach oben und flog dann flach über dem Wasser zur Insel Bornholm. Der polnische Hydraulikfachmann blickte mit einem aufmunternden Lächeln den Matrosen an, der ihn rasch aus dem Netz befreite und sagte:

„Welches Hydrauliksystem verwenden sie bei den fliegenden Winden an Bord? Ich vermute, dass sie schon mit dem neuen Doppelalfa agieren."
Der Matrose sagte achselzuckend: „I dont know, honey, leider, aber mit der Winde könnte man sogar einen ausgewachsenen Elefantenbullen alfarieren oder wie immer das heißt."
Als sich die beiden Schiffsbrüchigen endlich aus dem Netz befreit hatten und mit unsicheren Schritten das Deck des Zerstörers betraten, sagte der Friseur aus Büdelsdorf höflich und dabei die unumstößlichen Gesetze der Marine beachtend:
„Bitte das Schiff betreten zu dürfen?" Wobei er seine rechte Hand zum schneidigen Gruß an seine Schläfe legte.
Ein Luftwaffengeneral bewertete den Misserfolg der Marine später mit unüberbietbarer Geringschätzigkeit:
„Die Schnellficker von der Marine würden nicht einmal im Puff eine Frau finden. Sie würden sich sogar in diesen netten Etablissements heillos verlaufen und am Ende mit kalten Füssen solo oder genügsam mit der Putzfrau in der Besenkammer unter der Treppe pennen. Frei nach dem üblichen Entwicklungsstand der einfach gestrickten Seelords:
„Im Sturm tut´s jeder Hafen."

MAGIC GLOOMY SOUL

Der Chef des BKA und der Generalbundesanwalt ließen gemeinsam ein streng geheimes Gutachten bei Prof. Dr. Föh erstellen, der als unbestrittener King der Profiler galt. Er wurde zur höchsten Geheimhaltung verpflichtet und streng angehalten, eventuelle schriftlichen Aufzeichnungen sofort zu vernichten oder im Computer zu löschen. Prof. Föh erstellte nach einem von ihm erarbeiteten Methode von Täter und Opferprofilen, die eine überzeigende Erfolgsquote aufwiesen. Im BKA gab es eine Profiler-Abteilung aus sechs Kriminalpsychologen und Fallanalytikern, die alle seine Schüler gewesen waren, aber von ihren Vorgesetzten für diesen Auftrag nicht hinzugezogen wurden. Das Anliegen der beiden Auftraggeber an Prof. Föh war ein Touch hochverräterisch, gleichermaßen abenteuerlich und brisant gefährlich, denn es verstieß gegen alle Regeln einer Behörde und missachtete den Begriff der Beamtentreue. Der Inhalt des geheimen Auftrags und dessen Ergebnis durfte den Kreis der drei hochrangigen Personen nie verlassen und ruchbar werden. Die Fragestellung des Generalbundesanwalts und des BKA-Chefs an die psychologische Kapazität Prof. Föh war denkbar einfach und entbehrte nicht einer gewisse Skurrilität. Die Frage lautete im Klartext, ist der Fahrer T. Duggen unschuldig und haben womöglich der Bundeskanzler und der russische Präsident ihren Fahrer gekidnappt und die ungeheuer wertvolle Ladung in ihren Besitz gebracht?
Diese hypothetische Frage hatte den Spieß einfach umgedreht und Titte Duggen, dem im Augenblick meist gesuchten Verbrecher der Welt, die Opferrolle zugedacht.

Das Gutachten des prominenten Profilers sollte lediglich ein mündlicher Vortrag sein und ohne Protokollierung im Hinterzimmer einer Kneipe am Galgenberg vorgebracht werden. Zur Tarnung würde man Skat spielen und sich an der viel gerühmten Erbsensuppe des Hauses gütlich tun. Das Resümee von Prof. Föhs umfassender Untersuchung war von bezwingender Kürze und Einfachheit. Er hatte schon seit Jahren eine umfangreiche Studie über die Definition der Macht und deren Auswüchse durchgeführt und damit seinen Ruhm international begründet.
„Die Verselbstständigung der Macht ist eine unaufhaltsame Entwicklung. Sie wird zu einem autonomen Parasiten und bildet in der Endstufe eine eigenständige und freischwebende Kommandozentrale, die unentwegt selbstständige Signale an das kranke Ich aussendet. Der Betroffene lebt bald weitgehend entfremdet von sich selbst und driftet ab in ein nicht mehr kontrollierbares Nirwana." Bei Prof. Föh hieß der Endzustand des psychischen Chaos in überzeugender Einfachheit:
„Rufe aus dem eignen Krankenzimmer."
Seine wissenschaftliche Arbeit >Die Macht explodiert," war das unbestrittene Standardwerk in der Psychoanalyse und hatte nach Ansicht des Verfassers einen direkten Platz neben Freud eingenommen, in der alphabetischen Aufstellung der beiden Verfasser sogar vor Freud. Prof. Föh hatte in eine wohlhabende Familie eingeheiratet, die in aller Welt Fischkonservenfabriken betrieb. Seine Frau war unansehnlich und von delirierender Schwatzhaftigkeit. Was er am Anfang ihrer Beziehung als lebhaft und kapriziös empfunden hatte, entwickelte sich später zu einer soliden Abneigung. Gelegentlich kalauerte er mit sich selbst: „Keine Brüste, kein Hintern und kein Abitur,

aber die ungekrönte Königin aller toten Konservenfische in Tomatensoße."

Bei seinen stark besuchten Vorlesungen pflegte Föh häufig die Formulierung >Wir Fischer< einzuflechten, womit er nicht allein auf den Inhalt der hauseignen Konserven aus edlen Meeresfrüchten hinweisen wollte, sondern weit mehr auf die ergiebigen Fanggründe in der Psyche der Menschen.

„Wir sind immer auf Fischfang in der unendlichen Weite der menschlichen Seele, um dort unsere Netze und Reusen auszulegen.<

In seinem Vortrag am Galgenberg verwies er zunächst genüsslich auf seine bedeutende Reputation und auf seine vielen wissenschaftlichen Veröffentlichungen. Nach diesem Monolog mit ausschweifender Selbstbeweihräucherung, machte er überraschend präzise Ausführungen, die seine beiden Zuhörer sofort in ihren Bann zogen. Anhand anschaulicher Beispiele aus der Vergangenheit bewies er, wie rasch machtbetontes Denken sich von der Realität abklinkt und jeglicher Norm zu entweichen versteht.

„Das Gefühl für Feedback geht verloren und der angeschlagene Machtmensch kann Reaktionen auf sein eigenes Fehlverhalten nicht mehr wahrnehmen. Das ist schon ein verdächtiges Anzeichen für ein ausgewachsenes Nero-Syndrom. Sein rüder Egoismus neigt immer mehr zum brutalen Ellenbogenverhalten, das sich auf Grund einer exponierten Vorbildrolle wie ein Flächenbrand auf Legionen von Menschen ausdehnt. Der unsägliche Krieg auf unseren Autobahnen ist oft nur eine Nachahmung des Fehlverhaltens prominenter Politiker, Spitzensportler, Bosse und sogar Künstler, die in ihrem unaufhaltsamen Vorwärtsdrang nur noch das Recht des

Stärkeren demonstrieren und Anstand und Fairness längst die Lichter ausgeblasen haben. Dieser neue Phänomenalismus ist von mir als MGS-SYNDROM erfasst, eine Abkürzung für MAGIC GLOMMY SOUL. MGS verändert die Menschen der Macht, denn sie bemerken nicht mehr das Inkomplette ihres eigenen Selbst. Sie geraten in ein ritualisiertes Verhaltensensemble und heben ab wie eine steuerlose Rakete. Der Höhenflug ihres Größenwahns wird durch ihre devote und bewundernde Umwelt geradezu geschürt und somit unentwegt mit neuen Brennstufen versehen. Mit meinem Märchen >Guten Tag, Herr Gänsemann< konnte ich MGS auch den Kindern schon lehrreich nahe bringen und als hilfreiches Gegenbeispiel auf Bescheidenheit und Demut hinweisen. Scheinbar längst versunkene Urreaktionen unserer Keulen schwingenden Ahnen kommen am Schluss der menschlichen Entwicklung plötzlich wieder aus den unerfindlichen Spalten des Eozän hervorgekrochen, um alle Zweibeiner zu meucheln, auszurotten oder mindestens zu enteignen. Hier kann man mit etlichen Vorbehalten an die Abhandlung >Leittierstörungen fossiler Mammute< meines sehr anstrengenden Kollegen Edmund Kuhwalze anknüpfen, der sich meiner Erkenntnisse reichlich bediente und übrigens auch sehr MGS gefährdet ist. Nun endlich zu meiner saloppen Schlussfolgerung: Die beiden Staatsmänner können sich auf Grund der zuvor erwähnten Macken die Piepen durchaus unter den Nagel gerissen haben, was ich inzwischen sogar mit einer hohen Wahrscheinlichkeit prognostiziere.
Andererseits bleibt immer noch ein winziger Restverdacht, dass auch Titte Duggen der hohen und verzeihlichen Versuchung am Ende unterlegen sein könnte. Man

muss jedoch davon absehen, dass alle drei Herren gemeinsame Sache gemacht haben könnten, denn das fügt sich nicht in das Schema meiner MGS Theorie und würde sie nur unnötig belasten oder in Frage stellen. Mit hoher Wahrscheinlichkeit sind jedoch inzwischen Menschen auf der Strecke geblieben und dürften als hinderliche Zeugen schon das Zeitliche gesegnet haben. Wir wissen alle, dass wir schwachen Menschen stets zu einer guten Tat fähig, aber leider weit mehr zu einer unbegrenzten Skala jeglicher Schlechtigkeit bereit sind. Sie schlummert latent in uns, aber wartet zugleich jede Sekunde unseres Lebens auf Abruf aktiv zu werden und aus dem Startloch zu springen. In den Untiefen unserer Seele zündeln unentwegt kleine Teufelchen und warten begierig auf neue Grillopfer. Unsere hellwache und stets bereitwillige Versuchung braucht nur filigrane Anstöße und stürzt sich begierig auf den Moment einer günstigen Gelegenheit oder glücklicher Zufälligkeit, um rigoros über hohe Geldbeträge, Frauenzimmer oder andere verbotene Begehrlichkeiten herzufallen und schon geht die Post ab. Keiner weiß leider zuvor, wann sich unsere hauseigene magic-gloomy-soul als Kamikaze in die Luft sprengt, jedenfalls brennt die Lunte schon bei jedem von uns. Somit bin ich am Ende der Fahnenstange angelangt und schon haben wir das Problem hic et nunc gelöst. Unsere geheime Erbensuppe-Soiree und unseren netten Herrenabend sehe ich nunmehr als erfolgreich beendet an, zumal auch die Suppe überraschend delikat war. Nun aber wollen wir uns hoffnungsvoll und unauffällig zur Kasse in ihr nahes Dienstgebäude begeben, damit ich mein wohlverdientes Honorar einsacken kann. Ohne Rechnung und ohne Berechnung der Mehrwertsteuer gebe ich einen Freundschaftsrabatt von 15 %. Die Gelegenheit ist günstig, denn das Finanzamt muss sicherlich vor ihren geheimen Kassen halt machen und unsere für beide Teile gewinnbringende Transaktion ist gegen fiskalische Gefahren somit perfekt abgesichert. Und so ist am Ende jeder glücklich, wahrscheinlich auch die so sehnsüchtig gesuchten Staatsmänner, die auf jener Road to Perdition so geheimnisvoll abgetaucht sind und den Rest der Welt ratlos zurückgelassen haben. Ihr plötzliches Verschwinden hat bei vielen Menschen neue Ängste geschürt und die Ahnung einer beginnenden Apokalypse geweckt. Wir können nur hoffen, dass dieses Ereignis nicht schon der Anfang vom Ende der Menschheit ist. Jedenfalls ist die Meute der wilden Hunde längst von der Kette gelassen.

„ MEIN LIEBER SOHN TITTE, ES GEHT HIER NICHT UMS MÄUSEMELKEN."

Die beiden Besucher waren ruhige und angenehme Gäste. Nach Siegfrieds medizinischer Diagnose würden sie in etwa einer Woche wieder zu sich selbst gefunden haben und ansprechbar sein. Wobei er nicht versäumte, eine prophylaktische Zustimmung des Himmels zu bemühen, denn er beendete seine Ausführungen mit der hilfreichen Unverbindlichkeit:
„So Gott will, aber wie auch immer, spätestens nach einer Woche bekommen die Beiden ihren Entlassungsschein und werden ins feindliche Tageslicht abgeschoben."
Mit unüberhörbarer Entschlossenheit und unbestimmt bleibend fügte Siegfried mit bedrohlich klingender Betonung hinzu: „So oder so."
Die erholsame Muße der beiden Kranken und die lichtarmen und unwirklichen Erdräume hatten den Zustand des Vergessens und Erinnerns eher verstärkt und ihr in sich gekehrtes Verhalten gefördert. Sie gingen immer noch davon aus, auf einer längeren Unterwasserfahrt in einem U-Boot zu sein und wollten die Sache in Anstand hinter sich bringen. Sie schliefen viel und machten nicht den Eindruck der Seefahrt überdrüssig zu sein oder ihr altes Leben zu vermissen. Die beiden stillen Männer spielten gemächlich Schach miteinander und verblieben die meiste Zeit des Tages im Führerbunker, der ihnen eine angenehme Bequemlichkeit bot. Im Schuhregal hatten sie in einer großen Dose, die einmal Lebkuchen zum Inhalt gehabt hatte, zufällig Wilhelms Wasserpfeife und seinen Spezialverschnitt >Rusian-Psilo-Fluid< ge-

funden, eine anregende Mischung aus Tabak, speziellen Pilzsporen und feinsten Hanfblättern. Alsbald fanden sie Gefallen daran, gemeinsam ihre Pfeifchen zu rauchen und waren blitzschnell der besonders anregenden Wirkung verfallen. Eine Droge, die ihre Tauchfahrt mit farbfrohen Bildern erhellte und ihren Schlaf mit schönen Träumen beschenkte. Von nun an bewachten sie den Psilo-Fluid wie einen Kronschatz und ließen ihn nicht mehr aus den Augen. Die Kuchendose trugen sie im Wechsel von Raum zu Raum und hatten offenbar einen gut funktionierenden Bewachungsplan erstellt, der in einem für Außenstehende nicht erkennbaren Zyklus die Aufgabe der Bewachung untereinander lückenlos aufteilte. Bei Wilhelm traten nun schnell Entzugserscheinungen auf und er war bald nur noch darauf aus, die Lebkuchendose an sich zu bringen.

„Meine Mischung hat bei den beiden Kranken voll ins Schwarze getroffen und ihre leicht verwirrten Seelen saugt sie auf wie ein trockener Schwamm das Wasser. Ich habe diesen geheimnisvollen Pilzextrakt in langen persönlich angewandten Versuchsreihen geradezu eins zu eins für meine Bedürfnisse und Verträglichkeit komponiert. Die Quanten sind auf Milligramm genau aufeinander abgestimmt, aber bei anderen Konsumenten kann ich für nichts garantieren und die Wirkung wird sich unter Umständen auch umkehren können, was wiederum sehr tückisch ausfallen kann. Immerhin enthält sie eine kräftige Prise vom besten Marihuana, Virginia Tabak, einen unter Umstände saugefährlichen Pilzextrakt und weitere Spuren von fein abgestimmten Synthetikzusätzen. Die gierigen Raucher haben meinen Stoff leider dauerhaft requiriert und lassen ihn nicht mehr aus den Augen. Sie werden ihn nach meinen Erfahrungen

auch nicht mehr herausgeben, zumal sie mit Hilfe der gestohlenen Anregung plötzlich ihre künstlerische Ader entdeckt haben. Mit meiner Mischung kann man nämlich zeitweilig sein eigenes Leben backstage verfolgen und seine Wahrnehmungen um Lichtjahre erweitern. Außerdem wird der Sextrieb gedämpft, was in unserem frauenlosen Haushalt geradezu eine unverzichtbare Notwendigkeit ist."
Die beiden Besucher wurden immer umgänglicher und die Buttermacher gingen weiterhin davon aus, dass sie nur die Doppelgänger der beiden Politiker waren, was den Umgang mit ihnen erleichterte und entspannte. Dennoch behandelten sie ihre beiden Besucher mit Respekt und versagten ihnen nicht ihre Titel. Die beiden verbrachten inzwischen die Zeit zwischen den Schachspielen mit der eifrigen Arbeit an einem anspruchsvollen und aufwendig gemachten Buch zur Illustration von Schmetterlingen. Buchkritiker hatten es einhellig zum besten europäischen Jugendbuch des Jahres erklärt. Auf der Umschlagseite pries es sich mit einem überlangen Titel an, der sich grafisch in einer harmonischen und auf dem Kopf stehenden Pyramide darstellte.

* S C H M E T T E R L I N G E *
* Besonders Rahmlecker und Lepidopteren *
* wir prüfen unseren Farbsinn *
* und wählen Wachsstifte *
* und lernen *
* viel *

Die Namen der jeweils zu kolorierenden Fluginsekten waren mit goldnen Buchstaben am unteren Rand der zu illustrierenden Seiten erhaben eingeprägt, während auf der anderen Buchseite der jeweilige Schmetterling in seiner ganzen bunten Pracht und in Übergröße als Vorlage dargestellt war. Die auferlegte Aufgabe bestand nun darin, den auf der linken Seite nur als Umriss dargestellten Schmetterling nach der Vorlage auf der rechten Seite zu kolorieren.

Titte Duggen hatte schon am ersten Tag seiner Küchenübernahme Polnische Fleischrouladen mit Gurken und Schinkenfüllung gemacht und dazu eine Soße mit Rotwein und getrockneten Pilzen, womit er seine Kochkunst überzeugend unter Beweis stellte und viel Lob einheimste. Die beiden Politiker stellten ihre künstlerische Arbeit zum Essens nur ungern ein und schienen von plötzlich entflammter Leidenschaft für die wunderbaren Schmetterlinge gepackt zu sein. Als der Kanzler das Bild der schönen Weberin aufschlug, ließ er die Gabel sinken und sein Blick glitt versonnen zu den Gemälden und Zeichnungen der blonden Lisa, die nackt und in aufreizenden Stellungen die Wände des großen Ateliers dominierte. Er vergaß augenblicklich den begonnenen Kauvorgang und eine rosa durchwachsene Speckscheibe aus der Füllung der polnischen Fleischrouladen verhielt wie eine zweite Zungenspitze zwischen seinen Lippen. Sein Gesicht bekam einen unergründlichen Ausdruck und manchmal tauchte auch seine legitime Zunge neben der polnisch angebratenen Speckzunge auf. Danach verschwanden beide Zungen und sein Gesicht zeigte die Mimik einer unbestimmten Begehrlichkeit, die sich nach dem hektisch eingeatmeten Rauch des Russian-Psilo-Fluid, den er zuvor routiniert zwischen zwei Finger fein zerrieben hatte, noch verstärkte. Sein Gedächtnis schien dabei einen schwierigen Berg hochklimmen zu wollen, um jedoch vor Erreichen des ersehnten Gipfels immer wieder zu Tal zu rutschen. Als er nun auf der folgenden Buchseite die Abbildung des Fahlen Wermutmönchs erblickte, entspannten sich seine Züge und er lächelte belustigt. Den Utet heisa Buchella musterte er mit wachem Blick, aber der Pflaumenzipfelweber warf ihn wieder in eine nachdenkliche Unergründlichkeit zurück. Er verhielt häufig beim Umblättern und seine Gedanken machten sich auf die beschwerliche Suche nach Erinnerungen. Manchmal schien er Bilder zu sehen, die offenbar sofort wieder entglitten. Er wirkte dann sehr angestrengt und begann von neuen wieder den Anfang eines Fadens zu suchen. Es war wie mit Rädern eines im Morast festgefahrenen Autos, die durch schnelles Drehen nur immer tiefer versinken und das Problem lediglich jaulend vergrößern. Die beiden Besucher eilten nach dem Essen sofort gemeinsam zum großen Tisch zurück und entschieden sich für die Farbstifte der Marke Schneeweißchen und Rosenrot. Die Abbilder der herrlichen Schwebeinsekten zogen sie immer mehr in ihren Bann und ihre plötzliche Fähigkeit für die sublime Farbgebung erregte die echte Bewunderung der Buttermacher, die den begabten Laienkoloristen bei ihrer Arbeit oft neugierig über die Schultern blickten. Siegfried stellte befriedigt fest, dass die Double der beiden Staatsmänner sich durch ihre künstlerischen Ambitionen immer mehr als Schauspieler und Künstler zu erkennen gaben. „Es sind beide kreative Naturen und sie können ihre künstlerische Herkunft nicht länger verleugnen. Selbst jetzt nicht, wo sie nur mit halber Kraft herumtattern, leicht weggetreten sind und sich ansonsten vorwiegend im Schweigen ergehen."

Der Doppelgänger des russischen Präsidenten zeigte eine besondere Vorliebe für das strahlende Kornblumenblau der dunkleren Art, wie das gedämpfte Blau der im Schatten von Hecken wachsenden Blumen. Er bevorzugte auch die Farbe der Begarmudi, der Herrenbirne, die mit ihrer unwirklichen Leuchtkraft den Eindruck erweckte, als wäre eine starke Glühbirne in ihrem Inneren verborgen, womit die Natur die Menschen so geheimnisvoll beschenkt. Der Darsteller des deutschen Kanzlers bevorzugte dagegen die Wachsstifte mit den Farben Seneschalbraun und Ribiserot. Farben, die er gleichmäßig zu verteilen wusste und die sich bald wie Blut über das Blatt ergossen. Bedächtig und gewissenhaft bedeckte er die Vorlagen in feiner Gleichmäßigkeit und guter Abstimmung mit den jeweilig vorgegebenen Farbtönen. Während der Arbeit neigte er seinen Kopf immer wieder schräg zum Blatt, um die Qualität seiner Kolorierkunst in blendfreier Begutachtung besser beurteilen zu können. Seine besondere Aufmerksamkeit galt dem geheimen Heuchelweber, manchmal verlor er sich beim Betrachten des zarten Aurorawebers, aber immer wieder bohrte sich sein Blick intensiv in die Vorlage und es schien ihm mehrfach zu gelingen, sich für winzige Augenblicke wieder tief versunkener Erinnerungen zu bemächtigen. Die beiden Kranken arbeiteten stetig und aufmerksam, als stünden sie unter unaufschiebbarem Termindruck, aber andererseits waren sie wiederum gelassen und schienen gut in der offenbar sich selber vorgegebenen Zeit zu liegen. Auch die Buttermacher kehrten wieder zum alten Arbeitsrhythmus zurück. Siegfried werkelte an der Serie seiner archaischen Menschenkörper aus Lehm, die er sorgfältig mit farbigen Tüchern und Binden zu geheimnisvollen

Mumien umwickelte. Wilhelm dagegen arbeitete an einer Serie mit dem von ihm bevorzugten Motiv „Lisa im Gras." Auf allen Bildern rekelte sie sich in obszönen Posen auf Wiesen mit Blumen und Kühen, die sie neugierig und zugleich gelangweilt mit ihren seltsamen Quadratblicken betrachteten.
Seine neue Bilderserie bestand aus vierundzwanzig Arbeiten in unterschiedlichen Formaten, die allesamt in einem präzisen Fotorealismus und in perfekter Ausführung gemacht waren. Er bediente sich altmeisterlicher Techniken und verwendete Farben, die er aus im Mörser zerstoßenen Steinen, Wurzeln oder Blüten hergestellt hatte. Die kleinste Arbeit war nicht größer als eine Briefmarke, während das größte Format bis zur Decke reichte. Auf jedem Gemälde war Lisas Scham, tiefschwarz und glänzend wie der Sarg eines chinesischen Mandarins und in den geheimnisvollen Mittelpunkt des Körpers gerückt. Storm dagegen arbeitete an dem Kernstück ihrer neuen gemeinsamen künstlerischen Aufgabe. Er gestaltete einen aufwendigen dreisitzigen Kaiserthron, auf dem sich die den Buttermachern zugelaufenen Staatsmänner in einer festlichen Performance der Welt wieder zeigen sollten. Der dritte Thronsitz sollte mit einer Skulptur des Kaisers Wilhelm II. besetzt werden. Eine Figur, die aus bemalter Plastik eine möglichst große Ähnlichkeit aufweisen würde. Auch der Viehhändler Wilhelm I, der unermüdliche Verehrer des Kaisers, würde als lebensgroße Plastikfigur dabei sein und hinter dem Thron stehend seine Majestät beschützen und bewachen. T. Duggen hatte sich den defekten Fernseher vorgenommen und stundenlange Experimente mit der Antenne gemacht, die nach Storms Angaben durch einen Luftschacht in eine hohle Erle führte. Plötzlich war ein

klares Bild auf der Mattscheibe und Titte rief aufgeregt: „Mein Alter ist im Fernsehen."
Sein Vater stand neben einem bärtigen Mann mit einer ungewöhnlich schiefsitzenden, rot gepunkteten Fliege. Der Mann verfügte über eine wohlklingende und gut sitzende Stimme und wusste sie auch melodisch wirkungsvoll einzusetzen. Er war offensichtlich ein Psychologe, der ein Psychogramm von T. Duggen erstellt hatte und es nun auf der Wiese vor der Deutschen Eiche den Journalisten wichtigtuerisch erläuterte.
„Bei dem Busenstreichelzwang des T. Duggen handelt es sich keineswegs um eine Abnormität im Chromosomenstatus, da kann ich seinen Herrn Vater auf der Stelle beruhigen, vielmehr sehen wir darin einen massiven Entwicklungsstopp, der die Gefahr einer abrupten Explosion latent und druckvoll aufbaut, um bei erster Gelegenheit mit unaufhaltsamem Drive zur Ausführung zu gelangen."
Er verstieg sich wenig später in die Behauptung, dass der Griff zum Busen für einen vorgeschädigten Deformierten wie der unsinnige Rettungsgriff eines Schiffbrüchigen zum Strohhalm sei. Der Zwang sei also nur wenig mehr als der nutzlose Versuch, den unbändigen Trieb zur gewaltsamen Sexualität unter den streichelnden Gesten einer vermeintlichen Zärtlichkeit zu tarnen.
„Eine wütende Kraft, die im Seelenkessel der anfälligen Menschen einen signifikanten Druck entwickelt, und letztlich unabwendbar in der Entführung und wahrscheinlichen Tötung der Staatsmänner zur Entladung kam."
Titte Duggens Vater stand eng neben dem ausführenden Psychologen und versuchte ihn nun unauffällig aus dem Bild zu drängen. Der Psychologe dagegen wollte die seltene Gelegenheit einer Selbstdarstellung keineswegs kampflos aufgeben. Er stemmte sich nun auch mit ganzer

Kraft gegen Tittes Vater und geriet dabei in eine statisch interessante, aber ungewöhnliche Schieflage, sodass viele Zuschauer vor dem Bildschirm die seltsame Optik an ihrem Fernseher zu regulieren versuchten oder sich in horizontaler Seitenlage auf die Couch legten, um die übliche Perspektive zumindest im Liegen wieder zu erreichen. Die beiden Männer rangen weiterhin lautlos und nahezu bewegungslos Schulter an Schulter, ohne ihr Lächeln dabei zu verlieren. Mit höchstmöglicher Schubkraft und verlogener Unauffälligkeit versuchten sie sich unentwegt aus dem Bild zu drücken.

Den Ausschlag für das rasche Ende des lautlosen Kampfes musste jedoch eine unvorhergesehene Einwirkung außerhalb des Kameraausschnittes gegeben haben. Der Psychologe zeigte plötzlich ein entsetzlich schmerzverzerrtes Gesicht, bevor er wie eine im Flug von einer Kugel getroffene Wildente nach unten aus dem Bild fiel, wobei seine Augen den Ausdruck tiefen menschlichen Leids hinterließen. Er war dennoch bemüht seinem Fernsehpublikum zum Abschied einen letzten verbindlichen Gesichtsausdruck und den Ansatz eines Lächelns zu schenken. In einer viel späteren Kameraeinstellung sah man den bemitleidenswerten und immer noch fassungslosen Psychologen durch das Bild taumeln. Er ging weit nach vorn gebeugt, hielt seine Hände in den Schritt gepresst und wurde von zwei mitleidigen Landfrauen gehalten, die ihn zur Unterstützung seiner offenbar gestörten Atmung wie eine trächtige Stute vor der Niederkunft im Kreis herum führten. Tittes Vater hatte ihm bei dem stillen Gerangel einen gewaltigen Tiefschlag in den Unterleib versetzt.

„Voll auf die Psychoeier," wie er später stolz verbreitete. Nach seinem heimtückischen Siegesschlag, der vom

Fernsehpublikum nicht bemerkt worden war, hatte er interessiert nach unten gesehen und sich bemüßigt gefühlt, den für das Publikum nicht sichtbaren Vorgang zu moderieren.
„Der arme Mann muss etwas Schlechtes gegessen haben und ist leider ganz grün im Gesicht, so grün, wie die Gans ins Gras scheißt."
Danach schilderte er Titte als das Sinnbild eines herrlichen Sohnes.
„Es werden Lügen über ihn verbreitet. Das haben er und seine Familie nicht verdient. Ich nicht, er nicht und niemand aus der ehrenwerten Sippe der Duggen, national oder international. Komm zurück, mein lieber Sohn Titte, denn ich habe ein wunderbares Frauchen für dich gefunden. Sie will uns einen fischreichen See mit in die Ehe bringen, wo wir viele Stunden miteinander angeln können. Beim ersten Probeangeln habe ich schon einen ganzen Schwarm Zander heraus geholt und einige kapitale Hechte, jeder mindestens siebzig Pfund schwer und 1.40 Meter lang. Der größte von ihnen sah aus wie der Glöckner von Notre Dame, natürlich ohne dessen krummen Beine, einen Buckel hat er aber auch. Der finstere Bursche muss der Schrecken aller Meere gewesen sein und sicher sind schon kleinwüchsige Menschen in seinem Schlund verschwunden, denn das erkannte ich sofort an seiner widerlichen Visage. Titte, komm endlich zurück in den Schoß deiner Familie und schenk unserem Herrn Kanzler und seinem lieben Gast aus Russland die heilige Freiheit. In deinem Dienstwagen ist mehr Kohle als irgendjemand auf dieser Welt jemals mit eigenen Augen gesehen hat. Du kannst mir das Geld zu treuen Händen übergeben, denn es darf unserem Vaterland nicht länger vorenthalten werden, danach

musst du dich der Obrigkeit stellen. Darum sollten wir uns schnellstens im Tal der scheuen Regenwürmer treffen, das wir damals so eilig wieder verlassen mussten. Die plötzlich aufkommenden Gewitterböen haben unsere schweren Zappelbrassen wieder ins Wasser geweht, was an sich sehr ärgerlich war. Du warst mit Blutegeln übersät und bist schreiend ins Wasser gelaufen."
Tittes Vater lachte laut und höhnisch, um angesichts der neuerlichen schweren Tatbestände jedoch schnell wieder ernst zu werden und mit beschwörender Eindringlichkeit auf seinen Sohn einzureden.
„Die Zehn Million Euro, die man für dich ausgesetzt hat, sind ein ganzer Arsch voll Geld. Aber selbst diese hohe Summe, die ich mir unter anderen Umständen in bar auszahlen lassen würde, kann meine Vaterliebe nicht in Versuchung führen und keiner wird dich in meinem Beisein dingfest machen dürfen, darauf kannst du bauen." Er plinkerte wild mit den Augen, als wäre er mit seinem Moped auf einem verwegenen Feldwegparcours in einen dichten Mückenschwarm geraten.
Das Sonnenlicht fiel auf seine blau eingefärbte und mit tiefen Einkerbungen und Runen versehenen Säufernase, an deren Spitze sich einige hartnäckige Tropfen gesammelt hatten, die offenbar noch alle über den Tag kommen wollten. Der alte Raubautz war unrasiert und aus seiner Nase und den Ohren spross ein Dickicht grauer Borsten.
„Ehrlichkeit währt am längsten, auch bei dieser verdammt hohen Summe," rief er noch einmal mit lauter Stimme in das Mikrofon. Der Blick, den er seinem Sohn durch die Kamera zuwarf, war so tödlich wie der Biss einer Kobra. Er war inzwischen in ein Dauerblinzeln geraten und seine Durchtriebenheit war unverhüllt sichtbar.

In einer Reflexbewegung steckten manche auf der Couch liegenden Fernsehzuschauer nun schnell ihre Geldbörse in ihre Unterhose und legten sich zusätzlich ein Kissen auf den Bauch.
Titte Duggen sagte erbost: „Dieser notorische Wilddieb und Schwarzangler würde mich für einen fischreichen See sogar mit einer Milchkuh verheiraten und bei der Höhe der ausgesetzten Belohnung würde er mich zur Sicherheit sofort meucheln, meine Leiche eigenhändig zum nächsten Polizeiposten schleppen, um mich dort nur gegen eine Quittung mit Dienstsiegel abzuliefern."
Titte Duggens Vater veränderte nun seine Haltung und begab sich in die Pose eines indischen Bettelmönchs und mit der weit ausgestreckten Zunge eines Verdursteten wollte er nun sein gequältes Vaterherz demonstrieren. Zugleich stieß er eine Hand nach vorn, wobei sie immer länger zu werden schien. Nachdem er die Linse der Kamera durch diese Bewegung wie unbeabsichtigt wiederholt mit seinem Daumen verdeckte, um durch sein verlöschendes und wieder neu auftauchendes Konterfei eine erhöhte Aufmerksamkeit beim Zuschauer zu er- reichen, schlug ihn der in Wut geratene Kameramann mit einem achteckigen Belichtungsmesser auf die Knöchel. Der alte Duggen spürte die Schläge offenbar nicht und verhielt in seiner starren Pose. Dann bewegte er seinen Kopf in eine leichte Schaukelbewegung und schien dabei in Trance zu fallen. Titte Duggen sagte aufgeregt:
„Nun dreht er am Rad und versucht seine telephatischen und transzendenten Kräfte zu aktivieren. Wir sollten den Fernseher abschalten, denn sonst kann mein Alter mich umgehend orten. Seine verschlüsselte Meldung lautet übrigens in Direktübersetzung, schaff dir schnellstens die beiden Typen vom Hals, tot oder lebendig, damit wir uns

die Flocken, zumindest aber die Belohnung unter den Nagel reißen können."
„Ich warte auf dich," flüsterte sein Vater noch einmal und versetzte seine Stimme in ein Timbre, das Vaterliebe und väterliche Sehnsucht ausdrücken sollte. Zur Unterstützung seiner tiefen Gefühle versuchte er noch einen netten Schluchzer mit einzubringen. Er konnte diesen Versuch aber gerade noch stoppen, weil die Darstellung seines Seelenleids in die gefürchtete Sauerei einer Rülpskanonade abzugleiten drohte. Nun sah er seine Vorstellung als liebender Vater beendet und begann mit den praktischen Vorbereitungen zu seinem nächsten Happening mit dem Titel >Der Herr der Vögel<, das er bei drückender Geldknappheit manchmal auch als Oneman-show auf der Strandpromenade von Travemünde vorführte. Er erzählte den Fernsehzuschauern zum Schluss, dass er ein berühmter Tigerhaijäger in Australien gewesen sei. „Diese Fische sind die Müllschlucker des Meeres. In ihren Mägen habe ich sogar schon Autobatterien gefunden und menschliche Arme und Hände mit teurem Schmuck. Der geht natürlich sofort zum Fundbüro, Ehrensache, und jeder Arm oder jedes Bein wurde anschließend christlich bestattet. Die Batterien und andere technische Ersatzteile wurden von meinem Fuhrpark übernommen, denn diese Form der Ersatzteilbeschaffung ist betriebswirtschaftlich günstig. Die Teile stinken absonderlich, aber sie sind technisch einwandfrei."
Er griff nun in eine mit bunten Christbäumen verzierte Plastiktüte und brachte einige nur noch matt zappelnde Köderfische ans Tageslicht, die er mit den flinken Bewegungen eines Magiers auf seinen Kopf legte. Die über dem Strand kreisenden Möwen stießen schrille Schreie

aus und stürzten nach unten. Sie flogen dann geschickt gegen den Wind und schwebten für einen Augenblick bewegungslos über seinem Kopf, um dann die ausgelegte Beute blitzschnell zu schnappen. Mit einem schnellen Schnabelhieb packten sie die armen Karauschen und flohen mit einem weit nach oben schwingenden Bogen zum Meer. Verfolgt von der hungrigen Meute der anderen Jäger verschlangen sie die Beute schon während des Fluges. Der alte Duggen hielt seine Hände inzwischen wie Flügel weit von sich gestreckt, als wäre er selbst eine Möwe. Im Kreis einiger jüngerer Zuschauer wurde allgemein angenommen, dass nun der Augenblick gekommen sei, wo er seine Flugkünste vorweisen würde, um sich mittels seiner angedeuteten Startaufstellung in den blassen Himmel zu erheben. Nach einigen berserkerhaften Flugbewegungen mit seinen Armen ließ er jedoch aus nicht ersichtlichen Gründen davon ab und entschied sich für einen nicht endenwollenden schmachtenden Blick in die Kamera. Bevor er sich endlich aus dem Bild begab und mit soldatisch festen Schritten und den Attitüden eines Deichgrafs in den flimmernden Sonnenglanz des Meeres marschierte, sagte er mit schneidender Stimme und unüberhörbarer väterlicher Strenge:
„ Mein lieber Sohn Titte, es geht hier nicht ums Mäusemelken."

DIE ENDLICH ERSEHNTE, UNGLAUBLICHE
AUFERSTEHHUNG
UND GLÜCKLICHE RÜCKKEHR UNSERES
KAISERS AUS DORN, IN
BEGLEITUNG SEINES TREUEN ALLIIERTEN AUS
RUSSLAND.
GESPONSERT VON WILHELM I, VIEHHÄNDLER
AUS LW.

Nach dem Fernsehauftritt seines Vaters sagte Titte Duggen in die ergriffene Stille hinein:
„Eure Gäste sind tatsächlich die echten Staatsmänner und keine Schauspieler oder unbekannte Gelegenheitskoloristen. Nun habe ich die höchste Arschkarte gezogen, für mich bleibt nicht einmal mehr die Fremdenlegion. Ich bin schon so gut wie tot und alle Kopfjäger dieser Welt haben ihre Flinten durchgeladen." Seine Stimme hatte einen aufgeregten Kickser angenommen und nach seinen weiteren Ausführungen sei seine Lebenserwartung soeben auf null geschrumpft und die Welt würde nun matchwood aus ihm machen.
„Sobald ich mich ans Tageslicht begebe, wird man mich gnadenlos jagen und meucheln, abschießen wie ein Karnickel und zwar rund um den Erdball, wohin ich auch gehe. Im Augenblick gibt es nur einen Ort, wo ich sicher aufgehoben bin und das ist bei euch."
Titte Duggen war wütend und beleckte mit der Zungenspitze den kargen Stumpf seines immer noch fluoreszierenden Eckzahns, der ihn schon die Herzen vieler afrikanischer Damen hatte zufliegen lassen. Auch

als Stumpf changierte er noch in allen Farben des Regenbogens und glitzerte wie eine Weihnachtskugel.
Wilhelm sagte: „Zehn Millionen Belohnung ist eine Menge Geld und für einen Duggen allemal überbezahlt. Du bist wie eine gut gefüllte Cashmaschine für die alle das richtige Passwort kennen und diese seltene Gelegenheit des schnellen Geldes könnte sogar meinen guten Charakter auf die Probe stellen. Nimm das persönlich nicht so ernst, denn früher oder später schlägt für jeden von uns die letzte Stunde. Dir bleibt vielleicht doch noch die Fremdenlegion, die immerhin aus 7700 Soldaten von 152 Nationen besteht und unter soviel bunten Vögeln fällt selbst ein Duggen nicht auf. Der weltweite Einsatz besteht inzwischen daraus, Milchpulver an stillende Mütter zu verteilen und die Männer mit Parisern und Gleitcreme zu versorgen. Bei dieser Tätigkeit kann man alt werden. Im Übrigen muss man sich um die Lebenserwartung eines Duggen nie Gedanken machen, denn sie sind immer schon gut durch die feindlichen Linien gekommen."
Titte Duggen gab keine Antwort, aber er machte eine unmissverständliche Geste. Mit dem Zeige- und Mittelfinger seiner rechten Hand und mit Hilfe eines krummen Daumens formte er eine Pistole und zielte damit auf die beiden Männer im Führerbunker, dessen Tür weit geöffnet war.

Sie saßen über große Papierbögen gebeugt und waren in ihre Arbeit vertieft. Auch die häufig lautstarken Gespräche aus dem Studio hatten ihre Aufmerksamkeit von ihren künstlerischen Anstrengungen nicht ablenken können. Ihre volle Konzentration galt im Augenblick den beiden botanischen Besonderheiten des Klappertopfes und der Wiesen-Skabiosen, deren trichternde Blumenkronen in vielen violetten und pfirsichfarbenen Abstufungen ihre koloristischen Fähigkeiten bis an ihre Grenzen forderte.
In der dreifach gefalteten Kunstdruckvorlage >Der stille Wiesenrain lebt gefährlich< hatte sich auf der glänzenden Titelseite ein Perlmuttfalter auf einer Höswurz niedergelassen. Die beiden Amateurkünstler schienen nun zwingende Überlegungen anzustellen, ihre künstlerischen Ambitionen der malerischen Farbgestaltung von Schwebeinsekten mit gleicher Emphase auf die Vorlagen von Blumen und Pflanzen auszudehnen, um auch der botanischen Wahrheit in ihren vielen subtilen Nuancen gerecht zu werden. Das hochstrebende Hahnenfußgewächs Rittersporn und die anmutige Akelei erstrahlte in den von ihnen gefertigten Kolorierungen in wunderbarem Kobaltblau, das sogar die natürliche Schönheit der Blüten noch zu übertreffen schien.
„Zehn Millionen ist viel Geld, sogar für reiche Erben," sagte Siegfried.
„Sogar für sehr wohlhabende Menschen," sagte Storm.
„Hiermit beantrage ich mein persönliches Asyl und bitte um Aufnahme bei euch, denn das ist Christenpflicht," sagte Titte Duggen und warf den drei Künstlern finstere Blicke zu. Er war kurz davor duggenmäßig durchzuknallen.

„Das ist Fahnenflucht," sagte Siegfried. „Als gute Staatsbürger dürfen wir dich darin nicht unterstützen, denn du stehst immer noch unter dem Fahneneid. Du hast uns hier eine Suppe eingebrockt, die du ganz allein auslöffeln musst. Ich bin nur ein kleiner Medizinmann und kein Jurist, aber auch ein Blinder mit einem Krückstock würde aus dieser Situation folgern, dass du als einzig anwesende Militär- und Amtsperson für den Augenblick automatisch als erster Mann in den Staaten Deutschland und Russland zu betrachten bist, denn das Schicksal hat dir diese Staatsführer zu treuen Händen anvertraut und somit auch ihre Pflichten. Du bist ihr Vertreter und solange die beiden Herren vom Kopf her noch nicht voll geschäftsfähig sind, bist du meiner Ansicht als einerseits agierender Unteroffizier, zugleich auch der kommissarische Chef beider Länder, was ein Staatsrechtler dir jederzeit bestätigen könnte. Du musst die Angelegenheit nun schnellstens bereinigen, denn für ein Duggen ist keine Aufgabe zu groß. Du musst schnell tabularasa machen, bevor die Politiker sich noch mehr mit uns verbandeln. Dein Eindringen in unseren Kreativsalon war juristisch gesehen ein astreiner Hausfriedensbruch, was in Verbindung mit der Entführung von zwei hohen Staatsmännern noch sehr erschwerend hinzukommt. Vielleicht will der Bundeskanzler in geheimer Absprache mit dir auch nur die letzten Tage vor der Bundestagswahl heimlich bei uns aussitzen und sich über die Runde simulieren, um seine schon fast verlorene Position über die Mitleidsbasis wieder zu erlangen. Immerhin stand er in den Umfragen schon an der absoluten low-water-mark und war längst als Lame-duck für seinen Job abgeschrieben, nun jedoch werden die Wähler vor Mitleid vergehen.

Der Fernseher war eingeschaltet und die Gattin des Kanzlers war während der Nachrichten kurz eingeblendet. Auf die Frage eines Moderators nach ihrem Seelenzustand bemerkte sie cool und in lässiger Beiläufigkeit: „ Er war schon häufiger abwesend."
Titte Duggen schaltete den Fernseher aus und bemerkte mit sichtlicher Erleichterung: „Ich bin Privatmann und schon längst wieder Zivilist. Ich bekomme null Ärger, denn alles hat seine militärische Ordnung. Mein Entlassungstermin ist in vierzehn Tagen, aber mir stehen noch dreizehn Tage Urlaub zu. Als erstklassiger Schütze habe ich mir beim Wettschießen eine Leistungsprämie von fünf zusätzlichen Urlaubstagen geholt. Nach Adam Riese ist meine Dienstzeit bereits um vier satte Tage überzogen. Das ist eine ganz reelle Aufrechnung und damit gehe ich notfalls bis zum Bundesarbeitsgericht. Außerdem bin ich bei euch völlig unabkömmlich, besonders in der Küche, die entsetzlich nach ranzigem Fett, Pisse und nach Sachen riecht, über die ich als anständiger Zivilist nicht sprechen möchte."
Siegfried sagte: „Dein Antrag, die nächste Zeit bei uns weiterhin als Küchenchef und Reinigungskraft zu verbringen, hört sich vielversprechend an und könnte unsere Meinung ändern. Wir müssen uns zu einem Konsilium zunächst an die Bar zurückziehen und geben dir umgehend Bescheid. Deine Argumente sind sehr überzeugend. Vielleicht hast du Glück und darfst weiter in unserer Küche werkeln. Nach den Andeutungen und Begehrlichkeiten deines Vaters scheint in deinem Auto eine ziemliche Wertladung zu sein. Wir sollten das Zeug schleunigst bergen, von hier wegschaffen und in einer nächtlichen Aktion den Leuten dort oben in der hellen Welt zukommen lassen. Ansonsten bringen wir uns in

größte Gefahr, denn alle Strauchdiebe dieser Welt haben sich längst auf die Suche danach begeben."

Nach einem ausgedehnten Aufenthalt an der Cake-Wilson-Bar waren die Buttermacher ziemlich angesäuselt. Sie hatten ein Arbeitsprogramm der nächsten sieben Tage in sieben Thesen entwickelt, das Storm in geordneter Reihenfolge noch einmal für alle resümierte.

„Das Nachfolgende enthält unser Lastenheft und eine Aufstellung der dringend zu erledigenden Arbeiten. Am Sonntag ist jedenfalls Sense. Unsere Staatsgäste werden abgeschoben und müssen unser Refugium unter allen Umständen verlassen. Bis dahin sind sie transportfähig und nach Siegfrieds Angaben auch psychisch einigermaßen eingerenkt. Wir verpacken die Abschiebung in eine gewaltige Performance, damit wir Buttermacher auch etwas davon haben. Wir wollen die Staatsmänner der Welt festlich gewandet und in einem bequemen Dreifachthron übergeben, damit es nach was aussieht und ihre Reinkarnation einen festlichen Rahmen bekommt. Der Titel unserer künstlerischen Performance lautet in Kurzform:

Die endliche, unglaubliche und ersehnte Auferstehung und Rückkehr des Kaisers aus Doorn, in Begleitung seines mächtigen Alliierten aus Russland, gesponsert vom Viehhändler Wilhelm I aus Lehmbeck-Weiche.

Unsere beiden lebenden Ausstellungsobjekte werden kurz zuvor vom Russian-Psilo-Fluid auf ein solides und bewährtes intravenöses Mittel umgestellt und können dann friedlich dösend in ihre Freiheit zurückdämmern, wo sie spätestens in vier Wochen die Steuern erhöhen werden. Die Brandweinsteuer natürlich ausgenommen, was ich mit einer vorsorglichen Hypnose im Kopf des Kanzlers noch fest verankern konnte. Wir schenken den beiden Staatsmännern eine unheimlich starke Rückkehr, die in der Geschichte ihresgleichen sucht. Der Kanzler und sein Kumpel aus dem Osten werden am Wahlabend den Menschen von Lehmbeck-Weiche und der gesamten Weltöffentlichkeit in einer zuvor nie da gewesenen seriösen künstlerischen Performance wieder erscheinen. Im gleißenden Feuerzauber von Raketen und Fackeln, die wir zwischen den Gräbern und im Portal der Kirche entzünden werden, sollen die Verschollenen das Licht der Welt endlich wieder erblicken und ihre Tieftauchfahrt wird ein Ende haben. Kein Staatsmann hat jemals einen solchen weltweiten Triumph und eine solche Ehre erfahren. Sie dürfen sich glücklich schätzen an uns gelangt zu sein, denn andere Menschen hätten solche Störenfriede längst in die Besenkammer gesperrt.

Das Zeug im Auto werden wir zuvor ausbuddeln und als Dekorationsmaterial für unser künstlerisches Unternehmen verfremden. Den Rest bekommt Pastor Söderbaum in Verwahrung, der sein Wissen nach der Herkunft der Schätze unter den Schutz des Beichtgeheimnisses stellen kann. Nach Abschluss der für uns brandgefährlichen Performance, werden wir in gebotener Eile die Fliege machen und uns wieder in das sichere Reich der Dunkelheit begeben. Wenn wieder Ruhe eingekehrt ist, geht's ab nach Spanien. Titte Duggen darf zunächst auf Probe bei uns bleiben. Voraussetzung dafür ist allerdings, dass er der verschmutzten Küche Herr wird und unseren hohen Reinlichkeitsanspruch endlich erfüllt. Weiterhin erwarten wir täglich genau auf Glockenschlag unsere Mittagsmahlzeit, wie es auch schon vor seinem Erscheinen der Fall war. Sie sollte aus mindestens drei Menüvorschlägen von feinster Gourmetqualität bestehen. Wilhelm verlangt ausdrücklich viel Zitroniges und

Butteriges und für das Gemüse eine Kochzeit von zwei Stunden, so wie er es von seiner Großmutter her kennt und liebt.
Im Stall der Meierei steht neben der ausgedienten Milchkannenchaise des schwer gewichtigen Altmeieristen Tönne Klutsch, der damit durch das Dorf kutschierte und seine schweinischen Witze unter die Leute brachte, sein vom Dorfschmied gefertigter unzerstörbarer Rollstuhl. Dies ist ein solides Transportmittel für robuste Politiker. Damit werden wir die beiden leicht anästhesierten und sanft weggetretenen Staatsmänner von der Kanickelwiese hinter der Meierei über den dunklen Friedhof zum Ort ihrer wundersamen Auferstehung und Krönung fahren. Die schnellen Vorbereitungen vor der Kirche müssen eine logistische Meisterleistung werden und alles bis ins Kleinste hier im Atelier vorgefertigt sein. Bevor wir dort den schnellen Abgang machen, werden die Kirchenglocken läuten und dazu müssen wir allerdings die Zeituhr für die elektrische Glockenbetätigung zuvor manipulieren.
Der Kanzler trägt ohnehin nur noch meine luftgefederten Nikes, die seinen Gang mit Leichtfüßigkeit ausstatten und ihn befähigen des Nachts lautlos wie ein Puma an unsere Cake-Wilson-Bar zu schleichen. Seine handgemachten Treter aus Pferdeleder werden wir als Köder mit entsprechenden Hinweisen dem BKA zuführen, um deren Aktivitäten von Lembeck-Weiche zu entfernen. Natürlich müssen die Schuhe die schönsten Fingerabdrücke des Herrn Kanzler aufweisen und dann in einem Postpaket aus Hamburg bei dem BKA in LW eintreffen. Damit gerät Lembeck-Weiche endgültig aus dem Brennpunkt des Geschehens und wir können unser

Kunstereignis ungestörter in schneller nächtlicher Aktivität vor der Kirche installieren.
Für diese Aufgabe müssen wir Frigge aktivieren und der sofortige Einsatz meiner Liebsten ist somit dringend gefragt.
7. Hiermit ist vorläufig und bis auf weiteres die voraussichtlich letzte These erreicht."
Die beiden Staatsmänner im Führerbunker hatten ihre Arbeit inzwischen unterbrochen und setzten sich auf das olivgrüne Fauteuil. Sie entfernten, ohne sich offenbar zuvor verständigt zu haben, die Seite mit dem Amerikanischen Präsidentenfalter aus ihrer Vorlage und zündeten sie an. Die lodernden Flammen überzogen ihre Gesichter mit einem roten Schleier, der ihre Augen mit einem gespenstischen Glitzern versah und ihrem Ausdruck einen mörderischen Touch verlieh. Das verbrannte Papier erhob sich in der von den Flammen erhitzten Luft und schwebte wie dunkle Nachtfalter geheimnisvoll durch den Raum. Der Kanzler lächelte glücklich und seine Blicke folgten aufmerksam den schwerelosen Gleitern. Auch der Russe beobachtete den Flug der leisen Flugobjekte und sein Gesicht zeigte ein still umnebeltes Lächeln. Seine Augen folgten den sanften Gleitern und wenn sie sich im Schatten des Raumes verloren, beunruhigten ihn wirre Erinnerungen, die jedoch an den schwankenden Fluggebilden keinen Halt zu finden vermochten und jäh wieder ins Nirwana entglitten.
„Auf geht's Buam, wir dürfen uns nicht länger vertüddeln, denn große Ereignisse fordern auch große Vorbereitungen. Danach ist die Weide hier für uns abgegrast und wenn wieder Ruhe eingekehrt ist im Dorf, geht es ab nach Spanien, wo wir eine Weile abtauchen und roten Wein trinken werden.

Titte Duggen sagte mit fester Stimme: „Es besteht ab sofort und unwiderruflich Küchenverbot für jeden Anwesenden. Das gilt auch für die russische Staatsmacht und weitere anwesende Koloristen und Staatsmänner. Keiner darf mehr durch mein Revier streifen. Ihr steht ab sofort unter Beobachtung, denn besonders Künstler sind schief und schräg ins Leben gebaut. Ihr solltet Gott endlich in euren Seelen suchen und nicht in meiner Küche. Zum Abschied werde ich euch noch ein unvergessliches candlelight-dinner aus mindestens fünf Gängen servieren und mit der Tischdekoration eines Offizierskasinos für gehobene Ansprüche versehen. Natürlich auch mit Räucherkerzen und allem Pipapo, also bossmäßig und es herrscht natürlich Krawattenzwang für alle Anwesenden. Immerhin sind die Kühltruhen noch bis zum Rand gefüllt und das reicht nach meiner Schätzung bis zum nächsten Weltuntergang, aber bei den Alkoholvorräten sieht es schon etwas mau aus."
„Du hast Stil, das gefällt uns, besonders bei einem Duggen. Es ist sehr anerkennenswert und vor Gericht werden wir alle ein gutes Wort für dich einlegen und natürlich auch deine hohen Fähigkeiten in der Küche erwähnen," sagte Wilhelm, "das können wir dir verbindlich zusagen."
„Darauf geschissen," sagte Titte Duggen unwirsch und goss Öl in eine große Bratpfanne.

PORNO FÜR ALLE

Ein orthografisch mehr als kümmerlich geratenes Bekennerschreiben mit der Beilage einer blutbesudelten und haarigen Ohrmuschel kam von einer Gruppe, die sich mit dem Namen >Porno für alle< vorstellte. Die Verfasser forderten für das Dorf Süderende kategorisch ein Jugendzentrum mit einem zusätzlich installierten Pornokino und roten Plüschsitzen. Nach der Erfüllung dieser Forderung würde die Freilassung der beiden Staatsmänner umgehend erfolgen.
„Wir sehen uns gezwungen, anbei als beweizstück das rächte Ohr des Kanzlers zu schiggen."
Die Verfasser des Schreibens waren der dreizehnjährige Sohn des Metzgers und der vierzehnjährige Sohn des Lehrers, die in ihrer beachtlichen Schulkarriere noch nie durch orthografische Kunstfertigkeit oder schulische Leistungen aufgefallen waren. Ihre Punkte erbrachten sie im Sportunterricht, wo sie ihre Altersgenossen weit in den Schatten stellten und darum in der Jugendmannschaft ihres Fußballvereins absolute Stars waren, die hohes Ansehen unter ihresgleichen genossen.
Das BKA stellte fest, dass ein linkes Ohr vorgelegt worden war. Im gleichen Zusammenhang konnte die schon streng riechende und lappige Ohrmuschel als das Organ einer dreijährigen Sau bestimmt werden. Auch die dazugehörende tote Sau konnte durch gezielte Hinweise des Gastwirts Falkenhagen alsbald ausfindig gemacht werden und es kam zu einer schnellen Aufklärung. Das Beweisstück, eine einohrige Sau, hing im Kühlraum des Metzgers von Süderende und dort wo das Ohr von Natur aus gewesen war, hingen nur noch blutige Hautfetzen.

Auch am rechten Ohr der Sau war herumgeschnippelt worden, denn es war nur noch durch ein Stück Knorpel und vier schwarze Borsten mit dem Kopf verbunden. Die beiden tapferen Kämpfer, die so unerschrocken für einen liberalen Pornostart in Süderende gefightet hatten, wurden alsbald ausgemacht. Sie handelten sich daraufhin eine Folge von attraktiven Strafen ein, die sie halbwegs mannhaft überstanden. Der Herr Pastor Hansen verhieß den jugendlichen Sündern anerkennend, dass ihre Idee von der merkantilen Seite betrachtet als lukrativ und reizvoll zu bezeichnen sei.

„Moralisch dagegen und hinsichtlich des 6. Gebots, also in puncto puncti sexti ist euer Anliegen im höchsten Grade verwerflich," gleichzeitig ließ er seine Stimme so laut wie die Fanfare von Jericho erschallen. Danach bekräftigte er seine moralische Absage mit ungewöhnlich treffsicheren Doppelohrfeigen en block in schneller rhythmischer Folge. Seine Vergangenheit als wilder Drummer in einer Studentenband kam der motorischen Abfolge seiner Bewegungen für die aus der Mode gekommene Erziehungsmaßnahme hilfreich zu Gute, um den präzisen pädagogischen Duktus in diesem vorgetragenen Rhythmus vollziehen zu können, wobei er die Buben mehr oder weniger nur leicht touchierte.

Die kurze Strafaktion fand zu Beginn eines Religionsunterrichts in der Kirche statt. Das lautstarke und grollende Echo der Klatschgeräusche wurde von den Delinquenten als beipflichtende Stimme Gottes ausgemacht und darum duldsam ertragen. Das unheilvolle Echo flatterte wie ein eingesperrtes Vögelchen von Fenster zu Fenster, die rundum in ermüdender Ausführlichkeit als bleigefaßte Glasmosaiken die Geschichte der Maria Magdalena in leuchtender Farbigkeit darstellten.

Das Echo tätschelte den kaum verhüllten Körper der schönen Sünderin und fuhr dann auf der gegenüberliegenden Fensterreihe in einen übertrieben grünen Tannenwald, um von dort noch einmal müde zur Gegenseite zu taumeln. Endlich aber stürzte das Echo der inquisitorischen Strafaktion in einen Brunnen, was der schönen Sünderin noch bevorstand. In Verbindung mit den gelungenen Ohrfeigendoubletten, kam nun auch noch die Botschaft von Johannes dem Täufer ins Spiel. Der Pastor formte seine Stimme in ein wunderbares Vibrato, das er hemmungslos und mit phonetischer Lautstärke einsetzte. Er verkündete in lauter metamorphischer Klangfülle: „Kehret um, tut Buße!"
Die Echo reiche, wie gleichermaßen schmerzhafte klerikale Strafe fand wenig später in dem schönen Bauerngarten des Metzgers eine handwerkliche Fortsetzung, wo inmitten von unschuldigen Margeriten, zerbrechlichen Fingerhütchen und einer betörend duftenden Geißblatthecke eine tote Sau in einem Holzbottich gebrüht wurde und mittels eines Borstenreibers die letzte Rasur empfing. Der Metzger konnte aus Zeitgründen seiner Erziehungspflicht nur in geraffter Form nachkommen und beließ es zunächst dabei, die beiden Sünder ein wenig zu schütteln, um sie dann gutmütig in der blühenden Hecke abzulegen. Die beiden Buben nutzten die günstige Gelegenheit und hingen dort wie Boxer kurz nach dem Niederschlag. Der Metzger war wenig bei der Sache. Er sah immerzu auf den Holztrog mit der gebrühten Sau und wusste nicht, in welcher Reihenfolge er in der Strafaktion nun vorzugehen hatte. Er merkte jedoch unmissverständlich an, dass der Pornobereich für einen ehrlichen Metzger gewissermaßen als eine Konkurrenz des Fleischhandels angesehen werden

müsse, denn hormon-, trichinen- und sündenfreies Fleisch könnten die Leute nur in meiner erstklassigen Fachmetzgerei kaufen und dabei solle es in Süderende künftig und für alle Zeit bleiben."
Auf dem breiten Gartenweg unter filigranen Rosenbögen kam nun die Metzgerin und besorgte Mutter resolut angestampft. Spätestens in Höhe der kaiserlichen Päonien, den Blüten ohne Scham, die ungeniert ihren intimen Kranz goldener Staubfäden zur Schau stellen, bedurfte es wenig Scharfblick, um mit der heranwalzenden Bedrohung zugleich die herannahenden Ohrfeigen zu bemerken, die sie eilig und schwer vor sich hertrug und unmittelbar an die Buben weiterreichte. Damit war ihre Aufgabe erfüllt und der Weg frei für eine ungebrochene Mutterliebe. Ihr warmes Mutterherz wurde unmittelbar von Mitleid und Liebe überflutet und als sie beide Buben erschöpft in der Blumenhecke liegen sah, warf sie ihrem Mann einen drohenden Blick zu und rief wütend: „Wie kann ein Mensch nur so brutal mit unschuldigen Kindern umgehen!" Sie wandte sich den Buben zu, die sich inzwischen noch wirkungsvoller in den Zaun drapiert hatten, sodass ihr mitleidiges Herz zerschmolz und ihr Tränen der Rührung in die Augen trieb. Sie warf ihrem Mann, der gerade die letzten Borsten zwischen den Zitzen der armen Wutzen entfernte, einen drohenden Blick zu und sagte giftig:
„Für dich ist erst mal Ruhe in allen Etagen."
Der Metzger schabte nun aufgebracht an der Sau herum und musste zur Kenntnis nehmen, dass ihre Bemerkung für seine unkeuschen Abendpläne wenig Erfolg verhieß und dafür nur ein langweiliger Fernsehabend bevorstand. Die auf dem Weg zu den beiden Delinquenten noch mit Ohrfeigen gefüllten Hände legte die Metzgerin nun weich

und tröstend um die Schultern der Buben und führte sie wie arme Körperbehinderte behutsam durch den Garten zum Haus, wobei die beiden Sünder mit wachsendem Mut ihre Köpfe an die Brüste ihrer Beschützerin drückten. Auf der Rangliste des Experten Eier-Augstein standen die Brüste der Metzgerin unangefochten auf dem ersten Platz und zählten somit zu den Schönsten der nordelbischen Kirchengemeinden. Die arg drangsalierten Buben wurden nun von der Metzgerin in grenzenloser mütterlicher Großherzigkeit zu einem üppigen Wellfleischessen eingeladen und mit einer umwerfenden Nachspeise verwöhnt. „Es wird alles wieder gut," sagte sie am Ende und herzte und küsste die Buben mit aufkommender Beunruhigung, sodass sie schnell wieder davon abließ.

Die nächsten Religionsstunden in der Kirche waren in etwa paritätischer Teilung den Heiligen und den Knüffen durch den Pastor gewidmet. Auch ihre häufig geschickt veränderte Sitzordnung oder eine rasche Rochade zur vermeintlich sicheren Seite, halfen nicht der nachbebenden Rache des geistlichen Herren zu entkommen. Wobei die Anzahl der Knüffe und die Anzahl der biblischen Erkenntnisse sich wiederum die Waage hielten. Die Buben waren von Herzen froh, als sie die Folterbänke in der Kirche endlich wieder verlassen durften, um hinter den schützenden Grabsteinen der Kapitänsgräber ein gemütliches Raucherseminar abhalten zu können. Nach der ersten milden Strafe des Metzgers folgte eine Aburteilung zum Strafdienst im Bereich der Fleischgewinnung und sie wurden zum Blutrühren bei den Sauschlachtungen eingeteilt, um erst zum Erntedankfest von der unbilligen Fronarbeit befreit zu werden. Ihre moralische Bewährungszeit war ihrer Ansicht nach ausreichend strapaziert und längst überschritten, denn sie wollten bei nächster Gelegenheit einer mehrfach empfohlenen Dame namens Ros ihre Ersparnisse und einige Naturalien aus der väterlichen Schinken- und Wursträucherei überbringen, um endlich einmal die geheimnisvollen und viel gerühmten Freuden der Liebe zu verkosten. Die Empfehlung zum Besuch der von den Männern so begehrten weltlichen Sünderin war von Wassilev gekommen. Er wurde in arbeitsreichen Stoßzeiten zu verschiedenen Tätigkeiten in der Metzgerei herangezogen und war kurzzeitig als Entführer der beiden Staatsmänner in Verdacht geraten. Am einem Abend putzte er die Wurstküche und trank seinen selbst gefertigten Birnenbrand. Er zeigte den beiden Buben komplizierte russische Tänze, die er in übertriebener Behändigkeit und mit weiten schwimmenden Schritten eindrucksvoll zu demonstrieren verstand. Seine Vorliebe galt den wunderbaren Bewegungsabläufen des Tanzes Alemanda, den er mit einer imaginären Dame ausdauernd tanzte. Zuvor hatte er sie zwischen zwei Schweinehälften, wo sich offenbar der Logenplatz der Dame befand, mit umständlicher Grandezza zum Tanz gebeten. Seine für die Buben unsichtbare Tanzpartnerin musste mit üppigen und weit vorschwellenden Brüsten gesegnet sein, denn obwohl er immer wieder versuchte, sie nahe an sich heran zu ziehen, konnte er den Abstand zu ihr nicht verringern. Er blickte während des gesamten Tanzes wie gebannt in ihr Dekollete'und hielt dabei seine Augen und den Mund weit aufgerissen. Manchmal legte er seinen Kopf frech auf ihre Schulter und saugte oder knupperte mit winzigen Kaninchenbissen an ihrem Ohr herum. Auch mit seinem rechten Knie, das er beim Tanzen gelenkig im Kreis bewegte, machte er kühne An-

näherungsversuche, als wolle er in behutsamer Feinmechanik eine Schraubenverbindung in Linksdrehung zu ihr herstellen. Seinen beiden Zuschauern und Bewunderern rief er mit lauter Reitlehrerstimme nonchalant zu: „Gerade diese Bewegung gehört zu den guten Sitten einer tänzerischen Annäherung beim Alemanda und sie werden von den herrlichen Damen des Ostens in dieser Form unbedingt erwartet und später in schönster Weise auch großzügig honoriert."
Als Wassilevs Flasche fast geleert war, seufzte er unentwegt und fasste sich in den Schritt, als leide er plötzlich unter akuten Schmerzen in der tieferen Leistengegend. Bald eierte er nur noch mit weichen Knien durch seine Tänze und nach seinem letzten Schluck, wovon ein Teil des Flascheninhalts auf seine Brust ran, taumelte er wie blind durch die Wurstküche und verbrannte sein Kinn an einem dampfenden Kessel. Am nächsten Morgen deutete er die hässliche Brandblase als Spur einer heißen Liebesnacht um, die er den Buben in ungehemmter Ausführlichkeit beschrieb.
An diesem Abend jedoch fiel er endlich ermattet auf einen Hocker und seine Zunge hing aus dem geöffneten Mund heraus. Einmal brabbelte er kaum verständlich: „Meine Rose in Heide ist große Klasse. Sie kocht einen wunderbaren Tee und macht wunderbare Liebe, wenn auch leider zu hohen Endpreisen." Um seine Zunge herum formte er seine Lippen zu dem runden Faltengebilde eines Hühnerhinterns, der gerade ein Ei legen will. Als er eingeschlafen war, legten ihn die Buben auf eine Sackkarre und brachten ihn in die Geißblattlaube, wo er bis zu frühen Morgen auf der Eckbank selig schlief. Sie holten sich eine Flasche Kümmel aus dem Metzgerladen und gingen zurück in die Wurstküche. In

dem großen Kessel hüpften und tanzten die wohlriechenden Rinderwürste. Manchmal sprangen sie übermütig aus der kochenden Brühe heraus und bewegten sich wie Goldbauchtümmler, die mit ihren kunstvollen Einlagen den Fischdamen imponieren wollten. Später versuchten die Buben Wassilevs Tanz der Wolga Bräute nachzuahmen. Dieses zugleich sportliche wie auch musische Anliegen misslang ihnen vollständig, denn es fehlte ihnen die Erfahrung für laszive Tänze und die von Wassilev vorgeführte pantomimische Begabung. Ein entfernter Beobachter hätte annehmen können, dass die Beiden sich vorsichtig gleitend auf einer glatten Eisscholle bewegen würden und schwer um ihr Leben zu kämpfen hätten. Danach nahm ihr Tanzstil die ruppigen Bewegungen von Amateurfußballern ländlicher Vereine an, die aus dem Blickwinkel des Torwarts einen endlosen Anlauf nahmen, um einen Elfmeter zu verwandeln. Als sie endlich eine weitere Flasche aus dem Laden holten, wobei sie sich für den >Sweet Algier< entschieden, hatten sie ihre fünf Sinne bald nicht mehr beisammen und tanzten wie die wilden Derwische auf dem Karawanenmarkt von Taghid-Bayjard.

ICH ERKLÄRE HIERMIT, DASS DIE BEI-
LIEGENDEN GELDNOTEN ECHT SIND UND DIE
NUMMERN DER SCHEINE NIRGENTWO VER-
MERKT WURDEN UND KEINERLEI MAR-
KIERUNGEN ODER KENNZEICHEN AUFWEISEN.
ERKLÄRUNG DES PRÄSIDENTEN DER EURO-
PÄISCHEN ZENTRALBANK.

Am Nachmittag begannen die Buttermacher mit der Bergung der Ladung. Sie schaufelten den Sandberg am Heck des Autos beiseite und bauten eine Abstützung. Die Ladung bestand aus vierunddreißig Aluminiumbehältern und einem bruch- und brandsicheren Spezialbehälter aus Belgien, der von den Museen als Transportbehälter für wertvolle Gemälde verwendet wird. Als alle Behälter geborgen und von Sand befreit waren, entschlossen sich die Buttermacher zu einer kurzen Prüfung des Inhalts, um ihn auf Verwendbarkeit für das bevorstehende große Projekt der Kaiserinthronisierung zu überprüfen. Zehn der schweren Behälter enthielten Gold- und Platinbarren. Zwei weitere Behälter waren mit Rohdiamanten gefüllt, die sorgsam nach Größe und Qualität in unterschiedlichen Lederbeuteln sortiert waren. Zweiundzwanzig Kisten bargen Euro- und Dollarscheine. Sie enthielten zudem eine eigenhändig unterschriebene Clearbestätigung des Präsidenten der Europäischen Union, der verbindlich bestätigte, dass die Nummern der Geldscheine nicht notiert und in keiner Weise imprägniert waren:

ERKLÄRUNG DES LEITERS DER EUROPÄISCHEN ZENTRALBANK.
ICH ERKLÄRE HIERMIT. DASS DIE BEILIEGENDEN GELDNOTEN ECHT SIND, DIE NUMMERN DER SCHEINE NIRGENDWO VERMERKT WURDEN UND KEINERLEI MARKIERUNGEN ODER KENNKENNZEICHEN AUFWEISEN.
DER PRÄSIDENT DER EUROPÄISCHEN ZENTRALBANK

Den Spezialbehälter für den Transport wertvoller Gemälde ließen die Buttermacher zunächst ungeöffnet. Er war zusätzlich noch mit festen Schaummatten umhüllt und von Metallbändern umspannt. Der Behälter war so perfekt gesichert, dass er sogar einen Sturz vom Mond auf die Erde unbeschädigt überstanden hätte.

„Einen Arsch voll Geld, den ich euch da angekarrt habe," sagte Titte Duggen nicht ohne Stolz.

„Du hast einen Haufen Behälter voll mit Ärger zu uns gebracht. Du hättest lieber mit beiden Füssen rechtzeitig auf die Bremsen treten sollen," sagte Storm. Der unüberhörbare Vorwurf in seiner Stimme hinterließ bei den Zuhörern den Eindruck, dass Duggens Fahrzeug demnach mit einer größeren Anzahl von Fußbremsen ausgestattet sei.

„Du hast uns einen Arsch voll unnötiger Arbeit gebracht, als wenn wir nicht genug zu tun hätten und ohnehin schon bis zum Hals in der Arbeit stecken würden," sagte Wilhelm verdrießlich und wischte sich den Schweiß von der Stirn.

Die Buttermacher standen um die geöffneten Behälter herum und betrachteten den Inhalt mit Verwunderung und Misstrauen.

Siegfried sagte: "Jedenfalls hat Titte uns eine Menge Edelmetall und anders Dekorationsmaterial für die Performance angeliefert. Das sollten wir anerkennen. Dennoch wäre ich lieber nicht das Opfer einer Duggen-Malaise geworden und in den Bannkreis dieser Familie geraten. Nun aber die bessere Meldung, für den kaiserlichen Thron und die umfänglichen Begleitinstallationen ist das Material sehr vielversprechend und ausreichend, aber wir wollen uns von dem bedruckten Papier und dem sandigen Edelmetall in keiner Weise korrumpieren lassen, das ist vorab schon einmal festzuhalten. Das Gelump wollen wir Pastor Söderbaum übergeben, der es zu treuen Händen für die Bundesregierung verwahrt. Einen Teil der Steine können wir übrigens auf Leim getränkte Bildleinwände montieren, die wir dann als Baldachin über dem Thron verwenden werden. Die Leinwand wollen wir zuvor wie ein mittelalterliches Stundenbuch mit dem Leben der beiden Staatsmänner, des verstorbenen Kaisers und Wilhelm 1, dem Viehhändler und Sponsor, bemalen. Die Metallbarren müssen wir noch einer besonderen Behandlung unterziehen, damit sie ihre Unansehnlichkeit verlieren und einen würdigen Glanz verbreiten können. Unser Kloreinigungsmittel und eine weitere Behandlung mit Zahnpasta sollen sie im höchsten Spiegelglanz erstrahlen lassen. Das neue Hochglanzmaterial wird dann als edler Bodenbelag um den Thron herum verlegt werden. Unten den Geldscheinen suchen wir die mit den schönsten Farben heraus, um sie als Umrandung und Dekoration für den Bereich des Kirchen-

portals zu verwenden. Von diesem Papiermaterial benötigen wir etwa 20 Quadratmeter. Zudem werden die Sitzflächen des Throns mit bequemen Geldbündelpolstern aufgearbeitet. Wir sollten zu diesem Zweck Papiertaschenfedern aus Geldscheinen konstruieren, die wir uns später einmal patentieren lassen können. Die neue Kaiserwürde der beiden Staatsmänner muss natürlich angemessen honoriert werden und für ihre Rückkehr in die Oberwelt werden sie mit einem großzügigen Zehrgeld ausgestattet. Ihre Hosentaschen müssen mit Geldbündeln mindestens so gestopft sein, wie die Luis Vitton Tasche einer Chefarztwitwe. Überschlägig gerechnet, dürfte der Inhalt von zehn Geldbehältern für die gesamte Dekoration ausreichen. Wir wollen den Materialaufwand streng begrenzen und er sollte den Wert von fünf Milliarden möglichst nicht überschreiten, denn die wirkliche Kunst setzt sich immer selbst Grenzen und lässt sich vom schmutzigen Bamba nicht beeindrucken. Jeder Mensch kann nur so weit springen, wie er pinkeln kann und um das Gold zu streicheln, sind wir mit unserer Kunst nicht angetreten."
„Das Material hast du millimetergenau kalkuliert, wie ein Zuschneider in einer Röhrenhosenfabrik," sagte Wilhelm, der schon wieder an der Cake-Wilson-Bar stand, von wo aus er die beiden Staatsmänner bei ihrer verbissenen Arbeit beobachtete.
Sie hatten inzwischen gelernt, ihre stille und emsige Arbeit mit einem zaghaften Dialog zu beleben. „Das ist ein hoffnungsvoller Fortschritt, er wird ihnen helfen wieder ihre Kontrolle über sich selbst zu gewinnen und den Moränenschutt aus ihren Köpfen zu entfernen," bemerkte Siegfried zufrieden. „Das ist ein sicheres Zeichen für eine unaufhaltsame und rasch fortschreitende Re-

konvaleszenz. Ihr dürft mich nun als Wunderheiler feiern."

Die Bildvorlagen mit den Schmetterlingen und Blumen waren mit Namensbezeichnung in Deutsch und Latein versehen. Das neue Spiel der beiden Staatsmänner bestand nun darin, den deutschen Namen vorzugeben und den entsprechenden lateinischen Namen vom Partner einzufordern. Nach einigen Tagen erweiterten sie ihr Fragespiel und zogen den Bereich der Ornithologie hinzu. Auf die Frage des Kanzlers nach der Bedeutung der Bezeichnung Cuculus Canorus kam vom russischen Präsidenten als Antwort der melodische und überaus gelungene Ruf eines Kuckucks zurück, was beide Männer gleichermaßen erheiterte.

Nach einiger Zeit an der Cake-Wilson-Bar fassten die Buttermacher einen gemeinsamen Entschluss, den Storm als ihr Not- und Rettungsprogramm bezeichnete.

„Das viele Geld und die kostbaren Beigaben sind etliche Nummern zu groß für uns und bevor wir den Zirkus vor der Kirche inszenieren, muss das Restgeld und das übrige Zeug aus dem Haus sein. Wir wollen die Knete nun schnellstens an Pastor Söderbaum ausliefern, der es im Grabmahl seiner Familie oder beim glücklichen Claudius bunkern kann und gleich nach unserem Kunstereignis den Behörden dezent übergibt. Wenn Mensch und Material endlich wieder in die Obhut der Öffentlichkeit gelangt ist, wird das Interesse an der Verfolgung der Täter schnell an Schwung verlieren. Wir wollen anschließend noch einige besinnliche Wochen hier verbringen und still wie Mäuschen sein. Im Schutz der Mutter Erde können wir die irdischen Turbulenzen aussitzen und uns endlich ungestört den Nachwehen unserer monumentalen Performance hingeben. Unsere oberirdische körperliche Abwesenheit ist sehr sinnvoll, denn endlich werden sich die Wogen wieder glätten und den Rest unseres Lebens wollen wir den Menschen nur noch Liebe schenken."

„Amen," sagte Wilhelm.

Titte Duggen sah nachdenklich auf die vielen Geldbündel und sagte leise: „Der Mensch hängt am Geld und am Leben. Für mich ist es fern von allem woran ich hänge. Es richtet sich nicht nach meinen Wünschen und macht partout das, was man am wenigsten erwartet. Ich war mein ganzes Leben nett zum Geld, aber es war nie nett zu mir. Es will ohnehin immer rund um die Uhr poussiert werden und dafür fehlt mir die Zeit."

„Geld ist hinterlistig und parteiisch und bekannterweise scheißt der Teufel immer auf den größten Haufen," stellte Wilhelm drastisch fest. Er enthielt sich weiterer Erklärungen. Er ging zur Cake-Wilson-Bar und meinte mehr zu sich selbst:

„Was ist schon Geld. Am Ende bleiben ohnehin nur noch die Erinnerungen, die man bei anderen hinterlässt, auch wenn alle Türen längst zugeschlagen sind. Am Ende ist auch das Haus nicht mehr da und es wachsen nur noch wilde Kartoffeln auf dem Platz, die für Mensch und Vieh leider ungenießbar sind. Dann gibt es kein Ich mehr und auch keine Erinnerung und auch niemanden, der sich noch erinnern könnte. Wir sind aus der Kurve gefahren und für ewig vergangen. Ein Weiser aus alten Zeiten meinte einst, dass der Tod uns eigentlich nichts anginge:

„ Wenn wir leben, ist er nicht da und wenn er da ist, sind wir nicht mehr am Leben."

Eins, zwei, drei, du bist nicht mehr dabei," sagte Titte Duggen und schnalzte unternehmungslustig mit der Zunge.

66 JAHRE SCHLEUDERHONIG ZWISCHEN DEN MEEREN

Als Wilhelms Handy, das zwischen den Flaschen auf der Cake-Wilson-Bar abgelegt war, plötzlich läutete, waren alle Anwesenden erschrocken und starrten auf die gut ausgeleuchtete Flaschenbatterie. Das Rufzeichen des Handys war das kleine Tanzliedchen, worin die Herren aufgefordert wurden sich umgehend zu entscheiden, mit der statisch nicht einwandfreien Marie zu tanzen oder sich für eine gute Bohnenmahlzeit zu entscheiden. Jedenfalls war der Tanz seit Menschengedenken der Hit in den Tanzsälen der Dörfer und im Allgemeinen entschieden sich die Männer für das Angebot mit der fetten Bohnensuppe.

Wilhelm stand auf und ging mit ruhigen Walzerschritten, unter kunstvoller Verwendung von Links- und Rechtsdrehungen zur Bar. Bevor er das Handy an sich nehmen konnte, hatte es schon der russische Präsident, der sich wieselschnell zur Bar begeben hatte, an sich genommen. Er sprach im forschen Befehlston einige Sätze auf Russisch. Ohne eine Antwort abzuwarten streckte er danach seinen Arm mit dem Handy weit aus, als trüge er eine entsicherte Handgranate und überreichte es Wilhelm, wobei er die Übergabe mit langsamen und übertrieben vorsichtigen Bewegungen ausführte.

„Telefone können sehr explosiv sein," bemerkte er mit heiterer Stimme und ging wieder zurück in den Führerbunker.

„Hier ist Staatssekretär Heinrich Klausen vom Landwirtschaftsministerium in Kiel. Wer war denn eben der Witzbold am Telefon?"
„Das war der russische Präsident, Herr Staatssekretär."
„Das hat sich ganz so angehört, aber nun zur Sache. Ich habe eine erfreuliche Nachricht für Sie und ihre Mitstreiter, wofür ich Sie wegen der Wichtigkeit sogar in Spanien anrufe. Die Künstlergruppe Buttermacher hat den Wettbewerb für die Gestaltung der Briefmarke mit dem Thema „66 Jahre Schleuderhonig zwischen den Meeren," mit Bravour und deutlicher Mehrheit in der Jury gewonnen. Der Brief des Herrn Ministerpräsidenten ist schon im Diktat, aber vorab schon persönlich meine herzlichen Glückwünsche. Die Zahl 66 ist in meinen Augen ein dummer und ungeschickter Aufhänger, eigentlich sogar unmöglich und geradezu peinlich. Der Verband der Imker hat jedenfalls den 65. Jahrestag ihrer Verbandsgründung verpennt. Eine Abordnung der Imker aus dem Verband „Honig zwischen den Meeren" und ihrer härtesten Konkurrenz „Bini Bina", die sich gemeinhin wie Biesfliegen bekämpfen, haben sich plötzlich einträchtig auf die Zahl 66 festgelegt, was in meinen Augen eine Persiflage ist.
Jedenfalls beharren die Bienenzüchter penetrant und dickköpfig auf der Zahl 66 und waren für nichts in der Welt umzustimmen."
Wilhelm sagte: „Die Zahl 66 ist andererseits sehr fantasieanregend und man könnte vor dem Hintergrund der augenblicklichen Geschehnisse in unserem Dorf den Brief der Imker geradezu in die Zeilen eines Erpressers ummodeln.
Etwa so: "Wenn Sie die Staatsmänner gesund und unversehrt zurück haben wollen, erwartet die Gruppe 66 un-

bedingt die Einhaltung folgender Bedingungen: „Die volle Freiheit für die Verwendung ungereinigter Melasse für die Winterfütterung der Bienen."
„Der Staatssekretär Klausen sagte: „Das wäre eine sehr zivile Forderung, die man ohne sich zu zieren erfüllen könnte. Man glaubt allerdings inzwischen, dass bei der Entführung der Staatsmänner harte Profis im Ring stehen und ein glückliches Finale kaum noch zu erhoffen ist. Nun aber vom fremden Leid zur eigenen Freud. Die Verleihung und Übergabe des Preises mit dem Scheck über 66 Tausend Euro, die übrigens von privaten Sponsoren kommen, machen wir nach Ihrer Rückkehr aus Spanien in einer öffentlichen Veranstaltung, wo der Ministerpräsident himself eine Laudatio auf Honig und Kunst hält. Mit Ihrer Reise nach Spanien haben Sie übrigens eine gute Entscheidung getroffen, mein Lieber, denn das Ereignis in Ihrem Dorf füllt die Gazetten und Fernsehbilder in aller Welt und Sie haben gerade noch rechtzeitig die Fliege gemacht. In Deutschland gibt es inzwischen einen lodernden und brausenden Kanzlerkult. Der Kanzler ist, was seine augenblickliche Beliebtheit anbetrifft, von den Toten auferstanden und das Ergebnis der Wahl wird seine erneute Kanzlerschaft mit Pauken und Trompeten bestätigen. Er muss nur noch gelegentlich wieder eintrudeln. Wahlstrategisch gesehen ist sein plötzlicher Abgang ein genialer Coup des Schicksals oder die Entscheidung einer parteifreundlichen Wahlleitung droben im Himmel. Zudem ist der irdische Zuspruch: „Deutschland und der Kanzler sollen Leben" auch nicht von schlechten Eltern. Wahrscheinlich werde ich für die nächsten vier Jahre meinen Job behalten können ohne die Partei zu wechseln. Melden Sie sich bitte gleich bei mir, wenn Sie aus Spanien zurück sind, damit wir die an-

gemessenen Feierlichkeiten in Ruhe vorbereiten können."

„Natürlich, wir melden uns sofort. Mit Ihrem Anruf haben sie uns eine riesige Freude gemacht. Heute Abend werden wir Spanien aufmischen und etliches auf Ihr Wohl trinken, Herr Staatssekretär."

„Da wäre ich gern dabei und symbolisch gesehen können Sie mir nun schon eine feurige Dame und eine Gallone Wein freihalten. Übrigens hat der Preis einen kleinen Haken und eine Verpflichtung, die ich Ihnen nicht verschweigen möchte. Sollten Sie am nächsten Sonntag meine Partei nicht wählen, dann wird alles annulliert und nix Honigpreis für die Buttermacher, eine Hand wäscht die andere, so ist das im Leben und besonders in der Politik."

„Das ist doch Ehrensache und versteht sich von selbst," sagte Wilhelm. „Wir haben übrigens schon vor Wochen per Reisewahl unser Kreuz auf den Stimmschein gemalt."

„Sie schwächeln etwas in der Bürgerkunde, aber ich darf ihrer Erklärung entnehmen, dass Ihre Stimmen richtigerweise per Briefwahl und nicht Reisewahl bereits an uns vergeben sind."

„So ist es," sagte Wilhelm.

„Das will ich dann einmal glauben," sagte der Staatssekretär. „Übrigens meine Verehrung und herzliche Grüße an Ihre hochbegabten Mitstreiter und weiterhin viel Freude mit Weib, Wein und Gesang. Wenn Sie dann zur Preisvergabe nach Kiel kommen, wollen Sie mir bitte eine stark geräucherte Mettwurst aus ihrer Dorfräucherei mitbringen, die Ihr Dorf schon seit jeher im Ministerium so beliebt gemacht hat und bei der Preisvergabe an Sie wahrscheinlich eine tragende Rolle spielte. Lieferung

natürlich gegen bar, aber zu einem fairen Kilopreis. Die Wurst sollte unbedingt zwei Wochen länger im Rauch bleiben. Übrigens ein Genuss, den mir mein neidischer Hausarzt streng untersagt hat."
Nachdem Wilhelm den Inhalt des Gesprächs mit dem Staatssekretär an Storm und Siegfried mit entsprechender Begeisterung weitergegeben hatte, gingen die Buttermacher in aufgeräumter Stimmung an die Cake-Wilson-Bar und begossen ihren Erfolg. Später machte Titte Duggen einen Wiener Melange und servierte dazu warme Bubenspätzle die reichlich mit Mandeltrüffeln bestreut waren und bei den Buttermachern lautstarke Anerkennung fanden.
„Titte Duggen macht sich, denn er ist zumindest ein guter Smutje," sagte Storm anerkennend. Aus dem Führerbunker kam die Stimme des russischen Präsidenten. Er sang das Lied vom Kuckuck und dem Silbermann. Seine Stimme klang wie die von Chief Dal Daldas, des Sängers der Big-Voice Harmonisten. Manchmal geriet er in die Stimmlage des Pianisten Chic Corea in der Art wie er die Bluessängerin Ma Rainey begleitete.
Als der Präsident sein Gesang beendete, hörten die Buttermacher den begeisterten Applaus des Kanzlers, der sich sogar zu einem mehrfachen lauten „Bravo Wladi" hinreißen ließ.

SPEIHKINDER, GEDEIHKINDER

Am nächsten Morgen luden die Buttermacher den größten Teil der geborgenen Metallbehälter in eine der verrosteten V-Loren und schoben das laut quietschende Gefährt mit aller Kraft bis zum handbetriebenen Lastenaufzug, der von der Bunkeranlage in den Reifekeller der Meierei führte und einst von den Soldaten der Baukompanie installiert worden war. Sie kurbelten den Fahrstuhl herunter, beluden ihn wiederholt mit den Behältern und zogen ihn wieder nach oben. Erschöpft gingen sie danach durch den leicht aufsteigenden Gang, der zum höchsten Punkt des Dorfes führte. Zwischen bizarr geformten Betontrümmern und einem Dickicht von verrosteten Moniereisen konnten sie durch schmale Schlitze, die nach der halbherzigen Bunkersprengung der Briten entstanden waren, auf den Schulhof blicken und über den Schulgarten hinweg auf den Friedhof mit dem mächtigen Grabstein des glücklichen Claudius.
Die Lebensgeschichte des berühmten und erfolgreichen Kapitäns eines Walfängers und auch die Vita seiner unglücklichen Familie war in chronologischer Folge und penibler Ausführlichkeit als Text in den Stein geschlagen. Der Text enthielt auch die Erkenntnis, die er nach einer langen Seefahrt und glücklichen Heimkehr immer zitiert hatte: „In Lehmbeck-Weiche ist das Meer zu Ende und Körper und Geist haben endlich wieder festen Boden unter den Füssen."
Sein geräumiges Mausoleum hatte er frühzeitig für sich und seine Familie geplant, damit alle gemeinsam unter seiner gestrengen Aufsicht und Kontrolle ihre ewige Ruhe dort fänden. Aber seine vier Söhne waren nach und

nach, sogar in ordentlicher chronologischer Reihenfolge ihrer Geburt, auf See geblieben und seine einzige Tochter wurde auf einer Italienreise durch den Hufschlag eines störrischen Esels in einen glühenden Lavasee geschleudert. Seine Frau verließ verzweifelt und entwurzelt den festen Boden von Lehmbeck-Weiche, um mit einem windigen Bootsmann nach Dublin davon zu segeln. So musste der Kapitän am Ende seiner Tage allein in seiner luxuriösen und geräumigen Familienkatakombe in die Ewigkeit hineinschlummern. Pastor Söderbaum ging nach seiner Sonntagspredigt oder in der frühen abendlichen Dämmerung oft zum Grab des glücklichen Claudius. Er setzte sich auf die kühle Steinbank und rauchte geruhsam eine Montechristo. Zu Storm hatte er einmal bemerkt:

„Ich unterhalte mich gern mit dem Kapitän. Aus seiner einst großen Familie gibt es niemanden mehr. Ich bin sein einziger Besuch, der ihn zudem noch mit indiskreten Dorfgeschichten versorgt und sein ewiges Einerlei auch gern einmal mit einem mir anvertrauten Beichtgeheimnis belebt. Die echten Sauereien lasse ich natürlich draußen vor. Der arme Mann braucht Abwechselung, denn seine traurige Seele würde sonst nur von einer Ewigkeit in die andere hineindämmern. Die Geräusche der aufschlagenden Wellen vom nahen Strand mögen ihn wiegen und der Wind wird ihm die Stimmen seiner ertrunkenen Söhne und seiner im Lava versunkenen Tochter zutragen. Es ist immer ein unkomplizierter Umgang mit Menschen, die nicht mehr sind. Sie sind sanftmütig und aufmerksam und der Koran besagt, dass die Menschen erst erwachen, wenn sie sterben. Erst im Angesicht des Todes erkennen viele, worauf es wirklich ankommt. Deshalb lohnt es sich das Leben vom Tod her zu sehen. Wenn man aber sein eigenes Ende zu grüblerisch angeht und zu Ende denkt, führt das zu einer innerpsychischen Panik, einem Horror Vacui, wie mir ein Professor vor seiner voluminösen und erschreckenden Beichte erzählte. Am Ende habe ich ihm als Trost mit auf seinen Weg gegeben: „Du kannst nicht tiefer fallen als in Gottes Hand."

Wenn einer der Buttermacher sich noch tiefer in den Lichtspalt des Bunkers zwängte und man befürchten musste, er würde nun für immer darin festsitzen, konnte er sein Augenmerk auf den Wohnbereich der Deutschen Eiche werfen und den Gastwirt Falkenhagen privat agieren sehen. Für gewisse unaufschiebbare amouröse Ereignisse pflegte er seine Frau sporadisch von Bett und Haus fern zu halten, um seine stürmische Zuwendung der jeweiligen aktuellen Favoritin schenken zu können. Ein Ereignis, das wiederum im ehelichen Schlafzimmer stattfinden musste, denn nach seinen verschnörkelten Angaben war er nur hier fähig seine volle Manneskraft zu entfalten. In vertrauter Runde pflegte er unbekümmert zu bekunden: „In fremden Betten haben die Damen schon häufig eine Niete mit mir gezogen, was auf meiner vertrauten häuslichen Matratze noch nie geschehen ist."

Für die Termingestaltung seiner frivolen Abenteuer pflegte er seine Frau besorgt zu einer wieder längst fälligen Vorsorgeuntersuchung in der Kieler Universitätsgynäkologie zu überreden.

„Denn was wäre die Deutsche-Eiche und Falkenhagen ohne Dich, liebe Käte," pflegte er mit haspelndem Übereifer und gleichermaßen liebevoll, wie auch in unerschrockener Dreistigkeit zu bekunden und gedachte mit sanftmütigem Bedauern ihrer schamvollen und seltenen Hingabe im prächtigen Mahagonibett des ehelichen

Schlafgemachs. Mit Genugtuung registrierte er jedoch zugleich ihre geschickte Handfertigkeit im Bereich der Wirtshausküche und ihre unerschöpfliche Ausdauer hinter der Schanktheke. Zusammen mit ihrer glücklichen Hand bei der Aufzucht der von den Hamburger Gourmetköchen heiß begehrten Martinsgänse fand sie endlich seine unverhohlene Bewunderung, die sie im Bett nie zu erringen vermochte.

Sobald sie in den Zug nach Kiel gestiegen war, zog er vor seinem Haus eine Fahne auf, die kunstvoll mit dem Üthörner Leuchtturm bestickt war. Eine Flagge, die er in Hamburg von zwei netten asiatischen Damen, die ihm gelegentlich auch sonst gefällig waren, für diesen Zweck hatte anfertigen lassen. Wie von Zauberhand herbeigewinkt, tauchte schon wenig später seine Geliebte im roten Cabriolet am Ende seiner Gänsewiese auf. Sie war die fünfte Frau des derzeit wieder einmal einsitzenden Rittmeisters Gregor Urs. Falkenhagen tanzte ihr auf seiner Hauswiese mit pompöser Grandezza und seltsamen Balzschritten entgegen, um sie am Ende seiner Show mit allerhand Sperenzchen und vorwitzigen Körper Berührungen schnellstens ins Haus zu zerren. Rittmeister Gregor Urs hatte den Dörflern bis zu seiner ersten Verhaftung das unvergleichliche und einmalige Schauspiel eines interimistischen Bürgermeisters geboten und als erste eilige Amtshandlung die Gemeindekasse entschlossen und nachhaltig geplündert. In seinem Hauptberuf züchtete der Rittmeister störrische und verbiesterte Trakehner, die beim Verkauf nicht eine einzige der üblichen Gewährleistungen erfüllten. Neben seinem Zuchthengst Masur, hatte er auch noch die legendären Trinkgewohnheiten der masurischen Ureinwohner in den Westen gerettet und vor dem Aussterben bewahrt.

Seine ehelichen Kräche waren ergiebige Höhepunkte für den Dorfklatsch und die jeweilig nachfolgenden langwierigen Versöhnungsfeierlichkeiten nahmen später stets bacchantische Ausmaße an.
Mit großem Vergnügen sahen die Buttermacher von ihrem unsichtbaren Ansitz auf das bekannte Ritual und stellten beruhigt fest, dass die elementaren Gewohnheiten der Anwohner auch ohne ihre Mitwirkung keinen Schaden genommen hatten. Bevor Falkenhagen und die Frau des Rittmeisters endlich das Haus betraten, blickte er noch einmal argwöhnisch über die Dorfstraße zum kleinen Bahnhofsgebäude, um danach einen dankbaren Blick in den Himmel zu werfen, wo Schäfchenwolken in sanftem Rosa seine bevorstehenden Freuden vielversprechend zu bekränzen begannen.
Storm nahm entschlossen den Hörer des Feldtelefons auf, dessen Leitung von der Bunkeranlage bis zur damaligen Kommandantur im Gutshaus führte und über alle Jahre unbeschädigt und funktionsfähig geblieben war. Die Buttermacher hatten nur den Transformator ersetzen müssen, um die Anlage zu aktivieren und in Frigges Wohnung zu installieren. Nach Storms Anruf war Frigge sofort am Apparat.
„Auf Grund merkwürdiger Umstände muss ich den einst selbst auferlegten Verzicht, keinen Kontakt mit dir aufzunehmen, nun brechen, was mir und meiner Sehnsucht natürlich wiederum von ganzem Herzen gelegen kommt," sagte Storm.
„Das ist wunderbar und ich wollte dich jeden Tag anrufen oder bei euch fensterln. Kannst du nicht klammheimlich desertieren? Zu jeder Tages- und Nachtstunde stelle ich einen Fluchtwagen für dich bereit. Vor deinem Abtauchen dachte ich noch, ich würde unsere Trennung

unbeschadet an Körper und Seele überstehen, aber du fehlst mir, du fehlst mir jede Sekunde des Tages und noch mehr in der Nacht. Ich liebe dich, Storm. Mein Herz ist immer bei dir und ich habe ohne dich nur noch schlaflose Nächte. Ich versuche mich mit den aufmunternden Sprüchen deiner chinesischen Glückskekse über die Runden zu bringen, aber meine Seele ist inzwischen geradezu abgesoffen."

„Dito," sagte Storm unangemessen kurz und sachlich, denn die anderen beiden Buttermacher waren so nahe an ihn herangetreten, als wollten sie unter seinen Pulli schlüpfen.

„Entschuldige mich bitte für einen ganz kurzen Augenblick. Meine Kumpels sind mir ganz nahe auf den Pelz gerückt, um jedes Wort zwischen uns mitzubekommen. Ich muss die Voyeure erst verscheuchen." Er machte eine barsche Handbewegung, die den beiden anderen Buttermachern unmissverständlich bedeutete, dass sie schnellstens einen akustischen Sicherheitsabstand einnehmen sollten. Nachdem Storm anschließend eine ganze Weile ins Telefon geflüstert hatte und das Gespräch sich endlos in die Länge zu ziehen begann, rief Siegfried ungeduldig: „Schluss mit dem Liebesgeflüster und bitte zum Punkt kommen. Wir haben noch viel vor und stehen unter Termindruck."

Frigge sagte: „Übrigens noch vielen Dank für deine Kartengrüße aus Spanien mit den Bildern der feurigen Andalusier und ihren wilden Reiterinnen in so kleidsamer Nacktheit."

Danach kam sie aufgeregt und ohne Umschweife auf das große Ereignis im Dorf zu sprechen. Sie erzählte vom plötzlichen Wettersturz zu Pfingsten und von den beiden im Schneesturm abhanden gekommenen Staatsmännern

und deren Fahrer T. Duggen, die von allen Polizisten dieser Welt gesucht würden.
„Mit der hier versammelten Polizeiarmee könnte man im Handstreich Berlin einnehmen. Die Suchaktion ist inzwischen zu einer absoluten Hängepartie geraten, denn die Staatsmänner und ihr Auto mit einer Beiladung von unschätzbarem Wert bleiben nach wie vor auf geheimnisvolle Weise verschollen. Sie sind wie vom Erdboden verschluckt, ebenso T. Duggen, der zufällige Fahrer des Wagens, ein Sohn vom Fischklauduggen aus Sophienhamm, der die Gunst der Stunde wahrgenommen haben soll und auch unauffindbar bleibt. Es gab bislang nicht einmal den Pups einer Spur und die Angelegenheit bleibt mysteriös. Die Eliten der dörflichen, wie auch der internationalen Wahrsager haben inzwischen das Handtuch geworfen. Selbst die Oma Zickelkurt, die bei Generationen von Dorfbewohnern jede Warze eloquent wegredete und zugleich hilfreich den Bewohnern anderer Dörfer zusprach, ist am Ende ihrer beachtlichen Weisheit. Gestern hat sie den Vogel abgeschossen und im Dorfhaus öffentlich eine international besuchte und sehr beachtete Sèance abgehalten. Das Ergebnis war am Ende ihre sibyllinische Erkenntnis, dass die Staatsmänner in einer großen und reichlich ausgestatteten Speisekammer gefangen und daher auch gut versorgt wären. In ihrer spiritistischen Auswertung hieß es nur:
„Ich sehe große exotische Schmetterlinge, die wie zahme Buchfinken auf ihren Schultern sitzen." Später machte sie jedoch Abstriche und meinte, dass es auch gut genährte amerikanische Nahrungsmittelmotten gewesen sein könnten, denn ihre fortgeschrittene Sehschwäche würde es leider nicht erlauben, eine präzise Bestimmung im Insektenbereich zu ermöglichen. Außerdem geht sie

davon aus, dass die Männer an Beriberi erkrankt seien, was wiederum auf eine einseitige Ernährung hinweisen würde und der Speisekammertheorie damit den Boden entzöge. Die Behörden und die Dorfleute sind durch ihre Angaben nicht einen Deut klüger geworden und tappen weiterhin im Dunkeln."

„Wir nicht," sagte Storm," denn wir sind Opfer der ersten Stunde und kennen des Rätsels Lösung. Du wirst sie auch gleich kennen und vielleicht solltest du Dich vorher besser hinsetzen, denn von mir hörst Du nun die Wahrheit aus erster Hand und die ist nicht von schlechten Eltern." Nach einer kleinen Pause sagte Storm unvermittelt: „Wir sind während des Schneesturms leider von den zuvor erwähnten Herrschaften heimgesucht worden. Sie kamen wie Gespenster, die aus dem Nichts in unser Getränkelager einbrachen, gefolgt von fünf Waggons Sand und Kies. Sie haben unsere fromme Pfingstfeier an der Cake-Wilson-Bar nachhaltig gesprengt, sind gewaltsam in unser Refugium eingefallen und zu unseren anspruchsvollen Kostgängern geworden. Die Leute haben unsere künstlerische Hochleistung vollends zunichte gemacht. Im Augenblick wirken sie leicht weggetreten, was Siegfried als glückliche Amnesie bezeichnet, aber körperlich sind sie voll da. Siegfried hat die ärztliche Behandlung übernommen und die Staatsmänner genießen unseren Schutz. Sie sind uns inzwischen sogar ein wenig ans Herz gewachsen, aber wir sind uns noch nicht so nahe gekommen, um dieselben Unterhosen zu tragen. Die beiden sind ruhige und angenehme Gäste ohne Anmaßung und Hoffart. In einem unbeobachteten Augenblick haben sie sich genießerisch über Siegfrieds nicht ganz koscheres Russian-Psilo-Fluid hergemacht und bewachen es penetrant rund um die Uhr. Siegfried ist auf

Entzug und will sich mehrfach täglich entleiben, während die Politjunkies ständig im höchsten Glück schweben. Sie haben eine Gehirnerschütterung, die nun langsam abflaut. Sie glauben auf einer Tieftauchfahrt in einem U-Boot zu sein, was Siegfried ihnen wahrscheinlich per Hypnose suggeriert hat. Titte Duggen, ihr Fahrer, blieb natürlich ohne Gehirnschaden, aber die Duggen waren immer schon stabile Betonköpfe und oben herum gegen äußere Einflüsse vollends resistent. Eine Theorie, die sich bei Titte Duggen eindeutig bestätigt. Die Politiker sind nach Siegfrieds Diagnose bald wieder transportfähig und in einem Konsilium haben wir beschlossen, die Abschiebung am Sonntagabend kurz nach dem Wahlergebnis in Form eines Kunstereignisses vorzunehmen. Wir haben einen Masterplan zur Rettung aller Buttermacher und ihres Küchenchefs T. Duggen erarbeitet. Wenn wir nach unserer Kunstaktion heil in unsere Festung zurückgekehrt sind, ist alles wieder im grünen Bereich und wir werden das Ereignis gemeinsam an der Cake-Wilson-Bar reflektieren und mit Hilfe der Videos dokumentieren."
Frigge blieb stumm, aber Storm hörte sie heftig atmen. Nach einiger Zeit schien ihre Stimme aus unendlicher Ferne zu kommen und sie klang, als wäre ihr Kopf mit zehn Paradekissen bedeckt. Kaum vernehmbar flüsterte sie: „Sind die Staatsmänner wirklich bei euch?"
Im Hintergrund hörte Storm ihren Hahn Ringo angeberisch und übertrieben laut krähen und ihre Knappstrupper Stute Ilsebilse fröhlich wiehern.
„Ich glaube das alles nicht, ich kann es nicht glauben, ich muss mich wirklich hinsetzen. Eine riesige Polizeiarmee rund um die Erde ist auf der Suche nach den Ver-

schollenen, während die wiederum inmitten des Dorfes sind, nur eine Etage tiefer."
Schnell fand sie zu ihrer Besonnenheit zurück, um jedoch immer wieder mit Fragen rückfällig zu werden und endlich unvermittelt zu schweigen. Erst nach Storms ruhig vorgetragener chronologischer Darstellung des Unglücks und der Ereignisse danach hatte Frigge ihre fünf Sinne wieder beisammen und war in der Lage seinen Erklärungen und Instruktionen mit wachsender Aufmerksamkeit zu folgen. Als Storm ihr von der am Wahlabend bevorstehenden Performance mit der feierlichen Rückkehr und Inthronisierung der beiden Staatsmänner schilderte und sich dabei schwelgerisch in pittoresken Einzelheiten verlor, rief sie plötzlich:
„Ihr habt einen Sprung in der Schüssel, man wird Euch bestenfalls allesamt in die Klapse stecken und nie wieder raus lassen, hoffentlich."
Storm sagte: "Erst mal haben ein Gewehr, denn wir werden danach einige Zeit unsichtbar bleiben und wenn Gras über die Sache gewachsen ist, geht es mit deinem Reisemobil ab nach Spanien. Nach unserer späteren Rückkehr wird die Kunstwelt uns längst Lorbeerkränze geflochten haben und uns einen Heiligenschein aufsetzen. Wir haben lediglich ein zufälliges Ereignis spontan in Kunst verwandelt und verfügten in Lembeck-Weiche plötzlich über ein weltweites Forum für das gigantische künstlerisches Ereignis einer weltlichen Auferstehung. Später werden wir uns peu a peu outen, um endlich die süßen Früchte des Ruhms zu genießen. Siegfried und Wilhelm freuen sich schon auf die Heerscharen knackiger Kunstakademiemäuschen, die ihnen eines Tages zu Füssen liegen werden und als willenlose Groupies ihre Tage und Nächte versüßen."

Nachdem Storm Frigge endlich weitgehend beruhigt hatte, kam er dazu, sein Anliegen in allen Einzelheiten zu erläutern und ihr die genaue Abfolge der gewünschten Erledigungen vorzutragen. Am Ende sagte er:
„Ihr solltet die Behälter umgehend aus dem Fahrstuhl im Hof der Meierei nehmen und zum Friedhof schaffen. Der glückliche Claudius hat in seinem Mausoleum viel Platz und wird die Schätze zuverlässig bewachen. Immerhin bringen sie eine kurzweilige Unterbrechung in seine unbefristete und eintönige Liegezeit und umgeben ihn mit mehr Reichtum, als sich ein Pharaonenkönig nebst seinen 444 Lieblingsgattinnen für sein pyramidales Grabmal jemals leisten konnte. Einen Trekker mit einem Anhänger kann man ungesehen im großen Innenhof der Meierei parken, um die Ladung später im Schutz der Maulbeerhecken zum Grabmal des glücklichen Claudius zu bringen und zu verstauen. Es liegt zum Glück abseits aller anderen Gräber des Friedhofs und man kann es, ohne Gefahr gesehen zu werden, mit unseren angelieferten Kostbarkeiten bereichern. Die ewige Liegestatt des Walfängers und Piraten ist durch die Treppe hinter dem Grabstein bequem zu betreten. Wir haben die Metallbehälter listig rundum mit feinstem Olivenöl der ersten Jungfernpressung eingerieben und von uns finden sich daran keine Fingerabdrücke und ihr solltet euch Gummihandschuhe anziehen.Nachdem unser Kunstereignis demnächst abgespult und in aller Welt verbreitet ist, kann dein Vater für die Rückgabe der Schätze die Ämter informieren und sich hinter dem unantastbaren Beichtgeheimnis verschanzen. Bei Bedarf können wir unsere Beichte auch noch fernmündlich bei ihm ablegen und er ist voll aus dem Schneider. Das ist eine anerkannte zeitgemäße Art der Beichte und damit sind die klerikalen

und juristischen Voraussetzungen für seine Schweigepflicht erfüllt, wie immer es man dreht und wendet. Außerdem ist dein Vater nicht pingelig und hat ein großes Herz für die Freiheit der Kunst. Er ist zudem der größte Fan und Sammler unserer Produkte und möge sich bitte daran erinnern, dass wir ihm bei der Gestaltung unserer Preise immer sehr entgegen gekommen sind. Wir werden uns darin noch steigern und er bekommt ab sofort 50% Sammlerrabatt, aber nur bei cash down und keineswegs bei der von ihm bevorzugten Zahlungsweise in Naturalien der 4. Güteklasse, wie etwa die für Schweinefutter aussortierten winzigen Kartoffeln, die er bei uns gern als edle biologische Ernte deklariert."
Frigge sagte: „Ihr seid eine Landplage und lasst wirklich nichts anbrennen. Man kann euch nicht einmal eingebuddelt und hinter drei Meter Beton einer atombombensicheren Kasematte allein lassen. Übrigens noch ein aktueller Hinweis, Falkenhagen hat mir heute Morgen diskret mitgeteilt, dass die Fahnder neuerdings einer realen Spur nachgehen. Gestern soll sich eine Gruppe 66 zu der Entführung bekannt haben. Der Innenminister, das BKA und der BND haben ihre Dependance in der Deutschen Eiche noch verstärkt. Im Augenblick gibt es mehr Minister und Staatssekretäre als Landwirte in unserem Dorf und mehr Hubschrauber als Gänse. Der Alkoholkonsum der Gäste soll übrigens sehr beachtlich sein und selbst Falkenhagen spricht mit Hochachtung von der Trinkfestigkeit seiner hochrangigen Politgäste.
Nach seinen Angaben hätten die Russen unangefochten die drei Spitzenplätze eingenommen und sie sollen weit trinkfester sein als die berüchtigten Kampftrinker, die in den letzten Jahrzehnten an der Theke der Deutschen Eiche zum Wettkampf angetreten waren. Nach seinen

Angaben hätten nur zwei Einheimische mithalten können, der Rittmeister Gregor Urs und der Viehhändler Wilhelm1, die beide aus unterschiedlichen Gründen nicht zugegen sein können. Die beiden begnadeten Hochleistungstrinker hätten die Russen gnadenlos unter den Tisch getrunken. Falkenhagen geriet geradezu in Begeisterung und hat mir noch zugerufen:
„Bei solchen Gästen kommt endlich Geld ins Haus und im nächsten Jahr wird meine automatische Gänserupfanlage gebaut, natürlich mit moderner digitaler Steuerung, wo die Gänse quicklebend und glücklich hinein watscheln und am Ende als ausreichend gefüllte Schlafkissen einerseits und andererseits als penibel gerupfte Martinsgänse wieder heraus kommen." Die Leute werden rund um die Uhr von Falkenhagen verköstigt und Käte kann endlich ihre Kochkünste zeigen. Im Augenblick ist Falkenhagen mit seinem Catering der größte Arbeitgeber des Dorfes und macht das Geschäft seines Lebens. Mindestens einmal täglich erhöht er unverfroren seine Preise und behauptet, dass seine anspruchsvollen Gäste sich bei kleinen Preise nicht wohl fühlen würden. Beim Servieren seiner begehrten Erbsensuppe mit stark geräuchertem Bauchspeck und den scharfen Kochwürsten, hat er seine geübten Lauscher weit aufgestellt. Falkenhagen ist stets auf dem neuesten Stand der Ermittlungen und erfährt alle Neuigkeiten und Staatsgeheimnisse schneller als der Innenminister, zumal er auch während der Sitzungen seine Gäste mit Kaffee und heißem Gebäck bedient und sich ungemein einfältig, schwerhörig und begriffsstutzig gibt. Bei der letzten Sitzung war nur noch von einer Gruppe 66 die Rede, aber viel mehr scheint man noch nicht zu wissen."

Storm sagte: „Ich glaube, ich kenne die Ursache dieser plötzlichen Aufregung und wir müssen das Thema noch ein wenig anheizen, um von uns abzulenken."
Er brachte in einem spontanen Einfall die Schuhe des Kanzlers ins Spiel:
„Sie sind von feinster italienischer Handarbeit, aber seitdem er Siegfrieds Nikes Kings walking shoes in Besitz nahm und sie bis zum Ende seines Lebens nicht mehr ablegen wird, hat er seine feinen Treter unwillig am Abfalleiner abgelegt. Das Hochglanzleder ist mit seinen Fingerabdrücken übersät und das Corpus Delicti könnte man nun listig als Köder auslegen. Die Fahnder werden gierig zubeißen und sich hinreichend weit von Lehmbeck-Weiche entfernen. Wir können jedenfalls die nächtlichen Vorbereitungen unserer Großaktion halbwegs ungestört und sicherer vorbereiten. Du solltest bitte einen der Schuhe in ein Päckchen packen und in Hamburg in einen entsprechenden Briefkasten werfen. Der Adressat ist der BKA Stab bei Falkenhagen und mit der aufregenden Sendung wirst du die Fahnder und auch uns sehr glücklich machen. Ich lege den Schuh zu den Geldbehältern im Lastenfahrstuhl und ab geht die Post. Du musst sehr achtsam sein, um keinerlei Spuren deiner ungemein unternehmungslustigen Fingerchen zu hinterlassen. Vorsichtshalber werde ich die Schuhe noch einmal gründlich wienern und danach auf den Tisch stellen, von wo aus sie der Herr Kanzler sofort wieder verärgert zum Abfall trägt und beeindruckende Fingerabdrücke hinterlässt, die man sicher schon mit bloßen Augen erkennen kann. Er hat schuhmäßig endlich seinen eigenen Chic und Stil entwickelt und wird unser Vaterland zukünftig nur noch in Nikes regieren. Bald wird sich seine ihn glücklich machende Amnesie vollends verflüchtigen

und es beginnt wieder der Ernst des Lebens für ihn. Der Welt gehen jedenfalls zwei begabte und leidenschaftliche Koloristen verloren und sofern sich einer der Beiden jemals erinnert sollte, wird er gern und dankbar an seine Zeit im U-Boot zurückdenken."

„Schluss mein Freund, die Zeit ist kostbar und sie rinnt uns davon," rief Wilhelm und nahm Storm den Hörer aus der Hand.

„Hallo Frigge, meine Schöne, hier ist Wilhelm, der eigentlich der Mann deines Lebens sein sollte. Wo hast du nur deine Augen gehabt? Wie geht es meiner Oma, ich hab mir Sorgen um sie gemacht."

„ Das ist unnötig. Sie ist gesund wie ein Fisch im Wasser und rund um die Uhr mit juristischem Hader beschäftigt. Ihr sind zwei fette Gänse von ihrer geliebten Todfeindin Withinrich zugelaufen. Sie bezeichnet die Gänse nun als frei herumlaufende Fundstücke und argumentiert mit der bislang unbekannten juristischen Interpretation >Zulaufgewinn<. Sie hat nach ihrem eigenwilligen juristischen Urteil die Fundstücke in ihren leeren Heuschober gesperrt und kurz entschlossen zu ihrem legitimen Eigentum erklärt. Nun wetzt sie schon fröhlich die Messer zum feinen Gänsebraten. Den ersten Angriff von Waltraut Withinrich hat sie durch den rabiaten Einsatz eines Regenschirms erfolgreich abgeschlagen. Die beiden Kampfhennen haben sich wenig später schon wieder erbittert kämpfend durch die Dorfstraße bewegt. Ich muss nun schnell auflegen, da kommt jemand." Hastig fügte sie noch schnell hinzu: „Mann, wie soll es mit euch nur weitergehen?"

„Speikinder, Gedeihkinder," sagte Wilhelm mit jener besonderen Warmherzigkeit in der Stimme, der sich auch Pastor Söderbaum immer beim letzten Abschiedsgebet für einen Hingeschiedenen tröstend und warmherzig bedient.

GRUPPE 66 / GRUBE 66 / GROUP 66

Der vorzüglich geputzte Schuh des Kanzlers löste einen Supergau aus und weltweit begannen neue Aktivitäten. Das Päckchen war mit drei Sondermarken versehen, die auf den bevorstehenden Muttertag hinwiesen und ein rotes Herz mit der Aufschrift -Für Dich- trugen. Zudem war die Sendung in einen Briefkasten für Päckchen eingeworfen und nicht am Schalter abgegeben worden. Auf der Schuhsohle war das Wort >Gruppe 66< in eckiger Runenschrift tief und kraftvoll eingeritzt. Der Schuh wurde gründlicher untersucht, als einst der halb verkohlte Schädel Hitlers in einem Moskauer Institut. Später, nach einem Zugunfall, war dessen Schädel jedoch in den verwilderten Garten eines Schrankenwärters an der Strecke zwischen Moskau und Kaluga geraten und wurde zum Nistplatz eines extrem sangesfreudigen Nachtigallenpärchen, das durch die Augenhöhlen des stark vermosten Schädels ein- und ausflog. Das makabre Vogelhaus hing in einem ausufernden Holunderstrauch hinter einem übel riechenden Abtritt ohne Dach. Der größte Teil der stark verkohlten Gebeine verrottete in den ausgebrannten Resten eines LKW. Das Fahrzeug war aus dem GPU-Fuhrpark in Moskau und nach dem Zusammenstoß mit einer Lokomotive brennend von der Straße abgekommen. Seine kläglichen Überreste und der ohnehin schon desolate Inhalt seines Laderaums, waren inzwischen von der gelb blühenden Sichel-Luzerne überwuchert. Mit ihrem sprühenden Gesang entzückte das unschuldige Nachtigallenpaar die Bahnreisenden, die den Zug dort kurz verließen, um den Abtritt aufzusuchen oder beim Schrankenwärter um Tee anzustehen.

In den Schuhen des Kanzlers fanden die Beamten der Spurensicherung feinen Sand, für dessen Herkunft Fachleute sich auf die nördliche Sahara festlegten. Auf dem Hochglanz geputzten Oberleder fanden sie etliche Fingerabdrücke von hervorragender Qualität. Zwei davon waren vom Daumen und Zeigefinger des russischen Präsidenten, der den Schuh ungehalten vom Abbild eines schillernden Schmetterlings entfernt hatte. Alle anderen Abdrücke stammten von den Fingern des Kanzlers. Er hatte beim Berühren der Schuhe nur einen Finger ausgespart, weil er bei allen manuellen Tätigkeiten gewohnheitsmäßig seinen kleinen Finger zierlich zur Seite streckte. Jedenfalls wurde diese Gewohnheit des Kanzlers anlässlich einer großen Lagebesprechung vom Innenminister mehrfach mit übertriebener Gestik demonstriert, was von einigen Anwesenden als Schmierentheater und bewusste Abwertung des Kanzlers moniert wurde. Vor elf internationalen Fernsehteams machte der Minister eloquente Ausführungen, die er mit verschwafeltem rhetorischen Design weitschweifig ausmalte. Dabei wiederholte er mehrfach alltägliche kriminalistische Erkenntnisse in einer wichtigtuerischen Weise, als wären es die neuesten Produkte seines Scharfsinns. Weitere Fingerabdrücke oder Hinweise an dem Schuh waren nicht auffindbar. Der Schnürsenkel war offensichtlich ganz neu eingezogen worden. Er stammte von einem kleinen Hersteller in Holland, der als Kennzeichen seiner Marke einen winzigen dunkelgrauen Faden mit einwebte. Frigge hatte die Schuhbänder seit einem internationalen Springturnier in Holland, wo sie das Springen der Klasse S bravourös gegen eine beschämte Herrenriege gewonnen hatte, seit Jahren in ihrem Schuhschrank in Verwahrung gehabt. Der feine Sand in dem Schuh war aus der Sahara und entstammte der Gegend von Al Jabal al Akhdar. Er kam vom Grab ihres Onkels, der als Afrikakämpfer unter General Rommel einer der Helden von Tobruk gewesen war und dessen inzwischen längst verwehte Ruhestätte sie vor Jahren in der Cyrenaika besucht hatte.

Der Saharasand und der eingeritzte Name >Gruppe 66< in der Schuhsohle brachten völlig neue Aspekte in die Theorie der Fahnder. Der Sand konnte eine Verbindung zu Tripolis bedeuten, während der holländische Schnürsenkel wiederum eine undurchsichtige Hollandtheorie festigte. Frigge hatte sich beim Versand der Kanzlerschuhe an Storms Vorgaben gehalten, jedoch mit listig beigefügten Accessoires und dem eingekerbten Namen auf der Sohle, den sie mit Hilfe eines Hufkratzers aus ihrem Pferdestall erstellte, zusätzlich eine in die Irre führende Spuren ausgelegt.

Zusammen mit der Stabsstelle der Interpol des BKA in Wiesbaden und der Interpol in Holland, wurde eine NL-Soko Kommission gebildet, die alsbald wie ein Sturmwind durch das blühende Tulpenland fegte. Es begann eine gigantische Suche nach den gefährlichen Royalisten und den möglichen Entführern der beiden Staatsmänner. Der Ring um LW lockerte sich und das Dorf geriet wieder aus den Schlagzeilen der Zeitungen. Als wäre ein großer Meteorit ins Meer gestürzt, der hohe Wellen über die Meere schickte, rollte nun auch eine Flut sensationeller Meldungen und kühner Mutmaßungen um die Erde, die sich von Tag zu Tag steigerten und permanent veränderten.

Der Krisenstab verbrauchte sich im ständigen Kompetenzgerangel und der Staatsminister und Koordinator spielte den Supersheriff der Republik, obwohl ihn sein Chef, der Kanzleramtsminister, immer wieder zurück pfiff und in den Senkel stellte. Immerhin koordinierte der Staatsminister den BND, den MAD und den BFV, die dem Innenminister zugeordnet waren. Der Vizepräsident des BKA leitete die inzwischen perfekt organisierte Operation in Holland, die von den dortigen Behörden volle Unterstützung bekam.

Der USA Sicherheitsdirektor, der CIA Direktor und der neue FBI Direktor, vom amerikanischen Präsidenten besonders für Gegenspionage und Terrorismus legitimiert, wurden über einen deutschen Verbindungsmann ständig über den jeweiligen Stand der Ermittlungen informiert, was von den Amerikanern nur mit dürftigen Meldungen ihrer eigenen Dienste honoriert wurde und die sich auch sonst wenig kooperativ erwiesen. Die Russen dagegen arbeiteten mit den Deutschen eng zusammen und zeigten sich weltoffen und kooperativ. Die Lagebesprechungen des BKA fanden weiterhin im großen Tanzsaal bei Falkenhagen statt. Sein Anwesen wurde immer noch rund um die Uhr vom MEK, dem mobilen Einsatzkommando abgeschirmt und bewacht.

Zum ersten Mal arbeitete der BND und das BKA zusammen und die eintreffenden Meldungen wurden nicht mehr wie bisher nach Wiesbaden oder Pullach geleitet, sie wurden von nun an über einen gemeinsamen Arbeitskreis zusammengeführt und ausgewertet. Die lokale Telefonüberwachung in LW hatte bislang nichts erbracht. Man stellte fest, dass die große Duggensippe unentwegt miteinander telefonierte und manchmal unvermittelt hohe Millionenbeträge erwähnte. Es kam auch vor, dass einer

der Duggen die Abhörleute in den Plausch mit einbezog und sie direkt ansprach. „Habt ihr eure Ohren gespitzt und die richtige Anzahl von Nullen hinter der ersten Zahl übertragen?" Danach bemerkte er dann großmütig, dass auch beim Fehlen einiger Nullen immer noch genug Moneten für alle Familienmitglieder gebunkert sei. „Noch ein guter Rat zum Auffinden eurer verlorenen Schätze. Ihr müsst meine Kartoffelfelder sorgfältig auf sechzig Zentimeter Tiefe pflügen und ausgiebig biologisch düngen, dann beginnt euer Geld nach oben zu wachsen und ihr könnt es dann bequem abgreifen."
Titte Duggens Vater bot sich wiederholt als Undercoveragent an, aber er bekam die strenge Auflage, sein Haus nicht mehr zu verlassen, das ohnehin rund um die Uhr observiert wurde. Er wusste sich seinen Bewachern jedoch gelegentlich kaltschnäuzig zu entziehen, um seiner manisch ausgeprägten Fischwilderei nachgehen zu können. Als er bei Ebbe seine versteckten Netze aus dem großen Priel zog, barg er eine Wasserleiche. Die IDKO der BKA wurde zur Identifikation herangezogen und glaubte zunächst die stark in Mitleidenschaft geratene Leiche als ein Exemplar des männlichen Geschlechts mittleren Alters zu erkennen. In der Gerichtspathologie wurde zusätzlich eine beginnende Schwangerschaft festgestellt, woraufhin das männliche Geschlecht korrigiert wurde, aber die Erkenntnis des mittleren Alters bestehen blieb. Für die Bewohner von LW wurde zur ersten Entwarnung geblasen und es gab nun weit mehr hektische Kontakte nach Holland. Die Fahnder konzentrierten sich auf Nijmegen, Arnheim und Amerongen, aber ganz speziell auf Schloss Doorn. Man konnte bald etliche Erfolge mit der Aufdeckung krimineller Delikte und Machenschaften aufweisen, aber es fand sich auch in

Holland keine Spur von den verschwundenen Staatsmännern. Die Polizei hob einen Klub aus, worin junge Lolitas aus besten Upperclass Familien sehr reichen Herren bereitwillig und vielseitig gefällig waren, aber die beiden Staatsmänner zählten nicht zu den Gästen. In fünf vermeintlichen Zuckerrüben Mieten fand man eine große Anzahl von hochmoderner elektronischer Kriegsausrüstung, die ansonsten nur bei höchster Geheimhaltung von einer Eliteeinheit der US Streitmächte benutzt wurde. In einer Werkstatt akustischer Warnsignale für Straßenabsperrungen hob die Polizei ein Labor aus, das gewaltige Mengen Designerdrogen gelagert hatte, die nach der sogenannten >Hollandaise< durch Alkohol homogenisiert waren und in Flaschen aufbewahrt wurden. Ein deutscher Fahnder und eine holländische Kollegin nahmen gemeinsam eine winzige Probe zu sich und fanden erstaunt und höchst angeregt heraus, dass schon ein winziges Quantum sehr komfortable Frühlingsgefühle erwecke. Schon wenige Minuten später trafen sie sich im Zimmer eines kleinen Strandhotels. Die Holländerin entkleidete sich hastig. Sie warf ihrem deutschen Kollegen ihren hübschen BH zu und rief: „Eine heiße Botschaft aus dem Tulpen- und Möpsenland und zugleich der Gruß einer Spitzenköchin, was besonders Delikatessen im Bett anbetrifft," um dann unvermittelt hemmungslos über in herzufallen.
Bald jedoch konzentrierten sich die Fahnder auf den letzten Wohnsitz des Deutschen Kaisers in Doorn, denn es gab neuerlich einen ausführlich formulierten anonymen Hinweis, dass eine starke Gruppe radikaler Monarchisten eine große Aktion starten würde.
Der anonyme Absender wies darauf hin, dass demnächst ein zweiter Schuh des Kanzlers bei ihnen eintreffen

würde, der auch von dem holländischen Schnürsenkelhersteller der Firma Verhoevengrey ausgestattet sei und eine bedeutende Überraschung beinhaltete. Mit der angekündigten Überraschung hatte die Schreiberin das baldige Auftauchen des Schuhträgers im Portals der Kirche von LW gemeint, die Ereignisse nur ein wenig vorgezogen und mehr aus einer schuhmäßigen Perspektive betrachtet. Nach den Angaben Siegfrieds, würde der Kanzler zur Stunde seiner Auferstehung seinen zweiten Schuh tragen. Sein anderer Fuß sollte dagegen mit einem Diamanten übersäten Samtschuh bekleidet sein, der zudem durch eine orientalische Elefantennase zu einer Schnabelform gestaltet sei.

Im Schloss Doorn, das von Grachten umgeben hübsch gelegen war, hatten polnische Schwarzarbeiter einer nahen Schweinemästerei in den letzten Nächten häufig Licht gesehen, das aus dem Wasser gekommen sein sollte. Nach dem Tod der kaiserlichen Familie war Doorn in den Besitz des niederländischen Staates gelangt und geriet nach langen verschlafenen Jahren wieder in den Blickpunkt der Öffentlichkeit und in die intensiven Ermittlungen der Behörden. Tausende von Menschen besichtigten die wenig veränderten Räume, wo einst Kaiser Wilhelm II. sein Exil verbracht hatte. Nur das Sterbezimmer des Kaisers und der Kaiserin Auguste Viktoria blieben der Allgemeinheit verschlossen. Die kleine Kapelle am Torgebäude, in der Wilhelm II. einst aufgebahrt gewesen war, hatte inzwischen einem Lädchen für Andenken Platz gemacht. In der Orangerie befand sich nun ein Restaurant mit einer ansprechenden Speisekarte, aus der die Kaiserplatte mit gutem Gewissen zu empfehlen war. Auf den Grachten der Schlossanlage tummelten sich wilde Schwäne und eine versaute Groß-

familie von Incroyable Enten, deren geile Ganter sich vorwiegend einer regen und lautstarken inzestuösen Fortpflanzung widmeten und querbeet Mutter, Schwestern, Tanten und Großmütter grob und gierig hernahmen. Der vom Kaiser eigenhändig angelegte Koniferenhain war längst wieder verwildert und auch das Rosarium, von Majestät in jahrelanger mühseliger Arbeit angelegt, war wieder einer wuchernden Vergänglichkeit zum Opfer gefallen.
Auf dem Dach des Mausoleums sollte in den letzten Nächten ein bärtiger Mann in einer weißen Paradeuniform gesehen worden sein, der sein wuchtiges Marineglas unentwegt nach Osten gerichtet hielt, bis er endlich von plötzlicher Dunkelheit umhüllt unsichtbar geworden sei. Auf der Landstraße, unweit des Schlosses, fand ein christlicher Fabrikant für Matzen, dem ungesäuerten Osterbrot der Juden, verschiedene alte Uniformstücke und eine Pickelhaube, die in einer mit verschimmelten Esskastanien gefüllten Kiste aufgehoben waren. An dem harzigen Stamm einer wilden Kirsche war ein geheimnisvolles Foto gepinnt. Es zeigte das Abbild einer würdigen alten Dame in Begleitung von drei bunt gekleideten jungen Frauen, umrahmt von zwei unscheinbaren Männern. Auf der Rückseite des Fotos waren in einem ungeschickt ausgeführten Surrogat aus der längst versunkenen Sütterlinschrift und den gegenwärtig üblichen lateinischen Schriftzeichen einige Namen aufgeführt: Großmutter Augusta mit Lycki, Karl I., Karl II., Tora und Adine. Fräulein Tora, die junge Dame mit dem feinen Grübchenlächeln und einem roten Rüschenkleid, trug in jeder Hand eine Stielhandgranate und um ihre schlanke Taille einen vollgestopften Munitionsgürtel. Die beiden säuerlichen Karl wirkten auf dem Foto

wie eineiige Zwillinge, die sich schon im Mutterleib nicht gram gewesen sein konnten. Sie hatten jeder zwei Panzerfäuste aus dem zweiten Weltkrieg geschultert. Unter dem Verzeichnis der Namen stand in rasch hingeworfener flüchtiger Schrift >Group 66<. Niemand konnte die Menschen auf dem schon leicht vergilbten Foto identifizieren, obwohl es nachweisbar keine Fotomontage war.

Unter dem auf den Kirschstamm hingepinnten Foto hingen einige grobe Farbstiftzeichnungen von sechs voluminösen grünen Brüsten, die alle eine große Übereinstimmung mit festlichen Adventskränzen aufwiesen, in deren Mitte sich appetitliche Brustwarzen als rote Festkerzen erhoben. Als Gestalter dieser Kunst kam sofort Titte Duggen ins Gespräch, der auch in seinem Spind mehrere ähnliche Kunstwerke solcher Darstellungen angebracht hatte und inzwischen weltweit als bedeutender Spezialist für die obere Wohlgeformtheit der Frauen galt. Sein Name war das absolute Synonym für Brüste, als sei er der Erfinder der schon seit Eva bekannten und bei Männern aller Jahrgänge beliebten wohlgeformten Gewichtigkeiten.

Unter der Bezeichnung Group 66 war in blutroter Farbe, die in den späteren Expertisen der Psychologen als Signal eines ungehemmten Tötungswillens von extremer Gewalt gewertet wurde, der Begriff >Grube 66< hingeschmiert. Die bewusste Veränderung und Verunstaltung wurde von den Psychologen als Hinweis für die Vernichtung der bürgerlichen Ordnung und die Bezeichnung selbst als eine Umschreibung für eine Art Erdbestattung des Konservatismus gesehen. Selbst die von Natur aus fröhlichen und einfach gestrickten Holländer sahen nun düstere Schatten über ihr Tomaten- und Gurkenland auf-

ziehen. Der deutsche Botschafter kreierte eine kluge Folge von magnitfarbenen Weissagungen und sein larmoyantes Wortdefilee zog wie ein düsterer Schleier durch die holländische Presse. Das Schloss Doorn wurde nun von vielen Menschen unentwegt fotografiert und galt in aller Welt plötzlich als der Mittelpunkt aller Geheimnisse und Überraschungen. Ein chinesischer Kameramann filmte das Schloss aus allen Perspektiven. Auf der Wiese zwischen weiß gekalkten Obstbaumstämmen spielten die Kinder eines Landarbeiters vom nahen Gutshof. Sie trugen Weltraumhelme mit langen schwankenden Antennen und warfen runde Kieselsteine, die mit Goldbronze bemalt waren, ins Wasser. Ein sommersprossiger Junge versperrte einem Lamm den Weg zu seiner aufgeregten Mutter. Wütend und rechthaberisch brüllte der Junge dem verstörten Lämmchen ins Ohr: „Steuern Sie gefälligst sofort die Koordinate an."
Diese Szene wurde im chinesischen Fernsehen ständig wiederholt und jeder der 1 208 842 003 Einwohner der Volksrepublik China ging davon aus, dass in Europa fliegende Untertassen mit einer kleinwüchsigen Besatzung gelandet waren. Eine Wahrnehmung, die von den im aufkommenden Sturm wild drehenden Flügeln einer schwarzen Windmühle im Hintergrund des Bildes noch kräftig angeheizt wurde. In der langsam einsetzenden Dämmerung erschienen die heulenden und knatternden Flügel der Windmühle wie der beginnende Startvorgang für einen Flug zu fernen Milchstraßen. Die Chinesenmenschen glaubten nun, dass sich die Raumschiffe aus ökologischen Gründen mit Hilfe riesiger Propeller in den Weltraum bewegten und die Zeit der altertümlichen Brennstufen vorbei sei. Am Ende seiner Show stellte sich

der kleine Junge breitbeinig vor die Kamera und rezitierte mit unangenehm schriller Stimme und in endloser Wiederholung:
„Binki, Dalli, Raffti, Platti, Fausti und du bis rausti." Danach lief er in großer Eile zu einem Kirschbaum, öffnete hastig seine Hose und pinkelte in einem kraftvollen Bogen von beachtlicher Weite in das Licht der untergehenden Sonne, deren anmutiges Abendrot er mit einem gut gemeinten gelb getönten Regenbogen bekränzte.

HAPPY BIRTHSDAY, UKUL

Unweit von LW, zwischen Bramstedtlund und Ladelund, war nach vierjähriger Bauzeit ein Lauschposten des BND errichtet worden. Das große Ohr des BND, unmittelbar an der dänischen Grenze, hatte einen Durchmesser von 450 m und konnte drahtlose Telefonate und Tast- und Fernschreiberfunk aus allen Himmelsrichtungen und von allen Punkten der Welt abhören. Nach dem Zusammenbruch der Sowjetrepublik wurde die aufwendige Anlage zunächst als unnötig befunden, aber durch die politische Entwicklung auf dem Balkan, in Afghanistan, Irak und Iran, war man heilfroh, den Bau weitergeführt zu haben und nun mit einer hochmodernen Anlage aufwarten zu können. Sie sollte in ihrer Leistungsfähigkeit sogar noch die phänomenale Oma Zickelkor überbieten, die seit mehr als fünfzig Jahren sämtliche privaten Interna der Dorfbewohner abrufbar in ihrem Kopf gespeichert hatte und nonstop verbreitete. Söderbaum bemerkte mit angestrengter Zurückhaltung und gnädiger christlicher Milde: „Sie verfügt über beachtliche kommunikative Fähigkeiten, aber Gott gibt uns nun einmal Botschaften, durch alles was lebt."
Die riesige Kreisantenne war wieder einige Tage in Betrieb, aber die Techniker kämpften anfänglich noch mit Abstimmungsschwierigkeiten, als Bruchstücke aus dem Gespräch zwischen dem Staatssekretär und Wilhelm aufgefangen wurden. Die Suchwörter Kanzler, Terroristen und Gruppe gelangten durch Ausfilterung in die automatischen Aufzeichnungen. Das Telefonat war von

weiteren Gesprächen überlagert und durch besonders aktive Sonnenflecken gestört. In Verbindung mit einem unentwirrbaren Geflecht aus Wortfetzen, Silben und undefinierbaren Störlauten war es undurchdringlich verknotet.

Ein Venenspezialist aus Pinneberg tauschte mit einem Kollegen von der Pathologie in München Rezepte zur Herstellung von schwarzer Johannisbeermarmelade aus, wobei offensichtlich die Verwendung von ungespritzten Zitronenschalen das große Geheimnis war.

Zwei Kids aus Lampertheim unterhielten sich über die Gleitfähigkeit von Kondomen und stellten gemeinsam fest, dass die Feuchtis sehr schön flutschen würden, mit oder ohne Frau. Ein Schiffsfunker mit dem kaum verständlichen Slang von Texasville führte ein verlogenes Gespräch mit seiner Freundin vom Josef Bonaparte Golf. In unterschiedlichen Versionen und mit unüberhörbarer Unverfrorenheit betonte er immerzu, dass seine Scheidung schon so gut wie durch sei und nun nur noch einer formellen Bestätigung durch das Gericht bedürfe. „Und dann steht unserer Liebe und unserem Glück nichts mehr im Weg."

Ein alter Mann, der erst im hohen Alter nach einem strengen atheistischen Leben zufällig das Vaterunser erlernt hatte, erklärte einem Kriegskollegen seine persönliche Verwendung für dieses fromme christliche Gebet.

„ Es klingt schön, hat einen geordneten Duktus und beruhigt meine Bienen, sodass ich ihnen ungefährdet ihren Honig stehlen kann. Das Gebet erinnert mich an meine erste Schwimmprüfung, wo ich kurz vor dem Absaufen war und dem Tod noch gerade von der Schippe sprang. Es hat mich auch plötzlich wieder an meine Hochzeit erinnert, die ich schon längst vergessen hatte. Ich habe nur noch meine verkalkte Schwiegermutter, die mir Sonntag für Sonntag vom Altersheim vor die Tür gesetzt wird, um mich für den Rest des Tages von ihr beschimpfen zu lassen. Sie ist so krumm wie ein Speckhaken, aber wild nach meinem selbst gebrauten Honigmet, was sie zumindest ruhig stellt."

Die Abhörspezialisten aus Bramstedtlund waren wie elektrisiert, als sich aus dem Wortsalat plötzlich ein Satz aus dem Gespräch zwischen dem Staatssekretär und Wilhelm herausfilterte.

„Wenn Sie den Kanzler und den russischen Präsidenten wohlbehalten zurück haben wollen, erwartet die Gruppe 66 die Einhaltung folgender Bedingungen."

Danach kam wieder ein vielsprachiger Wortsalat und ein Geburtstagsständchen russischer Seeleute, das sie einer Puffmutter namens Ukul fernmündlich darbrachten.

Als Standort des Telefonats der Gruppe 66 wurde der Legopark in Billund ausgemacht. Erst nach einer weiteren Peilung fand man heraus, dass dieses brisante Gespräch in der Nähe des Regierungsgebäudes in Kiel geführt worden war. Diese Feststellung versetzte die Fahnder in LW in Hochstimmung. Der Innenminister rief sofort eine Konferenz zusammen, bei der auch der Generalbundesanwalt zugegen war. Am Tag darauf traf ein Päckchen aus Hamburg mit dem linken Schuh des Kanzlers ein. Es wurde sofort für weitere Untersuchungen per Hubschrauber nach Wiesbaden gebracht. LW war schon fast aus dem Schneider und den Buttermachern war die gewünschte Ablenkung gelungen. Der dem Schuh beigefügte Text wurde durch ausgeschnittene Buchstaben gebildet, die auf einen Briefbogen geklebt waren. Die Absender hatten die Buchstaben einer holländischen Kundenzeitung >Unser gutes Fleisch<

entnommen. Es wurde absolute Straffreiheit für die Entführer gefordert und zugleich mitgeteilt, dass die Staatsmänner sich bei bester Gesundheit befänden, aber den Termin ihrer Rückkehr noch nicht festgelegt sei. Sie würde jedoch in Holland, in der Nähe von Doorn erfolgen. Die Schuhversender und Verfasser des Schreibens hatten für die Namensgebung ihrer Aktion weit in die Geschichte der Deutschen zurückgegriffen. Selbst bei den abgebrühten Geheimdienstlern hinterließ die Meldung große Ratlosigkeit und Verwunderung. Sie wirkte in ihrer Wortwahl und Formulierung altmodisch gespreizt und seltsam, als sei sie eine dilettantische Übersetzung aus einem alten Manuskript. Der Name der Aktion lautete:
„ Die endliche, unglaubliche und immer wieder ersehnte Auferstehung und glückliche Rückkehr unseres Kaisers Wilhelm aus Schloss Doorn in Begleitung seines Kanzlers und seines russischen Alliierten."
Als Anmerkung folgte dann noch eine weitere Unverständlichkeit:
„ Gesponsert von Wilhelm I., Ihrer Majestät getreuer Anhänger und Bewunderer."
Der Innenminister, der sich längst als zukünftiger Kanzler sah, sprach in einer Pressekonferenz von einer gefährlichen Gruppe unbelehrbarer Royalisten und wies auf einen latenten Wilhelminismus der Deutschen hin. Er betonte in leidenschaftlicher Rechthaberei, dass er schon seit Jahren auf die royalistische Gefahr in Deutschland und anderen europäischen Ländern hingewiesen habe.
„Als erster Streiter für Sitte und Anstand möchte ich betonen, dass für den Kampf gegen diese fanatische Gruppe ein starkes Europa und ein starker Kanzler nötig ist."

Im Verlauf seiner Rede schrammte er noch gerade eben an einem vorzeitigen Nachruf für den verschwundenen Kanzler vorbei. Mit einem unangenehmen Kondolenzjargon, der am Boden der Trauer nur noch eine winzige Hoffnungskerze glimmen ließ, wurde es wiederum brenzlich für ihn, denn er brachte mit der Zeitform des Präteritum eine unangebrachte und pietätlose Endgültigkeit:
„ Er war ein Kanzler, der uns stets hohe Bewunderung und Achtung abnötigte."
Für diese bedeutende Stunde hatte der Minister eine vornehme labiodentale Aussprache gewählt, wobei die Unterlippe in Verbindung mit den Oberzähnen die Lautformung übernimmt, und als Nebenprodukt eine unkontrollierte und überraschend einfältige Mimik produziert. Mit kurzer Verzögerung bemerkte er seinen freudschen Versprecher mit dem verräterischen Vorgriff auf ein endgültiges Kanzlerschicksal. Schnell korrigierte er sich und geriet mit auffälligem Überschwang in eine optimistische und trotzige Befehlsform, wobei er ungebührlich laut wurde.
„Er muss uns erhalten bleiben," brüllte er in unüberhörbarem Imperativ in die aufgeschreckte ministeriale Vortrauerrunde. Er hatte sich dabei für eine spirantische Vorbringungsweise entschieden, wobei die Luft durch eine künstlich herbeigeführte Enge durch den Mund gepresst wird. Der mimische Nachlass aus der anfänglichen labiodentalen Sprechweise wurde zusammen mit der neuerlichen spirantischen Sprechanwendung in einen Ausdruck der Verzückung verwandelt, den man besonders bei gebildeten älteren Herren entdeckt, wenn sie sich galant über die Wursttheke der fülligen Metzgerin zuwenden und mit starren und gütigen Augen ihren

großherzigen Ausschnitt fixieren. Dem Minister gelang es, sich alsbald seiner einfältigen Physiognomie zu entledigen und in ein dümmliches Grinsen zu verwandeln, was seine volksnahe Befindlichkeit zum Ausdruck bringen sollte. Im oberen Lippenbereich bildete sich nun eine leichte Wölbung zu einem angedeuteten Kuss, den er offenbar allen seinen Wählern als ewigen pauschalen Liebesbeweis zu schenken gedachte.
Eine Geste, die bei allen Zuschauern saumäßig schlecht ankam und ihn auf der Skala der Beliebtheit flugs tief nach unten purzeln ließ.

KETEL KETTELSENS TRAUM

Ein vorläufiger Ausklang der polizeilichen Invasion in LW war die Festnahme von Ketel Kettelsen, die jedoch bei näherem Hinsehen und nach seiner Überstellung in das Institut für seelische Erkrankungen nicht als Fahndungserfolg zu Buche schlug. Die Festnahme brachte dennoch eine heitere Belebung in die dahinsiechende Fahndungsarbeit und fand auch in der Presse einen hohen Niederschlag. Ein Psychologe des BKA hatte Ketel den dringenden Rat gegeben, sein Liebesleben und seine Hormonströme zu koordinieren und in geordnete Bahnen zu leiten. Er befand nachdrücklich und entgegenkommend, dass es für alle Männer die schwerste Übung des Lebens sei. Er könne Ketels Verhalten persönlich sehr gut nachvollziehen, denn er selbst stecke leider auch bis zur Nasenspitze im Hormonschlamassel. „Versuchen Sie halt ihre Fantasien und dann die erweckten Bedürfnisse unter einen Deckel zu halten und sagen sie meinen Kollegen im Institut für seelische Erkrankungen um Gottes Willen nicht die Dinge, die Sie wirklich bewegen, denn dann sonst bekommen Sie gleich eine Dauerkarte für die Klapse. Täuschen und belügen Sie die Psychiater, bis die Schwarte kracht und dann ist die Wurst gegessen. Sie sollten jedoch nie wieder unbezahlbare Schätze aus Bernstein im Moor versenken. Sie hätten das Zeug lieber verkloppen sollen, denn mit dem Erlös könnten sie ein Harem mit den schönsten Callgirls aus aller Welt unterhalten."
Ketel Kettelsen hatte nach dem Sturm Wiebke III zwei Straußenei großen Bernsteinklumpen am Strand gefunden, die seit der zweihundert Millionen Jahre alten Karbonzeit

jeweils einen bislang unbekannten grellbunten Kolibri-Schmetterling als Untermieter in ihrem Inneren beherbergten. Die Insektenkörper schienen mit einer Fahne der USA geschmückt zu sein, denn sie waren um die Brust herum mit blauen und roten stars and stripes geschmückt, während ihre kleinen Stummelflügel wie aufgeplusterte Flamingoflügel aussahen. Aus ihren weit geöffneten Augen mit pechschwarzen Pupillen starrten sie wütend aus ihrem archaischen Verlies und fixierten grimmig die Welt von LW. Einer der beiden hatte seine schlanken Beine weit ausgestreckt und saß mit seinem runden Heck auf einer winzigen Bank aus Grashalmen, als hätte er sich auf eine längere Taxifahrt eingerichtet. Der andere saß als geduckter Hinterbänkler in seinem Verlies und wirkte wie ein armer Sünder, der für seine versäumte oder verdöste Konfirmationsstunde von Pastor Söderbaum zur Viehfütterung abkommandiert worden war. Zu Beginn seiner nächsten Predigt wurden dann die jungen Sünder noch einmal persönlich vom Pastor angesprochen: „Man muss schon sehr viel Glück haben, um von mir nicht erwischt zu werden. Aber Glück, dieses schnelle Ding, ist ein unanständiges Wort und hat in meiner Kirche nichts zu suchen und wird hiermit schon wieder aus meiner Predigt gestrichen." Ketel Kettelsen war in heißer Liebe zu einer orientalisch aussehenden Dame vom Auskunftsschalter des Busbahnhofes in Hamburg entbrannt.

Ihre sanften Mandelaugen machten sich jenen unbestimmten Silberblick zu eigen, der unmittelbar Brände von Leidenschaften entfachen und unstillbare Sehnsüchte zu erwecken vermochte. Die schöne Exotin hatte ein zierliches Näschen und eine unübersehbare Leidenschaft für Kleider mit Wagenrad großen Ausschnitten. Ihr schwarzes Haar war so lang wie der Seidenvorhang eines zur Sünde einladenden Himmelbettes. Bei Auskünften über Spätfahrten, wobei sie sich beim Lesen des Fahrplans so weit nach vorn neigte, als würde sie sich vor dem Kaiser von China verneigen, bot ihr nun ungeschütztes Dekolleté einen atemberaubenden Einblick und Ketel war sofort wie weggetreten und narkotisiert. Die Abfahrtzeiten entnahm sie den großen Plakaten, die rundum in ihrem kleinen Büro an den Wänden angebracht waren. Bei Auskünften nach Abfahrtszeiten für Sonderfahrten zu Ostern oder Pfingsten, musste sie eine Körperstellung einnehmen, die sie zum absoluten Höhepunkt ihrer Lady-oben-show zu gestalten wusste. Die Herrlichkeit ihrer Brüste schien sich nun vollends aus dem Kleid zu befreien und wie himmlische Bälle unbedingt auf den Schalter hüpfen zu wollen. Immer wieder schenkte sie Ketel einen ihrer sanften Silberblicke, die leider nie bei ihm verhielten und immer haarscharf an ihm vorbei glitten. Auch in solchen beglückenden Augenblicken fand Ketel nicht die Kraft, seine Schüchternheit zu überwinden und nicht den Mut, der Dame seine Liebe oder gar seine lodernde Begierde zu offenbaren. Mit rauer und unhöflich klingender Stimme, die seiner Frage zudem das Timbre eines unangebrachten Befehlstons verlieh, forderte er Auskünfte der mittäglichen Abfahrtszeiten für eine Reise in die südliche Lüneburger Heide mit dem Anschluss zu einer

Harzrundumreise. Nun wurde der geheimnisvollen Prinzessin aus dem Morgenland eine weite Körperdrehung nach rechts abverlangt. Das nun voll einfallende Sonnenlicht schenkte Ketel eine komplette und hilfreiche Vollausleuchtung und er wähnte sich im Paradies. Nachdem die Schöne seine Frage mit einer Bewegung nach vorn und der gewünschten Hinwendung zum Licht mit einem wissenden Lächeln bereitwillig ausgeführt hatte, blickte sie Ketel erwartungsvoll und devot an, als würde sie einem abgesprochenen Spiel eine lustvolle Freude abgewinnen und schien nun begierig und demütig weitere Anweisungen von ihm zu erwarten. Ketel machte einige aufgeregte trockene Schluckbewegungen, die seinen Adamsapfel nervös hüpfen ließen und glaubte den festen Boden unter den Füssen zu verlieren. Endlich fasste er den Mut, seine unabwendbare Frage an die maliziös lächelnde Dame zu richten, um sie in die von ihm gewünschte Stellung zu bringen, die jene unübertreffliche voyeuristische Perspektive herbeiführen sollte. Ketel hauchte matt: „Gibt es schon eine Fahrt vor dem Frühstück?" Worauf sie unnötigerweise eine Trittleiter an die Wand rückte und sie mit aufreizend trägen Bewegungen bestieg, als würde sie auf einer Bühne agieren. Endlich beugte sie sich weit nach vorn und machte Ketel ein Geschenk, das all seinen Sehnsüchten entsprungen schien. Sie raffte bereitwillig ihr Kleid und schenkte ihm den Blick auf ihren pfirsichfarbenen Ministring, während sich oben herum ohnehin schon alles erledigt hatte. Ihr Kleid war zu einem minimalen Stückchen Stoff geschrumpft und sie wäre selbst auf einem gut bewachten Nacktstrand nicht aufgefallen. Kaum verständlich stammelte er seine letzte Frage, die er in seiner Aufgeregtheit nicht mehr deutlich zu artikulieren vermochte und wie ein Betrunkener lallend vortrug: „Und eine Stunde früher?"

Die Schöne blickte ihn amüsiert an, beugte sich weit über den Schalter und war nahe daran vollends aus dem Kleid zu rutschen.

„Das weiß ich nicht, denn um diese Zeit liege ich noch in meinem Bett, ganz allein und träume sehr schlimme Sachen, die ich lieber nicht erzählen möchte."

Als sie durch den Vorhang ihrer langen Haare lächelnd zu ihm aufblickte und mit ihrer vorwitzigen, rosafarbenen Zungenspitze eines kleines Kätzchens lasziv ihre Lippen befeuchtete, wurde Ketel von einer aufbrausenden Welle von Glück überflutet. Er fiel in eine Erstarrung, um hilflos und steif wie ein Telefonmast neben der Auskunft zu verharren. Ein ausländischer Herr, der selbst von seiner eigenen Sippe als übertriebener Knoblauchfan gefürchtet war, befand eine sofortige Mund zu Mund Beatmung für angebracht und nur eine gnädige Ohnmacht konnte Ketel aus der Hölle der Gerüche befreien. Er fuhr nun täglich nach Hamburg. Die Abfahrtzeiten kannte er bald besser als sein Geburtsdatum und er kannte auch bald die gesamte Kollektion ihrer winzigen String-Dessous.

In einer Vollmondnacht verließ Ketel sein Haus und fuhr mit seinem Wagen ins dunkle Moor, wo links und rechts vom Weg perlende Irrlichter in der Dunkelheit zu tanzen schienen. Bei den alten Leuten hieß es, dass die Sonne des Tages nun im Moor festgehalten würde, aber manchmal ihr Licht durch Spalten und Risse in der brüchigen Mooroberfläche wieder zum Vorschein käme. Als Ketel den gewünschten Ort im Moor erreicht hatte, legte er ein wohlabgewogenes christliches und heidnisches Mischgelübde ab, worin er in einwandfreier juristischer Formulierung versprach, seine wertvollen Fundstücke, die beiden Bernstein-Volieren für zuvor nie gesehene Kolibrischmetterlinge, der Erfüllung seiner Begierde ersatzlos zu opfern. Er hatte schon zu Haus eine Flasche seines selbst gebrauten Ketels-Bienenmet-Double geleert und begann unvermittelt einen hektisch vorgetragenen keltischen Keulentanz zu zelebrieren, wobei er eine weitere Flasche seiner verbotenen, hochprozentigen Braukunst in Windeseile leerte. Nach seinem Tanz war er völlig weggetreten. Er schlug mit beiden Händen um sich und zerkratzte seine Nase. Wie eine glühende Liebeserklärung repetierte er nun in unendlicher Folge die Sonderfahrten mit den Umsteigeterminen Richtung Magdeburg und Ködelheckel-Rosenbeck, einen Ortsnamen, den er wegen der angenehmen phonetischen Klangfülle möglichst oft erwähnte und gelegentlich sogar mit schlecht gereimten Versen befrachtete. Er lenkte seinen Blick nun in den Himmel, wo ihn sofort die Venus mit ihrer glitzernden Schönheit in ihren Bann zog. Als der Vollmond und alle Stern des Himmels über dem Moor standen, begannen plötzlich die Dorfhunde in seltener Eintracht um die Wette zu heulen. Nun war für Ketel der Augenblick gekommen, sein Ritual mit der kostbaren Opfergabe zu beginnen. Mit der hohen Stimme eines Kastraten rief er:

„Vikke tare, sie soll mich endlich erhören. Lieber Gott, gibt mir die Kraft und den Mut die schöne Dame aus Hamburg zu mir nach Lehmbeck-Weiche einzuladen, denn ich möchte sie mit deinem Segen oben und natürlich auch unten herum nur einen winzigen Augenblick berühren dürfen." Mit großem Schwung warf er seine beiden Bernsteinschätze mit den eingesperrten Kolibrischmetterlingen weit hinaus in das brackige Wasser eines Moortümpels.

Mit lautem Blubbern kamen geheimnisvolle Blasen an die Oberfläche des Wassers und das stille Spiegelbild des festlich geschmückten Nachthimmels wurde zerrissen. Aus dem Schlaf geschreckte Wasservögel flogen kreischend ins Rohr. Kettel entkleidete sich hastig und mit einer Fackel aus seiner benzingetränkten Unterwäsche trug er das Feuer in das trockene Moorgras, wo die Flammen sofort gierig emporloderten. Danach setzte er wütend sein Auto in Brand und umtanzte es in wilder Ekstase. Seine monotonen Deklamationen des Busfahrplanes gingen bald in ein nicht endendes Heulen und Jaulen über, das von den Hunden im fernen Dorf wütend aufgenommen wurde. Nun glaubte er, dass endlich der Zeitpunkt gekommen sei, sich selbst den lodernden Flammen zu opfern. Plötzlich standen zwei Helikopter über dem Moor. Die Besatzung und einige GSG 9 Leute sahen den nackten und liebeskranken Ketel, der als wilder Pyromane seine brennende Kleidung mit weiten Armbewegungen um seinen Kopf kreisen ließ und Funken sprühend im Moor herum irrlichterte.

Dann lief er den Weg zum Dorf entlang und zog einen dichten Feuerschweif hinter sich her, sodass der Mond und die vielen Sterne verblassten. Sein Penis stand aufrecht wie ein Wachtsoldat und wies konstant auf die Venus. Die Hubschrauber landeten und die Männer konnten Ketel mühelos überwältigen. Sie hüllten ihn in eine warme Decke die mit der Werbung für einen Gourmetatlas bedruckt war. >Der gute Tisch mit Rezepten für bekömmliche Tellergerichte<. Eine Beschriftung, die Kettel später im Helikopter mit großem Interesse wahrnahm und aus der Nähe betrachtet als

guten Siebdruck ausmachte. Als die Sonne am nächsten Morgen hinter dem Moor aufging, stand die Venus immer noch funkelnd und erwartungsvoll am Himmel. Ketel saß in einem Polizeitransporter und war auf dem Weg zum Institut für seelische Erkrankungen. Zwei Kolibri-Schmetterlinge folgten dem Auto und drehten wilde Loopings und übermütige Pirouetten. Ketel war immer noch heftig alkoholisiert und hatte seine Stirn mit einem zerzausten Brautkranz aus gelben Trollblumen und Wiesenwohlverleih geschmückt. Der Fahrer des Autos meinte gutmütig:
„ So besoffen wie du gestern warst, war ich noch nicht einmal als meine Schwiegermutter auszog und ihre Tochter zum Glück gleich mitnahm."
Ketel Kettelsen schwieg. Seine Seele war in einer dunklen Wolke von Schwermut versunken.
   Die Schmetterlinge folgten dem Wagen so zögerlich, als folgten sie einer zerbrochenen Hoffnung.

THE EXI BROTHERS
WILLI WILD AND ERWIN THE EGG

Nach Ketel Kettelsens Versuch sich im Moor abzufackeln und dem Liebesgott Amor die geheimnisvollen Kolibri-Schmetterlinge in ihren kostbaren Bernsteinbehausungen zu opfern, konzentrierten sich die Fahnder auf Holland. Eine weitere Einlage in LW brachte für die Gesetzeshüter keine Erkenntnisse in der Sache selbst, aber sie konnten sich endlich wieder hinreichend amüsieren. Die Geschichte der beiden Exhibitionisten gab nicht mehr her, als den Hinweis auf verbotene Süchte, Freuden und Gewohnheiten, die offenbar auch die Weisheit des Alters nicht vollends zu zerstören vermocht hatte.

Die Fahnder waren in LW auf zwei älteren Männer gestoßen, die durch den Dunst ihrer sporadischen Altersverwirrung sich immer wieder an Ausschnitte ihrer verbotenen Übungen erinnerten. Sie hatten sehr früh schon eine wohlhabende Tante beerbt, die ihnen auch die schöne Sommervilla am Strand von LW und eine tüchtige Wirtschafterin vermacht hatte. Sie waren Weltenbummler gewesen und erst durch die Erbschaft nach LW verschlagen worden. Dort fielen sie beim Einkaufen im Laden von Willi Walde auf, weil sie mit dick aufgetragenem Make up schlecht ins Bild der Dorfbewohner passten und so verlegten sie die letzte Phase der müden Ausläufer ihres einst so aktiven Lasters nach Hamburg.

Willi Wild und Erwin the Egg waren nie erwischt worden, weil sie noch schneller gewesen waren als die ihnen oft vorauseilenden Polizeidepeschen. Ihr Alter hatten sie im Wesentlichen der Kochkunst gewidmet und ihr Soufflé Grand Marnier oder ihre pikanten türkischen Mundbissen mit der glasierten Beilage von Haremsingwer blieben unübertroffen. Genau wie ihr Tempomanagement bei ihren erotischen Annäherungen und den präzise kalkulierten eiligen Fluchten, wo lediglich ein Hauch ihres orientalischen Blütenparfüms eine rasch verfliegende Spur hinterließ. Die schönste Zeit ihres Lebens hatten sie im Morgenland verbracht, wo sie neben einer großen Moschee wohnten und sich vier hübsche Diener hielten. Sie lebten in einem prächtigen weißen Haus inmitten eines Gartens nahe einer wohlriechenden Küche und immer begleitet von den Rufen des Muezzins. In der verhuschten Kunst der verbotenen Entblößung zeigten die beiden alten Herren, die das Tragen von eleganten weißen Tropenanzügen mit massiven Goldknöpfen bevorzugten, gelegentlich immer noch sehenswerte Leistungen der präzisen und seltenen Attraktion einer sonst kaum noch ausgeführten Exi-Synchronshow. Von den Anforderungen und Grundsätzen der Moral und der Strenge der Gesetze einmal abgesehen und nur durch die Brille des gestrengen Choreografen betrachtet, musste man ihre exakt dargebrachte exhibitionistische Darstellung der synchronen Disziplin unbedingt der hohen Tanzkunst zuordnen, die leider im Finale immer wieder in eine straffällige Handlung mündete und ihre künstlerische Anerkennung dadurch stark unter Druck setzte. Die beiden Darsteller wurden in ihren Kreisen als die großen Exi-Art-Brothers bewundert, die in ihrer Glanzzeit vornehmlich blitzschnelle Auftritte in feinen Bridgeklubs, Umkleideräumen von Bühnenshows, in exklusiven Schönheitssalons und in den Übungsräumen munterer Schwangerschaftsgymnastik absolviert hatten. In ihrem vorgeschrittenen Alter ließ ihr indisponiertes körperliches Befinden und die unbillige Witterung des Nordens ihre Auftritte häufig ausfallen und es gelang ihnen nur noch sporadisch ihre hohe Kunst der Entblößung darzubieten. In ihrem Haus in LW langweilten sie sich vor dem Fernseher oder ließen sich aus Hamburg eine Pediküre ins Haus kommen, der sie im Wesentlichen den Inhalt ihrer begehbaren Kleiderschränke vorführten. Die beiden Exikünstler waren im Lauf der Jahre langsamer geworden und ihre gelegentlichen altersschwachen und holprigen Versuche blieben inzwischen oft ohne die gewünschte Resonanz der Überraschung und des Schreckens. Die von ihnen besuchten Damen bemerkten die feinen und schüchternen Auftritte oft nicht einmal mehr. Die von den Exi-Art- Brothers kunstvoll und mit gravitätischen Greisenschritten in gebrechlicher Zeitlupe vorgetragenen Tänze waren meist der Nichtbeachtung ausgesetzt. Ihre Vorführungen vermochten nicht mehr bei den Zuschauerinnen Entsetzen, Schrecken oder gar eigene Erregung auszulösen und ihre Aktionen wurden licht- und glanzlos wie sanft verglimmende Kerzen. Als die beiden Oldies in der einst so wirkungsvollen Highnoon Pose ihren erstklassig ausgeführten Tanz im Bridgeklub des Hotels Luis Jakob vorführten, bemerkte die Erste Vorsitzende, die kurz zuvor einen ihrer neuen Bananenfrachter auf den Namen >Longfruit< getauft hatte und ein Seidenkomplet mit dem großblumigen Muster der rosafarbenen Seerose Marlis Carnea trug: „Geben Sie doch bitte ihre Kleidung an der Garderobe ab," um danach wieder konzentriert und angestrengt ihre Karten zu taxieren. Während einer sanften und fröhlichen Turnübung einer Schwangerschaftsgruppe in dem geräumigen Sommergarten eines Belle Epoque Hauses, er-

regten sie jedoch angemessene Aufmerksamkeit. Eine schöne hochschwangere blonde Dame mit einer beeindruckenden Bauchsilhouette rief begeistert:
„ Bitte kommen Sie morgen etwas zeitiger, denn ich erwarte stündlich meine zwei Wunschkinder und sehr gern hätte ich noch einmal ihre kultivierte Vorstellung erlebt. Sie tanzen wie wunderschöne Pfauenmänner bei ihrer Brautwerbung, absolut phänomenal."
Mit ihren Händen machte sie dazu weit ausladende Bewegungen, die ihre Begeisterung auf hohem Niveau in der ganzen Breite unterstreichen sollte. Willi machte eine charmante Verbeugung, während Erwin the Egg unschlüssig und verlegen wirkte. Freundlich und unbewusst schulmeisterlich bemerkte er: " Pfauen legen übrigens auch Eier, aber wegen eines Bakterienstaus sind sie für Menschen leider ungenießbar."
Von dem Thema Straußenei wieder abkommend, bewegte er sich jedoch zielstrebig auf sein Kernthema mit dem Inhalt der biologischen Ernährung zu, um sich daran langatmig festzubeißen. Willi Wild kam ihm entschlossen zuvor und sagte mit gerührter Stimme:
„Wir wünschen ihren Kindern und der wunderschönen Mutter und dem sicher sehr netten Vater, sofern vorhanden, viel Glück und ein langes leuchtendes Leben miteinander." Er blickte auf den blühenden Weißdorn, dessen Zweige sich vor dem offenen Fenster leicht im Wind bewegten und milden Schatten in den Raum warfen. In dem gedämpften Ton eines Friedhofsredners meinte er dann verwirrt, wobei seine Stimme leise und kaum noch verständlich war: „Gestern haben wir Senora Basi, unsern kastrierten Kater und langjährigen Lebensgefährten, einschläfern lassen und heute Abend wollen wir eine Trauerfeier abhalten. Sie war das Beste, was wir

jemals hatten. Wir haben Basi vor langer Zeit aus Asien mitgebracht. Man wollte sie gerade in einer Feinschmeckerküche abmurksen und wir zahlten eine hohe Summe Lösegeld. Auf der Rückreise haben wir eine eigene Kabine für Senora Basi gebucht und im Flugzeug die volle Passage für sie bezahlt. Wir wollten sie offiziell adoptieren, aber der nette Beamte vom Standesamt konnte es leider administrativ nicht einordnen und meinte bedauernd: „ Senora Basi ist keine sie und ist kein er und darum gebührenmäßig standesamtlich nicht erfassbar."
„ Das ist eine sehr traurige Geschichte und der Tod der Senora Basi tut mir sehr leid," sagte die Dame mitfühlend und legte ihre Hand behutsam auf Willis Schulter, der plötzlich zu weinen begann.
Seither lebten die beiden alten Tänzer weitgehend im senilen Zustand einer sündenfreien Unschuld. Gott hatte ihren tänzerischen Ehrgeiz erhalten, aber sie zugleich gnädig aus ihrer drängenden Begierde entlassen. Leider war den beiden Synchronisten mit der Begierde seit einiger Zeit auch immer mehr ihr Gedächtnis abhanden gekommen. Der erregende Höhepunkt ihrer Vorstellung mit der präzisen Synchronöffnung ihrer Hose, den sie früher mit dem singend vorgetragenem Bescheid >Vorhang auf< exakt angekündigt und in einem Dreiertakt ausgeführt hatten, war bei beiden in Vergessenheit geraten. Gedankenlos und mit fahrigen Bewegungen hatten sie zuletzt nur noch an ihren Kragenknöpfen herumgenestelt oder einen ihrer goldenen Manschettenknöpfe geöffnet. Sie hielten dabei ihre Köpfe angestrengt nach vorn gebeugt, als würde ihnen ein imaginärer Souffleur den Fortgang ihrer Choreografie zuflüstern müssen. Sie fanden nie wieder zu ihrer begnadeten Tanzkunst und zu dem Griff an ihre Hosenknöpfe zurück, aber sie

fummelten immer noch gedankenverloren und suchend an ihrer Kleidung herum. Allerdings zeigten ihre Übungen in einigen Teilen oft noch deutlich Spuren einer perfekten Ensemble Synchrontechnik, deren heißes Herz und begierige Quelle nur leider für immer versiegt war.
Die Nachforschung der BKA Fahnder hatte ergeben, dass die beiden unermesslich reich waren und in den letzten Tagen eine gewaltige Summe nach Italien transferiert hatten. Die beiden alten Herren konnten einen Nachweis über die Herkunft ihres Vermögens erbringen und auch über den Geldtransfer nach Italien. Als Entführer der beiden Staatsmänner schieden sie nun aus, zumal sie zum Zeitpunkt des Verbrechens ein Kochseminar in Florenz besucht hatten und etliche Zeugen ihre dortige Anwesenheit bestätigen konnten.
„Für eine Entführung dieser Größenordnung hätten wir ohnehin keine Zeit gehabt, denn wir haben an diesem Tag ein von allen guten Köchen dieser Welt gesuchtes Geheimrezept für eine umwerfende Pasta-Soße aus dem Beginn der christlichen Zeitrechnung ersteigert, allerdings leider nur im Doppelpack mit dem Kauf eines Palazzos. Das Soßenrezept und das vergammelte Palazzo waren unverbrüchlich miteinander gekoppelt und das Rezept war nicht allein für sich zu haben. Es ist der heilige Gral der Köche und das einzige Originalrezept für Manna. Jener vom Himmel gefallenen Nahrung für die Juden in der Wüste nach ihrem Auszug aus Ägypten, wie schon das alte Testament berichtet, wo es auch Himmelsbrot genannt wird. Wir haben es zunächst, jedenfalls zur Tarnung Pasta-Soße genannt, was geschmacklich gar nicht so weit von der Wahrheit entfernt ist," hatte Erwin the Egg den Beamten freimütig erzählt und vergnügt auf die allseits belebene Wirkung hingewiesen.

Eine Zeitung aus Matsue, die als Logo die Abbildung eines Grönlandsteinschmetzers, umgeben von dem Sternzeichen >Schiffshinterteil<, auf der Titelseite trug und berühmt war für ihre langatmigen Nachrufe, hatte Wind von der Kochrezeptur bekommen. In ihrer großen Suppen- und Kochbeilage schrieb sie gehässig, dass die angebliche Rezeptur der Lieblingssuppe der Jünger lediglich ein Augenzeugenbericht der Auferstehung Jesus sei, somit gourmetmäßig keinen Wert habe und letztlich nur unter ferner liefen einzustufen sei.

Das Pergament ist vermutlich das Produkt eines Kunstdiebstahls und entstammt bestenfalls der heiligen Tora. Ein Fund, der für die feine Küche völlig bedeutungslos ist, denn wer will schon eine schleimige Wassersuppe mit gekeimter Gerste mit Genuss verzehren, zumal das Getreide für mehr als zweitausend Jahre in einem muffigen Gefäß als Grabbeilage gelagert war. Auf das Betreiben von Willi Wild und Erwin the Egg konnte ihre Kanzlei Dr. Blindakt & Dr. Ockerwitz & Schmitz einen Widerruf in der nächsten Kochbeilage erzwingen, die sich jedoch ansonsten ausschließlich mit seltenen Weihnachtsmenüs beschäftigte, worin den Garnelen mit ihren dekorativen Fächerschwänzen eine viel zu wichtige Position eingeräumt wurde, während die heilige Suppe nur eine nebensächliche Erwähnung fand und beiläufig unter der Rubrik „Hausmacher Apfelmus naturrein" platziert war.

Erwin the Egg stand an diesem Tag ziemlich unansehnlich vor Kamera eines Fernsehsenders. Er trug einen seiner weißen Tropenanzüge und hatte eine Bindehautentzündung. Er sah aus wie ein schneeweißes, glatt rasiertes Angorakaninchen, aber seine Augen hatten mehr die Farbe eines burgunderroten Sonnenuntergangs, woran auch seine stark geschminkten Lippen wenig zu ver-

bessern vermochten. Er blickte an die Decke des Studios und sagte verhalten und mit stillem Ernst:
„ Eine Tür öffnet sich und eine Tür schließt sich und für die Anderen ist alles ist wieder so, wie es immer war. Deine Zeit ist schnell gekommen. Alsbald trägt man dich und deine Weisheit Feedfirst aus dem Haus."
Bevor er zu dem Thema Manna kam, verirrten sich seine Gedanken und er sprach plötzlich über sein urologisches Problem der Harngangverengung.
„Manchmal ist es ein schöner weiter Strahl, aber dann wieder kann man kaum über seine Schuhspitzen hinaus pinkeln, abstandmäßig zum Becken jedenfalls schwer voraus kalkulierbar und immerzu von großer Unterschiedlichkeit."
Er trat noch einmal nahe an die Kamera heran und sagte mit trauriger Sanftmut:
„ Die Weisheit ist das Morgenrot des Alters."
Dann schwieg er und schlurfte mit müden Schritten traurig aus dem Studio.

DER TOD EINES SPIELERS

Frigges Ehemann war ein hemmungsloser Spieler gewesen und das aus ihrer Ehe verbliebene Vermächtnis wurde alsbald seine Spielleidenschaft, die ihr ungestümes Wesen bedingungslos in den Bann zog. Ihr Mann hatte in wenigen Jahren die sichere Wohlhabenheit einer alten Hamburger Kaufmannsfamilie zunächst hart auf die Probe gestellt, aber schließlich vollends eingebüßt und am Ende seine Bonität verloren. Als auch das Anwesen an der Elbe in eine unabwendbare Zwangsvollstreckung taumelte, geriet sein Leben in eine letzte aufbrausende Phase, die ihn schließlich in eine dunklen Woge versinken ließ. Sie gab ihn nicht wieder preis und ließ ihn unrettbar versinken. Er hatte sich Frigges großzügigen finanziellen Rettungsversuchen entzogen und war aus dem gemeinsamen Leben geflüchtet. Sie fiel in ein tiefes Loch und schien das Leben um sich herum kaum noch wahrzunehmen. Desinteressiert beschäftigte sie sich mit ihrer Pferdezucht und färbte ihr Haar lila oder in ein flammendes Rot, woran sie zu verbrennen schien.
Ihr Mann war am Endpunkt seines Lebens in einer möblierten Studentenbude in Altona angelangt. Das Haus war still und man hörte nur die Ängste und Sorgen der Menschen. Er schlief in einem grünen Sessel und wusste, dass er das Ende seines Lebens erreicht hatte. Sein verbliebener Besitz war sein Geburtsschein, ein Amulett mit der Darstellung Rehajeds, dem Engel der Gelassenheit, eine Pistole, vier überreife Franzosenbirnen und ein Korb mit Zwiebeln und grünen Pfefferwürsten aus Lammfleisch, den seine schöne türkische Wohnungsnachbarin leise vor seine Tür gestellt hatte. Das Mitleid der Frau

rührte und beschämte ihn zugleich und er dachte, nun habe ich endgültig meine letzte Arschkarte gezogen. An einem frostigen Abend machte er sich zur Pathologie auf, um zu sterben. Dort angekommen, breitete er seinen Kamelhaarmantel aus, setzte sich auf eine der Stufen des Eingangs und blickte in die kahlen Bäume, die in der Kälte eigentümlich knarrten. An einigen Stämmen hingen bunte Plakate, die auf eine Party der norwegischen Studentengemeinde hinwiesen, während in den Zweigen darüber Rabenkrähen dösten und sporadisch unangenehme kehlige Rufe ausstießen. In einem Fenster stand ein erbärmlich schiefer Weihnachtsbaum mit drei blauen Kugeln und einer hektisch zuckenden elektrischen Kerze, die demnach auch nicht mehr viel Zeit vor sich hatte. Er öffnete eine Champagnerflasche und holte einen roten Glasbecher aus seiner Manteltasche. Den Champagner hatte er zuvor im Feinkostladen Klöppelbriefe gegen sein goldenes Amulett mit dem glücksbringenden Engel Rehajed eingetauscht. Er war ruhig und ohne Angst und dachte, nun wird sich bald alles erledigt haben. Ich bin das Leben in manchen Abschnitten zu gierig angegangen und habe dabei das Wohlgefallen der Götter verloren.
Das Amulett, dessen Herkunft er auch Frigge nie verriet, hatte für ihn immer eine geradezu sakrosankte Bedeutung. Er wollte es Frigge nicht hinterlassen, weil er dessen Kraft über alle Maßen in Anspruch genommen hatte und er glaubte, dass sie nun versiegt sei. Er dachte, das Amulett ist so leer wie eine Wurstpelle und pfeift zusammen mit mir nur noch aus dem letzten Loch, was ein ziemlich jämmerliches Konzert abgibt.
Als das Blatt sich wendete und seine Erfolge als Spieler plötzlich ausblieben, machte er sich immerzu Gedanken, was er dem Amulett wohl angetan haben könnte, um

dessen Gunst am Ende verloren zu haben. Herr Klöppelbriefe hatte ihm eine Flasche seines besten Jahrgangschampagners mitgegeben und noch eine 100 Euro Note dazugelegt. Als er den Laden verließ, sah ihm der Händler beunruhigt nach.
„Ich werde das Amulett zuverlässig für Sie aufbewahren," rief er ihm schließlich nach. „Sie können kommen, wann immer Sie wollen, und die Flasche Champagner betrachten Sie bitte als einen kleinen Gruß und als eine Aufmerksamkeit von mir, denn Sie waren immer ein guter und angenehmer Kunde.
„Das ist wirklich nett von Ihnen, aber es wird nicht nötig sein. Ich verlasse nun die Stadt for ever und ewiglich, denn diese Reise ist leider unaufschiebbar geworden"
Auf der oberen Stufe der Pathologie ließ er zusammen mit dem beigehefteten Geldschein einen Brief zurück.
Die Zeilen waren klar und schnörkellos geschrieben.

Sehr geehrte Dame oder sehr geehrte Herr,

für die Umstände, die ich Ihnen mit meiner Entsorgung und der Reinigung der Treppe bereite, möchte ich mich hiermit bei Ihnen entschuldigen.
Es wäre mir eine große Freude, wenn Sie beiliegenden Schein als kleines Entgelt für Ihre Mühe und Unannehmlichkeit nehmen würden.
Sollten Sie Spieler sein, so lege ich Ihnen die Zahl 8 besonders ans Herz. Beim Pferderennen am Sonntag sollten Sie im Hauptrennen ihr ganzes Geld auf Sieg von >Kartätsche< setzen. Sie ist in Bestform und wird eine hohe Quote bringen.

Ich haben diesen Ort für meine letzte Reise zur Transportvereinfachung gewählt, um von hier aus eine preiswerte und unkomplizierte Himmelfahrt antreten zu können.
Ich wünsche Ihnen ein schönes Weihnachtsfest und ein gutes, neues Jahr. Möge das Glück, das ich leider viel zu oft angerufen habe und darum am Ende reichlich überforderte, Ihnen Ihr ganzes langes Leben hold sein.
Bis bald.
Ihre freundliche Leiche

Er bedeckte seinen Platz mit einem leeren Müllsack. Seinen Mantel, seine Jacke, seine Schuhe, seine Strümpfe und seinen Taufschein, den er mit einem Stein beschwerte, lege er neben seinem Brief auf den Rahmen des Fensters neben dem Eingang. Er beschrieb einen Gepäckanhänger der Lufthansa mit seinem Namen, Geburtsdatum und als letzten Wohnort die Anschrift der Pathologie, um danach den Anhänger mit einem roten Gummiband an seinem linken großen Zeh zu befestigen, was ihn hinreichende belustigte. Den Bestimmungsort hatte er mit „ Himmelreich oder nähere Umgebung „ angegeben.
Den Korken der Champagnerflasche klemmte er mit einiger Mühe zwischen zwei Zehen des anderen Fußes, was ihn gleichermaßen amüsierte, aber zugleich auch seine ästhetischen Ansprüche an die Symmetrie befriedigte. Er setzte sich auf den Müllsack und hielt sich den Lauf seiner Pistole an die Schläfe. Als er das eiskalte Eisen fühlte, spürte er eine große Erleichterung und eine tiefe Ruhe und ein unendlicher Frieden bemächtigten sich seiner. Er wusste, dass Soll und Haben seines Lebens in wenigen Sekunden die kaltschnäuzige Realität verlieren

würden, um bald nur noch im friedlichen Reigen miteinander zu tanzen. Im letzten Licht seines Lebens dachte er an Frigge und erinnerte sich plötzlich an ein längst vergangenes Fest auf dem sie ein weißes Kleid mit einem breiten glänzenden Gürtel aus weißem Lackleder getragen hatte. Als er damals auf der Tanzfläche seinen Arm um sie legte, dachte er, dass er nie wieder einen so schönen Augenblick erleben würde und alles andere, was bislang von Bedeutung für sein Leben gewesen war, hatte sich in dieser Sekunde in Luft aufgelöst.

Auf der Rückfahrt von dem Fest hatte Frigge seinen Wagen gefahren. Als die Straße durch einen alten Buchenwald führte und Schmetterlinge den Weg entlang tanzten, rezitierte sie leise ein Gedichts. Er war müde und schläfrig gewesen und erinnerte sich nur der letzten Zeile, die ihn auch noch auf den kalten Steinen der Treppe zur Pathologie mit Glück überfluteten.

„ Ich trage dein Herz, ich trage dein Herz in meinem Herzen."

Er blickte noch einmal auf den erbärmlichen Christbaum, dessen wild blinkende Kerze sich in den dunklen Fenstern der Pathologie vielfach widerspiegelte. Ein gemächlicher Kusselwind wehte fleckige Zeitungen vom Boden auf und hob sie in weiten schwingenden Kreisen in den Nachthimmel.

Das Letzte was er sah, waren Schneeflocken, die still und fröhlich vor seinen Augen tanzten. Der Liebe Gott im Winterhimmel hatte ihm seinen Frieden und seine Bonität zurückgegeben, aber auf Erden hinterließ der Tote unzählige Schuldscheine und ein unendlich gebrochenes Herz.

Zwei Tage später bekam Frigge seinen Abschiedsbrief, der einen dezenten Zwiebelgeruch verbreitete. Er roch wie die Speisekarte bei Aurelio dem Gehörnten, aus dessen unstetem Leben schon sieben Ehefrauen entnervt das Weite gesucht hatten, gleichermaßen waren aber als ausgleichende Gerechtigkeit unzählige Köchinnen aus seiner heißen Küche seinem überhitzten Charm verfallen und wie narkotisiert in sein Bett getaumelt.

Nach dem Tod ihres Mannes war Frigge nicht mehr von dieser Welt. Sie fühlte sich mit ihrer Trauer in einen Käfig aus unentrinnbaren Erinnerungen gesperrt, dem sie nicht mehr zu entrinnen vermochte. Ihr gemeinsamer Freund Aurelio, der schon seine eigene Trauer kaum zu tragen vermochte, versuchte sie immer wieder abzulenken und zu trösten.

In Aurelios Lokal hatten sie nach ihren Besuchen der Spielbanken oder verbotenen Zockersalons gemeinsam Siege und Niederlagen heftig gefeiert. Von ihrem Mann und von Aurelio hatte Frigge alle Kartenspiele dieser Welt erlernt. In vorgeschrittener Stunde bevorzugten die beiden Zocker ihre trickreichen Belehrungen in Arienform vorzutragen und ihre Stimmen fanden sich in schmelzenden Duetten. Aurelio schöpfte eigene Einlagen und Erweiterungen, worin er die Erfahrungen mit den Frauen seines Lebens einbrachte. Seine Arien beinhalteten zu gleichen Teilen das Geheimnis der trügerischen Damen und der unsteten Karten, wobei seinen Worten nach die Berechenbarkeit der Damen noch weit schwieriger zu sein schien. Manchmal trillerte er das Lied von dem begabten Langhalsspieler mit den seltenen Facettenaugen, die aus allen Richtungen Einblicke in die Karten seiner Mitspieler gewannen.

Wenn sie ihr Geld zuvor schon am Spieltisch verpulvert hatten, ging das Spiel in Aurelios Lokal bargeldlos weiter. Sie spielten um Wein, Gläser, Uhren oder um den

Kronleuchter an der Stuckdecke, der an einem Abend mehrfach den Besitzer wechselte, aber den Raum weiterhin standhaft und unbeirrt festlich erhellte.

An einem frühen Sommermorgen hatten Frigge und ihr Mann sich auf einer Blumenwiese niedergelassen. Sie waren selig berauscht vom Champagner und von ihrem nächtlichen Glück am Spieltisch. Frühe Schmetterlinge erhoben sich aus dem taunassen Gras. Kleine Wellen plätscherten ans Ufer oder verirrten sich im raunenden Schilf.

Er flüsterte ihr ins Ohr: „Du bist fast so schön wie ein Royalflash." Er zog sie eng an sich,

„Und mein Herz ist nun weit geöffnet an der grünen Seite meiner Liebsten."

Danach musste er sich übergeben und Frigge hielt seinen Kopf. Er war immer nahe daran, das Gleichgewicht zu verlieren und ins Wasser zu stürzen. Später lagen sie wieder im Gras und er hatte seinen Kopf in ihrem Schoß gebettet. Sie sahen die Sonne schläfrig und mühselig aus dem Wasser steigen und hörten sanfte Wellen auf das Ufer schlagen. Hoch über den Wiesen begannen Lerchen zu jubilieren und von einem Kutter warf ein Matrose Müllsäcke ins Wasser, die sich wie feindliche Kämpfer im Strudel der Heckwellen umkreisten. Als die Sonne sich endlich hochgerekelt hatte, zog ein aufgeregter Bienenschwarm über ihre Köpfe hinweg. Kurz darauf folgte ein Imker seinen Bienen auf einem rostigen Damenfahrrad. Er trug einen Bienenkorb unter dem Arm und rief den Beiden am Ufer zu: „Habt ihr meine Bienen gesehen?"

„Immer geradeaus, nur eine Etage höher," sagte Frigges Mann. Kurz darauf rief der Mann auf dem Fahrrad seinen Bienen aufmunternd zu: „Greift euch das hochnäsige

Weibsbild endlich." Das war eine Aufforderung an die Drohnen endlich über die Bienenkönigin herzufallen und sie zu befruchten. Die Bienenkönigin schob durch ihren kurvenreichen Flug die Liebesfreuden immer wieder genüsslich hinaus, wodurch sie das Leben der nichtsnutzigen Drohnen, die sie wie einen wild flatternden Schleier hinter sich her zog, huldvoll verlängerte.

FRIGGE SPIELT BAKKARA UND LEIDER AUCH SKAT

Als Frigge nach dem Tod ihres Mannes beim Betreten eines Spielsaals einmal einen großen blonden Spieler sah, der inmitten der aufgeregten Menschen mit ruhigem Lächeln sein Spiel machte, meinte sie ihren Mann zu sehen und glaubte an dem jäh auflodernden Schmerz ersticken zu müssen. Sie eilte in den Waschraum, kühlte ihre Schläfen und zupfte sich fünf Augenbrauen aus, sodass der Schmerz ihr noch mehr Tränen in die Augen trieb. Sie ging in eine der Toiletten. Umgeben vom Rauschen der Spülung und dem intensiven Geruch von künstlichen Fichtennadeln brach sie in ein verzweifeltes Weinen aus, in das sie sich immer mehr verirrte und nun für immer darin zu versinken glaubte.

Es gab einige Gläubiger ihres Mannes, die sie beschimpften und in übler Weise über ihren Mann herzogen. Sie titulierten ihn als Betrüger, der sich auf billige Weise davongeschlichen habe. Frigge war bald davon besessen, seine Schuldscheine einzulösen, um damit seinen Ehre zurückzugewinnen. Sie wurde schnell zu einer besessenen Spielerin und war bald nicht mehr in der Lage, ihrer Sucht Herr zu werden. Ihr Spiel nahm exzessive Züge an und sie fuhr nun täglich nach Hamburg, um in verbotenen Privatklubs mit hohen Einsätzen zu spielen. Bei der Wahl ihrer Spielpartner zeigte sie wenig Zurückhaltung und geriet in einen Kreis schlecht beleumundeter und rigoroser Berufszocker, die mit sehr hohen Einsätzen und gezinkten Karten spielten und mit undurchsichtigen Methoden vorgingen. Frigges Spielleidenschaft sprengte bald ihren finanziellen Rahmen. Sie ging durch eine Hölle, was letztlich das Los aller Spieler ist, die sich aus den Fängen der Besessenheit meist nicht mehr zu befreien vermögen. Nachdem sie den großen Nachlass ihrer Großmutter durchgebracht hatte, unterbrach dieser Umstand für eine kurze Zeit zwangsweise ihre weitere Teilnahme am Spiel. Sie tobte sich nun auf Springturnieren aus und hetzte ihre Pferde mit verbissener Härte über die Hürden. Sie färbte ihre Haare hennarot oder schwarz wie Ebenholz und verging vor Trauer und Sehnsucht nach ihrem Mann. Frigge verkaufte ihre große Wohnung an der Elbchaussee, um das Spiel fortsetzen zu können. Bald darauf versetzte sie den Familienschmuck ihrer Großmutter und danach verkaufte sie vier ihrer besten Zuchtstuten, die sie schon als Fohlen aufgezogen und später trainiert hatte. Sie vertraute sich ihrem Vater nicht an und ihre Zuneigung zu Storm war noch ein zartes und schüchternes Pflänzlein, das erst später zu gedeihen und blühen begann. In ihren wildesten Tagen war Storm in der unterirdischen Versenkung des Erdateliers in LW und erst nach seiner Rückkehr, als in Frigges Leben gerade wieder Ruhe eingekehrt war, konnte sie mit seiner Hilfe ihre Spielsucht peu a peu überwinden. Aber während seiner Abwesenheit befand sie sich noch in jenem akuten Zustand, der ihre praktische Vernunft und manche Grundsätze der Moral hinweg fegten und sie zu einer bedenkenlosen Spielerin degradierte.

Ihren täglichen unbedingten Vorsatz, dem Spiel für immer zu entsagen, konnte sie nie lange aufrecht erhalten. Sie widerstand nur kurz den permanenten Anfechtungen, die immer wieder aus der Tiefe ihrer bedrängten Seele quälend in ihr Bewusstsein gelangten und alle Künste der Verführung spielen ließen. Nachts erwachte sie schweißgebadet und blickte wie ein gehetztes Tier auf den nahen Wald, der als bedrohlicher Schatten in den Himmel wuchs, während das Meer mit hohen Wellen unruhig und rau das Land bedrängte.

Schon am frühen Morgen begann der süffisante Verführer in ihrem Inneren sie wieder unbarmherzig zu überreden und unablässig zu drangsalieren. Bald schmolz ihr Widerstand und sie raste in halsbrecherischem Tempo nach Hamburg. Mit sichtbarer Fahrigkeit und Unruhe setzte sich an einen Spieltisch und in einem unablässigen Zwang zum Streicheln berührte sie ihre Karten. Das Glück zeigte sich anfänglich von seiner besten Seite, aber bald lagen die Karten wie tote Fische in ihrer Hand. Der schweizer Autohändler Srümpfli meinte in mitleidiger Herablassung: „Heute zeigt unser schönes Kätzchen aber nicht ihre scharfen Krallen."

Wenn sie am frühen Morgen ins Dorf zurückkehrte und am Ortseingang das Dorfschild passierte, konnte es geschehen, dass sie den Wagen plötzlich wendete und in panischer Hast wieder nach Hamburg zurückfuhr, wo die vor Stunden verlassene Spielerrunde sie schon zu erwarten schien. Sie lebte in einer unbekannten Welt, als würde sie in einem anderen Leben herumirren. Zwischen Weihnachten und Neujahr gewann sie beim Bakkarat 666 000 Euro, woraufhin sie unmittelbar danach drei Schuldscheine ihres Mannes über jeweils 100 000 Euro einlöste. Die Whistkarten waren plötzlich zu ihren Glücksblättern geworden, die nun verführerisch mit ihr poussierten und für kurze Augenblicke wich die bleierne Last von ihrer Seele. An einem Tag, als wilde Hagelschläge auf die Erde prasselten und die Menschen glaubten, dass der Weltuntergang bevorstünde, ließ auch das Glück von ihr ab und zog dorthin, wo liebliche Blumen blühten und die

Sonne milde Wärme spendete. Schon im März hatte sie einen Wechsel ausgestellt. Sie stand plötzlich so tief in der Kreide wie nie zuvor und hatte der Bank zudem ihr Gestüt als Sicherheit für ein Darlehen überschrieben. Ihre Seelenqual und ihre Angst schlugen sich nun auch in ihrem gelegentlichen Orgelspiel nieder und ihr Vater blickte Sonntags oft ungehalten auf die Orgelpfeifen, die manchmal in Stummheit verhielten oder erst mit verspätetem Einsatz holprig zu tönen begannen, um den Gesang der Gemeinde nur zögerlich und lustlos zu begleiten. Frigges verlustreiches Schicksalsspiel, das ihr Leben vollends in neue Bahnen lenkte und ihren Vater auf den Plan rief, hatte im Büro des Lokals Honeymoon stattgefunden. Gegen Morgen, als schon eine blutrote Morgensonne auf den Wellen der Elbe schaukelte, hatte sie einen Wechsel über 850 000 Euro unterschrieben. In den Tagen danach, die mit unerträglichen Selbstvorwürfen belastet waren, wurde ihr anfänglich nur vager Verdacht, beim Spiel betrogen worden zu sein, bald zur Gewissheit. Sie rekapitulierte einige Abläufe von besonders verlustreichen Spielen mit ihren jeweiligen Kartenfolgen und sah nun deutlich vor Augen, dass sie Falschspielern und Tricksern aufgesessen und ins offene Messer gelaufen war. Im Wechselspiel ihrer Gefühle wurde sie immer wütender und sann auf Rache. Sie wünschte sich eine Revanche, die das Vorausgegangene wieder umdrehen und den Verlust annullieren sollte. Sie besaß kein Geld mehr und war am Ende ihrer Spielerkarriere angelangt. Ihre Malaise hatte endlich ein ausweglose apokalyptisches Ausmaß erreicht. Ihr Vater hatte von ihrer ausufernden und hemmungslosen Leidenschaft nichts bemerkt und Storm in seiner Erdhöhle war ahnungslos. Der von ihr quergeschriebene Wechsel war am 30. Juni fällig und in der Sparkasse Rendsburg zahlbar gestellt. Frigge war am Ende. Sie wusste, dass es nur noch in der Macht ihres Vaters lag, sie aus der schrecklichen Bredouille zu befreien und die lodernden Flammen ihrer Rache zu löschen.

Er hatte in ihren Augen die Kraft jedem Spieler Paroli zu bieten und den Karten immer jene Leistungen abzuzwingen, die auch ein begnadeter Musiker einem Instrument für ein meisterliches Konzert zu entlocken versteht.

„Drei Vaterunser lang und Söderbaum hat jede Skatrunde platt gemacht," hatte Wilhelm I., selbst ein gefürchteter Spieler, mit ungebrochener Hochachtung in Spielerkreisen verbreitet und Söderbaums legendären Ruf begeistert gefeiert.

„Er hat einen sechsten Sinn und ist mit Karten in der Hand gefährlicher als des Teufels Großmutter. Gegen ihn ist kein Kraut gewachsen und selbst ich habe eine Menge Geld an ihn verloren. Ein Verlust, den ich am Sonntag darauf in den Klingelbeutel werfen musste. Er schießt alle Mitspieler gnadenlos ab und ist gefährlicher als der beste New Yorker Polizeisniper. Nur schade, dass er dem Spiel abgeschworen hat und seine einmalige Begabung auf der Kanzel verplempert, obwohl er in diesem Job auch nicht von schlechten Eltern ist und bei Bedarf Angst und Schrecken bei uns Dorfheiden verbreiten kann. Leider kann man ihm oben auf seiner Kanzel kein Kontra geben und sollte darum besser gleich den Kopf demütig einziehen möglichst und auf den Boden blicken."

Frigge wusste von dem Gelübde ihres Vaters, seiner Spiellust für immer zu entsagen und den Karten fernzubleiben. Er musste irgendwann gemerkt haben, das man beim Spiel früher oder später seine Grenzen über-

schreiten und aus der Kontrolle geraten würde. Frigge wusste auch, dass er sein Gelübde sich dem Spiel fernzuhalten, nie gebrochen hatte. Mit klopfendem Herzen betrat sie sein Studierzimmer, wo er am Computer saß und eine kämpferische Sonntagspredigt entwarf. Als er seine Tochter sah, kam ihm das ganz gelegen und er rief aufgebracht:
„ Die Heiden von LW sollen nicht länger glauben, dass ich weiterhin den Beerdigungs- und Tauftrottel für sie spiele und ihnen bei Bedarf eine beliebige Menge Vaterunser ohne jegliche Gegenleistung zuwerfe. Ab sofort gibt es von mir kein Salz und kein Schmalz mehr und ich werde mit ihnen in einen Religionskrieg eintreten. Von mir gibt es nur noch Begräbnisse dritter Klasse und die Köpfe ihrer noch unschuldigen Säuglinge können sie meinetwegen zur Taufe mit dem Inhalt ihrer Flachmänner besprengen, sofern sie auch nur einen Tropfen drin gelassen haben. Ich werde ihnen nun endlich beibringen zum richtigen Schmied zu gehen."
Er sprang auf und durcheilte mehrfach wütend den Raum. Frigge setzte sich kleinlaut auf das Kanapee. Als seine Entrüstung endlich wieder abflaute und er sie mit einer warmherzigen Umarmung bedachte, begann ihre Beichte. Leise und in flackernder Aufgeregtheit berichtete sie von ihrer Spielsucht und von dem betrügerischen Spiel mit dem bedrohlichem Wechseltermin. Sie ließ nichts aus und erzählte ihrem Vater auch von dem Verkauf ihrer Wohnung, ihrer Pferde und von dem Familienschmuck, der in einem Leihaus der baldigen Auslösung harrte. Nach der Beichte war Frigge wie befreit und selbst ihre Körperhaltung war verändert. Sie richtete sich auf und blickte ihren Vater in die Augen. Er lehnte an einen Schrank und sah seine Tochter nachdenk-

lich an, aber er wirkte entspannt, als hätte sie ihm von einem Friseurbesuch und einer verunglückten Frisur berichtet. Söderbaum hatte die seltene Gabe in schwierigen Situationen Ruhe zu bewahren, kaltblütig zu bleiben und ad hoc schnelle Entscheidungen zu treffen. Er sparte sich jegliche Vorwürfe und seine körperliche Haltung, so wie er stark und gelassen am Schrank stand und sie ruhig ansah, gab ihm die Aura eines unüberwindlichen Beschützers, dem sich niemand in den Weg stellen sollte.
„ Mein lieber Schwan, da hat die Saubande in Hamburg dich aber ganz schön rasiert. Leider bin ich aus der Übung, aber ein kleiner Kartenwirbel könnte meine Lebenslichter wieder zum Erglühen bringen, zumal ich den hohen Einsatz nicht meinem Konto entnehmen muss und das nötige Spielgeld nun zinsgünstig und diskret der Kapitänsgruft vorübergehend ausleihen kann.
Mit dem Geld, das wir kurzfristig beim glücklichen Claudius eingelagert haben, könnte ich theoretisch gesehen, sogar meine Familienehre retten und den längst fälligen Buschmann-Dom bauen. Selbst dann wäre immer noch genug übrig, die zehn Plagen von Jahwe und die ewige ägyptische Finsternis mit einem Sternenhimmel von Lichtern auszustatten und bis in alle Ewigkeit mit gleißendem Tageslicht zu illuminieren."
Er nahm die Wanderung durch sein Arbeitszimmer wieder auf.
„Mein Gelübde ist dann natürlich futsch, obwohl ich vorhabe, es nur für diesen zwingenden Fall einer echten Notwehr zu unterbrechen. Sicherlich wird Gott mir darum das Plazet geben und mir verzeihen, wenn er es überhaupt bemerkt, denn ich bin doch nur ein unbedeutendes Dorfpfäfflein. Im Himmel ist global gesehen zur Zeit ohnehin eine Menge Zoff und vielleicht könnte

ich die Spieldauer abkürzen und mich so an Gottes Blick vorbeimogeln. Mein einst vorschnell abgegebenes Gelübde hat schwerpunktmäßig der Entsagung des freud- und leidvollen Spiels gegolten, aber nicht der Bestrafung von Falschspielern, denn das steht auf einem ganz anderen Papier. Ein Gelübde ist nicht gerade einmal eine Pfanne mit Spiegeleiern, man sollte sich absichern und für sein gutes Gewissen einiges einfallen lassen. Eines ist jedoch sicher, was in Zukunft immer auf mich zukommen sollte, ich werde nach diesem Spiel nie wieder eine Spielkarte anrühren, nicht einmal mehr, um in meine Zukunft zu blicken. Das ist bereits mein zweites Gelübde, das allerdings durch die Erfahrung mit dem ersten Gelübde wesentlich stabiler auf den Beinen steht und mir ewige Standhaftigkeit verleihen wird. Um deine arme Seele und dein schönes Gestüt vor Geldeintreibern und Pestilenz zu bewahren, wird Gott mich schweren Herzens noch einmal an die sündige Zockerfront werfen. Leider war es dein unentrinnbares Schicksal, dass dir durch Vererbung meiner Gene zugleich meine unseligen Leidenschaft in die Wiege gelegt wurde und darum deine Gene nun auch mit den herrlichen Zeichen von Kreuz, Pik, Herz und Karo so verführerisch beflaggt sind. Jede Familie macht ihre eigenen Fehler und die nachfolgende Generation muss das Kreuz ihrer Vorfahren tragen, um zugleich unabwendbare Untugenden wesentlich raffinierter und nachhaltiger zu wiederholen. Also, nun kommen wir zum Geschäft, welches Spiel schlagen die Brüder den vor?"
„ Sie bestehen auf Skat. Der Einsatz sind 500 Euro pro Punkt und sie wollen vor Beginn des Spiels zwei Millionen in bar als Sicherheit auf dem Tisch sehen."

Söderbaum lächelte freundlich, als hätte Frigge gerade über die aktuellen Eierpreise gesprochen und sagte: „Solche Konditionen muss man loben und nur so kann ich kräftig zubeißen. Zur Bewachung des Geldes werde ich zwei Bodyguards mitnehmen. Ich denke dabei an die zwei Partner meines wöchentlichen Boxtrainings, Hannes Gosch und Nahkampf Jansen. Sie hatten beide beim Militär eine harte Ausbildung und sind absolut verschwiegen. Jeder für sich ist schon saugefährlich und zusammen sind sie ein absoluter Hammer, wobei ich gegebenenfalls auch noch ein Wort mitrede und das Zünglein an der Waage sein könnte. Bei unserem Boxtraining wurde ich anfänglich so vermöbelt, dass ich alle Englein im Himmel singen hörte, aber inzwischen lange ich auch schon ganz schön hin und spiele längst nicht mehr die Rolle des armseligen Sandsacks."

Frigge sagte: „ Das Spiel wird schwer werden. Es sind die besten Spieler der Welt, die schon überall ihren Reibach machten und Schneisen von Verwüstungen an den Spieltischen hinterließen. Sie werden wahrscheinlich auch tricksen und verbotene Einlagen bringen."

„ Dafür werde ich vom himmlischen Spielleiter gesponsert. Ich fühle mich mehr oder weniger als Kartenhalter Gottes und darf den Mitspielern, die dich so hinterhältig abgezockt haben, reinen Herzens und mit göttlicher Gnade den Arsch aufreißen.

Zudem werde ich mich mit Schafsläusen dopen. Schon unsere heidnischen Vorfahren haben sich vor ihren Kämpfen der Unterstützung der kleinen Krabbeltiere bedient, die laut Wilhelm I., Gott hab ihn selig, auch bei einer soliden Saufleber Wunderdinge vollbringen sollen. Leider muss man die kleinen Winzlinge lebend einnehmen, was an sich schon eine Sauerei ist und selbst

Fleischessern Überwindung kostet. Außerdem darf man nach der Einnahme sieben Tage lang keine Kirche betreten. Ich werde einen Kumpel aus der Amateurliga zum Einsatz bringen, der ohnehin begierig darauf ist, über der Kanzel zu schweben und seiner Stimme zu lauschen. Wie schon unser berühmter Vorfahre seine schwarz behaarte und blutige Henkerskeule schwang und alle Feinde in heillose Flucht schlug, sollen nun die stillen und unblutigen Karten an Buschmanns Tradition anknüpfen und wie einst die abgeschlagene Beinwaffe eine grausame Wirkung bei meinen Gegnern hinterlassen. Aber von den hilfreichen Krabbeltieren und von Buschmanns Bein komme ich nun zu dir, meine Tochter. Meine Bedingung ist, dass du dich umgehend in eine Therapie begibst, dem Spiel für immer entsagst und dich vorrangig in der schönen Arbeit auf unserem Gut und in deinem Gestüt erschöpfst. Wenn Storm wieder aus der Dunkelheit emporsteigt, hast du bald einen guten Mann an deiner Seite. Deine Mutter hat schon drohend angekündigt, dass sie für immer wieder zu mir zurückkehrt und ihr könnt bald wieder gemeinsam die Gäule abhetzen. Ich dagegen kann endlich wieder ihr geliebter und anbetungswürdiger Ehemann werden. Unser Lotterleben ist vorbei und Storm wird dir in allen Lebenslagen eine zuverlässige Hilfe und ein halbwegs treuer Partner sein, der sich seine Hörner schon gewaltig abgestoßen hat. Jedenfalls ist er in meinen Augen und meinem Herzen ein Traumschwiegersohn, der zudem ein nettes Vermögen einbringt. Er hat in seiner Wesensart viel von seinem Großvater, der immer ein beachtlicher und kultivierter Sünder war und ohne oberflächlich zu sein, die heitere Seite des Lebens zeitweise ungeniert bevorzugte. Storm ist zudem ein großer Menschenfreund und hat ohne Aufhebens davon zu machen, große Summen für viele gute Zwecke gespendet, so wie sein Großvater, der Herr Konsul. Bei Spenden für unser Kirchengebäude waren sie leider immer etwas zögerlich und meinten unisono: „Die Familie Söderbaum ist vermutlich noch vermögender als wir und sie soll ihre Arbeitsräume gefälligst selbst in Ordnung bringen."

Storm ist ein wenig älter als du, aber immer noch jung genug, um eine kinderreiche Familie zu gründen. Er hat sich lange genug in der Welt herumgetrieben und du kannst dich glücklich schätzen, dass er nun erst in dein Leben getreten ist. Ihr seid übrigens seit eurer Geburt schon für einander bestimmt. Das wusste sein Großvater, der Konsul, und das wusste auch ich, ohne dass wir jemals darüber gesprochen haben. Vor zehn Jahren war er noch eine Landplage und keine Frau der Welt hätte ihn halten können. Jedenfalls hat er Charisma und auch Grütze im Kopf und führt im Vergleich zu seinen stürmischen Anfängen ein schon fast ausbalanciertes Leben. Er wird dich sicher durch das Leben navigieren, was immer auch kommen mag. Der tägliche Umgang mit ihm und unseren 500 Rindviechern wird dich schnell auf andere Gedanken bringen und dein Leben in ruhige Bahnen leiten. Deine betrügerischen Mitspieler in Hamburg hätten dich weiterhin gnadenlos gejagt und am Ende wäre von dir nicht mehr geblieben, als von einem von allen Seiten zerfetztes Häslein nach einer wilden Treibjagd."

Nach seiner freundlichen Ansprache geriet Söderbaums Stimme bald in ein melancholisches Moll, um dann zu verstummen, als hätte er seine Mitteilungslust plötzlich verloren. Frigge kuschelte sich an ihren Vater und sie blickten auf das Meer, wo die Wellen sich mit weißen

Schaumkronen schmückten und aufkommende Windböen ungehalten durch den Strandhafer wirbelten. Eine träge Wolke in der Form einer Kuh mit zwei zu groß geratenen Eutern trieb gemächlich über dem Meer und schien es aussaufen zu wollen.
„ Deine guten Seiten hat dir deine Mutter großzügig mitgegeben und auch äußerlich bist du ein Ebenbild von ihr. Sie hat mich immer beunruhigt, denn sie kann in erzener Härte, aber überaus charmant ihre Geheimnisse bewahren und dabei noch herausfordernd lächeln. Mit genau der dir zugefallenen Waffen der langen blonden Haare und der blauen Augen, die sich zudem gelegentlich geheimnisvoll zu verschleiern vermögen, hat sie mich damals kirre gemacht und meine geradezu stoischen Singlevorsätze aus dem Stand ins Wanken gebracht. Schon bei unserer ersten Begegnung wurde ich stehend von ihr ausgezählt und war für den Rest meines Lebens geliefert und ihr verfallen. Sie ist die Frau meines Lebens, wenngleich wir häufig wegen unserer Unterschiedlichkeit in die Zwickmühle geraten sind. Wir konnten nicht immer miteinander, aber ohne einander konnten wir schon gar nicht sein. Endlich kommt sie nun zu mir zurück und mein halbwegs keusches Zölibat hat ein Ende. Ich werde den neuen Beginn mit ihr sehr vorsichtig angehen und mich ziemlich verschleiert und notfalls auch höflich verlogen geben, um sie wieder an die Angel zu bekommen. Jedenfalls möchte ich sie bis zum Ende meines Lebens bei ihr sein."
Er erhob sich abrupt und durchmaß mit schnellen Schritten den Raum. Mit der Stimme eines kommandierenden Obristen, der seine Truppen zum Angriff befiehlt, trompete er Frigge laut und unternehmungslustig ins Ohr: „Ich werde das bevorstehende Spiel general-

stabsmäßig vorbereiten und die Sache strategisch angehen, wie Clausewitz uns gelehrt hat. Auch die einfache Bauernregel zum Gedeihen der Bohnenaussaat hat für ein richtiges Timing beim Spiel eine lehrreiche Bedeutung. ‚"Willst du dicke Bohnen essen, darfst du Gertrude nicht vergessen." Das heißt nichts anderes, als nicht allein nur sein Vorgehen und sein Handeln zu planen, sondern vielmehr die wahrscheinlich eintretenden Unbilligkeiten vorauszusehen, sondern schon vorzeitig zu entschärfen."
Mit dem unbekümmerten Lächeln eines Matrosen vor dem ersten Landgang, der nach langer Fahrt vorhatte unbedingt seine Heuer auf schnellste und angenehmste Weise zu verjubeln, ging er zur Tür. Geradezu frohgemut meinte er: „Deine verhängnisvolle Abhängigkeit vom Spiel werden wir gemeinsam in den Griff bekommen, das ist so sicher, wie meine Amen in der Kirche. Mir ist es nach einigen Anläufen auch halbwegs gelungen, denn deine Mutter hatte strengere Regeln als ich und hat mir schrecklich Zunder gegeben. Wir sind nun leider einmal Opfer unserer aufmüpfigen Gene, die mit herrlichen Karten und kullernden Würfeln durch unser Unterbewusstsein marodieren. Für die Gene, die ich dir leider in die Wiege gelegt habe, möchte ich mich hiermit offiziell bei dir entschuldigen."
In rauer Direktheit und mit nahezu archaischer Unerbittlichkeit fügte er abschließend hinzu:
„Ich werde die Burschen plattmachen, Trumpf für Trumpf füsilieren und bis zum letzten fucking Cent gnadenlos ausnehmen."
Wenig später ging er wie ein Großstadtflaneur über den schlürfenden Kies durch den blauen Schatten der Hauskapelle zum Bullenstall. Er pfiff ein Lied, das wie ein große schöne Sonate klang.

Frigge hatte die Melodie zuvor nie gehört. Sie fühlte, dass sie auf seltsame Weise ihr Herz befreite, zumal auch noch von der Wiese her ihre Stute wieherte und sehnsüchtig zu ihr hinsah.

WO FINDEN WIR DEN PIANISTEN ?

Als die drei Männer aus LW das Lokal Honeymoon betraten, war es nur wenig besucht. Sie setzten sich an einen runden Tisch, der neben drei Spielautomaten stand. Die junge Bedienung trug einen Minirock aus rotem Lackleder und ein durchsichtiges Oberteil aus Spitzen unter dem sie einen winzigen roten BH trug. Sie hatte alle drei Spielautomaten für sich in Beschlag genommen, bearbeitete im ständigen Wechsel die Bedienungsknöpfe und huschte wieselflink von einem Gerät zum anderen. Ihre Bewegungen waren hektisch und sie bewegte ihren Körper, als ob sie verfolgt würde und in panischer Flucht eine Treppe hochjagte. Die drei Männer aus LW betrachteten die rückseitige Ansicht der Spielerin mit ruhigem Wohlgefallen und erst nach einer angemessenen Pause bestellte Söderbaum drei Bier. Hinter der Theke lehnte eine missmutige ältere Frau und las in einer Sperrmüllzeitung die Rubrik für gebrauchte Waschmaschinen. Am Ende des Tresens stand eine elegante Dame und poussierte eine junge Afrikanerin in einer Jeansjacke, die auf dem Rücken mit dem Bild zwei küssender Kokosnuss bestickt war. Das andere Ende des Tresens war mit zwei lauten Männern besetzt, die Sekt aus kleinen Piccoloflaschen tranken. Sie trugen ein Sortiment von Goldkettchen um den Hals und Cowboystiefel an ihren Füßen, deren Absätze mit glänzenden Silberbeschlägen versehen waren. Auf den Stufen einer Treppe, die steil nach oben führte und deren Zugang mit einem roten Seil versperrt war, saß ein schlanker Mann mit kurzem blonden Haar, der einen schlafenden Dackel streichelte. Er trug alte weiße Tennisschuhe, schwarze

Jeans und ein dunkles verwaschenes T-Shirt. Er sah aus wie Robert Redford einst in jungen Jahren ausgesehen hatte. Söderbaum zog seinen Lodenmantel aus und warf ihn auf die Stuhllehne neben sich. Einer der beiden Piccolotrinker sagte in unüberhörbarer Lautstärke:
„Nun bringen die Bauern schon den Gestank von ihren Schweineställen in unsere Stadt."
Hannes Gosch sagte: „Das ist genau die richtige Abstimmung zu deinen Schweißfüßen. Dir müssten doch ständig davon deine Goldzähne und das Blechgeschirr unter deinem Adamsapfel ständig anlaufen."
"Die Männer stellten abrupt ihre Flaschen auf die Theke, standen hastig von ihren Barhockern auf und gingen eilig zu dem Tisch mit den drei Männern aus LW. Söderbaum sagte zu seinen Tischgefährten:
„Eigentlich bin ich nur der Einladung zu einem ruhigen Spiel gefolgt und diese beiden Rüpel sollten friedfertige Menschen ungestört ihr Bier austrinken lassen, wie es nun einmal der Anstand in öffentlichen Galsträumen gebietet."
Die beiden Männer kamen nun bedrohlich nahe und als sie den Tisch erreicht hatten, stieß einer von ihnen mit einer schnellen Schnippbewegung seines Zeigefingers Söderbaums Bierglas um.
„Dein kariertes Zeugs solltest du noch einmal langsam und zum Mitschreiben wiederholen."
„Wozu," sagte Hannes Gosch, „ denn ihr seid umgehend leider eine kleine Weile weggetreten und übrigens wundert es mich sehr, dass in Hamburg sogar Misthaufen sprechen können. Bei uns im Dorf stinken die Haufen nur schüchtern und verlegen vor sich hin."
Der Mann neben ihm ging noch einen weiteren Schritt auf ihn zu und packte ihn mit der rechten Hand an den

Revers seiner Jacke. Hannes Gosch gab ihm einen kaum wahrnehmbaren Schlag auf den Solarplexus, während Nahrkampf Jensen im gleichen Augenblick, wie bei einer zuvor perfekt einstudierten Synchronaktion, den anderen Mann mit einer blitzschnellen Schlagvariante bediente, wobei er sich kaum vom Stuhl erhob. Die beiden Männer stürzten zu Boden, wo sie keuchend und laut atmend liegen blieben.
Hannes Gosch sagte: „Die beiden sind für eine Weile weggetreten, aber wenn sie Glück haben, werden sie wenigstens von den Pottwalen im Hamburger Hafen in einen angenehmen Schlaf gesungen."
„Die Menschen sollten viel netter miteinander umgehen," sagte Söderbaum und gab einem der beiden zu Boden Gesunkenen einen kurzen Fußtritt in den Hintern.
„Nun wollen wir aber an die Arbeit gehen." Er wandte sich an Robert Redford, der immer noch auf der Treppenstufe saß und sagte zu ihm: „Wo finde ich den Pianisten?"
Der Mann erhob sich, setzte den schlafenden Dackel vorsichtig auf die untere Treppenstufe und schlenderte gemächlich zu ihrem Tisch. Über die beiden Männer am Boden sah er hinweg, als wären sie nicht da.
„Sind Sie der Herr, den Frigge avisiert hat?"
„So ist es," sagte Söderbaum.
„Sie hat nichts davon gesagt, dass Sie in Begleitung kommen würden."
„Es ist sicherer in Begleitung von Freunden zu reisen, zumal mit einem Haufen Geld in der Tasche."
Die Männer am Boden erhoben sich mühsam. Robert Redford trat ganz nahe an sie heran und sprach mit leiser Stimme zu ihnen, ohne seinen Gesichtsausdruck zu verändern. Sofort und ohne Widerrede bewegten sich die

beiden Männer mit unsicheren Schritte auf die Tür zu. Ihre goldenen Feuerzeuge und ihre Zigaretten ließen sie auf dem Tresen zurück. Nahkampf Jensen rief ihnen wohlwollend nach: „He, ihr Zombies, rennt aber nicht schon wieder gegen die Parkuhren."
Hannes Gosch sagte: „ Und immer brav bei grün über die Straße gehen."
„Entschuldigen Sie mich bitte, ich komme sofort wieder zurück," sagte Robert Redford. Er übersprang das rote Sperrseil und ging schnell und leichtfüßig die Treppe hoch. Er kam rasch wieder zurück. „Die Veranstaltung ist in einem der oberen Räume, aber wenn Sie mir das bitte gestatten, würde ich gern zuvor in ihre Tüten blicken."
„Kein Problem, mein Lieber. Den Inhalt kann ich Ihnen zuvor schon beschreiben. Wir haben hier ganz in der Nähe bei einem Trödler ein Kochbuch von 1913 gekauft, worin eine Tante Sophie als kluge Widmung vermerkte, nie sein Süppchen am Feuer anderer zu kochen. Des Weiteren habe ich ein Püppchen erstanden, das Luise heißt und in der Kabine eines Kapitäns alle Weltmeere befahren hat. Seine Tochter soll ihm Luise als Schutzengel mit auf die Reisen gegeben haben. Zudem habe ich einige Päckchen neuer Spielkarten aus unserem heimischen Sparladen mitgebracht, die leider ein wenig nach Essig riechen. In den anderen Tüten ist sehr viel Kies, wie es auch unsere Verabredung beinhaltet."
„Tragen Sie Waffen?"
Söderbaum lächelte und sagte freundlich:
„Gott bewahre, wir wollen uns doch nicht duellieren."
Söderbaums Begleiter hatten sich inzwischen zu der Bedienung an den Spielautomaten gesellt. Sie hatte das kurze Intermezzo mit dem Niederschlag der beiden Männer in ihrer Aufgeregtheit nicht wahrgenommen. Mit

gesteigerter Körperbewegung bediente sie nervös und unkontrolliert die Stoppknöpfe an den Geräten. Immer wieder bejammerte sie lautstark ihre Verluste. Sanft schob Hannes Gosch sie beiseite. „Lass mich mal für dich machen. Du spielst unkonzentriert und hampelst viel zu viel herum. Du solltest weniger mit deinem schönen Knackarsch wackeln und dich dafür oben herum mehr auf die drehenden Scheiben konzentrieren, denn du bist immer einen Tick daneben." Nach seinem dritten Versuch spuckte der Automat unentwegt Münzen aus, die sich mit harten Schlägen in einem Trichter sammelten. Die Bedienung vollführte einen Veitstanz und freute sich wie ein Kind. Sie küsste Hannes Gosch auf die Wange. Als sie wieder ruhiger wurde, gab sie ihm die Hand und bedankte sich so förmlich wie eine gut erzogenen höhere Tochter nach der Übergabe eines Blumenstraußes. Wenig später stiegen die drei Männer gemeinsam die Treppe hoch, wobei Robert Redford vorausging. Auf dem zweiten Absatz blieb Söderbaum scheinbar schwer atmend stehen und blickte aus dem Fenster, das mit einer Sicherung versehen war und durch einen von innen zu betätigenden Mechanismus entriegelt werden konnte. Mit belehrender Stimme bemerkte Söderbaum:
„Vorne hui und hinten Pfui, eine typische Ansicht auf eine Großstadt von hinten. Man sieht im Wesentlichen eine reiche Sammlung von überfüllten Müllkübeln und jede Menge nasse Wäsche auf den Leinen, die sich heute Nacht eine Erkältung holen wird. Jedenfalls scheinen die Menschen hier ziemlich reinlich zu sein."
Das Fenster befand sich in gleicher Höhe mit einem Flachdach, das bei einer offenen Toreinfahrt endete. An der Wand unter dem Flachdach standen Container, die mit Holzwolle und Verpackungsmaterial gefüllt waren.

Aus einem der Fenster kam spanische Gitarrenmusik und auf den Dachrinnen saßen Tauben und schnäbelten miteinander. Söderbaum atmete noch einmal laut ein und machte sich dann mit unüberhörbarer Beschwerlichkeit an die Bewältigung der nächsten Treppe. Danach betraten sie einen großen Raum. Er war so groß wie ein Saal und hatte viele Jahre als Übungsraum einer Ballettschule gedient. In der linken Ecke, an einer hässlichen Bambusbar, saß ein Mann mit farbigen Tatoos auf seinen Armen, die aus einer Kollektion gefährlicher Giftschlangen bestand. Er hatte rote Haare und trank Mineralwasser. Ein weiterer Mann saß auf einem Schreibtisch, der kaum weniger groß als ein Billardtisch war. Er trug ein glänzendes Seidenhemd, dessen obere drei Knöpfe geöffnet waren. Um den Hals trug er eine Kette mit einem Kreuz, das mit einer Bordüre aus kleinen Diamanten verziert war und um das ihn sogar der Papst beneiden würde. Vor einem Vorhang mit eingewebten Badeschönheiten stand ein großer runder Tisch mit einer edlen Intarsienplatte aus verschiedenen farbigen Hölzern. Drei Männer hatten daran Platz genommen und als Söderbaum auf sie zukam, erhoben sie sich. Alle trugen hellgraue Flanellanzüge, wie bei einem von ihrer Mutter diktierten Geschwisterlook und zwei von ihnen trugen in den Farben übereinstimmende rote Krawatten.
Der dritte Mann, der sich als Hausherr und Veranstalter zu erkennen gab, hatte sich für eine amerikanische Thunderstorm-Krawatte entschieden, die mit einer dunklen Wolke und einem zur Erde fahrenden goldenen Blitz bedruckt war. Die Anzüge sahen sehr teuer aus, aber die Gesichter der Männer waren ziemlich verhunzt, wie bei nahezu allen Menschen, die viele Jahre im

Nachtgewerbe arbeiten. Der Mann mit der Thunderstorm Krawatte sagte:
„Mein Name ist Messer und ich bin der Gastgeber und sozusagen der Schiedsrichter. Die anderen Männer am Tisch, Ihre Spielpartner, sind meine Freunde Herr Verhoeven und Herr Katzenick, die sich schon sehr auf das Spiel mit Ihnen freuen. Die restlichen Anwesenden sind meine langjährigen Mitarbeiter, der Mulattenhans und der rote Harry, den man hier auch Ammen-Harry nennt." Söderbaum sagte:
„Treue Mitarbeiter sind wirklich selten heutzutage und unbezahlbar. Ich danke Ihnen übrigens für Ihre Einladung zu diesem Spiel. Meine Begleiter, Herr Jensen und Herr Gosch, sind aus meinem Dorf und alte Freunde von mir."
„Nur noch eine kleine Bitte, Herr von Söderbaum, wir würden es sehr begrüßen, wenn wir bei dem Spiel unter uns bleiben könnten und Ihre Begleiter derweil den Raum verlassen würden. Sie sind natürlich weiterhin liebe Gäste unseres Hauses und können sich einen schönen Abend bei uns machen. Wir würden sie auch gern mit netten jungen Damen bekannt machen, die natürlich auch auf unserer Gästeliste stehen."
„Wie ist es denn mit Ihren auch hier anwesenden beiden Mitarbeitern, Herr Messer?"
„Sie gehören zu unserem Sicherheitspersonal und müssen sich unbedingt hier aufhalten, immerhin geht es hier um erhebliche Beträge."
„So ist es, und genau aus diesem Grund sollen meine beiden Freunde und Sekundanten in meiner Nähe bleiben, zumal es friedfertige und ruhige Leute sind."
„Davon hörte ich bereits," sagte Herr Messer ironisch.

„Wenn Sie den Vorfall in der Gaststube ansprechen, so kann ich nur sagen, dass man sich gegen Zänker und Raufbolde leider zur Wehr setzen muss. An sich sind wir alle von der ruhigen Truppe und gehen keine Sachen Kopf über Hals an."
„Das ist unsere Grundtendenz," ergänzte Hannes Gosch.
In seinem Trachtenjankerl erweckte Söderbaum den Eindruck eines netten Onkels, der am Sonntag bei einer verwitweten Verwandten zu Besuch war, um deren frischen Hefekuchen über den grünen Klee zu loben. Seine künftigen Mitspieler betrachteten ihn mit unverhohlenem Erstaunen. Sie warfen sich gegenseitig Blicke zu und schienen belustigt und erleichtert zu sein. Herr Katzenick war Schmuckhändler und besaß eine Reihe von Leihhäusern. Herr Verhoeven betrieb von Hamburg bis Amsterdam vierzehn Freudenhäuser. Seine Augen waren von dunklen Schatten umwölkt, als hätte man ihm eine Sonnenbrille implantiert. Söderbaum rieb sich vergnügt die Hände: „Wir können die Sache gemütlich angehen, denn die Nacht ist noch lang." Mit einem freundlichen Lächeln an Ammen-Harry bemerkte er:
„Vielleicht wären Sie so freundlich eine Platte mit kleinen Happen und ein wenig Champagner aufzutreiben. Es wäre sehr nett, wenn Sie darum besorgt sein wollen. Es kann übrigens auch ein teurer Champagner sein, wenn ich schon einmal in der Stadt bin."
Er zog umständlich eine Geldbörse aus seiner Hosentasche und wedelte mit einigen Geldscheinen vor seinem Gesicht herum.
„Einige Packen Spielkarten habe ich von zu Hause gleich mitgebracht. Hoffentlich sind sie nicht feucht geworden, denn sie lagern bei unserem Kaufmann direkt über dem

Fass mit Essiggurken und Essig ist bekannterweise ein hygroskopischer Stoff."
„Skatkarten in Essig eingelegt." witzelte Herr Messer.
Söderbaum bemerkte rechtfertigend: „An und für sich gibt es in dem Laden sehr anständige Ware mit anständiger Kalkulation." Hannes Gosch nahm das Thema sofort auf: „Sehr anständig, bis auf die Milch, denn dafür nimmt er ausgesprochene Puffpreise, zumal in Relation zu dem, was wir Landwirte dafür bekommen." Er war kurz davor, seine berüchtigte Leier zu einem Endlosstück anzustimmen. Er schien jedoch von einer plötzlichen Erinnerung abgelenkt zu sein, die seine Gedanken zum Glück in eine andere Bahn lenkte und sagte zu Herrn Messer: „Was ich Sie mal fragen wollte. Gibt es in dieser Ecke immer noch die Firma Mühle & Mühle KG. Während meiner Zeit beim Bund lernte ich dort eine Dame kennen, die später allerdings in der Modebranche tätig war. Ihre Mutter und sie haben mich damals sehr preiswert in ihrer Wohnung aufgenommen. Die Firma Mühle war ein wichtiger Importeur für seltene Afrikaware. In ihren Schaufenstern hatte sie eine ganze Herde von mindestens dreihundert ausgestopften Zebras dekoriert. Man muss sich nur wundern, dass von diesen Streiflingen immer noch lebende Exemplare in den Steppen Afrikas herum hoppeln."
„Wie bei den Walen in unseren gefährdeten Weltmeeren, die früher oder später alle portionsweise in Margarinepapier eingepackt werden," sagte Nahkampf Jensen mit einem weinerlichen Gesichtsausdruck.
„Das hat nicht mit den Wildbeständen in Afrika nichts zu tun, sondern läuft mehr unter dem Artenschutz der Meere," sagte Söderbaum.

„Mein Gott," murmelte Ammen-Harry, während sein Kumpel wie versteinert zur Decke starrte. Herr Messer sagte: „Darf ich Ihnen vorab schon etwas zu Trinken anbieten?"
„Nahkampf Jensen sagte: „Wenn Sie genug da haben."
„Für mich ein kühles Bier," sagte Hannes Gosch. „Und dazu hätte ich gern triefende Pommes mit der berüchtigten Ranzsoße aus der Hamburger Straßenküche."
Er wandte sich an Mulattenhans: „Nun lass deine Ketten klirren und mime endlich den guten Gastgeber. Die Treppe solltest du vorsichtig angehen, damit du nicht wieder deine asthmatischen Erstickungsanfälle bekommst."
Mulattenhans sagte: „Arschloch."
Söderbaum sagte anteilnehmend: "Haben Sie wirklich Asthma? Damit ist nicht zu spaßen. In meiner Familie habe ich auch einen dieser leidvollen Krankheitsfälle." Er seufzte. „Leider auch im engsten Kreis, und das alles trotz unserer guten Landluft. So hat jeder sein Päckchen zu tragen, aber nun möchte ich nicht weiter vom Hölzchen zum Stöckchen kommen."
Herr Katzenick zog heftig an seiner Zigarre und sah angestrengt auf die glitzernden Kristallbehänge des Lüsters. Er schien dort ein Nest mit Kreuzspinnen ausgemacht zu haben, denn er zeigte einen angewiderten Gesichtsausdruck. Herr Messer lächelte belustigt und meinte gutmütig: „Wir spielen heute Nacht nicht um einen zehntel Cent oder um Moorschnucken Lämmer, aber ich gehe davon aus, dass Sie unsere Konditionen kennen."
Söderbaum erhob sich und schüttete den Inhalt seiner Alditüte auf den Tisch.
„Sie sind mir bekannt und akzeptiert. Wenn ich Sie zuerst um den besagten Wechsel bitten dürfte. Auf dem

Tisch liegen genau 850 000,-- Euro, um die Wechselschuld damit zu begleichen." Herr Messer betrachtete die Bündel der Geldschein und sagte: „Der Wechsel ist im Augenblick nicht in meiner Obhut, aber aus Sicherheitsgründen sollten Sie das Geld vorab schon in meinem Panzerschrank verwahren." Er zeigte dabei auf ein wuchtiges braunes Ungetüm, das an der Wand zwischen den beiden Fenstern stand. Hannes Gosch erhob sich und warf die Geldbündel wieder in die Einkaufstüte. Beiläufig bemerkte er: „Wir haben Ihnen keine Schenkung angeboten und keiner von uns kommt, soviel mir jedenfalls bekannt ist, aus Oberdummhofen, how annoying. Ich verwahre das Geld für jedermann sichtbar unter Ihrem feuergefährlichen Trockenkaktus, der nach meiner Schätzung mindestens fünf Jahre nicht begossen wurde, was selbst für einen Kaktus zu knapp gehalten ist. Im Laufe der Nacht können Sie das quer unterschriebene Zettelchen bestimmt herbeischaffen und dafür das Tütchen mit dem Zaster übernehmen."

Söderbaum sagte: "Spätestens um fünf Uhr in der Früh ist sense. Dann packen wir die gewonnenen Moneten ein und rasen zum Bahnhof. Unser Zug geht um fünfunddreißig Minuten nach fünf, denn spätestens dann werden wir schon sehnsüchtig von unseren Kühen erwartet."

„Und wo ist das Bare für unser Spiel," sagte Herr Messer etwas ungehalten. Nahkampf Jensen legte seine zwei Tüten auf den Tisch. „Jeweils eine Millionen Euro, wovon sich alle Anwesenden gern persönlich überzeugen können." Um das Gesagte zu unterstreichen, zog er einige Geldbündel heraus und legte sie auf den Tisch. Niemand von ihnen bemerkte, dass eine in der Presse schon häufig zitierte Erklärung der Bundesbank, die für die ursprünglichen Empfänger bestimmt gewesen war,

unter den Tisch glitt und später einen folgenschweren Hinweis über die Herkunft des Geldes geben sollte. Herr Katzenick betrachtete die Geldbündel und beleckte seine Oberlippe, während Herr Verhoeven ungerührt und fast gleichmütig auf das Geld blickte. Herr Messer hob einen großen Lederbeutel vom Boden auf und stellte ihn auf den Tisch. „Zwei Millionen in bar, wie vereinbart, auch Sie dürfen sich gern vergewissern."
Hannes Gosch nahm den Lederbeutel und schüttete den Inhalt auf den Tisch. Er zählte die Bündel und zog sporadisch eine Stichprobe heraus. Er betrachtete die Scheine genau, rieb sie zwischen Daumen und Zeigefinger und hielt sie lange gegen das Licht, um abschließend die Echtheit des Geldes zu bekunden.
„Für etwas später habe ich übrigens einen Imbiss für Sie alle vorbereiten lassen, aber vielleicht sollten sie erst einmal einige Runden spielen. Nun aber wiederhole ich noch schnell unsere Regeln und Modalitäten zum bevorstehenden Spiel. Ich schlage einen einfachen Skat vor, mit Kontra, Re und noch einen hintendrauf. Jeder Punkt kostet 500 Euro und nach jedem Spiel wird ausgezahlt, dabei können unsere jeweiligen Helfer zum Einsatz kommen."
„Das ist eine solide Verfassung, biblisch einfach und alles sehr easy, das lob ich mir," sagte Söderbaum. Er stand auf und zog seine Trachtenjacke aus, dabei betrachtete er interessiert zwei große Ölgemälde an der Wand neben der Tür. Das linke zeigte eine fliehende Wildschweinrotte im tiefen Schnee, während das rechte Bild den realistischen gemalten Akt einer Frau zeigte, die sich auf einem weißen Fell vor einem Kamin rekelte und sehnsüchtig in die Ferne blickte.

„Im letzten Jahr waren übrigens die Wildschweine eine große Plage und richteten beträchtlichen Schaden auf unseren Äckern an," sagte Söderbaum.
„ Auf unseren Äckern auch," sagte Messer und lachte wie ein spitzer Schneider.
„Das sind echte Furtwängler, wenn ich die Signatur richtig gelesen habe," sagte Hannes Gosch zu seinem Kumpel. Söderbaum setzte sich an den Tisch und rieb unternehmungslustig seine Hände. „Ich will niemand in die Eier treten, aber wie schon gesagt, um fünf ist das Finale." Er nahm eine Anzahl der original verpackten Spielkarten aus seiner Tüte und sagte:
„Ich lege schon mal die Gebetsbücher auf den Tisch."
Danach sah er an die Decke und flüsterte für jeden im Raum hörbar: „Heiliger Samuel, ein sündiger Spieler bittet um eine wohlgefällige Karte."
„Ora pro nobis," sagte Herr Verhoeven. Er öffnete die Hülle der Spielkarten und begann jede der zweiunddreißig Karten penetrant zu prüfen. Er hielt sie mit ihren Rückseiten wie ein Kurzsichtiger ganz nahe an seine Augen und ließ ihre Kanten und die vier Ecken durch seine Finger gleiten, wobei er seine Augen schloss. Als er die Prozedur der Prüfung beendet hatte, begann er die Karten zu mischen, indem er blitzschnell einen Fächer daraus formte und sie von einer Hand in die andere wirbeln ließ. Die Karten machten ein Geräusch, als würde man getrocknete Erbsen in eine leere Blechdose werfen. Die ersten Spiele ließ Söderbaum an sich vorbeilaufen und schien dabei eine Art Mechanik des Spiels zu prüfen. Sein Verhalten wirkte für die Mitspieler wie das ängstliche Zaudern eines vorsichtigen und unsicheren Spielers. Als er sein Geld zu dem Gewinner schob, lamentierte er leise und beschimpfte seine unglückliche

Hand. „Ohne Kartenglück sitzt man am kalten Ofen und ist müde und alt," bejammerte er seine Durchhänger. Hannes Gosch saß schräg hinter Söderbaum und beobachtete ihn aufmerksam. Seine beiden Mitspieler sahen Herrn Messer nach jedem Spiel vieldeutig an und gaben sich ungeniert Zeichen, als säße ein Blinder Mitspieler am Tisch. Söderbaum sagte leise zu Gosch, aber dennoch vernehmbar für die anderen am Tisch: „Das sind cardre Profis in ihrem eignen Rayon, da kann man nur zurückhaltend mauern, auf ein gutes Blatt hoffen und sein Pulver trocken halten."
Hannes Gosch sah, dass Söderbaum hinter seiner Jovialität und der scheinbar unsicheren Spielweise mit Argusaugen das Vorgehen seiner Mitspieler taxierte, um sich ein Bild von deren Fähigkeiten und Methoden zu machen. Manchmal übernahm er kleine Spiele, wovon er einige nur durch seine scheinbar nervöse Unaufmerksamkeit verlor. In seinem Inneren aber war er von angespannter Aufmerksamkeit und er fühlte, wie seine alte Leidenschaft wieder zu lodern begann. Nahkampf Jensen, der seine Vergleiche immer dem Vokabular aus der Schifffahrt entnahm, sagte später, Söderbaums Verhalten sei anfänglich vergleichbar mit einem großen Schiff gewesen, das den Hafen verlässt und anfänglich hilflos von Schleppern aus dem engen Gewässer bugsiert wird, um endlich auf offener See seine eigene Kraft zu entfalten. Söderbaum veränderte bald sein Verhalten und stieg mit kaltschnäuziger Waghalsigkeit in das Spiel ein. Er begann ungestüm zu powern und zeigte einen mitreißenden Spielwitz, dabei beobachtete er seine Mitspieler kaum noch und für ihn gab es nur noch ein Hier und ein Jetzt. Die Spiele liefen so sicher durch seine Hände, als hätte er eine eigene Partitur dazu geschrieben,

der er nur noch zu folgen hatte. Söderbaum zeigte eine Serie von wahnwitzigen Eskapaden, die er aus blitzschnellen Intuitionen schöpfte. Er spielte couragiert und riss Spiele wieder herum, die schon auf der Kippe gestanden hatten und am Ende zu seinem Triumph wurden. Er spielte wie ein guter Pianist, der improvisierte und dabei ständig die Tonarten und Tempi wechselte.

„Das Glück umschwebte ihn lautlos. Es hat immer größere Flügel bekommen und er hatte sicher auch noch die gesamte Elite der Schutzengel an seiner Seite," sagte Hannes Gosch als er Frigge später den Ablauf des Abends schilderte und in eine ungewöhnliche Fabulierfreude geriet. „Das Glück hat deinem Vater an diesem Abend die Cour gemacht und ihm die Karten mundgerecht vorgelegt. Aus seinen Händen sprühten blaue Funken, überall in der Stadt haben plötzlich die Hunde angeschlagen und im Zoo haben die Wölfe in unheimlichen Tönen zu heulen begonnen. Die Uhr vom Michel ist stehen geblieben und der Himmel über Hamburg war mit funkelnden Sternschnuppen übersät, die kreuz und quer Kunstflüge ausführten und sich beim Tiefflug zwischen den Dächern ziemlich ins Gehege gekommen sind. Dein Vater machte sogar aus einer Lusche noch eine Gewinnerkarte und verhielt sich wie eine fahrerlose Straßenwalze, die alles platt macht, was im Weg steht. Er ist immer bei seinem Spiel geblieben und hat die Straßenseite nie gewechselt. Er hat war ein Samurei, der den Kampf mit Bedacht aufgenommen hat, stark und verwegen und immer seiner Kraft bewusst. Wie unter Zwang stehend haben ihn die entnervten Spielpartner häufig hilfreich ins Blatt gespielt. Er musste seine Hände nicht blutig machen und hat die Ernte ruhig eingefahren. Er war zur rechten Zeit am rechten Ort, denn in jedem

Spiel gibt es letztlich nur zwei Möglichkeiten, gewinnen oder verlieren, bei keiner darf man die Nerven verlieren."

Ein Spiel mit dem Einsatz von 120000 Euro, bei dem Herr Katzenick nach der Trumpfansage ein lautes und siegessicheres Kontra in das Spiel brachte, wurde von Söderbaum mit einem unmittelbaren Re geahndet. Während des Spiels flüsterte er Hannes Gosch zu: „Der eine Mitspieler hat den Kreuz Buben und eine Neun in der Hand und der andere hat noch elf Augen in seinem Blatt. Ich dagegen bin trumpffrei und habe gerade erst 37 Augen eingesackt. Dennoch werde ich das Spiel mit 61 Punkten gewinnen, weil ich in Vorhand meine Dame durchbringen werde." Nach dem Spiel konstatierte er: „Es bewahrheitet sich immer wieder, dass 21 satte Punkte im Keller schon fast die halbe Miete ist. Nun aber bitte ich um freundliche Auszahlung."

Herr Katzenick bemerkte verdrießlich: „Bei meinem guten Blatt musste ich Kontra geben, denn immerhin hatte ich mehr Trümpfe als er."

Herr Verhoeven sagte: "Dafür hat er mehr Glück als wir beide zusammen und überhaupt allgemein erlaubt sein dürfte. Er wagt alles und ihm gelingt alles. Wir hätten heute im Bett bleiben sollen, dann hätten wir uns keine Klatsche geholt, obwohl wir alles probiert haben"

„Probieren macht die Jungfrau teuer," sagte Nahkampf Jensen.

„Ich möchte Ihnen gern die anfangs schon angekündigte Pause vorschlagen und Sie alle an den Tisch bitten," sagte Herr Messer. Seine beiden Mitarbeiter hatten den Raum schon während des Spiels verlassen, während Robert Redford immer noch in der Bewegungslosigkeit einer Schaufensterpuppe am großen Schreibtisch saß.

Zwei ältere Frauen bauten neben dem Spieltisch ein Büfett auf und brachten zum Schluss zwei Champagnerflaschen in einem silbernen Eiskübeln. Eine junge Frau aus Polen, die eine weiße Bluse und einen schlecht sitzenden Faltenrock aus schimmerndem Kunststoff trug, bediente die Runde. Als sie die vielen Geldbündel auf dem Tisch sah, legte sie spontan eine Hand vor den Mund und sagte: "Ist sich viel Geld auf dem Tisch, soviel ich noch nicht gesehen."
„Dann vergisst sich nur schnell wieder, denn sonst kannst du dir justament eine neue Arbeit suchen," fuhr Herr Messer sie barsch an. Söderbaum sagte mit ungewöhnlicher Sanftmut:
„Es wäre sehr freundlich von Ihnen, wenn Sie mir ein wenig vom Räucherlachs und den Shrimps auf meinen Teller geben würden und vielleicht noch ein Gläschen von dem vorzüglichen Laurent Perrier rosa brut. Das wird meine Lebensgeister und meine Spiellaune wieder in Schwung bringen." „Gern tue ich," sagte die junge Frau. Sie machte einen braven Knicks und lächelte schüchtern. Als sie ihm das Gewünschte servierte, schob Söderbaum ihr einen Schein in die Hand.
„Sie haben mir wirklich die schönsten Sachen ausgesucht, vielen Dank, und ich möchte Ihnen eine kleine Freude machen." Die Polin war fassungslos als sie den Geldschein betrachtete. Sie errötete, beugte ihren Kopf und küsste Söderbaums Hand.
„Ich brauche dich hier nicht mehr, du kannst wieder in die Küche gehen," sagte Herr Messer ärgerlich und in unangebrachter Lautstärke.
Söderbaum sagte: "Sie haben wirklich nettes Personal."
Herr Verhoeven aß nichts, aber er trank hastig drei Gläser Champagner, während Herr Katzenick wütend

einen Hähnchenschlägel zerlegte. Herr Messer nippte nur an seinem Glas. Einmal nahm er abwesend ein kleines Petersilienblatt vom Tablett und steckte es in seinen Mund. Er rauchte eine Zigarre und sah mit Widerwillen auf den Teller mit den abgenagten Hühnerknochen. Niemand sagte etwas und die Stimmung am Tisch war aufgeladen und feindselig. „Wenn Sie gestatten, würde ich gern vor dem Weiterspielen noch kurz telefonieren," sagte Söderbaum und nahm sein Handy aus der Tasche.
" Ich will unbedingt wissen, ob meine preisgekrönte Kuh und amtierende Weltmeisterin schon gekalbt hat. Als wir abfuhren stand die Geburt kurz vor dem letzten Drücker und ich hätte beinahe nicht zu unserer Verabredung kommen können."
Herr Katzenick hatte glänzende Fettflecken auf der Nase und wischte sich umständlich den Mund ab. Er schüttelte seinen Kopf und sagte: „Der Kerl spielt mit dem Teufel im Bunde."
„Das ist nicht wahrscheinlich, denn beide standen noch nie gut miteinander," sagte Hannes Gosch. Söderbaum rief mit lauter Stimme ins Telefon:
„Wenn sie keinen menschlichen Zuschauer bei der Geburt dabei haben will, dann bringe sie auf die Wiese hinter dem Stall. Mach ihr ein kleines Strohlager, denn sonst hält sie ihr Kälbchen bis Ultimo zurück. Wir werden jedenfalls pünktlich um fünf hier aufbrechen und ich möchte ihr gern zur Seite stehen."
Herr Messer bekam einen Anruf und verließ den Raum. Als er zurückkam hielt er Frigges Wechsel in der Hand. Nachdem Söderbaum den Wechsel geprüft hatte, ließ er sich die Einlösung auf der Rückseite des Dokuments bestätigen und händigte Herrn Messer die Tüte mit den abgezählten Geldnoten aus. „ Nun ist die Sache aus der

Welt und sitzt wieder wie ein Paar ungarischer Reiterstiefel," sagte Söderbaum gut gelaunt.
Wenig später nahmen sie das Spiel wieder auf. Nach der Pause explodierte Söderbaums Spiel geradezu. Ein Unwetter ging auf seine Mitspieler nieder und alle Dämme brachen. Er wirkte kühn und unbesiegbar und dennoch war sein Spiel von einer beiläufigen und leichthändigen Souveränität. Wenn es einmal mulmig für ihn wurde, beruhigte er sich laut und meinte aufmunternd: „Nur immer schön an der eigenen Nase vorbei spielen."
Genau mit dem Glockenschlag zur zweiten Nachtstunde hatte er seine Mitspieler blank gespielt und zwei Millionen Euro gewonnen. Herr Messer war betroffen. Er erhob sich eilig und ging wortlos zum Geldschrank. Er nahm die 850 000 Euro heraus, die er einige Stunden zuvor für die Einlösung des Wechsels bekommen hatte. Er legte das Geld auf den Tisch und bemerkte bitter: „Am Spieltisch lernt man sogar als Zuschauer Geld rauszuschmeißen und handelt selber wie ein Spieler, der immer nur von einer Glücksträhne zur anderen denkt. Ich gehe davon aus, dass jedes Glück auch gern einmal eine neue Partnerschaft eingeht, das hoffe ich jedenfalls."
Das Glück blieb jedoch weiterhin Söderbaums treuer Partner. Kurz vor fünf sagte er die letzte Runde an. Als endlich der fünfte Glockenschlag verklang, hatte er von dem letzten Spieleinsatz genau 844 139.-- Euro gewonnen.
„Der Gewinn dieser Nacht beträgt also Summa summarum 2 844 139 Euro in bar," wie Nahkampf Jensen gelassen feststellte. Er blickte auf die wenigen Geldscheine, die vor den beiden Verlierern auf dem Tisch lagen und meinte beruhigend: „Immerhin ist noch genug für Ihre Rückfahrkarte da und Sie haben Ihre

Klamotten nicht auch noch verspielt. Es hätte noch schlimmer kommen können. Wir aber müssen uns nun dringend auf die Socken machen, denn für anständige Landwirte und gut erzogene Milchkühe beginnt schon bald die geregelte Milchproduktion. Den armen Viechern tun nun schon die Euter weh und wir müssen uns sputen."

Herr Messer wandte sich an Söderbaum und sagte giftig: „ Sie als routinierter Spieler kennen doch die üblichen Regeln des Spieltisches mit dem ungeschriebenen Gesetz für alle Spieler dieser Welt, dass nach einem hohen Gewinn eine gewünschte Revanche fällig wird und nicht ausgeschlagen werden darf."

Söderbaum zog seine Jacke an und reckte sich gemächlich. „Eine Revanche war von Beginn an nicht der Inhalt unserer Verabredung." Herr Messer sagte: „Und außerdem sollten Sie zu nächtlicher Zeit nicht so viel Bares in der Stadt herumtragen. Das kann ich Ihnen nicht zumuten und darf es auch aus Gründen der Sicherheit nicht verantworten, denn als Veranstalter trage ich vor dem Gesetz die Verantwortung für meine Gäste. Sie sollten darum das viele Bargeld unbedingt sicher bei mir verwahren. Beim nächsten Treffen händige ich es Ihnen natürlich sofort wieder aus."

„Es gibt kein nächstes Treffen, denn das entspricht wiederum nicht unserer Vereinbarung," sagte Söderbaum. Hannes Gosch packte mit ruhigen Bewegungen die vor ihm liegenden Geldbündel in die mitgebrachten Einkaufstüten, während Nahkampf Jensen zum Panzerschrank schlenderte, um das Gemälde mit der marodierenden Wildschweinrotte noch einmal gründlich zu betrachten, wobei er in die Hocke ging.

„Nun ist es aber eine Vereinbarung," sagte Herr Messer und hielt plötzlich einen Revolver in der Hand. Nahkampf Jensen schnellte blitzschnell aus seiner Hockstellung hoch. Mit dem vollen Schwung des Aufspringens verabreichte er Herrn Messer links neben der schönen Thunderstorm Krawatte einen präzise platzierten Leberhacken und ergriff im gleichen Bewegungsablauf dessen Revolver. Dieser Vorgang verlief in einer kaum wahrnehmbaren Folge von blitzschnellen Aktionen, als hätten die beiden Männern sie für eine Bühnenshow zuvor gründlich einstudiert. Herr Messer blieb nach vorn gebeugt stehen. Er atmete schnell und hielt sich mit beiden Händen am Tisch fest. Plötzlich stürmten Mulattenhans und der rote Ammen-Harry in den Raum. Mit Hannes Gosch stand ihnen jedoch ein stabiles Vorwerk im Weg. Ihr ungestümer Vorwärtsdrang fand ein rasches Ende und unvermittelt lagen sie auf dem Boden. Herr Verhoeven griff langsam in seine Tasche, aber Söderbaum gab ihm einen harten Schlag auf die Kinnspitze, um mit der anderen Hand zugleich Herrn Katzenick den Stuhl unter den Hintern wegzuziehen. Robert Redford ging geschmeidig auf Nahkampf Jensen los. Bevor er ihn erreichte, lag er plötzlich mit Söderbaum im Clinch am Boden, wo sie polternd herumrangelten. Nahkampf Jensen hielt den Augenblick für gekommen, um in die Decke zu schießen. Alle Männer im Raum hielten in ihrer augenblicklichen körperlichen Stellung erstarrt inne und blickten auf den Revolver, den Nahkampf Jensen hielt und auf das Loch in der Stuckdecke, aus dem ein trockener weißer Gipsgrieß lautlos auf den Boden rieselte.

„Sie haben in ihrem Büro für eine vorzügliche Geräuschdämmung gesorgt," sagte Hannes Gosch.

„Nicht einmal eine explodierende Handgranate wäre auf der Straße zu hören, außerdem ist der Raum und die Telefone abhörsicher, was gelegentlich sehr hilfreich sein kann," sagte Herr Messer mit Genugtuung in der Stimme und massierte seinen Bauch. Er hatte seine Lage erkannt und schien sich für den Augenblick damit abgefunden zu haben. Nahkampf Jensen stellte sich neben die Tür und sagte: „Sagen Sie bitte Ihren beiden tätowierten Affen mit den dämlichen Zuhälternamen und auch Ihrem weißfüßigen Pitbull, dass sie sich dringend bäuchlings auf den Boden legen und zugleich ihre Hände über den Hinterkopf falten sollen. Das gilt auch für Sie und für Ihre beiden Mitspieler. Die ungern ausgeführte Figur heißt übrigens im internen Polizeijargon >weiche Bauchlage mit hinterem Gebetsschutz<. Der Schmuckhändler möge doch bitte seine Hand, die er verstohlen auf seine Tasche zubewegt, sofort wieder in Ruhestellung bringen, denn sonst schieße ich ihm den Ellenbogen weg." Er ging einen kleinen Schritt zurück, um einen besseren Blickwinkel auf die Gesamtsituation zu bekommen, wie ein Maler, der noch einmal stolz sein Werk inspiziert. In der anderen Hand hielt er plötzlich seine Sig-Sauer.
„Sie sollten alle meinen Anweisungen unbedingt nachkommen, denn euer linker Senior Executive hat uns leider in eine nachweisbare Notlage gebracht und uns mit seiner Waffe bedroht. Vor dem Gesetz ist nun alles erlaubt, was unserem Schutz dient und wir dürften bei einem erneuten Angriff von der Schusswaffe gebrauch machen. Am Ende noch ein Hinweis zur eigenen Sache. Ich war einige Jahre Nahkampfausbilder einer internationale Schutztruppe und wurde gelegentlich auch von den amerikanischen Lederjacken angefordert. Ich kann mit einem Stall voller Ganoven perfekt umgehen. Mein

Kumpel ist auch nicht so ohne, jedenfalls hat er mehr schwarze und andersfarbene Meisterschaftsgürtel, als er zählen kann, was ohnehin nicht seine Stärke ist."
„Leider, denn Zahlen gingen leider noch nie in meine Birne rein und außerdem fabriziere ich ständig Zahlendreher," sagte Hannes Gosch vergnügt und mit bekennerischem Eifer.„Denn Mathematik ist ein schwieriges Gelände."
Nahkampf Jensen sagte: „Ich habe noch eine gute und eine schlechte Meldung für Sie. Nun zuerst die schlechte Meldung, wer von euch den geringsten Muckser macht, dem schieße ich die Eier weg. Ich habe eine Sig-Sauer P6, wenn bei euch alles stimmt, kann ich zwei von euch vollständig von ihrem Gehänge befreien und der Rest der Mannschaft wird danach nur noch eineiig durch die Gegend eiern. Nun aber auch die gute Meldung, ich habe genug Kugeln geladen und ich treffe immer."
Söderbaum sagte: „Eine wirklich stimmige Kopfrechnung, Adam Riese würde sich freuen, überraschend schlüssig und von blutbrünstiger Anschaulichkeit. Es könnte fast eine der wüsten Geschichten aus der Bibel sein. Im Übrigen kann unser mathematisches Genie, Herr Gosch, der Ordnung wegen zuvor noch einmal praktisch durchzählen."
„Leider nicht," sagte Hannes Gosch, „denn ich fasse aus religiösen Gründen keine fremden Eier an. Das hat der liebe Gott mir verboten."
Söderbaum ging zur Tür und sah auf die am Boden liegenden Mitspieler herunter. Mit eisiger und hochfahrender Stimme bemerkte er: "Sie wollten mein ehrliches Spiel mit einer hinterfurzigen Nummer beenden. Wir hatten schon eine gesunde Vorahnung und sind

darum vorsichtshalber hinreichend präpariert in ihr Etablissement gekommen."

Nahkampf Jensen rief: „ Auf geht's, Buam, letzte Aufforderung zum Hinlegen."

Herr Messer befahl mit ruhiger Stimme: „Legt euch endlich alle auf den Boden, wie Herr Jensen es wünscht, du auch Jakob."Herr Katzenick protestierte und rief: „Das ist Freiheitsberaubung."

Hannes Gosch sagte: „Das ist genau der Sinn der Übung." Er zog Handschellen aus der Tasche und legte sie den nebeneinander liegenden Männern an. Die beiden freien Endstücke befestigte er an den Rohren der Zentralheizung. Als alles erledigt war, sagte Herr Messer: „Die beiden Bilder sind übrigens keine Furtwängler, der hatte sich einst mehr der Tonkunst verschrieben. Sie kommen vielmehr aus der Münchener Schule, aber die Namen der Künstler werden Ihnen bei Ihrem bisher gezeigtem Kunstverständnis vermutlich wenig sagen."

„Die Münchener Schule ist leider nicht unser Gebiet, wir stehen mehr auf die Kunst der fernen Zukunft, also auf das 21 und 22. Jahrhundert, aber ganz besonders auf die Arbeiten der Buttermacher, die unserer Zeit weit voraus sind."

„Schade," sagte Herr Messer mit gedämpfter Stimme in den Teppich hinein, „denn dadurch entgeht Ihnen die unschuldige und schwärmerische Schönheit der Spätromantik."

„Sie dürfen nach unserem Auszug Ihr Bodenpersonal mit Ihren kunstgeschichtlichen Ausführungen beglücken und damit Sie bei Ihrem Vortrag ungestört bleiben, werde ich Sie mit Ihren Zuhörern in diesem Raum einschließen. Nun benötige ich nur noch den Schlüssel von Ihnen."

„An einer goldenen Kette in meiner linken Hosentasche," sagte Herr Messer.
Hannes Gosch zog den Schlüsselbund an der Kette heraus. Er nahm zwei Tüten vom Tisch und ging zur Tür. Söderbaum wandte sich noch einmal den am Boden liegenden Männern zu:
„Meine lieben Mitspieler dort unten auf dem Teppich, Sie sollten Ihre gegenseitige kümmerlich ausgeführte Informationstechnik während eines Spiels erheblich perfektionieren, um endlich den großen betrügerischen Coup zu landen. Ihre Untertischtransaktionen sind im hohen Maße verbesserungswürdig, für einen aufmerksamen Mitspieler geradezu peinlich und natürlich nicht gerade comme il faut. Zum Abschied würde ich Ihnen eine umfangreiche Läuterung Ihres Wesens vorschlagen, aber ich muss wohl leider davon ausgehen, dass meine guten und segensreichen Wünsche vorzeitig im tiefen Grund ihrer schwarzen Seele versickern. Wir sind nun quitt und der Wechsel ist eingelöst. Meinen Spielgewinn habe ich mir durch und durch ehrlich verdient, wobei mein Arsch manchmal ganz schön auf Grundeis gegangen ist. Ihr eventuelles Rollkommando unten in der Kneipe wollen wir nicht erst bemühen und nehmen darum lieber den sicheren Weg über das bequeme Flachdach im Hinterhof, denn die Flucht ist die kluge Schwester des Kampfes."
Hannes Gosch öffnete vorsichtig die Tür und tänzelte ins Treppenhaus, dabei summte er:
„Mein Schatz es kommt ein Regen, ade ich geh nach Haus." Danach verließ Söderbaum den Raum und als Schlussmann ging Nahkampf Jensen. Bevor er den Raum verließ sagte er vorwurfsvoll: „Eure geplagten Mütter

solltet euch endlich mal wieder eure Schlappohren lang ziehen."

Er verschloss die Tür und am Treppenabsatz angekommen, hob er das Gitter aus der mit einem Schlüssel entsicherten Verankerung. Die drei Männer betraten das Flachdach. Söderbaum ging voraus. Er trug eine kleine Taschenlampe, mit der er kurz das Dach ableuchtete. Am Ende des Daches sprangen sie in einen Container, der mit Holzwolle und gefüllt war. Durch die geöffnete Toreinfahrt gelangten Sie ungehindert aus dem Hinterhof heraus und gingen zur Straße.

„Moses 24,56," sagte Söderbaum. Nahkampf Jensen sagte: „Ihr haltet mich nicht auf, denn der Herr hat Gnade zu meiner Reise gegeben. Meine Bibelkenntnisse hat mir übrigens ein rabiater Pastor aus LW mit ungebremster christlicher Gewalttätigkeit für immer und ewig eingebläut."

„Cést la vie," sagte Söderbaum und betrat die Straße. Frigge hatte den Wagen zwei Häuser weiter vor einer chemischen Reinigung geparkt, wo in einem Schaufenster eine Holzlokomotive mit goldenen Rädern und einem hohen Schornstein, aus dem schwarze Watte herausquoll, ausgestellt war.

„Wir müssen immer noch vorsichtig sein, damit es zum schönen Ende nicht noch eine Überraschung mit einem Last minute crash gibt," flüsterte Nahkampf Jensen. Die drei Männer stiegen sofort zu Frigge in den Wagen. Söderbaum lehnte sich weit zurück und war entspannt und erleichtert. Er atmete mehrfach tief ein und aus. Er befand sich immer noch in einer eigentümlichen Spannung und dachte zufrieden, für einen schon in die Jahre gekommenen Mann habe ich noch gut hingelangt.

„Wir haben viel Massel gehabt, es hätten auch hammermäßig kommen können," sagte Söderbaum.

DAS SPIEL IST AUS.

„Dein Wechsel ist aus der Welt und wir haben zusätzlich noch einen gewaltigen Reibach gemacht," sagte Söderbaum zu Frigge und legte seinen Arm um ihre Schultern. Ein wenig feierlich wirkend fügte er hinzu: „Das Glück hat mir die ganze Nacht die Hand gehalten und das Spiel ist gelaufen wie geschmiert. Zum Schluss mussten die beiden Schläger im Fond deines Autos allerdings noch eingreifen und um den sicheren Abtransport des Geldes bemüht sein." Frigge neigte sich ihrem Vater zu und legte ihren Kopf auf seine Brust. Sie versuchte ihrer Gefühlswallung Herr zu werden und sagte etwas zu laut: „Ich habe mir große Sorgen um euch gemacht, aber nun ist mir endlich ein schwerer Stein vom Herzen gefallen."
„Die Kirche bekommt ein neues Schieferdach und Hannes Gosch werde ich endlich den Traum seines Lebens erfüllen und in Dänemark den prächtigen Zuchtbullen Samson kaufen, wobei für deinen Traumbullen mindestens 400 000 Euro fällig werden. Ich habe ihn jedenfalls auf Verdacht schon reservieren lassen und werde den Kauf heute noch verbindlich machen. Frigge wird uns einen ihrer Pferdetransporter leihen. Wir holen Samson zusammen am Ljimford ab und bald kannst du den schönsten Bullen der Welt auf deiner Hauswiese bewundern. Wie man hört, soll er ein ruhiger Kumpel sein, der nur ziemlich wild nach den Weibern ist, aber das lag immer schon in eurer Familie."
Hannes Gosch war ganz aus dem Häuschen und rief mehrfach: "Das ist Klasse, wirklich große Klasse," um

gleich darauf höflich hinzuzufügen: „Das wäre aber wirklich nicht nötig gewesen, Herr Pastor."
„Im nächsten Jahr werden die schönsten Kuhkinder unsere Wiesen schmücken und die schicken Kuhdamen werden von weither angereist kommen, um sich begierig um Samsons Gunst zu bemühen."
Söderbaum wandte sich an Nahkampf Jensen und sagte: „Für dich habe ich als Lohn für bewiesene Tapferkeit auch eine schöne Überraschung. Du bekommst für deine hundert Kühe endlich eine fest installierte digitale Melkanlage, die mit Kühlanlage und anderem modernen Plunder ausgestattet ist. Deine derzeitige Anlage ist so kompliziert, dass sie nur von deiner leidgeprüften Frau bedient werden kann."
„Eben eine kluge Maschine," sagte Nahkampf Jensen.
„Mit der neuen Maschine wirst du deine armen Viecher nicht mehr regelmäßig unter Strom setzen. Ich bin allerdings nicht sicher, ob du bei der neuen Anlage für die Milcherzeugung überhaupt noch Kühe brauchst. Die Wundermaschine kostet einen Haufen Geld, aber der dürfte sich mit Samsons Kaufpreis etwa die Waage halten. Im Übrigen solltet ihr euch bei den Herren Katzenick und Verhoeven bedanken, die sich uns so großzügig erwiesen haben."
„ Mein Gott, da werden die Kühe und die Anne sich aber freuen. Die alte Maschine war meist defekt. Der Umgang mit ihr war Knochenarbeit und man hat ständig einen gewischt bekommen. Vielen Dank, ich freue mich sehr, aber ich habe gern ausgeholfen und es wäre wirklich nicht nötig gewesen. Jedenfalls muss Anna nicht mehr auf dem Melkschemel sitzen, der gefährlicher ist, als ein elektrischer Stuhl und ich kann morgens zudem eine halbe Stunde länger schlafen."

„Beides sind angemessene Honorare, denn wir waren auf einer gefährlichen Patrouille und ich habe mich in der Höhle des Löwen absolut sicher gefühlt, immerhin konnte ich mich erst durch eure Hilfe auf die Ganoven einlassen."
Als sie um den Block herum gefahren waren und langsam am Honeymoom vorbeirollten, sahen sie ein großes Schild an der Tür, das auf eine geschlossenen Gesellschaft hinwies. Auf dem Bürgersteig patrouillierte ein missmutiger Mann, der einen bis zum Boden reichenden Ledermantel trug und wie ein Profifußballer ständig auf den Boden spuckte.
„Eingeschlossene Gesellschaft," murmelte Hannes Gosch.
Auf der Rückfahrt geriet Söderbaum in eine emphatische Stimmung.
„Eine wunderbare Nacht, wie ein warmer Sommerregen nach einer langen Dürre. Das Leben ist schön, obwohl ich mich einer beachtlichen, wie gleichermaßen auch angenehmen Rückfallsünde schuldig gemacht habe, der spätestens morgen eine weinerliche Reue folgen wird. Eigentlich könnte ich nun obendrauf noch einen Joint nehmen, wie einst im Mai. Damit würde meine Sündenkonto kaum gewichtiger werden und es wäre alles ein Abwasch."
Nach einer kleinen Pause bemerkte er versonnen:
„Bei meinem Chef da droben zwischen der Neonwerbung für Slipeinlagen und dem grellen Hinweis auf eine unbedingte Unfallversicherung, dort neben dem Schornstein, wo der aufkommende Morgen mit seinem zarten Morgenrot die fliehende Nacht mit einem Heiligenbild versieht, stehe ich zur Zeit obenan am schwarzen Brett der aktuellen Sünder. Ich werde nun lange Zeit nach-

arbeiten müssen, bis Gott mir die ersten kleinen Zeichen der Vergebung zukommen lassen wird. Immerhin hat er mich heute Nacht über Wasser gehen lassen. Ich betrachte meine Handlung weniger als eine Sünde, es war mehr ein Übergriff des Schicksal und wir sind gegen das Schlechte in den Kampf gezogen. Ich könnte allerdings beim lieben Gott bald wieder ein Stein im Brett haben, wenn ich nach 800 Jahren endlich das Gelübde meines Vorfahren Buschmann, einen Dom zu Gottes Ehren auf Buschmanns Berg zu erbauen, erledigen könnte und nicht familienüblich wiederum auf die nächste Generation abschieben würde. Nach dem aufregenden Spiel heute Nacht, gerate ich nun wieder in meinen obligatorischen zweiten Kick mit den üblichen exzessiven Glücksmomenten und könnte noch einige Nächte weiterzocken."

Nahkampf Jensen sagte: „Das Spiel heute Nacht haben Sie gut hingebracht, Herr Pastor. Ich bin immer noch ganz von den Socken. Für mich sind Sie der King aller Spieler und Sie haben ziemlich wirkungsvoll die schwarze Henkerskeule Ihres Vorfahren Buschmann geschwungen.

„Das ehrt mich und Buschmann sehr, aber spätestens nach dem Passieren unseres Ortsschildes wollen wir diese Nacht für immer aus unserem Gedächtnis streichen und wieder gottesfürchtig unsere tägliche Arbeit tun, wie wir es zuvor besprochen hatten."

„Das ist gebongt," sagte Hannes Gosch.

"Das ist ok," sagte Nahkampf Jensen und wenig später summte er die Melodie des Liedes >Portugese man of war<, wobei er seine Stimme in die hohe Tonlage eines Kastraten zwang.

„Frigge, ich habe ein altes Foto von dir gefunden. Du sitzt auf einem Pferd, das etwas dicklich aussah," sagte Hannes Gosch.

„ Nicht nur das Pferd, ich war es auch, denn ich hatte ständig Liebeskummer und war fett wie eine Wachtel. Mein Hintern war zeitweise größer, als der meines Pferdes und zudem hatte ich aus mir heute unbekannten Gründen ein eigentümliches Kleid zum Reiten angezogen. Warum auch immer, ich fand es sicher schön und vorteilhaft und der Stoff ergab ähnliche Muster wie die Speckwürfel in der Blutwurst, sagte Frigge vergnügt. „Das Foto wurde beim großen Dorfumzug zum Fest des Vogelschießens gemacht und du solltest es schnellstens vernichten, wenn Storm es zu Gesicht bekommt, ist es vorbei mit unserem Liebesglück. Ich saß während des ganzen Umzugs in einer erstarrten kontrollierten Pose auf dem Pferd und trug zu allem Überfluss auch noch eine gewaltige Blumenkrone auf dem Kopf, an der ich schwer zu tragen hatte. Aus den Blumen erhoben sich lange Getreidehalme zu einem monströsen Heiligenschein, als wäre ich gerade auf Erden gekommen, um allen Menschen Glück und Frieden zu bringen. Nun aber rasch zu einem aktuellen Thema mit den neuesten Begebenheiten aus LW. Gestern Abend hat Opa Johannsen bei unserem Dorffigaro wütend den großen Spiegel zerschlagen. Er kam gerade vom Friedensbekenntnis der grauen Panther und war Sternhagel voll. Im Salon hat er renitent herumgebrüllt: „In deinem Spiegel sieht doch unsereins wie ein Grufti aus, als wenn man beim Abdecker über dem Zaun hängt." Danach ist er auf das Kriegerdenkmal gekrabbelt und hat seinen Zuhörern mirakulöse Rätsel aufgegeben. Es ging wieder um einige nackte Damen, deren körperliche Vorzüge er in

plastischer Weise beschrieb. „Ich meine die mit den begnadeten Möpsen aus den Wundertüten," hat er immerzu laut gerufen und zugleich mit ausufernden Hand- und Armbewegungen die besagte Schöne unaufhaltsam modelliert."
„In seinen ferkeligen Parabeln sind die Damen immer nackt und mit überragender Oberweite gesegnet," sagte Söderbaum mit unüberhörbar strengem Vorwurf in seiner Stimme. „Man kann nur froh sein, dass er nicht schon wieder die höchst unanständige und schlüpfrige Parabel von der Reineclaudenernte der Königin Lola von Frankreich zum Besten gab. Am Sonntag werde ich ihm von der Kanzel aus eine strenge öffentliche Rüge erteilen, sein Maß ist wieder einmal am Überlaufen."
„Gib Gas, Frigge," sagte Nahkampf Jensen. „Meine Frau ist bei ihrer kranken Erbtante und niemand von meinen Leuten kann unsere hinfällige Melkmaschine bedienen. Sie ist eine tickende Zeitbombe und bei feuchtem Wetter wirkungsvoller als der elektrische Stuhl in Sing-Sing. Sie könnte aus dem Stand heraus auf einen Schlag meine Kuhherde und Melkerin hinrichten und im Schnellverfahren anschließend auch noch gleich durchrösten."
Eine Sternschnuppe mit einem neongrünen Kometenschweif jagte durch das Himmelszelt.
„Eben hat ein Ami Astronaut seine Coladose aus dem Fenster geworfen und entsorgt und unsereins darf das alles wieder einsammeln, als wenn man nicht schon genug Arbeit in der Landwirtschaft hätte," sagte Hannes Gosch.
„Ich habe mir jedenfalls schon etwas von der Coladose gewünscht," sagte Frigge.
Nach der Autobahnausfahrt Büdelsdorf wurde es still im Auto. Nahkampf Jensen hatte sich zusammengerollt und

träumte von Samson. Helle Nebelschwaden schwammen wie Bettlaken auf den Wiesen und bizarr verschwommene Kuhköpfe, die plötzlich aus dem Nebel auftauchten, erschienen wie Wrackteile versunkener Schiffe in einem weißen Meer.

Als die Sonne sich hinter den Knicks empor rekelte, brüllten die Kühe jammervoll den neuen Tag an, während die Lerchen unbeirrt wie Pfeile aus dem Nebel schossen, in engen Serpentinen in den Himmel empor hangelten, um schon auf Verdacht den bald zu erwartenden ersten Sonnenstrahl vorzeitig zu bejubeln.

Söderbaum sagte: „Du kannst mich bei Buschmanns Berg aussteigen lassen. Dort habe ich endlich wieder vertrauten Boden unter den Füssen und kann frei atmen, meine Moral aktivieren und mich wieder auf mich selbst einlassen. Ich will auch das Meer riechen und außerdem habe ich mit Buschmann etwas zu bereden, sofern er schon so früh dort herumgeistert. Immerhin hat er uns mit seinem eilfertig gegebenen Gelübde ein schwer gewichtiges Vermächtnis hinterlassen und sich selbst jedoch davon gemacht, um schleunigst einbeinig in den Himmel zu hinken. Er hat sich seinen Pflichten nicht gestellt und war nur darauf aus, sich einen schönen Lenz zu machen. Wahrscheinlich hat Buschmann nicht richtig getickt und war sich selbst nicht gewachsen. In meinen Genen ist das von ihm erbte Familiengelübde leider so fest gefangen, wie ein armer Fisch in einer tückischen Generalleutnant Fritz-Weise-Reuse, so ein hinterhältiges Sauding mit mehr Widerhacken als es Fische im Meer gibt. Ich muss endlich eine Lösung finden, um die drückende Familienauflage zu erfüllen oder für alle Zeiten zu annullieren. Vielleicht sollte ich noch einmal

darüber schlafen, denn die Nacht gibt die besten Ratschläge."
Frigge schien etwas sagen zu wollen, aber Söderbaum führte seinen Monolog unbeirrt weiter, um damit Gegenfragen schon im Ansatz auf sich beruhen zu lassen. Endlich schwieg er und auch sonst sagte niemand etwas. Er schien eingenickt zu sein. Einmal hob er noch seinen Kopf und sagte zu Frigge:
„Es fällt mir immer wieder schwer zu lügen, obwohl kleine Lügen die Wahrheit unübertroffen zu schmücken vermögen und somit durchaus eine moralische, ästhetische und christliche Lebensberechtigung haben. Dennoch, die absolute Wahrheit ist, ich werde nie wieder spielen. Das gilt für alle Familienmitglieder und daran führt kein mehr Weg vorbei.
Das Spiel ist aus."

BUSCHMANNS BEIN LEUCHTET

Schon zwei Tage nach dem fulminanten Skatspiel waren Söderbaum, Karl Lustiger und Hans Duggen auf dem Weg in die Schweiz nach Solothurn, um an dem internationalen Wettbewerb für extra gerade Furchen teilzunehmen und mit den Größen der Pflügerelite dieser Welt um den Titel zu kämpfen. Im letzten Jahr hatten sich die drei Männer aus LW in der Pflügerdisziplin „Straigtness with Ploughshares" in Polen qualifiziert und wollten sich nun in der Schweiz endlich die Meisterschaft sichern.
Söderbaum sagte: „Ich freue mich auf die Begegnung mit meinem alten Freund Ruby Izzy Tuesday, der als Pflüger für Kuba an den Start geht. Er ist ein superreicher Banker in New-York und betreibt zudem eine eigene Bank in Havanna, mit einer dezenten Filiale in Genf. Wir haben zusammen in London Theologie studiert und in unserer reichlichen Freizeit als halbwegs ehrliche Croupies in verbotenen Spielhöllen gejobbt. Damals standen wir jeden Tag vor der schweren beruflichen Entscheidung, Berufszocker oder Theologen zu werden. Im Spiel, wie auch in der Konkurrenz der Meisterpflüger ist er allerdings kaum zu schlagen. Er verlässt Manhatten kaum und mir ist es rätselhaft, wo er dort trainiert, um seine Furchen zu ziehen. Vielleicht hat er sich zu diesem Zweck den Central-Park gekauft, das Geld dazu hätte er jedenfalls." Die drei Männer fuhren in einem hauseigenen Tieflader der Söderbaum Gutsbetriebe, der mit einem schweren John-Deere-Traktor und einem Sortiment verschiedener Pflugscharen beladen war. So wie auch professionelle Golfspieler eine Auswahl von mindestens 56 Golfschlägern auf den Fairway mit-

nehmen, hatten sie eine umfassende Auswahl von Pflugscharen dabei, die in großen Leichtmetallbehältern auf der Ladefläche des schweren LKW vertäut waren. Nach ihrer Ankunft in Solothurn würden sie sofort den Boden des Wettbewerbsackers überprüfen, um mit Hilfe ihres Computerprogrammes und dem speziellen „Agriculture-Plough-Programm" die jeweilige Bestückung der Pflugscharen zu bestimmen.

„Unser ausgefuchstes Programm wird uns behilflich sein, eine schnurgerade Furche zu ziehen, die wie ein aufgeworfener Breitengrad um den Erdball gezogen, am Ende auf den Punkt genau zwischen den Rädern unseres Traktors wieder aufeinander treffen würde. Selbst, wenn Rachiel, der Engel der geraden Linie, assistiert von Thumin, dem Engel des geraden Blickes, mit ihren Flügelchen die Furchen ziehen würden, müssten sie hernach immer noch unsere Leistung zum Vorbild nehmen."

Nach dem Wettbewerb am Solothurner weißen Berg, wollten sie sofort den Heimweg antreten, um am Wahlsonntag wieder zurück zu sein. Kurz nach ihrer Abfahrt aus LW hörten sie im Autoradio die Pressekonferenz mit dem BKA-Sprecher, der für das gebeutelte Dorf LW eine vorläufige Entwarnung ansagte.

Die internationale Fahndung würde nun mit allen Kräften auf die Niederlande konzentriert werden.

„Nach unseren neuesten Erkenntnissen muss man davon ausgehen, dass wir es mit einer unbelehrbaren und radikalen Truppe von Kaisertreuen zu tun haben, die unter dem Deckmantel einer unauffälligen und wohlanständigen Bürgerlichkeit zu weiteren unkalkulierbaren Handlungen bereit sind. Wir stehen einer Truppe perfekt getarnter internationaler Monarchisten gegenüber, die sich in ihren Zielen außerhalb jeglicher demokratischen

Kreise bewegen und vor keiner Gewalt zurückschrecken werden. Die plötzliche Aktivität der terroristischen Royalisten, die bei ihren Tea Partys bislang in der Rolle stummer Schläfer verharrten, ist ein Phänomen, das unsere Denkansätze und die daraus resultierende Handlungsweise in völlig neue Dimensionen zwingen wird. Die internationale Kapazität für neue psychologische Erkenntnisse auf diesem Gebiet ist Dr. Dr. P. Föh. Er hat eine neue Analyse erstellt und daraus ein enges Rasternetz zur Fahndung entwickelt, das uns sichere Ansatzpunkte anbietet und einmal einfach gesagt, als eine Ringfahndung in bürgerlichen Salons bezeichnet werden kann. Er nennt es die T. R. R. S. – Methode. Sie bedeutet nichts anderes als eine Abkürzung für TEA ROOM RING SEARCH, also die intensive und ausschließliche Suche im bürgerlichen Lager. In Verbindung mit seiner RIDING-HOOD-LEHRE, die bislang bei inzestuösen Vergehen eine hohe Aufklärungsquote erbrachte, ist uns damit eine zielsichere Waffe in die Hand gegeben. Damit wollen wir der Sache und unserem Volk dienlich sein und zusammen mit unserer übergeordneten und verantwortlichen Behörde, der Bundesstaatsanwaltschaft, der wir uns eng verbunden fühlen, endlich zum Ziel kommen."
Mit dem letzten, devot wirkenden und dennoch hinterhältigen Schlenker, wollte der BKA-Sprecher den bisherigen globalen Misserfolg mit der vorgesetzten Behörde brüderlich teilen, um prophylaktisch für spätere Kritik eine stabile Rückendeckung aufbauen.
Am Ende des Dorfes lief gcrade ein stürmisches Richtfest aus dem Ruder. Der Zimmermann Nissen feierte die Erweiterung seines Kuhstalls. Er hatte ihn ohne Einwilligung der Baubehörde um 4.93 Meter verlängert,

wobei er das angestrebte Ziel von fünf Meter nur knapp verfehlt hatte. Die Geringfügigkeit des Bauvorhabens stand im umgekehrten Verhältnis zu den ausufernden Feierlichkeiten des Richtfestes. Beim Vorbeifahren meinte Söderbaum:

„Ich mag mir ein Fest gar nicht vorstellen, wenn unser dörflicher Baukünstler statt dieser höchst missratenen und kümmerlichen Bruchbude, die herrliche Hagia Sophia errichtet hätte. Bei einer überschlägigen Hochrechnung im Verhältnis zur Menge der baulichen Substanz, müsste man sich dann auf zweitausend Jahre dauernde Feierlichkeiten einstellen."

Der Chor der Betrunkenen sang gerade „Drum Mädchen lasst euch raten, ehret und liebet den Soldaten, denn Jungfrau seid ihr nimmermehr." Besonders der frühe Verlust der Jungfernschaft schien es den Sängern angetan zu haben, denn sie wiederholten dieses Ereignis mehrfach und schmückten ihren Gesang mit wehmütigen Schleifchen und weinerlicher Rührseligkeit. Eine Passage, die von dem Quartalstrinker und Fleischbeschauer Alfons Kuhn inbrünstig begleitet wurde. Alfons war mit einer dürren katholischen Frau gesegnet, die die Freuden der Ehe in gemeinschaftlichen Bibelstunden auslebte. Alfons hatte sich einen Gartenstuhl und eine Kiste Bier an den Straßenrand gestellt und versuchte lautstark eine zweite Stimme in den Chorgesang einzubringen. Als er Pastor Söderbaum im Lastwagen sah, wollte er ihm eine besondere Freundlichkeit erweisen. Er stand auf und torkelte einige willige Schritte hinter dem Truck her. Eingehüllt von dunklen Dieselschwaden, hob er seine Arme und rief atemlos: „Halleluja."

Mit dem gut gemeinten Segen des Trunkenbolds und dem aufflammenden Gesang der Festteilnehmer, verließen die drei Meisterpflüger endlich das Dorf. Es begann zu regnen. Aus einer runden Wolkenlücke fiel ein Strahlenkranz aus gleißendem Sonnenlicht auf die Erde. Buschmanns Berg war plötzlich unwirklich hell erleuchtet und das Licht ließ die Blätter der Eichen erglühen, während das weite Land hinter undurchsichtigen Regenschwaden dunkel verhüllt blieb. Manchmal öffneten sich auch für kurze Augenblicke die Wolken über dem Meer und ließ die auf den Sandbänken aufschlagenden Wellen zu glitzernden Funken zerstieben. Wenn Möwen den Lichtdom über Buschmanns Berg durchbrachen und ins Meer stürzten, erschienen sie wie Engel, die in einer übermütigen Rutschpartie ihr Wolkenheim verließen, um auf hellen Strahlenbahnen nach unten zu brettern. Söderbaum erinnerte es an alte Gemälde, worauf schöne Wunder geschahen und den Menschen die Mutter Gottes erschien.

Ein Reiter trieb seine Schimmelstute, die von zwei übermütigen Fohlen begleitet wurde, schräg den Hügel hinauf. Auf dem Kamm angelangt, wurden sie von Windböen gepackt. Aus den straffen Zitzen der Stute spritze Milch, die der Wind versprühte und als feinen Schleier über die Wiesen trieb. Sechs Regenbogen wuchsen aus dem Meer und umrahmten den Lichtdom über Buschmanns Berg. Karl Lustiger sagte andächtig: „Als würde der liebe Gott gerade in diesem Augenblick auf unser Land schauen."

Söderbaum meinte etwas abwesend wirkend: „Er sollte noch nicht so genau auf Buschmanns Berg blicken, denn dort habe ich bald eine Überraschung für ihn in petto."

Ungewöhnlich aufgeregt und mit einer Stimme angefüllt von dröhnender Entschlossenheit bestimmte er: „Wir müssen leider noch einmal umkehren und kurz zurückfahren, denn ich muss noch eine kleine Zuladung für die Schweiz mitnehmen. Ich habe Ruby Izzy Tuesday einen Satz deutscher Pflugschaaren versprochen."
Söderbaum wusste als Spieler und als Pastor, dass man manchmal schwerwiegende ad hoc Entscheidungen in Sekundenschnelle zu treffen hatte. Besonders bei seltenen und eiligen Grenzfällen, die bei späterer Betrachtung oft moralisch bedenklich waren und manche guten Vorsätze überschritten. Er sagte sich dann meist, ein überzeugendes Ergebnis ist auch immer eine überzeugende Rechtfertigung.
Eingebettet in der strahlenden Lichtkuppel über Buschmanns Berg erhob sich vor seinen inneren Augen ein prächtiger zum Himmel strebender Dom, zu Ehren Gottes und zu Ehren seiner Familie. Von Menschenhand erbaut, vom Staat gesponsert und von der Familie Söderbaum in kaum achthundert Jahren erschaffen. Nachdem Söderbaum seine Entscheidung getroffen hatte, spürte er eine unbekannte Leichtigkeit, die sein Herz von allen Ängsten befreite und die nun wie dunkle Vögel davon flogen. Er meinte wundersame Orgelklänge und einen Chor lockender Engelsstimmen aus dem Lichtdom zu hören. Verwirrt und in tiefer Andacht nahm er seinen schwarzen Borsalino vom Kopf und blickte mit Verzückung auf Buschmanns Berg, der sich im hellen Licht wie eine Fata Morgana unwirklich schön und unvergänglich aus der Dunkelheit erhob.
Hans Duggen lenkte den schweren Tieflader rückwärts in einen Feldweg, wendete ihn und fuhr zurück zum Gut. Er betrachtete sein Gesicht im Innenspiegel und rückte

wiederholt seinen Cowboyhut zurecht. Zufrieden bemerkte er:
„Erst durch die Westernfilme hat man gelernt, Hüte kleidsam aufzusetzen und das passende Gesicht für jegliche Situation zu entwickeln."

Im Autoradio war man gerade dabei ein langatmiges englisches Kriminalhörspiel durchzuöden, das nach dem ersten Eindruck der vermutlichen Mehrfachtäterin ein phänomenales Namensgedächtnis abverlangte. Erbittert und vorwurfsvoll rief sie:
„Was war als Vineeta Gupka, Maurice Waite und Lilia Hall ihren Longdrink nahmen und Fergus McGauran, Fee Engemann und Isak Sasab auf Amanda Craddok-Thornikes stark verunreinigten linken Gummistiefel hinwiesen?"
Danach folgte eine Aufstellung weiterer fünfunddreißig Namen und die langatmige Beschreibung eines Lehmklumpens auf dem Schaft des rechten Gummistiefels von Amanda, die jedoch die Verdächtigung resolut zurückwies. Sie bestand auf die Festlegung von Hammeldreck und stampfte mit dem Corpus delicti mehrfach rechthaberisch auf den Boden.
Am Schluss rief sie wütend und unpassend laut: „Es war Hammelscheiße und kein Lehm, ganz einfache Hammelscheiße, steckt doch meinetwegen eure neugierigen Nasen hinein."
Nachdem die leidige Sache nicht aufgeklärt werden konnte, ließ auch der Sender die Sache auf sich beruhen und es begann eine Sendung mit einem kurzatmigen Sänger aus Polen, der mit glockenheller Knabenstimme und in saumäßig verstümmelter deutscher Sprache den Oderbruch besang.

Das Lied erinnerte Söderbaum an das große Skatspiel in Hamburg, denn genau in dieser seltenen Tonlage hatte sein Mitspieler Katzenick am Ende sein abkömmliches Glück bejammert.

DAS ANGLER SATTELSCHWEIN UND DIE BUNTE BENTHEIMER SAU

Während der letzten Vorbereitungen zu der kurz bevorstehenden Performance, der spektakulären Kaiserkrönung in LW, gelang es Titte Duggen immer wieder die Künstler mit seiner Kritik zu provozieren. Er entfachte heftige Diskussionen, aber Siegfried zeigte sich dennoch freundlich und kompromissbereit. Er bemerkte am Ende der Diskussion versöhnlich, aber leicht von oben herab:
„Du hattest das große Glück als Kunstjungfrau von unseren überzeugenden kreativen Schöpfungen entjungfert worden zu sein. Du konntest neue Wahrnehmungen gewinnen und deine Beurteilungsfähigkeit war sofort auf dem richtigen Weg, um Lichtjahre zu überspringen. Titte zeigte sich weiterhin unbeeindruckt und halsstarrig unbelehrbar. Mit verächtlichem Blick auf die Arbeiten der Buttermacher bemerkte er cool:
„Die Kunst soll sich nach euren Beteuerungen auf das Wesentliche reduzieren, aber warum muss sie sich denn gleich in ein monochromes Null auflösen? Nun möchte ich mich aber wichtigen Dingen zuwenden, denn gleich läuft in dem neuen Bauernsender Heu & Stroh die Sendereihe >cow and pig<, meine absolute Lieblingssendung. Ich habe die Sendung selbst im Kriegseinsatz nicht versäumt und teilweise im Internet gesehen. Ich muss mich mit landwirtschaftlichen Themen beschäftigen, denn es ist zu befürchten, dass mir mein Onkel seinen Hof vererbt. Das hat er mir vor einiger Zeit angedroht und bis dahin muss ich landwirtschaftlich auf dem neusten Stand sein. Als Titte den Fernseher einschaltete, gesellten sich

der Kanzler und der russische Präsident zu ihm auf das Sofa und alle drei blickten erwartungsvoll auf den Bildschirm. Die Besucher trugen Filzpantoffeln, die gewöhnlich bei Schlossbesichtigungen üblich waren und bei deren Nutzung man seine Schuhe anbehalten kann. Sie hatten die Wasserpfeife mit den beiden Schläuchen und Mundstücken zwischen sich gestellt und beide zogen genüsslich den Rauch ein. Sie waren zu starken Rauchern geworden und den Buttermachern war es immer noch nicht gelungen, die Wasserpfeifer oder die Dose mit dem Russian Phsilo Fluid zu konfiszieren. Die beiden Staatsmänner hatten ein ausgeklügeltes System der Sicherung mit ständigen Kontrollen entwickelt. Sie hüteten den Behälter, als wäre es die Tasche mit dem berühmten roten Telefon, das nach Durchgabe eines Codes den sofortigen Einsatz der russischen Nuklearwaffen starten würde. Siegfried sagte:
„Morgen werden sie uns verlassen und in prächtiger Weise in die Welt zurückkehren. Sie hätten sich längst ihrer Versunkenheit entledigt und wären wahrscheinlich schon geheilt, wenn sie sich mit Hilfe meines Psilos nicht wieder der Realität entzogen hätten. Sie haben sich auf angenehmer Weise ein wenig in sich selbst verirrt und befinden sich in einem freundlichen endogenen Niemandsland. Vielleicht sind sie auch auf der Flucht vor sich selbst oder irgendwelchen unangenehmen Wahrheiten, die jeder von uns mit sich herumträgt und die sich für nichts in der Welt jemals wieder annullieren lassen. Manchmal hatte ich schon den Verdacht, dass wir uns auf geniale Simulanten eingelassen haben und sie die Gelegenheit beim Schopf genommen haben, sich der Politik eine Weile zu entziehen. In der Oberwelt und fern vom Rusian-Psilo, werden sie ohnehin bald wieder ins Leben

zurück gezappt. Wir können sie ihren Familien und ihren Ministern halbwegs wohlbehalten zurückgeben, aber zuerst wird man die beiden Junkies entgiften müssen. Sie sind leider im Psilobereich meiner Kontrolle entglitten, haben mich irgendwie immer ausgetrickst und ungehemmt zugelangt. Anfänglich bedienten sie sich nur verstohlen, um mein Einschreiten nicht zu aktivieren, inzwischen sind sie zu durchtriebenen Junkies geworden, die ihre Sucht ungehemmt ausleben. Ich bin nur froh, dass meine Psilomischung nicht zu den wirklich harten Drogen gehört, aber für den ständigen Gebrauch sind sie dennoch ungeeignet."
Auf dem Fernsehschirm erschien ein Nachrichtensprecher, der mit der Miene eines Verschwörers erklärte, dass das BKA künftig nur noch in neun, statt wie bisher in zwölf Abteilungen gegliedert würde, wofür sich niemand, außer der geschassten Abteilungsleute, interessierte. Fünf der neuen Abteilungen, unter dem Vizepräsidenten B. Folk, hätten sich der Bekämpfung des royalistischen Untergrund zugewendet, der in seinem Konstrukt der geheimnisvollen Undurchdringlichkeit die Mafiaorganisationen weit in den Schatten stellen würde. „Sie sind unter uns und leben als unauffällige Schläfer tief im bürgerlichen Lager."
Endlich begann Titte Duggens Lieblingssendung >Cow and pig<, die mit ihrem Renner >News vom Schwein< begann. Es wurden zwei aussterbende Schweinerassen vorgestellt, die man nun aber durch Einfrieren ihrer Samen oder ihrer niedlichen Embryos der Nachtwelt erhalten wollte. Der Modcrator redete sich immer mehr in Begeisterung: „Es ist das lebhafte Angler Sattelschwein und die Bunte Bentheimer Sau, die man schon seit Jahrhunderten zu den engsten Freunden der Menschen zählen

muss. Sie haben immer versucht, den Menschen durch edle Schmackhaftigkeit, besonders durch die ihrer saftigen Vorderschinken, zu Gefallen zu sein. Den Verhaltensforschern sind diese Borstentiere ein großes Geheimnis, das sich ihnen wie das mathematische Fermatdsche Rätsel unlösbar entgegen stellt. Zwei der geheimnisvollen Vierbeiner kamen nun rund und wohlig grunzend ins Bild. Sie sahen mit ihren listigen Augen wissend in die Kamera und wirkten allgemein sehr vernünftig und zutraulich. Es gelang ihnen jedoch bald in einen stattlichen Bauerngarten einzufallen und sich über die herrlichen Tränennarzissen herzumachen. Danach gingen sie dem tiefen Ursprung der seltenen gelben Pfingstrose nach. Sie gruben tiefe Löcher, als wollten sie sich nach Australien durchbuddeln und taten sich ungemein laut schmatzend an den hochgiftigen Knollen gütlich. Der wunderbare Garten wurde flugs zu ihrer wohnlichen Suhle umgestaltet und selbst die schüchtern blühenden Mandelbäume lagen bald zertreten und schmutzig im aufgewühlten Erdreich. Der herrliche Bauerngarten war nachhaltig vernichtet, als hätte er sich in das stark beanspruchte Übungsgelände einer aktiven Artillerieeinheit verwandelt. Die Fernsehleute hatten eigens einen Bauerndichter engagiert, der die lyrische Untermalung der Sendung gestalten sollte. Er trug ein weites Dichtergewand und ein flaches Barret aus Samt, das ständig auf seine Stirn rutschte. Mit raunendem Pathos und mit bedeutenden Pausen trug er dem emsig wühlenden Borstenvieh begeistert seine Oden vor:

„Erzähle den Menschen von kühlen Eichengründen. Erzähle ihnen von heulenden Stürmen, von einsamen Stunden in leer geträumten Schweinekoben."

Der vielversprechende Beginn des Schweineepos wurde von einer wütend heraneilenden Bäuerin jäh unterbrochen, als sie unverzüglich mit einem Reisigbesen auf die geheimnisvollen und seltenen Schweineabkömmlinge eindrosch. Laut quickend stieben die Schweine aus dem Bild, während der Schweinedichter seinen davonpreschenden Musen einfältig nachblickte. Als die Kamera nach oben schwenkte, erwartete ein großer Teil der Zuschauer diese geheimnisvollen Wesen und Objekte einer einfühlsamen Lyrik nun auch noch als fliegende Schweine bewundern zu können. Die Kamera erfasste jedoch nur vier stark zerzauste Eiderenten, die erschöpft in der Dachrinne nächtigten und im Schlaf schelmisch mit den Augen plinkerten. Etwas später kamen die Schweine noch einmal ins Bild zurück. Sie waren Models einer Werbeaktion, die um den Absatz vegetarischer Maisprodukte bemüht war. Man hatte einen Maize–Cake mit einer Füllung aus eklig süßem turkish honey kreiert, ein Gebäck, das auf eine alte Tradition als Haremsnaschwerk zurückblicken konnte. Im weiteren Ablauf der aufwendigen Marketingshow, die den Namen Haremssüße trug, war als Höhepunkt der Auftritt der beiden seltenen Schweine vorgesehen. Mit Klebestreifen hatte die Maske farbige Turbane auf den Köpfen der vierbeinigen Darsteller befestigt, die sie unwillig grunzend abzustreifen versuchten. Das Angler Sattelschwein blickte dabei tuntig und maliziös in die Kamera, während die Bunte-Bentheimer-Sau Contenance bewies und ihren Kopfschmuck geduldig ertrug. Vom Leibesumfang her gesehen schien sie hochträchtig zu sein, um ihre Rasse auf den letzten Drücker noch vor dem Aussterben zu bewahren. Auf ihrem Hintern klebte ein herzförmiges Werbeschild mit einem Hinweis auf das seltene Rispen-

hirseprodukt Hirsau. Das letzte sehenswerte Ereignis von dem Auftritt der beiden Säue war der listige und bravouröse Ausbruch des Angler Sattelschweins, das zielstrebig zum Weinstand des Deidesheimer Winzervereins galoppierte und sich unversehens und in flirrender Schnelle über die duftenden Pfälzer Sauerteigbrote hermachte. Der Kopf der gierig fressenden Sau, deren Turban zur Seite gerutscht war und das linke Auge verdeckte, bewegte sich im Tempo der Kaubewegungen heftig auf und ab. Als phonetischen Hintergrund hörten die Zuschauer neben den lauten Schmatzgeräuschen der Sau auch noch die gutturalen Laute ihrer vollkommenen Glückseligkeit, wobei sie den Betrachtern zudem ihren suleikaroten und kokett wippenden Hintern als optisches Geschenk darbot. Eine karg bekleidete Werbedame, die Weinproben verteilte, kollaborierte plötzlich mit der selig fressenden Sau, stellte sich neben sie und ließ auch, was das Zeug hielt, ihren Hintern kreisen.
Die drei Zuschauer auf dem Sofa amüsierten sich zusehends und Titte bekam den bekannten duggenschen Lachanfall, sodass ihn der russische Präsident schließlich hilfreich auf den Rücken klopfte. Am Ende des Schweineepos erhoben sich die beiden Staatsmänner und gingen eilig zu ihren großen Zeichentischen zurück, wo sie sofort wieder, als ständen sie unter Termindruck, ihre Kolorierarbeiten fortführten. Die Dose mit Siegfrieds Rusian-Psilo-Fluid stellten sie zwischen sich, sodass sie ständig in der Obhut ihrer wachen Blicke lag. Als Titte Duggen näher kam und ihnen unaufgefordert Bier brachte, legten der Kanzler und der Präsident gleichzeitig und blitzschnell ihre Hände auf den Phsilo.
„Vielen Dank für das Bier, Titte," sagte der russische Präsident. Zum ersten Mal schien er sein gegenwärtiges

Umfeld wahrgenommen und eingeordnet zu haben, um einen der Anwesenden mit Namen ansprechen zu können. Der Kanzler schien auch auf eine höhere Stufe der Wahrnehmung gelangt zu sein, ohne offenbar die näheren Umstände seines Aufenthalts realisieren zu können. Lächelnd sagte er zu Titte:
„Einen beneidenswerten Namen haben Sie. Er assoziiert jene herrlichen weiblichen Attribute, die mich häufig im Leben ganz schön ins Trudeln gebracht haben."
„Wem nicht," sagte der russische Präsident.
„Es sind Wunder der Natur," sagte Titte etwas genierlich und mit zurückhaltender Begeisterung. Er blickte auf die beiden Männer, die ihn freundlich anlächelten und mutiger werdend meinte er dann:
"Die schönsten Wunder dieser Art besaß Kate. Sie war Amerikanerin und arbeitete in unserer Kantine. Wenn sie an einen Tisch herantrat, haben die Männer sie nur andächtig angesehen, ihre Suppe verschüttet oder sich mit heißem Kaffee verbrüht. Ich durfte sie einmal zum Zahnarzt fahren und wir sind uns schnell näher gekommen."
Erklärend fügte er hinzu:
"Kate trug ein weites weißes Oberteil, das bis zum Bauchnabel reichte und vorn weit abstand. Man hätte auf jeder Seite drei Sixpack Bier darunter verbergen können. Bei geöffnetem Schiebedach entfaltete sich ihr weißes Etwas wie ein Fallschirm und Kate stand während der ganzen Fahrt im Freien. Sie trug keinen BH und ich war geblendet und wie weggetreten. Schließlich bin ich in das Schaufenster einer Pferdemetzgerei gebrettert und sie sank Hilfe suchend in meine Arme. Wenig später ist sie mit einem kurzsichtigen Saxofonisten abgehauen und hat sich nicht einmal mehr von mir verabschiedet"

„Kismet Kate," sagte der russische Präsident cool und zeichnete als leuchtende Spur aus Gedankenschnipsel und vagen Erinnerungen schnelle Denkbilder mit merkwürdigen Fetischen und Gestalten auf einen Papierbogen. Bald fand er zurück zu seiner disziplinierten Arbeit als Kolorist und machte sich an die schwierige Farbgebung des La-Lulu Falters, dessen buttergelbe Flügel mit einer kaum wahrnehmbaren Silberbordüre umrandet waren, während der schlanke Körper des Insekts in sanfter Perlmuttfarbe von Mauve und Altrosa erstrahlte, als hätten die Flügel eine leicht gedimmte Innenbeleuchtung. Als Titte dem Präsidenten ein weiteres Bier brachte, herrschte der ihn schneidend an und forderte barsch, dass der General Anatolij Kwaschin sofort kommen solle. Titte meinte später Siegfried gegenüber:
"Er hat den General danach sofort wieder vergessen und ist mit seinen Buntstiften flink über die Abbildungen der zerbrechlichen Schmetterlinge hergefallen, um sie mit einem Kranz bleicher Rosen zu schmücken. Beide Politiker sind bei der Arbeit immer noch seltsam abwesend und zerstreut. Sie sprechen oft sehr undeutlich miteinander, als hätten sie einen Schalldämpfer aufgesetzt, um sich unter keinen Umständen für fremde Ohren zu artikulieren."
Bald kam aus der Küche der Geruch von gebratenem Räucherspeck mit Zwiebeln und Titte rief: „Jedem das Seine. Was kümmert mich die oberirdische Welt über meinem Kopf, wo es so hell ist, dass man ständig eine Sonnenbrille aufsetzen muss. Die Welt kümmert sich leider schon zu viel um mich und sollte sich lieber an die eigene Nase fassen, sofern sie eine hat. Morgen heißt es Abschied nehmen von unseren Gästen, die mir inzwischen ans Herz gewachsen sind. Ich werde ihnen zu

Ehren eine Gala in Form eines sehr intimen Candlelight Events mit vier Vorspeisen bereiten, später serviere ich ein mexikanisches Fleischgratin mit einer gefüllten und leicht geeisten Kartoffelhaube. Das ist selbst für eine Abschiedsgala für Staatsmänner mit hohem Gourmetanspruch eine Überraschung und es wird für alle Anwesenden das Highlight ihres Lebens werden. Außerdem werde ich noch eine Anzahl Räucherkerzen zum Einsatz bringen und es wird bei uns so gut riechen, wie in einem vornehmen Edelbordell, denn ein Duggen lässt sich nicht lumpen."

Nach einer kurzen Pause sagte er leise: „Das Aussehen meines Vaters hat mich erschreckt. Er war so dürr wie ein kranker Gockel, sein Gesicht hatte die stabile Gerbung eines Säufers. Er sah plötzlich hinfällig aus und hatte nicht mehr den Habitus eines Knochenbrechers. Wie immer er sich auch aufführte, in diesem Zustand kann er niemandem mehr vors Schienbein treten. Für ihn ist der Augenblick gekommen, wo das Leben sich vor ihm versteckt. Er ist nicht mehr der Hecht im fremden Karpfenteich und ich werde ihn bald am Hals haben. Selbst seine Stimme hat sich verändert. Damit könnte er nicht einmal mehr warme Brötchen verkaufen."

KAISERKRÖNUNG
AUF DEM BEQUEMEN DOUBLE
THRON

Am Wahlabend überschlugen sich die dramatischen Ereignisse, die in seltsamer Zufälligkeit in LW ihren Anfang genommen hatten. Kurz vor dem Verschwinden des Kanzlers, hatten die Mannheimer Wahlforscher einen absoluten Absturz seiner Partei mit einem Endergebnis von 23 % prognostiziert. Sein plötzliches geheimnisvolles Verschwinden stellte bald alle bisherigen Voraussagen auf den Kopf, denn nach dem aktuellen Stand der Befragungen würde der Partei ein Stimmenanteil von 88 % beschert werden.
Die Choreografie eines wohlgesonnenen und kapriziös agierenden Schicksals war perfekt komponiert und seine Partei war vollends aus dem Schneider. Das Mitleid und ein immer stärker ausuferndes Gefühl von Menschenliebe und Patriotismus hatten die Herzen der Wähler erweicht und sich für den Kanzler mit einer Flut von Stimmen amortisiert. Nach dem monumentalen Wahlsieg gerieten die Menschen in einen nie gekannten Freudentaumel, als hätten sie mit ihrem Kreuz auf dem Wahlzettel den Kanzler vor dem Tod errettet. An diesem denkwürdigen Abend seines höchsten politischen Triumphes, sollte der Kanzler und der russische Präsident in Form einer pompösen Kunstperformance dem Volk endlich wieder erscheinen und wie Heilige in die oberirdische Welt der Wirklichkeit zurückkehren.
Die beiden Probanden wurden zuvor von Siegfried mit entsprechenden Beruhigungsspritzen präpariert und be-

fanden sich nun in einer heiteren Stimmung mit angenehmer und von den Buttermachern gewünschter Neigung zur Schläfrigkeit. Der Aufstieg in die Außenwelt aus dem versteckten Ausgang in der Meierei und der weitere Transport im Schatten der blühenden Rotdornhecken war in ruhiger Problemlosigkeit abgelaufen. Zwei kleine Schäflein mit derben Stricken um den Hals hatten sich ihnen unterwegs verängstigt und mit jämmerlichen Stimmchen zugesellt. Sie waren dem holprigen Rollstuhl mit der Last der dösenden Staatsmänner gefolgt, um sich im Portal der Kirche dekorativ zu ihren Füssen nieder zu lassen.

Mit ihrer präzisen Logistik und in generalstabsmäßigen Gründlichkeit, waren die Vorbereitungen der Buttermacher und der Ablauf der Performance einer fiktiven Kaiserkrönung zuvor im Atelier einstudiert worden, dessen reale Ausführung nun in lautloser Eile seinen Niederschlag fand. Der Rundbogen vor dem Kirchenportal wurde aus vorgefertigten Teilen zu einer prächtigen Thronnische umgestaltet und die wuchtige Tür verbarg sich bald hinter einem purpurfarbenen Vorhang, der mit Juwelen übersät war. Inmitten der virtuos arrangierten Prächtigkeiten hing das berühmte Gemälde der geheimnisvoll lächelnden Dame aus dem Louvre in Paris, die nun vieldeutig und mit kaum verhohlenem Amüsement auf die pittoresken Geschehnisse hinab blickte.

Die Wände links und rechts der Eingangsnische zur Kirche waren unter den Händen der Künstler mit dekorativen Mustern schneller Gipsformen erblüht. Die Buttermacher hatten schmückende Ornamente der Rocaille gewählt und das Muschelwerk in vielfachen S-Kurven und C-Schwüngen auf eine schnell gelegte Gipsschicht geformt oder freskenartig eingekratzt. Engel mit flatternden Himatia trugen die Glorie Christi in einem Kranz von Strahlenbündeln. Die Flügel der Cherubim und Seraphim, Symbole der Evangelisten und höchsten Gesetzgeber über dem Regenbogen, verliefen in Flammen züngelnden und Funken sprühenden Pfauenfedern, die in der irdischen Welt zugleich auch das Rangzeichen der hohen weltlichen Kaiser und Mandarine waren. Eine in Silberlack getauchte und mit Brillanten übersäte Schleppe rieselte wie ein im Sonnenlicht liegender Wasserfall, glitzernd und funkelnd hinter dem Thron hinab. Die Stufen zur Kirche waren mit Mosaikmustern aus bemalten Geldscheinen belegt. Bordüren aus blinkenden Goldbarren säumten die an den Gräbern vorbei führenden Wege, die alle strahlenförmig vor dem Portal endeten. Der Thron der auferstandenen Monarchen stand wuchtig inmitten der Thronnische und wurde von den beiden Staatsmännern und einer nahezu lebensechten Skulptur des letzten deutschen Kaisers in Anspruch genommen. Hinter den Majestäten stand die aufragende Skulptur des verstorbenen Viehhändlers Wilhelm I. aus LW, der sich devot zum Kaiser niederbeugte. Zwischen den beiden Staatsmännern stand die gemeinsam genutzte Wasserpfeife. Die Skulptur des Kaiser, sowie der daneben sitzende Kanzler wurden mit Kaiserkronen geschmückt, die durch geschickt angebrachte Blinklichter einen beachtlichen Heiligenschein über ihren Köpfen produzierten, während die Krone des russischen Präsidenten mit zierlichen Muster aus Hammer und Sichel und orthodoxen Ornamenten versehen war. Die Beleuchtung in den Kronen blinkte in regelmäßigen Abständen und die nach vorn gebeugten Köpfe wurden von einem unwirklichen Strahlenkranz umspielt, der wie in einer Schießbude vom Jahrmarkt sprühend seine Farbe dekorativ wechselte. Beide Staatsmänner saßen entspannt in ihren Prachtsitzen und inhalierten genüsslich den belebenden Rauch des Russian-Psilo-Fluids. Sie blickten gelassen auf die leuchtenden Flachsfelder, die die mondhelle Nacht mit wundersamen Lichtflecken schmückte. Eine Bodenskulptur als Mosaik aus farbig bemalten Goldbarren, zeigte das Bild eines drohend aufgerichteten Löwen, der mit seinen gewaltigen Pranken auf unsichtbare Feinde einschlug.

Niemand im Dorf bemerkte die emsigen und nahezu lautlosen Aktivitäten auf dem Friedhof und auch die Toten ließen sich nicht in ihrer ewigen Ruhe behelligen, allenfalls spukte ihre unsterbliche Neugierde herum, die aber in dem mit Tau besetzten Gras keine Spuren hinterließ. Die Menschen im Dorf saßen zu Haus vor ihren Fernsehern und folgten gebannt dem märchenhaften Ausgang der Wahl, die ihre Aufmerksamkeit nun voll in Anspruch nahm. In dieser bedeutenden Nacht hatte sich der Frühling endlich Bahn gebrochen. Auf stillen Gräbern blühten die bescheidenen Schlüsselblumen und die himmelblauen Vergissmeinnicht. Im Dickicht undurchdringlicher Schlehen jenseits der Straße hatten Nachtigallen ihr Nest gebaut. Als der Mond hinter den hohen Bäumen hervorkam, tollten junge Füchse übermütig auf der Wiese herum und spielten mit ihren eigenen Schatten, während Nachtigallen mit unwirklich zarten Stimmen eines himmlischen Engelchors herzergreifend zu singen begannen.

Am Ende ihrer umfänglichen Vorbereitungen verteilten die Buttermacher in fliegender Eile eine große Anzahl von Sturmfackeln. Wilhelm geriet in Begeisterung und schwelgte emphatisch:

„Unser kaiserliches Erscheinungsfest ist ein wilder Kick und zugleich die riskanteste Spielart einer Performance. Mit der Krönung des ersten europäischen Kaisers und seines rechtmäßigen russischen Vertreters haben wir den Menschen eine gigantische Kunstform geschenkt. Wer spricht hernach noch von einer abgedroschenen Verpackung des Reichstages, die man lediglich als touristische Bereicherung für die in Bussen heran gekarrten Kunstanalphabeten sehen kann. Wir aber haben den Menschen eine gigantische Kunstform geschenkt, deren Resonanz wie eine Welle um den Erdball schwappen wird. Als aufrechte Künstler mussten wir darum den Schlagabtausch mit der Gefahr wählen und unsere Gäste in angemessener Pracht, Würde und Schönheit in ein neues Leben zurückführen. Zugleich haben wir auch unseren Kaiser Wilhelm II aus der Versenkung geholt, wo er lange in müder Ratlosigkeit dahinvegetierte. Seine Auferstehung waren wir meinem Onkel Wilhelm I. schuldig, denn er verhalf mir durch sein Vermächtnis zu einem sorgenfreien Leben, was euch weit früher ohnehin schon in eure Wiege gelegt wurde."
Danach hasteten die Buttermacher mit Fackeln durch die Wege des Gottesackers, um die dort installierten Fackeln zu entzünden. Zur mitternächtlichen Stunde erstrahlten endlich die prächtigen Insignien der kaiserlichen Erscheinungen im Licht wild zuckender Flammen, die den Dorffriedhof von LW in einen festlichen Krönungssaal verwandelten. Wilhelm stellte sich auf das Grab der einst uneinnehmbaren Luise Tewes und ließ seine Filmkamera um den festlich erhellten Friedhof zu den Majestäten kreisen, während Storm durch einen Nebeneingang in die Kirche hastete und das elektrische Glockengeläut auslöste. Dröhnendes Sturmgeläut zerriss nun die Stille der

Nacht. Die aufgescheuchten Turmfalken jagten wie schwarze Blitze durch das Fackellicht und flüchteten in den Schutz der dunklen Tannen. Schneeweiße Tauben flohen aufgeschreckt und wie geblendete Motten zu den schützenden Strohdächern der Bauernhäuser. Bevor die Buttermacher die Flucht ergriffen, wendeten sie sich noch einmal bewundernd ihrem Werk zu. Die Männer auf dem Thron wurden von den hellen Flammen der Fackeln und den grellen Blitzlichtern aus ihren Kronen umzuckt. Der Kanzler hielt seinen Kopf hoch erhoben und seine unergründlichen Augen schienen bis in die fernsten Grenzen seines Reiches blicken zu können. Der russische Präsident zog genüsslich den Psilorauch aus der Wasserpfeife ein und blickte auf das glänzende Kopfsteinpflaster der Dorfstraße, das der Mond mit weißem Silber übergoss. Hinter den Monarchen erhob sich die wuchtige Skulptur des Viehhändlers Wilhelm I., der seine großen Hände schützend und segnend über alle hielt. Noch einmal wandte sich sein Neffe Wilhelm den Herrschern zu und sagte: "Wir haben in unserem Streben nie nachgelassen euch zu dienen und das Vermächtnis meines Onkels zu erfüllen. Hier sei auch noch Titte Duggen erwähnt, der so sehr um euer leibliches Wohl besorgt war und selbstlos eure Wünsche erfüllte. Nun aber ist die Schlacht geschlagen. Jedes Leben ist irgendwie ein Gleichnis und ihr seid nun zu anderen Wesen geworden, denn die Kunst hat euch in ihr Herz geschlossen und wird euch nie wieder daraus entlassen. Wir haben euch sukzessive mit Kunst infiziert und dedopt, eure Talente erweckt und euch zu Freunden der lieblichen Schmetterlinge gemacht. Leider müssen wir nun die Fliege machen, denn gleich wird hier die Hölle los sein.

Viel Glück auf dem weiteren Lebensweg und ein herzliches auf bald, aber nicht zu bald, denn wir brauchen zunächst einen bedeutenden Sicherheitsabstand zu allen Staatsgewalten."
Storm konnte seinen Blick von ihrem gemeinsamen Werk nicht abwenden und nachdenklich bemerkte er zu Siegfried: „Hoffentlich haben wir das nicht vergeigt, denn die Sache ist uns aus dem Ruder gelaufen und ein wenig zum Selbstläufer geworden. Dieser schöne Glanz und Glitter hat irgendwie zu viel von einem schönen Kinderkarussell, aber zum Glück zugleich auch einen Touch von himmlischer Pracht."
„Wie man`s nimmt, man muss sich nur entscheiden aus welcher Perspektive man unser Werk sehen will," sagte Siegfried. „Im Augenblick ist eine besonders eilige Fluchtkunst gefragt und wir sollten uns sehr sputen."
Nach den ersten Glockenschlägen verließen die Buttermacher in gebotener Eile den Ort ihrer hohen Kunst und ihrer künstlerischen Verwirklichung. Im Schatten der dichten Knicks strebten sie, den Rollstuhl mit Werkzeug und Malutensilien vor sich her schiebend, zur Meierei mit dem Einstieg in ihr sicheres Erdatelier. Als sie den Hof der Meierei betraten, hörten sie die lauten Explosionen ihrer chinesischen Böllerschläge der Sorte China big Lum Lum extra, die sich wesentlich wilder und lauter aufführten, als sie erwartet hatten. Nachdem die Buttermacher ihr Geschick ganz in die Hände des Schicksals gelegt hatten, begann nahezu zeitgleich die große Stunde von Eieraugstein, die ihn in den größten Triumph seines Lebens katapultieren sollte.

EIER-AUGSTEIN UND DER PULITZER-PREIS

Eier-Augstein war im Landkreis bekannt wie ein bunter Hund. Man kannte ihn durch seinen Eierhandel von Haus zu Haus und durch seine wöchentlichen Marktberichte in der Landeszeitung, die er mit EA signierte. Ein Kürzel, das sich schließlich zu einem neuen Namen verselbstständigt hatte.
In dieser historischen mitternächtlichen Stunde zog EA in das Dorf ein. Er fuhr ein rotes Moped, das mit dem überall im Landkreis bekannten Anhänger für seinen Eierhandel bespannt war. Mit hohem Tempo und bewundernswertem Mut, begann er das schwierige Fahrmanöver für die Bewältigung der engen Rechtskurve einzuleiten. Es war wieder eine seiner rasanten Dorfeinfahrten, die ihm einen legendären Ruf bei der Dorfjugend eingebracht hatten. Er kam aus einer spanischen Kneipe und befand sich in aufgepuschter Fandangostimmung. Mit ruckartigen Bewegungen des Gasgriffs brachte er nun seine wild hüpfende Maschine vom zuvor verwandten 3/4 Takt in den 6/8 Takt des feurigen spanischen Tanzes. Mit hoher und unschuldiger Stimme eines Ministranten sang er in endloser Folge:
„Nur du la Chunga tanzt den mohnroten Rumba," eine Melodie, die ihn schon seit zwei Tagen in Besitz genommen hatte. Danach übernahm auch seine gewalttätige Fahrweise den seltenen 3/8 Takt und ließ das Gefährt nach diesen Stakkatorhythmen eckige Schwünge vollführen, die er verwegen nahe an die Hauswände oder Gartenzäune heranführte. Es war seine rasante shaky-walky Figur, die durch Storm als Bezeichnung >Archimedische Schnecke< in das Dorfvokabular eingegangen

war. Der Biologielehrer hatte zusätzlich dafür den Begriff >Wall-aby< geprägt, nach einer Känguruart, die weit und breit die höchsten Sprünge in der Tierwelt machte.
Selbst in dieser kritischen Phase seiner Fahrkunst, schweifte sein Blick hoffnungsvoll zur Deutschen Eiche, wo er seinen bereits gut entwickelten Rausch noch zu steigern erhoffte. Er kam von der Eberkörung in Heide, die in den landwirtschaftlichen Kreisen des Nordens als das größte Ereignis für die Vorstellung von Zuchtebern galt und in seinen Kolumnen zum Hochamt der Schweinezucht geadelt wurde. Seine gelegentlichen feuilletonistischen Beiträge für die Landeszeitung mit dem Titel >Stallimpressionen< und seine Kommentare über die Körungsfeierlichkeiten für Spitzeneber, hatten inzwischen eine enthusiastische Lesergemeinde gefunden, besonders in Kreisen der Akademiker. Der Abonnementssieger Erwin, ein Eber von archaischer Schönheit und üppiger Fruchtbarkeit, war stets eine sprudelnde Quelle seiner begeisterten Ausführungen.
> Keine Sau kommt an Erwin vorbei <,
war als Schlagzeile für den kommenden Artikel vorgesehen. Erwin, der eruptive Samenspender war von phänomenaler Standhaftigkeit, denn nach dem gelungenen Akt schüttelte er sich nur kurz und wandte sich dann sofort unersättlich und gierig der nächsten Sau zu, um sein fruchtbares Lebenswerk ausschweifend fortzusetzen. Der Eber hatte strahlend blaue Augen und betörend lange seidige Wimpern. Sein Penis dagegen machte nicht viel her. Er war optisch sogar etwas kümmerlich geraten und hatte die Form eines stark abgenutzten Korkenziehers, der schon eine Menge Korken gezogen haben musste.

Als EA endlich auf die Kirche von LW zuraste, sah er mit Erstaunen die ungewöhnliche Illuminierung des Friedhofs und die prächtige Lichterscheinung vor dem Kirchenportal. Nachdem nun auch noch die Sturmglocken zu läuten begannen und die friedliche Nacht vollends zerstörten, lenkte er sein Gefährt geistesgegenwärtig von der Dorfstraße auf den breiten Mittelweg des Friedhofs. Durch ein Spalier von Grabsteinen, brennenden Fackeln und berstenden Böllern, fuhr er näher an die Kirche heran, an deren Mauern gespenstische Schatten emporzuckten. In der Nische zum Kirchenportal sah er einen gewaltigen Thron und drei himmlische Erscheinungen mit buntem Heiligenschein über ihren Köpfen. Sie saßen reglos und in würdiger Haltung auf ihrem festlichen Gestühl und stießen wallende Rauchwolken aus. Zu ihren Füssen ruhten in anmutiger Haltung zwei schneeweiße Lämmchen, die immer wieder lieblich zu ihnen aufblickten. Über dem Heiligenschein schwebte eine flimmernde Wolke aus Funken sprühenden Steinen, deren Glitzern und Strahlen mit dem Sternenhimmel verschmolz. Von den Kronen auf den Köpfen der himmlischen Geschöpfe zuckten farbige Blitze, die weit in den Himmel schossen und den goldenen Hahn auf der Turmspitze zu hüpfendem Leben erweckten. Immer wieder ließ der Wind die Fackeln emporzucken und die Flammen schickten Funken wie Schwärme von Leuchtkäfern in die Nacht. EA schloss seine Augen und flüsterte:
„Himmelherrgott, die Kaiser des Himmels." Als die auflodernden Flammen die erlauchten Wesen auf dem himmlischen Kaiserthron auch noch mit einem hoch gewölbten Regenbogen dekorierten, warf EA sich hingebungsvoll auf die Knie, um in ungeübter Frömmigkeit

der Erscheinung ein mehrfaches verlegenes Amen zu entbieten. Seine erdrückende Neugierde überwand jedoch schnell seine fromme und schüchterne Zurückhaltung und ließ ihn in übermächtiger Eile auf den Kern des Geschehens zurobben, der ihn wie ein Magnet immer näher zu sich heranzog. Er erinnerte sich seines einst vom Pastor ausgesuchten Konfirmationsspruchs und zugleich auch der vier dänischen Schneepfötchen-Walzer, die seiner dringlichen Annäherung ein freundliches Alibi verleihen sollten. Auf der Suche nach zwingenden Gründen der Erscheinung noch näher zu kommen, verfiel er in ein aufgeregtes Gestammel, das aus einer Mixtur von unvollständigen und verdrehten sakralen Weisheiten und seinen üblichen Hymnen auf Erich bestand. Nach diesem wirren und dürren Kauderwelsch und der Offenbarung seiner beschämenden religiösen Armut, rief er mit geradezu trotziger Stimme. „Ich komme in Frieden."
Danach wanderten seine Gedanken zu den Trollweibern, deren Auftritt er nun hoffnungsvoll erwartete. Nach Berichten älteren Männer würden sich die kleinwüchsigen Frauen, wenn sie sich den Menschen einmal zeigten, nackt und freizügig gebärden und eine scharfe Augenweide sein.
EA hatte seine Fassung inzwischen wieder gewonnen und sagte mutig in die Flammen knisternde und raucherfüllte Nacht hinein:
„So etwas ist mir noch nie passiert, aber immerhin sehr bemerkenswert."
Er war eingekreist von dem Grabstein der Krasse Wögens, der einstigen Femme fatale von LW, der er einmal ein blaues Kleid mit Aufdrucken der Blüten des Zitrone-Thymians und der Eisenkraut-Minze geschenkt hatte.

Es war mit zweiundzwanzig Knöpfen versehen, die sich jedoch in bestimmten Augenblicken als zeitraubend und hinderlich erwiesen hatten. Auf der anderen Seite stand der Findling von dem wortkargen Brav Arfsen, der seinen Namen auf dem Grabstein verweigert hatte. Der eigenwillige Melancholiker war an einer baldigen Auferstehung nicht interessiert. Sein Stein war ohne Namen und zeigte lediglich einen nach unten gerichteten Pfeil, was in Bravs Wortlosigkeit bedeuten sollte, dass er in seiner derzeitigen Ruhestellung zu bleiben gedenke und sich einer anstrengenden Himmelfahrt verweigere. Der Pfeil auf seinem Stein war ein grafischer Affront mit dem Hinweis auf den Verzicht einer gelegentlichen Auferstehung und Rückkehr in die elende irdische Welt. Manchmal hatten Besucher des Friedhofes den Pfeil so gedreht, dass er zum Himmel zeigte, was lediglich darauf hinwies, dass dennoch jeder Anfang ein Ende und jedes Ende auch unweigerlich einen neuen Anfang habe, wohin auch immer alle Pfeile dieser Welt hinweisen würden.
Ein ausladender Rhododendronstrauch gab EA eine gute Rückendeckung zur Dorfstraße hin. Beim Näherkommen wollte der gerade neu aufgekeimte Mut ihn schon wieder verlassen und er lehnte sich entnervt an Krasses kühlen Grabstein. In solcher engen Nähe hatte er früher alle Hände voll zu tun gehabt, um ihrer ungehemmten Heißblütigkeit nachkommen zu können. Sein Mangel an Kenntnissen im Bereich geistlicher Zusprüche und seine Textunsicherheit von Chorälen und Bibelinhalt machte er wett durch sein profundes Wissen in der Mathematik der Sekundarstufe. Nach der Erbschaft eines Schuppens mit dreihundert Krankenhausbetten und zwölf zerfledderten Lehrbüchern für Mathematik, hatte er gegen andere Dorfbewohner einen großen mathematischen Vorsprung

gewonnen und es gab Stimmen, die ihn zum Einstein von LW kürten. Er konnte alles berechnen, aber es war ihm bislang dennoch nicht gelungen, den Zeitpunkt seines eigenen Todes mathematisch zu bestimmen.

Er hielt es nun für angezeigt, der göttlichen Erscheinung das weltliche Schutzschild einer mathematischen Wirklichkeit vorzuhalten und bediente sich dazu der Regeln der einfachen Geometrie: „Außenwinkelfelder eines Polygons sind die im Äußersten eines ebenen Polygons gelegenen Winkelfelder zwischen den Seiten des Polygons."

Mit dieser Feststellung befand er sich auf der gleichen Wellenlänge mit Euklid und fügte mehr rebellisch als mathematisch die einfache und harmlose Erkenntnis hinzu:

„Jede Gerade enthält mindestens zwei Punkte," was an sich eine Binsenwahrheit war und kein mathematisches Mysterium. Schnell brachte er darum noch die Zwölfflächner ins Bild und deklarierte in penetranter Wiederholung die Reihenfolge der 64 Tripel, die er nur in Vollständigkeit hervorzubringen imstande war, wenn große Gefühlswallungen sich seiner bemächtigt hatten, um dann aber die Schleusen zu seiner mathematischen Genialität weit zu öffneten. Die zwingende und unumstößliche Logik der Mathematik hatte ihn in einigen Situationen seines Lebens immer wieder schnell auf den Boden der Tatsachen zurückgeführt. Die angewandte Mathematik und deren Satzlehre gab ihm auch nun seinen Seelenfrieden zurück und er blickte in ruhiger Sachlichkeit und erwachender Neugierde zu den gut ausgeleuchteten Erscheinungen empor.

Das Kirchenportal war durch zwei dekorative seitliche Erweiterungen in ein Triptychon verwandelt worden und

EA war begeistert von den vielen anmutigen Elementen des Rokokos. Hinter der Gruppe der drei Heiligen auf dem einladenden, prächtigen Double-Thron, hing das Gemälde einer geheimnisvoll lächelnden Dame, die Falkenhagens neuer Küchenhilfe aus Polen wie aus dem Gesicht geschnitten war. EA machte ihr jeden Abend aufwendige Avancen, aber sie hatte ihn immer nur lapidar mit einem vieldeutigen Lächeln aus Zurückhaltung und Versprechen bedacht.

In ihrer Nähe begann sein Herz aufgeregt zu pochen, besonders, wenn sie ihm eine gemischte Wurstplatte servierte und ihn dabei auffällig häufig mit ihrem Körper berührte. Beim Servieren der letzten Wurstplatte, der sie Falkenhagens Privatwurst hinzugefügt hatte, war sie auf Tuchfühlung an ihn herangetreten, um ihn mit der lockenden Stimme einer Sirene die Verheißung ins Ohr zu flüstern.

"Bald werde ich dein sein und guten Appetit."

Vom Meer kam leichter Wind auf und trug den Geruch von Tang und blonder Meerjungfrau ins Dorf. EA hielt den Augenblick für gekommen, seine extravagante Mütze abzunehmen, die mit einem umlaufenden Text auf die Preiswürdigkeit der reichlich anfallenden Knickeier hinwies. Jene durch Transportschäden ramponierten Eier, die seiner robusten Fahrweise zum Opfer gefallen waren, blieben stets sein merkantiles Minusprodukt und beutelten sein betriebswirtschaftliches Gesamtergebnis ganz erheblich. Mit der intuitiven Grundbewegung eines schnell agierenden Reporters zog EA nun seine Kamera aus der Jackentasche. In vorsorglicher Höflichkeit flüsterte er: „Ehre sei Gott in der Höhe und zeig uns deine ganze Pracht."

Nach diesem fahrig vorgebrachten und ausreichend verstümmelten christlichen Bekenntnis und Bittgebet blickte er routiniert durch den Sucher und drückte mehrfach auf den Auslöser seiner Kamera. Er fotografierte die drei Wesen auf dem majestätischen Gemeinschaftsthron und den Mann, der in devoter Haltung hinter dem Thron stand und ihn an den Viehhändler Wilhelm I. erinnerte, der inmitten der Pracht himmlischer Accessoires und den dekorativ hingelagerten weißen Schäfchen zu Füssen der drei Heiligen seinen Platz gefunden hatte.

Später sollte sich herausstellen, dass von dem eingelegten Film mit insgesamt 36 Aufnahmen bereits 29 belichtet waren. Sie zeigten unisono den feschen Eber Erwin in verschiedenen Detail- und Aktionsaufnahmen, die unbrauchbar waren, denn EA war während seiner shootings immer auf der Flucht vor dem Eber gewesen, dessen erklärter Feind er war. Etliche Aufnahmen waren in den Bildausschnitten vollends verrutscht und teilweise auch ohne das ersehnte Objekt abgebildet zu haben. Die Fotos zeigten vielmehr Ausschnitte von der freischwebenden Deckenkonstruktion der Viehmarkthalle, die in der altmeisterlichen Kunst der Zimmerleute errichtet worden war. Im Allgemeinen waren jedoch sämtliche Aufnahmen anschauliche Beispiele für das hohe Gefahrenpotential der Körungsfotografie. Ein weiteres misslungenes Foto konnte als symptomatisch gelten. Es zeigte Erwin mit einem steil nach oben ausgestellten Ohr und grimmig geöffneter Schnauze, um seine gewaltigen Hauer möglichst schnell und tief in das Bein des Fotografen zu schlagen. Eier-Augsteins ersten vier Fotos von den Geschehnissen vor der Kirche waren Flops, denn sie zeigten lediglich farbige Nebelschwaden hinter einem schiefen Gittermuster und einer grünen Gießkanne mit der Abbildung einer brütenden Glucke. Das ander Foto zeigte die Finger seiner linken Hand mit dem beeindruckenden indischen Glücksring. Der nächste Versuch erbrachte lediglich eine vollends überbelichtete Abbildung von zwei rauchenden Fackeln, die den Grabstein der Krasse Wögens harmonisch ausleuchteten und in unwirkliches Licht hüllten. Das Foto Nr. 35 dagegen war dermaßen verwackelt, dass man unter allen Umständen auf ein Erdbeben tippen musste und sich davon auch nicht abbringen lassen würde. EA kniete immer noch im schützenden Schatten des Rhododendronbusches und hörte nun die Schritte von eilig herannahenden Menschen. Als er sich vorsichtig umblickte, sah er eine Anzahl schwer bewaffneter Männer, die auf den Pfaden zwischen den Gräbern an die Kirche heranpirschten. Er presste sich eng an Krasse Wögens Grabstein und drückte schnell auf den Auslöser seines Fotoapparats, um noch das letzte auf dem Film verbliebene Foto mit der Nr. 36 zu machen.

Es war gerade jene Sekunde, in der sich alles zu einer wundersam ausbalancierten Komposition geordnet hatte. „Gott hielt meine Hand, er hat mein letztes Foto gesegnet und viele seiner Engelchen waren willige Studiohelfer und Requisiteure, die zusammen mit mir eine herrliche Bildsymphonie schufen," pflegte er sein Werk später bescheiden und dankbar zu kommentieren. Das Foto Nr. 36 war rundum ein Glückstreffer für EA und es gelang ihm ein unvergleichliches Meisterwerk. Es war von unvergleichlicher farbiger Brillanz und im Gesamten von höchster Studioqualität. Für dieses Foto sollte er später den Pulitzerpreis und die Ehrendoktorwürde der Universität Oxford erhalten. In einer festlichen Laudatio wurde er dort als Meisterfotograf gepriesen und als >A famous Son of Germany< gefeiert. Am Ende wurden auch noch seine Verdienste als großer Fotograf des einfachen Haustieres hervorgehoben und begeistert gewürdigt.

Auf dem preisgekrönten Foto saßen die Herrscher auf ihrem gemeinsamen Thron wie Wesen aus einer anderen Welt. Treu behütet von ihrem Diener Wilhelm I., dem Viehhändler. Sie trugen Gewänder, die mit Schmetterlingen bemalt und mit bunten Federn bestickt waren. Sie hatten ihre Augen weit geöffnet und blickten mit seltsam geweiteten Pupillen versonnen auf das Meer mit den herannahenden Heringsschwärmen, die mit ihren glänzenden Rücken das Wasser bis zum Horizont silbern kräuselten. Die Kronen der drei Herrscher verglühten gleichsam und warfen rote Sterne in die Nacht. Der Heiligenschein schien sich zu erheben, um mit Hilfe nachdrücklicher Böllerschüsse in wachsender Beschleunigung unversehrt in den Himmel zu enteilen. Mit mildem Lächeln blickten die Herrscher nun auf die beiden Schäflein, die sich zärtlich an ihren Beinen aufrichteten und liebliche Stimmchen machten. Immer wieder erglühte die Wasserpfeife zwischen ihnen und die heiligen Raucher ließen ein Geschwader gleichmäßig geformter Rauchringe zu der geheimnisvoll lächelnden Dame aufsteigen. Nie zuvor war EA ein Foto von solcher erlesenen Qualität und Schönheit gelungen. Selbst das viel beachtete Foto >Eber des Jahres< konnte nicht annähernd an dieses Wunderbild heranreichen. Auch seine heimliche Pornokunst aus seiner Waldfeenserie, wo Kim und Lulu, die beiden Altenpflegerinnen aus dem Storchendorf Bergenhusen, ihre stark herangezoomten gemeinsamen Mooslagerkünste zeigten, konnten bei Weitem die Qualität des Krönungsbildes nicht erreichen.

EA hörte, dass seine Kamera den belichteten Film automatisch zurückspulte. Er nahm den Film blitzschnell heraus und drückte ihn in den defekten Hohlgriff einer Gießkanne, die in dem Rhododendronstrauch abgelegt worden war.
Schnell schob er die Kamera wieder in seine Jackentasche. Eine weitere Gruppe von GSG-Männern der Abteilung >Sonderkommando Kanzler< durchkämmte nun, von allen Seiten kommend, engmaschig den Friedhof. Zwei Männer in gefleckter Tarnuniform brachen durch die Büsche und warfen sich blitzschnell auf EA. Sie drückten ihn fest auf den Boden und einer von ihnen rammten ihm sein Knie in den Unterleib. Ein Vorgang, den EA bei einer späteren Pressekonferenz empört als unsittliche Berührung und als ein Versuch einer schwerer Notzucht bezeichnete. Ein dritter Mann mit einem bedrohlich wirkenden schwarzen Bart rief seinen Kollegen grob zu: „Schafft diesen Kauz zu dem Verhörraum in der Deutschen Eiche, obwohl es wahrscheinlich nur ein besoffener Dorfkanake ist, der seinen Rausch auf dem Friedhof ausschläft."
Als EA am nächsten Tag den Friedhof betreten wollte, war der Gottesacker immer noch von den Beamten besetzt und rundum abgeschirmt. Der Kirchhof blieb drei Tage für das Trauer- und Gießpublikum gesperrt und selbst die resoluten Altwitwen konnten keinen Zugang erzwingen, um ihren Männern weiterhin die klamme Ewigkeit zu erhalten.
Die Spurenfachleute des BKA hatten das Reich der Toten übernommen und ihrer vielseitigen Technik ausgesetzt. Das Moped mit dem unvermeidlichen Anhänger für den florierenden Eierhandel stand weiterhin auf dem Mittelweg des Friedhofs und hatte zunächst das Hauptaugen-

merk der Spurensucher auf sich gezogen. Das schäbige und armselige Gespann parkte im Licht starker Scheinwerfer und musste den neugierigen Zuschauern und den vielen Kamerateams seine Schäbigkeit nun unverhüllt preisgeben. Die Beamten fanden überall Spuren von getrocknetem Eberspeichel und Urinproben von dreihundert Hunden und zwei Mardern. Die Ladefläche des Anhängers mit eingetrockneten Spuren von zerbrochenen Eiern, war eine reiche Fundstätte für aktiven Salmonellenbefall. Die Spurensicherung fand jedoch nicht den geringsten Anhaltspunkt dafür, dass die beiden Staatsmänner mit dem Eiergespann zum Friedhof gekarrt worden waren. Das Kirchenportal, der Fundort der Staatsmänner, war durch hohe Planen verdeckt, die noch in der Nacht installiert worden waren. Als vier Tage später der beliebte Quartalssäufer Bernhard de Grotta zu Grabe getragen wurde, war der Friedhof bereits wieder für das Publikum freigegeben worden und die vielköpfige Trauergemeinde konnte ungehindert der Trauerfeier beiwohnen. Nach der milden und nachsichtigen Predigt Söderbaums und der traurigen Grabrede Falkenhagens, dessen Tränen seinen Bart durchnässten, wurde der Eichensarg in die Erde gesenkt. Bevor noch die Totenlade geräuschvoll auf dem Boden aufschlug, hatte EA bereits seinen in der Gießkanne versteckten Film an sich genommen und blitzschnell in seine Hosentasche gesteckt. Befreit und abgelenkt rief er nun mehrfach laut und unangebracht: „Gelobt sei Jesus Christus und die Jungfrau Maria," Eine ungewöhnliche phonetische Einlage, die allgemein Verwunderung in der Trauergemeinde auslöste und ihm einen unwilligen Blick von Pastor Söderbaum einbrachte, der für das geistliche Genre des Dorfes ein uneingeschränktes Monopol be-

anspruchte und es keineswegs in katholische Rituale abgleiten lassen wollte.
Den Film entwickelte EA später in seinem Labor hinter den Hühnerställen. Als er endlich das Produkt seiner bildjournalistischen Sternstunde begutachtete, geriet er in einen Taumel ungestümer Begeisterung. Im Überschwang seiner Freude zeigte er das Foto Opa Johannsen, der das ihm anvertraute Geheimnis unverzüglich weitflächig durch das Dorf posaunte. In listiger Voraussicht versteckte EA den Film und die Abzüge in einer Winterscheune an der Hohner Fähre, wo ausgeschlachtete Traktoren herumstanden und Fledermäuse an der Decke hingen. Opa Johannsens Aktivitäten trugen bald reife Früchte. Eine Presseagentur in den USA bot für alle Nutzungsrechte eine Summe von fünf Millionen Euro und der Stern erhöhte das Angebot bald darauf ganz erheblich. EA lehnte alle Angebote kategorisch ab und verschob seine Entscheidung bis zur Rückkehr des Verlegers vom Rendsburger-Tageblatt, der einige Wochen in der kanadischen Einöde verbrachte und mit einem taubstummen Indianer auf verbotene Bärenjagd aus war. Auch für eine Meute von Detektiven, die auf den Verleger angesetzt waren, blieb er unauffindbar. Ein Flugzeug musste während der Suchaktion auf einem zugefrorenen und verschneiten See notlanden und die Detektive wurden von hungrigen Bären attackiert und belagert. Der heraneilende Rettungshubschrauber geriet bei aufkommendem Sturm in heftige Schieflage und der Rotor gravierte bizarre Blumen in das Eis, bevor er mit peitschendem Knall zersplitterte.
Das Haus von EA, sein Labor und sogar seine Hühnerställe wurden während seiner häufigen Abwesenheit mehrfach gründlich gefilzt. Der Aufforderung der

Bundesstaatsanwaltschaft ihr zwingend seine Fotos als amtliche Beweisstücke auszuhändigen, kam er nicht nach. Seine Antwort war von kaltschnäuziger Lakonie und stellte lediglich fest: „Was man nicht hat, kann man nicht hergeben, so wenig, wie man einem nackten Mann in die Tasche greifen kann.
Ihr habt die Staatsmänner unversehrt zurück bekommen, die Goldbarren, die Juwelen und die sauteure Mona Lisa. Ich habe einen legalen Presseausweis und insofern stehen die Produkte meiner beruflichen Arbeit ohnehin unter dem Schutz der unantastbaren Pressefreiheit. Wenn ich solche Fotos aber hätte, würden sie nicht einmal von einer fliegenden Kuh oder von hundert Aufklärungsdrohnen gefunden werden." Seiner Eierklientel gab er dagegen bereitwillig aktuelle Berichte über den Stand seiner Verkaufsverhandlungen.
„Die Amis bieten mir einen Sack voll Geld für mein fotografisches Highlight und erhöhen von Stunde zur Stunde ihr Angebot. Das kann ich leider nicht annehmen, denn ich habe einen ungeschrieben Vertrag mit meinem Verleger, mit dem ich schon seit Jahren auf Treu und Glauben zusammenarbeite. Zu Beginn meiner leider viel zu spät geschiedenen Ehe hat er mir generös mein Schlafzimmer finanziert und nought point nought Zinsen für das Darlehen verlangt. Mein Schlafzimmer war das absolute Spitzenmodell vom Möbelhaus Brettsack & Kulle. Ahorn geflammt mit antiken Ornamenten aus original Gusseisen. Mein Verleger hat mich klug vorausschauend schon immer wie einen unersetzlichen Mitarbeiter behandelt und nicht etwa wie ein Stiefvater seinen schwulen Stiefsohn. Er hat meine Zeitungsartikel und meine gewissenhaften Viehmarktberichte als Fachmann gewürdigt und meine hoffnungsvolle Erfindung der

>Augsteinschen Gummiraupe< bis zum bitteren Ende aus seiner eigenen Tasche gesponsert. Der Informationshunger der Weltpresse muss bis zur Wiederkehr meines Verlegers leider noch ungesättigt bleiben. Nach seiner Ankunft werden wir jedoch im Rahmen einer Pressekonferenz der Öffentlichkeit unsere Entscheidung mitteilen. Vielleicht bleibt es auch bei einem Extrablatt der Rendsburger-Tageszeitung mit einem ganzseitigen Foto in wunderbarer Tiefdrucktechnik. Die Ausgabe könnte dann von den Blättern aller Weltstädte in einer Lizenz übernommen werden, wir werden sehen. Ich will zur Bedingung machen, dass mein Foto von der wundersamen Auferstehung des Kaisers Wilhelm und der beisitzenden Staatsmänner nur zusammen mit Erwins Konterfei veröffentlich werden darf, damit auch ein Spitzeneber endlich zu dem verdienten Weltruhm gelangt."
Als die vornehme persische Gattin des Kapitäns Spross beim Eierkauf einmal bemerkte, dass er doch sehr viel Geld bekommen könne und er darum sehr dumm sei, es nicht zu nehmen, wurde EA unverhältnismäßig ausfällig und rief mit hochrotem Kopf:
„Meine Frontlinien als treuer Mensch und freier Journalist sind fest verzurrt. Es ist eine Frage der Ehre, du alte Safranxanthippe aus dem Morgenland. Ich kündige mit sofortiger Wirkung unsere Geschäftsbeziehung. Von mir gibt's ab sofort keine Eier mehr, nicht einmal Knickeier.
Verkaufssperre an 365 Tagen im Jahr und bei Schaltjahren noch fünf Tage dazu oder weniger, denn ich kenne die Dauer und Unbeständigkeit der gelegentlichen Schrumpfjahre nicht wirklich. Nun musst du deine Eier selber legen, du Perle des Orients, du Wunderbare."

Wütend setzte EA sich auf sein Moped und nahm die Abkürzung über einen schmalen Feldweg ins Dorf. Der völlig überdrehte Zweitakter zog einen Kondensstreifen aus beißendem Abgas hinter sich her, der sich übelriechend über die blühenden Wiesen legte und seine Wut mit einer stinkenden Todesschleppe schmückte.
Am Nachmittag lag EA im Kreise seiner Bewunderer auf der Hauswiese der Deutschen Eiche und man bediente sich aus einigen Kisten Bier. Er hatte den Kopf auf seinen Bernhardiner gebettet und blickte zufrieden in den Himmel, wo zarte Federwölkchen sich gerade mit feingliedrigen Zirrokumulus vermählten. Nach der achten Flasche Bier bestand er darauf, eine schottische Mutter gehabt zu haben, was die Kenner seiner Familienvita unter den Zuhörern ziemlich erstaunte und verwirrte.
„Sie war mit dem berühmten Koch Maitre LaCour, der wahrscheinlich mein Vater ist, in zweiter Ehe heimlich verheiratet. Er legte immer noch großen Wert auf mein Urteil als Genießer und einziger Kenner der schwierig zu bereitenden 444 schottischen Fischmenüs. In seinem Lokal in Paris trägt mein wahrscheinlicher Vater eine Mütze aus schwerer Seide. Leider muss er sie auch im Sommer tragen, denn er leidet gelegentlich an einer nervösen Blasenschwäche, deren Schaltzentrale sich im Kopf befindet, nicht unten herum und darum muss er für gleichbleibende Kopftemperatur sorgen."
Später lobte EA in einem unharmonischen Sprechgesang den süßen und reichen Schmelz der spröden Frauen des Nordens, wobei er seine Bekenntnisse in hexametrischen Versen vortrug. Er war aufgestanden und lustwandelte zwischen gelben Inseln aus Löwenzahn und den gemächlich grasenden Hausgänsen im weiten Kreis um seine

Bewunderer herum und deklamierte mit der nachhallenden Stimme eines Propheten und Verkünders:

„Sie sind schön die Blumen der Westküste,
die du sonst nirgendwo findest,
als nur in der sturmumtosten Weite der dunkelgrünen Fettweiden,
die wir dem Meer,
immer wieder mühselig abtrotzen müssen.

Er bemerkte noch rechtzeitig die Unvollständigkeit und liederliche Verkürzung seines Hexameters und fügte als sechsten Daktylus zur Vervollkommnung des unumstößlichen rhythmischen Gesetzes hinzu:

„Step by step."

Mit dem letzten unbestimmten Hinweis auf die besonderen Mühseligkeiten, wollte er auf die schrittweise Landgewinnung mit Hilfe der unersetzlichen Queller hinweisen. Einer zählebigen
Pflanze, die auch unter dem Namen Glasschmalz bekannt ist und zu den Gänsefußgewächsen gehört. Als erste Vegetation fasst sie Fuß im brackigen Wattschlick, um sich mit kleinen tapferen Schritten alsbald unaufhaltsam zur Seeseite hin auszubreiten, sich dauerhaft ansässig zu machen und als mutiger Schrittmacher weiteren botanischen Abenteurern und Ausreißern den Fluchtweg in die grenzenlose Weite des Meeres zu zeigen.

WO IST MEIN RAUCHZEUG ?

Nach der Erstürmung des Friedhofes wurden die beiden Staatsmänner zunächst von zwei Stabsärzten eilig untersucht und danach von Sanitätern auf Elektrokarren zum mobilen ärztlichen Einsatzzentrum gebracht. Der Professor der Chirurgie und Meister der abendlichen Pokerrunde bemerkte gut gelaunt:
„Endlich sind die Ausreißer zurück. Die beiden Kracher haben vor dem Verfolgungsfeld der Polizei immerhin eine tolle Pace gemacht und offensichtlich ihr Tempo über die ganze Strecke kontrolliert. Nachdem sie einen weltweiten Wirbel verursachten, kehrten sie laut Beipackzettel als doppelte Eurokaiser gratissimo an den Ort ihres Verschwindens zurück. Gleich werde ich sehen, ob es etwas zum Schnippeln gibt, notfalls könnte ich ihnen auf Staatskosten die Wampe absaugen oder ein Überbein entfernen. Ich kann nach der ersten Beäugung schon mit Gewissheit diagnostizieren, dass keiner der beiden Imperatoren in das Reich der Toten befördert wurde, wohin die Menschen sich leider oft viel zu frühzeitig aus unserer Gebührenordnung entfernen. Ich gehe hoffnungsvoll davon aus, dass auch die Laborwerte meine Feststellung erhärten, damit hätte ich immerhin unter Beweis gestellt, Tote und lebende Patienten voneinander unterscheiden zu können, was an sich grundsätzlich nicht einfach ist. Beide Findelkinder haben übrigens eine auffallende Konjunktivitis und Bleparitis, also eine handfeste Bindehautentzündung mit begleitender Lidrandentzündung, die vermutlich durch äußere Reizung ausgelöst

wurden. Jedenfalls sind die Augen so rot wie die der Angora-Kanickel, aber ein Spritzerchen Kortison sollte hier alsbald Wunder wirken. Die Pupillen beider Findlinge sind zudem abnorm geweitet und man kann geradezu in die Abgründe ihrer Seele blicken, die ansonsten bei engen Pupillen unter Verschluss gehalten werden. Sie müssen ganz schön an verbotenen Früchten genascht haben, denn sie sind beneidenswert zugekifft und befinden sich immer noch im Himmel der Seligen. Woran man wiederum sieht, dass auch ein hohes Amt nicht vor Dummheit und Genussfreude schützt. Sie müssen einmal richtig ausschlafen und wenn sie aus dem Land der verbotenen Träume zurückgekehrt sind, sollten wir sie entgiften und kleine Blutwäschen vornehmen und schon ist der Käs gegessen. Eine Kochsalzinfusion zur Beruhigung aller anwesenden Heilgehilfen und als Placebo für die beiden Herren Leibärzte kann derweil keinen größeren Schaden anrichten. An sich stehen beide gut im Fleisch und haben körperlich nicht abgebaut. Ihre physische Verfassung ist mehr als gut und sie scheinen auch eine vorzügliche medizinische Versorgung gehabt zu haben. Die Leber erkläre ich ohnehin für Politiker und Chirurgen zum medizinischen Niemandsland, denn hier schweigt des Sängers Höflichkeit. Sie waren wenig im Freien, denn ihre Haut ist schlecht durchblutet. Wir werden sie ordentlich mit Senfwickel traktieren und bald sehen sie wieder aus, wie appetitlich angebrühte rosa Schalentiere. Ansonsten sind die Euro-Monarchen ziemlich trashig gekleidet und scheinen sich in einem Theaterfundus oder in einem Kostümverleih eingedeckt zu haben. Sie haben offensichtlich Sponsoren abgeklappert, denn ihre Taschen sind bis zum Rand hin mit Geldbündeln gepfropft. Das ist keineswegs die Norm bei Entführungen, wo es in der Regel geradewegs umgekehrt abläuft. Hernach werde ich einen Hubschrauberflug zu den Neurologen nach Schleswig anordnen und mich als Begleitung andienen, ein Service, der sich außerhalb jeglicher nachprüfbaren Gebührenordnung bewegen dürfte. Es ist zudem eine Gefälligkeit für die Neurologen, denn auch sie möchten einmal ins Fernsehen kommen und öffentlich über die Ergebnisse schwacher Hirnströme herumrätseln. Leider ist die Neurophysiologie in ihrem Kenntnisstand mehr als genügsam und schon heilfroh, gelegentlich auf reale Kopfströme zurückgreifen zu können, sofern noch welche vorhanden sind. Ab dann verliert sich das Wissen dieser medizinischen Rechercheure in dem unergründlichen See variabler Mutmaßungen und honorarreicher Fanggründe. Gott gab ihnen eine Menge Nüsse, aber keiner vermag sie zu knacken."

Einer der Leibärzte wieselte um die Bahre herum und demonstrierte seine berufliche Kompetenz in einer talentierten Mimiksprache. Er trug einen kleidsamen weißen Kittel mit einem aufgestellten stark gestärkten Kragen. Indigniert monierte er die burschikose Epikrise des vortragenden Chirurgen und zitierte bedeutende Statements aus dem umfangreichen Katalog der Standesregeln. Der Professor der Chirurgie entgegnete mit heiterer Gelassenheit:

„Sie sind der Mann mit Zugang zu den höheren Kreisen von LW und das zählt hier natürlich. Meine Klientel kommt mehr von außerhalb und umfasst derzeit lediglich den Papst, neun Staatspräsidenten, fünf Monarchen und etwa einhundert Mitglieder der reichsten Familien dieser Welt. Leider ist auch meine langjährige Zugehfrau eine treue Anhängerin meiner ärztlichen Kunst. Täglich nervt

sie mich mit neu erblühten Fettgeschwüren, aber meiner scheuen Rechnungsstellung schenkte sie dagegen nie Beachtung. Bei den Staatsmännern dürfen Sie nun endlich Ihre ärztliche Kompetenz demonstrieren und sich über sie hermachen. Die eventuelle Notwendigkeit einer Mund zu Mund Beatmung können sie auch noch hilfreich mit Zungenküssen bereichern. Ich würde jedenfalls zum Quaddeln mit Blutekeln raten. Bei Bedarf können Sie meine Großmutter anrufen, die darin über ein profundes Wissen verfügt und Spezialistin dieser Anwendung ist. Ohne ihren Rat und ihre Hilfe bei besonders diffusen Krankheitsbildern hätte ich schon längst meine Approbation verloren. Ich werde jedenfalls morgen meine Zelte in LW abbauen und den Ort meiner Pokertriumphe verlassen, um das weibliche Stammpersonal meiner Klinik wieder vielseitig zu betreuen und jeden leicht gereizten Blindarm oder eine zur Senkung neigende Gebärmutter durch geeignete Rhetorik in einen lebensgefährlichen Zustand versetzen. Das verspricht einen ansehnlichen Zugewinn, denn meine antike Bude in der Toskana soll endlich ein standesmäßiges Interieur bekommen, zumal meine Gattin ihrem italienischen Beschäler während meiner Abwesenheit ein trautes Heim bieten möchte. Hoffentlich wird die um den Äskulapstab geringelte heilige Schlange mir nicht eines Tages ihren Giftzahn in meinen Hintern hacken, was ich sehr befürchte und meine Frau wiederum erfreuen würde.
Übrigens eine vorläufige Analyse und die Blutprobe der Metaboliten zeigte ansehnliche Spuren von Cannabis und zudem erhebliche Anteile einer unbekannten Droge. Nach einem Eilbefund aus den USA, per Computer, erwies sich die Droge als ein wahrscheinlicher Sudextrakt aus Johannisbeerkraut in Verbindung mit Psilofluid. Ein

Mittel, das in Mexiko besonders heftig pubertierenden Jugendlichen zur Beruhigung ihrer hormonellen Stürme verabreicht wird und zum Ausgleich schöne Tagträume schenkt."

Am Ende der Untersuchung richtete der Kanzler sich plötzlich auf und stülpte ungehalten die neben ihm liegende und immer noch blinkende Krone auf seinen Kopf, wobei er sein rechtes Auge bedeckte und mit dem linken seine Umgebung rotäugig und blinzelnd fixierte. Unwillig sah er über seine linke Schulter auf den russischen Präsidenten, der die Wasserpfeife unter seinem rechten Oberarm wie in einem Schraubstock fest an sich gedrückt hielt und mit entspannten Zügen den Rauch einzog. Der Kanzler rief mit der Stimme eines Sängers aus der Opera Buffa: „Wo ist mein Rauchzeug?"
Eine Frage, die er mit unüberhörbarer Dringlichkeit mehrfach ungeduldig wiederholte. Er wirkte wie ein verstörter Reisender, der an einem herrlichen Sommertag einen Zug in Avignon bestiegen hatte und beim Aussteigen an der Cote d'Azur plötzlich in einen schneereichen Blizzard geraten war.

ROSEMARIES DIRTY DANCING

Rosemarie stand am Fenster und sah zwischen den hohen Pappeln am Fluss die Sonne aufgehen. Sie wohnte in dem strohgedeckten Haus ihrer verstorbenen Mutter, die ihr auch einige Wiesen und Äcker vermacht hatte. Eines Tages wurden ihre Grundstücke von der Gemeinde als Bauland ausgewiesen, sodass sie alsbald in finanzieller Unabhängigkeit leben konnte. In Lehmbeck-Weiche und in der näheren Umgebung hatte sie den Spitznamen >Dirty Dancing< , den sie ungeniert zu kommentieren pflegte. „Meinen Namen habe ich mir ehrlich verdient, denn Tanzen ist mein größtes Talent. Ich hatte immer hohe Einschaltquoten und mein brasilianischer Hintern soll nach Augenzeugenberichten noch schärfer sein, als der von Eugenie, jenem weltberühmten, etwas kümmerlich gebauten Unterwäschemodell von der Copacabana."
Rosemarie hatte sich nie vor dem Leben versteckt und jede Nacht verbrachte sie in irgendeiner Disko. Bei ihren Tänzen geriet sie schnell in einen seltsamen Rausch und ihre ungezügelten Bewegungen mündeten am Ende immer in einem sehenswerten Striptease. Am Ende ihrer Vorstellung bemerkte sie in unübertrefflicher Coolness: "Tanzen ist mein zweites Leben und ich werde vom Glück überwältigt, denn mein Strip ist die heiße Schwester des Tanzes."
Als sich die Sonne verschlafen von einem Zweig zum anderen hangelte, tauchte sie den frühen Morgen in ein sanftes Licht, das wie leise Musik über die Wiesen floss. Die Schwangere blickte in das Morgenrot, das den Himmel nun mit rotem Kräuselkrepp bezog. Sie spürte,

dass sich ihr ungeborenes Kind zu einer ungeduldigen Frühgymnastik anschickte und in ihr herumzulaufen begann, wie ein Goldhamster in seinem Laufrad.
Rosemarie war von unsäglicher Freude erfüllt. „Komm nur erst einmal an das Licht unserer schönen Welt, dann werde ich dir in unserer großen Diele alle meine Tänze lehren. Wenn deine Zeit dann gekommen ist, kannst du alle schönen Frauen bezirzen und flachlegen und ihnen mit vollen Händen die Lust des Lebens schenken."
Auf den Knicks wucherte ein garstiges Brombeerdickicht und aus dem schwindenden Morgennebel stieg die gelbe Pracht des Ginsters. Eine Lerche schraubte sich unwillig in den Himmel, jubilierte pflichtgemäß und ließ sich wie ein nasser Waschlappen in das feuchte Gras der Wiese fallen. Ein mit leeren Milchkannen beladener Traktor tuckerte über die Wiesen zum Fluss. Die Kannen schlugen wie Kastagnetten hart aneinander und erfüllten den stillen Morgen mit lauten Rhythmen. Rosemarie begann zu tanzen. Sie blickte an sich hinunter und betrachtete dabei ihren weit vorgewölbten Bauch. Übermütig rief sie:
„Wer auch immer dein Vater ist, kann ich dir leider nicht auf den Punkt genau sagen, aber alle in Frage kommenden Anwärter waren zumindest erstklassige Tänzer, denn sonst hätten sie mich nicht bekommen. Ich tippe allerdings auf Ole Süssewill, der auch ohne seine Tanzkunst mit seinen aquamarinblauen Augen jedes Mädchen zur Strecke bringt. Seine Vaterschaft wird sich nach deiner Ankunft in unserer schönen Welt dann zu erkennen geben, wenn du mich zum ersten Mal anblickst."
Rosemarie hielt beide Hände fest an ihren Bauch, als sei ihr Ungeborenes ihr Tanzpartner und flüsterte:

„Renn nur weiter so in mir herum und achte dabei auf meinen Rhythmus, denn der ist beim Tanzen schon die halbe Miete." Als die leeren Milchkannen immer lauter trommelten, ein früher Kuckuck lockend rief und die Lerchen endlich lustvoll zu jubilieren begannen, wurde Rosemarie ungestüm mitgerissen. Ihre nackten Füße bewegten sich nun nach dem gemischten Chor der Vögel und den harten Stakkatos der Milchkannen, die sie durch ein Klatschen ihrer Händen in einen gemeinsamen Rhythmus bändigte. Schnell geriet sie wieder in Fahrt und entledigte sich bald in gewohnter Weise ihrer Kleidung. Mit schwungvoller Geste warf sie ihr kurzes Nachthemd hinter sich. „Ein Schritt ist noch zu wenig," rief sie und zog ihren Slip aus, den sie mit einer steppenden Bewegung ihrer Füße und einer schwingenden Beinbewegung in den Raum schleuderte. Sie tanzte schließlich nackt zum Fenster, wo sie verharrte und laut atmend nach Luft rang. Die Sonne hatte sich inzwischen auf die unteren Zweige der Magnolie gelegt, deren üppige Blüten wie vom Wind aufgebauschte Segel den Morgen bekränzten. Rosemaries Brüste spiegelten sich kokett im Glas des Fensters. Sie waren mit der silbrigweißen Blumenpracht der Magnolie dekoriert, die ihre Blüten den ersten Sonnenstrahlen nun willig öffneten und der Baum schien plötzlich von einem Schwarm flatternder Vögel besucht zu sein. Als Rosemarie über ihr Spiegelbild hinweg nach draußen blickte, sah sie plötzlich den fremden Mann in ihrem Garten. Er sah aus wie der junge Robert Redford. Zu seinen Füssen standen vier glänzende Metallkoffer und auf seiner rechten Schulter trug er eine braune Pferdedecke, die bis zum Boden reichte. Der Mann lehnte erschöpft am Stamm einer Linde. Sein Kopf war mit einer schlecht sitzenden Mullbinde umwickelt, die an verschieden Stellen Blutflecken hatte und dadurch zumächst wie ein bunter Turban erschien. Er hatte ihr offenbar beim Tanzen zugeschaut und zeigte ein kaum wahrnehmbares Lächeln. Als sich ihre Blicke trafen, spürte sie seine Begehrlichkeit. Rosemarie wich nicht vom Fenster zurück und verbarg auch nicht ihren nackten Körper. Sie blieb ruhig stehen und hoffte inständig, dass er eines Tages an ihre Türe kommen und um Einlass bitten möge. Mit leiser und lockender Stimme versuchte sie ihn zu beschwören, obwohl sie wusste, dass er sie nicht hören konnte.

„Komm im Sommer zurück, dann bin ich wieder schön und schlank wie eine Birke. Ich werde dir meinen Sohn zeigen und dich besser wärmen, als deine alte Pferdedecke es kann. Wir werden miteinander tanzen und miteinander ins Bett gehen und alles zusammen geht auf's Haus."

Der Mann in ihrem Garten schien ihre Beschwörungen verstanden zu haben. Er blickte auf den Stand der Sonne und warf einen raschen Blick auf die Dorfstraße. Zunächst zögerte er, aber dann lud er die Metallkoffer, die seiner Haltung nach sehr schwer sein mussten, in einen grünen Militärbus. Sein Gang war geschmeidig, aber er wirkte merkwürdig abwesend und Rosemarie bemerkte nun erst, dass er weiße Walkingschuhe trug, die mit roten Flecken übersät waren. Bevor er in den Wagen stieg, legte er die rechte Hand auf sein Herz und bedeutete ihr mit einer Geste der linken Hand, dass er eines Tages wiederkommen würde. Als sein Wagen in den Bernsteinweg zum Fluss einbog, wurde er bald von einer Nebelbank verschluckt und Rosemarie nahm betrübt die verklingenden Motorgeräusche wahr.

Kaum eine Stunde später fanden Beamte des BKA drei Leichen in einem schwarzen Mercedes, dessen Reifen zerschnitten waren. Der Wagen stand neben dem Grab des glücklichen Claudius. Der Deckel des Kofferraums war weit geöffnet, als sei er in großer Eile entladen worden. Die drei toten Männer waren mit Handschellen aneinander gefesselt und alle auf gleiche Weise durch einen präzisen Genickschuss hingerichtet worden. Die Identität der drei Toten war schnell festgestellt, denn alle trugen ihre Pässe bei sich. Sie hießen Verhoeven, Katzenick und Messer und übertrafen sich gegenseitig in ihrem schlechten Ruf. Einer von ihnen trug eine Geldbanderole bei sich, die aus der Geldladung des Unimogs von Titte Duggen stammte. In dieser Nacht war auch Pastor Söderbaum zu Schaden gekommen. Im Dorf hieß es, er sei beim Herabwerfen von Heuballen aus der Bodenluke in den Stallgang gestürzt. Am frühen Morgen fand ihn sein Melkmeister. Söderbaum hatte sich vom Gestüt zum Herrenhaus geschleppt und lag blutüberströmt unter dem geöffneten Fenster seines Arbeitszimmers. Er hatte eine starke Kopfverletzung und eine Kugel in einem Halswirbel, als wäre er das Opfer eines missglückten Genickschusses geworden. Mit einem Rettungshubschrauber wurde er nach Hamburg gebracht, wo ihm in einer neunstündigen Operation die Kugel aus dem Halswirbel entfernt wurde.
Es gab keine Augenzeugen für das Verbrechen, nur ein Mann aus der Familie Duggen gab später zu Protokoll, dass er am frühen Morgen in der Ferne einen exotisch wirkenden Mann in weißen Schuhen und mit rotem Turban auf der Dorfstraße gesehen habe. Leider habe seine Melkmaschine gerade in diesem Augenblick einen

Vakuumsturz bekommen und er sei hinreichend abgelenkt gewesen.
„Der Mann aus dem Morgenland trug jedenfalls blitzende Behälter. Sie haben in der aufgehenden Sonne geglänzt, als wären sie aus Gold, aber ich habe nicht die Absicht mich mit dem Handgepäck des Muselmannes zu beschäftigen. Unsereins hat jedenfalls keine Zeit, schon am frühen Morgen seinen Sonntagsturban anzulegen und mit seinem Schwarzgelddepot durch das Dorf zu flanieren. Der Typ hat später den Weg neben Rosemaries Haus durch die Wiesen zum Fluss genommen. Er war von schwarzer Hautfarbe und rauchte aus einer bunten Pfeife, als sei er ein Tukan mit einem großen farbigen Schnabel. Zum Glück gibt es diese Pfefferfresser nicht in unseren Breiten, denn sonst würden sich die auch über unsere Zuckerrüben oder über die teuren Frühkartoffeln hermachen."
Rosemarie dagegen gab eine schnelle und präzise Beschreibung des Mannes.
„Er trug einen grünen Seesack an dem eine braune Feldflasche hing. Es war ein Farbiger mit rot gefärbtem Haar. Er war so schwarz wie meine Lackstiefel, auf die alle Männer so wild abfahren und vollkommen durchknallen. Der Mann war Eddy Murphy wie aus dem Gesicht geschnitten und ich erinnere mich auch noch an eine goldenen Stirnlocke. Er hat meinen Schimmel von der Wiese geholt und ist ungesattelt ins Dorf geritten. Vorher hat er mir mit seinen Händen noch unanständige Zeichen signalisiert, auf die ich mich hier nicht näher einlassen möchte."
„Vielleicht würde uns eine präzise Erläuterung seiner Gesten weitere Erkenntnisse bringen," meinte einer der Beamten. Rosemarie zögerte, aber nach einer kurzen

Pause sagte sie ungehalten und betont vulgär. "Er hat mir deutlich zu verstehen gegeben, dass er wild danach war, mich nach allen Regeln der Kunst zu vögeln, aber er schien leider in Eile zu sein."
Hastig korrigierte sie sich und fügte rasch hinzu: „Zum Glück war er so in Eile, als wenn er unbedingt wissen wollte, wie es hinter dem nächsten Baum aussieht."
Bei der ersten Version ihrer Darstellung, hatte sie mit dem Hinweis auf die bedauerliche Eile des Fremden einen klassischen Versprecher gezeigt, der für Psychiater sehr aufschlussreich gewesen wäre und nach Freud der unbedingte Hinweis für eine aufblitzende Wahrheit ist.
Sie sah die BKA Beamten freundlich an und dachte, mein Körper ist im Augenblick leider etwas unhandlich und ungebräuchlich für die Liebe, ansonsten hätte Robert Redford einzigartiges Glück gehabt, wenn er sich nur getraut hätte.
Mit entschlossener Stimme und seltsamer Hartnäckigkeit bekundete sie dagegen: „Er saß gut zu Pferd, aber er hat umfassend geschielt. Ein Auge hielt er starr auf die Dorfstraße gerichtet, während das andere mehr als wohlgefällig meinen Busen begutachtete. Ich trug natürlich ein Nachthemd. Es ist aus festem Leinen und mit bunten Bildern aus dem Märchen >Der Ellerschuß und die Dorfmume< bedruckt. Ein Märchen, wo es bekannterweise wirklich anständig und jugendfrei zugeht." Als kein Einwand von den Beamten kam, bemerkte sie nach einer Pause entschieden und mit einem Unterton von Rechthaberei: „Das, will ich wohl meinen!"
Danach schwiegen alle und betrachteten die aristokratische Pracht der Magnolie, die den Blick auf den Himmel und die Wiesen beherrschte und deren Blüten-

zweige bei geöffneten Fenstern weit in den Raum hineinwuchsen.
Rosemarie sagte: „Mein Schimmel kam zwei Stunden später allein wieder angezockelt und war ziemlich müde geritten. Er stand plötzlich in meinem Vorgarten und hat sich leider über meine rosa Rüschenakelei her gemacht."
Rosemarie stand auf und ging zum Kleiderschrank. Sie nahm eine Tüte, die mit dem Bild eines Wasserfalls bedruckt war und eine Tasche aus Chagrinleder mit der Narbung eines Schlangenleders heraus. Sie zog einen kurzen schwarzen Lackmantel und hohe Lackstiefel an und setzte sich danach wieder zu den Beamten an den Tisch. Nach einigen Minuten bemerkte sie ruhig: „Ich möchte nicht unhöflich sein oder Sie bedrängen, aber wir müssen unser nettes Gespräch leider später fortsetzen. Vor fünf Minuten habe ich meine zweite Wehe bekommen, aber besuchen Sie mich doch ganz bald einmal im Krankenhaus. Mein Sohn scheint es plötzlich ziemlich eilig zu haben, aushäusig zu werden, wie übrigens alle Männer meiner Familie. Es wäre wirklich sehr nett, wenn Sie mich rasch zur Klinik fahren könnten."
Einer der beiden Beamten, der mit dem Tattoo am rechten Ohr, blickte fasziniert auf ihren kurzen Mantel, der in der Morgensonne in allen Farben des Regenbogens changierte.
Er nahm ihr höflich die Tüte und ihre Chagrinledertasche ab und sagte: „Wir fahren Sie natürlich gern in die Klinik." Nach einer Weile fügte er mit leichtem Vorwurf in der Stimme hinzu: „Ich hoffe, dass es nicht einreißt und zur Gewohnheit wird."
„Davon gehe ich nicht aus, denn mein nächster Sohn kommt, wenn es kein Frühchen wird, üblicherweise nicht vor neun Monaten."

Als Rosemarie den Raum verließ, blickte sie lächelnd zurück. Ganz leise, mehr zu sich selbst und für die anderen kaum verständlich sagte sie:
„Dieser Augenblick fühlt sich schon jetzt wie eine schöne Erinnerung an, die mir ein Leben lang bleiben wird. Der leuchtende Morgen mit den betörend duftenden Magnolienblüten, die mich anhänglich in meinem Zimmer besuchen und auch die beiden Herren vom BKA, mit ihren eleganten Menjoubärtchen und dem bestechenden Zwillings-Look, haben sich noch schnell mit ins Bild geschlichen."
Am Hecktor stand ihr Schimmel. Er blickte in ihr Fenster und dann wieder auf die wohlschmeckende und verlockende Pracht der Blütenakelei. Seine Unentschlossenheit schien ihn zu beunruhigen und er begann wütend mit den Vorderhufen zu scharren.
Rosemarie wandte sich an die beiden Herren vom BKA und sagte fröhlich und unbekümmert, dennoch mit einem unüberhörbaren Ernst, wobei sie ihren Bauch mit ihren gefalteten Händen umspannte:
„Heute sind wir alle gesegnet."

EINE BOHNE IST EINE BOHNE UND EINE ERBSE IST EINE ERBSE

Wenige Tage nach seiner Operation wurde Pastor Söderbaum vom Unfallkrankenhaus in Kiel zum ZI, dem Zentralinstitut für seelische Erkrankungen, überführt. Das Institut war die erste Adresse für die Behandlung seelischer Erkrankungen oder Störungen, die durch Unfälle mit starken Kopfverletzungen verursacht worden waren. Die Ärzte gingen nach einer Reihe von gründlichen Untersuchungen und Tests anfänglich davon aus, dass sie den nachhaltigen Gedächtnisstörungen Herr werden könnten, zumal auch die Ergebnisse der MRT-Untersuchung keine Absonderlichkeiten aufwiesen. Ein Ärztegremium stellte in einem Konsilium jedoch fest, dass der Befund grenzwertig sei und jeder Tag eine Veränderung bringen könnte oder auch nicht. Spätere Tests mit Söderbaum hatten katastrophale Ergebnisse erbracht und bei den Wissenschaftlern galt er als ein seltener Fall von komplexem Gedächtnisschwund. Pastor Söderbaum trug einen asymmetrisch angelegten und schief sitzenden Kopfverband, der sein linkes Ohr frei ließ, während er das rechte vollständig bedeckte. Um seinen Hals hatte er ein rotes Tuch geschlungen und man musste seine Erscheinung mit der eines verwegenen und bedrohlich wirkenden Piraten in Verbindung bringen. Eine Beurteilung die jedoch von seinem freundlichen Lächeln und seiner samtweichen Stimme schnell wieder zunichte gemacht wurde, dennoch war sein Habitus für einen Pastor ungewöhnlich. Sein linkes Bein lag in einem ambossschweren Gipsverband und er war nur fähig, sich mit Hilfe eines Rollstuhls fortzubewegen. Söderbaum wurde bald ein beliebtes Mitglied der therapeutischen Gruppe für Gedächtnisfindung und deren bevorzugter Schiedsrichter bei dem Ballspiel Wirbel, dessen Regeln sich unter seiner Leitung nahezu stündlich veränderte. Das Spiel gewann dadurch an Reiz, denn keine Gruppe konnte während des Spielverlaufs das Ergebnis kennen und erst mit Hilfe eines Taschenrechners gab Söderbaum am Ende des Spiels den Endstand bekannt. Obwohl die Grundlage einer geordneten Übersicht entfallen war, wurden die Spiele mit Verbissenheit geführt. Der Spielmacher war ein Kerzendreher aus Neumünster, der in seiner eigenmächtigen Auslegung der Spielregeln und durch seinen fanatischen Spieleifer regelmäßig einige Blumenbeete der Klinik verwüstete. Nur die hochgewachsene Davidia, von botanischen Laien auch Taubenbaum genannt, widerstand den rohen Angriffen des Wüterichs und die Blüten hingen auch nach dem Match weiterhin unversehrt und wie sorgsam gebügelte Seidentücher in den Zweigen des schmalhüftigen, dennoch stämmig gewachsenen Baumes. Ein anderes Mitglied der ehrgeizigen Kampfgruppe war Ketel Kettelsen aus LW, der nach seinem spektakulären Auftritt im Moor im ZI eingeliefert worden war.

Nach Pastor Söderbaums Ankunft im ZI hatte Ketel Kettelsen sich freudig in dessen Dienst gestellt und war nicht mehr von seiner Seite gewichen. Er schob Söderbaum in seinem Rollstuhl durch den Park und gab täglich die Speisewünsche des Pastors an die Küche weiter. Der Küchenchef Ole war einst von Söderbaum konfirmiert und damit zum Empfang des Heiligen Abendmahls zugelassen worden. Auch noch nach seiner Konfirmation war er regelmäßig in die Kirche gekommen und hatte Söderbaums Predigten andächtig gelauscht. Er fühlte sich seinem Pastor respektvoll verbunden und bereitete täglich dessen Wunschmenü. Wenn Ketel den Pastor durch den Park schob, besprachen sie in unendlicher Ausführlichkeit die Auswahl der bevorstehenden Mittagsmahlzeit.

„Vielleicht sollte Ole Geschnetzeltes für mich bereiten, denn es dient einer kräftigen Aufbauernährung und schont meine angeschlagenen Kaumuskeln. Ole bereitet das Geschnetzelte in besonders zarter Konsistenz und es beinhaltet nicht mehr Fett, als für die Abrundung einer schmackhaften Delikatesse notwendig ist, wenngleich mich einige unberechenbare Zutaten wiederum auch leicht beunruhigen. Vielleicht sollten wir aus Gründen der Sicherheit und der Ethik uns künftig mehr der vegetarischen Kost zuwenden, denn dort ist eine Bohne eine Bohne und eine Erbse ist eine Erbse. Das sind edle Geschenke der Natur, die auch ohne Fleisch den Speiseplan bereichern und zudem muss kein armes Viechel dafür ins Messer laufen. Ich kann aber nicht nur der vegetarischen Küche das Wort reden, denn dann würde ich Ole tief verletzen und müsste zudem zukünftig auf jegliche nährstoffreichen Fleischgenüsse verzichten. Wir sollten also Ole und seinem Geschnetzelten wieder Vertrauen entgegen bringen, zumal er mich zu meinem Geburtstag mit einem liebevoll bereiteten und unvergesslichen Festmenü beglückte."

Am Samstag wurde Söderbaum von drei hohen Beamten des BKA aufgesucht. Schon in den Tagen zuvor waren sie wiederholt ins ZI gekommen, um ihn nach den näheren Umständen seiner Schussverletzungen zu befragen. Man hatte etliche Geldkoffer im Mausoleum des glücklichen Claudius aufgefunden, aber es fehlten immer noch zehn Metallbehälter, die eine gewaltige Geldsumme beinhalteten und zudem eine große Partie Rohdiamanten von unschätzbarem Wert. Die Behälter und deren Griffe waren allesamt mit Olivenöl eingerieben worden, sodass keine Fingerabdrücke darauf haften geblieben waren, weder Fingerabdrücke von den Entführern oder den Staatsmännern, noch von den drei getöteten Männern auf dem Friedhof. Die Fahnder vom BKA glaubten, dass eine Verbindung von den Entführern zu den drei Mordopfern auf dem Friedhof bestand, aber man konnte den roten Faden nicht finden, nicht den Anfang und nicht das Ende. Die Beamten des BKA kamen schnell zur Sache und baten Söderbaum wiederum über den Hergang, der zu seiner Schussverletzung geführt hatte, zu berichten. Söderbaum ließ sich währenddessen von Ketel Kettelsen auf seinem Rollstuhl durch den Park schieben und die ungehaltenen Beamten sahen sich genötigt, gemächlich durch die gepflegte Anlage zu flanieren. Ein feiner Regen hatte sich wie ein Hauch über das Land gelegt und unten am Fluss schnatterten Enten. Im Teich blühten schneeweiße Seerosen, die Söderbaum als die schöne Nymphea alba erkannte, der er zum Ärger der Beamten in abschweifender Ausführlichkeit eine Laudatio widmete. Er blieb auch weiterhin bei dem Thema der Seerosen und sagte: „Zum Glück ist die Nymphe alba eine menschenfreundliche Blume und fremdelt nicht so wie die Victoria amazonica. Diese enge Verwandte der Seerosen ist so unschuldig und schüchtern, dass sie den Tag ängstlich verschläft und nur Nachts ihre herrlichen Blüten öffnet." Am Ende des gemeinsamen Spaziergangs sagte Söderbaum den Beamten, dass ihr Besuch eine erfreuliche und kurzweilige Begegnung für ihn gewesen sei

und dass er sich für ihr Kommen und für dass Interesse an seiner Person sehr bedanke.
Er entschuldigte sich und wiederholte mehrfach, dass es ihm leid täte, im Augenblick so wenig zur Aufklärung der Ereignisse in LW beitragen zu können.
„Man wird sehen, aber die Ärzte gehen davon aus, dass meine Erinnerung bestenfalls wie kleine Mosaikteile nach und nach wieder in mein Bewusstsein gelangen, um sie am Ende vielleicht zu einem aufschlussreichen Gesamtbild zusammenfügen zu können. Wie sehr ich einerseits meine geringe Mithilfe bedauern muss, so sind meine versunkenen Erinnerungen andererseits eine Gnade Gottes, denn man kann wie ein Neugeborener wieder unschuldig sein neues Leben betreten. Nach meiner psychischen Insolvenz schenkte Gott mir die Chance dieses neuen Anfangs. Man befindet sich plötzlich wieder in dem seligen Zustand einer fröhlichen Unbeschwertheit und bekommt frei & franko das Himmelsgeschenk einer längst verloren geglaubten kindlichen Unschuld und Freude zurück."
In der Nähe der Kantine unterbrach Ketel Kettelsen das Gespräch aufgeregt und empfahl den Beamten, den frisch gebackenen Kuchen aus der Cafeteria des Gästeraumes unbedingt zu kosten. Ein Gebäck, das er ohne Einschränkung dem dänischen Hefebürgermeister gleichstellte, der bei Kennern bislang weltweit als unübertroffen galt.
„Der Hefeteig von Ole steht auf gleicher Stufe mit dem Original aus Kopenhagen, wenn nicht gar eine Note darüber, denn der karamellige Anteil in der Glasierung ist das Geheimnis vom ganzen Rezept."
Söderbaum ergänzte: „Karamell ist in der Tat einmalig und bei Ole etwas vordergründiger, ohne seine

geschmackliche Grenze zu überschreiten." Nach einer kurzen Pause sagte er begeistert: „Er ist von jenem knappen Biss, der sein Aroma in winzigen Quäntchen preisgibt, die milde Süße des caramellis mit der leicht angedeuteten Säure des Hefeteigs brüderlich teilt und sich erst im hinteren Bereich der Zunge in einer treuen Ambivalenz von süß und sauer zu einem Festival der Sinne entfaltet. Ich muss auch noch auf eine andere Komposition unseres Meisterkochs Ole hinweisen, besonders auf sein Korinthenbrot mit der sparsamen Beigabe jener aus den Mode gekommenen feinen Sukkade. Sie erwirkt eine Ausgeglichenheit zwischen frischem Fruchtaroma in enger Begleitung eines starken, aber nie ausufernden Blütendufts. Dieses Backwerk macht Kranke gesund und heilt alle Wunden."
Nach einer Reihe von behutsam vorgebrachten Insiderkritiken über kleine, jedoch verzeihliche Schwächen in der Abfolge des Speiseplans, führten Ketel Kettelsen und Söderbaum die Besucher in geradezu unbotmäßiger Eile zum Ausgang des Parks.
„Es ist Essenszeit und wir müssen uns der strengen Hausordnung leider unterordnen," sagte Söderbaum mit höflichem Bedauern in seiner Stimme.
„Man sollte nicht unnötig auffallen und sich lieber der Lebensweisheit altgedienter Soldaten bedienen, nämlich immer im großen Haufen mitmarschieren, zumal unser Verhalten mit vorzüglichen Küchenprodukten belohnt wird. Hier kommt nichts auf den Tisch, was nicht schmecken würde."
Zum Abschied bemerkte er in kryptischer Verschlüsselung:
„In diesem Haus hat für manchen die Erdenschwere und Auflösung weltlicher Rätsel endlich ein Ende gefunden.

Niemand muss reumütig oder schmollend an seine Vergangenheit zurückdenken oder sich mit subversiven Gedanken aus seinem alten Leben befassen. Die Vergangenheit ist futsch, neues Spiel, neues Glück. Ich befürchte nur, dass gerade diese Tatsache es verhindert, Ihnen helfen zu können. Ich kann Ihnen nicht einmal eine Lüge auftischen, dazu müsste ich zuerst einmal die Wahrheit kennen. Ich bin wirklich untröstlich, dass ich Ihrer wichtigen Arbeit zur Aufklärung im Augenblick so wenig Unterstützung zu geben vermag, aber vielleicht wird mein Gedächtnis die Schlagzahl bald wieder erhöhen."
Mit entwaffnender Fröhlichkeit fügte er hinzu: „Es tut mir wirklich leid, Sie so wenig unterstützen zu können."
Am Ende seiner Ausführungen hatte er seiner Stimme eine Art von Septimenakkord aus Terz, Quinte und Septime verpasst. Sein rotes Halstuch und sein verwegen sitzender Kopfverband verlieh ihm eine Aura von Verwegenheit, aber zugleich auch einen winzigen Touch von Halbwelt.
Hoch im Himmel zogen sechzehn Kraniche zur Insel Fünen. Sie hielten ihre Hälse angestrengt weit nach vorn gestreckt und hatten sich für die Formation der Altrömischen Fünf entschieden. Im Park roch es nach den dänischen Hefebürgermeisters. Ketel Kettelsen schob den Pastor nun eilig in die Richtung der Kantine. Die Beamten standen am Ausgang des Parks und wussten sich nicht zu verhalten. Söderbaum seinen Kopf noch einmal den beiden Beamten zu und rief: „ „Ich kann Ihnen zum Abschied noch eine sehr erfreuliche Neuigkeit mit auf den Weg geben. Der schon seit achthundert Jahren gründlich projektierte Bau des Doms auf Buschmanns Berg wird nun endlich in Angriff genommen,

denn die Finanzierung ist bis auf den letzten Cent abgesichert. Ein Finanzier aus dem fernen Kuba hat sich der Sache großzügig angenommen. Gestern soll er mich besucht haben, um mir die frohe Mitteilung zu bringen und mir eine schnelle Genesung zu wünschen. Wir haben zusammen in England studiert, aber ich konnte mich leider nicht mehr an ihn erinnern. Ich soll ihn kurz vor meinem Unfall beim Wettpflügen in der Schweiz getroffen haben. Er ist der fromme Gründer und Leiter der reichen Stiftung >Church help church-Kuba limited company<, die sich mein Projekt zur Förderung herausgepickt hat. Die gewaltigen Mittel stehen in Havanna bereit und man erwartet, dass aus unserem Heidenland ein Strom von Bekehrten bald in Buschmanns Dom den Weg endlich zu Gott finden mögen. Man darf davon ausgehen, dass wir nun mit dem mächtigen neuen Gotteshaus den christlichen Nachholbedarf bis Dänemark und Südskandinavien abdecken können und etliche verirrte Seelen zu uns zurückkehren werden. Sie sollen alle kommen, die Gläubigen, die Zweifler, die Sünder und am Ende ein leicht konfuser Pastor, der alle bei der Stange hält und niemanden wieder auslassen wird. Auch Sie sind natürlich zur Einweihung herzlich eingeladen. Ich werde Sie von der Kanzel aus meiner Gemeinde vorstellen, sofern ich mich noch an Sie zu erinnern vermag. Vielleicht geben Sie mir dann zuvor noch eine kleine Erinnerungsstütze."
In seiner aufwallenden Begeisterung fiel Söderbaums Stimme in ein wirkungsvolles pastorales Grollen, dass er mit einer süßen Soße von Überschwänglichkeit versah. Mit einer merklichen Sprachverzögerung, die ihn selber einigermaßen verwunderte, rief er: „Das Geld ist endlich zu uns geflogen und hat sich auf den richtigen Baum

gesetzt. Für dieses Wunder wird die dankbare Gemeinde von LW unseren lieben Gott bis in alle Ewigkeit danken."
Über den feuchten Wiesen am Fluss segelte in ermüdend ruhigen Kreisen ein Storchenpaar und entschwand endlich hinter der lispelnden Pappellinie, wo die Eider einen unerwarteten Verlauf nach Süden nimmt und an ihrem eigenen Schilfgürtel zu ersticken droht. Ketel Kettelsen verließ immer schneller werdend den Parkweg und schob den Rollstuhl mit Söderbaum quer über den Rasen, um den Weg zum Speiseraum abzukürzen. Wiederholt geriet das Gefährt in bedenkliche Schräglage, was hohe Heiterkeit bei den beiden Männern erweckte und Söderbaum zu der Bemerkung veranlasste, dass offenbar nun seine Fähigkeit als Stuntman gefragt sei. „Aber lieber Ketel, versuche zumindest vor dem Essen keine größere Havarie zu verursachen, die uns womöglich vom Tisch fernhalten könnte."
Ketel Kettelsen wich mit dem Gefährt geschickt den hochgewachsenen Blumen aus, dem Tausendgüldenkraut und den Kuckucksblumen, besonders aber der so gefürchteten Ackerdistel, deren Stacheln begierig nach seinen Beinen griffen.
 Die Beamten am Tor hörten bald nur noch Wortfetzen aus dem Gespräch der beiden Männer. Einmal rief Ketel übermäßig laut: „Wo viel Geld ist, kommt sofort der Teufel dazu und wo keines ist, bringt er sogar noch seine Brüder mit. So ist es doch, Herr Pastor ?"
Söderbaums bedächtige Antwort konnten die Beamten nicht mehr verstehen, denn die beiden Männer hatten unterdessen den Schutz der hohen Mauer erreicht. Einmal trug ihnen der Wind noch eine unvollständige Bemerkung Söderbaums zu, die wohl eine Antwort auf

Ketels Frage war. „Nicht immer Ketel, denn die Hoffnung ist auch immer die Seele der Niederlage."
Die Beamten schüttelten ungläubig den Kopf und einer von ihnen sagte:
„Dieses sympathische, christliche und leider bis an sein Lebensende geschützte Schlitzohr hat uns wieder einmal fromm eingesalbt, mit sichtbarer Vergnüglichkeit verarscht und elegant aus dem Park herauskomplimentiert. Er hat viel schwadroniert und nichts gesagt, aber unter seinem dekorativen Kopfverband ist er klarer im Kopf als unsereins. Von den Ärzten dieser Klappse nebst Konditorei hat er einen medizinischen Freischein bekommen, der bis zum Sankt-Nimmerleins-Tag seine Gültigkeit haben wird und ihn gegen jede Anklage immun macht. Sein Konstrukt mit der Kubabescheisserle-Companie ist auch nicht von schlechten Eltern und unseren Nachforschungen weitgehend verschlossen. Der Herr Pastor ist jedenfalls voll aus dem Schneider und unsere Ermittlungen verharren immer noch dort, wo sie begonnen haben. Wir sind wieder so nackt und unschuldig wie einst Adam und Eva vor dem Sündenfall und befinden uns somit wie auch der Pastor im unwissenden und unschuldigen Kindesalter.
Der intensive Dialog zwischen Söderbaum und Ketel Kettelsen beinhaltete inzwischen das bevorstehende Menü. Beide hofften sehr, dass sich die aufgeregte Kunde über ein Überraschungsdessert bewahrheiten möge. Auf der Bank vor dem Eingang zum Speiseraum saß der etwas verwirrte Mitpatient, Herr Mosche, der in seiner versponnenen Sprache aus jiddisch, polnisch und berlinerisch, das Überraschungsdessert in dem Bereich vereister exotischer Früchte erkannt haben wollte und mit hastig vorgetragener Wortmixtur keinen Satz seiner

hoffnungsvollen Mutmaßung unversehrt ließ, um sich dabei wiederholt im Dickicht seiner Sprache zu verheddern. Voller Freude kramte er einen Brief seines Bruders hervor, der sich eines Tages unversehens nach irgendwohin davongemacht hatte: „Er wohnte im Donaudelta, dem Meer der Mücken, und wurde unentwegt von Liebeskummer verfolgt. Seine Erklärung war, die Liebe sei aus einem brisant brennbaren Stoff gemacht und in seinem Herzen würden darum immerzu Explosionen stattfinden. Er hat zuerst aufgegeben das Sprechen und dann sich selber und versteckte sich in der Einsiedelei einer Insel, deren Namen er nicht einmal kennt. Er besitzt nur zwei Unterhosen und eine Sammlung von Schachbrettern. Sie entstammen dem Besitz von Analphabeten. Sie waren Flüchtlinge, die sich die Bretter aus einem Baumstamm herausgesägt hatten und das Spiel vorzüglich beherrschen. Die Jahresringe des Baumes wurden bei der Aufteilung des Feldes mit einbezogen, sodass auf den Brettern sich alle Figuren im Halbkreis gegenüberstanden. Mein Bruder hat den armen Flüchtlingen eine Masse Geld für ihre klobigen Schachbretter und die Lehmfiguren bezahlt. Er machte es jedoch zu einer boshaften Bedingung, dass sie zuvor ihre Namen eigenhändig auf der Rückseite ihrer Bretter schreiben mussten. Die Signaturen der überforderten Menschen bestanden im Wesentlichen aus Kreuzen, Kreisen oder gekrakelten Wellen, womit sie ihre Schriftkundigkeit zu demonstrieren versuchten, aber für künftige schriftliche Niederlegungen keine Hoffnungen zu erwecken vermochten. Die drei schönsten Hieroglyphen waren von karger Klarheit und geometrischer Schönheit. Es war ein Kreuz, ein

Kreis, ein Kreuz und ein Dreieck. Schön geratene Hieroglyphen, die beim flüchtigen anschauen zunächst an zwei Augen und eine Boxernase erinnerten.
Die Zeichen stammten von der stillen Olga Warwbena, die vor dem Setzen ihrer Signatur ihre Hände gewaschen und die Schürze gewechselt hatte. Sie wohnte mit ihrer Großmutter in dem winzigen Zimmer einer verfallenen Militärbaracke. Aus dem Trichter ihres alten Grammofons kamen christliche Gesänge und ein Männerchor lobte mit gutturalen Knödelstimmen die Segnungen der Armut. Olga hatte rote Flecke auf den Wangen und ihr Gesicht erstrahlte im stillen Glück, während ihre Großmutter wie eine Mumie regungslos am Fenster saß. Leise und mit leuchtendem Gesicht sagte Olga: „Der Herr Jesus ist immer bei uns."
Nach dem Besuch bei der frommen Olga wurde mein Bruder ein anderer Mensch. Ihre Demut, ihre Würde und ihre unschuldige Schönheit hat ihn ins Herz getroffen. Olga hatte ihn erleuchtet und er beschloss ein guter Mensch zu werden. Er hat Olga Geld und Geschenke gebracht und für ihre Oma einen Arzt kommen lassen. Beim Abschied hat er Olgas Hand geküsst und dabei unentwegt auf ihren jungfräulichen Busen gestiert. Das sei seine schwerste Prüfung gewesen, aber er habe sofort an die Mutter Gottes gedacht und seither wären keine unzüchtigen Gedanken mehr über ihn gekommen. Die Begierden seines Leibes seien endlich von ihm gewichen und er wisse, dass man nur in der Armut und Bescheidenheit das Leben in der ganzen Fülle spüre."
Danach fand Herr Mosche endlich den Brief seines Bruders und las ihn vor:
„Ich lebe hier zufrieden in einem tiefen Schweigen und verstehe zum Glück nicht einmal die Sprache der

wenigen Menschen um mich herum. Ich wohne zusammen mit einigen netten Ziegen in einem Ziegenstall und hinter einem duftenden Feld von Lavendel glitzert das Meer."
Herr Mosche steckte den Brief ärgerlich in die Tasche und sagte zornig:
„Er ist meschugge und lethargically, was will er in einem Ziegenstall. Denn er hat gewohnt einmal in einem Schloss. Früher seine Rede ist gesprudelt wie Wasser vom Berg und bei allen Frauen war er gesegnet mit Massel. Inzwischen ist er nur noch geizig und will sogar noch sparen seine Language. Als ich ihn zum letzten Mal sah, war er noch nicht erleuchtet. Eine schöne Frau, der ein schwarzes Höschen über dem Knöchel hing, stand an seinem Bett und er sagte zu mir: „Mach bitte die Tür zu, denn diese herrliche Frau will mir gerade das Herz brechen."
„Vielleicht hat er nur vorübergehend einen an der Klatsche und es wird wieder, wie bei uns auch," sagte Ketel beruhigend und fügte hinzu: „Seine Einsiedelei ist bestimmt nicht von Dauer, zumindest, solange er den Ziegen keinen Heiratsantrag macht."
Danach schwiegen Herr Mosche, Söderbaum und Ketel nur noch und starrten ungeduldig in das offene Küchenfenster, wo ein dunkelhäutiger Koch ihnen eitel seine rasante Zwiebelschneidetechnik vorführte.
„Der hackt so schnell auf den Zwiebeln herum, wie ein Buntspecht auf einen Buchenstamm beim Frühjahrsputz," sagte Ketel bewundernd. Als die Demonstration des Zwiebelhackens vorüber war, regnete es nicht mehr und ein blank geputzter Himmel zog auf. Eine Zirrusstratus malte die Grafik eines filigranen Farnzweigs in das gut gespülte Blau. Herr Mosche stülpte seine Lippen

grazil und sang leise das Lied von der schönen Fahrraddiebin aus Krakau. Ketel Kettelsen unterbrach ihn aufgeregt und rief:
„Meine erste Freundin hieß Ingrid de Wal. Sie trug ganz kurze Röcke und ihr Vater war Fahrradgroßhändler. Pfingsten haben wir unsere erste Fahrradtour gemacht und an den Wegen blühte der goldene Ginster, der wenig nett roch und mich an den Geruch der Creme gegen meine anhänglichen Hämorrhoiden erinnerte. An einem kleinen Waldsee, auf dem zwei ältliche Wildenten verdrießlich herumpaddelten und sich gegenseitig nicht beachteten, haben wir eine Rast gemacht und Sahnebonbons gegessen. Wir klebten wie Fliegenfänger und wir haben uns die süße Sahne von den Lippen geküsst. Natürlich in allen Ehren, Herr Pastor, aber es war Pfingsten. Leider trug sie beim Radfahren noch kürzere Röcke als sonst und oben herum eine dürftige Wickelbluse, mit der sie ihre Unschuld nicht gerade wirkungsvoll verteidigen konnte. Wenn wir einen Berg heruntergefahren sind, ist sie fast aus ihren Klamotten geweht. Ich konnte kaum auf den Verkehr achten und war immer kurz davor, unter die Räder zu kommen. Die uns überholenden Motorradfahrer haben sofort ihre Geschwindigkeit gedrosselt und nur noch in ihre Rückspiegel gesehen. Die Cohorte von geilen Fahrern befeuerte uns dabei übel mit den Auspuffgasen ihrer Motorräder. Ingrid war eine große Schönheit, besonders beim Radfahren."
Sein Gesicht widerspiegelte eine offenbar wunderbare Erinnerung an einen fernen Frühlingstag.
Herr Mosche war in seinen Gedanken immer noch bei seinem Bruder. Er hob seine Nase, um die angenehmen Düfte aus der Küche besser wahrnehmen zu können.

„ Mein Bruder kochte den besten Schabbes-Scholeth," sagte er mit unüberhörbarem Stolz und unschuldiger Rührung in seiner Stimme. Ein Storch, der auf dem Schornstein der Küche nistete, klapperte plötzlich ausdauernd und laut mit seinem Schnabel, als würde er frenetisch zu Mosches Ausführungen applaudieren. Mit ernster Würde sagte Herr Mosche: „Nun lebt mein Bruder im Ziegenstall und ist dennoch immer unterwegs, ohne jemals anzukommen. Seine Sehnsucht nach einem Leben, das es für niemanden auf dieser Welt gibt, hat ein großes Loch in sein Herz gesprengt. Er versteckt sich bei den Ziegen vor Frauen und vor dem Leben. Ich war immer schon gegen Ziegen, ich mag die boshaften Vierbeiner nicht und auch nicht den muffigen Ziegenkäse, der penetrant nach Stall und Ziege schmeckt. Er miefelt selbst in Verbindung mit scharfen Gewürzen, deren unaussprechliche Namen ich eben noch wusste, aber die mir in diesem Augenblick leider wieder entfallen ist, selbst wenn ich drücke in meinem Kopf die Hupe."

ICH WAR IN EINEM WUNDERSAMEN PARADIES

In den Bauerngärten blühten die Pfingstrosen, die ihre Schönheit auch ohne eine garstige Waffe aus Dornen vorzuweisen wagten, um ihr kurzes Leben alsbald wieder mit wehmütigem Duft zu verhauchen. Nach dem Abzug der Polizeibesatzung nahm das Leben in LW seinen alten Lauf und fügte sich den Jahreszeiten und den ewigen Abläufen und Gewohnheiten. Das Dorf war wieder zuverlässig und sicher im Zyklus von Leben und Tod und Ebbe und Flut aufgehoben. Es wirkte leer und verbraucht wie ein Winterkurort nach einer überfüllten Saison.Hinter der hohen Buxhecke des Friedhofes beschnitt der Totengräber die Taxusbüsche und formte daraus eine Schafsherde, die zwischen Blumen und goldbeschrifteten Grabsteinen ausgestreckt ruhte.

Das dörfliche Geschehen zeigte wieder seinen beharrlichen Alltag mit der anhänglichen Mühsal und Plage des bäuerlichen Lebens, das sich wie die Gezeiten durch das verdrießliche Schicksal der Menschen zog und auch ungewöhnliche Ereignisse schnell wieder der Vergänglichkeit anheim fallen ließ. An Wochenenden kamen Autobusse mit neugierigen Besuchern, die sich an der hölzernen Friedhofspforte versammelten und mit ernster Ausführlichkeit über die Gräber in das leere Kirchenportal starrten. In feierlicher Zurückhaltung kommunizierten sie in einem kaum wahrnehmbaren Flüsterton, als würden sie sich in einem sakralen Gebäude befinden und traten sich gegenseitig auf die Füße.

Nachdem Pastor Söderbaum seine Absolutherrschaft kurzzeitig aus seinen Händen geben musste, hatte die resolute Frau des Kantors die Macht der Aufsicht an sich

gerissen und ein Schild am Eingang zum Friedhof platziert, aus dem mehr oder weniger verständlich hervorging, dass nur die Toten und deren Angehörige Zugang zum Gottesacker hätten. Sie hatte ihren Küchentisch an die Dorfstraße gestellt und verkaufte in großen Mengen ihren neuen Markenartikel LW-Gold, der aus einem Glas mit Zuckerrübensirup bestand, in dem sie eine Praline in goldener Staniolverpackung versenkt hatte. Ein rundum unangenehmes Etikett mit dem missratenen Gemälde eines gekrönten Kaisers und Herrschers, der wie Yogibär, der Meisterdieb von Picknickkörben aussah, sollte zudem auf den wertvollen Inhalt hinweisen. Nach dem beträchtlichen Weinkonsum der letzten Wochen war Falkenhagen immer noch von der großen Handelsspanne im Weinverkauf begeistert und begann mit einem Weinanbau der Sorte Riesling. Er experimentierte besessen, aber er musste seinen hoffnungsvollen Versuch schon vor Ende der ersten Saison wieder aufgeben. Seine knorrigen und unfruchtbaren Rebstöcke standen nun wie geteerte Besenstiele an der Rückseite seines Toilettentrakts und erhoben sich als dunkle Mahnmale gegen die weit verbreitete Trunksucht, die andererseits wiederum soviel Förderung durch ihn erfahren hatte. Wilde Chinaerbsen rankten vorwitzig an den toten Rebstöcken empor und ihre lauswinzigen Blüten bereicherten den Garten und die
Lehmfarben gekachelten Damentoiletten mit dem schwülstigen Duft des Moschus, der die Damen in angenehme Unruhe versetzte und gelegentlich Erfreuliches für die Männer bewirkte. Die Menschen in aller Welt waren immer noch erfüllt von dem Wunder in LW und die geheimnisvollen Umstände der Erscheinung waren immer noch wie Wasser auf den Mühlen aller Wunder-

gläubigen. Neue Sensationsmeldungen versanken sofort wieder in einem See von Nichtigkeit und selbst der erfolgreiche Kettensägemörder aus Zaragoza fand nicht mehr die geringste Beachtung, denn man war inzwischen auf weit größere Schicksalsformate eingestellt. In desinteressierter Beiläufigkeit hieß es unter einem Jugendfoto des Massenmörders, auf dem er mit seinem Vater vor dem Eingang einer schneeweißen Kathedrale stand und beide Männer eine Laubsäge in ihren Händen hielten: „Man darf gar nicht daran denken, was den Leuten schon frühzeitig von der Kirche beigebracht wird."

Wieder umspannten Lichterketten die Erdteile und die Herzen der Menschen waren erfüllt von Liebe und Brüderlichkeit. Bei einem Kanzlerbesuch in Sachsen warfen die aufgewühlten Menschen Rosenkränze in sein Auto und der ansonsten zur Grobheit neigende Ministerpräsident zeigte bei der Begrüßung die Andeutung eines Kniefalls, während seine Gattin die altsächsische Version eines Zwingerknicks darbot und dem Kanzler ein Rosengebinde aus den wehmütig duftenden Gloire de Dijon überreichte. Der Ministerpräsident von Bayern, der schon aus Tradition noch mehr Dreck als andere Politiker am Stecken hatte, küsste im Überschwang seiner Gefühle und mit demütiger Theatralik den Ehering des Kanzlers, wobei er aufgeregt schlapperte. Der Kanzler, der von der devoten Geste sehr eingenommen war, zog jedoch angewidert seine feuchte Hand zurück. Seit seiner Auferstehung hatte er ein geheimnisvolles Flimmern in den Augen und war von ungewöhnlichem Charme, der seine Anmaßung und Großsprecherei vom einst nicht wieder hatte aufkommen lassen. Er bedankte sich warmen Herzens für die Gunst und Liebe der Menschen. Der

Papst zelebrierte in dreizehn Sprachen eine Dankesmesse. Er sprach von der Unkündbarkeit des christlichen Glaubens und von der neuen bärenstarken Erscheinung in LW, die er unversehens dem Wundermonopol seiner Kirche zuordnete. Danach spielte ein Organist die Bach Motette „Der Geist hilft unserer Schwachheit auf," was inhaltlich allgemein bestätigt wurde.
Auch die Engländer ließen sich die Feierlichkeiten nicht entgehen und der Chor des Oberhauses sang: „Jesus, dearest Master, we are not flesh but of the Spirit." Die Sendung wurde weltweit übertragen und bei dem herrlichen Gesang der alten Herren, so hieß es in der indiskreten Bemerkung eines Hoflakaien, habe sich die Königin eine ansehnliche Portion des kalten Bratens vom Vortag reichen lassen und solle dabei leise summend und genüsslich mampfend mitgehalten haben. Die Euroabgeordneten aller Mitgliedsstaaten diskutierten die notwendige Existenz eines Eurokaisers, um der bröckelnden Gemeinsamkeit endlich eine Gallionsfigur schenken zu können. In ungeahnter Schnelligkeit fand der unbegreifliche Akt der wunderbaren Erscheinung in LW Zugang in das Reich der Mode. Die Mannequins der Haute Couture liefen mit Krönchen und Federgewändern über den Laufsteg, der von brennenden Fackeln und verwitterten Grabsteinen gesäumt war und wackelten begeistert mit dem Rest ihrer von Diätkuren hingerichteten Pobacken.
Die Frommen schlugen eine Brücke von den Ereignissen in LW zum christlichen Osterfest.
Sie alle waren einhellig der Meinung, dass Gott nun endlich die Zügel wieder aufnehmen müsse, die gottlose Menschen so lange hatten schleifen lassen, denn nach dieser wundersamen Auferstehung müsse die Welt-

ordnung wieder neu gefügt und nach strengen Prioritäten des Jüngsten Gerichts justiert werden. Die Flut der Kirchenaustritte ging schlagartig zurück und ein mythologischer Verein, der sich jeglicher Form der Inkarnation verschrieben hatte und das zugleich mit großer Verheißung verkündete, fand einen Riesenzulauf aus neuen Mitgliedern. Ein Soldatenverein ernannte den Kanzler zum Kaiser der Kriegskunst. Der Erste Vorsitzende erklärte mit tränenfeuchten Augen: „Er ist wahrhaftig nun auch der Herr aller himmlischen Militärs."
Auf einem Sonderparteitag wurde der Kanzler und sein absoluter Wahlsieg frenetisch gefeiert. Als er den Saal betrat erhoben sich die Menschen von ihren Plätzen oder knieten sich auf den bierfeuchten Boden nieder. Bei allen Medien fand die Auferstehung des Kanzlers einen heftigen Niederschlag, der mit Urgewalt die Zeitungen und das Fernsehen erfasste. In Ermangelung von Fotos waren die Blätter mit schwülstigen Zeichnungen versehen, die zum Teil ihren Ursprung in der biblischen Geschichte hatten, aber auch Impulse aus 1001 Nacht und aus Plakaten für Breakdance Festivals aufwiesen. Sogar der Chef eines angesehenen Nachrichtenmagazins betrat unversehens die Vorhalle der Götterverehrung und schmetterte enthusiastisch, aber militärisch knapp eine Laudatio in die Welt, die er mit einem ergreifenden Bekenntnis und einigen überflüssigen Seelenjodlern befrachtete. Am Ende appellierte er, übermannt von eigenen Gefühlen und mit tränenerstickter Stimme:
„Wir wollen alle wieder an Wunder glauben, die uns diese morgenschöne Welt beschert."
Der Innenminister stand inzwischen auf der Seite der Royalisten und erwähnte, dass verschiedene ethnische Gruppen aus der Finanzwelt Europa unter sich aufzu-

teilen gedachten, aber die Royalisten wären nun endlich wieder ein uneinnehmbarer Damm gegen die Wogen des Zerfalls. Zum Fest der Stunde hatte die größte Zeitung der Japaner, die sich dem Kürzel LW bislang nicht zu bedienen vermochte, endlich zu einer nahezu richtigen Schreibweise gefunden. Bei der Wiedergabe des Dorfnamens hatte sich nur noch ein leichter Dreher in der Wortfolge eingeschlichen und war mit Weiche Lehmbeck der richtigen Schreibung schon sehr nahe gekommen. Eine Zeitung aus Osaka, die als Firmenlogo zwei Eisbären unter einem Regenbogen zeigte, übertrieb die Totenverehrung und geriet unverzüglich in das Genre der Nekrophilie und tat sich wiederum unbelehrbar durch >Leiche Lehmbeck< hervor.
Für T. Duggens hohe Kochkünste sprach die Tatsache, dass der Kanzler mit einem Übergewicht von elf Kilogramm aus dem unbekannten, jedoch offensichtlich nahrhaften Paradies zurückgekehrt war. Er hatte inzwischen das Erinnerungsvermögen zum größten Teil zurückgewonnen, nur die wichtige Zeitspanne vom Ablauf des Unfalls bis zu seiner Krönungsfeierlichkeit auf dem Friedhof von LW war vollends ausgelöscht. In die Finsternis seiner Erinnerungen flatterten manchmal bunte Schmetterlinge und kleine Blitze mit schnell davoneilenden Bildern schossen dann durch seinen Kopf und verwirrten ihn. Er wusste, dass er kurz vor der Auflösung des Rätsels stand und konnte dennoch den Vorhang vor seiner Vergangenheit nicht entfernen, um endlich Licht in die verwirrende Dunkelheit zu bringen. Mit aller Konzentration versuchte er die vorbeihuschenden Bilder zu registrieren und festzuhalten, um endlich der quälenden Unbestimmtheit zu entkommen. Immer wieder verloren sich die schemenhaften Bilder und wurden

schnell zu diffusen Konturen, die ihn überaus beunruhigten. Der Kanzler konnte immer nur in monotoner Folge berichten, dass er während eines Schneegestöbers in einen Wagen gezerrt worden sei, um wenig später mit unbändiger Kraft saltoschlagend in einen strahlenden Sternenhimmel geschleudert zu werden. Ganz in der Tiefe seiner vorbeigleitenden Erinnerungen sah er immer wieder Ufos, die wie schwarze Vögel den Himmel erfüllt hätten. Er erinnerte sich nicht mehr der Buttermacher, aber er sprach im Fernsehen immerhin noch von menschenähnlichen Gestalten, was besonders T. Duggen für seine Person als angebracht und sehr höflich empfand.

„Sie waren freundliche Wesen und wir lebten alle in einer unwirklichen Dämmerung. Ihre Haut war dunkel oder von leuchtenden Neonfarben, die sie jedoch wie die Baumeidechsen der Chamäleons ständig veränderten. Sie waren immer sehr nett und schrieben uns Botschaften auf Papyrusstreifen, die sie aber aus Sicherheitsgründen alsbald anzündeten."

Der russische Präsident berichtete ähnliches, aber er konnte den Bericht des Kanzlers noch ergänzen und hinzufügen, dass die Wesen mit ihnen in englischer Sprache korrespondiert hätten. „Sie sprachen den üblichen texanischen Slang der Ölmultis, ein geradezu unverständliches Genuschel, wie es bei den superreichen Amis üblich ist."

Die Geheimdienste der Welt gingen davon aus, dass die beiden Staatsmänner durch eine Gehirnwäsche völlig umgedreht sein könnten und wahrscheinlich längst zu einer unkalkulierbaren Gefahr geworden waren. In dem engen Kreis hochrangiger Geheimdienstler kursierte der krude Plan einer erneuten Entführung, die jedoch in keiner Version eine Rückkehr beinhaltete.

An der Kirchenmauer von LW erblühte in den nächsten Tagen der blutrote Inkarnatklee und das alte Gemäuer der Kirche schien sich plötzlich aus einem glühenden Flammenmeer zu erheben. Wie kleine Rauchwölkchen stiegen die Blüten der Ackerwinde aus dem flammenden Grund hervor und umrankten bald neugierig die bunten Glasfenster. In seinem ersten Fernsehauftritt sagte der Kanzler in einer schon peinlich wirkenden Inbrunst, aber mit spürbarer Sehnsucht:

„Ich war in einem wundersamen Paradies, wo herrliche Geschöpfe mir dienlich waren."

Auch Titte Duggen zählte zu den aufmerksamen Zuhörern und rief begeistert:

„Damit hat er mich ganz allein gemeint. Er muss einen Lichtblick gehabt haben, aber ansonsten hat er zu unserem Glück immer noch einen an der Klatsche und weißt von nichts. Er hat jedenfalls meine Küche gewürdigt und war ein toller Kostverwerter. Wenn er wieder klar im Kopf sein sollte, wird er seinem Koch schon aus Dankbarkeit nicht in die Pfanne hauen und in sieben Sprachen schweigen."

NACH DIESER KIRCHTURMUHR KANN MAN SEIN HERZ STELLEN

Nach ihrer Rückkehr vom Friedhof gerieten die Buttermacher in eine triste Stimmung. Mit der Verwirklichung ihres weltweit wahrgenommenen Happenings hatte sich ihre künstlerische Motivation vollends erschöpft und sie wirkten vollends verkatert und unmotiviert.
„Eine nicht mehr zu überbietende künstlerische Sensation und zugleich auch die Geburt einer unsterblichen Legende," hatte Storm als Credo ihres gemeinsamen Werkes formuliert und hinzugefügt:
„Wenn wir uns als Schöpfer eines Tages zu erkennen geben dürfen, haben wir ausgesorgt und unsere Aktion wird der Kunstwelt als ein unwiederbringlicher Mythenzauber in Erinnerung bleiben. Wir hatten den höchsten Gipfel erklommen, nun aber sind wir schon wieder im Abstieg und hängen mit klammen Fingern in der Eiswand. Für die Kunst war es eine segensreiche Zeit und für uns beginnt wieder alles mit der Stunde null."
Die Buttermacher drückten sich nur noch mürrisch an der Cake-Wilson-Bar herum. Siegfried sagte: „Unsere netten Gäste und begabten Koloristen fehlen mir sehr. Es war kurzweilig mit ihnen, obwohl es kaum Talks gab, aber beide waren angenehme Kumpels. Leider haben sie meine gesamten Bestände des Rusian -Phsilo-Fluids hemmungslos verpulvert. Auch die anderen Genüsse des Lebens sind nun versiegt, denn Tittes Kochleistungen haben sich abrupt verändert und sind plötzlich unter aller Sau. Er hängt den größten Teil des Tages an seiner Küchenbar ab oder zappt sich durch die Fernseh-

programme. Er hat sich nur bei den hohen Herren besonders angestrengt, aber für uns reicht es nicht einmal mehr zu einer einfachen Kasernenkost."
Etwas später kam Titte aus der Küche und setzte sich an den mit Schmetterlingszeichnungen übersäten Tisch. Er hatte sich nicht rasiert und sah ramponiert aus. Er sagte:
„ Zum Glück kann sich unser hoher Besuch noch immer nicht an uns erinnern. Ein Mediziner im Fernsehen meinte eben, dass ihr Gedächtnis aus diesem Abschnitt ihres Lebens vielleicht für immer futsch sei. Er sagte, in den Köpfen aller Menschen hat sich ohnehin viel Schrott angesammelt und der Rest der Speicherkapazität ist mit anderem Mist vollgepackt oder nur noch zugewachsenes Ödland. Ich gehe davon aus, dass euer Russian Phsilofluid wie hungrige Motten in den Gehirnen der armen Männer gewütet hat. Nachdem nun die Amis mit Hilfe eines Überläufers in einer Nacht und Nebelaktion die drei Erpresser dingfest gemacht haben und die Rucksackbomben in den verschiedenen Großstädten entschärft wurden, ist der Käs in LW endgültig gegessen. Sämtliche Broken Arrows sind wieder in der Obhut der Russen und alle Fahnder konzentrieren sich nur noch auf meine Person. Ich stehe im Mittelpunkt des Geschehens und den Letzten beißen die Hunde. Durch mich armes Duggenwürstchen wollen sie endlich zum Schlüssel aller Geheimnisse dieser Welt gelangen, diese Arschgeigen. Ich habe mich lediglich zur falschen Zeit im falschen Auto befunden und mit den falschen Leuten abgegeben, dafür stehe ich nun voll in der Schusslinie. So wurde ich zum Katalysator des Zufalls, der ohne mein Zutun die Sau rausgelassen hat, nicht mehr und nicht weniger. Gestern gab es sogar eine Sondersendung über mich und mein Alter hat mich ungebremst in die Pfanne gehauen.

Er ist verärgert, weil er leer ausgegangen ist und wahrscheinlich auch, weil die Fische seine heimtückische Kardinal-Richter-Reuse, ein mörderisches Konstrukt aus Weidenkörben und Fahrradspeichen, endgültig meiden. Er hat meine Mutter und mich übel verunglimpft und vor der Kamera besoffen herumschwadroniert. Titte parodierte nun die Stimme seines Vaters:
„Mein Frau war genau wie mein Sohn Titte. Sie ist vor zwanzig Jahren abgenibbelt und ich hatte sie schon eine Sekunde später vergessen. Ich weiß nur noch, dass sie genau wie mein Sohn Titte, der Rohrkrepierer, immer nur Stuss redete und ich sie für mein Leben gern umgebracht hätte. Ich kann mich nicht einmal mehr an ihre Todesursache erinnern, aber vielleicht habe ich sie damals selbst observiert, wer weiß. Später habe ich eine Alte geheiratet, die große Füße hatte und meine besten Schuhe trug, bis ich sie schließlich barfuß aus dem Haus scheuchte."
Titte seufzte: „Seit dem Auftritt meines Vaters bekomme ich plötzlich Panikanfälle und ich muss hier weg. Mich hält nichts mehr in Deutschland, zumal auch noch mein Kater Fritzi gestorben ist. Bis ins letzte Detail hat mein Vater die Umstände, die zu Fritzis Tod geführt haben, geschildert und schlimme Einzelheiten genüsslich ausgemalt. Er musste angeblich dringend eingeschläfert werden, denn der Arme soll eine Geschwulst, so dick wie ein Gänseei, gehabt haben. Mein Vater hat mich damit ins Herz getroffen und das war sicher auch seine Absicht. Fünfzehn Jahre lang war Fritzi mein treuer Bettgefährte und im Winter hat er zufrieden schnurrend meine Füße gewärmt. Wenn es mir schlecht ging, leckte er an meinen Zehen oder beschenkte mich mit einer lebenden Maus. Die Arme habe ich alsbald hinter Fritzis Rücken wieder

ausgesetzt, wobei ihr kleines Herz panische Trommelwirbel vollführte und sie war vor Todesangst schon fast gestorben.
Die Buttermacher setzten sich mürrisch zusammen und machten erste gemeinsame Entwürfe für eine Serie von erotischen Skulpturen, wie sie auch in den Tempeln von Khajurabo und in den Vorlagen vom Kamasutra vorkamen. Die geplanten Skulpturen sollten einmal als erotische Meile die Dorfstraße von LW säumen. Schnell und in kraftvoller Emphase gelang Storm der Akt einer Frau, die sich mehr als freizügig darbot. In jeder Hand trug sie einen Hahn, den sie offenbar stranguliert hatte. Die Hähne ließ sie geradezu lustvoll mit gestreckten Hälsen und weit geöffneten Schnäbeln über den Boden streifen. Titte war von der Rötelzeichnung begeistert: „Die grausame Dame ist dir sehr gelungen, sehr lebendig und scharf, aber die Hähne scheinen mir weitgehend zähfleischig und fettfrei zu sein. Auf dem Grill würden sie sich in Luft auflösen oder flach wie ein Brotbrett zusammenschrumpfen."
Storm sagte: "Das Zeichnen hat mir ein berühmter Professor in Rom beigebracht. Sie haben ihn eines Tages vom Gymnasium in die Kunstakademie versetzt, denn er hatte leider eine leicht pädophile Schlagseite. Den Akt schenke ich dir, Titte, als Erinnerung an gemeinsame Zeiten in der kreativsten Dunkelkammer der Welt. Mit der heißblütigen Dame auf der Zeichnung war ich in New York angenehm verbandelt, aber mit den beiden armen Hähnchen war ich nicht näher bekannt. Wie besessen habe ich damals Aktzeichnungen von ihr gemacht, sofern die Unersättliche mich einmal in Ruhe arbeiten ließ. Sie war meine heißblütige Muse und in jeder Hinsicht ein hochbegabtes Modell, denn sie erfand aus dem Augen-

blick heraus neue unnachahmlich provozierende körperliche Stellungen von geradezu unschuldiger und natürlicher Frivolität. Ihr Mann war ein bedeutender Fabrikant für Pfadfinderkleidung, der als General dieser Truppe unentwegt mit seinen Dressboys ständig auf Tour war. Beim Zeichnen erinnerte ich mich plötzlich wieder an diese Szene mit den Hähnen. Es war bei einem Besuch in ihrem Landhaus, wo wir ziemlich betrunken ankamen. Es gab Augenblicke, da war ihre Erregung tödlich wie eine wütende Cobra, besonderes für das Federvieh. Bei unserer Ankunft war sie bis zur Nasenspitze zugedröhnt. Sie ergriff zwei zutrauliche Zwerghähnchen und strangulierte sie eigenhändig. Danach tanzte sie ekstatisch durch das große Haus. Im Schlafzimmer ihres Mannes sind wir dann schließlich zur Sache gegangen, wobei sie immer noch in jeder Hand einen Gockel hielt und deren dünne Hälse fest zudrückte. Wenn ihre Lust explodierte, hat sie gegackert wie ein Huhn oder gekräht wie ein Hahn und man musste in diesem Moment leider annehmen, dass man es mit Geflügel treiben würde. Sie hat mich oft zu Boxkämpfen mitgenommen, die sie leidenschaftlich gern besuchte. Im Madison Square waren wir einmal bei einer Veranstaltung, wo im Hauptkampf ein mickriger Boxer namens >Black roses< mit einer Serie gut platzierter und hinterhältiger Nierenschläge das Idol der Chinesen, den wuchtigen Favoriten >Flower of yellow Camelia< blitzschnell von den Füssen holte. Die gelbe Camelia wurde sofort im Schnelldurchgang ausgezählt und der Nierenspezialist zum Sieger verklärt, was die Wettquote in eine gewaltige Höhe schnellen ließ. In den Pausen zwischen den Kämpfen trat eine schöne Sängerin aus Cuba auf. Sie trug ein enges Kleid aus blutroter Seide, die mit Perlmutt schillernden

Fischschuppen besetzt war. Die Schöne hat mit sehnsüchtiger Stimme die Farben der Liebe besungen. Alle Männer stierten wie narkotisiert auf ihren herrlichen Hintern, der sich unter dem dünnen Stoff wie unverhüllt darbot. Bei ihren Tanzschritten bewegte sie sich aufreizend und vielversprechend und zeichnete mit ihren Rundungen aus dem Nichts in trägen Bewegungen zuckende Kreise in die Luft. Jene Gruppe von Zuschauern, die nur ihre Vorderseite sahen und ihre aufreizenden Rundungen nur ahnen konnten, fielen alsbald in einen jämmerlich heulenden Chor und forderten lautstark und wütend ihre rückwärtige Optik an. Mit bemerkenswerter Hilfsbereitschaft ist die Sängerin der Forderung nachgekommen und hat ihre körperliche Gunst nun rundum in alle Richtungen großzügig und gerecht verteilt. Die Gattin des Fabrikanten für Pfadfinderkleidung hat mir mit heißem Atem und vibrierender Stimme aufregende Begehrlichkeiten ins Ohr geflüstert. „Ich verzehre mich nach diesem flatterigen Kokainhühnchen. Ich brenne und ich werde sie mit Brillies behängen und mit feinstem Koks versorgen." Mit ihren kleinen Perlzähnchen hat sie dabei auf ihrer Unterlippe herumgenagt und die Fischschuppendame mit flammenden Augen vernascht, um dann wieder gierig an meinen Ohren zu knabbern. Mit hemmungsloser Vertrautheit wisperte sie mir pikante und detaillierte Einzelheiten unserer bevorstehenden Menage a Trois ins Ohr. Wenn sie mich mit flackernden Augen ansah und ihre verhängte Seele dabei ein unschuldiges Lächeln zuließ, war sie für mich weit begehrenswerter als die Sängerin im Ring. Nach ihren vagen Andeutungen hatte sie gelegentlich auch was mit ihrem Schneebesen."

Titte warf einen langen Blick auf die Aktzeichnung und meinte: „Die Hähnchen sind zu klein und untauglich für die feine Küche, ihre hättet sie wieder ins Wasser werfen sollen."
Eine Äußerung, die verriet, dass er mit seinen Gedanken versehentlich in die Sparte >Angeln und Fisch< gerutscht war. Er zuckte hilflos mit den Schultern, grinste töricht und wirkte ein wenig verloren. Plötzlich richtete er sich auf und rief wie befreit:
„Die Zeit ist gekommen, ich will hier raus!" Wenig später fügte er theatralisch hinzu: „Ich will zurück ins Licht."
„Ich auch," sagte Storm.
„Ich auch," sagte Wilhelm.
„Und ich natürlich auch," sagte Siegfried nachsichtig. „Meint ihr etwa ich bleibe hier allein ohne euch zurück? Fuck, wir werden unseren Aufenthalt sofort beenden, um endlich wieder die süße Berührung der hellen Welt zu spüren. Auch unsere sexuelle Durststrecke muss umgehend ein Ende haben, zumal der Vorrat meiner Potenzhemmer, die ihr so brav als Vitamintabletten zu euch genommen habt, zur Neige geht. Wir müssen daher aus Gründen der Lebenserhaltung unseren Schwur umdisponieren und den Dienst an der Kunst abbrechen, denn unser Fin de siècle war schließlich nicht als Selbstmordkommando gedacht."
An diesem Abend tranken die Buttermacher Unmengen von Tittes geheimnisvoller Bowle, die burgunderrot leuchtete, nach Hustensaft und Lavendel schmeckte und höllisch zu Kopf stieg. Sie stellten wiederholt fest, dass ihr künstlerischer Höhepunkt nun mit dem Kaiserhappening überschritten sei und sie bei längerer An-

wesenheit nur noch zu übergewichtigen Alkoholikern mutieren würden.
Storm konstatierte: „Wir sind ausgepowert und haben uns aneinander wundgesehen. Unsere Schaffenskrise hat sich heimlich weggeschlichen und es ist nun an der Zeit eine andere Baustelle zu suchen. sollte dringend aktiviert werden und ich werde gleich mit Frigge telefonieren. Morgen Abend soll sie uns mit dem großen Wohnmobil abholen und nach Spanien kutschieren. Im Hof der Meierei, wo es derzeit geparkt ist, können wir geschützt vor den Blicken der neugierigen Dörfler sicher einsteigen und von dort geradewegs die Fliege machen. Die nächsten Wochen verbringen wir dann auf der Finca meines Großvaters und warten auf gute Nachrichten. Titte bekommt ein neues Gesicht und zur Sicherheit auch noch eine Geschlechtsumwandlung, denn Siegfried kennt einige finstere und geldgierige Typen vom chirurgischen Verschönerungsverein. Die Staatsanwaltschaft kann Titte voraussichtlich nicht viel anhaben, denn wir alle werden seine zeitweilige psychische Abwesenheit, die den Duggen ohnehin meist zu eigen ist, bestätigen und Siegfried wird sie medizinisch belegen. Bei Bedarf kann er auch mit dem zufälligen Schicksalssturz hausieren gehen und erfolgreich damit plädieren, denn immerhin war Titte nur Opfer und nicht Täter. Notfalls, wenn es hilfreich für ihn sein sollte, darf er uns auch dezent in die Pfanne hauen."
„Ich bleibe bei meinem bewährten Duggen Gesicht und haue auch niemanden in die Pfanne. Natürlich brauche ich neue Papiere, damit ich mich irgendwie in ein neues Leben hineinbuchstabieren kann und nicht ständig auf der Flucht sein muss."

Storm sagte: „So machen wir das und nachdem dein künftiges Schicksal nun auch wieder geregelt ist, können wir uns mit dem Wein- und Frauenland Spanien beschäftigen. Zu meinem vom Großvater ererbten Anwesen gehören mehr Olivenbäume, als man jemals zählen könnte und es liegt angenehm abseits. Ganz in der Nähe ist eine Fachhochschule für das Hotelgewerbe und die Schüler sind meist junge Frauen aus aller Welt. Für meinen Großvater war die Anwesenheit der vielen jungen Damen damals ein nachhaltiges Argument sich dort einzukaufen und später hat er es mit seinem Charm und seiner Großzügigkeit zu einer gewissen Berühmtheit gebracht Die jungen Damen und begeisterten Köchinnen haben seine Aufenthalte in Spanien mit Leben erfüllt. Sein großer Swimmingpool, der mit 52 großen Gummikrokodilen bestückt war, ist ein beliebter Treffpunkt der fröhlichen jungen Bikinidamen geworden. Außerdem gibt es am Pool auch noch einen unausrottbaren Stamm von aktiven grünen Schwimmameisen, die für den Nachwuchs ihrer Großfamilie rund um die Uhr Schwimm- und Tauchlehrgänge veranstalten. Auf Wunsch kannst du auf meiner Hazienda der Boss auf Lebenszeit werden und dir einen guten Lenz machen, natürlich auf Basis eines gesicherten Arbeitsvertrages mit Rentenanspruch. Das alte Herrenhaus in Form einer Südstaatenresidenz, das einst ein spanischer Grande für eine seiner Konkubinen erbauen ließ, steht inmitten einer Obstplantage auf einem Hügel über dem Meer. Die Treppe zum Strand hat genau 299 Stufen und kann sich nach turbulenten Strandfesten als ein unüberwindliches Hindernis erweisen."
Wenig später rief Storm bei Frigge an und rief theatralisch: „Das Spiel ist aus und unser Notfallplan

>Sonnenland Spanien muss nun dringend aktiviert werden. Wir brauchen dich, ich dich übrigens auch."
„Du meine Güte, ich liege gerade in der Badewanne und war auf keinerlei Dramaturgie eingerichtet."
„Raus aus deinem einsamen Badeschaumversteck, das Leben geht weiter und von nun an soll uns nichts mehr trennen." Siegfried tränte im Hintergrund: „Ach hebe deine Augen und sieh mich nur an."
„Hoffentlich ertrinke ich nicht in der Wanne, denn ich bin ganz konfus vor Freude. Hörst du mein Herz schlagen?"
Als sie sich endlich beruhigt hatte, erzählte sie Storm, dass eine plötzliche Windhose große Schieferplatten vom Kirchturm geweht habe. „Sie sind wie Geschosse durch die Dorfstraße geflogen und die Leute haben das als eine Nachgeburt der Kaiserkrönung gedeutet. Für die nächsten Wochen hoffen sie dringend auf neue Ereignisse, zumal inzwischen das amtliche Containerdorf abgebaut wurde und der Regierungstross mit allen Polizeieinheiten abgezogen ist. Im Dorf ist wieder stabile Langeweile eingezogen und die Dörfler warten dringend auf einen neuen Kick. Zum allgemeinen Glück hat die Flut gestern einen riesigen Sponfisch und einen Gotteslachs angespült, Omenfische, die mit ihrem Erscheinen angeblich große Ereignisse ankündigen sollen. Sie haben japsend nach Luft geschnappt und der Wind hat einen Chor ihrer schaurigen Gesänge ins Dorf getragen. Als abergläubische Pastorentochter kann ich das nur als Zeichen deuten LW schnellstens zu verlassen, zumal mein Vater auf dem Weg der Besserung ist und meine Mutter sich seiner liebevoll annimmt. Ich erwarte also etwas vor Mitternacht euren Ausstieg über den Weg der Käsereiferei. Der große Campingwagen steht vollgetankt im

Hof der Meierei. Auf dem Dach des Autos ist immer noch der schwarz lackierte Behälter mit deiner Staffelei und den Malutensilien vertäut. Wenn ich mit dem riesigen Wagen zu den Springturnieren getourt bin, haben mich die Reiter gefragt, ob ich meine tote Großmutter auf dem Dach spazieren fahren würde."
Bei Anbruch der Nacht, verließen die Buttermacher und Titte Duggen ihr unterirdisches Domizil. Das Atelier war von dem flackernden Licht unzähliger Kerzen erfüllt, als hätten sie zuvor noch schnell eine Kerzenfabrik geplündert. Die Buttermacher blinzelten geblendet ins Licht und Titte Duggen sagte: "Es sind mehr als 500 Kerzen. Nachdem ich die Lüftungsschächte geschlossen habe, werden die Flammen den Sauerstoff vertilgen und unsere anhänglichen Küchenkakerlaken ersticken lassen. Vielleicht brennt auch die Bude hinter uns ab und damit wären dann alle Spuren für immer getilgt, als hätten wir hier nie gelebt. Ein angemessenes finales Nachbeben zu eurem großen Flagship Happening, dem wir leider nicht mehr beiwohnen können. Nun aber sind alle Teller abgegessen und es gibt nichts mehr zu holen."
Wilhelm hatte zum Abschied eine Hank Williams Platte mit den Feel-good-songs über die menschliche Sterblichkeit aufgelegt, wobei der Sänger in seiner Rührung ein wenig in ein leises Grunzen geraten war. Noch einmal verhielten die Buttermacher und Titte Duggen im Gang und blickten zurück ins Atelier, in dem das Meer von Kerzen den Raum in eine unwirkliche Helligkeit tauchte und Räucherkerzen einen betörenden Duft verbreiteten.
Die Gemälde auf den Staffeleien mit dem wiederholenden Motiv der Lisa im Gras reflektierten das grelle Licht und Lisas dunkle Schambehaarung funkelte wie ein geheimnisvoller Edelstein. Hank sang >No more

darkness, no more night< . Seine Stimme klang nun wie das Heulen eines wütenden Wolfes, der einem Grisly an die Gurgel gegangen war. Auf dem Weg durch den langen Gang zur Meierei meinte Siegfried:
"In unserer unterirdischen Abwesenheit war es immer finster um uns. Meine dunkle Haut war für mich eine vorzügliche Tarnung und ich war so gut wie unsichtbar. Ich wäre bei einer späteren Gegenüberstellung voll aus dem Schneider, aber euch würde man traktieren. Es tut mir leid, dass ihr die Suppe schließlich gegebenenfalls allein auslöffeln müsst. Unser Kommando ist ansonsten erfolgreich beendet und die Buttermacher mit Titte Duggen melden sich ab sofort ins oberirdische Leben mit seinen unendlichen Freuden zurück."
Als sie endlich in die Nacht hinaustraten, stand ein stiller Mond über dem Dorf. Wilhelm zeigte mit beiden Händen in den Himmel und meinte erstaunt:
„Hier hat sich nichts verändert, weder der Himmel, noch der Mond oder gar die unendlichen Sterne mit ihrer längst überholten Beleuchtungstechnik, die immer noch nicht auf ein digitales Programm umgestellt ist."
Vom Bernsteinweg kam der sehnsüchtige Duft blühender Linden. Siegfried hielt wie ein witternder Hund seine Nase in den Wind und sagte leise:
„So süß und berauschend duftete es in jenem Sommer, als ich meinen ersten Kuss bekam und mein Großvater mir das bissige Reitkamel kaufte."
Die Uhr schlug zur Mitternacht. Alle sahen aufgeregt nach oben, als hätten sie nie zuvor den Glockenschlag ihrer Kirche vernommen.
Storm sagte mit kaum verhüllter Andacht: „Nach unserer Kirchturmuhr können wir wieder unser Herz stellen, endlich sind wir zurück im Paradies."

EPILOG

ICH HABE IN STALINS WASCHBECKEN GE-PINKELT

Die große Maschine des russischen Staatspräsidenten kam aus Richtung der aufgehenden Sonne und näherte im Sonnenlicht wie ein gleißender Komet dem Marineflugplatz Jagel. Als sie nahe genug herangekommen war, setzte sie zum Tiefflug an und flog mit Karacho in eine enge Linkskurve hinein. In dieser abenteuerlichen Seitenlage schien die Maschine mit ihrer linken Tragfläche unbedingt die blühenden Kirschbäume am Straßenrand streifen zu wollen.
Sie verlor noch weiter an Höhe und das Flugmanöver brachte den Verdacht auf, dass sie nun im Tiefflug zum Angriff ansetzten würde. Das Fahrwerk der Maschine berührte fast schon das leuchtende Rapsfeld, als sie kurz danach schließlich weich und punktgenau auf der Startbahn aufsetzte. Der Pilot stieg sofort heftig in die Eisen und die Maschine verlor rasch an Geschwindigkeit.
Der deutsche Oberleutnant auf dem Kontrollturm des Flugplatzes sagte kopfschüttelnd:
„Die Ruskis fliegen bei uns ein, als wären sie Kamikaze und wollten auf die Schnelle unseren Platz eliminieren. Der Pilot wurde sicherlich auf der wendigen MIG geschult, denn mit ihr kann man diese waghalsige Kurventechnik gefahrlos ausführen und seinen Spaß haben. Ich habe sie mehrfach selber geflogen und wenn man in dieser Maschine hockt, glaubt man mit ihr geradezu aus dem Stand in die Gegenrichtung fliegen zu können. Im

Luftkampf waren sie saugefährlich und sind wie hakenschlagende Hasen aus der Schusslinie gehüpft. Unsereins würde man nach diesem Landemanöver auf Lebenszeit die Flugerlaubnis entziehen, die Rente kassieren und für eine Weile in den Bau schicken."
Die vier Begleitflugzeuge der Präsidentenmaschine kurvten noch einmal in Affenfahrt um den Platz herum und landeten dann unweit der großen Maschine. Eine Einheit aus zweihundert Soldaten des Bundesgrenzschutzes mit zweiundzwanzig gepanzerten Fahrzeugen umstellten sofort die gelandete Maschine, während vier Hubschrauber weiterhin den Luftraum absicherten. Eine Gangway wurde an die russische Staatsmaschine geschoben und gleich darauf die Tür geöffnet.
Zuerst verließen zwei russische Offiziere die Maschine. Sie stellten sich neben die Tür salutierten und blickten sich in die Augen, als würden sie sich gegenseitig nicht über den Weg trauen. Titte Duggen und Storm kamen zuerst heraus. Sie gingen gemächlich die Treppe des Gangways hinunter, während Siegfried und Wilhelm am Ausgang stehen blieben.
Sie schienen angesäuselt zu sein und poussierten heftig mit den beiden bildhübschen Flugbegleiterinnen. Die beiden Männer verabschiedeten sich mehrfach in endloser Ausführlichkeit von ihnen, um dann schließlich die beiden Russinnen zögerlich zu verlassen.
Ein grüner Militärbus mit zwei flatternden roten Warnflaggen auf dem Dach raste quer über den Platz auf die gelandete Maschine zu. Wenig später stiegen die Buttermacher und Titte Duggen ein und der Wagen brachte sie zum Offizierskasino, wo eine Pressekonferenz vorbereitet war.

Die erste Frage kam von einem älteren Journalisten mit einem kümmerlichen Spitzbart. Seine Frage wurde mehr zu einem längeren Monolog und er schien nicht darauf aus zu sein, vor Beginn des Winters noch eine Antwort zu bekommen. Es war ihm wichtig das Wort möglichst lange zu behalten. Er rollte ein großflächiges Bild der letzten Ereignisse aus, um seiner Stimme lauschen zu können und allen Anwesenden an dem Reichtum seines Wissens teilhaftig werden zu lassen. Nachdem er sich endlich umständlich von seinen Ausführungen trennte, stellte er seine Frage.

„Der russische Präsident und Sie, die berühmteste Künstlergruppe der Welt, waren vor zwei Wochen die persönlichen Gäste des Bundeskanzlers in Berlin und sollen dort ziemlich heftig um die Häuser gezogen sein. Es gab bei diesem Anlass offenbar eine Spontaneinladung des russischen Präsidenten, denn schon wenig später sind der Kanzler, Herr Duggen und die Buttermacher nach Moskau geflogen. Sie sollen im Gästetrakt des Kreml gewohnt haben, aber alles war seltsam geheim und niemand konnte etwas Genaues in Erfahrung bringen."

Wilhelm nahm einen langen Schluck aus der Bierdose und sagte:

„Es war ein sehr angenehmer und sehr privater Aufenthalt. Auf Wunsch des russischen Präsidenten hat Titte Duggen uns bekocht, wie vor Jahren schon in unserem unterirdischen Meisteratelier, wo unsere Freundschaft mit den Politikern ihren Anfang genommen hat. Einiges kann ich Ihnen nun kundtun, ohne große Staatsgeheimnisse zu verraten, Titte Duggen hat sich selbst übertroffen und eine tolle Gourmetküche hingelegt, obwohl die Privatgemächer des Präsidenten im Kreml kaum für

Kochkünste geeignet sind. Das Interieur ist seit Stalin noch völlig unverändert und sogar seine Hausschuhe stehen noch neben seiner winzigen Dusche. Vor der Tür zu Stalins Privattoilette steht ein schwarzer Tisch mit drei monströsen Gaskochern, wo einst unter Aufsicht von vier GPU-Leuten die Mahlzeiten für den Despoten bereitet wurden. Auf dem schrottigen Gaskocher hat Titte Duggen die feinsten Speisen produziert und gestern beim festlichen Abschiedsmahl hat er sich geradezu überboten. Er machte eine indische Kräutersuppe und wunderbare Krautwickeln mit fränkischem Bratwurstbrät. Nach seinem mehrjährigen Aufenthalt in Spaniern, wollte er uns natürlich besonders mit den Delikatessen der dortigen Küche verwöhnen. Er ist in Spanien zu einem Meisterkoch avanciert und nach einer durchzechten Nacht hat ihm der russische Präsident sogar einen hohen Orden verliehen, der leider wieder abhanden gekommen ist und wahrscheinlich noch immer in der Bowle herumschwimmt. Zur Jause, wie die gemütliche Kaffeestunde am Nachmittag seltsamerweise auch im Kreml genannt wird, gab es auf Wunsch der beiden Staatsmänner täglich den Bürgermeisterzopf mit eigens gefertigter Marzipanfüllung, die dem edlen Hefegebäck eine wunderbare geschmackliche Abrundung schenkte. Nachts hat Titte in dem kleinen Raum neben den Gaskochern auf Stalins alter Pitsche geschlafen. Meine Kumpels und ich bezogen die Suite des letzten Zaren und wir schliefen in goldenen Himmelbetten. Unser Kanzler hat in Anastasias Zimmer geschlafen, das kaum kleiner als eine Turnhalle ist und worin man sich verlaufen kann. Ich kann nur hoffen, dass er sein Bett immer rechtzeitig gefunden hat und nicht noch bis Sonnenaufgang durch die endlosen Korridore des Kreml gegeistert ist. Manchmal saßen wir

auch allesamt halbe Nächte auf einem der Himmelbetten und haben gepokert, wobei die beiden Staatsmänner uns regelmäßig ausgeraubt haben."
„Was war der Inhalt Ihrer Tischgespräche?"
Siegfried sagte: „Querbeet, wie man sich mit guten Freunden unterhält. Über Schmetterlinge, Frauen, Hühneraugen und über die Tour de France. Außerdem habe ich meine staatsmännischen Freunde medizinisch untersucht und beraten, so wie einst, als sie überraschend in unser Erdgehege gefallen sind. Beide sind putzmunter und kerngesund. Obwohl das Ergebnis eigentlich der ärztlichen Schweigepflicht unterliegt, kann ich das öffentlich verkünden, denn wo nichts ist, ist auch nichts zu verschweigen. Wir haben uns übrigens auch noch über Kuheuter unterhalten. Der russische Präsident berichtete, wie beeindruckend es ist, das Ohr auf das Euter einer wiederkäuenden Kuh zu legen. Man könne seltsame Geräusche hören, als würden munter sprudelnde Bergbäche darin entspringen. Manchmal hallt das Wiederkäuen im dunklen Bierbauch auch wie fürchterliche Donnerschläge eines Berggewitters. Titte Duggen hat uns eine geheimnisvolle Geschichte von den runden Feldsteinen am Hohner See erzählt, die bei Neumond plötzlich zerspringen würden und dabei wie Frösche quakend ins Wasser hüpften. Der Kanzler hat uns von der bevorstehenden Beisetzung einer Großtante erzählt. Ihre Urne sei über Jahrzehnte verschollen gewesen und man habe sie nur zufällig in einem Lager für Sargfüße wieder aufgefunden, wo Jahrzehnte als Türstopper verwendet wurde und so manchen Knuff abbekommen hat. Der Kanzler meinte bedauernd: "Die Arme ist ganz schön durchgeschüttelt worden, aber nun soll sie endlich ihre ewige Ruhe finden und ich werde ihr ein stilles Grab suchen.

Viel tiefsinniger konnten unsere Gespräche nicht geraten, denn irgendjemand in unserer Runde hat immer „Dawaite Wipjem" oder „Sa wasched Sdorowje" gerufen. Wir waren die meiste Zeit ziemlich abgefüllt und nicht sonderlich bemüht, uns gegenseitig die Welt zu erklären. Einmal hat der russische Präsident Titte Duggen verhaften lassen, weil das Bier zu warm und das Essen nicht rechtzeitig war. Der deutsche Kanzler hat aber ein gutes Wort eingelegt und dem Präsidenten vorwurfsvoll erklärt, dass man den Koch niemals vor dem Essen verhaften dürfe, er solle bis zur Abreise damit warten und ihn dann erst nach Sibirien verbannen. Am Ende haben wir immer ein gemeinsames Lied gesungen, das uns der Präsident beigebracht hat. In der ersten Strophe ging es um die Mamuschka und danach haben wir in dreißig Strophen ihre gesamte Großfamilie durchgeackert."
Eine gut frisierte junge Dame aus der Spiegelredaktion lächelte Storm anhaltend zu. Als sie nach einem holprigen Anlauf endlich ihre Frage stellte, wirkte sie verwirrt, aber ihre brave weiße Bluse und ihr solides Businesskostüm schenkten ihr eine beschützenswerte Aura.
„Was hat Sie bei Ihrem Staatsbesuch in Russland persönlich am meisten beeindruckt?"
Storm sah nachdenklich aus dem Fenster über den Flugplatz hinweg, wo sich das weite Land endlos dehnte. Der Himmel war mit zierlichen Schäfchenwolken übersät, als hätte ein Maler flüchtig seinen gesamten Pinselbestand darin abgetupft:
„Ich habe in Stalins Waschbecken gepinkelt," sagte Storm mit formeller Stimme und mühsam überspielter Ungeduld und begann gewissenhaft die schneeweißen Tupfen am Himmel zu zählen.